旺水谣

余之言◎著

中国言实出版社

图书在版编目(CIP)数据

旺水谣 / 余之言著 . -- 北京 : 中国言实出版社，
2022.7

ISBN 978-7-5171-4224-9

Ⅰ . ①旺… Ⅱ . ①余… Ⅲ . ①长篇小说 – 中国 – 当代
Ⅳ . ①I247.5

中国版本图书馆 CIP 数据核字（2022）第 106033 号

旺水谣

责任编辑：李　岩
责任校对：薛　磊

出版发行：中国言实出版社

地　　址：北京市朝阳区北苑路180号加利大厦5号楼105室

邮　　编：100101

编辑部：北京市海淀区花园路6号院B座6层

邮　　编：100088

电　　话：010-64924853（总编室）　010-64924716（发行部）

网　　址：www.zgyscbs.cn　电子邮箱：zgyscbs@263.net

经　　销：新华书店

印　　刷：北京温林源印刷有限公司

版　　次：2023年1月第1版　2023年1月第1次印刷

规　　格：710毫米×1000毫米　1/16　28印张

字　　数：459千字

定　　价：128.00元

书　　号：ISBN 978-7-5171-4224-9

目 录

下部 光明行

一个水雷战专家

一艘命运多舛的战舰

一张通灵神奇的诸葛连弩

一把令敌闻声丧胆的冲锋号

一支骁勇善战的江南水上游击队

共同演绎一场惊心动魄的抗日水雷战

上　部

水
姻
缘

第一章　缺水男孩

一个多年以后与一艘命运多舛的战舰结下不解之缘的小男人儿，在上海滩一个大户人家，带着一身凶兆爬出了娘肚子。这个后来由上海滩百岁巫师起名叫叶长河的新生儿，一来到世上，他的父亲叶高棠就彻底绝望了。

这一天是 1918 年的 3 月 8 日。

叶长河是叶高棠的第六个孩子了。叶高棠的第一个孩子是头房夫人所孕，却死于腹中，二胎儿也命运不济，一岁便夭折。后又娶了二姨太，先后生了两胎，也都未能长到两岁就死了。叶高棠把希望寄托在了三姨太腹中的孩胎身上，可不足六个月也流了产。一年后，三姨太又怀孕了。这第六胎不能再有闪失，叶高棠天天让人盯着三姨太喝保胎的药汤子。还好，胎儿终是保住了，可这个男婴脱离娘胎时发出的怪异之声，却让叶高棠心又一下子凉了半截。

那是一种病猫般的泣吟，低沉细长，时断时续，像从遥远的天空中飘来。接生员悄声说，婴啼憋于体内，是短命的凶兆。

再仔细端详其体形貌相，则更不堪入目。婴孩体大如病猫仔，发毛不周匝，脐带扁如韭叶，全身软弱似无骨。让叶高棠更为惊愕的是，这婴孩儿居然一下生就睁着双眼，神情颇为丰富，顾盼像瞅人，似笑又非笑。

婴孩的凶相把叶高棠逼出了产房，自此半年多不再来见这母子。

这婴孩儿哪知父亲发自心底的厌恶，自己愈长愈发奇异。四个月大就会坐起，五个月长了牙齿，八个月能扶墙行走，九个月就开始蹦话吐字，说的是"水、水、水"。几个老辈人背地里议论：这怪孩儿难长命。

　　婴孩长到一岁多的时候，三姨太又有了身孕，却也死胎而未活生。叶高棠绝了一切延续香火的念头，扔下一句狠话，"一群触了八辈子霉头的女人。叶家就是断子绝孙，老子也不再入女人房，不近女人床！"从此远离了三房女人。

　　前些年，三房女人都吃尽了苦头，喝进肚子里的苦药汤子，若倒出来能灌满黄浦江，可还是未能生出个活蹦乱跳的健康男女。女人们心里明知这病根在男人身上，却谁也不敢说出口，只有强忍着喝药医治不育症，终日在散发着苦药味的高宅大院里愁度生活。三姨太心里更有一个明确定论却也只能烂在心里：是天天喝进去的苦药汤子把胎孩儿泡成了这般怪异样子！

　　在三个女人眼巴巴的期盼中，小长河居然病恹恹地活过了三岁，创造了叶家这辈人七个婴孩寿命之最长。女人们脸上有了些喜色，而叶高棠却不以为然，心里想："死，是迟早的事，叶家命该绝根！"每想到此，他则长泪不止。

　　小长河长到六岁时，一件奇事使叶高棠开始正眼瞧了这个"注定短命"的孩子。原来是这几年，三房女人们教了这病孩不少文字，使他能背得"三字经"、"百家姓"和一些唐诗宋词。很快，这些书本不能满足这病孩的啃书嗜好。不知从什么时候起，他悄悄翻出了已故祖父书房里的藏书。他先对一本叫《山海经》的书产生了兴趣，后又对一些兵书一读如痴，欲罢不能。尤其对明朝著名抗倭将领戚继光的《纪效新书》《止止堂集》爱不释手。书中不认识的字，不分昼与夜，总缠着女人们问个不停，到了天天不离兵书的境地。

　　这一天，叶高棠把骨瘦如柴、弱不禁风的长河叫到身前，当着全家上下的面，让他读《孙子兵法》。这是叶高棠第一次这样关注病孩儿。这几年，叶高棠从来没有抱过病孩儿，更没有带他玩耍过。今天，叶高棠能够亲自验考病孩儿，这在叶家是一件大事。

　　小长河望着眼前这张陌生的老铁板脸，并不怯场。他神情自然，吐字清晰，声调控制得舒缓而节奏分明，稚细的嗓音透着几分力度和沉稳。

　　叶高棠坐在太师椅里，微闭着双眼，板着僵硬的面容，就这么一言不发地坐了整整半天。长河强烈地感受到了周围几乎让人窒息的光景，却还能自顾自地念下去。熟读了一遍全书，又背诵了重点章节。接着，把祖父在书上的一些批注，变成自己的理解，用词不达意的孩儿话叙说了一遍。叶高棠还是不发话。三姨太心疼了，悄悄递上一杯水，却被倔强的病孩儿用胳膊横挡了回去。然后，又从头重读全书。这时，孩儿的小细嗓子已经沙哑而难听清字音了。

叶高棠突然睁开眼，直直地盯了孩儿一阵，"哼"了一声，摔门而去。出了门，叶高棠才长吐一口气，脸上露出悦色，心里有了几丝欣慰和希望，眼里还流下几串泪水来。这时，却听到身后一阵乱糟糟的声音，房内有女人尖叫："长河晕倒了，长河晕倒了！"叶高棠停了一下脚步，喜色顿时隐去，愁容又生："这病孩儿还是难长命呀。"随即，一顿足，拂袖而去。

这之后，叶长河并不计较父亲对他的冷漠和无情。在三姨太的暗示下，他常常捧着书卷径直走进叶高棠书房，或背诵一段兵书，或甜甜地叫着"爹爹"，让爹爹给解读某段书文。时间一长，叶高棠要传承血脉的念想又被激发出来。"这孩子如能活下来，将来还有可能会是个人物。"他知道，为了医治这孩子的病身，几乎把上海滩的名医都请遍了，也没有改变病儿半死不活的现状。于是，他想，不妨到京城去请个算命的高人来试一试。

来的大师早些年是皇宫里的老术士，气度不凡，把同这病孩相关的天地境遇掐算了数遍，最终下了一个不置可否的结论：叶家宅地祖辈邪火旺盛，到了病孩这一辈，火旺到了极点，才导致七孩六死的恶果。而眼前这一活孩，如若天理不顺，协理不当，也十有九死。具体说来，这孩子同叶家祖辈一样，命里极度缺水，需取应急措施，否则，两年之内必命绝。

家人想起孩子九个月大时，会说的第一句话便是"水、水、水"，就心惊胆战，背淌冷汗。然而，叶高棠却死也不信叶家祖辈缺水这个理。

叶高棠的父亲叶世龙毕业于马尾船政学堂，是北洋水师的舰艇管带，长年飘荡在江海上，水里来水里去，深得兵法，擅长水战，立志促"海军强国"愿望之实现。然而，1894年中国甲午战败，海防全线溃散。叶世龙没有在海战中战死，可失去了左臂。那天，叶世龙站在仍然挂着黄龙旗却被卸去舰炮的军舰"康济"号上，和威海卫守军一起，陪着丁汝昌等十几位英烈的灵柩，悲愤地驶离了挂着日本旗的威海卫。叶世龙左肩断臂绷带渗着血，却照旧左肩右斜挎着那把心爱的诸葛连弩，连弩的皮带子勒在伤臂上，鲜血顺着皮带子滴落在甲板上。他欲哭无泪，心痛如刀绞，他难以接受这个曾称雄东亚的中国铁甲舰队全军覆没的现实。他常年挎一把诸葛连弩，本来是要和倭寇近身决一死战的，可永远没有了这个机会。不久，李鸿章同日本人签订了丧权辱国的《马关条约》，叶世龙又当头挨了沉重而耻辱的一棒。接下来的日子，他养伤在家，却心悸难定，整天关在书房里，用血和泪写下了关于甲午海战的研究文章，想以此传承后人，省悟败因，汲取教训，铭记这段中国海军悲壮的历史。两年后，叶世龙命绝于书桌前。他不是死于伤臂，而是亡于心死。临终时，他留下遗言：把遗体火化，骨灰撒入中国的大海。那时候火化遗体还是稀罕事，叶家还是遵循了死者的意愿。叶世龙的魂灵永远随浩瀚之水而去了。

他叶高棠本人，从小也与水结缘，种种因素所制约，未能继承父愿，去雪甲午海战之耻，却走上了"实业救国"之路，一腔热血倾洒到了船运业上。多年同江海相依为命，他经营的一家船运公司，是上海内河航运业五大公司之一。他兴隆水业，受益水域，饱享水运。所以说，那老术士言称叶家祖祖辈辈命里缺水，小长河会命绝于缺水，叶高棠宁死不信，认为，那皇室遗老术士纯粹是胡掐乱算，胡言乱语，没有丝毫的道理。

那老术士却自有他的说道：这病孩儿祖父那一辈的水是沾染了火药味的血腥之水，且被东瀛强水压头，属背运弱水。而病孩儿父辈的水则是玷污了私利的铜臭之水。航运凭借水势确实服务于社会，为生灵做了好事，但其最终目的是为了获取利润。并且，父辈之水，在不远的将来也会被外来强水所压。可见，这父辈之水也不是自然而然的纯净之水、长命强水。总而言之，上两辈之水都不是病孩的命里急需之水。要想让这病孩儿活命，就得按天理滋补真正的生命之源。

这么一说，叶高棠心里虽还不信，面上却即刻让人按皇家算命高人的指教，扎扎实实地做了两件事。

第一件，先是在宅院北屋安置了一方大型鱼缸，养黑鱼十条，墨龟两只。家里正堂屋拜水月观音，地上铺蓝色地毯，墙上挂江河湖海、瀑布水帘、海洋生物等类油画，门联贴上"如鱼得水、风生水起"之类的吉祥语。经常让长河用浴缸洗澡，不洗澡时在浴缸里也储满水。家里不能经常点烧香火，每天晚上务必将屋内所有的灯火关闭。一时间，叶家宅院里，处处眼见水帘，耳听水声，终日水雾缭绕，潮潮的，幽幽的，阴森吓人，湿腻馊人。为了救这根独苗的命，大家都忍了，没半句怨言。这样一来，头房夫人、二姨太、三姨太就只能在黑暗里，白牙一闪一闪的，围着小长河悄声说些家长里短的话儿。这成了三个女人打发时光的主要方式。这个时候，小长河颇为惬意，便借机讲他从兵书上看来的水战兵法故事。女人们觉得新鲜，每每听得入神，寂寞的生活添了些许趣味。

　　这个时期，长河已经翻腾出了祖父遗留下来的那些关于甲午战争的文字。他摆弄这些书墨的主要目的，虽说是认字、记字，却也似懂非懂、潜移默化地感悟到了其中的内在涵义，比如，对"如百电千雷崩裂，发出凄惨绝寰之巨响。剧烈振荡，舰体倾斜，烈火焰焰焦天，白烟茫茫蔽海"之类的字眼已能认全，也大体能揣悟到舰船被日舰击毁时的惨状，在他小脑袋瓜里也就积淀下了一些概念性的东西。最近，他常说"中国海军太憋屈，日本人真不是东西，等我长大了要带舰队去干掉小日本儿"之类的愤慨之言。这不免勾起了三个女人对含辱憋屈致死的老公公的思念，就都一同流下几多泪水。

　　长河在祖父的书房里，还发现了一些名士为甲午海战而写的墨迹，有著名思想家、教育家郑观应的诗句："东沟海战天如墨，炮震烟迷船掀侧。致远鼓楫冲重围，万火丛中呼杀贼。"革命家谭嗣同的诗词："世间无物抵春愁，合向苍冥一哭休。四万万人齐下泪，天涯何处是神州！"女作家冰心的墨迹："不要忘了甲午海战！"长河把这些诗句背熟了，就去找父亲请教写的是什么意思。父亲用复杂的眼神看了他半天，只说了一句："这哪是你几岁孩子要问的事。"就头靠椅背，闭上双眼，眼角处却有泪水渗出。长河并无意退出，又背了爱国诗人写下的诗句："金戈铁马英灵在，倘借神力旋乾坤。"就问父亲"神力"是什么意思？父亲有些不耐烦，但还是拭掉眼角泪花，说："这神力是指英烈们身上珍贵的民族精神，是激励国人强盛中华的精神动力。"长河这才满意离去，又到三个女人堆里去"现学现卖"了。

　　这皇家高人让叶家做的第二件事，办起来颇费周折。皇家高人说，要尽快找一个五行是水的人家做亲家。也就是要寻下一个壬水旺的小女孩子，给这病男孩做娃娃亲。

　　皇家高人摆出诸多条件，要求叶家照此寻亲。叶家几乎寻遍上海滩，终于打探到国民政府军政部官员江忠仁之小三女娃符合条件。这江忠仁前些年跟随孙中山参加革命，后又成为蒋介石的一员干将。家眷子女都居住上海，他则两头跑，常年往来于宁沪之间。江家同叶家是世交，江忠仁同叶高棠也交往甚密。这个一生从不信命的唯物主义者，一听叶家提出如此荒唐的理由欲同江家结亲，一笑，又一笑，却满口答应了。江忠仁是肚子里能行船的人。他认为，祖辈、父辈有深交情、大交情，到了第三辈，倘若真能结下一对姻缘，这也是天偶佳成之美意，水到渠成之正果。而眼前这事却是荒唐的成分大，主要是应一应叶家的景，了一了叶家的心结。要说以此能冲掉叶家霉气，治了叶家病儿疾患，打死他也不信。

江家如此爽快，叶家上下颇为感动，选了个良辰吉日，举办了结拜仪式。江忠仁专门放下手里的公务，从南京赶回上海参加活动。

场面搞得很隆重，只是出了一个小插曲。仪式上，那个忽闪着大眼睛的小女孩儿，见和她"过家家"的是一个病歪歪的小瘦鬼，就一把把他推倒在地，还上去踢了一脚。叶长河惊恐地抓起从衣内里掉出来的兵书，爬起身想跑掉，被叶高棠一把给提拎回来，按在女孩儿身边，勉强结束了结拜活动。

之后，这个属水命叫江水星的女孩，每每到叶家都寻着法子欺负弱小的叶长河。叶长河无力反抗，一副逆来顺受的样子，乖乖地依着她的摆布玩儿。后来，玩熟了，玩兴了，她则搂过他的小脑袋，在那瘦脸儿上"叭叭"亲出响声。二姨太瞧见这一幕，就撇嘴直笑，悄声说："老辈人讲，凡水旺之女人定是淫荡。看来这话不假。这江水星长大成人之后，必定是个风流女人。"三姨太听到这话，老大不高兴，"哼"了一声，说："世上哪有那么多像你一样的风骚货！"二姨太也不示弱，丢下一句话扭头走了："谁风骚不风骚的，事儿明摆在这儿。别以为别人都是瞎子聋子！"三姨太朝着二姨太背影跺了一下脚，张了张嘴没说出什么。

叶家做完了这两件事，还真见到了效果，叶长河小身子骨慢慢就长结实了一些，江水星再欺负他就得多费些脑筋和气力。有时，不高兴了，他小脸一红，就造起她的反来。有了那层娃娃亲的关系，江水星早就成了叶家常客，成了叶长河第一玩伴儿。俩人今天摔破罐子打破碗翻了小脸儿，明天却又谦和地推让起好吃食来，一会儿打，一会儿好的，催生出叶家不少生气和趣味。

江水星高出叶长河半头，虽然在力量气势上总能压住叶长河，却在识文断字方面远不如叶长河有长进。对此，江水星还是低头的，服气的。叶长河病重时，她时常露出怜悯的神情和呵护的姿态；病好时，俩人闹矛盾，她却又狠狠地收拾他。他不恼，心里反而感到有趣，对她挥洒在他身上的任性和野蛮举动觉得舒坦。

几年坑坑洼洼、哭哭笑笑的童年生活就这样过去了。

第二章　白玉白，长河来

　　到十岁那年，叶长河的病身又开始极度虚弱，状况明显一天不如一天。请来上海的名医名巫和术士多方救治，却都未能见到好效果。又去京城请来那位原皇家术士，察断两日，却扔下一段话，连术费都没敢收就溜了，从此再不敢着叶家人的面。

　　那皇家术士说，叶家无后，血脉不畅，根子全在大人叶高棠自身。他命太硬，克多子，必绝后。但因了"叶高棠"这个名起得好，尚且有补救的余地。先说这"叶"，属娇木，助主干生。尤其这"棠"，名乔木，有"野棠开尽飘香玉"之称。两字同属木，且高出于同行。"棠"字，换土字底为堂，高堂，福寿圆满，涵养雅量，德高望重。那么，怎样才能把"叶高棠"身上的好，嫁移到叶长河身上去呢？光有"野棠开尽飘香玉"不行，还要有"鱼米水乡滚滚来"。因此说，这里的"香玉"指的是"芳香水玉"之意。虽说病孩儿六岁那年，已经围绕"水"做过两件事，可还远远不够。那些"水"之于叶长河是杯水车薪，那"江水星"之于叶长河也不是命里注定的那种水妹子。"野外水乡，叶上水玉"是真谛。那里的水才是长河之水，那里的水玉姑娘才是叶家之姣娘。长河要想命长，全在于此了，叶家全力照此办理吧。

　　叶高棠依然不信这些野说，尤其让他不服气的是，三个女人肚子不争气，生不下壮苗正果，却把罪过全加在他身上。他心里有想法，却没有说出口，还是真真地照着做了。在叶长河病疾恶化之际，本着"死马当活马医"的原则，让家人到处去找一个不知在何方的"野外水乡里的香玉姑娘"。多日奔波询访，无果。家人急火上房。最终，还是二姨太在一天突然想起什么，扯了叶高棠的衣袖说："我想起来了。眼前就有的，咱家公司船老大潘大水家就在江州湾水乡，家有一女，好像就叫什么玉来着。"于是，差人叫来潘大水一问，果然如此，潘家祖祖辈住在江洲湾旺水浜，家有一小女名叫水玉。叶高棠脸上有了喜色，握了潘大水的手说："真是踏破铁鞋无觅处，得来全不费功夫。旺水浜，多好的地名呀，必定是水神居住的地方。长河到旺水浜肯定能饱尝水运的。"二姨太似笑非笑，接话茬说："水玉这名也叫绝呀。野外水乡，叶上水玉。这是老天早为叶家所备，天不绝叶家呀。看来，叶潘两家以后不能再是主仆关系，也不仅仅是这些年买卖上的缘分了。"叶高棠说："大水呀，我还是半信半疑，术士的这一招果真能救长河的命？"潘大水一副欲言又止的神情，哼哧了几声，最终没接话茬。三姨太看上去表情很复杂，长长地叹了一口气，眼泪也下来了，说："术士的话灵验不灵验，谁也不晓得。不过，那水湾子里，穷山恶水的，总不是孩子的好去处。大凡还有一点别的路可走，就不能把长河往那里送。我苦命的孩子哟。"叶高棠见状，脸阴沉下来："哭，你就有哭的本事，生了个病孩，倒没有养活的能耐。这事，等等再说吧。"

就在叶高棠犹豫不决的当口，叶长河惹出一桩祸事，使叶高棠坚定了送病儿到乡下的决心。

这一天，叶家船队在黄浦江码头集结待发。船工们忙上忙下，添足火力，发动马达，调试机器，检查装备，准备出港。离出发时间还有半个时辰时，头船突然左冲右突，接连擦撞两船，驶出了码头。站在码头上的叶高棠发现，驾驶舱内并没有人，这船居然是自己行驶。正在船下轮机舱内忙活的船老大潘大水急忙爬上来，这才发现气喘吁吁的病孩叶长河，正在踮着脚尖用足吃奶的劲儿转动着舵把。又一看，还有小女孩儿江水星和一个叫吴正雄的小男孩儿，忙左忙右帮着小长河开动大货船。气急败坏的潘大水，一把拽过长河，把他揪出舱外，一步上前把住舵把，刹稳了船。

原来是病孩长河，在祖父书本中掌握了一些战船知识，继而对书外实物产生了浓厚兴趣，眼前没有战舰可玩，就瞄上了自家的货船。在大人们不经意间，他经常到船上戏玩，偷偷观察船工是如何开动大船的。时间久了，这个奇孩儿居然琢磨出一些道道来，对江水星和吴正雄说："江里开船并不是件难事。"这手也就一天比一天痒痒。这天，他瞅准机会就下了手。

这个叫吴正雄的小男孩是叶长河在江边玩耍时认识的。吴正雄格外喜水好船，夏天天天在江水里折腾。冬天便常在江边溜达，瞄着江中的船不撒眼，有大船过时就在岸上跟着跑，趁人不注意也会爬到岸边停泊的船上这瞧瞧，那摸摸。一天，吴正雄泅水偷偷爬上了一艘停在码头的货轮，正玩得尽兴，被船上的人发现。他灵巧似猴，一船的人围追堵截，好半天的功夫才把他逮住，几个人抡圆了把他抛到江中流急处。岸上的人看得惊叫，然后便都捂了嘴，盯着没了人影的江面，可滚滚江水再也不见那孩子露出头来。正当人们哀怨着船上人心狠纷纷离去时，他却在岸边人们的脚下露出了水面。显然，他已经精疲力尽了，连爬上岸的力气都没有了。一个和他差不多大的小男孩儿，把他拉上了岸，扶他躺在干燥处喘息，并送上了一瓶水。这个帮助他的男孩就是叶长河，从此，俩人成了好朋友，渐渐结下了友谊。叶长河服吴正雄的好水性，自己却从不敢下到江里去，连光腿在浅水里走走都胆战心惊的，但他骨子里却和吴正雄一样喜水好船。他在自家宅院里整天呆鸡病猫般蔫蔫的，可一见到船就变了一个人似的活泛起来，常常带着吴正雄在叶家船队的货船上钻来钻去。吴正雄也是人小鬼大的主儿，俩人心眼儿多在了一块，给船上惹了不少麻烦。

这次，叶长河偷驾自家的船驶离码头，也正是受了吴正雄的怂恿，闯了大祸，叶长河还险些丢了性命。这不，潘大水紧急停下那条船后，就去找叶长河想训斥他一顿，却发现不见了人影儿。吓得"哇哇"大哭的江水星，指着江面话都不成溜了："长河他，他，掉到了江里。他，他不会水的。"又指着潘大水说，"是，是，是你把长河搡进了江里。"潘大水心里一惊，这才知道刚才情急之下把病孩拨拉到江里去了，就一头扎进了水里。还好，很快把长河救上船，倒出肚中江水，总算没出人命。可被撞的两条船却不能如期出航，留港维修，影响了货运买卖，受了不少损失。

叶高棠对顽劣病孩很是生气，回家对三姨太说："哼，半死不活的一个小人儿，居然开动了大船，惹出大祸。准备准备吧，过两天就把长河送到乡下去，是死是活，全看他的造化了。"

叶高棠在大光明酒楼宴请了潘大水，说："我这病孩命里注定要到远处水乡摔打摔打的。潘老弟命里血脉旺，膝下有活蹦乱跳的三子一女。那就把长河托付给潘家养活几年吧，沾沾江南水乡的水性和人气，他兴许就能活下命来。"

叶高棠敬酒一杯给潘大水："我明话三点在先：一是长河在潘家养活了，是个谢字，叶家百恩不忘潘家；二是长河若是在潘家养死了，也是一个谢字，叶家百无一怪，叶潘两家长久友情不变；三是潘家可送一子到城里叶家，我也给你供养一个，让他到优等学校里读书，将来要想在上海混事，我还可给他办一处宅院，娶一房媳妇。这样做，是公平之举，潘家莫要推辞。"

叶高棠只字未把"长河与水玉"联系起来说事。他的主意是，先让长河到水乡潘家活命要紧，若果真长河命里缺那水乡妹子的滋润，朝夕相处后自然便产生感应效能，到时候再有事说事。现在，还不能提那水妹子的事。毕竟长河与娃娃亲江水星的事是明摆在那儿的。叶家不能干对不起江家的事。

这些年，叶家对潘家恩重如山，潘大水对叶家的急需自然应该是有求必应，爽快接下，但他对此事却没说半句，沉默不应。叶高棠说："我看出潘老弟思想有压力，怕养不活有责任。我不是有言在先了吗？一切后果叶家自负。你放手安排就是了。"潘大水还是不说话。叶高棠脸就有些挂不住了："叶家实在没有其他法子了。你若不应承，那就让这小儿在家等死好了。"潘大水这才点头应下。

就这样，叶长河到了乡下潘家。离开上海码头时，玩伴儿吴正雄也赶来送行，坐在叶家船上陪长河走了好大一程，然后，跳入江水，游上岸去。在岸上，他一直在挥舞着小胳膊，直到叶家船在视野里消失。

在叶长河到乡下多日后，江水星才知道这事。少了一个好玩伴儿，她不吃不喝地哭闹了一场。

作为交换，潘家比叶长河大一岁的三子潘小龙去了叶家。这潘小龙上面有两个憨实的哥哥，可就数他机灵喜人，和小妹水玉一起，被潘大水夫妇娇生惯养着，但娇惯也娇惯不到哪儿去，也就是多给几口好吃食，同哥哥们闹气时多受些祖护。就这，哥哥们也看不惯，背地里经常变着法地整治调教这小三子。小三子在吃亏受气中，却把哥哥们用在他身上的坏习气、损招招都偷偷学会了，不经意间，长成了一个满肚子贼心眼儿的"坏"小子，还时不时地反过来捉弄哥哥们。到叶家后，这个一身鬼气的小精灵儿，一下子就钻进了叶家三房女人的心里。她们很快就喜欢上了这个硬实得像个铁疙瘩、整天在各房屋满地乱滚的顽皮小子。这多半是因为她们以前见惯了叶长河那种蔫相，眼前的乡下小子倒是新鲜活泛得多。现在，叶长河消失在她们视野里，这潘小龙在她们心里就占据了重要位置，尤其更受大夫人和二姨太的百般宠爱。这小龙是在多子女家庭的事儿堆里生长起来的，知道怎么在大人面前讨好取巧，因此，很快就掐摸准了叶家上下大人们的心态，变着法儿让大家喜欢自己。小小的人儿就定下一个决心：好好活，好好耍，一定要在这个大家庭里扎下根来。要让叶家的女人们喜欢，也要让叶家老爷喜欢，这对长远的事有好处。眼见着，这大上海比乡下强百倍呢。

没出两年，大夫人和二姨太就三番五次地向叶高棠建议：叶家应该收潘小龙为义子。这一年多，人小鬼大的潘小龙善于"看闲事儿"的本事，在这个大城市大户人家里有了长足的进步，相比之下，过去潘家兄妹堆里闹腾的那些事儿都是小儿科了，上海叶家女人们之间玩心眼儿、钩心斗角的活儿才是高质量的，这给了潘小龙许多潜移默化的熏染和滋养。这小儿就愈发灵光起来。对这个小精灵儿，叶高棠是从心里喜欢的，女人们不提，他早就有了收他为义子的想法。

潘大水对叶家收小龙为义子自然还是二话没说，又是一个声调地千恩万谢；叶长河的生母三姨太却心里堵得慌，可又不敢多言。终归自己生的儿子凶多吉少，没有不让叶家收义子的理儿。她心里不服气的是大夫人和二姨太，自己连个病儿也生不出来，收义子倒是有先勤的能耐。于是，就多日不给两个折腾事儿的女人好脸看。一次，二姨太又话里有话地冲三姨太的背影"刺"了一句："生了个病儿就能耐了？！要想不要脸，谁还不能生个仨俩的整壮孩儿。"三姨太装作没有听见，脚没停一下就走了。其实，三姨太知道，二姨太含沙射影，话里有话，意思是说她偷了野男人才生了叶长河。她明白，这种事，自己有八张嘴也是说不清楚的，因此，她常常选择闭嘴的方式应对二姨太的恶毒攻击。

不久，叶家搞了个隆重的仪式，正式收了潘小龙。那场面比当年和江家定娃娃亲时还要盛大，请了不少上海的名流参加活动。江水星作为叶家说正式却又非正式的一员，也被叫来参加仪式。已经长了几岁的她看出了点名堂，知道此事对她的"婆婆"三姨太不利，就一直依偎在冷着脸的三姨太身边，从心里和这个似娘非娘的人站在了一起。潘小龙得意得满场飞，江水星瞅准空子伸出一条腿，那活宝便摔了个狗啃屎。不一会，江水星水杯里就被那活宝偷放了烈酒，辣得她"吱吱"直叫。从此，江水星每来叶家，就同那潘小龙斗个不停。时间一长，江水星觉出，收拾潘小龙不像以前收拾叶长河那样轻松。这小子在乡下学会捉弄人的本事很不好对付，时时吃他的暗亏，她常常是给他下狠招才能报得了仇。一次，她在他的凳子上偷放了一把书钉，扎得他那小黑屁股蛋子血肉模糊，几天不能坐下。这一下，潘小龙就真怕了她了。他觉出，江水星的狠是从骨子里发出来的。

叶长河到了江州湾水乡旺水浜镇，潘家找了多个乡下医生给他诊断，却也没有得出一个具体的结论，笼统的说法还是"命里缺水"。偏方、土法、水疗、火医多管齐下，男术女巫白日里芦苇荡乞神，夜晚给他点药下针，总算保住了他的命。后又用药一年，状况好转，逐渐稳健下来。

潘家在旺水浜镇算得上是富足人家。潘大水多年在大上海谋差，薪水不薄，还常得到叶家慷慨资助。潘母年轻时就是镇上数得着的精明女子，也读过几年私塾，把个家操持得逐年盛强。现如今，有茶林百亩，湖塘三湾，渔船六条，宅院两处。大龙、二龙也长成了整壮劳力，山上湖里、家内家外，都能料理得开。农忙渔旺时，家里还时有雇请帮工。家境尚好，温饱不愁，人气繁茂。叶长河到了潘家，也没有觉得水乡生活有多么艰苦难熬。他身体稍有好转，心就长出了潘家地界水界，开始留意水乡的全景全色。这里的一切对他来说都是新鲜的。

江州湾位于长江下游南岸两条支流的交汇处。这两条支流一条叫左川河，一条叫右川河。这里江串湖，湖连河，江湖相依，好似瓜藤相接，恰又编织成图，犹如奔马被突然勒缰而前腿腾空，头高高昂起。这奔腾的骏马头部是一座云雾缭绕的高山，山脚下有一莫大的山坳，旺水浜镇便坐落其中。

坳中旺水浜，其地势像一把躺椅，头枕左川河，滚波起浪为它歌唱；脚伸右川河，缓缓流水为它浴足。它是江洲湾里的一个重镇，水系左右通江，湖河水旺，山势居高临下，易守难攻。战略上可进可退，是历代兵家必争之地。

潘家人用"金木水火土"阴阳家的"五行"学说解释旺水浜镇镇名，但叶长河从"山仁水智"的镇门石刻上推断，这里的祖先信奉的是儒家学说。他向潘家兄妹展现了他不薄的学识。他说："山仁水智，题字表面含有描写镇子地形地理之意，但其中深含着旺水浜镇先祖对子孙后代思想道德修养之期望。山，平和安静，有阳刚之气，稳重而忠诚；水，灵动包容，有阴柔之美，适时而动，顺势而变。因此，这里的山仁水智，对应了孔子的名言，智者乐水，仁者乐山，智者动，仁者静。"

潘家兄妹用惊奇而敬佩的眼光看着这个病秧子。潘母夸赞说："长河眼尖心灵，说得很对。镇上先祖是一位儒家先哲，他期望子子孙孙做仁者，像山一样心胸博大，诚信重义；也希望祖祖辈辈做智者，像水一样灵动流淌，心聪善良。山仁水智旺水浜，智者仁义旺水人。长河在这旺水浜定能饱受仁山智水的滋养，很快就会强壮起来的。"

潘家小妹潘水玉却说："仁呀智呀的，是长远的事，滋养也不是一天两天的事。眼前呀，要紧的是要学练咱水乡的本事，没这些本事，也难活命。"

叶长河在水乡学会的第一个本事，就是被潘水玉教会了游泳。潘家两条龙都是田里船上的劳力，无暇顾及叶长河。小妹潘水玉还上不得船，下不得田，自然就成了叶长河的玩伴儿。这水乡妹子脾性安安稳稳，说话慢声细气，一双秀气透亮的眼睛闪着纯真与专注，和她对视一会就知道她在想什么。做事却极其认真，她想好了要做的事就一根筋做到底，爹娘老子也拗不过。这也是父母从小娇惯出来的。自从她说了一句"江南三步两桥，抬脚就是水，在这水湖湾子里不会水就难活命"后，就盯住叶长河让他学游泳。

开始，叶长河死也不敢下水，水玉就陪他在湖边一坐多半天不让他回家，直逼得他自己怯生生地下水。下去了就不让他上来，她站在岸边，拿了个粗长的芦苇秆子往水里赶。再不，就也跳下水去硬往深水区拖他，任凭他要死要活地上下扑腾，她直管抓住他脚脖子一次次扎进水底。他上了岸，吐出一肚子湖水，缓过劲来，涨红着脸，突然给了水玉一记响亮的耳光。小水玉红脸一下子白了，扬起芦苇条子，冲他后背狠抽一阵，又一脚把他踹下水，扬长而去。

这次，叶长河险些溺水丢命。潘母听了叶长河的告状，便把水玉狠狠揍了一顿。而第二天，小女子水玉则把叶长河骗到芦苇荡深处莲花岛上，把他困在水里好生一番报复。他上了岸，号啕大哭。这里河流交错，芦苇茂密，没人听得见他的委屈之诉。她挂了芦秆在一旁笑，笑够了，又把他赶下水去，竿敲笨鸭，水打浮葫。她说，她就是这样被哥哥们逼着才学会游泳的。他说不下水了，要回去读书。她说读不读书她管不着，教不会他游泳，哥哥们会笑话她没本事。她慢声细语中透着不置可否的力量，他只好再下到水里去。

以前在上海时，面上张狂、行事蛮横的江水星欺负他，他心里从没有真正怕过。现在，面上文静柔顺、少言寡语，骨子里却野性十足的潘水玉，却真真让他怵了。时间一长，他还是适应了这水乡小妹子。文弱的他，小小的年纪，早早就学会了如何在各种强势女孩儿面前"逆来顺受"，并习惯了以此为乐。大兵书里有大乐子，小女娃娃周围有小趣味。"我才不跟这等女娃子一般见识呢。这叫好男不跟女斗。"他常这样安慰自己。

水妹子"芳香水玉"给少年叶长河留下的亦疼亦痒的印象，这还不是最美好的。水乡美妙景色、乡风乡情和乡下人的仁义品质、勤勉智慧，才是他终身受益的。

叶长河被潘家两条龙和水玉这只凤引领着，跑遍了江州湾水乡方圆几百里的沟沟水水。当他有精神头时，潘家兄妹就鼓励他爬坡上岗，钻苇下水，摇船推车。他学会了上树掏鸟，下网捉鱼，苇里捕蟹。当他累了玩不动时，他们便拉他背他有时还抬他走。饿了渴了，给他采莲荷吃，煮鱼汤喝。芦苇荡里各类大虾肥蟹、鱼籽龟蛋王八肉，成了他常吃的食物。不知不觉中，他的身板逐渐硬朗起来。

潘家两兄弟对叶长河的呵护是极为尽心的。大概是得了潘父潘母的反复交代：这大上海来的男孩，对于潘家举足轻重。按潘母的话说，"长河的命比潘家四个子女中任何一个的命都金贵！全家上下理应小心照料，确保万无一失。"可孩子们玩起来就没了边沿，有惊无险的事几乎天天发生。

有几次，水玉领长河出去，居然夜不归家。那是因为这对小人儿在芦苇荡里跑得太远，玩得太痴，迷了路，摸不回家了。根子全在长河身上，每次出去，他被水乡的美景吸引太深，在他眼里哪儿都是仙景，哪儿都要跑过去看看，水玉拉他都拉不回来。

第三章　粉红衫衣

叶长河长到十五岁时，他的审美情趣和文化修养都到了一个新水平，对水乡景色有了优美的文字描绘。

被秀美水乡滋养成一枝花的半大姑娘水玉，看着叶长河的文章，脸就红红的，心里痒痒的，羞怯怯地说："长河哥，你文章里写的景儿，比眼前的真景儿都好。长河哥，文章里那个水乡妹子是谁呀？你怎么把她写得像天仙一样美呀？"

长河知道她是明知故问，脸也一红，就一下跃入水中，远远潜到苇里，捉上两只肥蟹来搪塞她。

近来，水玉姑娘柔性雅致的一面愈发突显出来，野性任性的一面渐渐掩藏进了深处。这江南姑娘外在的俏丽和内在的美深深地扎进了叶长河心底，使他时不时地借境生发出一些赞美之词来。

多年后，潘水玉还清楚地记得叶长河文章里的那些好词儿。"春的桃红柳绿，夏的荷藕飘香，秋的杏林尽染，冬的雪融芦花"，都让他写遍了。每每想起，那些美景儿都会即刻呈现在她的眼前。

"碧波之上，丝竹悦耳，苇香扑鼻。""烟波浩渺，柳堤闻浪，隐湖问渔。"这些刻在脑海里的文字，使潘水玉时常想起那一次和叶长河泛舟于湖中的情景。

那天，在橹声咿呀之中，俩人悠然垂钓。一尾尾鱼儿在他手里上钓，她却兴奋得一改多日来的文静劲儿，有些忘乎所以，不小心掉入水中。他忙伸手去拉她，不料反被她带下了水。她自己并不挣扎上船，任凭他托举着一次次往船帮上救她，又一次次脱落下去。他最后用大气力举她上船，却又脱不开身了。原来，她搂住了他的脖子。她少女的芳香之气，喷到他的脸上，他的脖子便红了，心都醉了。他一个猛子扎下去，往深水区潜游，试图摆脱开她。她是什么水性，身子一翻一跃就上了他的背，就这样重叠着在水下潜游。两人都不愿破坏水中叠游沁心入肺的感觉，结果，都喝了一肚子水才不得不上来。

许多年后，叶长河告诉她，那是多么美妙的时刻呀，当时想，就这样永远潜在水底多好。

"芦花放，稻谷香，岸柳成行渔家忙"。

"水车转，牛车慢，高竖桅杆船对船"。

"女织纱，男捉虾，风吹芦苇沙沙沙"。

"流水长，波浪响，幽深苇里藏船娘"。

这些都是叶长河即兴写下赞美江南水乡的文字，也是一个上海病孩在江州湾成长过程中的切身体悟。

潘水玉对这个另类男孩的文采极为佩服，她的哥哥们打死也说不出半句这样的话来。她能揣摸得到，他的文采是由深藏心底的特别情愫生发出来的。

江州湾水乡及潘家人，给予了叶长河生命之源、生活之趣、生息之需和人间之爱，而叶长河给予潘家兄妹的却太少了。唯一使潘家人受益的，就是叶长河从上海带来的私塾先生，在教他课程的同时连潘家的兄妹都一起教了。先生在水乡五年，虽是和镇上学堂里的先生配合着专教长河的，对潘家处在学龄中的孩子却也一样严教。这是叶高棠早就安排下的。

兄妹中最能同叶长河玩得来的潘水玉，比哥哥们还多长了一些见识，那就是叶长河捧读兵书时对她的熏陶。

起初，潘水玉也像乡下人一样，把叶长河小小年纪痴读兵书视作"一大怪"：不是军中人，不学武当丁，却好兵书，这本来就怪，又见这个读兵书之人，整天支着一副一阵风就被吹倒的纸薄身板，明摆着以后与当兵无缘，却把兵书当成了三餐干粮，一天不读就像丢掉魂儿，这就更怪上加怪了。

后来，叶长河先给她讲书中打仗的故事，引起她的兴趣，又渐渐讲为什么有胜有败的道理，把难理解的兵法兵道变成通俗的家常话说给她听。慢慢地，她就听上了瘾，就常缠磨着他讲。她成了他乡下第一知己，真真理解了兵书对一个少年男孩的诱惑之所在。

最有趣的是，在叶长河的谋动策划下，潘水玉动员二龙，再由二龙私下聚集旺水浜附近三村五镇的顽皮少年们，在远离大人们的芦苇荡里，学着兵书里的样子，摆开了战场。二龙变着法扮演各派首领，叶长河当的是军师角色，水玉则乐此不疲地干起了交通员。叶长河的计谋使各派打得有声有色，激烈异常，饶有趣味。

这样的战斗，背着大人们从夏搞到秋，直到突然有一天，大人们发现少了不少渔船，赶忙撒出人去找，这才看见纵横交错的芦苇河流中，二百多水乡少年，分成两派，划着数十条小渔船和木筏子，展开了一场水上"活捉俘虏"大战。

少年两派都隐藏在芦苇深处，最终要以把对方捉捕到己方船上的人数多少论输赢。先是探听虚实，后是潜水偷袭，再就化装巧捕，最后是捕者与拒捕者在水里打成一团。

远远望去，芦苇翻滚，白浪滔天；船帮声声，杀声四起，好一派激战景象。

叶长河和潘水玉攀到一条大船的桅杆上观察战场势态，导演着这场旺水浜上空前水战。潘水玉爬上爬下，不时把叶长河的指令传给两派首领。

从小在苇里生、水里长的水乡孩子，个个水性高强，芦苇荡里捉迷藏的功夫更是了得，一时打得难分难解，高潮迭起。

正当难分胜负的时候，叶长河发现远处有"外敌"入侵。那是驾船而来捉拿孩子的家长们。

叶长河立刻让潘水玉飞速传令，全体进苇隐蔽。不多时，水面上一片寂静，再也不见少年人影。

大人们渐渐包抄过来。叶长河很快揣摸准了"外敌"的意图：他们欲分片包围少年们藏身的芦苇，然后再一个个把少年们活捉回家，打个皮开肉绽。

大概大人们清楚，再这样闹下去，说不定哪天家里的船就会被撞坏报废，也保不准哪个孩子少胳膊断腿。这多半年，经常有人家的孩子流血挂彩，青一块紫一块的回家，大人们一直没问出个所以然，今天总算知道了缘由。

叶长河见战情紧急，赶忙让潘水玉脱下粉红衫衣，打起了旗语，少年们迅速隐蔽撤离。大人们则紧追不放。

眼见着少年们情势不妙，有被抓捕到的危险。叶长河看了看风向，就让潘水玉发出了最后一道号令。

这次，潘水玉把粉红衫衣一把火点了，在桅杆高处抛向空中。火红衫衣顺风飞扬了几十米，少年各派得令行动，即刻把一片芦苇点着了。

火借风势，风助火威，在水上腾起了宽大的火龙，成功地把大人们的船阻隔到一片进不了、退不回的水域。急得大人们只有原地打转，难以前行。少年们趁机撑船而去，从一条近路快速逃窜，回到各自家中。

待天黑了，气急败坏的大人们回到家中时，不知就里的母亲们，早已让孩子们吃饱了饭，进了梦乡。

各家孩子却都被满身烟熏火燎味的父亲，从床上提拎出来。父亲们一副要吃人的样子，孩儿们都采取了同样的方法对付眼前的一切。少年们揉着惺忪的眼，装出傻愣愣的神情，都编了理由说到哪儿走亲戚去了，或到哪儿找伙伴读书识字去了，死不承认去打了水仗。"不信，你问娘！娘让咱去的。"说得理直气壮。娘见状也不得不配合，忙点头称是。今晚若不护着，孩儿非被男人揭下一层皮不可。

大多数孩子都以此招儿免受了皮肉之苦。大人们不知，这些都是叶长河提前教好了的。

多年后，江州湾水乡拉起了一支二百多人的水上抗日游击队，队伍上的重要骨干便是潘家兄妹，大多数队员都曾参加过孩提时代的水战游戏。叶长河带他们玩过的兵法兵战，发挥了潜移默化的作用。这是眼前叶长河无论如何也不会想到的。

第二天，没有挨打的少年见了叶长河，都佩服得叫他"师爷"。叶长河自然更神气活现，美滋滋的。这一美，他又着实"作"了一把，他偷了家里的两把猎枪，提了火药和铁砂，领潘水玉进入了芦苇荡深处。

他和她偷大人的猎枪不是一次两次了，都玩熟道了。可这次竟然整整玩了一天，到天黑才回家。他俩收获不少，提回了十多只各类飞禽，可叶长河后脖子根上也飞进去了两粒铁砂。这是潘水玉只顾瞄准一只肥大的飞鸟，而没注意到趴在杂草棵下的叶长河也在她枪口覆盖范围之内，就开了枪。肥鸟几乎被击断了长脖子，捎带着给叶长河脖子也点了两个小眼眼。

叶长河脖子上围了块巾子作掩饰，俩人吓得两天没敢吱声。到他发炎化了脓，潘水玉才不得不向家人自首。

不久，叶长河的生母三姨太突然驾临旺水浜，接走了叶长河。走前，给了潘家足够的报偿。

是旺水浜上的大人们到上海告了叶长河的状。三姨太说，孩子大了，也该回城了。她看到，几年前那个半死不活的病孩儿，今天成了一个健健康康的大少年，心里自然高兴。

现如今的叶长河一米六六的个子，脸上黝黑，体型偏瘦。一搭眼，虽还有些病态，但一搭手，却还有一把子力气。三姨太手被儿子攥住不放，疼得直叫。她在儿子黑胸膛上打了两拳，被顶得手腕直疼，却笑得哗哗直响。笑完了，又听说了叶长河在水乡做下的"水战壮举"，非但没有责怪，反而赞许道："没想到，我这个病猫儿长成了灵光活现的水蛟龙，说不准以后真能成为统领水兵的大将军呢。"

叶长河被母亲认可了的这副形象，之后多少年都没有大的变化。也就是说，叶长河自从离开江洲湾这一天起，个子就此封顶，再没长高半寸，也没长肉一斤，一直向人们展现着他黝黑的肤色和略显病态的容貌。面带病态，却不能说明身有疾患，恰恰是他从此后没再生过病，连跑肚拉稀、伤风感冒都很少得过。他常这样说："身体素质不以高低胖瘦论好坏。在娘肚子里就整天被药汤子喂着，出生后又喝尽了大上海和江洲湾里的各类良药，尤其还在江洲湾湖泊河汊里浸泡了整整五年，经受了民间传统医药的调理，饱尝了水之精华的滋养。这一辈子，病魔再不敢靠我身了。"

江洲湾旺水浜的生活给这个上海少年定了型，蓄了劲，垫了底。这个看上去不起眼的小个子、黑皮肤、病秧子的人物，在之后炮火连天、腥风血雨的岁月里，却一再干出惊人壮举。这是后话。

眼下，已是心计满腹的叶长河对母亲的赞许没在意，却说："回城可以，但我不能一个人走。"

三姨太疑惑地看着他。他又说："大家都不要忘记皇宫术士的话。离开水玉我则不能长命，正是有了水玉我才得以体壮如牛。"

三姨太看到水玉姑娘躲在长河身后探头探脑。水玉姑娘不失时机地说："我不想让长河哥过早地死去！跟长河哥进城，我愿意！"

潘母责怪闺女多嘴："水玉，别胡说！谁家有那么多闲钱养活你？！"

长河冲潘母说："我的命比钱金贵！这可是您常说的。有句话也是您教的，长河长，黄金黄；命长远，金不换。"

水玉姑娘又探头说:"长河哥,还有一句娘的话你忘了说。白玉白,长河来;长河来,玉更白。"

潘母说:"你又多嘴。那是小时候娘编儿歌哄你们玩的,哪能往正经事上瞎扯?这城里咱可不去呀!"

三姨太拉了潘母的手,想了想,就定了决心,说:"水玉娘,你听我说。江洲湾的事实摆在这儿,术士的话是灵验的。长河、水玉不能分离,分则凶多吉少,合之红运当头。那就先让水玉一同进城,等长河再长壮实几年,再送水玉回乡下伺候你老。您看行吗?"

水玉又说:"我愿意进城!"

潘母拍了她一巴掌,眼角渗出了泪水,说:"真是个小白眼狼,你是嫌咱乡下这个家穷了。"

水玉还是嘴硬:"小龙几年前就进城上学了,我为什么就不能上大上海的学堂?!"

"水玉妹妹聪慧过人,可在这水乡接受不了更好的教育。她若进城有好学校上,说不准比我还有前程呢。妈,你就应承让水玉进城上学吧。妈,求你了。"长河抓了三姨太的胳膊摇着。

三姨太本来没想到孩子进城后上学的事,大家你一言我一语这么一说,她就又定了个决心:"好吧,回去我就送这两个孩子上贵龙中学。水玉娘放心就是了,叶家不会亏待水玉姑娘的。"

潘母一副过意不去的神情:"叶家现在大不如从前了。还有,叶家已经替潘家收养了小龙,哪有那么多闲钱再养活一个水玉。潘家担当不起这份情呀。"

三姨太听"叶家现在大不如从前"一说,眉角一跳,眉头一皱。她知道,潘母是说去年"一·二八事变"中,叶家慷慨义捐,出船出款,支持十九路军抗击日寇,家境受到了大的损空,于是就说:"这个不用水玉娘操心。瘦死的骆驼比马大,多养三五个学生是不成问题的。现如今,叶家我说了算,就这么定了。"

潘母也没再说什么,三姨太领长河和水玉离开了旺水浜镇。

分手时,叶长河跪在船头,冲岸上泪水沾衣的潘母重重地叩了三个响头,大声说:"娘,我会常回来看您的。娘,你可要多保重呀。"这声"娘"叫得潘母撕心裂肺,她竟然不管不顾地号哭起来。

　　到旺水浜的第二年，叶长河不知不觉就跟着叶家子女管潘母叫娘了。听到长河第一次叫娘时，潘母吓了一跳，忙阻止说："长河，你可不能这么叫，大妈担当不起，担当不起呀。"水玉在一旁听了，不高兴了，过来就踹了长河一脚："这娘也是随便乱叫的？你有什么资格叫娘呀？！"长河急了，反踹了水玉一脚说："大妈对我像亲娘一样亲，我早就想这么叫了。想叫我就叫，你管得着吗？"水玉又推了长河一把："是我娘，你不能叫！再叫我就撕烂你的嘴。"长河更急了："你敢！我偏叫，娘，娘，娘！"潘母见状，劝开俩孩子，说："叫娘就叫娘，长河给我当儿子，也是我的福分。可话咱要说在前头，这个娘只能在家里叫，在外人面前不能叫，叶家来人时更不能叫，记好了？"长河点头说："记住了，娘。"

　　今天，长河一叫娘，三姨太听罢，一笑，也没多想，高调了嗓门就问了一句："长河呀，怎么叫起娘来了？这是从何叫起呀？是干娘？还是丈母娘？"

　　水玉姑娘一听，脸一下就红了，忙又躲到长河身后。长河的脸一黑，说："妈，你乱说什么呀。这些年，大妈对我就像对亲儿子一样亲，我还不该叫声娘吗？"

　　这个时候的三姨太不知怎的，突然神情茫然起来，嘴里说着"该叫，该叫"，思绪却不知飞到哪里去了。她愣怔了片刻，却又说："水玉姑娘，要不，你就别进城了吧？留下来照顾你娘更合适哩，真的，你就别去了吧。"

　　三姨太是被自己那句无意间溜出嘴儿的"丈母娘"牵走了神的。

　　水玉姑娘一听，一扭身钻进船舱不出来了，哭声却传了上来。

　　长河却提起衣箱要下船，硬硬地说："妈，那好吧，水玉不进城，我也不离开水乡。水乡多好呀！这里山好，水好，人心更好。我还没待够，不走了。"

　　三姨太拉住长河的胳膊不让他下船。

　　"潘家养活了我五年，对叶家恩重如山。叶家就不能为潘家再做一件好事，供水玉进城上几年学？"长河挣扎着非要下船，"江洲湾人都有良心，晓得知恩图报，和他们在一起，心里舒坦。我不回城了！"

　　三姨太盯了长河的眼睛半天，说："你真是这么想的？好，水玉姑娘那就一起进城。不过，长河，你可记住了，你得拿水玉姑娘当亲人待。从今以后，水玉就是你的亲妹妹。无论到什么时候，她也只能做你的亲妹妹。"

　　长河把衣箱往船板上一扔，没好气地说："这还用你说吗？她本来就是我的亲妹妹！这五年，我一直拿她当亲妹妹对待的呀。再说啦，不当亲妹妹，还能当什么？妈，我看你真是乱了心，不知瞎想到哪里去了？你以为，乡下人都像你们城里人一样满肚子花花肠子呀。"

三姨太脸挂不住了："长河，什么叫你们城里人？你在乡下才待了几年，就不是城里人了？"

长河说了一声"我不想当城里人"，就下到了舱里劝水玉姑娘去了。

第四章　舰长瑞恩

　　叶长河从旺水浜镇回到叶家时，全家上下见到病恹恹的独苗长成了一个整壮的小伙子，就都高兴得搂了他不放。

　　父亲叶高棠见了，却躲进了书房。不多时，书房里竟传出了一阵畅快的哭声。

　　叶长河站在门外，等里面的哭声止了，才进去叩拜父亲。

　　叶长河的归来，给不景气的叶宅增添了不少生气。可人们很快就发现，这个半大男人身上，虽然还有少时那种逆来顺受的影子，可骨子里却多了一种叫作野性的东西，时不时有所彰显，爆发开来。

　　叶高棠和三姨太一商量，就趁早把他送到了学校，意在尽快收收他的野性。

　　叶长河和潘水玉一起插班到了潘小龙、江水星所在的班级。

　　潘小龙和江水星两人已经在这贵龙中学读了一年多书了。俩人都聪慧勤奋，学业是班上最好的。各自又都有各自强横的招法，看似不动声色，实则早已联手成了班里的把头，先生之外他俩说了算，再顽皮凶蛮的孩子都得服服帖帖听令于他俩。长河和水玉到来，这俩人很高兴。有各家感情基础做铺垫，这四人自然能友好相处。

　　都在情窦初开的年纪，男女之间也少不了产生暧昧感觉，潘小龙与江水星明显要亲近许多，彼此更多地愿意和对方待在一起。叶长河与江水星幼时虽有姻约之定，可叶长河从未显示出与江水星之间有什么特别之处，反而经常有意疏远她，亲近潘水玉。江水星对此也是若无其事，从不强化那个娃娃亲的概念。

然而，时间一长，江水星清楚地看到，叶长河对她真没有半点兴趣，反而有意把她推给潘小龙。尽管她对叶长河也没什么感觉，但心里还是生出一腔繁杂五味来，觉得这是叶长河对她的轻慢和蔑视。

一天，仨人在江边散步。话不投机，江水星蛮性顿生，一脚把叶长河踹到了滚滚江水里。事情来得突然，潘小龙心里一惊，忙跳下去救人，自己却被杂物绊住了腿，困于深水之中。

上了岸的叶长河见江水星哭喊"救人"，就跃入水中，在一堆烂渔网处找到了潘小龙。这时，潘小龙已经没有了挣扎的力气。叶长河怎么也解不开缠死在潘小龙腿上的杂乱网绳，就疯了一般手撕牙咬，终于解脱。叶长河把奄奄一息的潘小龙抱上岸急救，实施了人工呼吸。潘小龙渐渐苏醒，江水星却不知什么时候已吓昏过去，叶长河即刻又来救她，拍胸捶背掐人中，折腾了半天。

这两人都脱离了危险，叶长河才发现自己满嘴都是血沫子。他知道，这是在水中救人啃咬网绳时弄掉了两颗牙。潘小龙直直地看着大家，呷摸着叶长河留在他口腔里的血沫子，狠命地咽了下去，流下了两行热泪："长河，你救了我一命，我记住了。"

刚醒过来的江水星一时弄不明白这两人为什么嘴角都是血沫子，就直愣愣地问缘由。那两人都冷脸对她，不理她。片刻，她想起这一切都是她那一脚惹下的祸，就不敢再吱声。这时，她发现叶长河胳膊划破了一条口子，正流着血，惊叫一声："血！"就掏了手帕给他包扎。

这仨人落水、救人一番忙乱，吸引过来了两个人。他们是从不远处码头上的一条船上下来的。那条船很特别，是在江洲湾水乡湖泊里从来未曾见到过的。叶长河从上面架设的枪炮断定，这是条军舰。

那两人走近，大家才看清其中有一个是外国海军军官，另一个是愣头半大小伙子，看上去是中国人，他先说了话："出什么事了？是谁溺水了吧，需要帮忙吗？"

叶长河盯着这人直直地看："这不是吴正雄吗？我是长河，你不认得我了？"来人愣了一下："叶长河？几年不见，你变了一个人似的。怎么，你胳膊流血了？"

吴正雄冲那外国军官说："瑞恩，长河是我朋友，你得帮他一下，到你舰上处理一下伤口吧。"那个叫瑞恩的军官犹豫了一下，随即说："那好，跟我来吧。"到了舰前，瑞恩却把吴正雄、潘小龙、江水星拦在舰下："上去太多的人不方便，这伤者跟我上吧。"

叶长河这是第一次登上军舰，眼都不够使，也忘了疼，直到军医给他包扎好，他的心还都在舰的枪炮上。瑞恩说："伤口大又深，缝了五针。这些药，拿回去吃，不然，会感染的。"叶长河的心这才回到伤口上，觉得钻心地疼。

下了舰，大家向瑞恩鞠躬致谢。回去的路上，吴正雄把大家对军舰和瑞恩的好奇给打消了。

这是一艘美国军舰，叫"杰克号"，瑞恩就是舰长。整个黄浦江里行的船，"杰克号"舰虽然算不上最大的，却是跑得最快的。吴正雄自小迷恋黄浦江，迷恋黄浦江里的船。这两年，他最喜欢的舰就数"杰克号"了，有空就到江边寻找"杰克号"的影子，看见了就在江边跟着跑，到了码头还是远远地盯，小心翼翼靠近。久而久之，舰上的人断定，这个男孩儿是个喜欢快船利舰的人，渐渐对他就放松了警惕，致使他有一次竟然偷偷爬上了"杰克号"，众官兵发现把他赶下了舰。自此以后，他一次次上去，一次次挨一顿揍被赶下来。可他不屈不挠，有机会就上。今天，他正准备再一次偷上"杰克号"时，却发现不远处江里有人溺水，便强行窜上舰去求瑞恩帮助救人，也趁机又观赏了一遭舰上景致。这次，瑞恩没有揍他，领他急忙赶到了出事地点。

同吴正雄这个老朋友重逢，叶长河自然感到高兴，居然还借机登上了"杰克号"战舰。虽是刚刚认识"杰克号"，却一下就喜欢到骨子里去了。在他心里，叶家全公司的船加在一起，也好不过"杰克号"舰。

"杰克号"战舰一下子成了大少年叶长河心目中的大明星。

19世纪中叶，美、法、英、俄等国通过条约获取了在中国江河巡航的权利。"杰克号"舰刚列装没几年，是美国长江巡航舰队中的一艘浅水炮舰，舰身长49米，宽7米，排水量205吨，吃水1.5米，最高航速18节，乘员34人。装备有2门80毫米单管主炮，7.7毫米机关枪4挺。根据美国与中国达成的协议，这艘舰以保护美国在华人员和财产安全为由，在黄浦江上巡逻，对付所谓的"江洋大盗"。

而对这些背景，少年叶长河一无所知。他开始打"杰克号"的主意，是因为崇拜这艘战舰，目的也不过和吴正雄一样，想更多地靠近并登上"杰克号"去玩。他对这艘战舰的痴迷程度和吴正雄相比，有过之而无不及。

　　九天后，叶长河由潘水玉陪着，来到"杰克号"舰下叫喊瑞恩舰长。瑞恩下来，长河夹着一条"买司干"牌香烟，小脸不笑，把烟先递上去，说："感谢舰长大人的救治，不过，好事要做到底，我这伤口愈合了，需要拆线，上海的医院水平太差，拆得疼，还请舰上的军医帮个忙。"瑞恩接过烟，看了看，笑了笑，就领他上了舰。潘水玉也怯生生地跟了上去。

　　整个拆线过程，长河都在东张西望。军医问："疼吗？"长河并不看伤口，一咧嘴："疼，疼死我了。"瑞恩拍了他一下头顶，笑说："疼什么疼，还没动手拆哪。老实点，眼别到处乱瞧。这上面可都是军事机密。"长河这才低下头看拆线，说着"慢点，慢点，这下真疼"，头又扭到一边去了。潘水玉还算安分，眼却也没闲着，好奇的目光睃来睃去。

　　过了几天，长河和水玉又来到舰前叫喊瑞恩，说线没拆好，伤口可能感染了，还需要军医处理一下。瑞恩就让人把他俩领上了舰。军医一看，好好的，没有一点感染的迹象。这时，长河和水玉一转身跑了。他们在舰上东钻西蹿起来，看前望后，摸摸这，拍拍那，好不兴奋。瑞恩知道上了当，来者是上来饱眼福的，就招呼官兵追赶他俩。他俩和兵们玩起了捉迷藏，最终被逼上了舰舷最高处，无处可逃了。

　　这时，只见他俩飞身一跃，一头扎入江水中，好大工夫不见人影儿上来。终于，长河浮出了水面，却是趴卧在江面上，这是典型的溺水征兆。瑞恩喊了一声不好，便跳入水中，把长河救上舰进行急救。倒出了一洼黄水，长河苏醒过来，眼睛还是落在舰上的光景上。

　　瑞恩突然想起什么，惊叫一声："女孩，刚才那个女孩呢？不好，出事了，赶快下江救人。"说着，就要往下跳。叶长河扯了他一下，朝江边一指。瑞恩看到，那个女孩正站在江边一条废弃的渔船上向他招手呢。

　　"刚才那女孩子跳水的动作真美。我这是第一次见到上海女孩子跳水。她的水性也真好。"瑞恩说着，就又回到了这个不要命的男孩身上，训了他几句就送他下船。可叶长河不失时机地说了一番话，使瑞恩对这个男孩产生了好奇，进而产生了好感，直至后来渐渐成了好朋友。

　　叶长河是这样说的："刚才，我用了孙子兵法之苦肉计，冒着生命危险喝了半肚子水装作溺水的。当然，敢这样做取决于我有良好水性。前提是，我也揣摸准了美国大兵顶好顶好的，不会见死不救。我装死，是源于我对'杰克号'

舰的特别喜好，想借机再一次上舰看一眼。我做梦都梦着当了海军，驾驶着'杰克号'在大海江河里飞驰。我认为，对于一个喜欢军舰的人，冒死一次而换来多看一眼心目中的明星舰是值得的。"

瑞恩愣愣地看着这个孩子不说话。叶长河说："你不信我装死？！"话音未落，抽身急窜到军舰最高处，又纵身一跃扎入江中。

瑞恩等待着男孩出现在江面上，却十多分钟不见影子。这下，瑞恩慌了，这么长时间不露头，肯定是出了危险。瑞恩正想跳入江中寻救，却听到舰的下方喊了一声："瑞恩舰长，我在这儿哪。"叶长河不知什么时候坐到了舰的锚舱处。喜欢浪漫的瑞恩也跃入江水中，顺锚链爬上了锚舱处，和男孩并排坐，聊了起来。

叶长河明白，聊点和军事有关的事才能抓住美国舰长的心。他先说孙子兵法中的苦肉计是怎么回事，又整段整段地背诵了《孙子兵法》其它各计，然后和这个美国舰长探讨起甲午战争来。虽然他的观点还有些偏颇稚浅，但这个半大的中国男孩却深深吸引住了美国舰长。

俩人聊得正浓时，叶长河无意中感到后背倚着的锚舱后板硌人，一摸是一行大字，转身一看，上写：民国一十九年江洲湾船业制造局制造。

叶长河非常吃惊："怎么？这船是中国制造的？"瑞恩笑说："怎么，你瞧不起自己的国家？江洲湾造船业是很厉害的。"

叶长河腼腆一笑："不是瞧不起自己的国家，我知道我的国家造船业和航海自古都很强，可以说是世界一流。比如，7000年前，我江洲湾先民就创制了中国最早'浮海'工具独木舟；春秋时期，在世界上最早使用了风帆；再比如，明朝郑和七下西洋，郑和船队，从规模到实力，是当时任何一个国家都无可比拟的，并且他早于哥伦布近百年发现美洲大陆澳洲等地，威震当时世界各国。今天我是吃惊，你们美国军队居然使用中国造舰船。"

瑞恩说："美国没有历史，造船业没有传统根基，哪个国家的舰船造得好，速度快，我们就购用哪个国家的，这没什么奇怪的。不过，上面的武器可是我们自己装备的。长河叶，你了不起，小小年纪，对舰船方面知识懂得很多。我要向你好好学习，也要学习中国船运史。"

瑞恩又想起了那女孩，就说："那个女孩子叫什么名字？噢，叫潘水玉。你能让她过来再跳一次水吗？她跳水的动作真美。"叶长河就向潘水玉招手，让她过来。

潘水玉站到舰上最高处，一纵一跳，一个优美动作跃入江水。兴致正浓的瑞恩也跟着跃入江中，和潘水玉打起了水仗。瑞恩想抓住这个美人鱼般的姑娘，可怎么也追逐不上。潘水玉嬉笑着，把瑞恩引入江心，就一猛子扎下去不见了。瑞恩喘着粗气找了好一会，也不见美人鱼的踪影。他感觉到有些累，就停下来浮在水面休息。这时，他才看到，那条美人鱼正和叶长河在他的舰上溜达观光呢。

很快，叶长河和潘水玉成了瑞恩的好朋友。方便的时候，瑞恩时有带这俩人上舰。这让吴正雄羡慕不已，叶长河得意地说："正雄你不行，要想和瑞恩成为好朋友，那得和他有共同语言。说白了，这要靠素质。像我这种有军事素养和舰船知识的人，瑞恩才喜欢。"吴正雄不服输，照样以挨揍换来少许溜上舰的机会。

一个貌不惊人的少年居然懂得兵道兵法。叶长河，这个能一起探讨战争、说道兵事的奇异男孩，一下子就扎进了瑞恩舰长的心里。当然，那个水性极好叫潘水玉的美人鱼，也让他久久不能忘怀，"那女孩子跳水的动作真美呀。"

上海中学时代的生活是丰富多彩的。渐渐地，叶长河与潘小龙、江水星、潘水玉等之间的关系进入了另一种状态，相互间生出了不少更加复杂的情愫。

学习之余，叶长河和文静话少的潘水玉在一起的时间最长，在她面前，他总有说不完的话，尽管更多的时候她只是笑盈盈看着他不搭话，但这丝毫不影响他说话的兴致。他说着说着，有时就冒出一些超乎寻常的暧昧话来，她则立马借故离开。在处理与叶长河的关系上，潘水玉心里主意很正，她知道叶长河与江水星有那层娃娃亲的关系，现自己又是寄人篱下，精进学业、不能惹事才是根本。正是有了这个原则，日常她有意无意地与叶长河保持着距离，用心把持着自己，也把持着叶长河。

潘小龙自然与江水星的心理距离是最近的。江水星也有这个心理感觉，但说这种感觉就是男女爱情，她也没有这么认为。自己与小龙在一起的时间多，那是因为叶长河常常躲着她而去接近潘水玉。对叶长河的这种状态，江水星心里经常是不舒服的。每当她为此郁闷的时候，潘小龙总是不失时机地出现在她的面前，变着法子冲淡她的不爽情绪。她在心里就笑，鬼精的潘小龙就是她肚里的蛔虫，常常弄得人说疼不疼，说痒不痒。

叶长河的生母三姨太，对这四个孩子的感情状况一直有心在背后里瞧着盯着。当她发现叶长河与潘水玉有某种危险信号出现时，就及时站了出来。她采取的措施是，多次在叶高棠面前提出要为叶长河和江水星操办婚事。到了男大当婚、女大当嫁的年龄，又早有娃娃亲的事实，这不应该是件什么难事。尤其是她多次从延续叶家香火的角度说事，叶高棠也就觉得这事宜早不宜迟，于是，几次亲自找了江忠仁，江忠仁就没二话可说了。叶长河也不敢有二话，而江水星表现出的是无所谓的态度。但叶长河嘴上不说二话，行动上却明显有抵触情绪，对家里筹备婚事的一系列活动不参与，不配合，还暗地里搞些破坏。江水星见状，就取消了无所谓的态度，换成了非叶长河不嫁的言行。叶长河还是嘴上不说话，却暗暗地和大家较着劲。他不在乎江水星的态度，明显刺激了江水星，使她愈发赌气。她脸皮也厚下来，到处显摆出非常积极的态度，一副急着要当新娘的样子。在叶高棠和三姨太进一步相逼时，叶长河就玩了几次跳江溺水装死的把戏。当着叶高棠的面，江水星上去踢了几脚这个溺水之人，然后指挥着潘小龙，把溺水者面朝下抬到长凳上，她一次次跳起来往那后腰上坐，直坐得叶长河暴跳起来，逃之夭夭。三姨太已经非常清楚地看到长河的心不在江水星身上，就愈发着急催叶高棠采取断然措施，尽快把这两人送入洞房。

然而，还没等叶高棠动硬，叶长河却偷偷以优异成绩，考取了有"海军黄埔军校"之称的国民政府电雷学校，且校方急催着入校报到，并出面干涉了这桩婚事。校方说，好男儿志在四方，岂能让包办婚姻捆死一个未来的海军人才。来人死盯着叶高棠的眼睛，问："是为国家培养抗日人才重要，还是为你叶家延续香火重要？国家要是亡了，你叶家人丁再兴旺还能怎样？！"这事一旦与抗击日本、国家兴亡联系起来，叶高棠态度就来个一百八十度的大转弯，即刻表示坚决支持儿子入学从军。在抗日的问题上，他叶高棠从来都是旗帜鲜明的。婚事给保家卫国的大事让路，是理所当然的，是三姨太所阻止不了的。可叶高棠心里一直纳闷，就叶长河这黑矮病秧子体态，怎么就会被校方相中了呢？

原来，叶长河考了个明显高于其他考生的文化成绩，单薄的身板也就没有成为他参军入校的障碍。本来，一个非常挑剔的考官，瞪着怀疑的目光，要把叶长河从验兵目测队伍中剔除出去。叶长河却生拉着这个叫雷恪的考官到外面急跑了个三千米，完了，叶长河大气不喘，心不急跳，轻松如初，雷恪考官反而累得呼呼直喘，坐在那儿站不起来。雷恪考官还是一副怀疑的目光，内容却完全不同了，他在问："就你这身板，能有这么快的速度？"这个时候的叶长河不敢再谦虚："我还没有完全放开跑呢，怕考官跟不上。不行，咱俩再来个游泳比赛，横渡黄浦江，十个来回，到两岸脚不能着地，看谁游得快，怎么样？"雷恪的目光变得一下复杂起来，狠狠地说："好你个叶长河，你给我等着，到军校后我再跟你算账。"

1934 年底的一个早晨，叶长河告别了上海，去了军校所在地江苏镇江报到。

叶长河之所以能够顺利离家从军，最终还是取决于叶家有了一致意见。这是叶家的一桩大事，如果不是考虑透彻了，叶长河再怎么折腾也不会达到目的。叶家认为，从根本上说，到海军学校读书是叶长河人生路上的最好选择。一来是要让叶长河一生与水为伍，补足生命之缺，长续生命之源。叶长河在水乡起死回生，健健康康地活了下来，让叶家人着实信了这独子离水则亡命、旺水则成事的术言。二来要让叶长河去实现他祖父的愿望。叶家人深知祖上的不死之愿。倭人亡我之心不死，不断以强大海军施淫威于我国江海。叶家公司的内河轮船，也经常受到外国兵舰的欺凌。让叶长河学水师战法，将来好为振兴我海军、对抗强敌尽叶家一点微薄之力。另外，三姨太还有自己的一个"小九九"：既然不能把长河与水星撮合在一起，也不能再让他与水玉姑娘朝夕相处。从这一点上讲，让长河当兵，俩人分开，也不是坏事。她从骨子里不想看到长河与这个乡下姑娘之间发生男女私情。

叶长河自己去当兵的目的也更加明确，就是要圆自己一腔热血理想。临分别时，他挥舞着拳头，激情四射地对为他送行的同伴们说："我要当一名真正的中国水兵，驾驶一艘中国自己的战舰，巡视护卫我海疆。杰克号舰虽好，可它不是中国人自己的。瑞恩虽好，可他是美国海军军官。不过，我上海校，也是为了将来能成为一名像瑞恩那样威武的却是中国自己的舰长。"

吴正雄显得很沮丧，说了一番心里话。就是这番话，轰然敲疼了叶长河的脑壳。吴正雄说："长河，你不知道，我是多么想像你一样报考海校呀，可惜我是日本人，上不了中国的海校。"

叶长河惊呆在那里，然后扳着吴正雄肩膀一字一板地问："吴正雄，你说什么？你说你是日本人？"

"是呀，我从小生在中国，长在中国。我家来上海定居已经二十多年了。"

吴正雄很冷静地说。

"可你从来没有告诉过我呀？你家也不在虹口日本人街住呀？你不是和顺中学的学生吗？那是中国孩子的学校呀？"

"日本人不一定都居住在虹口日本人街，和顺中学有好几个日本学生呢。长河，你看，我俩在一起时光顾着玩了，我从来没想起要告诉你我家的情况。可这有什么重要的吗？这和我俩做好朋友有什么关系呢？"

叶长河不再吱声，冷静下来听吴正雄说道：在上海的日本人，因职业、地位不同，分为"会社派"和"土著派"。"会社派"是指居住在英、法租界和虹口高级住宅区内中上层的日本人，如高级官吏、高级职员、大公司经理、银行支店长等，这些人把上海当作人生的中转站，从来不想在上海永久生活下去。而"土著派"则指经营小型企业、饮食业、商店、旅馆及其他行业的中下层的日本人，他们拖儿带女离开日本，把上海当作了发展事业、繁衍生息的永居地。吴正雄家属于"土著派"，在南京路和淮海路上经营着三家杂货店。吴正雄的父母起早贪黑，苦心经营，全心维持着生计，生养了两男两女四个孩子，还赡养着两个老人。买卖还算说得过去，家境也不拮据。吴正雄一再强调，他父母都是老老实实的生意人，从来没有做过对不起中国人的事。

最后分别时，叶长河说："你是日本人这件事，对我来说，是很重要的。你们日本人，太坏了，真的太坏了。不过，你不坏，你真的不坏。"

"日本人中有不少坏人，可也有不少好人，他们都有很多中国朋友。长河，我希望和你永远是好朋友。"吴正雄一脸真诚，眼里充满期待。

叶长河拍拍他的肩膀："会的，我俩永远是好朋友。还有，我的朋友潘小龙、江水星、潘水玉，他们也都是你的好朋友。对了，以后别老偷着硬上杰克号舰。你要学会和瑞恩交朋友，交了朋友才好上舰，也少挨些揍。"

俩人相拥而泣。显然，这几年的玩伴是玩出了感情的。但是，叶长河对日本人的憎恨是积聚在骨子里的。祖父在甲午战争中同日本结下的仇恨，自小就深深地扎进了他这个孙辈人心里。他在江洲湾乡下期间，上海发生了"一·二八事变"，日本人攻打上海，干尽了坏事。当时，他虽没有亲眼看到侵略者的罪恶嘴脸，可耳朵里灌满了日本鬼子的恶人恶事，在心里，对日本人的仇恨又增加了一等。最终，他还是说服了自己，在对待吴正雄的态度问题上，有了一个结论：还是具体问题具体分析吧，吴正雄终究不是侵略者，他父亲也不是军国主义分子。

叶长河与吴正雄在码头相拥而别的场面，在一旁的潘小龙他们都看在了眼里。本来，他们也是要上前和叶长河拥别的。一听说这个黑头黑脑的吴正雄是日本人，一看叶长河还和这个日本人抱着哭了，大家就都不愿意和叶长河亲近了，不冷不热地向他招招手就算告别了。

船离开了码头，叶长河喊了一句："大家要好好待吴正雄，他不是侵略者，他是我们的朋友。"

潘小龙一听转身走了。江水星表情复杂，欲言又止，也跟着潘小龙走了。潘水玉见别人都一下子疏远了叶长河，心里很不是滋味，久久地站在码头上，眼泪汪汪地向远处的客轮挥着手。站在一边的吴正雄，满脸泪水，望着远去的客轮发呆。潘水玉过来说："吴正雄，回吧。"吴正雄面无表情，眼睛依然眺望着远处："你先回吧，我在这儿再待一会儿。"

这时，吴正雄的眼里突然出现了"杰克号"舰，它正与叶长河乘坐的客轮擦肩而过。他想，叶长河肯定也发现了"杰克号"舰，说不定跑上甲板，还与瑞恩舰长告别呢。

吴正雄猜对了。此刻的叶长河在甲板上，正高喊着"瑞恩，瑞恩"。瑞恩被他的兵叫出了船长室，发现喊话的人是叶长河，就下令舰减慢速度。

叶长河用手作成喇叭："瑞恩舰长，我要去海军上学去了。等我学成了，一定要让我开开杰克号舰呀。"

"恭喜你！好好学！开杰克！好兵长河！"瑞恩举着喇叭喊。

杰克号转弯消失之际，瑞恩连续拉响了几声汽笛。叶长河知道，这是舰长朋友在向他告别致意。

别了，好舰杰克号！

别了，好舰长瑞恩！

这个年龄段的叶长河，对于杰克号舰为什么能够在中国的黄浦江里畅行无阻，对于美国海军军官瑞恩为什么来到中国，他心里还是没有一个深层的概念，与此相关的事情也看不清楚，他就知道杰克号好快，好神奇，舰长瑞恩好威武，够朋友，就从骨子里羡慕敬仰这艘舰和舰长。

叶长河走后，潘小龙在叶家越来越觉得不自在起来。城里大家族的各种微妙关系和复杂氛围，使他压抑感日渐强烈，心里总是感到不畅快。

叶长河从病孩长成了健健壮壮的正苗，叶高棠和三房夫人由此脸上光亮了许多。虽然对待潘小龙还像从前一样亲近，但潘小龙总觉得和以前不一样了，自己从心里和叶家拉远了距离。见叶长河考进了海校，心里也痒痒的，就向义父提出也要进海校学习的想法。但当年海校招考时期已过，叶父答应来年送他投考。

叶长河一去便少有音信传到潘水玉的耳朵里。叶长河没有直接写给她名下的信，寄给叶家的信也没人想到说给她听听。好长一个时期，潘水玉也郁郁寡欢。

喜欢揣摩男女心事的江水星心里明白潘水玉郁闷的缘由。潘水玉与叶长河在乡下那些年的共同生活，不可能不在这两人心底深处留下感情的烙印，这很容易就是用一生时光都抹不平的痕迹。就像她江水星与潘小龙，在那一对儿在江洲湾戏水的年月，他二人正在上海几乎天天都出双入对地上学堂，这份感情积淀也是刻骨铭心、时时泛起的。有着与叶长河那层娃娃亲的束缚，江水星时常提醒自己与潘小龙要保持距离，却越提醒心里越强化了这份情感，越不知不觉地拉近了这个距离。所以，当叶长河离去后，她与潘小龙的这份感情，在二人情愿不情愿的状态下逐渐浓烈起来。

这个时候，有事没事总爱搅和事的二姨太，明显有意想把江水星与潘小龙弄在一块。三姨太看在眼里，恨在心头，常常暗骂二姨太：这个歹毒的女人一直记恨、妒忌她生了叶家独苗，于是就处处坏她的事。这个女人歹毒就歹毒在非要把长河与水玉撮合在一起。因为歹毒女人知道，这是她三姨太最不愿看到和心里最痛的一件事情。歹毒女人的把戏是，若把水星与小龙弄在一块，那就意味着把长河留给了水玉。歹毒女人看清了水玉在长河心里的分量。

三姨太不再忍让，直接找叶高棠告了二姨太的状。大意是，江水星是叶家的娃娃亲，迟早要和叶长河结亲，这是人所共知的事情。可歹毒女人竟然教唆叶家未来的儿媳不守妇道，与潘家小龙不清不白。这个歹毒女人把江水星推给潘家，是大逆不道的，更是对叶家列祖列宗的大不敬。

叶高棠为此大发其火，二姨太吓得多日不敢着他的面。可末了，叶高棠却说出了一句在三姨太看来极其混账的话："穷乡僻壤里爬出来的泥人，哪有资格娶江家的金枝玉叶。"三姨太抓住这句话不放，大发其泼，认为叶高棠祖护那个歹毒女人，话不往根本上说。二姨太见叶高棠对她的态度有了暧昧，就又来了精神，与三姨太针锋相对地大闹了一场。

潘小龙不想掺和进叶家女人的事儿堆里，更为叶高棠那句话耿耿于怀。说到底，叶家还是从骨子里瞧不起穷乡僻壤里的潘家的，就坚定了离开叶家的想法。可他又没有尽快上海校的办法，就整天闷闷不乐，在一天向江水星倾诉了一番苦恼。没想到，江水星一阵乱笑，说："这有何难，让我父亲举荐，随时都可让你入海校学习。"

江水星请了假，跑了一趟南京，在父亲那儿闹了七天，扬言此事不解决她决不回上海上课。

无奈，江忠仁给叶高棠打电话进行了沟通。最近，叶家这边因为这个潘家小子，二房女人闹得不可开交。叶高棠想，该到让这个小子离开叶家的时候了，并且从军报国也不是什么坏事，就没再阻拦，并建议江忠仁给这小龙一个机会。

江忠仁本是军政部分管电雷学校工作的官员，送一个有志青年上学报国不是难事，就给电雷学校欧阳春校长写了一封亲笔信。欧阳春校长正好来南京公干，就在这封举荐信上写了批示，责成教务部妥办。

潘小龙拿着这封举荐信，顺利进入了电雷学校，插班到了叶长河同一个年级习训。

这封由两位重量级军政要员亲笔写的举荐信，成了潘小龙怀中宝贝，他小心珍藏起来。

之后一个时期，江水星继续在贵龙中学读书，渐渐心也烦了。潘小龙同她常有书信往来，把海校热火朝天的生活描述得诱人无比，江水星更没心思读书了。又熬了半年，不知从哪儿听说上海一家军方无线电学校正在招生，就擅自前去报了名，凭她中学扎实的学习功底和机敏的性格以及姣好的容貌，被顺利录取。

江水星拿着录取单去了一趟南京，江忠仁这才知道女儿考取了无线电学校。他告诉女儿，这所学校是戴笠的"复兴社"培训机构为培养特工而组建的。他又向有关部门进行了打探，知道女儿这一届是为海军情报部门培训通信报务人才。江水星兴奋异常，说上这所学校，既能从军，又能当特工，而这二者是她做梦都想做的事。从军很威武，特工很神奇，打着灯笼难找的好事，何乐而不为呢。江忠仁想，女儿中学将要毕业，总得找份像样的工作，而眼前女儿自己选的差事，应该说是一个比较好的选择，因此，他鼓励女儿去一搏。

江水星去"复兴社"无线电学校习训一事，叶高棠开始并不知晓。虽说是两家定了娃娃亲的，可也从没有严格按传统的做法让江水星住到叶家来。江忠仁心里一直认为，结亲并不是真正目的，当年主要是应一应叶家长河命里缺水的需求，有这一出就行了，他从没有在心里铁定以后叶江两家就是亲家了。前些时候叶家提出要成亲他也同意，后来不成亲了他也不反对，总之是从没有把江水星与叶家死死地绑在一起。因此，江水星考学被录取的事江家也就没想到通告叶家一声。事后，叶高棠也没挑理，他只是觉得把江水星送到戴笠手下不是好去处，他对戴笠这个乱世枭雄一向没有什么好感。但碍于这种模棱两可的"亲家关系"，叶高棠只能婉转着表达了自己的看法，可江忠仁却对戴笠评价很高，认为他所统领的上海无线电学校地位不低，作用不小，其负责人魏大铭是通讯情报技术培训方面的高手，觉得女儿能在这里学到真本事，将来在这个行当完全可以干出一番事业。叶高棠又听说江水星对师从无线电学校的事也是心醉神迷，觉得"好玩极了"，他就没有再说什么。

江水星兴高采烈，顺顺当当地上了无线电学校，扎扎实实地习训了十六个月。

江水星从军后半年，潘水玉读完了中学。在潘家的要求下，她离开上海，又回到了旺水浜镇。她自己回去的愿望很强烈，这里毕竟不是自己的家，长河又不在身边了，再在这里待下去，着实没什么意思了。

第五章　电雷！电雷！

让热血沸腾的叶长河始料未及的是，刚一到电雷学校报到，就被泼了一盆冷水：他被分配到了水雷专业学习。

这是学员们都不想去的专业。因为，每一个来到电雷学校的青年，都有志于在舰艇专业上学有所成，梦想将来当一名英勇的艇长、舰长，驾驶着战舰去和侵犯中国领海的日本海军进行搏杀。

学员们都知道，电雷学校的建校初衷是建设一支以鱼雷快艇和水雷为主的江防力量来阻止日军溯江进犯，所以，电雷学校不但是军校，也是战斗部队。而实际情况是，政府投入相当力量，编建了快艇大队和一批练习舰艇，加强了鱼雷快艇专业的教学力量，还聘请了德籍顾问指导教学。这个专业受重视程度显而易见，其培养出来的学员也将是中国海军的中坚力量。而水雷专业，由于校方得不到海军部的相关支持，完全靠采用外购英国、德国"S"式和"H"式两型水雷，成本过于高昂，以致规模太小，发展受限，使这一专业一直停滞不前，只有一个水雷中队在这儿支着个半空不实的架子。这一届招收的一百八十名学员和学兵，安排学水雷专业的只有三十名。加之，校方一些官员和学员学兵都有这么一个观念：水雷只是一种防御性、被动性的小型武器，战争中的水雷封锁也不过是炸沉几艘舰船而已，不像舰队那样能形成强大的战斗力。因此，习训制造、使用水雷及水雷封锁的专业未能引起足够重视。一直以来，这个专业的学员学习积极性不高，教学条件很差，教官也教不上劲。与热门专业的快艇大队相比，水雷专业冷清了许多。

每天，叶长河看到趾高气扬的鱼雷快艇专业的学员上艇习作，就气不打一处来，心情郁闷至极。这一天，他找水雷教官兼水雷中队队长雷恪发牢骚。雷恪教官对校方不重视水雷专业这一现状也有气，就附和着叶长河发泄了一通。他明知道，作为教官和中队长在学员面前发泄不满情绪，是校规所不允许的，但他还是说了不少气话。冷静下来后，他非常严厉地告诉叶长河，今天的谈话绝对不能外传，否则，师徒俩一起完蛋。

雷教官的这些气话，使叶长河非常惊讶地了解到了中国海军派系之争的内幕。

"长河呀，知道你为什么会被分配到水雷专业来吗？"

"我的入学成绩是前几名，完全可以毫无争议地进入快艇专业学习，不知怎的就给分到水雷专业了。"

"叶世龙是你祖父吧？"

"是呀，从小就听说爷爷在甲午海战中作战英勇，虽败却骨气长存。爷爷可是航海方面的专家，还就学过马尾船政学堂呢。"

"问题就出在你祖父是马尾系也就是闽系海军的元老，你是他的孙子，所以就被打入另册，发配到了水雷专业。"

叶长河睁大了眼睛。

师徒二人的这番对话是在校外的一家小酒馆里展开的。

为什么怀才不遇的雷教官单独把叶长河叫出来大碗喝酒，放开了骂娘？这是因为他觉得叶长河也怀才不遇。他一打眼就看出这小子是一个干海军的好苗子，脑袋壳里藏着不少他这个年龄段不该有的军事素养，底子厚实，人也聪颖，思维尤其敏锐，又有老海军的血统，应该说是具备了将来成为海军才俊的一切条件。就是这么个好苗苗，却给栽到了他脚下这块盐碱地上。

雷恪是在德国留学两年的高才生，又有丰富的航海经验，校方居然把他闲置起来，让他带着成不了气候的一小撮小后生，整天鼓捣水雷听响儿。他曾打探、观察、思考了很长时间，最终找到自己被'闲栽'的理由。最近，他也很快弄清了叶长河为什么被'闲栽'的原因："长河呀，来来来，咱师徒俩再干一满杯。要想知道你为什么被'闲栽'，这得给你讲讲海军多年来的大背景。你听好了，这些话以后绝对不敢随便再提，这要让上司知道了就不是被'闲栽'的问题了，那得统统被活埋。"

"国民党海军呀，传统上由四个派系组成，被国人称为'四海'。这'一海'呀，是陈绍宽的中央海军，这是中国海军主力舰队，人员多半来自福建，称为闽系，也叫马尾系，对了，就是你爷爷曾经待过的那个系。这一海可是最牛的，喝英国茶，说英国话，放英国屁，处处摆出一副皇家海军的绅士派头。这'二海"呀，是沈鸿烈的东北海军，大多数军官为留日海军人员，整天满嘴'八嘎呀路'，不过，作战不是孬种，'九一八'后退居青岛，自成青岛系。这'三海'呢，就是咱们的电雷系电雷学校了。这是咱蒋老板在海军的嫡系部队，人称中国海军中的'黄埔军校'，按说，这最牛的应该是咱电雷，可我们却牛不起来，为什么电雷系由蒋老板撑腰还当孙子，一会儿我讲给你听。还有这'四海'，就是陈策的老牌儿的革命党海军广东系了。这个系没有多少提得起来要多说的。

"这些年，整个海军一直强调'四海'要精诚团结，到处打出'四海一心'的牌子，可这四个派系就是尿不到一个壶里，互相掣肘，你整我，我整你，矛盾纠葛越整越深，以至于到了今天水火不相容的地步。我知道你要问，蒋老板为什么不动硬玩狠一统海军天下？说来话长哪，这和咱海军这个兵种的性质密切相关。

"海军的这种怪现象，是由其兵种的特殊性造成的。它不像陆军，有枪有人就能拉起一支队伍，会打枪能跑路就能打仗，但海军不行呀，海军是专业性、技术性很强的兵种，海军军人尤其是军官，必须是海校毕业，都要具备很强的专业技能。这方面，历史较长的闽系实力最强，而闽系却牢牢握在陈绍宽手掌心中。所以，南京国民政府海军部成立时，最牛的闽系海军就成了'中央海军'。

"咱蒋老板在陆军、空军说一不二，但在海军根本就不是那么回事，中央海军完全掌握在闽系集团手中。因此，蒋老板需要借助闽系的陈绍宽控制中央海军。在海军说话，有时还要看看陈绍宽的脸色。但是，咱蒋老板也不是吃干饭的，后来，抓住一个机会就大干了一把，这一干就把咱电雷系干出来了。那是一九三二年'一·二八'淞沪事变中，日本海军要打我们了，停泊在黄浦江上的闽系海军第一舰队却作壁上观，保存实力，消极避战，致使日本海军舰艇入侵长江，一度威胁南京。京畿震动，举国哗然，朝野上下对闽系海军一片挞伐之声。

"机会来了，蒋老板认为国事紧急，建立一支自己嫡系海军的时机已经成熟，遂跳过陈绍宽的海军部，委派从闽系中脱离出来、曾随孙中山在广东参加护法的欧阳春中将，到镇江北固山的甘露寺创立了电雷学校，我们的电雷系这才就此诞生。可惧于闽系的雄厚实力，咱蒋老板也没敢借闽系消极避战而严厉处理第一舰队，陈绍宽继续把持着海军部。

"下面，说说我自己吧。我原是马尾海校轮机系学员，也算是闽系的人。我等数十名热血青年学员，对闽系海军舰队在'一·二八事变'中消极避战非常气愤，一再发表不满言论，又屡教不改，后来就被马尾海校开除了。我等本来就为身为闽系海校的学员而感到耻辱，也就大义昂然地离校而去，我和其他五个弟兄就投奔到了电雷学校。电雷校方自然高兴，大作一番文章给闽系海校看，把我等三人送到德国去进修。陈绍宽对此非常气愤，咱们欧阳春校长却洋洋自得许久。可是，我等从德国进修回校后，电雷校方却把我弄到水雷系闲置起来了。变化莫测嘛，莫名其妙嘛，你说窝火不窝火？

"还好，我很快找到了自己被'闲裁'的原因。说到底不是我人品、素质、学识的原因，而是电雷校方对有闽系经历的人不信任造成的。这种不信任，开始还是暗地里的，后来就明朗化了。招生时要先看籍贯，严格杜绝福建人进入，对已经进入电雷学校与闽系海军有关联的人也严加防范，有的被以种种借口清除掉了，以保证电雷系的纯洁性。还好，鉴于我的才干学识，没有被清除，勉强给了个闲差。电雷学校着力培养非闽系海军干部的意图非常明确，陈绍宽也加紧了对电雷系的排挤。

"你看，这派系之争之防何时了呀。从总体实力上看，目前，咱电雷系是干不过闽系的，咱们不得不装孙子。可闽系'老子第一、唯我老大'的观念一再膨胀，越来越强势欺人，咱们光装孙子不行，他还硬逼着咱们从骨子里认为自己就是孙子。你不知道闽系海军有多么不可理喻，对咱电雷学校简直是极度歧视，居然不承认我们属于海军，也不许我们在公开场合穿着海军服。后经欧阳春校长再三争取，才获得了海军制服的穿着权，但帽檐上不得绣有'中华民国海军'，必须绣上电雷学校字样。你说气人不气人？！"

叶长河听完雷恪教官的这一番长谈，非但没有加深郁闷，反而一下豁然通亮了，于是，说了一番让雷恪教官刮目相看的言语："现在，我彻底清楚了你我为什么被'闲裁'在水雷系了。不过，这种状况是由大气候所决定的，你我都奈何不了。还有，电雷校方内部重视鱼雷快艇专业而轻视水雷专业，也不是我等所扭转得了的。我们只有一种选择，既来之，则安之，则学之。水雷专业难道就真的没有出路，没有出息，没有用武之地了吗？我不信！你我应该全身心投入到所学专业、所教专业之中去，非弄出个大动静来让校方、让蒋老板听听不可。你我不能再闷闷不乐了，不能再怀才不遇、怨天尤人了。行动起来才是正道，你说呢，教官？"

雷恪听罢，端起一杯酒一饮而尽，然后当胸给了叶长河一拳："没看出，你一个学生伢子，居然有如此坦荡的胸怀？还教导起我教官来了？行，有种，要想当一名合格的海军军官，就得有大海一样的胸襟，这样才能成就一番大事业。不像海军当局，还四海一心哪，都他妈的小家子气，个个只有窝里斗的本事，心眼像针鼻一样小，能成什么大气候？中国海军非葬送在他们手里不可。"

叶长河饮下一杯酒，一拍桌子，站了起来，大着胆子喊了一声："教官，以后咱们不议论上头的这些破事了，行吗？从今以后，你带领我们把水雷专业搞扎实，才不负大家一片报国之心，不然，我们就都废了。像你我这样的有志之人，谁想只每天骂娘，何不从我做起，实实在在为国家做点实事呢。当前，你我的正确态度是，让学啥就学啥并且要真正学好它，让教啥就教啥并且把学生都教成本专业的优秀人才，你说呢，教官？"

"怎么，又教导起老师来了？下不为例呀。嘿嘿嘿，没想到，和一个学生伢子喝酒还喝痛快了，思想也居然被学生教导通了，真邪门了。好了，长河，你这个少年老成的学生我带定了，我敢断定你小子是个人物，将来定能在海军中干出一番惊天动地的事业来。"雷恪又当胸给了叶长河三拳，"咱俩连喝他娘的三杯，干！"

"教官，您一个德国留学回来的高才生，怎么老是满嘴脏话？以后可要为人师表哟。"叶长河借着酒劲壮着胆子也给了教官一拳。雷恪瞪了两下通红的眼珠子，又"嘿嘿"地笑了。

这一天，俩人都喝了个翻江倒海，卡腰站在江边，雄壮地吐了个底朝天。

一场醉酒喝通了思想，叶长河郁闷心情一扫而光，但在两个多月之后，这种坏情绪又反复了一次。

一天，叶长河在鱼雷快艇学员队伍中，突然发现了一张熟悉的面孔。那人居然是潘小龙。叶长河望着那支队伍牛气哄哄地上了一艘快艇，快速离去。

晚上，潘小龙满脸兴奋地来找叶长河。叶长河这才知道，潘小龙插班到了快艇一大队二中队，成了一名快艇专业的正式学员。

"为什么？为什么开学都两个多月了你还能插班进来？尤其是还插班到了快艇专业？"叶长河盯着他问。

潘小龙自小歪心眼多，没有告诉叶长河那封举荐信的事，只是淡淡地说："还能为什么？校方专门派三个教官到上海面试了我三天，我的成绩非常优秀。教官说，比你们正式考进来的学员成绩还要好一等。这不就把我分到热门专业了，没办法，好事来了，想躲都躲不过去。"

"算了吧潘小龙，在中学，哪次考试你不比我低一等？怎么，三个教官一去，就把你这块烂地瓜烤成金镶玉了？"

"信不信由你，反正我是凭本事考进了快艇专业的。别泄气呀，你我的专业没有高低贵贱之分，学好了，都能报效国家，当然，这里面有一个贡献大小的问题。"

"呵，刚上快艇就真牛气上了，我还不信这个邪了，天底下没有水雷炸不翻快艇的道理。你等着，总有一天，我们水雷中队会把你们快艇大队炸个人仰马翻。"

"行了，别自己给自己长志气了。你要想改专业到我们快艇来学习，赶快找找人，不行，就去托托江水星的关系，别忘了，她可是你媳妇呀。"

"哼，今后，我宁可整夜抱着水雷睡觉，也不找她江水星做媳妇。留给你吧，她可是个宝贝，江忠仁老爷子这棵大树可好乘凉哟。你插班进快艇专业，未必不是沾了江氏父女的光。不过，你放心，我现在不吃醋，将来也不会吃醋。"

"长河，这至于吗？你什么意思呀？我们是兄弟，你别把进不了快艇专业的气撒到我身上，真是的。"

"行了行了，不说了。小龙，不管怎么说，来了，就好好珍惜，你若不在快艇上学出点名堂来，你就对不起人家江家。"

"这还用你教导我？你看你那副少年老成的模样，教师爷似的。行，长河，咱俩比着看，走着瞧，看谁能学出大名堂来。"

"好了，小龙，你回去吧。我还得去实验室，雷教官还等着我呢。"

潘小龙扔下从上海捎来的一些吃食，转身走了。叶长河一肚子气，提起吃食去了实验室。雷恪教官见送来了好吃的，很高兴，嚼着上海滩牌"咯嘣脆"，劝长河别郁闷："你那么大的志向，还见不得人家小龙有个好去处？稍安勿躁！稍安勿躁呀！"

雷恪又说，听说这潘小龙很有来头，有大人物的举荐哩。这可以理解，这年月都讲究个门第出身，在乎靠山背景。比如，出身名门望族是傲视他人的原始资本。当然，一个人的出身无法选择，退而求其次，那就要看一个人的"出处"了，也就是看一个人的政治身份或者后台背景。什么"英雄不问出处"，那都是瞎话，说到底是那些掌握话语权的人做贼心虚时的自我掩饰。现在，海军派别林立，一个人要想在变化莫测的各派中站稳脚跟，趸摸到一条好出路，要么同时具备良好的"出身"和"出处"，要么二者居其一。

叶长河脑袋悟性极高，一点就通，他接了教官的话说："那个潘小龙出身卑微，根基浅薄，没有良好的出身，却非常精明地找到了一个过得硬的出处。凭我对他的了解，他今后肯定要把这个出处用到极致。这就是政治上的少年老成，他比我强，我只是生理上的少年老成。还有，这出身和出处也得具体情况具体分析。比如，我有祖父闽系元老的血统和出身，可这个背景在电雷这个地盘上却成了祸害；再比如，教官你有背叛马尾投奔电雷的出处，可这出处只有被一时利用的价值，过了那个风头，这个出处也就成了被人防的因素。"

雷恪听罢，沉思片刻没说话，扔过一本《水雷世界》说："师徒俩除了谈论这恶心人的政治关系，还干不干点正事啦？去，看看这本书，看了就知道水雷在战争中的重要作用了，就不会小看咱自己的专业了。"

叶长河把书又扔了回去："这是本好书，我都翻了三遍了。要等老师您推荐好书看，我都饿死了。"

叶长河一脸自信地谈了他的读后感。

"我认为，现代水雷的优长有五。其一，雷体内装填炸药多，破坏威力大。一枚大型水雷即可炸沉一艘中型军舰，或重创一艘大型战舰。其二，水雷在水里的隐蔽性能好，根据需要随处可布设，难于发现和探测到。其三，水雷时效性长，可构成对敌较长时间的威胁，有的甚至达几十年。其四，使用便利，水面舰艇、潜艇和航空兵都可用来布放水雷，商船、渔轮在战时也可被征用来布放水雷。其五，水雷是费效比极高的战术武器，用好了它会威力巨大，被战术专家视为'兵力倍增器'，而水雷武器造价低廉，对弱小国家更具诱惑力，被称为'穷国的武器'。总而言之，言而总之，通过这几个月教官课堂教导和自己课外看书学习，我真正领略到了水雷是个好东西，是不可忽视、值得重用的好东西。尤其对于我们国家经济现状来说，更是如此。可是，在我国军界，在我们电雷系统，水雷的作用经常被低估。这种状况要改变，不改变，在未来战争中要吃亏。"

雷教官满嘴欲塞地嚼着吃着，发出"咯嘣嘣"的响声，用眼神鼓励叶长河说下去。

"水雷战是海战中不可或缺的一种作战样式，作为海校，不仅要培训各种水雷的制造方法、布雷技术、反雷技术，更重要的是要研究水雷战法，这很关键。电雷学校目前的重视程度，远远不能适应眼前和今后对日作战的需要，小日本侵略我领海，欲深入我内河，水雷战将是对付日本鬼子的很好方式。这一点，得想办法让校方知道。"

雷恪吃好了，又喝了一大杯水，然后说："长河呀，这是校方的事，就不用你操心了。眼前哪，你要和同学们一起，把制造水雷、布设水雷的基本技能学到手，学精通了，至于增加更高深的水雷战术课嘛，那不是一般长官能决定得了的，要等待时机。"

"明白，教官！"叶长河打了一个立正，精神抖擞地敬了个礼。

第六章　　水雷中队

1936 年 2 月，电雷学校迁到了江阴黄山港。迁址后最大的变化是，蒋介石亲自兼任了电雷学校校长，欧阳春改任教育长，具体负责学校实际事务。

这一重大改变，带来了鱼雷快艇大队进一步的快速发展，水雷中队被轻视的现状却没有任何改变。水雷专业的三十名学员依然要当孙子。而事实上，水雷专业的这帮孙子内心是强大的。他们在雷恪教官的调教和育导下，水雷专业课程学得深入扎实，技术水平长足攀升，只是校方考试方式单一，加之专业歧视，学员的能力素质尚未得到全面检验。对此，雷恪教官劝导大家："孙子要当出爷的范儿来。我们不怕别人瞧不起，就怕自己瞧不起自己。水雷中队的每一个学员都不是孬种，到什么时候都不能气馁，要再学，再学，一而再地学，多学了，学好了，咱们就等着。是金子总会发光的，是快刀总要见血的，是海军总要启用咱水雷兵的。我敢断言，日本鬼子的海军总有一天要吃咱电雷学校水雷系一记黑拳。现在，我们的任务就是把拳头练硬了，练成铁拳，练成铁砂掌，耐心等待着有用武之地的那一天。"

叶长河冷不丁冒出一句："快艇大队的那些爷们被宠得惯得整天嗷嗷叫，咱水雷中队的孙子们憋屈得整天吭哧吭哧放闷屁。要知道，不叫的狗才咬人，总有一天我会让上峰知道水雷中队的厉害。到那时，看谁还敢轻视咱水雷？！"

雷恪一愣，说："咱秃鸡经常会有一些让人惊喜的想法，秃鸡，你今天又有什么鬼点子？讲出来给大家听听。"

"教官，你都无可奈何，我能有什么好办法？嗨，嗨，各位，我再次提出强烈抗议，今后谁再叫我外号，小心我把他的毛燎了，让他变成烧家雀，当一辈子太监。"叶长河冲雷恪吼了一嗓子。

叶长河外号"秃鸡"有一段惊险的来历。

数月前一个晚上，叶长河一人在实验室捣鼓液态水雷用药，不小心燃着了火。他身上穿了防护服，脸上戴上了防护罩，可头上忘了戴上防护帽。突然蹿起的火焰，把他的头发燎糊了，还好，头皮只是轻度烧伤，很快就好了，可很长一段时间却长不出头发来。他痛苦了一些日子，后来，也想开了，秃子就秃子，不挡吃不挡喝的，有什么了不起，再说，军人秃头更显几份威武。他说服了自己，却挡不住同学老叫外号取笑他。今天，教官也居然在课堂上大叫他的外号，他就不能客气了。

叶长河几句硬硬的顶撞，引来大家哄堂大笑。雷教官满脸涨红，心说，这叶长河居然敢当众羞辱教官，这胆子也太大了。

当堂要火燎雷教官的毛，这还算不上胆子大，数日后，叶长河干出了一件惊心动魄的大事，那才叫狗胆包天，真真地反了他了。

这一天，电雷学校接到通知：蒋委员长不日要光临学校视察。军政部分管电雷学校工作的次长江忠仁，要先行到校检查迎接委员长的准备工作。

全校总动员，打扫卫生，张贴标语横幅，准备汇报稿，确定视察点和各点内容，一日三餐怎么吃，到各点相怎么照，等等，一切都井然有序地准备妥当。尤其，委员长乘舰所要经过的水域航道、上岸道路和到各个视察点的安全，都做到了预案周全，细而又细，措施得力，万无一失。

蒋委员长来视察的前两天，电雷学校派出刚配发的小型练习舰，把来打前站的江忠仁从江中的大型军舰上接下来，缓缓向学校所在水域码头开来。舰上有校方各位长官作陪，另从快艇系挑选了二十名精干学员，列队于舰上两侧，担当护卫兵。今天的一切，都按两天后接待蒋委员长的规格和程序走一遍，这是视察前必做的一次演练。

谁也没有想到，演练发生了出人意料的事故。当练习舰驶到距离码头五百多米的水域时，突然传出一声沉闷的爆炸声，瞬间，舰首前水帘水柱冲天而起。

全舰上的人都惊呆了。

随着一阵水珠子落到甲板上，站在学员护卫队中的潘小龙，反应迅速，奋力跃起，一下扑倒在江忠仁身上，艇上的人也随即趴倒一片。

　　在人们惊魂未定之时，舰前方又冒出几处异物，仔细一看是漂浮水雷。这时，舰已不知所措，直直地向水雷撞去。人们在心里叫了一声"完了"。

　　然而，水雷并没有爆炸。舰幸运地躲过了一劫。不料，前面又有水雷浮出，舰慌乱地停车，倒车，可舰后方也突然冒出几枚水雷。顿时，舰上乱作一团。

　　潘小龙爬起，大喊一声："后面有雷，原地停车！"驾驶员头脑一片空白，哪里还停得住。潘小龙三步并作两步冲进驾驶舱，把呆愣了的驾驶员推到一边，麻利地上前把舵，操纵停车，并迅速抛了锚。

　　这时，潘小龙和正在往外跑的一个女军官挤卡在了舱口处，谁也出不去。潘小龙骂道："妈的，哪来的女人在这里碍事。"就一把把那女军官推倒在一边。

　　潘小龙跑到甲板上，见江忠仁和校方长官都已经站定。江忠仁还算清醒，大喊道："欧阳教育长，你这安保工作怎么做的？赶快让人排雷！"

　　校方预案中并没有防备水雷袭击的措施，也没有安排专业排雷人员在舰上。欧阳春心里更加慌乱，只是大喊："马上给我排雷！马上给我排雷！"具体怎么排，由谁去排，却下达不出明确的命令。

　　舰上一阵沉默。就在这时，又一意外情况出现了。在不远处的芦苇荡里，突然驰出了十条渔船，船上各有三人，有序而迅速地向军舰驶来。

　　欧阳春一时没有想明白，在自己的港口附近怎么会有这么多水雷出现，一见远处又有十余条船奔驰而来，心里就有了结论：军舰遭到了敌人的埋伏。但这股力量是红军，还是土匪，或是日本鬼子，他还拿捏不准。于是，就大喊："全体注意，准备战斗！机枪手瞄准最前面的那条船，准备射击！"

　　"且慢！"江忠仁高喊，"据我情报部门提供的情况，这一带并没有敌对力量，红军、日军、土匪，在这里都没有队伍。情报官，你们提供的情报准不准呀？"

　　一个女情报官来到江忠仁身边："报告长官，为了保障委员长视察电雷的安全，这些天，我们进行了周密精细的情报搜集、研判，对这一带开展了详尽而深入的敌社情排查，我敢保证这一带没有任何敌对势力和土匪的队伍存在。"

　　这时，那些渔船已经在军舰周围散开，每条船上跳下两个人，在各自小船周围的水域展开了作业。

　　潘小龙首先发现，站在一条渔船上指挥作业的是一个光头青年。人们也很快发现，十条渔船上都是军人。

潘小龙走近欧阳春悄声说："教育长，水里都是我们学校的人，那个光头叫叶长河，是水雷专业的学员。"

欧阳春听罢，灵机一动，顺水推舟，大声喊道："水雷系学员，听我命令，立即下水排雷！"水下早有几枚水雷排出，放到了渔船上。

舰上的人们这才放松了收紧的心，有人鼓起了掌。潘小龙侧脸看到，江忠仁已经泰然如初，严肃的神情中有了几许笑意，也沉稳地鼓起了掌。

潘小龙心里笑了一下，就觉得背后有人狠狠地拧了他一把，回头一看，愣住了。站在他身后的是身着军装的江水星。

江水星悄声说："好你个潘小龙，刚才你不顾我的死活，狠狠地把我推倒在了舱里，差点撞破我的头。"说着，撩起额头发帘，果然有一个枣大的红包。

潘小龙这才想起，在驾驶舱内只顾着急停船，没有来得及看清那女军官的面容。江水星向江忠仁报告情况时，他站在她后方队列里，也没看清她的模样。

潘小龙愣愣地看着她，说不出话来。江水星说："傻看什么呀，一年多不见就不认识了？你可别想美事呀，到这里，我可不是来看你的。"

潘小龙蹦出了一番话，又招来江水星狠狠地一拧。"我知道你不是来看我的，你是来看你男人叶长河的。看吧，那头船上正指手画脚的秃鸡，就是叶长河。刚才差点让机枪给扫了。不过，在长官们陷入尴尬境地之时，他叶长河出人意料地前来排雷，在关键时候发挥了关键作用。这下，他可出尽风头了。你看把他威风的，俨然像个大舰长。你的好男人哟，能得他！"

江水星从牙缝里挤出一句话："别胡说！什么我男人我男人的，他叶长河到什么时候都不会成为我男人了。你再胡说，我拧烂了你。"说着，又拧了他一把。

潘小龙咧着嘴，赶忙躲开。

水雷中队三十名学员非常专业地把军舰周围的水雷排除干净，又向周围扩展三百米进行了一番搜寻。

众渔船驶临军舰，光头向舰上敬礼，亮起嗓子："报告教育长，舰周围水雷排除完毕，扩展水域也未发现水雷，军舰可以安全靠岸了。报告人，水雷中队值星班长叶长河。"

欧阳春用激昂的声音喊道："水雷中队学员排雷有功，记嘉勉一次。我命令你们，把排出的水雷运到安全处，保护起来，等待验查。"

叶长河挺了挺胸脯，喊道："明白！"接令离去。在叶长河调转船头离开时，江水星不知从哪儿摸出一个大苹果，砸了过去，正好砸在了叶长河后脑勺上，落入舱内。叶长河一惊一回头，就看到了一个漂亮女军官正朝他挥手。他定了定神，确切地看清了那个女军官就是江水星。

叶长河早就得知了江水星已从军的情况，但还从来没有见过她着军装的样子。今天远远一看，尽管看不详尽，脑海里却即刻出现了清晰的影像：一个活生生的威武与妖娆叠加的女军官迎风站立在舰首。他心里早就说过，江水星穿上军装，肯定是世界上最有味道的女人。于是，他冲那最有味道的女人一笑，捡起苹果，一口咬定，夸张地大嚼起来。

江忠仁看到了这一细节，心生不快，悄声对江水星说："这次来你有你的任务，不是来探亲访友的，可不许张狂呀。若闹出出格的事，我可不饶你！"江水星吐了吐舌头，忙躲到了一边。

刚才的爆炸没有造成损坏，军舰顺利靠岸。下舰时，欧阳春悄声叮嘱李副官："次长一离岸，立即下令封锁这一带水域和芦苇，彻底调查这一重大事故。要弄清水雷从何而来？是谁布设？动机何在？限你天黑前完成调查！与此相关的人该抓的抓，该关的关。调查结果要严格保密，只报我一人。"

江忠仁的检查验收工作按原计划进行。

傍晚，李副官汇报了调查结果，欧阳春吃惊不小。李副官说："这是水雷中队一次有预谋的行动。他们背着校方，擅自在航道上布设了水雷，意在以此制造事端，引起江忠仁次长和校方对水雷中队的重视。不过，那些水雷都是假的，是没有填药的教练水雷。只有那枚爆炸的是电控真水雷，但也只注入了少量的炸药，其爆炸力不足以对舰造成任何伤害。他们想用这一爆，来制造如临实战的效果。他们的目的达到了。当时，舰上所有的人都以为真的进入了雷区。"

欧阳春听罢，火冒三丈，把水杯摔了个粉碎："水雷中队真是胆大包天！他们不知道这是严重违反军纪的行为吗？如果是战时，这是要枪毙人的。"

"他们应该想到了其严重后果。他们认为，付出这样的代价，换来上峰对水雷中队以及水雷战的重视，值得。"李副官站在气愤难消的教育长身后，不敢大声说话。

"既然如此，那就让水雷中队付出沉重代价。查出策划组织者，开除军籍，依法判刑。这可不是一般的事故，此次不严惩，以后还不知要闹出什么出格的事情来，眼前也没法向次长交代。"

"现已查明，策划和组织者正是水雷教官雷恪。学员们都是在执行他的指令。"

"好哇，一个教官为专业之争，竟然如此冒犯军纪，这次绝不轻饶。雷恪是闽系过来的，一直认为我们电雷给他穿小鞋，长期对他在水雷系施教不满。今天，他终于孤注一掷，闹出了这么大的动静。什么留德高才生？严办不足惜。"

"这事的真相，次长还不知道。当时那一刻，只是惊了他，看上去他没有太在意。"

"江忠仁是老江湖，有事不会表现在脸上。我断定，他不会放过此事的，只是在等我们给他个说法。"

"暂时不报行不行？果真报了实情，蒋委员长后天还能来视察吗？不但不来，还可能要追究校方的领导责任，到那时大家都会受处分。"

"不如实上报怎么办？你有什么高招？"

"这事可是个棘手而敏感的大事，上纲上线说校方谋害党国要员，也不是没有一点根据。我看，这事过了今夜，缓一缓再说。晚上，召集校方几个主要长官再议一议，也许就有了破解妙招。"

"看来也只有如此了。今晚的接风晚宴还是要搞好的。次长要问起这事来，就说正在调查，明天再报。"

晚宴开始，江忠仁看上去还有些兴致，连喝了两杯酒，就不说话了。

欧阳春又站起来领酒，江忠仁沉下脸说："不喝了！事情都发生好几个小时了，怎么还没有个回应？既然你们不说，那我就不得不问了，欧阳春大人，今天到底发生了什么？"

欧阳春独自喝了个满杯，说："我代表校方向次长赔罪，让你受惊了。"

"我没受惊，大风大浪我见识多了，这点小浪头还能吓着我？！事情总是个事情，你们得有个准话给我。"江忠仁也独自喝了一杯，等欧阳春说话。

欧阳春有些慌了："我们正组织人调查，明天，明天一定查清。"

江忠仁站起身，"啪"地把杯子一摔："后天，委员长就要来了，你们居然还说明天查清。难道这就是电雷学校的一贯做派吗？我遇到一些危险不要紧，委员长可不能受到半点惊吓！水雷包围了我的舰，还来了个当头一爆，这么大的事，你们都敢拖到明天？！"

江忠仁起身离去，把众人晾在了那里。片刻，欧阳春端一杯酒，一扬脖子"咕咚"喝了下去，也把杯子一摔，说："奶奶的，回去开会！"

这边，校方长官们开着会。那边，雷恪和叶长河两人都没有吃晚饭，也在大眼瞪小眼地开碰头会。

雷恪一副气急败坏的样子："只有你叶长河才能干出这种事来，你摸摸你有几个脑袋？我恨不能活吞了你。"

叶长河脖子梗梗的，一副死硬死硬的态度："好汉做事好汉当。这事，雷教官你压根就不知道，全是我一手策划和组织的，你不能把责任全揽到自己身上。还有，是我假传了教官的指令，对学员们说是校方安排的演习，因此，这二十九个弟兄是在执行命令，他们也没有责任。全是我一人的过，与任何人无关，要杀要剐由他们去吧。水雷系这样憋憋屈屈半死不活的发展，也培养不出什么高水平的学生来，将来到战场上也是一个挨打送死的主，还不如现在让他们整死。整死也不冤枉，好在为咱水雷系出了一口气。我这就去找长官说明真相。"

雷恪朝他秃头上"啪"地扇了一巴掌："这责任你承担得起吗？闹不好要枪毙你。毙了你，我的责任也得照样负，还不如我一人揽下来，保全你和其他学员。好了，就这么定了，我俩统一口径，你和学员们都在执行我的指令。给我记住了，谁来调查也这么说。今天校方来查时，我就是这么说的，咱俩可别穿帮。"叶长河还是坚持要说出真相，自己承担责任。

"你我师生一年多了，你又是我最器重的弟子，彼此感情很深，我俩不能一起毁了。我再说一遍，我是教官，无论如何也脱不了干系的，只是一个处理的轻重问题。而你一旦承认了，你就完了。我早看准了，你将来是个干海军的大人才，比我有发展，我必须保你。保住你，也是对国家的贡献。你要明白这个道理，我一个人承担是最好的选择。"雷恪含着眼泪说。

叶长河低下头，不再吱声。

"校方正在开会，我去进一步把事情说清楚。"雷恪开门走了。

雷恪前脚走，叶长河后脚就出了门。

叶长河这个愣头青，他要一条道走到黑。他决定，越过校方，直接去招待官邸见江忠仁。

叶长河走到招待官邸一楼时，听到旁边一个房间里传出了江水星的笑声。他想绕过去，上二楼找江忠仁。江水星发现了他。

潘小龙也在，俩人正聊得热火朝天。见叶长河冷着脸，江水星说："你今天指挥着船队排雷，很威风嘛，尽管是渔船队，还是蛮像那么回事的。怎么，现在冷若冰霜了？"

叶长河低着头，没有吱声。

江水星又说："见我来了不高兴是吧？我声明，我来此不是看你叶长河的，我有公干，受情报部委派对学员进行政审。"

叶长河很敏感："政审谁？"

"情报部的例行工作，不针对谁，全体都过一遍。这么心虚？你有什么问题怕审？"江水星笑笑说。

叶长河用异样的眼神上下打量一番江水星，说："我没什么怕审的，倒是要审视审视你。气度不凡嘛，这军装穿在身上很夺目，全身尽是掩饰不住的妖娆。"

江水星整了整衣领，来了个立正动作，两腿绷紧，收腹，挺胸，抬头，张嘴："叶长河，你会说话不？这叫妖娆吗？这是气质妩媚，英姿飒爽！"

潘小龙插嘴说："这收腹收得有点过，这臀部都翘起来了。还好，惹人眼球的，全在这一翘上了。"

江水星说："小龙眼睛放在了不该放的地方，多少有点心理龌龊。不过，说句见笑的话，这一翘，还真是我最得意之处。"

叶长河说："怎么样？说你妖娆没冤枉你吧。没错，你的风情全在一翘三扭之中。"

江水星说："长河，今晚你过来是专门看我这一翘三扭的，啊？"

叶长河冷下脸来，却扭头看着潘小龙不说话了。

潘小龙识相，就站了起来："看来，他这个冷脸是对着我来的。好了，我知趣，走人。毕竟你俩是——"

叶长河打断他："是什么是？赶快走人，我找水星有事要说。"

江水星拉了潘小龙一把："我们都是发小，一起聊吧。说心里话，这一年多，我真是很想你们。"

"有些话只能咱俩来聊，让小龙回去休息。他今天护驾有功，回去睡个好觉，做个好梦。去吧，去吧。"叶长河往外推潘小龙。

"看来，我非走不可了。长河大丈夫的劲头拿出来了，我再不识相，他该跟我急了。你俩慢慢聊，聊一宿也没人敢来这里打搅。"说着，开门走了。

江水星看着长河，又笑笑，说："你什么意思，你对我有特权呀？硬把小龙赶走，多不好"

"这有什么不好的，你是我媳妇，单独聊聊有什么过分的？"

"对，我就是那个你宁可跳江去死也不想娶的媳妇。哼，叶长河，现在，过了那个村没有这个店了。想让我当你媳妇，除非我跳江死了。"

"你看你，开个玩笑，你还当真了。哎，你在电雷学校还待几天吧？"还没等她回答，他又说，"有时间我们再聊吧，我先回去了，水星。"

"刚来就走，你不是有话给我聊吗？"

"没什么事，我只是找借口把小龙赶走。不然，他老赖在这儿不走，影响你休息。好了，我也走了。"

"潘小龙赖在这儿不走与你何干呀？真是狗拿耗子多管闲事！你这人，真没趣，快滚吧。"

叶长河走出了招待官邸。他在一边躲了一会，又返回，见江水星的门关上了，就悄悄从她门前走过，向二楼走去，就听到身后低声断喝了一声："站住！这二楼你也敢上呀，不怕警卫员捆了你。"

江水星把他拉进房里："长河，有什么大不了的事，你要夜闯军政部次长卧房？我早看出你心里有事，不妨先给我说说。"

"说说就说说，本来就不想捂着盖着。"叶长河就把当天的事情全盘说给了江水星。

江水星吓呆了，老半天才说出话来。

"这事弹性很大。闹不好是要掉脑袋的。要上纲上线，说轻了是谋害军政部要员，说重了这本是要谋害委员长的。一般人不会往这方面想，可现在是乱世之秋，党国军政上层和海军内部关系极为复杂，一定会有人拿这个敏感之事大做文章的。"江水星冷静后，很快做出了这个判断。

叶长河真有些后怕了，但还是硬挺着："若这么看，就是冤枉人、诬陷人了。刚才我把做这事的动机和目的已经说得很清楚了。你怎么还不理解？"

"你这人真是的，我怎么会不理解你？从小一起玩大的，我知你德性一百年。再说，这不是谁理解不理解的问题，而是谁利用不利用这事的问题。我断定，这事只要出了电雷学校大门，传报到上面，必定有人借机搞名堂。军政不合，四海相残，这是党国海军现状，不得不防。懂吗？这就是政治。而政治不是你我之流能折腾得了的。"

"小时候，你总说我少年老成，我看，一年多不见，你却颇具政客的老道了。"

"在情报部门干，连晚上做梦都得琢磨上层各种政治关系及其现实应对，不然，死了都不知道怎么死的。所以，讲政治不是一句空话，事事有政治，时时有政治。就拿今天你的这个杰作——水雷封锁要员舰艇来说吧，这里面的政治学问大着呢。眼前没时间说这个，想想你这事下步怎么办吧？说实话，尽管我讨厌你，可也不想看到你丢了脑袋。"

"有这么严重吗？我倒要看看谁能把我奈何得了。我这就去找次长。"

"长河，你找他要解决什么问题？"

"去说明这事是我一人所为，和雷恪及校方没有任何关系，要处理就处理我一人。我不想连累无辜。"

"真是天真。这事如果当成一个事故，尤其是当成一个政治性事故，就不可能与雷恪及校方没有关系，到头来谁都救不了你自己和他们。"

"这本来就不是什么政治事故，只是一次我自作主张的水雷演练课，就像是我做了一道不是老师布置的而是我自拟的练习题一样，仅此而已。"

"我的小男人哟，你说得多轻巧，真把这事当成课外作业了。可你是武装水雷袭击党国要员舰船，人人都看见四周都是水雷呀。虽然其中只有一枚真雷，但完全有可能被说成是二十枚、五十枚真雷；你只爆炸了一枚，完全可以说成是百雷连天，险些把要员舰艇炸成碎片。"

叶长河无话可说了。

江水星盯着他："要想化解此事，只有一招。我提醒一下，这事不是和雷恪及校方没关系，而恰恰是要有关系，要有密切关系。明白吗？小男人儿。"

江水星眼巴巴地望着他，等他说话。

叶长河反应极快，一停一顿一抬头，说："我明白了。这事说复杂就复杂，说简单也简单。今天我是按一次演习来策划这件事的，只是不是校方组织的。现在，这事没有造成伤人毁船的恶果，还有大事化小、小事化了的可能。再说，这事真相只有校方几个主要长官知道，快艇大队的学员都还以为是计划中的水雷演习呢。有一个化解的办法，就是把我的擅自行动说成是校方组织的演练，把严重的违纪行为演变成合法活动。"

江水星还是一脸凝重。

叶长河接着说："这么个化解办法，校方敢想也不敢这么说的。只有在校方长官来汇报真相时，江伯伯抢前先入为主，说他已经让人私下调查清楚了，这次水雷封锁敌舰的演习总体效果还是不错的，预案计划性、创新性很强，校方组织得尤其周详。这样的演练是实战必需，很好。校方的问题只是没有提前报告，事情来得突然，让他受了惊吓。江伯伯这么主动先说，校方才会顺水推舟，才敢如此定性。因为，校方最怕的是定成政治性事故，那校方长官的责任就大了。水星，你看是不是这么个意思呀？"

江水星还是死死地盯着他，突然大笑起来："叶长河呀，叶长河，你果真是学到本事了，一点就透，一悟就明。这么大的事故，经你这么一圆说全没事了。行了，就用这一招。不过，我可要郑重地提醒你，以后这种不靠谱之事不能再干了。今天，你碰上的是我父亲，若是其他要员，没准你这脑袋就真会搬家。好了，我这就领你上楼。见到我爸，一定要说得有深度，把你策划这事的良好动机和在其中的才华想法都说出来。我爸是一个考虑海军建设大局的人，你干这事的初衷也是为了电雷学校各专业协调发展。我爸也是爱才之人，你把这些年对海军相关问题的思考，对水雷战在对日作战中的重要地位作用都显摆显摆。没准，我爸一惜才，还真能放你一马。就这样，上！别慌！"

叶长河还是硬硬的："我有什么可慌的，这之前，死的准备都有了。一个人连死都不怕了，还有什么可怕的。"

江水星推了他一把："你越说越来劲了，那咱不上去了，你就回去等死吧。"

第七章　与爱无关

一切都在按预谋进行着。

江水星与住二楼的次长副官通融了一下，她和叶长河就被领进了江忠仁的房间。

叶长河一进去，就不管不顾，滔滔不绝地一通说道，足足说了多半个小时。然后，他脖子一梗，眼睛一闭，不知是汗水还是泪水，顺着脸颊就"扑扑"下来了，全然一副听天由命的劲头。

江水星是真哭了，哭得好伤心。她哭着哭着又不哭了，狠狠地擦了一把泪水，口气强硬地说："爸，我问您，长河何罪之有？从根本上说，这些年，海军四海不能一心，难成一家，这是事实。每一个有志献身海军的青年人，对此都痛心不已。难道在无奈的情况下，就不能有人冒犯一下这窝里斗的海军当局吗？海军水雷部队长期不被重视，难道就没人想到其后患吗？今后对日作战，水雷战就真的没有用武之地吗？谁考虑过这个问题。要我说，长河敢这么做非但没有罪，还有大功劳。他想通过牺牲自己，换来海军高官对建设水雷部队的重视，这非常难能可贵，这一点，我是从心底佩服长河的。校方头脚处理了长河，后脚我就跳江去。话就放到这儿了，女儿的脾性你是知道的，您看着办吧。"

在这两个年轻人说话间，江忠仁几次站起，又几次坐下，还捋着下巴来回踱步，不插话，也不看他俩。俩人说完了，他也站下了。谁也没想到他说的第一句话竟然是："水星，你和这秃小子感情真到了同生死的地步了吗？你告诉我！"

江水星一咬牙，一字一句地说："对，我与长河的感情深似海。今天你不救长河，死去的将是你未来的女婿。这不难理解，从小你就把我许给叶家当娃娃亲，前两年还差点操办了婚事，我与长河以后成为夫妻，是自然而然的事。"

江忠仁大声叫道："要是这样的话，我今天还真不管这事了！我不能因为江家的儿女情长而放掉一个严重违反军纪的家伙。水星，你真是小看爸爸了。就这样了，叶长河，你就等死去吧。"

叶长河一听此言，倔强地起身往外冲。江水星一把挽住他的胳膊，和他并着肩，坚定地开门离去。

临出门时，江水星又说了一句："爸，您就铁面无私吧。您将失去一个好女婿，也会失去亲生女儿。对了，我纠正一下，您这也不是什么铁面无私，恰恰是您太自私了。您为了不承担包容未来女婿的责任，眼看着让一个海军未来的栋梁之材毁灭。这不是自私是什么？行了，永别吧。"

江忠仁铿锵有力地说："不送！一路走好！来生再见！"

出了门，江水星腿就软了，又有了哭声："刚才我强打着精神，硬挺着，现在真支持不住了。长河，真没想到，我家老爷子这么绝情。"

叶长河搀扶住她，却问："水星，你真肯和我同死同生吗？我若被处决了，你真的为我跳江去吗？"

江水星一愣，即刻换了一副神情："你说啥呢？你这么聪明的人，就没有看出我在演戏？我俩有那么深的感情吗？你心里有我吗？我心里有你吗？我为什么要为一个不在乎我、我也不在乎的人去死。你做梦去吧，今天我肯救你，与爱无关！真的，长河。"

叶长河停住脚："水星，我可能是一个将死之人了，你就给我说句真心话吧，你到底爱我不爱？"

江水星考虑都没考虑，就说："在一个将死之人面前，我不能说假话。不爱，真的不爱！就像你不爱我一样。"江水星自己往前走了。

叶长河跟在后边，"喃喃"地说："好，这样很好，我可以坦然赴死了。起初，我还怕我一死，辜负了你对我的那份爱呢。因为，我心里也真的没有你。我与你是发小，说感情不深那是假话，说这种感情就是爱情也是假话。这下好了，任凭上司怎么处理，我心里都踏实了。"

江水星愣住了，望着他，动了动嘴，一个微弱的声音传出："前两年，你拒婚跳江装死，只是做了，却没说什么。今天，我总算听到你叶长河的真话了。我心里也坦然了，可以心安理得地去找我的真爱了。你不知道，你我那层娃娃亲的关系，束缚了我情窦初开后好几年的美好时光。"

叶长河拉了她一把："我俩永远是生死不忘的哥们朋友！这个定位总可以吧？！"

"说得对，我与你也就是个哥们朋友的关系。这么一说我就解放了，这下真解放了！"江水星眼角闪着泪花。

俩人走出招待官邸，江水星坚持要送他一段，实际上是想多安慰几句这个凶多吉少的朋友。可没走多远，次长副官追上来，说让他俩回楼上。

刚到一楼楼梯，就听到楼上传来爽朗的笑声，江忠仁喊："两位英雄才俊，上来吧。我以为你俩还会回来求我呢。看来，你俩当真了。来来来，我再嘱咐几句话。"

俩人忐忑不安地回到了江忠仁房间。

"你俩给我听好了。其实，你俩说完那番话后，我心里就定了，一定要救下叶长河。只是想再看看你俩下面的戏还怎么演。好吧，完全按你俩说的办。不过，这绝对不是为了你俩的儿女私情。我是从心底深处喜欢这个今天的小人才，未来的大人才的。说到底也是为了后继有人，旺我水军。长河，有出息，以后定能成大器。行了，其他的有我来办，这事对任何人别再谈起。"

江水星高兴地跳起来，然后轻轻地说："爸，有一个问题，我们不能骗你。他不爱我，我也不爱他。至少现在是这么个状态。"

江忠仁又哈哈一笑："爱与不爱，那是你们年轻人的事，与我无关。爱与不爱，与这事相比都是小事，小事我是不管的。行了，你们走吧。"

回去的路上，俩人都沉默不语。

分手时，叶长河说："水星，干你们情报这一行的，可要处处小心。多保重！"

江水星点点头，看着叶长河远去。

两个年轻人走后不久，校方长官们来到了江忠仁房间。江忠仁面无表情，先问了一句："今天排出的水雷都查验过了没有？"

欧阳春赶紧报告："仔细查验过了，都是教学水雷模具，假水雷。"

江忠仁一听这一关键环节的结论，就印证了叶长河说的情况是真实的。于是，脸上有了笑容，一字一句地说："我让人调查过了，今天你们安排的水雷封锁敌舰演练，效果真不错。宴会上我发火，你们不能怪我。你们这个意外惊喜，得让我慢慢消化。以后再有别出心裁的精彩课目演练，可要提前打个招呼，我这把老骨头再经不起惊吓了。不过这次受一惊吓，让我更加明白了一个理，值得！水雷战在对日海军作战中，必将有大的用场，从现在起，电雷学校要加强水雷专业的建设。"

看到大家不自然的神色，江忠仁爽朗大笑，又说："对这次布雷排雷演练，要好好总结一下经验，用书面报告呈送给我。还有，那个光头的学员叫什么来着？噢，叫叶长河，这光头在现场的组织指挥很像那么回事，小将风采呀。欧阳教育长当场嘉奖他是对的，年轻人有长进就是要及时鼓励。叶长河是个好苗子，你们要好好培养，毕业时，我军政部给你们要人，你们得送给我一个高才生哪。"他想，有了这句话，校方再不敢追究这事的责任了。

欧阳春一听江要员这番话，本来议定的从严惩处当事人的方案，就不敢再提，知道坏事瞬间变成了好事，就满脸堆笑地说："承蒙长官褒奖，下去后，我们要嘉奖有功人员，认真总结经验，重视发展水雷专业。敬请长官放心。"

江忠仁又收了笑容，说："不能光说表扬的话，逆耳之言也要说。这次演练，也还暴露出一个问题。当舰船突遇紧急情况时，全舰上的人都慌乱无措，显得毫无章法。这从一个侧面反映出你校治训无方，也表明你们平时训练的力度还不够，处理突发事件的能力有待提高。以后在演练中，要加强这方面课目的训练。不过，那个在第一时间跃起救人，又冲入舰舱停舰抛锚的潘小龙，遇事冷静，处事果断，应变有力，说明快艇专业的学员素质不错，应该嘉奖。"

欧阳春笑容依然，心里明白，江忠仁不追究事故责任，批评几句这是做个样子，就说："接受批评，一定照办！一定照办！"

江忠仁点点头，又拍了拍欧阳春的肩，说："行了，明天本着更高的标准，继续做好迎接委员长的准备工作。要万无一失，万无一失呀。大家都回去休息吧。"

蒋委员长如期光临电雷学校视察，一切顺利圆满，各项工作受到了高度评价。在一个小环节上，叶长河意外地受到了蒋委员长夸赞。这是叶长河做梦都没有想到的。

在视察学员教室时，叶长河桌子上的一本小册子引起了委员长的注意。

这本书是由曾国藩、胡林翼二人原著、蔡锷将军辑录、蒋介石增补的"蒋版"《增补曾胡治兵语录》，是雷恪送给叶长河的。叶长河认真研读了此书，并在上面注写了不少心得。

委员长拿起这本书，认真翻阅了三五页，看了上面的批注，转身对欧阳春说："难以想象，电雷学校的一个学员，对这本书能有如此深悟的理解。欧阳教育长，这说明你治校有方呀。把这个学员叫过来，我同他交流交流。"

叶长河并不怯场，个子不高却精气神十足，不卑不亢地站在那儿，和委员长一一对答。委员长很是满意。

末了，叶长河又大着胆子，多说了一段话："这本语录原本没有现在深刻，是蔡锷将军对曾胡二人的军事思想有了发展，亲自辑出《曾胡治兵语录》。到此也还没高深到哪里去，是后来增补的《治心》一章，才使本书大放异彩，从而增加了全书内涵的深度。《治心》一章，画龙点睛，激活全书，具有非常强的现实对照意义和指导作用。现在的《增补曾胡治兵语录》是我的最爱，我都读了五遍了。我知道，《治心》一章是委员长加进去的，但我是一名学员，还没有学会阿谀奉承，我是真切感受到了这一章的好。这本书总体很好，应该成为电雷学校全体必读之书。"

蒋委员长看到书上密密麻麻的注解，自然知道这个学员所说不是奉承之言，就说："不管是谁辑写的，只要是好书，治军就要必读。"欧阳春一听此言，赶紧对属下说："把《增补曾胡治兵语录》一书印发各级。我等效忠领袖，首先要体悟领袖思想。领袖思想乃我治军治校思想，这本好书务求全校师生必读。"

接下来是委员长和校方各级长官合影。合影毕，大家将要散去，委员长说："我来视察，不能只和各位长官留影，把那个叫叶长河的学员叫来，我同他合个影。"

一些官员都知道，委员长历来善于用照片显示自己和拉拢部属，一向喜欢和各级合影。因此，他要和一个普通学员合影并不是稀奇事。

上午合影，下午即洗出。委员长在和叶长河的合影照片上亲笔题了字，亲手递到叶长河手里。

照片的上款写"叶长河同志惠存"，下款落定"蒋中正赠"，并盖上了私章。

叶长河拿着照片，看到自己站在高大的委员长旁边是那么的渺小，心里却受用无比，神圣感、自豪感油然而生，泪水即出，又说了一番深受宠爱之感，表示要勤奋习训，增长才干，将来全力为领袖尽忠效力。

阅人无数的委员长真切地看出，这个学员此时此刻的言语和泪水是发自肺腑的真情流露。他想，同样这番话，这串泪，如果出自他周围那些官油子之嘴脸上，那才叫肉麻。尽管自己每天都需要这些让人肉麻的人围在左右。

今天，委员长很暖心。他没想到，自己会被一个不起眼的小学员弄得很受用。他知道，这主要源自于一个"真"字。他重重地拍了拍叶长河的肩膀，再没说一句话，离去。

视察结束时，委员长像是想起了什么，突然问："欧阳教育长，我听说，前几天你们给江忠仁搞了个水雷封锁表演很漂亮，很成功，今天为什么不给我看看呀？我不是海军出身，你们怕我看不懂是不是呀？"

委员长不是海军出身，在统领海军过程中，由于各派系不和，遇到了不少阻力，他一直耿耿于怀。今天，委员长一说这个敏感话题，欧阳春着实吓了一跳，怕委员长迁怒于他，赶紧安排演习。

水雷系有前一次演练的基础，"平时就是战时"的意识也强，有充分的准备，演练也自然成功了。

这次演练是雷恪亲自策划导演，一开局就受到了委员长的关注。末了，委员长对身边的人说："这个教官雷恪不错。要记住这个人才，留德的高才生难得。"

雷恪极为谦虚，也说了实情："学生愧对校长的褒奖。这只是一次小规模也较为简单的常规操课演练，就目前水雷系的尴尬现状，能维持正常教学就不错了，难以组织一次像样的水雷战演习。"

委员长说："这个现状我是清楚的。水雷部队的建设我正在考虑当中，电雷学校的水雷系也会适时加强。对，一定要加强！你等要恪尽职守，从严执教，以此报答国家，效忠领袖。"

雷恪敬礼："校长英明！学生万死不辞！"

演练中，一个表现出色的小个子光头也引起了委员长的注意，叫上舰来一看，又是那个叶长河，就说："此人很有潜力，要喂饱他，全面培养，快艇专业也可以让他学一学嘛，技多不压人，将来必有用。"

就这一句话，使叶长河在学校的最后半年里，进了快艇系学习。他悟性高，又刻苦，到毕业时，已掌握了快艇专业的基本技能。

作为交换，潘小龙被放到水雷中队学习了半年。这俩人成了这一届拿到两个专业合格证的优秀学员，雷恪称之为电雷"双雄"。

第八章　到前线去

自从穿上军装来到电雷学校，叶长河似乎一下子同往昔的生活疏远了，甚至在大段大段的时光里与过去完全隔断了。

这个时代，这个时代的热血青年，他们刚刚站在生活的门槛上，还没有把人生的根基打牢，战争就突如其来地冲进了他们的生活。这个时候，双亲的力量是脆弱的，而姑娘的爱情尚未走进心底深处，占据主导位置。只有与周围军人的友情是每天都要触摸到的，而这种友情又是那样的奇特。

叶长河就深深感触到了他与潘小龙、雷恪，甚至与上司欧阳春之间的情感是那样的难以言表。看看吧，在校两年，叶长河和潘小龙俩人之间的关系：内在感情深厚，却从不表现在面上；外在来往生分，一直明里暗里比着高低，处处较着劲，谁也不服谁。当然，你争我斗的事一多，自然也会影响感情，但看上去俩人都不在乎，彼此把友情看得很淡，把相互竞争看得很重，最终演变成了恶性争斗。到毕业前期，这种不良状态发展到了白热化程度。

由于叶长河醉心水雷，铆足了劲学习专业课程，最后半年又一头扎进了鱼雷快艇专业知识的学习，却在不知不觉中，在全面素质的养成上，同潘小龙拉开了距离。

潘小龙除学得了丰富的快艇专业技能和一些必要的水雷专业技能之外，在为人处事上养成了谨慎机敏、步步为营的做派。平时，他严格要求自己，不怕流血流汗，举手投足安稳规范，军容军姿标准严整。那副俊朗的相貌，一米八六的个头，不胖不瘦的身材，配上漂亮的制式军装，走到哪里都是一道亮丽的风景，应该说，潘小龙具备了一个优秀军人的全面素质。在这一点上，他明显优于叶长河。

叶长河战术理论和专业技能优秀，勇于探索创新，善于剑走偏锋，干了不少标新立异、别出心裁的事。但他作风稀拉，仪表邋遢，个子矮小，相貌不济，穿衣戴帽还经常违反军容风纪；为人处事不拘小节，尤其个性太强，不愿人云亦云，亦步亦趋。个性太强，表现在日常生活中，往往就是一个"倔"字。他有时候"倔"得不可理喻。周围的人评价他说："这人看上去蔫了吧唧，软蛋一个，实际上身上长着刺，不知什么时候就被他扎着了，还是离远点为好。"从总体上说，叶长河这种性格是不受多数人喜欢的。

关键是，叶长河认识不到自己的短板之所在，更不承认潘小龙的优长是强项。当然，潘小龙从心底深处也没把叶长河当回事，只是表面上依然一见他就笑。

叶长河手指点着潘小龙："别冲我龇牙！笑里藏刀！"潘小龙回敬他说："笑里藏着的刀更具杀伤力！当心，要护好你的上下头。"

不久，这俩人的这股子气斗到了战火纷飞的战场上。原来，按学校规定，学员在毕业前，要到前线战场上去实习一个月。这是一个具有实战性质的科目，目的是检验和培养学员的战斗精神，丰富战斗阅历。

近来，江海湖泊还算消停，国军与共军、与日军之间都没有发生海上或内河之中规模较大的战斗。因此，经军政部批准，这一届学员实习被派到了国军"围剿"红军的战场上。

一天深夜，鱼雷快艇大队和水雷中队的部分学员整装离校，奔赴赣粤边界的"围剿"区。叶长河和潘小龙心里都清楚，这次的实习成绩，将决定着学员能否最终被分配到"嘉和号"舰上。

"嘉和号"巡洋舰是中国海军最大的主力舰之一，是电雷学校每一个学员都向往的战舰。前几天，消息灵通的潘小龙就打探到，他所在的快艇系只有一个上"嘉和号"舰的名额。他猜测，他和叶长河都各有别人比不了的强项，很可能就从他俩当中选一人。

"谁是英雄，谁是狗熊，我们战场上见。嘉和舰，我上定了！"叶长河在离校实习的前一个晚上，挥着拳头说。

潘小龙把他伸过来的拳头轻轻拨到一边，微微一笑："能不能上嘉和舰，那要看你能不能活着回来。"

"国军多次重重围剿，红军已残败不堪，对我们人身安全构不成威胁。"叶长河又一挥拳。

潘小龙一把抓牢了叶长河的小黑拳，暗自用了用劲，说："倒也是。可那里毕竟是前线，能闻到火药味，能听到枪炮声，总比这教室里锻炼人。上了战场，我俩可要精诚团结，不能再这样斗来斗去了。"

"你就这个臭毛病，上面堆着笑脸，下面手用暗劲，搞得别人生疼还说不出口。请松开你那大狗爪子！"叶长河小拳头被攥得生疼，"兄弟，什么叫斗来斗去？那叫公平竞争。学习、打仗都一样，按你们乡下人的说法，是骡子是马拉出来遛遛。"

潘小龙最讨厌别人说他是乡下人："城里人有什么了不起的？难道城里人就不是爹娘老子生的？是石头缝里蹦出来的？"

叶长河说："你别急呀。说到底你还是在城里待了几年的，也算是半个城里人吧。"

潘小龙说："什么城里人乡下人，战场上才能分出高低贵贱。"

让叶长河没有想到的是，到了前线，他就失去了与潘小龙公平竞争的资格。他被指定为三连七班班长，而潘小龙却被指定为三连代理连长，他比潘小龙低着三级呢。为此，叶长河在行军床上翻腾了一夜：你潘小龙凭什么一上来就代理连长，而我只能当个小班长？

实际情况是，叶长河在委员长视察期间的张扬和受宠，遭到学校一些长官和学员的嫉妒，加之他那副不讨人喜欢的做派，就被人穿了小鞋。远离学校，天高皇帝远，再没有校方高层护着，此时不晾晾他更待何时。这个部队给实习学员留了一些班长、排长和连长的位置，至于谁任哪个位置，全由学校带队来的长官决定。带队长官毫不犹豫地把班长的职务给了叶长河。

叶长河当然不知道让他当这个小班长的根由，他想不清，猜不透，干脆就不再去想它，好好谋划下一步怎么办才是正题。

叶长河的策略是：他潘小龙讨当官的喜欢，我偏要与兵士们打成一片，以厚实的群众基础取胜于他。

不久，叶长河出人意料地上演了一场舍身救兵士的壮举。

那是他到班里一周之后的事。

　　实习区到处都是高入云端的峰峦，漫山遍野竹林青翠，茅草深深，适于开展游击战。三连在山沟沟里转了多日，却找不见善于打游击的红军兵士的影子。

　　这一天，兵士们正蹲在山坡壕沟里歇息，不知从哪儿飞落下一颗手榴弹，吓傻了全班兵士。叶长河突然跃起，身轻如燕，飞过仨兵士头顶，左脚落地的同时，右脚疾踢过去。那魔鬼狰狞地喷着白烟，飞出了壕沟。他扑到了兵士身上，飞回的一块弹片削进了他的左肩。在鲜血映入兵士眼帘的同时，他也深深地融进了兵士们心里。七班兵士齐刷刷冲他跪下，他却一笑一拂手："别跪！你们的命就是我的命。哎，你们谁看见是哪儿飞来的手榴弹？"有人说："是从对面山坡上投过来的。"他又一笑一挥手："好家伙，近百米的距离呀。红军里有能人。我要报复！冲！"

　　叶长河第一个冲到对面山坡上，却不见红军一兵一卒。他坐在红军的阵地上，回想起踢飞手榴弹的那一瞬间，后脊梁骨一阵阵发冷。他怎么也想不起来，当时他正歪躺在那里闭目歇息，自己是否听到了手榴弹飞过来的声音？事实上，他什么也没听到，自己也不知道是怎么一回事，突然就弹起飞跃过去。这并非是意识到的，而是比意识快得多，是一种只有在战场上极其危险时刻才产生的动物本能反应。

　　之后，叶长河就懒得再想这些。这些天，他越来越觉得无聊至极。说是到前线实战锻炼，可每天转来转去却找不到对手打上一仗。他多少知道一些战略层面的情况，蒋委员长早已下定彻底消灭红军的决心，调集数百万大军，多次对中共苏区进行围剿。谁心里都明白，区区几万泥腿子没有再存活下去的可能，红军灭亡就是眼前的事。与教科书上的作战理论一比对，当前的敌我态势，简直构不成同一战斗层面。一群老虎都抬起爪子去拍那几只断了翅膀的蚂蚱，没劲透了。

　　叶长河多次说："上峰不知怎么想的，为什么不把我们送到东北战场去，和强大的日本鬼子干上一仗？那才叫过瘾。中国人自己打自己，没劲透了。我都上了两年学了，从没有人给我讲过国军围剿红军的真正目的是什么。"

　　潘小龙说："这里是战场，你手下还带着兵，不能再随便发牢骚。让你打谁你就打谁，至于战争的目的是什么，那不是你我要管的事。"

　　"每一个战斗员都应该知晓每次战斗的目的是什么？不然这仗怎么打？不然兵士不就成了狗了，主人让咬谁就咬谁。"叶长河冲潘连长吼了一嗓子。

潘小龙看了他一眼，一副无奈的目光，无言的表情。与儿时打打闹闹、磕磕碰碰相比，已经走向成人世界的他们，现在在脸红脖了粗表层下面的不和谐、不一致，涵盖着一些或深或浅的叫作世界观、人生观的东西。这就是说，他们有思想，有追求，有理想了。他们把效忠国家看成是头等大事，为了这个头等大事，即使死去也在所不辞。走进这个拿枪的世界之后，他们尽管表现各有不同，但每个人都期望，自己应该用适合自己的方式去做自己最应该做的事。

叶长河的言行就非常明确地发出一个信号：我们可以用生命热爱自己的国家，作为军人，在战斗中，本职内的事就是勇往直前，杀敌立功。关键是要弄清谁是敌人，谁是朋友，朝哪个方向去勇往直前，杀了谁才算是杀敌立功。

在谁是我们的敌人上，叶长河还没有完全弄清。军人要有责任，要走向进步。然而，责任在哪里，怎样做才是真正意义上的进步。这些，他心里一直有个问号。所以，他迷茫，他孤独，他苦恼。

而潘小龙不想弄清谁是我们的敌人，朝谁开枪才算进步。在他心里，服从上峰的命令是唯一。所以，他比叶长河有了一个相对轻松而放得开的精神世界。年纪还轻，却具备了讨巧的圆滑和敢作敢为应对现实的素质。

又过了十多天，终于在西山岭打响了一场战斗。国军的一个营困住了一个红军连。潘小龙立功心切，就到营长那里请战，要亲自带两个加强排从后面上去偷袭红军连。营长一挥手："去吧！"就由着潘小龙折腾去。可潘小龙很快就被打了回来。营长又另派两个连从正面强攻过去，也未能成功。

打了几个回合，叶长河的七班一直没被调上去打一场。这时候的叶长河反而不急着打这个仗了。他一副懒散的样子，躺在背风的山石后睡大觉。班上的九个兵士也跟过来挨着他躺下。一整天，他都卧在那里打瞌睡，心里暗笑潘小龙小肚鸡肠：利用连长的权力，不让他叶长河上去立一功。他知道，这全是为了那个上"嘉和舰"的名额。不让老子上老子就不上，这种力量悬殊的仗即便打胜了也光彩不到哪儿去。

副班长李一毛几次过来问："班长，这个仗是咋打的？为什么不让咱七班上？"叶长河反问他："你说咋打的？你说为什么不让咱们上？怎么打国军都能赢，不让上就一边躺着去。我今天感冒了，头疼，想睡觉。谁再来烦老子，小心吃枪子。"说完，把军帽盖在脸上打起了鼾声。

凭着和班里兄弟们的感情，叶长河再怎么消极厌战，也不会有人到长官那里去告他的状。大家都还靠他护着呢。再说，告到代理连长潘小龙那里也没用。全连就数七班长叶长河敢戗着潘连长来，别的班长、排长都被潘连长摆弄得服服帖帖。潘连长对付这些班排长，常用两招：一是谋智。论动心眼，全连没人玩得过潘连长。你眼珠子一转，他就知道你心里在想啥。二是动粗。潘连长体罚、惩治部属的损招次次不重复。二班的一个兵士偷喝了他的酒，还骂了他，他就让全班的兵士轮番往那兵的嘴里灌涮锅水，还让一个老兵油子往那兵的脸上"滋"了一泡尿。潘连长可不敢这样虐待叶长河班里的兵士。私下有人说，潘连长之所以这样让着叶长河，是因为叶长河少年时曾救过潘连长的命。可叶长河却说："救他一命还不如救条狗的命。"

直到把天空打红了的时候，叶长河才冒出捕杀阵地上最后十位红军残余兵士的激情。可是，潘小龙还是不让他上，说："三连兵力足够，你尽管在一边待着。你要理解我的好意，不让你上，是怕你被枪子伤着。你是叶家独根独苗，要是有个三长两短的，我可没法给叶家老爷交代，也没法和那得理不饶人的江水星交代，更没法和欧阳春教育长交差。你不知道你可是个宝贝哩。"叶长河一打挺站起来，吼了一嗓子："潘小龙，别给老子找那么多借口。小子吣，你给老子听好了，剩下的那十个红军兵士，老子全包了。谁要拦着，老子让他吃枪子。"说着，"哗啦"一声子弹上了膛。

叶长河头顶夕阳中的彩云，跃上沟壕上的土岗，伸展着腰身，把拳头攥得"咯叭叭"直响。对面山头上射过来一粒子弹擦耳而过，他没有躲闪，只是想："这不怪那个红军兵士枪法不准，全是他那破枪的过。"

叶长河心里很佩服红军连的战士，他们的素质和意志都是硬邦邦的，手里使着烧火棍一样的破武器，居然顶住了国军一个正规营一天十多次的攻击。只可惜，这只不过是红军命运的缩影：垂死挣扎！

对面又来了枪子，叶长河眼眨都不眨一下，壕沟里的兵士吓呆了。潘小龙也弯腰过来，喊："长河，你不要命了，快给我下来！"

叶长河低头看着缩在战壕里的潘连长，抬腿踢了他一脸黄土："老子站在这儿是想告诉你，老子没打上这个仗并不是怕死，而是因为你怕老子抢你的功，不让老子上。也想告诉对面的红军，老子要和他们一对一地玩一把。我带七班的九个兵上去和他们过过招。我观察好一阵子了，对面剩下的那十个红军都是个顶个的强。同这样的兵拼个你输我赢、你死我活，过瘾！那才是堂堂军人应该干的。"他一挥手:"七班的弟兄们都不是胆小鬼,跟我上!"

潘小龙大喊一声:"叶长河,你敢跨出一步,我撤你的职!"叶长河也大喊一声:"一个小班长算什么狗屁官,老子早就不想在你手下干了,撤就撤吧。兄弟们,按七班3号战术,前进!"

七班九个兵士就毫不犹豫地跟着叶长河从正面阵地冲了上去。

对面的红军开枪射击。叶长河和他的兵士动作敏捷,战术娴熟,巧妙利用弹坑,猿猴般抵近了红军的战壕。

叶长河撑起半个身子喊:"红军勇士们,我是国军七班长叶长河,是好汉我们就一对一拼刺刀。反正你们是没有活路了,不如出来亮亮你们的身手,也让老子痛痛快快地玩一把!"

红军战壕里果真停止了射击。

叶长河又喊:"如果你们能拼倒我七班五个人,你们剩下多少我都放你们走。阵前无戏言,我叶长河能做了潘连长的主。"

叶长河率先提枪站了起来,后面马上立起了他的九个兵士。十人一字排开,精神抖擞地立在了红军战士的枪口之下。

叶长河又吼了一嗓子:"有种的就站出来一对一拼刺刀!我叶长河说话算数,保证兑现诺言。"

瞬间,红军战壕中也站起了十个被硝烟熏黑了的战士,旋即端刺刀扑将过来。

叶长河兴奋得"呵呵"直叫,一挥手端枪迎了上去。

突然,潘小龙指挥连队兵士在侧面开了枪,片刻,十个红军战士在离七班十几米的地方倒了下去。

叶长河愣了一下,转头看了一眼潘小龙,随即就跟在兵士们后面继续往上冲去。

红军阵地已经炸翻了几个遍,被血黏糊在一起的泥土散发着刺鼻的腥臭。

阵地上再没有一个活着的战士,残缺不全的尸体以不同姿态静止在各个角落。

掀裂头盖骨的一张脸却还怒目圆睁,死死盯着阵地前方;另一张脸没有了下巴,上腭和牙齿狰狞地上张着,似构成一张无形的大嘴,在呐喊,在怒吼;只剩一只胳膊的尸体,单臂托枪,倚树干而立着;一个失去双腿的士兵像牢牢扎进土里,上身仍保持挺直,把枪紧紧地抱在胸前;一个兵士的肠子流出体外,可他仍然瞄准前方，而在他旁边的一个眼球挂在脸上兵士，正双手叠加托着战友的那堆肠子。

这是叶长河第一次目睹惨烈的阵地，痛苦和死亡就这样无比形象地呈现在他的面前。他一阵眩晕，肠胃翻滚，急剧恶心，弯下腰去，"哇"的一声喷溅而出。

他早知道战争是残酷的，但他没有想到竟是如此的残酷；他早就听说过红军战士是英勇的，但他没有想到竟是如此英勇和壮烈。

他直起腰，又一次扫视红军阵地，带来的还是一阵呕吐。他的秽物喷在了一个少了一只耳朵满脸血污的尸体上。

这时，这个尸体动了一下，又动了一下，然后，睁了睁眼睛，先是一条缝，后是猛然瞪大，接着，他居然坐了起来，再接着，他拄着枪站了起来，死死地盯着叶长河，说："你，你就是那个喊话的叶长河？不是说拼刺刀吗？怎么暗地里开枪了？不讲信用的东西，你还配当一名军人吗？！"

叶长河本来吐得正头昏脑涨，突然一见眼前站起了一具尸体，还叫出了他的名字，一下吓出了一身冷汗，连连往后退去。

那尸体提枪，出枪，大吼一声"杀！"冲叶长河直扑过去。叶长河后背撞在了断树上，树枝刺痛了他的肉。他精神一振，猛然提枪，也大喊一声："杀！"就迎了上去。

战场是一个令人毛骨悚然的漩涡。当那具尸体向他冲来的时候，他非常明显地感觉到漩涡的巨大吸引力，正疾速地无法逃脱地难以抗拒地把他吸过去。他本能地挣扎反抗，而挣扎反抗的方式，就是端着刺刀迎上去。不迎上去，这场已经大获全胜的战斗，对于他这个个体来说就是失败。他死了，这场胜利对他也就没有什么意义了。于是，他心一横，牙一咬，端枪狠命冲刺过去。

潘小龙大喊："长河，小心！"话音未落，抬手一枪，那尸体一下扑倒在地。

一下失去了目标，叶长河向前扑的脚步没有收住，又冲了两步，却端着刺刀转了方向，大喊道："潘小龙，不讲信用的东西！你是个孬种！"

眼前的叶长河似乎昏了头，失去了理智，竟然向潘小龙冲刺过去。

潘小龙见叶长河脚卷尘土扑来，不得不端枪招架。

叶长河眼珠子红得滴血，一心突刺，招招见狠。

消极退让的潘小龙被逼到一个死角，往旁边一闪，一下把枪扔到了地上，举起双手，站在那里不动了，意在让叶长河住手。

叶长河哪里还住得了手，一枪捅进了潘小龙的胳膊。

潘小龙真火了，一声大喝："叶长河，你个大浑蛋！"一把抓住枪管，把他连人带枪甩倒在地。

潘小龙抓着血淋淋的胳膊，冲近处的两个排长喊："把叶长河给我捆起来！"

叶长河被按在地上，还在不停骂："潘小龙，你个狗东西，你吃独食，你不仗义，你不光明！你不给老子留一点立功的机会！"

潘小龙疼得咧着嘴，朝叶长河屁股上踢了两脚，命令道："打扫战场！通信员向营长报告，三连全歼了红军残余。"

叶长河骂得更凶了："潘小龙，反了你了，你居然敢暴力对待老子。老子跟你没完。"

潘小龙又一脚重重地踏在叶长河的屁股上，伸出伤臂让卫生兵包扎。卫生兵说："连长，伤得不轻，赶快下山医治吧。"潘小龙疼得咬紧牙关说不出话来。

一会儿，叶长河清醒过来，扭脸向上看到了这一幕，一副吃惊的神情，居然问："小龙，你怎么挂彩了？"

血滴在了叶长河的脸上，他还瞪着傻眼一眨不眨地看着卫生兵给潘小龙包扎，又问："是枪伤还是炸伤？"

潘小龙又狠狠地在他屁股上踩了两脚："是狗咬伤！让一条疯狗给咬的，真活见鬼了。"说完，扬长而去。

在血肉横飞的战场上，容不得有背叛上司的行为。叶长河端枪刺伤连长的事很快被营长知道了。营长在第一时间上报给了师长。师长感觉事情性质严重，很快下派调查组查处此事。

这个部队营以上长官都是陆军部队的，本来也没把电雷学校的实习生放在眼里，这次又闹出了下级枪刺上级的事来，师长下令要从快从严从重处理，以显示一下陆军老大哥的威严。

调查组把叶长河关押起来，提审却异常顺利。叶长河没有辩解，供认不讳，却也说："第一次面对惨烈的大片大片的尸体，我的头'嗡'的一下就晕了。当时我失去了理智，我不是存心要刺潘连长的。我和他从小亲如兄弟。"

调查组又找当事人和见证人调查。潘小龙和那两个排长以及卫生兵却众口一词，说，在战斗间隙，叶潘二人切磋拼刺刀技法，潘不小心被石头绊倒，胳膊正好扎进了断树茬子上受了伤。

调查组回头又找叶长河核实，叶长河一下就明白了潘小龙在保他，就说："当时，我和一个红军拼刺刀拼红了眼，那红军倒下后，我见前面还有一人就冲了过去。我血气冲顶，眼睛已看不清对方是谁，不管不顾地一阵左右冲杀，等我清醒时，已摔倒在潘小龙脚下。他怎么负的伤，我真不清楚，可能是被树枝扎伤的吧。"

一说潘小龙是在战斗间隙训练拼刺刀受的伤，另一说是在战斗中受的伤。这两种情况性质大为不同。调查组说，说法不一致，口供有异议，必须进行深入调查。

潘小龙又向调查组提供了一个情况："在这次围剿红军连的战斗中，叶长河是立了大功的。当时，十名红军顽敌据守阵地，我连久攻不下。是叶长河计上心来，以一对一拼刺刀的名义诱敌走出战壕，我等则悄悄从侧面开枪消灭了敌人。是我俩预谋在先、密切配合，才提前取得了最后胜利，否则，我连还不知要多死多少弟兄呢。"

调查组又去找叶长河核实。叶长河一听却暴怒起来："这个不讲信用的东西说的都是假话，根本就没有我与他所谓的预谋在先、密切配合，这个功我担当不起，全是他潘小龙独自的功劳，记他头上吧。"

调查组说："那你叶长河连以功抵过的条件都没有了。你就等死去吧。"

潘小龙赶紧把调查组负责人叫到了没人处说道了老半天。这一说，调查组即刻返回复命。

调查结果最终按潘小龙和三个证人所言定了性。这事就这样不了了之了。

实习结束，回到学校，潘小龙才把他应对调查组的过程说给叶长河："刺杀自己的连长，性质极其恶劣，上面要认真起来，施以战场纪律，你被枪毙的可能是很大的。是我使足了票子，收买了营长、两个排长和卫生兵，当然更给调查组负责人表示足了意思，同时，把你和委员长的合影照片亮给了他们看，还告诉他们你是江忠仁未来的姑爷。这才把事压了下来。说到底，是委员长的神威、江老爷子的亲情和我潘小龙的仁义，这三个因素共同发挥作用，才救下你叶长河的这条狗命。"

"叶长河，以前黄浦江里你救过我一命，现在战场上老子也救了你一命，咱俩扯平了，谁也不欠谁的了，以后别在老子面前牛哄哄的了。"潘小龙见叶长河不说话，又说，"长河呀，今后你务必谨慎行事，万不可再乱来。否则，你一身才学，不会再有用武之地。"

叶长河却不买他的账，说："潘小龙，你不仗义！你以为老子会领你这个情？谁让你管这等闲事？老子不怕，难道调查组还能把我的头揪下来不成？！"

潘小龙气得牙根疼："叶长河，你给我听好了，以后你再遇难碰灾的，老子再管你就不姓潘。"

"这个誓等于没发。你不是早就姓叶了吗？在叶家大院叫父称母的都好几年了。"叶长河冷冷一笑。

潘小龙骂道："妈的，看来，老子欠你叶家的情这一辈子都还不完了。"

"我再提醒你一件事，以后不许在任何时候任何场合向任何人提起我与江氏父女那根本不存在的关系。"叶长河用指头点着潘小龙说，"你要是上赶着当江家女婿，我全力支持。今后，你就放开和江水星接触，想怎么着就怎么着，别再有心理负担。我再说一遍，我和江水星到什么时候都不会成为夫妻。行了，你救了我一把，挨了我一刀，我把未来的老婆让给你了。作为一个男人，我够意思吧。"说完，嘻嘻哈哈地走了。

潘小龙望着那个矮小的身影，气得在原地直打转。

潘小龙因在歼灭红军连战斗中表现突出，立了战功。叶长河刺杀连长之事，虽被潘小龙压了下来，也没人再敢碰这件棘手的事，但欧阳春教育长还是旁敲侧击地对叶长河训斥了一番，对叶长河踢飞手榴弹救兵士的"好事"却只字不提。

叶长河想，可能是国军不搞这样的宣传，不看重这类舍己救人之事。好在，自己救人不是为了受嘉勉。危机之时，能有那果敢一脚，完全出于对七班弟兄们的情义，取决于自身过硬的军事素质和战场心理的高度敏感反应。

这几天的潘小龙心里得意异常：上"嘉和"号舰非他潘小龙莫属了。

叶长河也认为潘小龙肯定要上"嘉和"号了，心情好不郁闷，就去找潘小龙出气，恶声恶气地说："潘小龙，你说你凭什么能上嘉和号，你掌握嘉和号舰的性能吗？你了解中国海军历史的深刻内涵吗？就你肚里那点东西，凭什么上主力舰？"

潘小龙不想和他纠缠，说："我有没有资格上嘉和舰，那是上峰的决定，我

俩没必要再理论了。我再劝你一句，以后无论到了什么样的工作岗位，这自以
为是、老子天下第一的臭毛病要改一改。"

叶长河还是缠着跟他理论："我出个题目考考你，你要答对了，以后我再不
对你上嘉和号舰说三道四。你说说，甲午战争中国海军为什么会失败？"

"叶长河，你少给我在这里臭显摆。"潘小龙说，"我知道，你从小喜欢读
兵书，想兵事，这两年，又下苦功夫学研兵法和水战理论，对中外战争经典战
例及相关历史、地理、战略、战术等方面知识，也有所涉猎。对，我承认，论
军事素养和理论造诣，你比我强得多。可我要说一句不恭的话，这些管个屁用
呀！告诉你叶长河，你脑袋瓜里的那些东西等同于一脑壳糨糊！对，臭糨糊！"

叶长河觉得，他受到了入校以来的最大污辱，而这污辱竟然来自于这个潘
小龙。

叶长河不再说二话，上去就是一拳。潘小龙身子连动没动，一伸手就抓牢
了那只小黑拳，连带那条小胳膊一并扭到了那个小身板的后背。

叶长河气得已经说不出话来，刚挣扎了两下，就被那双大手给扔到了一排
冬青树上。

潘小龙转身而去。

叶长河躺在马路边那排修剪整齐的冬青树上，慢慢冷静下来，想了很多，
想得都睡着了。不知过了多久，一个人把他推醒，是潘小龙的声音："长河，咱
俩谁也别争了。分配方案下来了，你我都没能上嘉和舰。海军部陈绍宽根本不
要咱电雷学校的学生。嘉和舰是他的主力舰，他绝对不允许委员长嫡系学校的
人进入。这一点，你我都忘了，在这儿还自作多情呢。"

叶长河看看潘小龙："那咱俩被分配到了哪里？"潘小龙把叶长河扶了下
来："都还在电雷学校所属部队，我在鱼雷快艇大队一中队，你被分到了水雷中
队。都是老本行，我俩该踏实了。"

"咱们原本就不该想上那嘉和舰。都是被你带的，显得我和你一样，连点骨
气都没有了。我们每一个电雷人都理应立足本位，以振兴电雷为己任，干出大
名堂来让瞧不起我们的闽系看看。"叶长河说。

潘小龙搂了叶长河的脖子，苦笑一下："别说了，什么都是假的，只有我们
兄弟情义才是铁打不变的。"

叶长河挣脱开潘小龙的长臂："那当然！"

这段时间，叶长河的脑子还一直在思索那场规模不大却是实枪实弹的战斗。与在学校操场上的立正、稍息、左右转弯、分列行进、鞋跟相碰咔嚓响相比，这次子弹纷飞、充满血腥味的实习，更能让他学会深度思考。

叶长河一再问自己，同红军作战与"保卫国家"这个概念到底有多少必然联系？他那觉醒的眼睛时常告诉周围的人：现在，侵略中国的是日本人。同日本军国主义者作战，才是保家卫国的正当行为，而我们却亲手杀死了一个红军连的战士。

那是一双一眼就能看到底的眼睛。

潘小龙警告他：叶长河，你要小心你的眼睛，不知哪一天会被老鹰啄瞎！

叶长河闭上眼睛，又突然睁开，瞬间，里面就多了一丝内容：怒不可遏！

潘小龙说："长河，你别把好心当成驴肝肺。现如今，我们俩可都是上过战场的人了。但凡人经过一次战火，就会成熟一份，可你叶长河对我却总那样。"

"别总给老子提那场臭不可闻的战斗，不就是怕我忘了你的救命之恩吗？！"叶长河打断潘小龙的话。

"你想哪儿去了？你还别说，提醒一下也没什么不对。我早说过，我之所以要搭救你一把，就是要回报叶家的养育之恩，回报你黄浦江中的那一救。"潘小龙清了清嗓子，换了一腔真诚，继续说，"但还有更主要的，你我都是同一军营里的军人。军人与军人之间久而久之会产生一种其他行业所产生不了的特别情愫，这是一种强烈的具体的、休戚与共的情怀，这种情怀一旦上了战场就自然发展成了最好的东西：生死情感，战友情义。"

叶长河眼里有了几丝柔情："这倒是个正理！很好！说，小龙，你继续说下去。"

潘小龙却冷冷一哼，转身走了。

第九章　死字旗

　　叶长河被分配到水雷中队工作的当天，欧阳教育长宣布了一个振奋人心的决定：电雷学校成立水雷大队筹建处。任命雷恪为处长，叶长河为副处长，下面配属各类工作人员、专家和工程技术人员等，共十七人。

　　筹建处在学校教育长的直接领导下，全权负责水雷大队的筹建工作。教育长明确告诉大家，待筹备工作完成，即正式成立水雷大队，这是蒋委员长钦定的计划。这实质上是一项水雷中队的扩建工作，军政部下拨的也是扩建专款。无论怎么说，加强学校水雷部队建设事宜，终于有了实质性进展。

　　这个进展与叶长河制造的那次"水雷封锁江忠仁舰"事件，从而促成委员长和江忠仁表态加强水雷部队建设是否有关，叶长河无从知晓，但江忠仁同时表态学员毕业时，军政部选用叶长河的事没有了下文却是事实。对此，叶长河的心态还是平和的，水雷中队被一定程度的重视了，这总归是好事，现在所担负的工作也是自己最想干的职业，且一毕业就被任命为副处长，已是被特别重用了，自己理应剔除杂念，轻装上阵，恪尽职守，全力效命才是。

　　当晚，雷恪也来给叶长河鼓劲，两人憧憬水雷大队的美好未来，情绪亢奋不已，就喝起了酒。一沾酒就更兴奋，又把潘小龙叫来一起喝。鱼雷快艇同时被扩编一个大队，潘小龙也被重用，当上了一中队队长。于是乎，大家同贺同乐，都喝了个酩酊大醉。

　　这次执行筹建水雷大队的任务，为雷恪和叶长河提供了接触军方上层的良好机会。

筹建工作的关键环节，是要把参谋本部、军政部、海军部有关部门的关系打通，以求得各路神仙的支持。尽管有蒋委员长的筹建手谕，一切皆可按政策规定和相关程序推进，但欧阳春教育长鉴于对上层复杂关系的了解，还是非常重视与各部门的关系，明确指示筹建处，正确处理原则性与灵活性的关系，各种手段要多管齐下，各类人员要各显神通，把各类政策用足用活，把各种积极因素运用到极致，保证任务在尽量短的时间内圆满完成。

高效就是生命。对日水战迫在眉睫，水雷部队建设步伐再要慢吞吞的，筹建处将成为党国的罪人。

欧阳春教育长亲自揣着委员长的手谕和要表示的"意思"，领雷恪和叶长河等人到各部管事部门蹚了蹚路子。这一遭走下来初见成效。上层各部门脸好看了，话好听了，一再表示要把电雷学校的事办好。

对第一个回合的效果，雷恪是满意的。叶长河却面无表情，整个过程，他轻易不说话。冷不丁，问了一句雷恪："这个效果是委员长的手谕带来的呢？还是教育长包里的'意思'带来的？"

雷恪说："此话只能问一次，我的回答也是最后一次。手谕是敲门砖，'意思'效应才是根本。这就是衙门潜规则。"

叶长河真是开了眼界了。后来的事，叶长河更是惊了魂魄了。他在各个衙门跑了几个月，心里总结出了"四个没有想到"。

第一个没有想到：海军部自身竟然有相当厚实的水雷制造基础和不少既有研究成果。这个没有想到，是叶长河在被允许参观了海军部所属的福建马尾水雷营与修造所后产生的。他了解到，这些机构基本上处在停产状态，不少工程专业人员被迫改行到其他部队工作，剩下的人员难以形成水雷修造体系，整天混事度日。据说，像这种半死不活、无人问津的机构海军部还有几处。

于是，叶长河就提出了把这些机构移交统归电雷学校的建议。

这个建议，是叶长河在海军部给了他一个笑脸的局长面前提出的。那局长一听，笑脸之上大嘴又咧开了花，哈哈大笑一阵后，毫不客气地把这个不知天高地厚的电雷小军官赶出了办公室。

叶长河站在那个局长的门外徘徊了十多分钟，他真想闯进去和这个不知天高地厚的局长再理论一番。他难以接受那张典型的嘲笑傻瓜的脸，更接受不了那张嘴里吐出的粗语恶言。

从海军部出来，叶长河就去军政部找了江忠仁。他从包里拿出两瓶江忠仁最爱喝的"洋河大曲"，往江忠仁面前一放，算是请安问候了。然后，就一股脑儿地提出了他的问题："既然海军部从清代开始就着手研制水雷，到二十年代末就具备了制造能力，那为什么还要浪费资源，重设机构，在电雷学校建设水雷部队？既然决定在电雷学校建设国军水雷部队，那海军部既有的水雷修造力量和研究成果，为什么闲置在那里也不能为我所用？"

江忠仁看着这个满脸涨红的电雷系统的年轻军官，沉思了一会儿，然后答非所问："长河，你是不是有日子没有见到水星了？这样吧，今天中午把水星叫过来，我们仨共进午餐。年轻人有朝气，像干事业的样子，一个电雷学校的少壮派，居然能想到去马尾参观见学。"停顿了一下，加重了语气，"长河呀，到马尾那是多么遥远的路呀，真有你的。"

叶长河没有听出江忠仁的弦外之音，对为他接风洗尘也不感兴趣，盯着问："为什么？这到底是为什么？"

江忠仁笑意依然："从电雷到马尾遥不可及，这不仅仅是地理上的距离，你懂吗？今天，你既然气鼓鼓地回来了，我更应该给你接风洗尘，顺顺心气。"说着，拿起了电话，"在铭心园安排三人的饭局，海军情报处的江水星少校与我等共进午餐。请她务必参加。"

"饭就不吃了吧。我还有急事要办，次长告辞！"叶长河气呼呼地转身离去。

江忠仁看着那双重脚落地的小细腿，又笑了笑，自言自语道："中国已经有了三海，那为什么还要建立一个电雷学校呀？"

已经出了门的叶长河听到这话，一停脚，又径直走去。这一瞬间，叶长河一下子就想明白了自己所提的问题。其实，答案是很简单的。刚入校时，雷恪教官给他讲过"四海"不能一家的现状，他今天所提问题的答案就在其中。

江忠仁走到门口，看着瘦小的叶长河从楼道里消失。他坐回桌前，再没心思看文件，想了很多。不知过了多久，电话铃响起，是江水星打来的，问中午的饭局请谁。江忠仁听罢，"嘀嘀"一笑，说："是请一头小倔驴。不过，饭局取消了，那头倔驴炮蹶子跑了。"

那边的江水星很好奇："那头倔驴是谁？为什么让我们情报处的人去陪一头驴？怎么回事呀？爸，您稍等一下，有人敲门，请进！哈，是你呀？好久不见了，都成了黑瘦黑瘦的猴精了。看你这张脸，我可不欠你钱呀。哈哈，将军，我知道你说的那头倔驴是谁了。您放心，我会替您把这头倔驴的毛捋顺。挂了。"

叶长河进门见江水星正嘻嘻哈哈打电话，气更不打一处来，就说："上班时间，嘻嘻哈哈打电话，听上去还是和一个将军？和上司打电话也没个正形。没大没小，没真没假，这就是海军部。你们海军部这帮人，就窝里斗的能耐，对了，现在看来，还有窝里闹的能耐，上司和女下属电话说闹，这成何体统，这说明什么？这说明海军部这些干情报的人都那么回事。"

江水星见来者不善，就打断他的话："一见面就把海军部骂了个底朝天，再不打断你，还不知要说出什么更难听的话来。对了，你是不是觉得干情报工作的没好人？没错，刚才我正和我的老相好打电话，这个老相好是我的最爱，我与他无话不谈，谈的实在没什么话可说了，就聊起了一头倔驴，一头动不动就尥蹶子的小黑驴。不过，我与老相好的事，与你不相干，你也管不着。叶长河，我俩好久不见了，你要想和我聊聊呢，中午我请你吃饭，地主之谊总是要尽的。如果你这么个脸子对我，就请便吧。"

叶长河见江水星一副生了气的样子，就说："水星，你别误会，我不是生你的气，我是生海军部的气。但是，你这老相好，是什么意思呀？一个单身女子，可不能……"

"可不能什么呀？我一个单身女子，找个相好的，与你何干呀？你说，这与你何干吧？"江水星冷冷地看着他。

叶长河忙摆手："按理说，这与我无关。可你找一个老的相好，这不妥当吧？你年纪轻轻的，怎么会这样？"

"我和老的相好，求得前程上的庇护；和少的结婚，满足情感上的欲望，我两不耽误，你管得着吗。"

"按理说，我是管不着。"

"按哪家子理说？按江叶两家的理说，你管不着吗？我看你是不想管吧？或者说我江水星不值得你管吧？"

"我没这个意思，不然，我也不会来看你。看来，你今天心情不好，那我改天再来。"

"你给我站住。我知道，你今天来看我，不是想我了。你是受了莫大的委屈，来找我倾诉倾诉。充其量，我只是你一个发泄坏情绪的工具。这就是我江水星在你叶长河心里的位置。"

"水星，你这话说得太难听。我与你，从小培养起来的情谊，还是很深的。"

"对，你这话没错，我与你，只是发小，没有其他什么特殊关系，我心里明白着呢。你别说了，不难为你了，走，我请你吃饭。我那个老相好要请你，你却炮蹶子跑了。我再把你赶跑，你别一肚子憋屈倒不出来，回头跳江死了，那我没法向叶伯伯交代。"

"你的老相好原来是他呀，是他就没什么问题了。水星，我真憋屈，你要不好好听我倒倒，长江水里再多个屈死鬼也是有可能的。"

"长河呀，今天你怀疑起我的人品，这是我没想到的。我江水星就是叛了党，理想迷乱了，在个人情爱这档子事上也不会乱。这一点，请你务必记住。"

"记住记不住，与我何干呀？你的爱情与我何干呀？"

"好哇，你居然这么说，好你个叶长河，你等着！"

江水星请叶长河吃了饭，吃的是大闸蟹。叶长河的心思不在饭上，只顾一心把自己的憋屈倒了个干干净净。江水星不愧是在大机关混事的人，不愧为干情报工作的人精儿，她看问题较之叶长河要深刻得多，了解的情况也更为全面，一顿午饭吃到开晚饭的时间，给叶长河释怀不少。

叶长河第二个没想到的是，海军部极度轻视水雷部队建设，却极为热衷建造中国航母群。这个没想到，也让江水星那一顿午饭给释解清楚了。

第一次世界大战爆发后，已是北洋政府海军部年轻军官的陈绍宽，被选派赴欧观战学习。在英国所属世界第一艘航母上，起飞了七架舰载机，轰炸了德国的空军基地。陈绍宽由此看到了航母的巨大作战能力，回国后，他雄心难抑，暗下决心，发誓要建造中国自己的航母。1928年，国民政府新任命的海军署署长陈绍宽，提出花2000万元建造一艘航空母舰。提议被蒋委员长否决，陈绍宽愤然辞职。委员长当面劝阻挽留，并许诺五年内可建造三艘航母，陈绍宽这才留下担任了海军部长。从此，建造航母成了海军部的主要任务。但委员长的注意力却放在了见效快的空军上，迟迟没有兑现建造航母的诺言。陈绍宽不再气馁，就把中国海军的全部希望压在了建造大型主力舰队上，一直全力抓好与此相关的各项工作。相比之下，海军部忽略了小型舰艇的建设，像鱼雷快艇这样的部队没有得到更大的发展，水雷建设更是被极度轻视，基本上处于停滞状态。

由此看来，鱼雷快艇和水雷部队建设的滞后，不仅仅是海军派别之间的相互压制造成的，与海军部的战略思想更有直接关系。

这个不知天高地厚的叶长河，却下了一个晓得天高、深知地厚的断定：当前这种现状的出现，是海军部没有研究透中日战争走向的结果。由于中国国力所限，中国再怎么重视大型舰队的建造，尤其是建造航母，明摆着是画饼充饥，难以实现，短时间内根本改变不了中日海军实力对比6∶116的现实。具体说，中国海军现有力量，无法阻挡强大的日本海军在海上的进攻。日本海军势必要凭借他们同样强大的内河舰船部队，溯江而上，侵入中国内河。而中国海军适合内河作战的小型舰船和水雷部队没有形成战斗力，难以抵挡日海军进攻，那后果是显而易见的。中国海军将为此付出沉重代价。

这个断定，叶长河说给了江水星，江水星说给了江忠仁。江忠仁说："政府高层和军方有的是高人，那头小倔驴以为他是谁？以为就他一人没睡觉吗？！政府和军队还有很多更重要的事情要做，有时忽略一些必做的事，也在所难免。不过，皇帝不急太监急，也体现出了一个小太监的责任。从这点上看，不能指责这头小倔驴。但也不能怂恿他，他这样不知天高地厚的闯来闯去，迟早要吃大亏的。他是个没有任何官场经验的愣头青。这方面，他嫩着呢，一些想法也还略显浅薄。这一点，要提醒他。"

江水星提醒了叶长河，叶长河则倔巴犟儿劲地抬腿走了。

江忠仁最终还是听进了叶长河的担忧，通过一个机智的方式，触及了一下这个大问题上的一个小点，那就是促使委员长过问了海军部闲置的水雷设备充分利用的事。

让叶长河第三个没想到的是，海军部各部门在一个时期，突然态度出奇地好起来，开始积极主动地落实水雷设备向电雷学校移交事宜。

不久，叶长河弄清，这是陈绍宽为了走走"四海一心"的形式，也为了给委员长一点面子，命令把制造水雷的设备移交给电雷学校。这是海军部破天荒的一次大局行为了，让电雷学校各级长官好生感动了一番。

尽管陈绍宽的一句话："就是给了电雷学校那些设备，小小的水雷还能掀起什么大的风浪，中国海军要强盛，还得靠中央海军的主力舰队，致力于建造航母群是海军永恒的主题，丢小保大是主要战略发展方向。"使叶长河又一次感受到了海军部从骨子里是轻视水雷部队建设的，但他还是有了几丝欣慰：海军部在支持电雷学校水雷部队建设上，总归有了实质性的行动。

接下来一段时日，雷恪、叶长河到海军部各部门办事就顺畅多了，相关程序都在按着电雷学校的计划和心意一步步走着。

叶长河掌握了海军部闲置的水雷设备和修造水雷能力的现状，心里盘算着，如果这些都能顺利如期移交到电雷学校，那将会大大助长水雷部队战斗力。

渐渐地，叶长河发现一个问题，陈绍宽明明说的是"移交设备"，可海军部相关各部门却列举种种理由要收取一定费用。

叶长河对此耿耿于怀，雷恪却分析说这是必然的，海军部置办这些设备原是花了大量银子的，岂能无偿送给电雷学校，他们同意给你已经是顾全大局了，我们再计较这点经费，恐怕事就难以办成了。

此事报到电雷学校，校方也果然不敢计较出钱的事，责成筹建处"要钱给钱，该送就送，该请就请，大方表示，高效为重"。

这第四个没想到，是对叶长河打击最为沉重的。

几个月之后，一切移交手续和程序都办完了，该给的钱都给了，该请的客也请了，要表示的"意思"也都表示了，就等着设备移交到位了。

那段时间，雷恪、叶长河心里还是很美的，心里充满了感激，海军部用实际行动表达了"四海一心"，处处开绿灯，人人有笑脸，步步畅通无阻，实在难能可贵。

电雷学校水雷大队筹建计划眼见着就要大功告成，并且如果海军部那些设备如期如数到位，那比他们原有的筹建计划还要宏伟许多。

雷恪和叶长河昼夜奔忙，一切都筹备停当，只欠海军部的东风了。

不久，海军部计划中的移交设备，陆续运抵电雷学校。然而，打开包装箱一看，电雷学校顿时傻了眼。这才知道，海军部各衙门联手下了一个深深的套子，把雷恪、叶长河及校方全都套进去了。

雷恪、叶长河折腾了几个月，花了大量银子，弄回来的设备大都是报废设备，能用的没有几台。叶长河参观中见到的那些完好设备，一台也没有移交过来。

海军部衙门那些爷，把电雷学校的这帮孙子给涮了。

那些爷们多年来以给电雷学校穿小鞋为乐趣，这次是他们最过瘾的一次，都乐到脚心窝窝里去了。

电雷学校栽了一个大跟头，豁出去大闹了一把。委员长对海军部如此对待他的电雷学校，也破口大骂"娘稀匹"，言明要对这种"四海面和心不和"的行为进行严查重办。据说，陈绍宽之前并不知部属下套之事，事情发生后，也大发其火，严令从重查办。

然而，还没有来得及查处此事，一件震动朝野的大事件发生了，致使这等小事不得不搁置在一边，最终不了了之。不仅仅是不了了之，委员长还来了个急转弯，下令道：谁要再在这个小事上纠缠不休，谁将是党国的罪人。当前，大局为重！

叶长河气得只有跳江的份："海军部干了这等骑到电雷学校脖子上拉屎的事，倒成电雷学校'纠缠不休'了。被人拉了一脖子屎还不能说臭，说臭就是'党国的罪人'，这天下没有说理的地方了。"

委员长说的这个大局就是全面抗战。因为这时发生了"卢沟桥事变"，日本帝国主义蓄意制造事端，全面开始侵华。

在民族危亡的紧要关头，海军部和电雷学校都认识到应该把国家利益放在首位，放下内部的恩恩怨怨，全力投入到神圣的抗战当中。

叶长河不得不咽下这口恶气，他根本也顾不上和那些老爷们计较了。因为他在七月下旬的一天，突然被委一重任：根据抗战需要，国民政府决定紧急征调民船。叶长河作为牵头人之一，要组织人到上海一带征调民船带往江阴备用。

时间紧，任务急，叶长河表示坚决服从命令。他深知上峰让他承担这一任务的用意，是因为叶家公司的船队在上海颇具影响力，由他出面，好做工作。

自家的船只被征调意味着什么，船民们心里都非常清楚。战争是残酷的，船毁人亡的事情随时都可能发生。尽管国民政府许诺对有损失的轮船公司和船家，战后要进行赔偿，但不少人还是不情愿把自家祖祖辈辈积攒下来的船业毁于一旦。因此，肯舍下家业支持抗日的船家终究是少数，多数人还需要政府和军方出面做工作。

叶长河抱定首先要做通家父叶高棠的工作，促使叶家船运公司带个好头。

叶长河一到家，见到父亲的状态，顾虑立马全消。这时候的叶高棠抗战热情已经鼓涨到了极点，一听叶长河是带着任务来的，就拍了胸脯，叶家可舍弃全部船只支持抗日。

叶长河很快想到，自己原本就不该有任何顾虑，叶家世代同日本军国主义有着深仇大恨，这也是他自小被根植到骨子里去的。父亲更是早有行动，在"一二八事变"中，叶家就曾慷慨出过船和款，支援十九路军抗击日寇。

这次，战事更紧，叶家理应尽更大力量。叶家轮船被列入征调之列，叶高棠毫无怨言，毅然服从决定，可轮船公司的其他股东们不一定都顺心顺意。叶长河陪父亲走访了各个股东，最终得到了全体股东的大力支持。叶高棠每到一户都承诺，被征调船队如有损失，叶家承担全部，政府的补偿叶家分文不取，全部作为其他股东停业之补剂。

叶长河对父亲感激涕零。父亲说："我这样做可不是为了帮助儿子完成任务，而是为了国家安全这个大局。"

更让叶长河感动的还在后面。

在被征调来的船队出征的码头上，叶高棠站在头船，从怀里掏出一面旗子，"哗啦"一声展开，在场的所有人无不大吃一惊，随即，又被深深震撼。

这是用一块巨幅白布制成的大旗，正中写了一个血红大字"死"，旁边鲜明题字：

> 强寇欺我弱水，国人须当自强，
> 吾儿军中之人，时刻擎旗一面，
> 伤时用其拭血，死后用其裹身，
> 望儿冲锋陷阵，誓死旺我水军，
> 海军务要振兴，勿忘报国责任！

通常父送子征战，无不保佑平安。而叶高棠却以死励儿，表达了为抗击日寇，不惜牺牲叶家独子的决心。

叶高棠迈动老胳膊老腿，亲自爬上头船桅杆，把死字旗挂上。

船老大潘大水把叶高棠送到岸上，又返回船头站在叶长河身边。他要协助叶长河带船队到达任务区，并决定和叶长河一起参加对日战斗。

潘大水向叶高棠表示："船队在他在，长河亡他则亡！"

众船工再次被叶氏父子的抗战热情所感染，大家拥上船头，跟着叶长河唱起了歌子。

"只有铁，只有血，只有铁血可以救中国！"

"事急了，事急了，快把日本来打倒，日本世世仇，大家休忘了！"

雄壮的歌声久久飘荡在码头之上，誓死抗战的决心积聚在人们心中，随时化为行动，投入战斗。

叶高棠站在岸上，大手一挥："出发！"然后，头也没回地大步离去。

叶长河站在死字旗下，向父亲的背影深深鞠躬后，下达了启航命令。

白旗迎风响动，死字动人心魄。叶家父义子忠的强烈爱国之情催人泪下，令人热血沸腾，由此产生了莫大的示范效应，不少轮船公司和私家船民纷纷响应政府号召，积极献出最好船只用于抗日。

潘大水想起早年叶家为求得一脉香火全家上下所费之力，又见眼前大义舍家弃业"送死"独子，就又大为感动了一番，竟然蹲在船头号啕起来。

第十章　委员长

一九三七年八月初，叶长河率领征调来的 57 艘民船奉命按时到达集结地江阴长山江面。

令叶长河精神振奋的是，中国海军第一舰队和第二舰队主力舰也正陆续在此集结。

看到这个架势，叶长河预示到，这将是甲午战争之后，中国海军第一次针对日军舰队开展的大规模集结行动。这标志着，中国海军对日海军将要展开一场空前的生死对决。

叶长河和每一个海军将士一样为此激动不已。尽管他率领的民船队与主力舰队相比显得是那么渺小，但他同样满怀高亢斗志，随时听候命令，愿与日寇决一死战。

一个整天，叶长河除了下舱吃饭，一直站在死字旗下，斗志昂扬地看着江面上来来往往的舰船。

叶长河自小对甲午海战战例书卷有所涉猎，上军校后，又热衷对中国海军现状的研究，想尽千方百计搜集各大舰队和新老名舰的资料，掌握了不少海军舰船的情况。他作为一个不知天高地厚的"海军迷"，对中国海军未来对日作战方案，也"胡思乱想"过许多。他那些想法靠谱不靠谱另当别论，但他以此丰富了自己的海军军事素养，倒是显而易见的事实。

今天，叶长河看着看着，就眯起了眼，托起下巴进入沉思。他头脑中突然闪过一道白光：这次舰队和民船在江阴江面的集结，不大像是一次主动出击作战。那么，这又是一次什么性质的行动呢？

当他看到几艘驶过的测量舰上装有不少岸礁灯标、灯桩、航灯、测量标杆时，就断定江阴下游江面的航标已被拆除。他又想起，昨夜从他船队身边经过的第一舰队是灭灯疾行赶到江阴的。

神秘地灭灯集结，神秘地拆除江阴下游航标，这预示着什么呢？

下游航标被拆除，这表明中国海军自己的舰队也将不再驶往江阴下游。

难道，难道在江阴一带要构建一条封锁线？是要舰船自沉封锁吗？

叶长河又一想，沉船封锁的可能性不大。因为，自沉封江不仅封锁了日本海军舰艇西上，同时也会长期封锁中国海军出战长江下游之路，最终导致具有一定规模和实力的中国海军处于被动挨打的境地。

中国决策层不会干这等蠢事的，绝对不会！

然而，民船队却接到了一个命令：各船驶往龙潭装载满石子之后，再返回江阴江面待命。

这时，叶长河才准确预感到：这次大行动是自沉封江。

一旦看破决策层明确意图，叶长河便沉不住气了。他在甲板上来回走动，嘴里说叨个不停："上峰要干蠢事了！潘伯伯，怎么办？中国海军要自沉封江。"

潘大水是不懂军事战略的，他仅知道只要是抗日需要，上面有什么命令，都应该无条件地执行。这是出发前，叶高棠给他反复交代过的。

潘大水反而做起了叶长河的工作："长河呀，你是军人，理应以服从上峰命令为天职。不要说三道四了，自沉也是抗日。难道你舍不得叶家这些轮船？你若舍不得，这面死字旗子可不答应。"

叶长河抬头看着高高飘扬的死字旗，一副哭笑不得的模样："潘伯伯，不是舍得舍不得的问题。算了，给你说你也不懂。"

叶长河给潘大水交代几句，让他把这支民船队统管好，说自己回单位去办点事。下船前，他把那面死字旗取下塞进了包里。

叶长河发现不远处的舰船中，有武字鱼雷艇和辰字鱼雷艇停泊待命。这两艘艇是清代遗留的旧艇，叶长河认得。

他靠近那艘武字鱼雷艇，见上面站着雷恪教官，就跨了上去。

雷恪先说了话："长河，完成征调任务了？上海之征，辛苦了。"

"先不说这些，我发现苗头不对！好像是要自沉封江。"叶长河把雷恪拉到一边说。

"没错，我推断也是自沉。"雷恪说。

"沉船封江，蠢而又蠢，后患无穷，不能这么干！"叶长河急火火的样子。

雷恪正忙自己的事，知道这个部属又犯了爱较死理的毛病，不想和他多费口舌，就说："这不是你我该管的事，关键是你我绝对管不了这等大事。长河，你这人，总有一天要吃大亏，吃亏就吃在爱操上面的闲心上。该干吗干吗去，别在我这碍手碍脚。"

叶长河转身下船。有一辆吉普车停在岸边，叶长河开了就走。雷恪高喊："叶长河，你别动我的车！"

叶长河加大油门跑了。他回了一趟电雷学校宿舍，拿了些东西，就直奔南京而去。

他先到海军部情报处找到江水星，让她帮忙联系委员长侍从室一处的侍卫张一凡。

张一凡是叶长河的一个远房亲戚，多日不见，要去看望他一下。

叶长河知道，委员长身边的人不是那么容易接近的，江水星肯定有办法。果然，她拿起电话，很快就疏通好了关系。张一凡非常乐意见一见几年不见的表侄子叶长河。

江水星说："要不是我的面子大，平常要办妥通往委员长侍从室的手续，至少要多半天时间，并且不是什么人都能办得了的。"

叶长河说："还是你们情报部门神通广大，天下没有你们办不成的事。"说完，同江水星握手告别，握住了就老不撒开。

江水星抽了抽，笑说："干吗？内心清亮亮的，这手怎么会粘住了人？你没那个心，劲却都用在手上了。叶长河，别给我来这一套，松手，走人！不然，本姑娘擒拿训练刚学的一狠招，在你身上试试。"

"我也不知为什么今天这手掌就上了胶似的。行了，我得赶快离开，不然，让你伤着不划算。对了，如果我那表叔中午不留客，水星，你得请我吃午饭。"叶长河松了手。

江水星转身离去，说："我欠你的饭吗？我这一辈子欠你的吗？你一次次利用我，挺心安理得的，是吧？！"

"这话见外了，咱俩谁跟谁呀。呵呵。"叶长河笑笑，走了。

侍从室就在委员长办公室旁边。有了江水星办的手续，叶长河顺利到了侍从室。

见叶长河进来，张一凡挺高兴，倒了一杯茶，让他先坐着等会儿，说："委员长有会，我送他下楼就回来。今天我留班值守，有时间陪你聊天。"

张一凡一出去，叶长河也悄悄跟了出去，见张一凡进了委员长办公室，他就在侍从室门口似进非进地站着。

不一会儿，委员长走了出来，叶长河看上去有些慌乱，想退回侍从室却又朝外迈了两步，朝前走了三步，又想转身回侍从室。这时，委员长已经迎面走来，叶长河已来不及退回，就精神一振，疾速稳定心神，往旁边跨步让路，同时，转身侧立，脚后跟磕地一响，果敢地向委员长敬了个礼。

委员长路遇部属，年轻人慌乱是司空见惯的事。委员长没在意眼前的这个慌慌张张的年轻人，就走了过去。

张一凡显然对叶长河不满，擦身而过时，悄然埋怨了一句："你怎么出来了？乱弹琴！"

叶长河忙转身退去。这时，委员长却停住了脚步，若有所思地转过身来，问："这个年轻人是刚调到侍从室一处的吗？怎么有点眼熟？你叫什么名字呀？"

叶长河急跨两步，敬礼回答问话："校长，我是电雷学校水雷大队筹建处的叶长河。您看，这是我的证件。"说着，就从公文包里往外掏证件，却带出了一面白旗。他慌忙捡起白旗，不料白旗中还裹缠着一张照片和一本书，抖落在了地上。

委员长一下子被这面白旗所吸引，接过去展开，见到上面的血红"死"字，心里一咯噔，再看旁题的几句话，脸色就凝重起来，不由自主地念出了声。念完，抬眼看了一眼叶长河，又看了一遍旗子，说："好，好！说说这面旗子的来历。"

叶长河一五一十地把自己如何奉命前往上海征集民船，父亲如何举叶家船运公司之全力、送死字旗以示抗日之决心的事说了一遍。

委员长眼角有些湿润了，转眼又看见了那张照片和那本书。

照片是那次委员长视察电雷学校时与叶长河的合影，书是那本蒋版《增补曾胡治兵语录》。

委员长看了照片背面他的亲笔题字，又翻了叶长河在书上的眉批心得，说："原来是你呀，我说怎么有些眼熟呢。对了，'《治心》一章，画龙点睛，激活全书'这句话，我总想不起是谁说的了。现在，我想起来了，这是电雷学校学员叶长河的心得体会。"

叶长河脆生地说："校长，现在我依然这样认为。"

"好啊！好啊！我电雷后继有人！"说完，转身欲走。

叶长河挺了挺胸，下了好大的决心，说："委员长，学生还有重要的心得要说，不知能否给我五分钟？"

"噢，电雷的学生想法就是多，是好事，要鼓励。叶长河的心得还是有见的、显功力的。好，我就给你五分钟，这可是破天荒了。"委员长率先向他的办公室走去，叶长河急忙跟进。

"我从让民船装满沙石和我舰船的调动情况推断出，我海军下一步要采取沉船封江的可能性比较大。今天，我要说的就是这个事。沉船封江，虽说阻隔了日军，可也自断了我海军出战机会。这是最笨拙的封江方式。自断了我海军出战机会，这意味着什么？意味着中央海军的布防战略构画将成为一纸空文。

"我有心了解到，这几年，我海军的战略思维已经趋于实战，也制定了较为成熟的战略计划，长江成为海军布防的重心，一旦海疆有警，舰队将于长江集中，消灭侵入长江的日本海军部队，而后伺机往近海推进。这一计划符合我海军现时实力，是一种积极的战略思考。而现在海军当局却要沉船封江，我海军将如何出战迎敌？

"退一步说，即便非封江不可，也应该充分考虑封江的成本和效果。沉船封江属于单纯的堵塞性质，只能形成一道范围狭小且不具攻击性的静态水中障碍，成本高昂，且执行不易。江阴江面宽达 3 公里，深达 100 呎，要沉多少船才能产生有效堵塞呀？为什么不采取水雷封锁？水雷封锁具有攻击性，成本低廉，效力强大，敷布范围广大，且容易布设。"

"我算了一笔账，平均以半海里计，三海里纵深的封锁面积，如用水雷封锁，只需配备 600 多具，就能构成一道坚强的封锁线。每具水雷平均以 300 元估计，所费也就是 20 余万元。而用轮船封锁，得需要三千吨的船舰 20 余艘，其总金额约在 2000 万元左右，超过水雷封锁价格的 100 倍。再说，现在我国轮船业还不发达，后方运输任务繁重，更为急需，若把一些军舰和征集来的民船用于封江，那会大大影响后方军运。"

"这几年，水雷部队建设在电雷学校没有受到应有重视，海军部又处处卡电雷学校的脖子，致使我校没有制造出多少水雷，可是，海军部有一定制造水雷的能力，这些年，他们应该有成品水雷库存。有了水雷，封江就具备了条件。我海军上下应同心协力，全面实现布雷封江。这是最好的封江方式。当然，前提是，如果非封江不可的话"。

"校长，我一个不知天高地厚的下层卑微军官，在您面前，斗胆谈了自己的真实想法。在说这些话之前，我就做好了最坏的打算，我能为我这次荒唐的行为负责任，即使受到最严厉的惩罚，我都无怨无悔。因为，我把我的忧虑全说出来了，尽到了一个电雷学生的责任。请校长明示。"

叶长河不管不顾地一口气说完，然后，闭上双眼，心惊胆战地等待着狂风暴雨的到来。然而，委员长出奇的平静。他沉思，淡定，用平和的眼神看了叶长河几眼，长喘了一口气，弱小的声音从嘴角滑出，像是自言自语："官职不论高低，凡是有志于振兴中华海军的官兵，考虑些大局大事，是一种负责任的行为。好兵书，有思想，喜欢琢磨研究点上层战略思想，是好事；官职卑微却有难得的战略素养，加之敢说话，敢削尖了脑袋、动足了心眼，在最该听的人物面前把话说出来，更是大好事。兵者，诡道也！这是个有些道道的年轻军官。叶长河，有种，有才，有胆，有识。好样的！"

委员长突然提高了嗓门："处罚你，是万万不应该的。但是，要奖励你，也是万万要不得的。因为，奖励你，就是认可了你。认可了你，就会有人说，堂堂的海军部还不如一个电雷学校的学生官有战略之眼光。还会有人说，海军部在我蒋某人眼里，还不如一个电雷学校的学生官。这样一来，容易激化矛盾，刺激派别之分，于我军抗战大局不利。"

委员长声调平缓下来："事实上，沉船封江之弊端，我早就了然于心。你说的对，它确实会禁锢我海军战略之构想不能实现。但是，我海军这个所谓的战略构画只是一个空壳子。我的意思，你明白吗？"

这个时候的叶长河早已睁开了眼，并且睁得大大的。他没想到，委员长会这样心平气和地和一个贸然闯入的年轻人，交流谈论军事战略方面的大事。于是，他的脑子进一步被激活，更加胆大妄为起来，又慷慨激昂地讲了一番话。

"校长的意思是说，海军部确实有个战略构画，但只是一个理论性的战略构想，并没有进行过具体而完整的实兵操演，严重缺乏细节上的战术研究。比如，舰队如何封江？如何迎战？如何协同陆空部队作战？都没有细致的可操作性的计划方案。所以说，在庞大的日本海军紧逼的紧急形势下，海军部不敢出江作战，只好疾速将兵力集中到了长江口之内。但是，这些军舰又缺乏内江作战的战术修养，也没有针对内江作战的相应机构和机制。因此，只有封江阻绝日军入江。我认为，这是一种临时抱佛脚的方式，也显露出了海军的无能为力。长江防御措手不及，缺乏前瞻预置和富有实效的积极措施，海军部早干什么去了？还有，即便封江是无奈之举，那为何不采取布雷封江？我想不通。"

委员长站起身来，走过来，拍了叶长河的肩膀，说："我也想不通。海军部有了水雷制造厂，购置了设备，却根本没有生产出多少水雷。理由是，政府的后续财力没有跟上。真是这个原因吗？这有待于日后调查。可眼前是，整个海军没有足够的水雷可用，少得可怜哪。"

叶长河见该收场了，有要走的意思，说："我明白了！沉船封江是愚蠢的必由之路。校长，今天冒犯了。学生告辞。"

"慢着！我的高才生，你忽略了一个细节。按军规常理，你今天是走不了了！因为，你掌握了我海军封江的重要军事机密，而这不是你一个下层军官提前好几天所应该知道的。我相信，这样重要的机密内容，是你通过自己正确推断而获取的，而不是窃取了我前几天重要会议的情报。但终归你是知晓了，加之，我今天又令人难以置信地给你透露了一些不该说的内部机密信息。所以说，你应该是走不了了。"委员长表情还是那么平静，可叶长河已经是大汗淋漓了。

叶长河急促地喘着气，不知道如何是好。突然，他把那面死字旗抖落开，裹了全身，一言不发地看着委员长。

片刻，委员长笑笑说："我明白你的意思。一个与我单独合过影的人，一个怀揣我著兵书的人，一个身裹父送死字旗的人，一个早已抱定为抗日献身的人，是不会出卖国家军事机密的。我相信你，我相信这面具有特殊意义的旗子。行了，赶快回到你的民船队上去吧，那里才是你的战场，你应该在那里实现效忠领袖、报效国家的宏图大志。"

叶长河收起旗子，向委员长告辞。

委员长又说："还有一句话，你千万记住。今天，你我之偶遇相见，你我之对话交流，到任何时候，都不可告诉任何人，就等于你没来过这里。否则，传将出去，没人相信。一旦有人信了，也会让人笑掉大牙。"

委员长停顿了一下，提高了嗓门："会有人笑你无知，笑我无威，笑我党国无规矩。"

"学生明白！"叶长河推门出了委员长办公室，见焦急等在门口的表叔腿抖动得厉害。张一凡吓坏了："大侄子，你吃了豹子胆了呀？！你是不是闯大祸了呀？！连累了我，耽误了前程，我张家老小十几口子喝西北风去呀。"

叶长河心境还在委员长的办公室里，牛哄哄地说："抗日的前程重要，还是你张一凡的前程重要？数万万民众的生死问题重要，还是你张家几口人的温饱问题重要？真没个数！"说完，径直走了。他边走心里边想："我今天耽误了委员长岂止是五分钟的时间。"

委员长下楼去参加一个重要会议。此时，会场上百名高层军官，没有一个人会猜到委员长晚到半个小时的真正原因。也不会有人想到，委员长到场后，没有按照会议议程宣布开会，而是先给大家讲了一个关于一面死字旗的故事。委员长说到动情处，竟然眼里闪出了泪花。当然，他没有告诉大家这个故事的来源。故事的最后，委员长说："今天，诸位都要记住上海有一个叶高棠，军中有一个叶长河。一军一民众，抗日父子兵；一心一忠良，全家皆英雄。全民族抗战，需要数万万对这样的父子、这样的英雄。我还是前些天在庐山会议上说的那句话，地无分南北，年无分老幼，无论何人，皆有守土抗战之责任，皆应抱定牺牲一切之决心！"

当天，南京各大报纸都纷纷登载了一面死字旗的故事。

叶长河没有看到这些报纸，他于当天就回到了江阴。

第二天上午八时，叶长河登上了自己的民船队，他和等待与日海军决一死战的海军官兵一样，将目击中国海军规模最大的一次集体自沉。

几十艘军舰按等间隔，一字排列，抛锚看齐，有序地停泊在江面上。各舰船有军官下到舱底水门处待命。

此时，江阴江面各舰由平海舰率领进行升旗典礼。平海舰升起了海军部长的上将旗，叶长河惊讶说："好家伙，陈绍宽部长要亲自指挥自沉作业。"

各军舰到达指定位置后，叶长河率领民船队也在相应位置抛锚停稳。

平海舰打出弃船旗号，各舰船同时开放水门下沉。

自沉军舰理论上应该都是舰龄过大的报废或准备报废的军舰。但对中国军舰了解甚多的叶长河愕然地发现，自沉的军舰中居然有大同舰、自强舰等两艘千吨级的驱逐舰，而这两艘舰前几年刚进行过大修改良，仍具备相当的战斗力和使用价值。

他还看到，德胜舰、威胜舰等两艘浅水炮舰也缓缓下沉。这两舰，吃水浅，马力大，适合在长江中快速逆流航行，而且是前不久刚改装为可容纳两架水上飞机的水上机母舰。

看着一艘艘军舰和商船逐渐浸水、倾斜、终于沉下，叶长河从委员长那里带来的几许激情一扫而光，一脸怒不可遏的样子。

叶长河在甲板上跳起，冲上将旗舰大喊大叫："为什么连能用之舰也要下沉？海军部当官的都是吃干饭的吗？你们在长江作战上没有一个完整的可操作性的战术规划，仓皇急遽之中，只会舍弃良好驱逐舰和适合长江作战的炮舰封江。旺我水军，你们毫无作为。败家子，大浑蛋！中国海军的罪人！中华民族的罪人！我要到委员长那里去告你们。"

然而，江水滔滔，沉船隆隆，没有人能够听得到一个低层军官失态的愤慨吼叫。

叶长河只顾冲着旗舰发泄，没想到民船队发生了惨烈的一幕：一个随船的船民悲愤地投江了。

征集民船时，一些船民本来以为出船出人是运货运兵，既响应政府号召、支援了抗战，又可得到一定的政府补贴，是一件可以做的事情。可今天万万没有想到，征集来的船是要沉江。这对一些船民来说，无疑是一场灾难。多少年来，他们以船谋生，以船为家。沉掉这些船，就等于断了他们的生计，毁了他们的家。一个老船民看到自己的两条船被凿沉，一时想不开，就一头扎进了江里，随即就被沉船的漩涡吞没。

还有一些船民站在渐渐下沉的船上不肯下来，表示要同自己的船同归于尽。

叶长河急得在民船上跑来跑去，连连声明沉船也是抗战所需，大义之举，政府和军方会牢记在心，一定会按各船估值足额赔补的。

船民听了叶长河的声明，安定了许多。但有的船民扯着他的衣袖，还是跪在甲板上不肯下船，喊："政府空口无凭，何以兑现承诺？我们得求一纸政府书面证明。"

之前，民船队没有这方面的准备，政府和军方只是笼统一说要赔偿，却没有人对赔补之事做过任何具体指示。叶长河一时不知如何是好了。

潘大水站在高处大喊："船民们，现在一时弄不来政府的书面证明。大家要相信政府和军方，赔补一定会有的。留着青山在，不怕没柴烧。这船眼见着就沉了，大家都下船保命吧。"船民依然没有人肯登上旁边载人上岸的船。

这时，叶长河快速攀上桅杆，解下那面"死"字旗，冲船民们说："船民们，我再一次郑重地自我介绍一下，我是上海叶氏船运公司董事长叶高棠之子叶长河，是电雷学校水雷大队筹建处副处长，也是这次征集民船任务的军方负责人之一。离开上海前，父亲送我死字旗一面，上面题书足以说明我叶家为国家可以舍弃一切，也可以证明叶氏船运公司的信义。现在，一时拿不来政府书面证明，但是，我可以代表叶家书写证明一页，事后，政府若不兑现赔补，叶家足额全赔。"说完，叶长河咬破死字旗，撕下旗子一角白布，又咬破手指，在那角白布上写下血书："政府不赔，叶家全补，担保船民，谋生养家。若有食言，叶家全亡。叶长河。"

见船民面面相觑，潘大水也咬破手指，上前落款：潘大水。他说："长河若战死，叶氏船运公司船老大潘大水愿做担保人，舍命促成赔补之事。政府若不赔，必促成叶家全赔。请大家相信一次叶家吧。"

船民这才揣起三角白布血书，纷纷下船离去。

叶长河在最后一艘民船下沉时，把那面少了一角的死字旗揣进怀里，弃船而去。

叶长河站在岸上，看到一艘军舰下沉时，舰身依然呈现庄严之端正姿态，沉没之后，高高的桅杆仍露出水面数尺，似乎在对苍天发出无言的呐喊。

叶长河潸然泪下。

第十一章　搁浅的鱼雷

叶长河完成了民船征集任务，却未能如期归队电雷。上峰又命他率兵一个班，把沉船露在水面外的桅杆锯断，以防被日海军利用其为导航标志。

叶长河带人花了整整三天时间完成此项任务，再次要求归队，申请去正面战场抗击日军。可上峰还是未让他走，责成其继续征集民船，巩固沉船封锁线。原来，沉船封江工程虽经过精密测量，却因水流甚急，舰船下沉时不少被水流冲离理想原位，导致封锁线并不完整，还需民船沉江填补空隙。

叶长河在潘大水的协助下，又到处征集民用小船和盐船，满载石子沉入封锁线的空隙中。在一个月的时间内，又征集民船六十余艘，装填石子二万余方，才固牢了封江防线。

这期间，潘大水给予叶长河以极大的协助。叶长河更深刻地体会到，潘大水对叶家要办的事，是倾注生命热情来对待的，对他叶长河也是给予了极大的关心和照顾。

叶长河在潘大水身上，得到了父亲般的温暖，以至于在填补工程即将完工，突然来了一个宪兵小队要抓捕叶长河时，潘大水拼了老命，抡起三尺长的铁斧狂舞起来，使得宪兵队近不了叶长河的身。

叶长河不知自己违背了哪条军规，犯了什么罪，但他还是劝阻死死护住他的潘大水放下斧头，别乱来。

潘大水依然不让人靠近，说："在整个封江行动和填补工程中，叶家和叶长河割舍自家轮船，倾其全力响应政府号召，严格按军令尽职尽责，他何罪之有？如果说任务中有纰漏，那全是我这个船老大的过，与叶长河无关。要抓，就把我抓走吧。要想抓走叶长河，除非割下我的头！”

叶长河说：“潘伯伯，我一身清白，把我抓到哪里我都能说清楚。您让开路，让我跟他们走。”

两个持枪兵士走上来，潘大水又扬起铁斧，喊道：“看谁敢碰长河一指头，我砍下他的头。”

这时，一声枪响，潘大水的铁斧落地。

叶长河喊：“你们怎么开枪伤人？”

来人上来下了叶长河的枪，不由分说，绑了就走。

叶长河被带上车，直接押往南京。

经过一整夜的审讯，叶长河终于弄清，审他的部门是海军情报部，审查的问题是有人反映他在封江前就知晓了封江计划。

提审者一再审问他，是从哪儿得到这一绝密信息的，之后，又把这一重要情报传送给了谁？或者出卖给了谁？

叶长河这才知道自己提前猜测出封江计划的事，被人怀疑了。

叶长河实话实说了自己是如何推断出封江计划的，但他说：“当时，在长江上执行任务的每一个有军事素养又用心观察的军官，都能推断出可能要封江。你们为什么只抓我一人？”

提审者说：“因为，据我们调查，只有你一人离开过任务区，到过南京。现在正要问你，你到南京都去了哪里？见过谁？向谁透露了要封江的消息？”

叶长河脑子急速运转，很快判断出他的南京之行惹出了麻烦，但他坚定地想，绝对不能承认同任何人说起过自己的推断结论，就连同江水星、张一凡等见过面的事也不能说，以免节外生枝，连累朋友。

很快，那些立功心切的特工给叶长河上了刑。提审者说：“一面死字旗能说明什么？这决不能说明你叶长河就不会当卖国贼；拉来一支民船队到敏感任务区，可以说你是来执行封江任务的，但也不能排除是借机来刺探封江情报的。”

叶长河猩红之目圆瞪，冲提审者狠狠地啐了一口唾沫，又惹来了一阵毒打。

这个时候，叶长河心里还清楚地记着委员长那天的话：“有一句话，你千万记住。今天，你我之偶遇之相见，你我之对话之交流，到任何时候，都不可告诉任何人，就等于你从没有来过我这里。”

叶长河一脸宁死不屈的神情，更加激怒了特工们，折磨起他来愈加变本加厉。

特工们说："我军封江计划情报，在封江之前被人泄露给了日本人。我们有足够的证据证明，这个出卖情报的人就是你叶长河。你若从实招来，你还有得救，不然，你死路一条。对顽固不化的汉奸特务，我们有权随时处决，尤其是处理你们电雷的人，我们从不手软。"

叶长河被折磨得死去活来，可头脑还是清醒的："你们海军部的这帮爷，只有在电雷人面前逞威风的能耐，有本事找日本人拼去。你们对电雷人有成见，给我扣上莫须有的罪名，我不服。你们没有证据，就把一个执行加固封锁线任务的军官抓来，还滥用私刑，往死里整人，党国还有没有王法？我叶长河跟你们没完。"

特工们说："叶长河，你别嘴硬，有你求饶的时候。"叶长河仇恨地盯着特工们，骂道："你们这帮蠢货，除了用刑逼供，还会些什么？你们破不了案，抓一个与案子毫无干系的人，搞屈打成招，然后去报功领赏，这就是你们情报部的看家本领。真恶心！"

叶长河受了一夜的皮肉之苦，第二天一整天，也不让睡觉，不给饭吃。特工们轮番用刑，威逼审讯。到了夜里，叶长河实在熬不过去了，若再不说点什么，非让他们整死不可。于是，就说："狗东西！老子现在就招了，你们给我记录清楚。封江计划实施的前一天，我把推断出要封江的结论，告诉过总统府里的一个人，那个人叫蒋中正！"

那帮特工一片愕然："哪个蒋中正？"

"笨蛋！总统府里有几个蒋中正？！"

特工们一瞪眼，又加了重刑："你再不从实招来，我们就把你的脖子拧断。这是委员长早定的计划，他还需要听你的狗屁推断吗？再说，你一个电雷的狗屁小官，哪有跟委员长谈话的资格和机会？纯粹是胡说八道。"

叶长河生命已十分微弱，勉强挤出一句话："你们一口一个电雷的人，难道电雷人在你们海军部的眼里都该死吗？"说完，没听清一特工说"有罪的电雷人都该死"，就在一阵重刑中昏死过去。

时间就这样一天天过去，叶长河在死中醒来，醒来又死将过去。清醒时，他不再和这帮特工磨牙，不管问他什么话，他都是以唱那几句歌子来应对。

"只有铁,只有血,只有铁血可以救中国!""事急了,事急了,快把日本来打倒,日本世世仇,大家休忘了!"

不知过了多少日子。有一天,昏死中的他被一桶冷水泼醒。醒了,他就又唱那几句歌子。这时,他隐隐约约听到一个女军官,在对用刑的特工们说话。

那女军官显然是刚风风火火闯进来的,说:"情报一队已经破获了封江情报泄露案,是担任七月二十七日行政院会议记录的秘书黄浚,当晚就将此绝密消息传给了日本特务南造云子。我告诉你们,现已经证实,叶长河与此案无关,快把他放了!"

那些特工不肯饶了叶长河,说:"我们没有接到要放叶长河的通知。对不起,这人还要留在这里继续受审。"

那女军官愤怒至极,提起一桶冷水,朝那帮特工泼去:"浑蛋,我说的这些话不是通知吗?难道要见到正式文件才能放人吗?我敢肯定,文件未到,这个人早让你们送到阎王爷那儿去了。赶快给我放人!"

被弄了一身冷水的特工们也火了:"江水星,你一个一队的情报官,凭什么到我们二队这里来撒野。不见我们二队队长的通知,叶长河不能放!"

江水星一拍腰间,掏枪在手,指着特工们说:"你们不放我放!谁敢阻拦,我的枪不答应。放了这个人,责任我全负;打死你们谁,责任我全负。这个人,必须迅速送往医院,不然,他随时都有死掉的危险。弟兄们,你们对电雷的人下手也太狠了。弟兄们,今天我失礼了,别怪我。"

江水星一手执枪,一手给叶长河松了绑,然后,一弯腰,把这个奄奄一息的男人拱上了背。有不怕死的特工堵住了江水星的去路。江水星冲地面上开了两枪,眼泪就下来了,带着哭腔说:"弟兄们,一是这个人,真没罪,请相信我;二是这个人,是我未婚夫,我俩感情很深,他死了,我也没法活。请弟兄们理解我。话都说到这个份上了,谁要再敢拦我,下一枪就打断你的腿。我江水星一向说到做到。"

众特工闪出一条路。

江水星背着叶长河,跑到一辆吉普车前,放好人,疯了似的飞车而去。

原来,叶长河被定为怀疑对象后,由情报二队担负对他的审讯任务,而情报一队负责侦破行政院秘书黄浚一案。情报一队采取了多项得力措施,组织了周密侦察,下了足够的功夫,今天终于彻底破案。今天晚上,在审理清楚这个案子的那一刻，江水星扔下手中的收尾工作，不管不顾地开车直奔情报二队而来。她知道，如果情报一队按程序向上报送已破获的案情，并证明此案与叶长河无关，经层层长官审定批示，再传送到情报二队手里，最快也要到两三天之后，若哪个关口的长官有事不在待批，还可能会需更长的时间。到那时，叶长河早死在情报二队那些心狠手辣的特工手里了。于是，她决定自己直接去救人。

江水星闯进二队抢人，动枪没有吓倒那些见过世面的特工们，最终，她为"未婚夫"而动情，才使特工们让出一条路来。

江水星飞车到了陆军医院。

叶长河本来就瘦小，又经过长时间的受刑，身子就更轻薄了。江水星背着这个昏死过去像纸片一样的小男人儿并不费劲，跑得也快。她一边跑，一边挥舞着手枪，喊着："快闪开！快闪开！"直接冲进了急救室。

医生见一个凶巴巴的持枪女军官，背着一个满身血污的男人冲进来，吓了一跳，赶忙安排急救。

江水星用枪指着医生说："大家给我听清楚，我要这个人活着！必须活着！如果他死了，你们谁也别想活着迈出急救室半步。"说完，就卡腰站在了急救室门口。

最终，叶长河是被抢救过来了。江水星在医院里又陪了他三天三夜。陪伴中，叶长河与江水星有过一段这样的对话。

"水星，你又一次拿你我之间的感情说事，把我从死亡线上拉了回来。你一次次救我，是不是真把我当成未婚夫了？"

"你一个满脑袋军事素养的人，难道就没有看出来？我那么说，是一种策略，是玩心眼儿呢。我若不说你是我什么人，进去就抢人，我能出得了门吗？"

"我没有看出那是什么高明之策。你怎么不说我是你亲哥呢？"

"你不看看，就你长得那副黑酸梨核的样，哪点像我江家的儿子？"

"是啊，你们江家人都长得细皮嫩肉相，细长高挑个，搭眼一看，我确实不像你们江家的儿子，说是江家女婿倒有人信。看来，紧急情况下，你那么说是对的。"

"叶长河，你这人越来越矫情了，不知你到底要说什么。我另有重要任务，得马上走了。"

"你才陪了我这么几天，说走就走哇。我要是再死了怎么办？"

"死了更好，死了就少了一个惹是生非的人。你看你这两年，枪刺潘小龙差点被执行了战场纪律；水雷封炸我父亲的舰，差点被枪毙了；这次，自以为是，到处臭显摆自己的推断，又差点被人整死。招惹的都是你周围的熟人，触及的都是敏感得要命的事，害得大家为你担心，替你打圆场，一次次用招施谋救你。你说，人家潘小龙，我江水星，我的老父亲，我们都欠你的呀，还有，潘小龙的父亲潘大水，因为你，胳膊上白白挨了一枪。"

叶长河即刻闭了嘴，眼里充满了愧色。

江水星说："行了，我该走了。医院这边我都交代好了，安心养伤吧。不过，我还是要郑重告诉你，我这样救你，绝对与男女爱情无关。你可别自作多情呀。"

叶长河低下头，还是没说话。

江水星说："对了，好好吃饭，多长点肉。那天，趴在我身上，就一把干巴柴火的重量，轻飘飘的。那把骨头倒是硬邦邦的，硌得人后背生疼，没劲透了。真的，没劲透了。"说完，走了。

叶长河望着江水星一走三扭腰，一步一送胸的俏丽背影，咂摸着此时此刻的感受，心里充满了别样的情绪。

这几年，每每在江水星面前，他总是有一种安全、踏实、温暖、亮堂的感觉，心像到了家，全身松散、舒展，从头到脚，从内到外都放得开。不用掩饰，不用装样，自然而然，自由自在。这是一种什么样的感情？是男女间的儿女之情吗？是兄妹间的手足之情吗？是没有性别的朋友之情吗？这些天，叶长河一直在心里问着自己，可他难以给自己一个准确答案。

熟人江水星给了他一片茫然的世界。

叶长河怀着这种心情，在医院治疗休养了一段时日，身体有了明显好转。这期间，叶长河心里放着的最大的一个事，就是写报告申诉自己是如何被审查被拷打被诬陷的。这个报告他一气呵成，足足写了近万字，连带着把他所见所闻海军方面的腐败内斗现象都写了进去。写完了，连看三遍。他一脸凝重，挥着拳头，自己给自己加油鼓劲。他下定了决心，务必要把这个"万言书"呈递给海军部部长陈绍宽甚至委员长本人。他一定要给自己讨个说法。

这一天，潘小龙带一军官突然来到医院，不由分说要拉叶长河出院。叶长河说："好呀，有江水星的交代，院方一直不让出院，自己正考虑如何开小差逃出医院呢。"潘小龙说："没有时间听你啰唆了，收拾收拾赶快走人。"叶长河说："得办完一件事才能走，我要先到院方开个信，证明自己是被严刑拷打而受到严重伤害的，然后，拿着医院证明和我的万言申诉书，去闯一闯海军部和委员长办公室。眼前，还自己政治上的清白比什么都重要。"

一直阴沉着脸的潘小龙一下火了："你受的这点屈辱算得了什么？中华民族受到这么大的屈辱到哪里说理去。我告诉你吧，江阴已经被日军攻克，我海军舰艇全军覆没了。南京眼见着也要沦陷！"

"南京要沦陷了，你懂吗？"由于激动，潘小龙的泪都下来了。

叶长河呆愣住了，张大嘴巴老半天合不拢，被潘小龙硬拉着离开了医院。

吉普车在南京大街上左冲右突地行驶着，叶长河不再说一句话，茫然的眼光落在匆匆行走的各色杂人身上。他明白，昔日繁华的首都，如今已进入了临战前的紧张状态，这里成了一座巨大的军事堡垒。大街小巷到处张贴着"保卫大南京"的标语，操着各地口音的军人忙乱地在各重要地段布防，路口和要道堆起了沙袋，高楼顶上架起了高射机枪。

路上，潘小龙向叶长河讲述了战争近况：江阴封江计划泄露带来了严重后果。日本人提前得知中国海军要沉船封江的情报后，行驶和停泊在长江中上游的七十来艘军舰，在江阴封江前两天就紧急下驶，夺路逃脱。委员长得知这一情况，气得七窍生烟，连摔三个杯子，他越过正常的指挥系统，直接打电话给空军一个值班的中队长，命他迅即派飞机轰炸下逃日舰。结果，由于天气恶劣，大雨滂沱，我空军飞机没有发现大批日舰，仅在上海川沙寻到一艘单舰，将其击沉。

至此，叶长河才知道，之前，自己只推断出江阴沉船封江，是为阻绝下游日舰溯江西犯，而没有推断出还有截留上游日舰下驶，并将其消灭的目的。他想，看来那天，委员长只是肯定了他叶长河的这个推断，而只字未提沉船封江还有要"关门打狗"之目的。沉船封江，有了"封堵日军七十余艘军舰，关起门来打狗"这一层用意，就把军方决策层这一决策的拙劣性掩盖起来了，也就是说，这一决策的唯一一点英明之处就彰显出来了。

只可惜，让那群进了家门的恶狗溜掉了。真可恨，汉奸卖国求荣行了恶端。中华民族的败类哟，你们害死咱多少中国人呀。

潘小龙痛苦叙述，声调中夹杂着呜咽："这期间，根据抗战的需要，国民政府决定将我电雷学校改为江阴江防司令部，由欧阳春教育长担任司令，率领快艇大队协助海军主力第一舰队防守江阴。然而，那些逃脱的日舰撤离到上海后，与日本海军派出的第二、第三舰队汇合，在中国海上集结后大举入侵中国长江内河。舰载飞机轮番轰炸我江阴海军舰艇，日舰重炮重创我江防工事。我海军官兵誓死抗敌，英勇作战，但终因战力不及，激战18天后，我江阴失守。长年护卫中国海疆的第一舰队主力全数被炸沉在江阴，我鱼雷快艇大队也毁损严重，这是中日甲午战争以来最重大的损失。究其根源，日本海军强大，我海军弱小，这是主要原因。但是，我舰艇布防战略战术失误，四海分裂不能一心，也大大削弱了我海军现有力量本应具备的战力。"

叶长河听罢，对天嘶鸣。一方面，他为我海军的毁灭而伤心，另一方面还为自己的不作为而自责："我海军官兵浴血奋战之时，我叶长河却躺在病床上安逸休养，我愧对国家、愧对海军呀。"

潘小龙说："中华民族还没有亡，不要这么悲观消极，打起精神来！"

叶长河目光依然茫然。

日本人将要兵临城下，首都成了危城。城里军民脸上呈现出的不仅仅是凄凉的神色，还有一腔悲壮在心头。

一个血气方刚的军官站在高处，正在向修筑工事的兵士训话："临危不乱，临难不苟，乃我军人本色。卫戍司令唐生智长官明示守城全军，要取义成仁，誓死保卫南京。我等都应效忠党国，舍命死守，哪怕是破釜沉舟也在所不辞。南京城万岁！"

叶长河似乎受到了这个军官的宣传鼓动，对潘小龙说："我等这要去哪里？国都危在旦夕，军人都应有所作为，你我的岗位在这里。我们应该留下来参加守城之战。"

"我们残留下的几艘鱼雷快艇正停泊在南京城外江面上。眼前要紧的是，赶快把尚存的海军人员集结起来，再寻找战机，尽快绝地反击。"潘小龙说。

听潘小龙一说，叶长河安定下来。这时，隐隐听到有歌声飘过。那是从秦淮河畔传来的。潘小龙骂道："妈的，真真是'烟笼寒水月笼沙，夜泊秦淮近酒家。商女不知亡国恨，隔江犹唱后庭花。"叶长河感慨既出："商女能把国家唱亡吗？一个战败的军人把怨恨抛给歌女，心态何正？"

南京的景致映入眼帘。叶长河心绪难平：《桃花扇》"听稗"上说，孙楚楼边，莫愁湖上，又添了几树垂杨。又有近代诗人填词说，武定桥边，立尽斜阳。这些名句，如今想起来，全然没有了原来的韵味。

"六朝古都呀，你将要遭受灭顶之灾，我等却离它而去。"叶长河长叹一声。

潘小龙吼了一声："我说过了，我们的战场在江河，我们的岗位在艇上。这是上峰的命令。你如果把接你出来视为逃跑，看作是贪生怕死，那你就留在南京好了。但你要知道，南京多你一人少你一枪，无关紧要，而遭受毁灭性打击的海军，则需要任何一个残存下来的海军官兵去充当星星之火，以备将来东山再起，雄聚燎原之势。这个道理你应该明白。"

片刻，叶长河又泪流满面，叹道："江阴是中国海军的重要基地、长江咽喉，我们经营多年，被誉为东方马奇诺。可怎么就这么不堪一击？短短的18天，就全军溃败了，我想不通呀。强盗侵入家门，欺我弱水，天理何在哪。我四海不能一心的惨痛教训，每一个活着的中国海军军人都应该痛悟一生，反思一生。"

"这个时候感慨这些大话空话还有何用？好好想想今天和明日中国海军还能做点什么吧。"潘小龙拍了叶长河一掌。

潘小龙等人在草鞋峡三台洞附近的江边，登上了鱼雷快艇。

叶长河发现，四艘鱼雷快艇用树枝芦苇隐蔽伪装着。见到这些久违了的快艇，身上便有一股亲切感，他一一抚摸了每艇配置的直径45公分的两枚鱼雷、两枚深水炸弹和四挺高射机枪。

当他看到鱼雷已压气调试，完全处于发射状态时，突然精神一振，挥拳吼了一嗓子："小日本，我要同你血战到底！小龙，难道我们就这么一直在树枝底下躲下去？"没等潘小龙回答，他又振臂吼道："只要中国海军还剩一艇一人，就要让小日本知道中国海军还在！就要向全世界宣告，中国的江河之上，永远驰骋着不屈的抗日海军。小龙，我看，我们有必要趁夜色出去，找到日舰干一仗，好出口恶气。"

潘小龙却没有受到叶长河的激情感染，耐下心来说："没错。中国海军不能灭，海军气概不能灭。但目前形势下，中国海军光有拼光一人、决战到死的精神不行。现在，鱼雷快艇大队仅剩这四艘艇了，务必在保全自己的前提下，寻找最佳战机，攻击日舰。欧阳春司令的指挥部设在城外下关，一直与我艇保持着电台联系，什么时候行动，我们得等待命令。现在的任务是下舱休息，调整好精神状态，随时准备迎敌。大家先好好睡一觉吧。"

接下来的几天，南京方面的形势日渐紧张。这天下午，潘小龙等人接到了司令部欧阳春司令的第一封电令："江阴失守以来，闻日舰昼夜疏通江阴沉船封锁线，现已打开仅能一舰通过的缺口。敌舰突破封锁线后，将溯江上驶，逼近首都，兹派潘小龙、叶长河等艇每夜晚出晨归，游弋至镇江江面。如遇敌舰，立即攻击。"

窝了一肚火的潘小龙、叶长河果断执行命令，昼伏夜出，寻机击敌。然而，在电令规定的范围，连续五夜都没有发现敌舰。

这天，欧阳春司令以非常恳切的语调又一次命令快艇：必须尽快击沉敌舰一两艘，否则必遭国人舆论斥责。

叶长河建议：我艇有必要突破只许游弋至镇江江面的电令限制，继续下驰，拓展寻机范畴，直至找到并击毁一两艘敌舰。

潘小龙说："过于深入，我艇会陷入有去无回的境地。这样做，欧阳春司令是不会同意的。现剩存的四艘快艇是司令的命根子，切不可有任何闪失。"

"南京保卫战陆军部队誓死守城，我海军快艇却毫无战绩，这舆论压力会把司令压死。我艇一味保全自己，则完不成司令下达的必须击沉一两艘敌舰的命令。我知道，这事如果请示司令，他则不会同意我们越过镇江江面下驰的做法。我看，我们留下两艇后援，然后，你我各领一艇，越过镇江，下驰击敌，完成任务，迅速撤回。目前，日舰以为这一带中国海军全军覆没，已经完全丧失攻击能力，尤其不会如此快捷而深入地去攻击它们。我们来个出其不意，胜算的可能性很大。干一场吧，也不枉当一回中国海军。"叶长河耐下心来劝说道。

潘小龙沉思片刻，说："好！就按你说的干！"叶长河说："主意是我出的，出了问题我负全责。"潘小龙说："共同负责！"

叶长河和潘小龙等人仔细研究了作战方案，检查了两艇设备和枪弹。两艇外观做了伪装，远远看上去像是两条渔船。

叶长河快艇在前，潘小龙快艇断后，两艇拉开适当距离前行。和前几天一样，行至镇江江面，也未发现敌舰踪影。叶长河没有犹豫，继续下驰，潘小龙跟上。

快艇接近江洲湾江面，叶长河心里踏实了许多，对这一带地形水域，他烂熟于心。潘小龙更是心潮难定，江洲湾是他的家乡，自他从军后，就再也没有见到过父母双亲和兄妹们。他思乡之情油然泛起。

潘小龙闻着熟悉的水乡气味，心里鼓动着多种情愫，可不管再怎么激动，他警惕的目光一刻也没放松对江面的搜索。

到了江河相连的宽阔水域时，叶长河首先发现了情况：一艘中型舰船在横穿江面。

他即刻命令艇员做好战斗准备，并让快艇做出一副绕行的姿态，而实则果断驰向那条舰船。

那舰船也发现了驰来的两条船，巨亮的探照灯打了过来。身着渔民装扮的叶长河做出一派胆怯的样子，心里却断定：凭巨亮探照灯就可以判断出，这是一艘日军战舰。

日舰见是两艘渔船，鸣笛让其转向，不许靠近过来。

叶长河见状，冲右后侧的潘小龙艇高喊："前面是皇军的战舰，我们掉头让路，别耽误了皇军公务。"

叶潘两艘快艇装置的鱼雷均是尾槽发射式发射，在距离日舰适当的距离时，都迅速掉转艇头，紧接着，以 50 度射角分别发射了一枚鱼雷。

这一系列动作，是在电雷学校习训时早就娴熟操作过的，俩人都做得干净利索。可是，叶长河仅听到了一声巨大的爆炸声，这表明只有一枚鱼雷击中了日舰。

叶长河清楚地看到，爆炸的火光是从敌舰中部窜起的。

舰上日军兵士乱作一团，待镇定下来发炮还击时，攻击者已溯江而逃了。

日舰没有想到会有中国海军舰艇大幅纵深偷袭它，叶潘两艇也没有想到会这么顺利地击中敌舰。

日舰疯狂地朝偷袭者逃窜的方向不停地打炮轰击，显然是大舰重炮打不到近距离的死角区，炮弹远远落在了叶潘两艇的前面，把前面江面死死封锁住了。

叶长河心中的喜悦瞬间收起，知道情况不妙，后面很快会有敌舰追击上来。

潘小龙也意识到了真正的危险来临，用通话机大声喊道："长河，我在前，你在后，冲过炮火线！"

叶长河却放慢速度，喊道："绝对不行！冲击炮火封锁线，必然会被炸得粉身碎骨。"

"不冲也是个死。敌艇很快就会追上来的。冲吧。"潘小龙坚持己见。

叶长河喊:"我们掉头迎面冲回去,下面不远处就是江洲湾左川河右川河,我们从那儿迂回南京江面。如遇敌艇就边打边撤,你右川河,我左川河,分头逃掉。"

"打起水仗来,你叶长河脑子就是转得快。这主意不错,冲!"潘小龙吼道。

叶潘两艇掉头,开足马力,顺水下冲。果然有两艘敌快艇迎头追上来。敌快艇可能是没意料到中国海军的快艇会往回跑,还没来得及开火,叶潘即命令各艇四挺机枪平射过去。八挺重机枪一起集中火力扫射,一时打得敌艇上的兵士抬不起头来。

叶潘两艇几乎是与敌两艇擦肩而过。叶长河抱一挺轻机枪,在错艇之瞬间,冲一敌艇驾驶舱扫了过去。那艇突然打转方向,一头撞到了旁边礁石上,炸起了冲天大火。另一敌艇则掉转艇头,尾追叶潘两艇。

前面就是左川河和右川河入口处,再往前面便是被鱼雷击中的日舰。那日舰受到了重创,却没有沉没的迹象。

叶潘两艇朝左右川河方向奔驰,那艘日快艇紧紧咬住叶长河艇不放。

潘小龙突然改变了逃跑的路线,直冲那艘受伤的日舰而去。咬住叶长河的日快艇见状,连忙转向朝潘小龙艇追去。潘小龙又突然掉头朝日快艇迎头冲过来,随即尾部发射了仅剩的那枚鱼雷,轰然击中了那艘受伤日舰头部。

叶长河叫道:"潘小龙,好样的。"遂见那艘红了眼的日快艇紧跟潘小龙穷追猛打,于是,他顿生一壮举,大喊道:"小龙,跑直线!跑直线!"

在乱作一团的枪炮声中,不知是潘小龙听清了叶长河的喊叫声,还是本来就想跑直线,反正他直直地朝右川河入口处急逃。

那日快艇也是尾槽发射式鱼雷,根本来不及调整方向发射鱼雷攻击,就疯了般直直地跟在潘小龙艇后面,用机枪哗哗地打,拿出了一副就是撞也要把潘小龙艇撞沉的劲头。

叶长河做了一壮举,他一下斜冲到日快艇的左前方,调整尾部,迅速算好角度,果断发射了最后一枚鱼雷。

日快艇只顾死死地盯住潘小龙艇直直地追,却被叶长河斜穿过来的鱼雷击中,顿时被拦腰炸断。

叶长河艇迅速驶入左川河消失了。他临进入河口时,回头望了一眼那艘燃烧的中型日舰，它已经斜沉下去。

鱼雷快艇大队出艇两艘，发射鱼雷四枚，伤亡三兵士，却击毁日中型舰船一艘、快艇两条。

欧阳春司令得到这一准确战绩情报后，冲墙壁连击三拳，连骂三声"妈的"，说："非我电雷学校门生，谁还能干出这等轰轰烈烈的壮举！国难当头，中国海军不当孬种者，唯我电雷！打击日海军骄横气焰者，唯我电雷！只要我欧阳春司令还活着，只要潘小龙、叶长河不战死，不重奖重用潘叶两人，我誓不为人！我要电请委员长重重嘉勉电雷潘叶。"

潘叶违背命令擅自越过镇江江面的事压根没提，追究责任更不会谈起，现在重奖还来不及呢。

数日后，已经迂回而归的叶潘两人，得知欧阳司令如此褒奖，很是亢奋，说："我们用实际行动警告了日本人，中国海军依然在战斗。"

随后，他俩调整了快艇战斗人员，把兵力配强到未参加这次偷袭的另外两艘快艇上。这两艇鱼雷和枪弹没有损耗，战力犹在，他俩又分别改任为这两艇的艇长。

这几天，南京城方向昼夜传来隆隆的炮声。当快艇官兵知道中华门、光华门正在发生激战，更是激奋难消，表示要养足精神，准备寻机再干一场。可这之后，快艇却久候电报出击命令而不至。

叶潘两人坐在艇舱里，认真分析总结了上一次的偷袭行动，两人有一番流畅对话。

叶长河说："这次战果比预期好得多。"

潘小龙说："有多年的默契在，我俩合作，没有不成功的道理。"

叶长河说："那是。不过，乱战之中，我没看清第一枚击中日舰的鱼雷是你艇发射的，还是我艇发射的？"

潘小龙说："当时难以看清，但我判断应该是你艇击中的。一是你艇在前，距离日舰近些，理论上准确度要高于我艇；二是尾部发射鱼雷有容易影响发射准确度的弊端。我发射时，感觉快艇转弯过急了点，尾部搅起的水流可能影响了鱼雷方向。当时我就有了这个判断，所以，再返回时，我发现敌舰未沉，为弥补过失，又发射了一枚鱼雷。"

叶长河说："当时，我艇正在被日艇紧紧咬住，你去冲击受伤日舰，也是为了把敌快艇吸引过去，好使我脱身。这一点，我看得明明白白。"

潘小龙说："是的，当时，我确实有这个想法。兄弟联手作战，就得互相解围。战斗中，尽最大可能保证你的安全，永远是我的责任。"

叶长河说："现在，我终于明白当年围剿红军那场战斗中，你不让我上去，也是为了保护我。"

潘小龙说："好兄弟不说假话，那次还真不是这样。我不让你上，是为了我自己要立头功，目的还是想为上嘉和舰独得名分和资本。"

叶长河说："看来，当时我没骂错你。好了，以前的事不提了。还说这次偷袭吧，在当时情况下，你那最后一枚鱼雷的发射堪称经典，够写入教案的水平。也就是你潘小龙，要是我，可能不会再灵机一动，又发一枚鱼雷。"

潘小龙说："你那最后一射也不差呀。在激流中，快艇用鱼雷攻击快艇本来就是高难度，成功的例子不是很多。可你做到了，还做得无比漂亮。"

叶长河说："如果没有你引诱日快艇跑直线，我是做不到准确命中的。"

潘小龙说："这就是你我默契的精妙所在。当时，我被日艇紧紧咬住，我揣摸你会帮我脱身的，而你唯一能采取的措施是鱼雷攻击。所以，我果敢地跑直线，诱引敌艇也直线追击，为你发射鱼雷创造条件。还好，你想到了，你成功了。不过，我艇也付出了代价，伤亡的三个兵士中，有两人是在这个时候被日艇机枪击中的。"

叶长河说："看来，我大喊让你跑直线，你没听见。"潘小龙说："你喊了吗？当时，枪声大作，肯定是听不清楚的。"

叶长河说："这更能说明你我兄弟俩的心灵有感应，内在有默契。战场上，两个战斗员能出现如此状态，难能可贵。"

潘小龙说："技术战术是书本上能学到的，而战场感应、兵员默契，是书本上所学不到的，这要靠兄弟情感的深层积攒和升华。"

叶长河说："那当然。哎，你说那枚未爆炸的鱼雷射到哪里去了？"

潘小龙说："只知道射中了的鱼雷炸翻了多少艘敌舰就行了，还管没击中的鱼雷射哪去干啥？"

叶长河说："那鱼雷最大的可能是擦着水面冲进了江河相连处的芦苇中了。那片芦苇水浅平缓，泥沙松软，鱼雷很容易搁浅在那儿。所以，没有听到它的爆炸声。好了，不说它了，一枚不争气的鱼雷罢了。"

潘小龙一听此言，说了一句："长河，你什么意思呀？那枚鱼雷是我射偏的，你是说我潘小龙不争气了？"

暖融融的谈话气氛骤然变了味道。叶长河知道兄弟俩在一起，一天不抬杠就到不了天黑，就不再接他的话茬，起身出了舱。

叶长河站在艇头，心思还在那枚射偏窜入芦苇中的鱼雷身上，心里又说："它没有爆炸，只有一种可能，那就是搁浅在了软泥杂苇当中了。"他清楚地记得那枚鱼雷射出的方向，那片芦苇荡是他和潘水玉少时进去玩过的。

这时候，天早已黑下来。他突然发现一条帆船向快艇驶来，就赶紧掏枪在手。

来人是欧阳春司令。他一见叶长河、潘小龙眼睛一亮，当胸给了俩人几拳，说："好样的，两条中国龙！本来，我要电请委员长重奖你俩的，可现在顾不上这些了。"随即，他忧伤地说："南京失守了。"说罢，已是泣不成声。

兵士们跟着呜咽，都一副悲愤至极的样子，"一寸河山一寸伤心泪"的颓废情绪，迅速飘散开来。

最后，欧阳春司令和随从要乘木帆船过江，他下达了命令："此地不可久留，今晚快艇必须溯江上行，到我军马当要塞集结。现在，日海军已经封锁了前面江面，你等只有背水一战，冲过敌人封锁线。最好能保住四艇，大家都能活着过去。这是我在南京的最后一道命令了，执行吧。马当见！"欧阳春司令与大家一一拥抱，离艇而去。

潘小龙、叶长河把大家叫在一起，做了一个商讨，制定了突围方案。

四艇在凌晨两时许驶到南京下关。

敌人的炮火紧紧封锁住了江面，炮弹不断炸起连天水柱，汽油在哧啦啦燃烧。强行渡江的众多军民被炸死，尸体漂满了江面，其状惨不忍睹。

叶长河正在思忖如何才能最大保全地闯过炮火封锁线，耳机里传来潘小龙的意见："四艇纵列鱼贯而上，冲过去一艇算一艇。"

叶长河回话表明了相反意见："四艇纵列鱼贯而上，必被敌人发现，他们会集中火力，各个击破。如若四艇排成一字形横列，以最快速度冲击，敌炮火相对不易快速集中，我艇会较为容易闯过敌人火力网。"

潘小龙犹豫不决，叶长河又一次强调，必须坚决实施横列队形突围。潘小龙不再坚持，一声号令，四艇一起冲击。

突围成功，四艇驶往长江中上游，不日到达马当要塞。

四艇只被炸死两兵士，别无损失。

潘小龙这才承认叶长河四艇横列冲击的意见是正确的，心里说："在关键时候，这小子的军事头脑还是能闪烁出火花来的。歪才，怪才！"

第十二章　擅离职守罪

中国军队为了防止日军沿江西上进攻武汉，逐步建立起了马当、湖口、田家镇等多处军事要塞工程。

马当在江西省彭泽县境内，其位置极为险要，它坐踞长江之滨，与对岸安徽的小孤山夹江而立，江水中流沙甚多，集成沙洲，使江水一分为二，其北水道为别江，常年淤塞而不能通行，南水道江面宽度不足 600 米，水流湍急，在此地及两岸设置炮台碉堡，利用天险，易守难攻。因此，中国军队把马当作为遏制侵华日军海军沿江西进的重要战略要地，极为精心构筑，派驻海陆军部队据险而守。

南京失守，长江防线上马当要塞守卫战，便成了武汉保卫战中的首座要塞保卫战，是战役重点中的重点。为保证万无一失，指挥陆海守军协同作战，中国最高军事当局专门设立陆军中将刘兴为总司令、海军中将曾以鼎为副总司令的长江江防军，专责长江防务，并设马湖要塞区指挥部，由陆军第十六军中将军长、保定军校第六期毕业的李林可担任要塞区司令，指挥其嫡系陆军第五十三师和陆军第一六八师。长江江防军湖口要塞区司令，由陆军第一六七师师长薛英兼任，指挥着第一六七师和海军湖口要塞区守备总队。

之前，根据作战的需要，电雷学校已被裁撤，刚从南京撤回的欧阳春担任了马当要塞区司令。欧阳春虽为马当要塞司令，却管不着担任该防区重要防务的第十六军第五十三师，这支部队由李林可司令直接管辖。欧阳春司令实际只下辖由海军官兵组成的守备总队第一陆战大队和第二陆战大队。

由于潘小龙、叶长河两人之前出艇破敌舰有功，分别被任命为第二陆战大队中校大队长和少校大队副。

潘叶俩人自知重任在肩，全心履职尽责，着眼大局研判，所用心思超出了所辖二大队职责范围，对马当要塞国军军力整体部署和附近作战环境，都已烂熟于心，还从多个方面了解了日军当前攻势，断定近期在马当中日必有一场恶战，国军各部理应高度重视，全力防范。

然而，潘叶却发现，大敌当前，在马当上峰决策层居然还弥漫着一股轻敌情绪，认为，马当要塞由德国军事顾问设计，中国军队经营数月，耗资无数，是长江防线上第一坚固堡垒，它至少能阻止日本海军攻势一个月左右。加之周边也另有国军其他部队策应防卫，马当要塞固若金汤。马湖要塞区指挥部长官言之凿凿地说："蒋委员长也这么认为。"

提到德国军事顾问，又有"蒋委员长也这么认为"一说，叶长河心里就有了一些积怨。在军校习训期间，叶长河对蒋委员长是无上崇拜的，可后来在得知委员长在战略战术上过分依赖德国军事顾问的情况后，这种崇拜就有些冲淡。叶长河喜欢研究战法，对战法高明的将领自然心存敬仰，而对不会打仗的长官从骨子里是鄙视的。听多个方面的反映说，淞沪之战失败、上海南京失守，这和中国军队习惯依靠外国人指挥作战，而日本人一向按照自己的方法作战有密切关系。

叶长河心里就常犯嘀咕：蒋委员长身为大元帅，极力聘用德国军事顾问服务于中国军队，给其举足轻重的地位，左右离不了手，这是他政务繁忙，顾不上军事工作，还是他战略素养浅薄，不懂战术战法？

对此，叶长河难以有个定论，但他了解到，无论怎么说，德国军事顾问给中国当局的意见及其带来的后果是极为残酷的。

譬如，淞沪会战之前，德国军事顾问团团长阿列克山德给出一个作战方法，即：在上海外围平原实施阵地防御，以迟滞歼灭日军。他的依据是，上海外围水乡江河交错，日军重装备运动极其不便，而中国军队是以轻装备为主的步兵，适应这个地区作战，以防守密度每个师正面 1300 米防守，则会万无一失。很显然，这个德国佬只是从地理书本上知道长江入海口是水网地带，而殊不知，水网地带上已经修筑了四通八达的公路，坦克大炮在上畅通无阻。德国佬也没有精算出，日军重火器的射程足以威胁这些水网地带沿江附近的大部分重要军事工事。

再譬如，由德国军事顾问建议和策划，在上海西边花巨资修建了一条从嘉兴开始，经苏州、常熟到长江南岸福山的国防战线，这条中国最具规模的"吴福线"，被日本人称为"兴登堡防线"，可最终也没有起到任何作用。还有，按照德国顾问的建军目标，用德式装备和德式训练方法训练出来的中国"精锐部队"，一些陆军兵士头脑僵化得像一条傻狗。德国军事顾问一再灌输，步枪绝对不能打飞机，于是日本飞机超低空在头顶上轰炸，一些不怕死的兵士硬是不端枪还击，也不卧倒，二杆子式的跳着脚指着日本飞机大骂，很多人还没有上战场拼杀就白白殉国了。

有人说，中国军队像个怪人，靠外国人的脑袋指挥，用自己的腿走路。叶长河越来越觉得，这个比喻还是有那么点意思的。

现在，马当决策层以"马当要塞由德国军事顾问设计"而坚不可摧为由，不做当务之急之准备，叶长河心里就好生暗骂一番，也着实担心不小，因为他从一些渠道听到，日军波田支队，正由芜湖溯江西进，不断袭击安庆，大有拿下安庆，直逼马当之势。

就是在这个时候，马湖要塞区司令李林可中将，竟然为表达抗日之决心，举办了一个为期两周的战术理论研习班，美其名为"抗日军政大学"。

这个陆军中将本无多少文化，却要充当有文化的军事家，自封了个"校长"，习练些不靠谱的科目。研习班将要结束的 6 月 24 日，李中将司令还要大肆铺张地搞一个隆重的结业典礼，邀请他所辖部队排以上军官和当地士绅尽数参加。

马当要塞区司令欧阳春断然拒绝参加这个结业典礼："什么狗屁大学，纸上谈兵罢了，老子不去！"潘小龙自然也不会去："大敌当前，不做实战之准备，一味聚集军官磨牙务虚，简直是一帮饭桶！如此饭桶，国军谈何战力。"

叶长河嘴上不骂，却眼冒急色："研习班选了一个清静的地方集训，那里离马当核心要塞有多半天的路程，如果此情报被日本人得知，发动突袭攻击，这些参加集训的排以上军官，便不能及时到达自己的指挥位置，那样，后果不堪设想。我们得向欧阳司令逐一反映。"

潘小龙说："据我所知，欧阳司令已向李中将表达了这种担心，可被李中将羞辱了一番。上层听不进去，我等小辈也无可奈何。好在集训这两天就结束了，日本人不一定就借机进攻。你我就别操这个闲心了，把自己的防务做好便是。"

一根筋的叶长河骂了一句"脑子都进水了"，没有和任何人打招呼，就在6月24日这天上午，直奔李林可中将的集训地。

叶长河到达集训地时，已是下午3时，研习班正在进行最后一个课题的研讨。研讨结束后，将是结业典礼，然后大会餐。

叶长河直闯研习会场，被警卫捉住，死死不肯放他进去。

吵闹声最终把李中将招引出来。

李中将见是一个海军军官，笑笑说："好一个欧阳春，请他海军方面军官来参训他不来，要结业了，却派来一个少校小军官，赶饭来了是不是？那好，通知下去，在宴会厅最前面，给这位海军小军官摆张单桌，上一份独食，弄个猪头让他啃个够。欧阳司令不给我面子，我却要给足他欧阳春脸面，让这小军官代表他，在我等人面前出尽风头吧。"

叶长河挣脱开警卫扭抓，说："中将，您是我们的大司令，陆海是一家，请您不要污辱我海军。今天，我是来劝阻您立刻停止典礼，让所属军官尽快到达指挥位置的。"

李中将听罢，一愣，然后，仰天大笑："好一个欧阳春，真是给脸不要脸！他以为他是谁？他欧阳春罪有三桩，一则目无长官，一个小司令竟然管起我大司令来了；二则他一再阻拦我办班，动摇我抗日之决心，这是于国于党大不忠之行为；三则派一个小军官来给我等说话，简直是对我各级军官的污辱。凭这三条，大家说怎么处置这个不知天高地厚的小海军伢子？"

叶长河突然掏枪在手，一下指向了自己的脑袋，声泪俱下："中将，我有一番话要说，希望你能够听一听。如果您不听，您老可转身就走，我则一枪结束我的性命。因为，我身为马当要塞一员，不能挽救马当之命运，活着还有何用？中将，您听我说还是不听？您做决断。我叶长河绝对说到做到。"

"噢，叶长河？这个名字好耳熟呐。"李中将停顿片刻，一拍脑袋，"想起来了，委员长曾提到过这个名字。对了，我信了，你叶长河能说到做到，因为你身上是裹着死字旗的。叶家的死字旗，委员长褒赞过，还是让人很有印象的。行了，就听你叶长河把话说完吧。"

李中将把叶长河引上了研习班，清了清嗓子说："下面，继续研讨课题。叶家公子长河，看来喜欢剑走偏锋，以这种方式来参加研习，也算是本次集训的一个花絮，有趣。既来之，则安之，一起切磋吧。"

叶长河不再谦虚，从战略层面分析了日军夺取南京之后的军事部署走势，从战术角度推测出日军近期攻击马当要塞的极大可能性。

他小小个子，在众多威武高大的陆军军官面前，不怯场，不慌乱，一字一句，句句真切，条理清楚地讲述了自己的观点。最终，叶长河挺了挺胸脯，大声恳求立即结束集训，各级军官应以最快的速度回到要塞各自指挥位置。

听罢，会场无声，大家都看着司令李中将。

李中将端一杯茶，吹着漂浮杯口的新绿，呷一口，再吹，吹出了哨音，吹出了飘香，终于说话了，声音不大，却字字清楚："小小的长河，大大的道理。这个话题可以作为一个假设战例分析研讨，可这不是实际，我的情报部门准确告诉我，日军半月之内，绝对不会进攻马当要塞。再说，我马当工事由德国人设计，精锐工程人员修筑，加之有长江天险相助，一人据守，万夫莫开。因此说，马当固若金汤，固若金汤呀。退一步说，就是此时此刻日本人已经破江而上，发动了进攻，我上面只要有几个兵几门炮挡一挡，日本人十天半月也攻之不下。本司令是有这个把握的，不然，岂敢把排以上军官集中到这里来办班呀。"

此言出自一个中将之口，叶长河心里火冒三丈，可嘴上还是没有急："德国顾问不可信，长江天险不可靠，固若金汤不全能。试想，日本人从长江水路进攻，我马当工事的确可抵挡一时，但是，若是日本人从陆路迂回进攻怎么办？"

一阵沉默。李中将挠了挠头皮，一笑说："日本人从陆路迂回进攻的可能性有多大，之前，我倒是没有过多研判。不过，以我之见，这种可能性不大。退一步说，即便有这种可能，日本人迂回还需要时间，他们攻下安庆，再迂回过来，最快也得需要十天八天，而我等习训人员明晚就都回到指挥位置了。所以说，小小长河一切顾虑都是多余的。不过，不得不承认，这个小海军军官，还是有一些军事素养的，小脑袋瓜子里装的东西不少，尽管有些不靠谱，但我还是想多听听你这些天马行空之言。理论研讨班嘛，空对空也在所难免。我知道，你们海军就喜欢不着边际的空谈，也喜欢干些不着边际的事情，比如，像一个小军官独闯陆军中将召集的会议这等事，还有，也喜欢不去同日本人舰对舰地对打，却把战舰都沉到江里去。哈哈，海军方面从来不考虑如何干好自己的事情，却总爱管陆军老大哥的闲事。今天，你小小长河既然来管我中将的事，那就管到底吧。欧阳春的想法，从一个小小军官嘴里大言不惭地说出来，还是蛮有意思的，你说，接着说。"

叶长河心里明白，李中将在戏弄他，在讽刺海军，就横下心来，说就说出个大响声来。于是，他站到了一把椅子上。

李中将见状，又夸张地给他垫上了一个子弹箱，引来哄堂大笑。

叶长河正了正衣领，长吸一口气，慢慢吐出，稳定了心神，缓缓地讲开来。

"必须声明，本人今天所有的言论，全是我一家之言，与海军、与欧阳司令等人没有任何关系，海军方面没有任何人知道我来到了这里。也就是说，是我大着胆子私自来冒犯李司令的"。

"这两天，来进攻马当要塞的日本部队，最有可能是波田支队。这是一支骁勇善战极为凶残而又狡猾的部队，在抗击我国军的多次战斗中是为日本人立下汗马功劳的，我军切不可轻敌。波田支队最有可能采取陆路迂回战术，从你们十六军防地山东头登陆，然后直取崂口、崂底等地，并拟以最快速度拿下马当要塞的核心阵地"。

"针对这种情况，我建议现在就立即电令马当在岗的各部队迅速着手做好应急作战准备，在这里集训的军官也应立即起程返回。这样一来，等明晨马当备战妥当，你等各级指挥官也到位了，日军来袭，我之打的就是有准备之仗"。

"具体战术嘛，我也有个建议，不妨说给诸位长官听。山东头登陆点是我主峰要塞的背后，缺乏坚固工事，也不在我重炮阵地的射程之内，却在日军水上舰船重炮覆盖之中，我军难以在此阻止日军登陆。与其在这不利地形之上死守，不如放狗进来，关门打狗。我军应该把重要防御力量，放在崂口和崂底之间。这里看上去易攻难守，而实际上，如果科学布阵用兵，此区域却是难攻易守，适合痛痛快快包饺子"。

"其一，崂口一侧有宽六百米、纵深七百米的稻田水塘。这片稻田较为平坦，上面稻草密度大，看上去好走，实则下面泥水淤深。日军必定先踏田而行，但他们带着轻重武器，走不到二百米就寸步难行了。因此，我军在此只伏兵少许，在日军蹚泥难行时施以阻击，便可退敌"。

"其二，敌人会退出泥塘，多走几百米，绕过稻田，去闯崂底前侧的一道小山梁子。这是敌人迂回进攻马当要塞的必由之路。这道山梁子，打眼一看好攻，并且人人会觉得攻下这道山梁，拿下我主峰背部的胜算就十有八九了，而实则我们将计就计，在这里布下的也是虚兵小分队，诱敌爬上山梁子后，立即撤退"。

"其三，我们把重兵和轻重机枪阵地布设在崂口崂底之间后部两侧的山坡树林中，充分利用其后是绝壁，而实则有林中一定阵地空间的隐藏性。那道山梁子在我 A 区重炮阵地右后侧，是其炮击死角，而看上去又离我 B 区重炮阵地很远，但实则三分之二的面积都在我 B 区炮击有效射程内。这样一来，我 B 区重炮、两侧树林中的火力网，待敌人全部上了山梁子后一齐开火，敌必遭重创"。

"其四，狼性十足的日军一心想攻上我主峰背部，不会同我两侧树林中的部队纠缠，其残余会冲下山梁子，冲过一块四百米宽的平坦地带，向主峰冲锋。而这块区域是我 B 区重炮所不能及的。但我 C 重炮区左侧至少有十一门炮，向左调整一下方向，就可以打到这片区域。现在会场上在座的各位中，肯定有 C 区重炮阵地的指挥官，你们会说，那里有一道小山挡着，根本看不到那块平坦地带，也不可能打到那儿。这一点，我精算过，C 区左侧重炮用仰角角度，也就是 45 度角就可以覆盖那片区域。但是炮击的时机一定要掌握好，因为日军兵员训练有素，行动迅速，冲过这片区域的时间会很短，我算了一下，也就是五六分钟的样子。这五六分钟弥足珍贵，在日军集中冲击时，火炮覆盖杀伤效果最佳。否则，敌军在这五六分钟内不能再受重创，他们就会迅速溜边，一溜边，炮火就打不到了。此时，我军主峰背部虽没有工事，但我们今天可连夜修筑临时工事，依托这些简易工事也可把溜边跑过去的敌人阻挡住。之后，我两侧树林中的部队再迅速包抄上去，形成前后夹击之势，敌人没有不完蛋的道理"。

"其五，有人会问，日舰上的重炮是吃素的，他们不炮击我军阵地吗？我对日海军各类舰艇性能早就进行过详尽研究，能进入长江内河的日舰，其配备的大多数火炮射程打不到崂口崂底后部的两侧山坡树林中，有少量重炮可能射程足够，但有绝壁挡着，树林便是死角区。日舰重炮若开炮，只能打到那道山梁子上的日军队伍中。最后包抄残敌时，我军也要从山梁子两侧冲下去。所以，日舰重炮对我这个区域基本上形不成杀伤"。

"我的话讲完了。如果将军和各位长官能听进我的话，就立即结束研习归队布兵。如果觉得我叶长河人微言轻，那就把我杀了。我一个海军小小军官尽到了自己的责任，死了也就死了。将军，您定夺吧。"

会场又是一阵沉默。然后，又是李中将一阵爽朗的笑声。

这次，大家听进了叶长河的长篇大论，就都没有心思笑了，会场静得掉根针都能听到声音。

李中将说："居然没人笑？尔等难道就如此麻木？不觉得这个不知天高地厚的海军伢子，在我陆军的地盘上大放空屁有多么可笑吗？你们真的不笑，是吗？"

还是没人笑。李中将一拍桌子，站将起来，大声喊道："来人哪，把姓叶的舌头割下来用于晚宴下酒，然后，拉出去毙了。宪兵队，执行命令！"

这时，叶长河硬顶着的那股气一下子泄了出来，一屁股坐到子弹箱上，又滚跌倒在椅子下。

这才引来一阵七零八落的笑声。

李中将也笑了，清清嗓子说："大家笑了就好。你们知道叶长河可笑之处在哪里吗？他可笑就可笑在，一则，这个海军小毛贼实在是自不量力，敢在我陆军中将面前，站立高位，胡言乱语；二则，他所之言全是空无的假设，而他这种假设全是他的臆想。日本海军如此强大，不可能放弃水上优势，从陆路迂回；三则，即使日军想从陆路迂回，他小小叶长河都能想到从山东头登陆必遭灭顶之灾，日军必定也会想到，因此，他们不会在山东头冒险。四则，小小海军军官提出建议，大有逼迫本司令接受之势。这种小儿般的咄咄逼人，想从气势上压倒我陆军中将，也着实可笑。刚才，既然大家都笑了，我还想让大家继续笑下去。现在，我一不割他舌头，二不枪毙他，我要留下他，让他参加结业晚宴，我要灌他个屁眼里流酒，给大家演出好戏看。"

会场这才出现一片乱笑。

结业典礼结束后，晚宴开始。宴会厅最前面，还真摆了张单桌，上面放了一只煮熟的猪头，叶长河被按坐在了那里。

宴会气氛一下子异常热烈起来。

叶长河采取的措施是，一本正经地坐在那儿，不抬头，不睁眼，嘴却不闲着，啃一口香喷喷的猪头肉，喝一口火辣辣的烈酒，一副美哉美哉的神情。

随即，大家乐不可支，嬉笑开来。

这个话题乐够了，李中将开始正式主持宴会，几个少将也轮番领酒，大家喝得热火朝天。

酒过三巡，李中将又想起叶长河，可到处找不到那个小个子的影子。

叶长河酒足饭饱，趁人不备，溜出宴会厅，连夜直奔马当要塞。

心里有急火，胃里有饱食，步子也越跑越快。跑累了，就走走，缓过劲来再跑。等跑到山东头时，已是凌晨四点多钟。

叶长河趴在一高处的树丛中，稍作歇息，观察下面动静。

突然，叶长河脑袋轰然炸开：果然被他言中了！日军舰和众兵士已在山东头地带陆续集结。

虽然有预测在先，但看到眼前的现实，他脑子还是一下转不过弯来，浑身颤抖不止，不知如何是好。

片刻，他冷静下来分析：自己绕过敌人，翻过山岗，再跑回要塞向欧阳司令汇报，时间肯定是来不及。唯一的办法，就是顺江边跑到离这儿较近的鱼雷快艇停放处，用艇上的通信系统向欧阳司令报告。

他不再多想，起身下坡顺江边疾跑。这时的他，已经心有余而力不足了，但他还是咬紧牙关，跑不停步。时间就是要塞的生命，尽管他知道，就是欧阳司令的两个陆战大队全数拼命抵抗，也抵挡不了强势日军的突然袭击，但他还是没命地往前跑。

叶长河到了快艇锚地，喊醒艇员，迅速打开电台联络，却一时联系不上陆战大队的电台。

叶长河果断命令所有快艇开往山东头，去阻击那里的敌人。可四艇中有三艇不肯行动，理由是没有欧阳司令的命令不敢动艇，怕掉脑袋。

身为第二陆战大队大队副的叶长河还兼着第三鱼雷艇的艇长，无奈之下，他只有带着自己一艇直奔山东头水域。行驶中，他不断联系呼叫陆战大队电台，快到山东头时才联系上。他向值班的潘小龙报告了敌情，并告知他已经率一艇前去拼杀，以最大可能迟缓阻滞日军进攻。

潘小龙让叶长河不要乱来，提醒他单艇去攻击日舰队简直就是自杀，让他赶快回去。

这个时候的叶长河已经听不进任何劝阻，疯了似的直奔敌舰方位而去。

已经停驶山东头水域的日军多艘舰艇，正在下卸兵员和装备，已经上岸的部队正准备组织进攻。

靠右侧的敌舰发现有一艘船直驰而来，夜色中却看不清是战斗船只还是民船，没有贸然开炮，怕炮声过早惊动中国守军。

叶长河直冲敌舰开去。距离更近时，敌舰打来探照灯，才发现是一艘战斗快艇。

这时候的叶长河，已经调转艇头，果断发射了一枚鱼雷。日舰处在停泊状态，无法避闪，一声轰响，一舰首爆炸。

敌舰炮火打过来，叶长河毫无躲闪之意，直奔另一敌舰冲去，又发射了一枚鱼雷，也准确命中。

爆炸声惊动了国军要塞区主要阵地的部队。由于各部队基本没有指挥官在位，所属只有慌乱无序地开枪开炮。

马当要塞阻击战就这样拉开了序幕。

显然，日军开始是试图从江上打开通道攻下马当的，但分析到马当要塞工事坚固，水域险要，水上进攻取胜概率小，就改为先由舰艇从隐蔽水域运送兵员，后再由陆路迂回进攻。而让日本人想不到的是，他们其中一支大部队的进攻方式、进攻的大体时间以及登陆地点，被中国守军海军一个小军官揣算的无比准确，且为这支部队预设了天衣无缝的口袋等他们去钻。只可惜，中国守军马湖指挥部长官昏庸无能，辜负了一个天才小军官的良苦用心。

日军顺利地攻下了既无准备又无主官指挥的崂口、崂底等阵地，却在核心阵地前受到了海军两个陆战大队的顽强抵抗。

在欧阳司令和两个大队长的指挥下，所属官兵顽强地打退了波田支队的三次大规模进攻。

昨晚喝得酩酊大醉的司令李中将，上午才被叫醒，知道日军果真突袭了马当，一下吓出了一身冷汗，赶忙爬起来组织众军官返回。等浑身散发着酒气的众军官回到马当已是下午二时，要塞阵地已经丢失了大部，只剩核心要塞区阵地还在欧阳春手里，但欧阳部队已伤亡一大半，炮弹也已经打光。

映入李中将眼帘的是一幅无比悲壮的场面：阵地被炸翻了几层土，砖石和炸断的树木一片狼藉，其间到处散布着穿着海魂衫的尸体。白底蓝条的海魂衫上浸透着片片血渍，在烈日照耀下犹如波涛滚滚的海洋上盛开了朵朵鲜花。

李中将自知有愧，赶紧组织残余部队进行反击。拉锯战异常惨烈。最终，李中将所属和欧阳春所部残余，再也顶不住日军强势进攻，分别撤出了各自阵地，"战斗到最后一人"的悲壮场面没有出现。

这一撤，为日后国军上峰问责埋下了祸根。

在这之前，欧阳司令早已把日军进攻的情况发报给武汉的上峰指挥部，值班长官立即报告给了委员长。委员长大吃一惊，马上打电话给在田家镇视察的白崇禧，让他组织部队挽救马当。同时，委员长向顽强击退波田支队三次进攻的海军两个陆战大队，发去了言辞颇具鼓舞作用的嘉勉电。

白崇禧反应迅速，立即电话命令湖口要塞区司令薛英火速驰援马当。此时，薛英的第一六七师离马当要塞不过几十里，如果率部火速奔袭救援，也许能挽回战场颓势。但薛英却以"敌军围攻马当必有后援部队，我部走大路增援必遭敌人伏击"为由，要走小路增援马当。他的参谋长提出异议："以一师之众走小路，势必行动缓慢，贻误战机。"薛英不容置疑，痛斥参谋长："保存我部是第一要务，一个参谋长怎么连这个关键问题都理不清？！"

薛英率部钻进了山区小山路。全副武装的一个师，在山林茂密、道路狭窄的小路上行走极其困难，而且第一六七师官兵曾长期驻扎北方，不熟悉南方山区小路，加之部队使用的军用地图又都是二三十年前测绘的，许多地标地物都发生了变化，部队进入山区后很快就迷了路，仅靠指北针保持着方向，摸索着前进。两天后，薛部才到达指定位置。这时，马当要塞已经沦为敌手。

原本根据要塞工事、火力配置要坚守一个月以上的马当要塞，竟然连一周都没守到就飘起了太阳旗。

蒋委员长无比气愤，狠狠地把九战区司令长官陈诚臭骂了一顿，命令他立马组织部队反攻马当。然而，日军依托马当坚固的国防战备工事顽强抵抗，使中国军队屡屡受挫，伤亡惨重，陈诚不得不命令停止进攻，退守彭泽。

日军波田支队在打退国军反攻后，与前来增援的 106 师团一起直扑彭泽，很快彭泽也失守。波田乘势扑向湖口，湖口陷落。之后，又攻下九江和德安等要地，连续取得重大胜利。

波田好不张狂，蒋委员长却大为恼火，不停地命令各部全线顶住，同时，亲自下令彻查责任，惩处失职者，以此强化军纪，告诫后来者，力图挽回颓势。

武汉保卫战第一战打成了这个样子，震怒了的委员长，这次要下狠手严肃处理失职人员。军法执行总监部的宪兵部队将李林可、薛英以及欧阳春司令收监入狱。本来也要把海军两个陆战大队的大队长关进班房的，后以委员长发给他们的战时嘉勉电为证据脱免。

大队长潘小龙逃过一劫，擅离职守的大队副叶长河，却是无论如何也不能脱免责任的。宪兵队一心要将叶长河抓捕归案，可始终没有找到他人。

经过军法会会审决定，将马当湖口要塞指挥部司令、陆军第十六军中将军长李林可撤职，将第一六七师师长薛英以"畏敌如虎，故意拖延，贻误战机"的罪名执行枪决。

欧阳春司令带残部脱离战场、丢失阵地的行为，被定性为"临阵脱逃"。最终，以作战不力罪将欧阳司令扣押，但却又遭到了闽系海军声势惊人的另一项指控，指证他早在建立电雷学校过程中有贪污之举，后来还与海军部争夺制造水雷的款项，并侵吞公款，致使制造的水雷数量少质量低劣，影响了海军作战。军法会最终认定，欧阳春犯有贪污和作战不力罪，两罪并罚，执行枪决。

对于欧阳春的死，不少人猜测，在作战屡屡失败的情况下，蒋委员长为转嫁失败之罪责而将故意保存实力撤出战斗、作战不力的欧阳春当作了替罪之羊，同时，也怕落得个袒护贪污行为的罪名，不得不将其处死。究竟真正是什么原因将欧阳春处以极刑，而留下了罪不可赦的李林可中将一条活命，人们无从得知。

军法会在下判决书时，坚持了不放过一个失职者的原则，没忘在一个小人物身上添上一笔：叶长河犯有擅离职守罪。责成军法执行总监部的宪兵队抓紧搜捕叶长河，必要时，抓到即可就地正法。

这个时候，没有人，也没有时间去调查叶长河擅自脱离岗位，是为了唤回在外集训的一个陆军司令长官。没人相信、也没人理解他这一"狗拿耗子多管闲事"的超常行为。李中将不会承认日军袭击马当前夜有人前来提醒过他，那样他罪过会更大；欧阳春自身难保，也顾不上为一个小部属开脱；潘小龙只接到过一个叶长河从快艇上发来的报情，知道叶擅离职守是真，却找不到证据能够说清楚叶的行为是富有积极意义的。

另外，也没有人去调查了解叶长河驾艇攻击来袭日舰、迟滞日军进攻的英勇行为。只抓住他擅离职守、没有和大家一起血战日军的这一事实，就定了他的死罪。退一步说，即使弄清楚叶长河确实击毁了日舰，但他也是在没有接到任何命令的情况下，擅自出艇行动的。这在军法会那里自然是违令在先的。不像上一次在南京擅自出艇击沉日舰，违背的是欧阳春的命令，欧阳春不对外说不追究，就可以只表功，不记过。这次是由军法会定性，他们会揪住叶长河的违令行为而严惩不贷的。

好在总监部宪兵队始终没有找到叶长河将他正法。不能为兄弟开脱的潘小龙心里这才好受了一些，但他很快又担心叶长河是否在攻击日舰过程中牺牲了。

后来，潘小龙多方打听到一些消息，当时确实有一艘鱼雷快艇攻击过日舰队被击沉，心里就断定叶长河没有生还的可能了。

而事实上，叶长河没有死。

那天，他驾驶快艇发射完两枚鱼雷之后，就一边用机枪扫射，一边撤退。无奈，几艘日舰的火力一齐向他开火，两发炮弹击中要害，快艇爆炸起火，很快沉没江中。其他艇员被炸死，叶长河被炸伤，昏死过去，顺江水漂流而下。第二天傍晚时分，被下游一个渔民大哥发现救上了船。

渔民大哥不知这漂来之人是死是活，看到他全身多处都泡烂了，胸膛上几道口子没有了一丝血红，冒出的都是黄水水，就以为这人没救了，想把他重新扔回到江里。

就在这时候，叶长河发出了一丝微弱的声音，渔民大哥没听清，就凑在他嘴边听，话是单字蹦出来的："水、水、水"。赶快用碗给他喝水，可他张不开嘴，拿筷子撬了用湿毛巾挤了点水进去，他又昏死过去。

到处是日本人，渔民大哥不敢把这个身着海军军服、有明显枪炮伤的人往医生那里送，就在自家柴房里藏了。无药救治，就用盐水清洗了全身，放在柴草上看他的造化。他什么都吃不进去，一直昏迷不醒，偶尔单蹦出话来还是"水、水、水"，就给他嘴里挤点水。一连四天都是这个样子。渔民大哥每天都用盐水给他擦洗身子。

渔民大哥觉得这人好生奇怪，身子在水里都泡烂了，张口说的竟然还是"水、水、水"。不知在江里漂了多长时间，被捞上来也有四天了，每天仅喂点水进去，还居然不死。可到了第五天时，他的气息微弱得放手指在鼻孔上都感觉不到了。

渔民大哥心想，等他彻底死去再找个风水好地埋了，旁边再放块石头做个记号。终归是个军人，肯定是打小鬼子才落得这步田地，善待他一些，自己良心也过得去。

渔民大哥守了他四天没有动船了，再不出去打点鱼，就揭不开锅了。

傍晚，渔民大哥打鱼回来，把独轮小车推到柴房门前，准备把那死者推出去葬了。可进柴房一看，柴草堆里没人了。这才发现有爬行的痕迹去了上房屋里。

渔民大哥进到屋里,看到了惊人的一幕:那人趴在地上一动不动,不知是死了还是在昏睡。再一看,他还一手抓着一块干粮,一手抓了一只碗,嘴里还有没咽下去的干粮。用手一试他的鼻孔,却呼吸明显了。赶忙把他搬到床上,想用手指把他嘴里的干粮抠出来,怕他噎着。他却睁了一下眼,嘴又嚼动起来,还发出含糊不清的单蹦字:"水、水、水。"送上一碗温开水,他竟然自己接过去喝了个干净,然后,说了一句"我这命,只要有长江水喝就死不了",一歪头又睡去了。

第二天,叶长河彻底苏醒过来。二十多天后,身体已无大碍,就起程归队。他换上一身渔民大哥的衣装,沿长江一路找上去。

叶长河看到,国军各处要塞和阵地都已失守,心痛如刀绞,便直奔安徽境内长江沿岸大孤山深处的海军第三水雷制造所,去找那里的所长雷恪。

雷恪是在电雷学校裁撤时,被分配到海军部所属水雷制造所的。本来,若是和平时期,海军部会坚决把电雷系统的人拒之门外的,但此时国难当头,各方须在共同抗日的信念下抛弃前嫌,一致抗敌,因此就接收了电雷裁撤下来的一干人,还给了雷恪一个所长的职位。这是因为,目前,中国海军唯一有效的作战样式就是水雷战,水雷制造成了海军最为重要的任务之一。而雷恪是水雷制造专家,又有很强的组织指挥能力,委以重任理所当然。

当雷恪看清楚这个衣衫破烂、面目污脏的来者是叶长河时,倒吸了一口冷气,赶忙悄无声息地把他送出了营地。

在山坡上一个僻静的树林里,雷恪把委员长如何惩治失职军官、叶长河也被通缉判了极刑的情况说了个清楚。

叶长河一听,浑身一激灵,就语无伦次了:"怎么会是这样,欧阳司令也被处置了,我怎么会是犯了擅离职守罪呢?潘小龙他还活着吗?我是那贪生怕死的人吗?兵荒马乱,天理何在呀,谁还我公道?对了,果真是委员长亲自下令要枪毙我叶长河吗?"

"你以为你是谁?你还企图委员长记着与你的两面之交吗?告诉你,你叶长河连他脚下一只蚂蚁都不如。"雷恪借此狠狠发了一通牢骚,对中国军队作战不力极为不满,大意是说,委员长关押这个,枪毙那个,以肃军纪,但国军屡战屡败的根源,多半还在他自己身上。他指挥着全国的作战,却称不上是一个战略家。他自以为是第一流的军事领袖，却不会打仗。

一向喜欢理论军事是非的叶长河，今天却不急着发表看法，只是迷乱而茫然地看着耿耿于怀的雷恪。

"美国人赞誉委员长的政治才能，说他在平衡各派势力方面，是一个大艺术家。可相对一个足智多谋的军事家来说，他还是一个吃奶的孩子。无论是进攻，还是防守，他都没有一个切实可行的全盘计划。无论是在预测日军行动方面，还是在调动部队占领战略要地方面，他都不是很成功。他总是在日军大规模发动进攻之前，才急急忙忙把部队调往前线。这一点，我看得越来越清楚了。"雷恪看看四周没人，继续嘴巴上痛快，"还有，长河，你可能还记得在电雷学校时，海军部极力拒绝把海军的制雷力量供给电雷学校，我们难以得到海军部已有制雷设备的支持和研究成果的扶助，致使电雷学校的水雷自制能力提升滞后，而海军部自身又极其轻视水雷部队建设，在这方面长期停止作为，以至于我整个海军方面都出现了水雷自制严重迟误与水雷作战规划的严重不足。在与日海军作战屡屡受挫后，才赫然发现水雷部队建设存在严重问题，而把问题的责任却全推给了电雷的欧阳春。还好，这些日子，海军部有了良好表现，快速组建了水雷修造单位，大规模地制造水雷，并以神奇的速度成立了布雷部队，在很短的时间内形成了战力。这足以证明，海军部早有厚实的基础和备用，并非缺乏水雷制造和敷设能力。由此可见，海军部闽系将水雷部队建军不力的大帽子扣在电雷和欧阳春头上，是一种不负责任的行为。如果一个国家的海军被理解成某一些人或某一派别的家私，那是多么可怕呀。本来就弱小的中国海军，在内耗中其作战效能被大打折扣，谈何全力应对强敌。"

叶长河看着雷恪滔滔不绝地发泄完愤慨，终于说话了："你今天才明白事呀？那年，我俩到海军部老爷们那里跑装备被要后，我即刻就明白是怎么回事了。现在，再把那些糟烂事翻腾出来有何用？咱不如就说眼前刚刚经历过的。一个堂堂的中将军长和正规师的师长已是那类货色，就知道我们的领袖也高明不到哪里去。国军中有那么多像李林可、薛英那样的蠢货，战败是迟早的事。还有，我们的欧阳春司令，闽系的人有铁证指证他是个大贪污犯，他居然贪污了制造水雷的公款，这是我以前没有想到的。哎，教官，你说，当年，我和你向海军各衙门长官上供'意思'掉的那些钱款，会不会都记在欧阳春司令的头上算他私吞了？"

雷恪说："咱送给海军部长官的那些钱都是小钱。闽系指证欧阳司令是大贪污犯，恐怕就不是几个小钱的事了。现如今，上面当大官的有几个屁股干净的？咱们司令是什么人鬼才知道。这些当权者，你整我，我整你，整来整去把军威都整没了。"

"是啊，这些年，海军四海相残，陆海各怀鬼胎，军官不是贪生避战，就是中饱私囊，从不把心思集中到统一抗日上来。对于这个军队，我是失去了信心。现在，我讨教一句，今后，我何去何从？请教官给学生指条明路。"叶长河用恳切的眼神看着雷恪。

"难道你还有其他选择吗？你就是想回国军干，总监部等着你的却是一纸死亡判决书。何况，这个军队也没有值得你可留恋的了。我看你最好的选择是，找个地方隐姓埋名，去过自己的清静生活。但是，你绝对不能回上海老家，军法执行总监那帮孙子，会设法找到你的。那些人从不上战场打鬼子，但在追杀自己人方面从不手软。当然，这是他们的职责所在。国军中那么多渎职者他们不去杀，却像狗一样到处闻嗅无罪之人叶长河的气息。"雷恪说道。

叶长河潸然泪下："我从军这些年，干了不少与这个军队格格不入的事。看来，我真的不是吃这碗饭的料。一直以来，我自以为是，到头来却落了个杀头的命运。这年月，没有讲理的地方。也好，老子不伺候了。此处不留爷，自有留爷处。"

雷恪回了一趟营房，拿回一个小布袋子，递给叶长河："这是我的全部积蓄，你拿上，天南海北地闯荡，用得着。"

"我不需要这么多钱。有水就有鱼，有鱼就饿不死我叶长河。你别忘了，我水性好，至少能成为一个出色的渔民。"叶长河不接那个钱袋。雷恪硬是揣进了叶长河的怀里，催促说："这儿不能待久了，让人发现你这个通缉犯就麻烦了。长河，今后，实在过不去了，再来找我。只要我活着，我们永远是兄弟。"

"我叶长河一腔报国热情，竟然落得个归隐丛莽以苟全性命的下场，悲惨啊！"叶长河挥泪作别，"我将走向何方呀？"

大敌当前，日本人攻城掠地，势如破竹。叶长河拿捏不准军法执行总监部宪兵队的人，在中华民族生死存亡的危急时刻，真的会撒出宝贵兵力四处抓捕他，而不去拿起刀枪对付日本侵略者。难道我叶长河比日本兵更急于被消灭吗？

叶长河没敢回上海老家。他决计顺长江沿岸四处走走，让长江的自然风光，冲淡一下他远离抗日队伍的颓废心情。但他很快就发现，这个时期，多么美妙的景色，进了他的眼，在心里生成出的都是烦恼。是啊，一个被剥夺了抗日权利的军人，又因莫须有的罪名而遭受追杀，哪还有闲情逸致欣赏自然风光。

叶长河在救过他命的渔民大哥那里宿了一夜，扔下了一沓子钱，冲恩人深深地鞠了一躬，就又沿江走去。

一路逃逸，一路躲闪。他要躲闪日本兵，因为他身上还带着他的那把手枪。让一个真正的战士放下武器，除非砍下他的头。他还要躲闪有诡异之色和怀疑目光的中国人，因为他是军法会的通缉犯，哪天被军法会的人碰个正着，那将是刀枪相见。而这些，他是不想看到的。他要留着子弹给日本强盗呢。

一腔悲壮在心头的叶长河，伴着滚滚长江水，漫无边际地行走着。

第十三章　女机枪手

长江茫茫，流水泛着萧瑟之气。

这一天，叶长河来到了江阴阻塞线南岸的树林里，隐蔽一角，仔细观看这里的状况。显然，日军用炸药清理了阻塞线，但因中国海军沉舰封锁线异常坚固，只勉强打开了一条只可以通行一艘军舰的航道。有一艘炮艇在这里疏导来往的日舰，同时，还检查经过的民船。

叶长河想起参加沉船阻塞江阴江面的日日夜夜，看着日本兵舰的来来往往，心里憋闷至极，真想对天长鸣一番，朝日舰打一排子枪。最终，他还是忍住了，这个时候，要慎之又慎，别惹出不必要的麻烦。

罗山镇码头出现在眼前，这里聚集了不少要过江的老百姓，叶长河怕人多眼杂，就在远离码头一处，跳上了一条要过江的小划子。他先付了过江钱，又向船工讨要了一碗水喝。他阴沉着脸看船工一桨一桨划着，不经意间，摸了摸了腰间，准确感觉到那把手枪还在。突然，船工扔下桨把，叩头求饶。叶长河一愣，随即明白了，船工以为他要掏枪行祸。他赶紧上前扶起船工，让他快快划桨，否则，划子会顺流漂走的。

叶长河脸上露出几丝笑容，和蔼地说起了话，意在缓解船工的紧张情绪。船工道出了他胆战心惊的缘由。

整个江南已是暗无天日，国民党大大小小的政权全部瘫痪，各种"帮会""大刀会"应运而生，国民党一些残兵败将、散兵游勇与土匪勾搭成伙，成立了五花八门的自卫团、游击队。匪中有兵，兵中有匪，到处游吃、游劫百姓。

江南老百姓白天怕日寇烧杀掠抢，天黑防土匪打劫越货，一声"鬼子来了"、"土匪来了"，哪怕是一两个鬼子，几个土匪，都吓得百姓举家携口，漫野奔跑。

叶长河心情坏到了极点，上岸继续赶路。他决计到江洲湾去，想在少年时代的水乡安顿些日子，再议未来。

有水鸟在芦苇荡中飞来飞去，声声啼鸣反衬出无边无尽的寥寞与幽寂。登高远望，阅尽衰亡。有些乡镇已成为死城，百姓成群结队扶老携幼逃亡于途中。

叶长河在江南山水间行走，"山河破碎"的景象刺激得他头脑昏痛。突然，前面一座小山的背面，传来了激烈的枪声和爆炸声，随即有狼烟升腾。

叶长河掏枪在手，在树林中快速向小山头疾奔。一般老百姓听到枪声，必定向枪声相反的方向跑，而他这个行伍之人，听到枪声却有些兴奋，反而循枪声而去。

他还没有跑到山头上，山那边冲过来十几个拿枪的人，有人搀着伤者跑，有人边退边打。这其中，还有一个小个子抱着一挺机枪打得正欢。

叶长河忙藏在了树丛中观察，看见有一群日本兵从山上追了下来。

他很快就判断出，眼前这是一群吃了败仗又缺乏作战经验的人，这样子带着伤者一团簇地跑，很快会被鬼子追上的。

他跳将出来，喊道："打鬼子的都是一家人，听我指挥，这几个弟兄跟我顺西边的那条山路跑，引开鬼子。剩下的人扶着几个伤员赶快向东撤，不然，大家都完蛋。"

大家看着这个突如其来的陌生人，不知如何是好。叶长河冲前面打了一枪，一个鬼子应声倒地，大家这才相信了这个镇定自如、颇有几份大将风度的人。

叶长河带着几个人边打边退，成功把鬼子吸引过来。不远处江边停靠着一条渔船，他灵机一动，说："大家停下来阻击一下，把手榴弹一起扔出去，然后，趁烟雾，你们从左边的山坡上回头向山上跑，记住，要隐蔽，千万不要再打枪。我一人顺路下跑到江边的船上，把鬼子引过去。听我的，大家就能活命！"

遭到一阵阻击的鬼子兵们从硝烟中追出来，听到江边传来几声枪响，又看到一条渔船正离岸顺江下驰，便一窝蜂地跑向江边，冲那条渔船边追边打，一直追出两里多地，才把那条渔船打破炸沉。

这个时候，解开缆绳放跑渔船却藏在江边芦苇中的叶长河，已经悄然逃走，追赶上了刚才那伙带枪的人。人家对叶长河自然是千恩万谢，带他来到了一个倚山傍湖的山坳里。这里便是这伙人的窝点。

叶长河很快观察清楚，这山坳里有房屋三座，建在山脚下险要处。行家一眼就看出，这个窝点选在了易守难攻之处。

这伙人共有五十多个，虽是清一色的汉子，素质却参差不齐，抱枪的，握刀的，松松垮垮，一看就知道不是什么正规武装。大家忙上忙下，有人去准备饭食。背药箱的，忙着为伤者治伤。

一个人称"大槐"的人，上来和叶长河说话，又谢他危急时刻帮大家躲过了鬼子的追杀。然后，就是没完没了的盘问。叶长河不敢轻易作答，说："看在我帮了大家的份上，请先告诉我，你们是何许人也？"大槐倒爽快，脱口就答："兵非兵，匪非匪，却是兵匪一家亲。大家有当过兵的，败了；有当过匪的，散了。为了活命，凑到了一起。明人不说暗话，大家无德品约束，常杀人越货，以填充饥荒；大家无政治派别，抢国军，杀鬼子，为的是弄点钱财枪弹，养活性命。不过，我们从不和共军发生冲突。在这山坳里的兄弟，共有六十二人，今天中了鬼子的埋伏，死了九个，现剩五十三人。能说的我都说了，要有半点虚假，天打五雷轰。现在，该说你的了。"

叶长河明白，这些亡命徒式的繁杂人等，是靠义气聚团过活的，不诚心讲点真话，恐怕过不了关，但又不敢讲自己真名，就拿潘小龙冒充了一下："本人姓潘，名小龙，原在国军十六军当兵，混了个连副。在前不久对日作战中，我整整一个团被日本人包了饺子，活着出来的没有几个。我们一是败在了日军强大；二是败在十六军军长作战无方又贪生怕死。为这，我去找了我的部队却没找到，就不想再找了。跟着这样的昏庸官长，迟早也是个死，老子不干了，想逃回家乡江洲湾。这不，半路碰上了你们。"

大槐一拍大腿说："我听说过，十六军军长是个姓李的家伙，确实是个不会打仗的主。好，你的话，我信了。留下来吧，这里也有几个国军下来的。你们打过仗，有经验，大家一起过活。你潘小龙，身子虽是单薄，却是一个好兵。我大槐看不错人。就这么定了，留下来吧。"

大家就跟着喊："留下来！留下来！"

叶长河苦笑一下："我还没这个思想准备，容我好好想想。"

这时，有人来报："机枪手张三根伤着了大腿，却不让医师脱裤子治伤。谁动他，他跟谁拼命。"

大家就跟大槐到了另一屋里。有五个的伤者已被救治过躺在铺上，一个小个子却手握一把刺刀，坐在那里乱舞。

小个子满脸污迹，却能看出皮肤白皙，脸已涨红。大槐走上去，柔声说："张三根，你伤在大腿根，必须脱了裤子才能疗伤。快脱了吧。"

张三根不从，往铺里躲着，一手握刀，一手紧紧捂着裤腰。

大槐扭头对叶长河讲了张三根的情况："这小个子平时像个大姑娘，从不多言多语，可他却是个勇敢的机枪手。这次遇到鬼子，他抱着机枪一直冲在前头，是立下了功劳的。对了，他也是国军部队的，溃败时和一个大个子兄弟一起逃亡到这里。那个大个子本是机枪手，三根是副机枪手，可在半月前同日本运输队发生枪战时，大个子被鬼子炸断了腿了。别人玩不响这铁家伙，三根争着当了机枪手，他枪法还不错，也能吃苦。这机枪是他和大个子从国军那里带出来的，现在成了他的宝贝，谁也不让碰一下。"

叶长河一笑："好家伙，小个子扛机枪，不简单。战场上的大英雄，难道还怕小小手术刀吗？小兄弟，脱了裤子吧。"说着，上去帮着解张三根的裤腰带。

张三根把刺刀抵在了叶长河的脖子上："谁解开我的裤带子，我割断谁的脖颈子。"

大槐不耐烦了，上去夺了张三根的刀，说："快点脱，不然，流血流死你。别害羞，男人都长着那玩意儿，谁怕谁呀，脱！"

伤员们笑着起哄："三根脱裤子！三根脱裤子！"

大槐说："别瞎起哄了，咱三根脸小也不是一天两天了。三根，你自己脱，好吧？"

张三根撑着双臂坐好，犹犹豫豫要脱裤子，突然又抱住头呜呜地哭起来。

大槐火了，一把把他提起来："女里女气的瞎耽误功夫，你不脱，我给你脱。"

"我是个女人！"张三根歇斯底里地哭喊道。

大家惊呆了：这个把鬼子打得七哭八叫的小个子机枪手是个女的？！

大家和他一起混了小半年了，竟然没有发现这个花木兰。

张三根止住哭泣，一指叶长河，说："我是个女的，他能证明！我是他妹妹。"

叶长河一下没反应过来，说："我妹妹？这是哪来的妹妹？"

张三根抹了一把泪水，说："他真的是我哥，我认得他。你们不信，看看他后背右侧肯定有一个枣大的疤。那是小时候教他学游泳时，我用竹竿子捅的他。"

在愣怔中，叶长河被扒了上衣，果然有一个枣大的疤。

叶长河试探着问："你是水玉吗？"

有人递过一条湿毛巾，张三根把脸上的硝烟污灰擦净，一张漂亮清秀的脸呈现在了叶长河面前。

"他真是水玉，他真是水玉！"叶长河不知是喜还是悲，声调已呜咽了，"他是潘水玉。"又说，"是我妹妹。"

潘水玉扑向叶长河，放声大哭起来。血从她的右裤腿里滴出来，滴在了叶长河的脚面上。

叶长河大声说："请兄弟们先出去一下，我来帮妹子脱了裤子，好吗？"

早有心软的弟兄，眼里也流出了泪水，大家退出。再进来时，潘水玉已偎在被子里，伸出右大腿，让医师包扎了一番。医师说："没伤着骨头，皮肉创伤，无大碍。"

大槐端来鸡肉、鱼汤："潘小龙刚来，就和妹子重逢，是大喜事。三根，把这些东西吃了，补一补。"

潘水玉饿极了，狼吞虎咽地吃起来。吃完，说了声"我困"，就躺倒睡着了。

天黑下来，大家都睡去。

半夜时，外面突然响起了枪声，有人喊："哨兵被摸了，我们被鬼子包围了！"

大槐是见过世面的人，没有慌乱，有序地组织大家占据有利地形，进行阻击。

鬼子并没有实施进一步进攻，显然是怕天黑地又不熟遭算计，只围而不打。

大槐带大家做好了战斗准备，却没有了枪声，也看不见鬼子在哪儿。

潘水玉架好机枪，问："大槐，怎么打？下命令吧。"夜幕笼罩下的她，眼里泛着光，精神头十足，完全没有了伤兵的样子。

叶长河目光一直没有离潘水玉左右，忍不住地问："水玉，像个战士，你什么时候当了兵了？"

潘水玉低声说："现在不是闲聊的时候，大敌当前，随时会挨枪子。还是个军官呢，连这个都不懂。"

叶长河的心这才回到了敌情中，片刻，对大槐说："鬼子既然已经发现了你的窝点，肯定还要调集更多的部队来围剿。天一亮，我们就更插翅难逃了。天亮前，得想办法逃出去。"

大槐说："这个地方，三面环山一面临水。三面各有几条山路通往外界，肯定都被鬼子死死封锁住了。要想突围，只有找准一条山路，硬打过去，能冲出多少算多少。哎，我们这个点是很秘密的，鬼子怎么找来的？"

潘水玉小声说："要紧的是想想怎么能出得去，而不是先弄清鬼子是怎么来的。你们这些男人，关键时候总是分不清主次。"

"嘀嘀，你们男人？我差一点忘了，我们的三根是女人了。"大槐想缓解一下紧张气氛。

"三根是男人，水玉才是女人。本姑娘叫潘水玉，从此不再叫张三根。今后，谁再叫我三根，说一些男人之间的下流话，我潘水玉就突突了谁。反正，我的机枪子弹还有一箱哩。"潘水玉支起身子严肃地说。

大槐也口气硬实地说："大家都是弟兄，别为区别男女闹生分了。"

潘水玉反而轻轻笑了："我是说着玩呢，男人女人还不一样？枪林弹雨一起滚过来的，大家都是生死兄弟，过命的哥们友情。"

大槐拍拍她的肩膀："这才是正经话。三根，你鬼机灵，想想点子，怎么才能让更多的弟兄活着出去？"

"不瞒你说，我还真有个好主意。这一带，虽说离我们江洲湾不近，但前些年我也常坐渔船来往此地，熟悉这里的水势。现在，鬼子肯定收了我们的船，以为没船就断了我们的水路了。他们会把主要兵力集中在三面山路处，放松对湖面的设防。这次，我们还就要走水路潜逃。湖面看上去一眼望不到头，湖水却较浅，多半只有齐肩深。民国23年大旱，这里湖底干枯，只是中间有条深沟，最窄处只有一里路。我们来他个出其不意，涉水过湖。一会，大家悄悄从东北角上那条地沟子里爬向湖面，千万不要弄出动静。"潘水玉一腔胸有成竹的语调。

大槐想了想，说："有些道理。你看呢？潘小龙。你国军军官出身，有什么高见？"

潘水玉不怀好意地一笑，学着大槐的腔调说："你看呢？潘小龙。潘小龙是我哥。亲哥，国军军官肯定有高招，你快说说。"

叶长河接口就说："刚才水玉所言极是。环山三面必是鬼子重防之地，湖面是唯一潜出之路。我看行。"大槐说："就这么干！"潘水玉说："我在前面探路。"叶长河说："等起雾后再行动！"

月光渐渐地昏暗下来，湖面上已经雾气浓重，两步开外什么也看不清。大家将枪支用绑带绑在身上。潘水玉把机枪往身上绑，被叶长河拿了过去，她又夺了回来说："机枪离身，水玉便死。"叶长河说："你这身板背着机枪涉水，你必死。机枪在我身上你还不放心？"她这才放开机枪，对大槐说："让人背上我那一箱子弹，那可是宝贝。"大槐说："我亲自背，行了吧。"

一行人顺地沟子爬向湖面，大气都不敢喘，依次悄然下到湖里。多年在水乡混，大家水性极佳，都潜游一段后才钻出水面。游在前面的是潘水玉，叶长河紧跟其后。他俩一边涉水，一边用身体的感觉测定流水方向，进一步辨别方位，后面的人紧紧跟进。鬼子没有察觉湖面方向的动静，三面环山处不时传来鬼子巡逻队的声音。

涉到湖心水流湍急时，潘水玉的伤腿开始有些吃不消。叶长河和大槐搀扶着她向前走。到了一里宽的水深处，大槐示意大家停下来歇息一下。叶长河给潘水玉鼓劲："这一里水路就是一生的长路，游过去就是一辈子的活路！"说完，从身上摸出一块油纸包着的干粮，让潘水玉吃下。潘水玉也不推让，吃完，一缩脖子喝了两口湖水冲下，说："有这块粮垫底，这条沟我能游过去。不过，还得在你身上靠一会缓缓劲。"叶长河双手伸到她两臂下托起，让她的双腿放松一会。休息好，潘水玉说："行了，冲！"说完，挣脱开那双环抱她的臂膀，率先游向深处。

天亮后，鬼子冲进了大槐他们窝点，却不见一个人的影子，气得一把火烧了房屋。

潘水玉的伤口经湖水浸泡受了感染，由叶长河陪着在新窝点养伤。大槐等一干人，没了家业，急着频繁外去找活，晚出早归，带回一身血腥，还有丰厚的行资物品。

潘水玉对大槐他们的勾当，从心里是极为鄙视的。之前，打家劫舍她从不去，劫杀日本鬼子她倒积极。

这天，在家留守的潘水玉，向叶长河讲述了她这两年的经历。

两年前，潘家大龙二龙在江洲湾一带拉起了二百多人的队伍。江洲湾人素以文弱著称，民间枪无一支，弹无一颗，民众孤立无援，状如待宰羔羊，深受兵匪欺凌。正是鉴于此，大龙二龙拉起了队伍，目的是防匪防兵，保护家园。大龙二龙从上海军火黑市那里私购了六十条快枪，又制造了一些土枪刀矛，武装了队伍。这些钱，据说是潘大水从上海方面捐来的，其实大家都知道，是叶高棠慷慨出资支持的，全是为了报答潘家对叶长河的养活之恩。

这支队伍上的人都是渔家子弟，家里船上的活不耽误，有情况招之即来，来之即能应对乱兵贼匪，成了当地百姓的守护神。大龙二龙把持了一个原则，不管哪类兵匪，只要你不祸害我江洲湾百姓，水路为你开，山路随便来。就连日本兵，只要不抢不杀当地人，你从江洲湾走兵，大龙二龙也不打一枪，不投一矛。

潘水玉在大上海读过书，脑袋里是非观念强，对两位哥哥不打日本兵很有看法，整天嚷嚷他们没血性，没骨气，"山河破碎，护得了一家一园又有何用"。她心里佩服的还是从军报国的叶长河和潘小龙。她跟着父亲潘大水又去上海玩了一趟，回来就给大龙二龙闹气，非索要一条枪不可。枪金贵，只能发给挑选出来的青壮年，一个女娃子，没资格配枪。她就疯闹，闹得两位哥哥干不成事。无奈，破格让她和另一个男青年共用一条枪。可更多的时间，枪都被她霸占着。她枪练得极认真，没完没了地练，白天黑夜地练，最终，白天夜间课目，她都不比那些青壮年差。枪法练好，手就痒了，整天就撑了船到处游荡，要寻找鬼子干上一场。鬼子没碰上，却碰上了在上海给日本人当翻译的张家三小子。这张三小子，顶了个日本军官帽，上衣着日本兵黄皮，坐船回江洲湾老家探拜父母。潘水玉趴在芦苇荡里的小船上，心里骂了一声"打汉奸"，就开了一枪。这一枪，击伤了张三小子的胳膊。还好，没伤着骨头。大龙二龙使了银两，也没摆平这一祸事。原本，张三小子见没大伤，就接了钱，乡里乡亲的，准备不再追究，可一见外柔内野水灵灵的潘水玉出现了，一下子就放不下了，又扬言这事没完，不给一个像样的说法，就去搬日本兵为他报仇。大家知道他那"像样的说法"，就是让潘水玉嫁给他。潘水玉一听张三小子狗仗人势，就更火了，拿枪要去给他脑袋上也钻个洞。两位哥哥怕她再惹来杀身之祸，就收了她的枪，关了她的黑房。

三天后，两位哥哥打开黑房，却不见了妹妹的人影。潘水玉翻窗跑了。她不给两个没血性的哥哥共事了，要去外面见大世面。她的心本是少时被叶长河那些"兵法兵仗"的故事熏染了的，又在上海上学上野了的，回江洲湾憋屈了好几年。这次，终于有了由头，铁了心出去敞亮敞亮。她原本是想去找叶长河或潘小龙，到国军里当兵打鬼子的。剪了头，换了男装，半路碰上了国军新六军三团，给收留了，实际上是被抓了壮丁。她几次想跑没跑掉，后来干脆不跑了，在哪当兵也是打鬼子，就在这儿干了。她莫名其妙地给自己编了一个假名叫张三根，这是那个要娶她的张家三小子的学名。她很快发现，部队上最厉害的枪是机枪，就讨好连长，给大个子机枪手当了副手。她的野心大着哪，现在当副手，等学好了机枪打法，再想办法当机枪手。机枪手还没当上，三团开进了南京守城。多日后，日本人杀了过来。城没守住，三团就溃败了。日本人占领了南京，三团残部被追杀，沿江向上游跑，被追急了，又干了两仗，才摆脱了追击，可兵员仅剩下了八十三人。几天后，又遭遇了一支日本部队，又死了些人，其余一下子就鸟兽散了。大个子和她最终也没舍得扔下机枪，两个人钻进了一个半露半水的山洞里，躲过了追杀。出来后，又找到了那两箱机枪子弹。俩人换了老百姓衣服，找了一根扁担做了伪装，一头是机枪，一头是子弹箱，轮番挑了，走小路往江南逃。大个子一路都在夸赞，张三根挑担走路的姿势是世界上最美的，让人看了都解乏。他俩在山水之间转来转去，也没再找到国军部队，却碰上了大槐的队伍，无奈之下入了伙。

叶长河听罢潘水玉的说道，就有了想法。他认为，大槐的队伍劣性难改，目前成不了大气候。他倒对大龙二龙的队伍产生了浓厚兴趣，觉得那是可造之武装，将来发展成抗日队伍是有可能的。于是，他决计离开大槐的队伍。

潘水玉也早意识到大槐队伍不是久留之地，就同意离开这里回家乡。她之所以同意回去，还有考虑叶长河安全的因素在里面。叶长河把他被通缉的情况早就告诉了她。

潘水玉建议选择偷偷溜掉的方式脱离大槐。叶长河说："偷走被发现就麻烦了，不如就明说。这些天，咱俩三番五次地挽救了这支队伍，大槐是讲义气之人，他会放我们走的。"

俩人去找了大槐。大槐一听，先是瞪眼，后就落了泪："我大槐的原则一向是，和我大槐二心者，必杀之。可你俩同我大槐萍水相逢，有恩在先，我实在下不了手。我看出来了，你俩足智多谋，会打仗，这支队伍很是需要你俩的。这样吧，给你兄妹三天时间，再考虑考虑。考虑好了，就留下。不想留下，我砍了你俩一条胳膊一条腿，留下条命放你们回去。"

三天后，叶长河潘水玉收拾好行装，就去找了大槐，说："我俩商量好了，砍妹的一条腿，砍哥的一只胳膊。给哥留下双腿好回家种地，给妹留下双手回家还得织衣。今后兄妹俩就相依为命，残度一生了。大槐，动手吧，留下一条胳膊一条腿给你，我兄妹俩带着命回家过日子。"

大槐又瞪大了眼："真这么想？那我就动手了，不后悔？"

叶长河说："人各有志，志可让人死，我俩走定了。"大槐迟迟不动手。潘水玉说："大槐，我知道，你不会下手砍我俩的。因为我俩靠这胳膊腿引开过追杀你们的鬼子，又靠这胳膊腿涉水过湖为大家寻出了一条活路。大槐，你再掂量掂量。"

大槐又落泪："我为你兄妹两次落泪，是真舍不得你们。既然你兄妹去意已定，大槐也不再勉强。那就赶快走人吧，越快越好，不然，一会儿我会反悔的。"

"大槐，好事做到底。小妹再索一样东西带走，好吗？那条机枪胜似我的命，我和它不离不弃。"潘水玉得寸进尺。

大槐掏枪冲潘水玉脚下打了一梭子："机枪你可以带走，但你的命得留下。妹子，你选择其一吧。"

叶长河拉了潘水玉就走："水玉，这机枪，对于这支靠打仗吃饭的队伍很重要，你带不走它。大槐兄弟，后会有期。"

"不过，可以送你兄妹两把手枪留作纪念。今后，有过不去的坎，我大槐随时收留你们。送客！"大槐扔过两把手枪，转身走了。

叶长河潘水玉接过枪，朝天开了两枪，算是答谢，然后，头也不回离去。

第十四章　江旺猎渔队

叶长河心里在酝酿着一桩大秘密。

自从那天潘水玉透露了大龙二龙已拉起了一支队伍，叶长河就惦记上了这事。他一直琢磨，自己能否在潘家兄弟队伍这儿找到用武之地。他把这事埋在了心底。

叶长河见到大龙二龙，只是说自己被国军通缉追杀，想在这儿安顿下来活命。他说，旺水浜是他的福地，少时曾在这儿起死回生，如今有了劫难在这儿必定还会逢凶化吉。又一再强调，他被通缉绝对不是犯了贪生怕死、逃避抗日之罪，而是国军上峰昏庸无道，嫁祸于他。现如今，投奔江洲湾来避难，实在是无奈之举。

大龙二龙满脸欢喜，一再表示：信他，留他，养活他。

潘水玉却话带着刺儿："你呀，不要过多解释这辩白那的，又不是没被潘家养活过，来就来了呗，说那么多理由干吗，这里又没人嫌你。"

叶长河说："要嫌也就是四妹嫌，早年四妹最能整治人，大龙哥二龙哥最呵护我，我心里记得清哩。"

潘水玉说："没错。别看我没脾气，却最不怕刺头儿。现时大了几岁，谁不老实想多刺儿，我一样下狠手收拾他。小心点吧！"

大龙说："别斗嘴了。现明规一点，对外统一口径，长河就是潘家表亲。被通缉的事，大家都捂着点，今后门里门外谁也不能再提。长河呢，你就安生在这里过活，有什么难处你说话，都是一家人，别客气。"

叶长河知道先要保持低调，就说："我尽量少给大家添麻烦。船上船下，家里家外的，给我支派些零活儿干，也算是没白添一张嘴吃饭，其他要紧的事我也操不了这个心。"

潘水玉找碴："不干点零活儿，难道你还想当家做主不成？这里可不是你那军队上，别显摆你那大军官的臭架子。你就是皇宫里扔出来的金沿儿碗，这乡下也不认你这把细瓷儿，走路都踢着玩。"

大龙呵斥她："四妹，你怎么回事？几年不见，怎么和长河生分了，说话夹枪带棒的。再怎么说，长河也是潘家的客，你那嘴和善点呀。"

潘水玉说："谁嫌乡下人的话难听谁回大上海呗，没人留他！"

二龙呛她："也不知道早前是谁嫌弃这个家离家出走了？是在外面玩够了呢，还是混不下去了，怎么又跟着长河回来了？谁愿意再走谁就走，没人留她！"

潘水玉一指，很生气的样子，真就走了："潘二龙，这话可是你说的。我四妹这就走，大家都别拦我。"

没人拦她，她在镇外转了一圈又回来了，却又冲叶长河嚷："该走的不走，不该走的我为什么要走？！别人不留我，叶长河你也不拦我一下，你安的什么心呀你？"

在大槐队伍上那几天，潘水玉没来得及给叶长河耍性子，现在都安顿下来了，她没事拿他磨牙玩儿。叶长河心里明白，她不是真烦他，非要和他较劲儿。在男女情感最敏感的年纪，这一点他还是能揣摸得准的。所以，他也不会真生潘水玉的气，该干吗干吗。

叶长河觉得眼下最该干的，就是不声不响跟着潘家兄妹干些力所能及的活儿。大龙二龙队伍上的事，再怎么有差错、不到位，他也不说一个不好。他心里有长远计谋，眼前的任务就是观察摸底，看一看这到底是一支什么样的队伍，能有多大的造化。

没过几天，叶长河就十分清楚地看出，这纯粹就是一支土鳖队伍，与国军正规部队简直没法比，哪个方面都相差十万八千里。但时间一长，他发现还真有一样是国军部队无论如何都比不了的，那就是这支队伍心齐，出奇的齐，大龙二龙说的事，大家没二话，一呼百应，件件落实。

"有这一点就能成事。"叶长河心里说。他决定长期留下来，在这里起事抗日。

然而，摆在眼前的是这支队伍力量还很薄弱，234人，60条快枪，55条各家的渔船。这些硬件上的问题还好解决，人少可以扩招，缺枪少船可以添置，可人员的素质问题一时难以解决好。这些人缺少基本的作战素养，更主要的是思想觉悟上不去。在对待日本兵的问题上，他们的态度是井水不犯河水，哪怕是国军或新四军在江洲湾一带与日军发生战斗，只要不伤及百姓利益，他们都敬而远之，不多管闲事，怕惹火烧身。

这是一窝井底的蛤蟆，只有自己这片天。民族大义，国家利益，在这支队伍里没有位置。

潘水玉在国军正规队伍上同日本鬼子拼杀过，又亲眼见到了南京大屠杀，亲身体验了日本鬼子是多么罪该万死。叶长河找潘水玉进行了一次严肃的谈话，让她给大龙二龙那帮人做思想工作，说服他们积极抗日打鬼子。没想到潘水玉不干，话依然不好听："大龙二龙他们是一群老土鳖，榆木疙瘩脑袋，给他们讲这些道理简直就是对牛弹琴。如果能劝得动他们抗日，两年前我还独自一人离家出走？他们不抗日，我才自己找队伍去抗日的。你连这个都没看出来？我看，你白上了几年军校。就你这笨脑袋，怎么还能混了个少校？真是的。"

叶长河不和她置气，还是求她："水玉，对大龙二龙这帮人得需要小火慢功烤，润物细无声，逐渐促使他们成熟起来。所以，还得由你我天天给他们讲南京大屠杀，以激起他们对日本鬼子的仇恨，讲民族大义、国家利益，以激起他们的爱国热情。"

潘水玉扔下一句话，走了："本姑娘可没这个耐心对牛弹琴！"

叶长河对着她的背影喊："这半天，我说得口干舌燥的，也是对牛弹琴了。一头不听吆喝的小母牛！"

本来已经走得不见人影的潘水玉，突然又踅了回来。她是跑着冲过来的，嘴里说："好你一个叶长河，在国军这几年学会骂人了。你再说一遍，谁是小母牛？"腿就抬了起来，一脚把没防备的叶长河踹进了身后的水湾子里，然后，扬长而去。

潘水玉这一走，一天没回来，两天没回来，三天还没回来。

叶长河和潘家人急了，四处撒出人找都没找到。

潘母说："别找了，这个妮子心野了，旺水浜这洼水是装不下她的，一准又去找抗日队伍了。这妮子和小龙一样有血性，好样的。"

四个半月后，一身男装打扮的潘水玉突然回来了。

一进家门她就哭得死去活来，哭够了，大家才知道，父亲潘大水被日本海军的炮艇炸死了。

潘水玉说，这次她跑出去找抗日队伍，可好多天都没有找到，又碰上了一支土匪队伍，在里面混了三个多月才逃出来，到上海投奔了父亲，在叶家船队上待了一段日子。这一天，父亲的船队碰上了鬼子的两艘炮艇，鬼子硬要把船队带走去运军火，父亲不从，日本人就刀劈了两个船工。父亲拼死抵抗，带两条船挡住鬼子汽艇去路，掩护船队逃走了。鬼子就炮轰父亲的头船，父亲驾船冲向鬼子汽艇，可最终被炮弹炸沉，父亲也被炸烂了。事后，在出事水域，连父亲的一块尸骨也没找到，只找到一件烂血衣。

叶长河陪潘家老小，围着潘水玉带回来的那件血衣大哭了一场，然后，大龙二龙领他们二百多弟兄，给父亲隆重地下了葬。

下葬前，潘水玉伏在装有父亲血衣的棺木上，又是一阵死去活来地哭。哭完了，她跳上棺木，朝天连放三枪。队伍上也有人跟着举枪鸣放。潘水玉阻止了，说："省下子弹打日本鬼子吧。大家都给我听好了，日本鬼子是潘家的死敌，今后，咱这支队伍上，谁反对抗日谁同样也是潘家的死敌。大龙二龙你俩也说句话吧。"

大龙二龙也跳上棺木，眼血红，话硬硬的："现在，脚下是父亲的魂魄，我们兄妹三人踩在父亲灵柩之上，是大不敬了。但是，如果有朝一日不为父亲报仇雪恨，那是更大的不敬。弟兄们，小日本鬼子与潘家不共戴天。今后，我们这支队伍要誓死抗日。现在，有不愿意打鬼子的，潘家兄妹欢送你离开，但是，今后有灾有难被日本人欺负了，就不要再回来。今天，如果你肯留下来，我们兄妹仨人跪在父亲魂魄之上谢你了。"

三兄妹"扑通"一声跪在棺材上，朝大家叩了三个响头。

众弟兄一听一看，也齐刷刷下跪冲棺材叩头，然后高呼："打倒日本鬼子，为潘家报仇雪恨！"

潘水玉又高声说道："打鬼子，不只是为老潘家报仇，也是为被鬼子杀死的千千万万个中国人报仇。弟兄们，只有大家合起伙来，拧成一股劲，把鬼子赶出中国去，我们才能过上安宁的生活。"说着，就四处看看。她在寻找叶长河，见叶长河跪在地上一声不响，就喊："叶长河，这个时候，该你说话了吧？你一肚子大道理呢，怎么哑巴了？"

叶长河站起来："我没有更多的话可说，我只讲一个道理，今天，如果你不积极抗日打鬼子，那么，明天，棺材里躺着的就可能是你的父母大人兄弟姐妹。我表个态，从今天起，是死是活我都跟着大龙二龙四妹子干，打鬼子，冲在最前面的就是我叶长河。我叶长河要说一个怕字，后退一步，各位谁都可以朝我开枪。"

到了这个份上，没有一个人提出要离开队伍，大家抗日的热情空前高涨。

叶长河眼含了热泪，他看到潘水玉的泪水又奔涌而出。

接下来的几天，叶长河跟潘水玉说过两次，抗日热情被激发出来不容易，得需要继续做工作巩固加强，还让她把南京大屠杀的情况经常讲给大家听。这次，潘水玉没说"对牛弹琴"，却"哼"了一声，转身走了。叶长河悄声说了句"对牛弹琴"，潘水玉又趔了回来，叶长河后退几步，忙摆手叫停，怕这野性的妹子再把他踹到水里。他说："别动手动脚的，咱说说大事好吧。我看，这支队伍就叫江洲湾旺水浜渔猎队，简称江旺渔猎队。这支队伍的性质，是不脱产的人民自卫军。名字里虽没抗日两个字，我们却是抗日最坚决的；虽属不脱产自卫性质，却是符合这支队伍目前的实际，而不脱离实际的队伍，才不是盲动的队伍，才是长久的队伍。抗日要一步一个脚印地来，待日后时机成熟了，我们再脱产公开抗日。你看怎么样？四妹。"

潘水玉伤痛在心，依然阴着脸，说："这支队伍，大龙当队长，二龙当副队长。你与我，什么职务也别担当，私底下辅佐他二人。这样对队伍有利。"

"有利在哪儿？噢，我明白了，四妹越来越有智谋了。"叶长河夸赞道。

潘水玉却说："连我自己都不明白为什么这样做，你倒明白了？智谋何在呀？你说说。"

"我俩别总是没事找事掐来掐去好不好？这支队伍要想尽快形成战斗力，还有好多正事要做哪。"叶长河回头看了一眼身后水湾子，脱身走了。

叶长河听到身后传来"吱"的一声细笑，阴冷的，柔弱的。

不久，火急火燎的大龙二龙，带江旺渔猎队十条船三十个队员和日本鬼子干了第一仗，消灭了一个班十二个鬼子兵。

队伍火气正旺，大龙二龙非要干一仗。叶长河和潘水玉觉得时机还不是很成熟，最好先别急着打仗，练好队伍再说。可他俩挡不住大龙二龙，又觉得再挡会对士气有影响，于是，就说，打一仗可以，但要到旺水浜以外的地区去打，这样一旦有麻烦，这支小苗苗不至于被连根拔了。

在距旺水浜一百多公里的荷尖湾，一个鬼子班独自外出执行任务，在两面是水的旱路上走着走着，突然就被芦苇荡里渔船上撒出的洋枪土铳火力网给罩住了，还没来得及还击就都丧了命，枪弹被搜罗一空，连军服也被扒走了。

开始这算是个漂亮仗，一直跟队作战的叶长河、潘水玉松了口气。可枪声却引来了附近的敌人，这支队伍就被如狼似虎的日伪军咬住，无法脱身了。

大龙二龙哪见过这个，紧张得只有围着叶长河、潘水玉团团转的能耐了。叶潘两人还算镇定，指挥着大家且战且退。

这一带芦苇荡面积小无纵深，难以隐蔽，又听到后面传来汽艇的"突突"声，叶长河果断命令冲过前面毫无遮蔽的宽阔湖面。这是唯一能突围的水域。

队员们揭起船板，众人划桨，船如离弦之箭向前飞驶，很快驶过了大半个水面，前面大片芦苇荡已经在望。哪知船队的左右两边又同时发现敌人的汽艇开来，这是来增援的两股敌人。

江旺渔猎队三面受敌，十分危急！怎么办？潘水玉发现左前方有陆地，是一片青纱帐，冲叶长河一对眼，叶长河一挥手大喊一声："弃船跳水呀！"队员们都是湖河里长大的，个个水性极佳，一闪身就都翻入湖中，潜水逃上岸，窜进了青纱帐。

队伍突围成功，十条渔船却在密集的枪炮中沉没。不过，这些"贪财"的队员们也不亏，在那样危急的情况下，他们都没有放弃手里的武器和战利品。很显然，在他们心里，枪和命同样重要。

遭到意外的袭击令日军疑惑不解。自占领这一带以来，日军一两个士兵就可以大摇大摆地到处走动，不曾有过什么危险。像这样一个班被歼，是从未发生过的事。于是，鬼子在当地迅速展开全面搜查，最终也没有查出个所以然。

第一仗虽然是有惊无险，但叶长河还是让潘水玉站了出来，对大龙二龙准备不足、求战心切的表现，进行了猛烈批评。潘水玉以实战教训告诉大家，同正规军鬼子打仗应该是怎样的。

潘水玉牵头搞了十天有板有眼的整顿，对这支队伍作战素质的提高有了一些促进作用。

这些，都是叶长河制定的计划和步骤，让潘水玉出的头。目前状态下，整治人的事由她出面，比叶长河直接出面要有更好的效果。这一点，她与叶长河都心知肚明。

之后，这支队伍虽然是大龙二龙当队长，实际上慢慢就被叶长河和潘水玉控制了。队员们也看出了叶潘两人军事素质明显高于队长，知道这支队伍需要靠潘家兄弟的威望来聚拢人心，但同样需要靠叶潘两人会打仗的本事赢得胜利。

这之后，在叶长河、潘水玉的精心谋划下，队伍又小胜了几次，仗打得漂亮，也无伤亡，大家心里对他俩就更服气了。

叶潘两人的原则是，没有把握的仗是不能打的。再后来的几个月，也不断有胜利，但都是消灭几个、最多十几个鬼子的小仗。目前，这支队伍的战斗力，也只能打这个规模的仗。

由于叶长河他们打仗从不声张，也从不留尾巴，隐秘性很强，开仗地域的老百姓并不知这些仗是何人所为，却都很兴奋。近来，有队伍敢打日本鬼子了，对老百姓震动不小，都私下里叫好。

对这个战果，大龙二大龙已经是很满足了。可叶长河潘水玉不满足，他俩正合计着要改进作战样式，促成这二百多人的队伍打一点大仗。

什么叫作战样式？除了叶长河、潘水玉，江旺渔猎队上没有人能懂。

叶长河潘水玉去了一趟上海，一待就是半个月。

叶长河提防着国民党宪兵队潜入抓捕他，没敢在上海自家宅院住下，只是见了一下母亲，母子抱头痛哭了一番，他带着祖传的那把花梨木诸葛连弩就走了。

叶长河和潘水玉这半个月，一直在叶家船队上待着。

到船队第一天，叶长河正在轮船舱内向父亲汇报这些年自己的遭遇，叶高棠也正为儿子生生死死的境况感慨万千时，潘父大水死而复生，走进了舱里。

叶高棠很平淡，打招呼："大水，你看长河回来了。"

潘水玉也没有反常，喜气在脸，说："爸，我过来看看，您老身体还好吧？"

唯一脸色突变、惊恐乱跳的是叶长河，他倒吸了一口凉气，指着潘大水半天说不出话来。

潘水玉反应过来，说："噢，长河，我欺骗了你，欺骗了江旺队的弟兄。我爸，驾船和日本海军艇发生冲突是真，但我爸死是假。那天，我爸在鬼子枪炮下跳水潜逃了。当时，我和爸合计好了，让他不要回老家，不要见家乡的人，配合我制造他被鬼子杀死的假象，目的是激励大龙二龙和全体队员奋起抗日。"

叶长河恍然大悟：这个女子似乎是常带着几分傻气和纯朴示人，实则精明得很，做事主意也正得很，习惯在不声不吭中干些出人意料的扎实事，就说："潘水玉大阴谋家呀，当时你哭得多像呀。我觉得我眼够毒的了，可愣被你骗了这些时日。这一招，够绝。"

"那一场哭丧，我是带着对日本鬼子的深仇大恨，发自内心而痛哭的。我爸死里逃生，那是运气好。南京那些被杀害的无辜者，不知有多少像我父亲这样的好人。那天，我的哭是真的。所以，大家才信了。"潘水玉说着，眼圈又红了，说："对不起，爸，你好好的，我却让家里人给你出殡。"

叶长河想到了一个问题，说："用假出殡欺骗了江旺队的弟兄们，这得有个交代，不然，你我诚信会受到大家质疑。"

潘水玉说："我的动机是好的，是善意的欺骗。我看，这个谎言还得用谎言圆起来。不如就告诉大家说，当时只找到了父亲的血衣，就以为父亲被炸死了。后来，受伤的父亲漂到了下游，又被人救活了。呵呵，老父死而复生，是大好事呀，大家还有什么可怀疑的呢。"

叶长河说："哼，正反全是你的理。看来，也只有如此了。"

潘大水"呵呵"一笑："这全是为了让大龙二龙两个臭小子觉醒。当初，叶老爷捐船捐枪给潘家，是为了保护家园。可叶老爷也明确撂下了话，如果今后队伍壮大了要抗日，叶家还要出大钱大船。可大龙二龙一直没有抗日这个大理想和大觉悟。所以说，水玉你这个苦肉计施得好，逼出了一支抗日队伍来。为了抗日，就是让我真死一回，我也没意见。"

叶长河抓住了其中一句要紧的话，问叶高棠："爸，你真的要出大钱大船支持这支队伍抗日吗？"

"在抗日的问题上，我叶高棠什么时候含糊过？你别忘了，当年我是让你裹着死字旗上战场的。我年轻时，为了让叶家延续香火，我娶了多房姨太才有了你。可一说上前线抗日，我都舍得把叶家的独苗拱手相送。你说，我还有啥舍不得拿出来的？小至叶家，大至国家，对日本侵略者，都是有大仇大恨的。这一点，到什么时候都不能忘。"叶高棠说得很响亮。

叶长河一听，就兴奋，一口气说出了自己回上海来的目的，核心意思就是：

把叶家上海船运公司和江旺渔猎队合二为一，公开身份是做船运买卖，秘密任务是采取多种方式打击日本鬼子。说白了，就是要借叶家的财力物力和公司旗号秘密抗日。

叶高棠没有犹豫，当即表示同意，并提醒，这事要想做大做长远，必须要有他叶高棠和潘大水直接参与。潘水玉拍手叫好，叶长河却说："我想让你二老隐居起来，安度晚年。不然，每天和年轻人一起打打杀杀的，安全难保证。"

"这话说得就小家子气了。为了保全我们这两条老命，就不抗日了？政府不是早说了吗，地无分南北，年无分老幼，无论何人，皆有守土抗战之责任，皆应抱定牺牲一切之决心！而事实上，你们要想干成大事，还真少不了我等老朽。就这样定了，我俩要全程参与你们的大事。你们年轻人在前，我俩老的在后，给你们当军师，关键时候帮一把手。"叶高棠看了潘大水一眼，潘大水点头答是，态度也异常坚决。

叶长河悄声问了一句潘水玉："搞了个假出殡，瞒了我这么长时间，告诉我，你还有什么秘密瞒着我？四妹你要从实招来。"

"长河，你这人真没劲。瞒了你一事，你非得再逼出个两事三事的。你一向足智多谋，我一个水乡女娃子，还能有什么事瞒得了你？你就这么不信任我？"潘水玉的眼神很纯正，却带着刀子似的，叶长河避开和她对视，不再说话了。

而事实上，潘水玉纯正的眼神背后，真还有一个不可告人的重大秘密。这一秘密未经某些人的许可，她是万万不能告诉任何人的，哪怕是自己最亲近、最信任的人。

事情发生在上次潘水玉离家出走那四个多月的时间里。她并没有像她所说的那样碰上了一伙土匪，并在其中混了多日。而是她和几个进步学生一起投奔了苏南，找到了新四军特纵三支队开展民运工作的干部。特纵三支队独立团马团长了解到潘水玉曾参加过抗日队伍的情况，尤其得知了旺水浜有一支二百多人的队伍后，就对潘水玉寄予了厚望，把她送到了苏南抗日救亡干部学校第三期进行培训。潘水玉接受了三个多月扎扎实实的教育，着实学了不少革命道理和军事知识。本来就是在大上海读过书的人，这一受训，思想和能力就又提高了一大截，很快成了中共地方组织的积极分子，但马团长说，要继续对她进行考验，就没有正式接受她为中共党员。她被派回旺水浜，目的是做江旺渔猎队的工作，争取早日把它发展成为抗日队伍。当然，这个任务是极为秘密的，潘水玉也做到了滴水不漏。她用足了心计，在不知情的叶长河配合下，第一步目的达到了。苏南中共组织秘密传递来消息，大大表扬了潘水玉一番，并责成她继续努力，为江旺渔猎队光明的未来做出更大贡献。

潘水玉心里藏着这么大的一个秘密，同叶长河及队伍朝夕相处，没有露出任何破绽，这要归功于她的细心谨慎和对中共组织的忠诚。这次"改变作战样式"，是叶长河的主意，也是叶长河全力推进实施的，并非受苏南共产党组织的指使。但潘水玉还是秘密地把这一情况向党组织作了详细汇报。马团长的指示是：这对抗日是件大好事，望全力成全其美。

成全其美的事，在多日后得以实现。叶氏船运公司新招收了四十五名船工，其实全都是清一色江旺渔猎队队员，私下由跟队来的大龙和二龙统领，当然他们的这种身份在公司是秘密的。旺水浜江旺渔猎队则新进了九艘小型机动货船和渔船，还跟来了十一个懂机动船的技术工。这些全都是叶氏船运公司派支的，名义上是转运叶家公司货物，也兼做旺水浜镇渔业。旺水浜这边由叶长河和潘水玉全权负责管理。

叶潘两家倾其家产和忠心要为抗日做点事，着实感动了那些知情的江旺渔猎队队员和叶氏船运公司一些有民族正义感的人，大家多种方式地表达了要跟着叶潘两家干到底的决心。

叶长河不想再在伏击几个日本兵上劳神费劲，他认为，弄出点大动静的时机日趋成熟。他开始从长计议，谋划大举动。

叶长河在这支由老百姓组成的队伍里，早已经失去了严整的军容军姿，时常松松垮垮，晃晃悠悠，这是他融入百姓所需的必然改变，不然，整天挺着胸脯一副标准军人的做派，会很硌眼，会被人提防。不过，一旦有情况，训练有素的他会马上把心态提到最佳状态。这不，自从他心中有了更大的目标后，就急速进入了要打大仗的境况之中，心思一下子就全扑上去了。

"果然正规军出身，大将气派，勇士风范。成大事者，叶长河也。"潘水玉称赞说。

"一个乡下女娃，居然也之乎者也起来了。看来，这世道真是要变了。"叶长河也笑笑说。

中　部

水
雷
战

第十五章　江旺一号漂雷

　　立志要大显身手的叶长河，非常庄严地明确了江旺渔猎队的奋斗目标和方向：对付在长江流域横行八道的日本海军舰艇。

　　叶长河心里清楚，袭击敌舰的唯一手段，只能是水雷战。不说是他叶长河的渔猎队不能与日海军舰对舰、船对船地抗衡，眼下，就是整个中国海军残余也没有力量与日舰硬碰硬地对抗。

　　事实上，实施水雷战这个思路，中国海军早就有了。叶长河和雷恪分手时，雷恪就曾透露了这方面的信息。

　　水雷战，是抵抗日本海军的必由之路。水雷专家叶长河，决计率领一支不起眼的小队伍，干出一番惊天动地的大事来。这个时期，他采取多种方式，逐一说服了渔猎队上的骨干分子，大家表示誓死跟着他干。

　　叶长河开始着手实施他的计划。这第一步，他要化装深入长江中游地带，去冒险找寻国军水雷制造所所长雷恪。

　　叶长河带两条机动渔船，办好运送货物的合法手续，就上了路。与他同行的还有潘水玉。不料，这一趟溯江而上却空手而归，没有打听到雷恪的下落。

　　叶长河想到，根据作战的需要，国军所属一些水雷制造所肯定会不断搬迁，一时找不到雷恪也是正常的。

　　这一趟，却也听到一个喜人的消息：国军已经成立了多支水雷部队，在长江中游展开了水雷战，使日舰不断遭到创伤。

　　日军接连遭到水雷袭击，自然加强了防备，凡是有布雷队经常出没的江段，都增设据点，密布岗哨，昼夜梭巡。这次，叶长河两艘渔船往返也经历了日军岗哨的严加盘查。回来后，叶长河更加坚定了开展水雷战的想法：一要继续采取多种方式，去秘密找寻雷恪，以求得国军水雷制造所的水雷支持；二是在未得到国军水雷支持之前，渔猎队要土法上马，自己制造"土水雷"。

叶长河的水雷专业知识技能和聪明才智得到了淋漓尽致的发挥。十余天后，他和几个铁匠木匠制造出了第一枚"土水雷"，起名叫"江旺一号漂雷"。

这枚土水雷是用熟铁打制的雷壳，内装足量炸药。为防受水浸湿，将雷装入牛脬做的囊中，把导火索穿入羊肠与水雷密封连接，坠系在浮筒下。导火索的长短根据与敌船的距离而定，导火索燃烧时所需氧气，通过探到浮筒之上的羊肠来供应。

经过在水中试验，这枚古朴的水雷成功爆炸。然后，又做出四枚同样的土水雷，系在树枝伪装的四个浮筒上，在一天黑夜放入长江，顺流而下，悄然贴上了夜锚的敌浅水炮艇上，水雷炸响，敌艇一艘沉没，一艘受重伤。

叶长河等人在一里之外的山头树丛中，看到了敌艇火光冲天而起。潘水玉当胸给了叶长河两拳，兴奋地说："行！长河，你真行！这个买卖我们做得划算，四枚土水雷换来敌艇一沉一伤。"

这四艘敌艇停泊的时间、地点，是叶长河事先亲自侦察好的。也早掐摸准，一旦袭击成功，敌人就会严密封锁这一江段。鉴于此，之后一段时日，江旺渔猎队就不在这一带活动了。

他们转移了袭击地点。一天，在长江一条支流河段狭窄处，布下了三枚叶长河刚研制出来的"定雷"。

这三枚"定雷"与"江旺一号漂雷"不同的是，在雷壳中固牢一枚手榴弹，拉线用长绳相连牵到岸上，将雷沉入水中，待敌船经过时，隐藏在岸上拉动绳索，引爆水雷。

这一次，叶长河野心膨胀，想炸沉日军大一点的舰船。头一天夜里，他领队员悄然下水布下定雷后，就让大家回去了，只留下他、潘水玉和队员小李子。仨人趴在岸边的小树丛中，等待天亮后敌舰从这儿通过。

第二天，快到中午时有日军几艘小型炮艇驶来，叶长河示意沉住气，不许动。到了下午太阳偏西了，才又来了两艘小艇，叶长河还是不让拉绳，气得潘水玉悄声狠骂："好你个属狼的，真是贪婪至极。眼见着太阳就要落山了，敌舰不再来了我看你怎么办？"

江水滔滔，夕阳红晃。叶长河扭头看着被夕阳映红了脸的潘水玉，思绪就飞了。这些日子，他还没有闲下心来仔细瞧过这个四妹子呢。潘水玉趴在一个土坎后，只探出一张脸。仅这张脸，就把江南水妹子的俏丽美艳全呈现出来了。

叶长河想到了她的身段。她整天在他眼前晃来晃去，却没有留下难忘而具有标志性的身姿影像。然而，今天，他却莫名其妙地想起了大槐队伍上，那个断了腿的大个子的一番话："从南京逃出来时，找了条扁担，做了伪装，一头是机枪，一头是子弹箱，我和张三根轮番挑了，走小路逃命。呵呵，你们真没见过，那张三根挑担走路的姿势，是世界上最美的，让人看了都解乏。"

叫张三根的潘水玉挑扁担疾走如飞的姿势，叶长河从没见过。他想，哪一天，一定让她亮亮相。呵呵，那个姿势加上她这张俏脸，那将是一幅多么美丽的图画呢？和江水星那一步三扭的走路姿势相比，谁更有韵味呢？叶长河鬼使神差地联想到江水星身上去了。

失去耐心的潘水玉，看到叶长河不错眼珠地盯着她，眼里还闪烁着变化莫测的光芒，明显流露出了男人盯女人那种不安分的成分，似乎还夹杂着几丝不怀好意的坏笑。她脸更红了，心也有些恼了，扔过去一把小野果子，正砸在他的头上："别看进眼里拔不出来了，小心老山鹰叼了你的眼。叶长河，今天鬼子船要是不再来了，回去我拧断你的脖子，你信不信？"

叶长河把一粒果子放在嘴里嚼，含糊不清地说："你舍不得的，我知道我这颗脑袋在四妹心里的位置。"

潘水玉又砸过一把果子："什么位置？就是狗头一颗。回去就砸烂你的狗头。"

正说着，不远处"隆隆"地驰来日军两船。前面是一艘小炮艇，后面是个大家伙，叶长河一眼就认出是艘运输舰。

本来叶长河和潘水玉、小李子是相隔二十多米从左至右依次排开的。敌舰是从右面驶来，按现在的排法，得等前头的小炮艇驶过潘水玉和小李子的水雷，后面的大舰驶到潘水玉和小李子的水雷上方时，再拉响水雷才能奏效。

叶长河怕潘水玉没经验到时慌了手脚，就悄悄爬到她身边，示意两人调换位置。潘水玉自然不干，叶长河低声吼了一声："这是命令！"

潘水玉只好爬到叶长河原来的位置上。然而，等前面的小炮艇驰到潘水玉水雷上方时，没等叶长河下令，她就一下拉响了水雷。

后面的运输舰见前面的炮艇被炸歪，便紧急停舰，可惯性作用舰首已经靠近了小李子的水雷，可惜的是敌舰停住了。

这样一来，中间的叶长河那颗水雷上方就没有了舰体。无奈之下，他命令小李子拉响了水雷，敌舰首被炸得翘了一下，又落下。

然而，叶长河很快发现，这艘运输舰并没有受到重创，就一气之下，也拉了他那颗水雷。没料到，这颗雷没响，他又狠狠拉了几下，还是没有动静。他知道，这枚土造水雷瞎了火，就一挥手让大家撤退了。

叶长河等三人一口气跑出一里多路，到了安全处，才停下来回头张望。

江里的小炮艇不见了影，而大舰却没有沉没，停靠在了江边，下来一些鬼子正在山坡树丛中搜索。

回去后，叶长河召集几个骨干开了个会，分析了这次袭击战的成败，对自造水雷袭敌的做法给予了肯定。他说，尽管到外购买炸药雷管和导火索等禁购品有很大的风险，造雷速度很慢，土水雷威力也不是很大，但水雷战这种方式是大有前途的。他明确提出，要想成大事，干成大活，还得想法得到国军水雷制造所的支援。最后，他话题一转，就直接批评了潘水玉不听命令、擅自拉响水雷的行为。

虽是批评，他语调还算缓和："今天这一仗，最有效的时机应该是，等后面的大舰舰首行驶到第二枚水雷上方，后半部舰体正好在第三颗水雷之上时，再一起拉响水雷。如果是这样，这艘运输舰必然被炸沉。可潘水玉提前拉响了第一枚水雷，导致大舰紧急停车，躲过了致命毁灭。以后，大家要注意一点，作战要听号令，不然就难有胜利。"

潘水玉一听却火了："今天没有取得大战果，一方面，是土水雷威力太小，如果是正规的大个水雷，仅需一颗就会送那军舰上西天。可惜你叶长河造不出大威力的水雷来。另一方面，责任也多半在你叶长河身上。是你吃独食、贪大功，想亲手炸掉那条大舰，才临时换了我的位置，导致我一气之下乱了心，没听到号令就下了手。可话又说回来，我如若不及时拉响那枚水雷，那艘小炮艇就开过去了。再怎么说，那艘小炮艇也是我炸沉的。"

叶长河本来不想发火，一听她这么说，就急了："你知道什么叫大局意识吗？即便是放跑了那艘小艇，而换来炸沉一艘大舰，这也是值得的。这就叫服从大局。我为什么和你换位置？就是怕你把握不住自己，贻误战机。果不其然，你错在了没有大局意识和缺乏心理素质上。潘水玉，打仗是需要策略和战术的，紧要关头，你因小失大了呀。"

潘水玉不示弱："什么鬼心理素质战略战术的？你分明是不相信我四妹！今天，你若是不调换位置，有可能大舰小艇就都炸沉了。这个责任，你叶长河要负，别推给我四妹。从这件事上看出，你叶长河越来越仗势欺人了。你仗着读了几年破海校、当了几年破军官的势，欺负我们乡下人。"

叶长河不让她，说："作战不是干农活，打仗也不是打鱼，这里面确实需要战术，而战术来自作战素养。你四妹既然缺乏这方面的素养，就应该虚心学习，海校正规军出身的人都是你的老师。学着点吧你。"

"什么鬼老师？你叶长河能耐大，怎么把那颗水雷拉灭火了？对了，对了，今天的事你埋怨我没有道理呀，即便按你的鬼战术实施了，那艘大舰也炸不沉呀，因为那颗雷是臭弹。叶长河，天底下没有你这么欺负人的！再这样下去，我四妹不干了。"潘水玉摔门而去。

这个四妹果真不干了。她离家出走了，就像上一次一样好几天不见人影。叶长河撒出人去找也没找到。

"给我赌的哪家子气呀。真是个老土鳖，没有一点素养。"叶长河骂道。

可这次，潘水玉仅出走九天就回来了。

这次，潘水玉去找了新四军特纵三支队独立团的人，想报告一下用土水雷可以炸沉敌舰的成功做法，却连新四军的人影也没有见到。

眼下，日本鬼子加紧进攻新四军，国民党部队也明里暗里下毒手，新四军的日子不好过，不得不一边打游击一边躲来藏去。这样一来，好人坏人就都难以找到他们的踪影了。

在一个小镇上，一身男装的潘水玉，正碰上日军召集当地群众集会。她混在人群中，不一会就听出了端倪：日本鬼子改变了战术，开始推行"怀柔政策"，他们的宣传里带有浓厚的感情色彩。

一个会说中国话的日本少佐，站在一堆衣物食品旁边，正慷慨讲话："我们日本人是秦始皇年代徐福求仙漂流海外的，现在回到家乡了。看看咱们的皮肤、眼睛都一样嘛，咱们和你们本是一母同胞的骨肉呀。父老乡亲们哪，亡子归宗，我们是来保护你们的，是来帮助你们治理国家的，目的是让你们过上好日子。"

听旁边的一个穿戴讲究的老乡说，这些时日，日军在行动上，确实减少了那种奸淫烧杀的极端暴行，和老百姓接触温和得多了，甚至还给老百姓发放一些生活必需品，搞一些慰抚活动。

潘水玉指着那堆物品，悄声说："这些东西，是鬼子从邻边城镇抢来到这里发给你们的。别信鬼子的鬼话，狗是改不了吃屎的。他们侵略中国，是想长期霸占中国，把我们的资源都抢回到日本去。"几个听到潘水玉说话的人，怕惹麻烦，赶紧躲开了。

那个日军少佐又开始说话："大日本皇军，专打共产党新四军，保江南一方平安，和这里的良民一起建立防共战线。"

潘水玉心想："日本鬼子这种攻势的欺骗性很大，会有一些群众受到欺骗的。"

潘水玉没有找到新四军，既然已经出来了，就顺脚去了一趟上海，看望父亲和大龙二龙他们。

潘水玉见到了父兄，却不见老人叶高棠。父亲向她讲了一些叶老的情况。

叶高棠多年一直走实业救国的道路，资望举足轻重，在实业界有较大影响。饱经世事深谋老到的他，早前对国民党政府各类官员虽敬而远之，但面子上从不怠慢失礼，疏于应酬；对共产党新四军缺乏了解，也不与其有过多往来接触；对日本军队，却是态度明了，誓死不同其为伍。近来，日本人在上海也加紧实施"怀柔政策"，更多地成立"维持会"，一再出面请叶高棠担任"上海船运界维持会会长"，却被他断然拒绝。无奈，日本人退了一步，只要求他在"维持会"成立那一天出席典礼。他还是不从，日本人就威胁说："只劳驾你出席一天，务必出席一天！不然，你会后悔一辈子的。"他一听火冒三丈，大声呵斥道："什么一天？一天就等于一万年！"他让人抬来一块门板，躺在其上，说："一日沦为汉奸，便会遗臭万年！你们要让我去，除非把我钉死在这块门板之上，抬着我去！"日本人无趣而去，只好另选他人担任"维持会会长"一职。

为这事，叶高棠气愤难抑，病倒住院。

潘水玉到医院看望了老人。老人精神尚好，听说叶长河等人制造水雷炸沉了日军舰艇，就更兴奋，叮嘱回去告诉叶长河，要往大里做，缺钱少物叶家支持。老人不让把他住院的事告诉叶长河，好让他安心抗日。

潘水玉对老人的敬仰更增加了几分。

潘水玉从医院回到叶氏船运公司，刚走近客厅门口，发现父亲和大龙二龙正围着一个客人谈得热烈。从背影看出，这客人是商人打扮，有些眼熟，却又一时想不起是谁。她没有贸然进去，从窗外往里观察。

来人是潘小龙。

潘水玉忙躲闪开，掩嘴思考。这些日子，潘水玉最大的进步是遇到问题学会思考了。她看到潘小龙，一下就想到了叶长河。潘小龙此番来沪与叶长河有没有关系？叶潘两家都已订了攻守同盟：不向任何有政治背景的人透露叶长河的消息。潘小龙不但有政治背景，而且是叶长河原来部队的，潘家父兄就更不会向他透露半点风声了。这方面，潘水玉心里是有数的。

潘水玉想抽身离去，回江洲湾给叶长河报个信。又一想，就这么不清不楚地回去也不是事，就一转身走进了客厅。

潘水玉突然出现在潘小龙面前，她并不急着说话，只是笑吟吟地看着他。潘小龙惊讶的目光一闪而过，很快就换上了兄妹久别重逢的喜悦。他上下打量着妹妹，站起来拉了她的手坐下，说："几年不见，四妹出落成大姑娘了。衣着虽不鲜亮，却满身都是咱江南俏佳人的风光，四妹能数得上全江南第一美人了。"

潘水玉本来满脸喜色，一听此言，故意把喜色撤了，还是像少时一样不叫哥，话出口也伤人："潘小龙，你出去几年不打鬼子光看女人了是不是？呵呵，你这看女人的功夫真是了得。潘小龙，你应该好好看看咱老爸，看他老人家皱纹多了几条，白发加了几根。你这一出去多年，就一趟不回家，你真放得下心呀？全家人都以为你死了呢。"

"水玉，你这是怎么说话？你哥刚回来，没有一点亲热劲，出口就带刀子。你哥是干大事的人，不把鬼子赶出中国，哪有时间回家看望父母呀。你哥整天枪林弹雨的，不知多么想家呢。大家要理解小龙呀。"潘大水眼角有了泪花，扫视了大龙二龙一眼。

"潘小龙，你整天打仗心都打成冷铁了，心里还有亲情吗？你要是有兄弟情义，怎么没同好兄弟叶长河肝胆相照、荣辱与共呢？你在部队飞黄腾达了，他怎么落了个杀头之罪？你怎么没有照顾好他呢？"潘水玉很是冷静，拐弯抹角地说出了这么一句话。

潘大水一下就明白了，这个鬼妮子在套小龙的话呢。

果然，潘小龙声音悲凄，说："军法部通缉长河的罪名是不成立的，他是冤枉的。一直以来，长河抗日的决心很大，他怎么会犯下擅离职守罪呢。他只是操了不是他这一级该操的心，离开岗位去劝说一个中将回到岗位应急备战。战乱时期，都明哲保身，没人出来给长河作无罪证明。不过，这一切都无关紧要了。因为，长河他驾艇独闯日军舰队，与日舰同归于尽了。我是唯一一个接到长河驾艇冲击日舰信息的人。我曾向军法部说明长河的行为属英勇抗日性质，可军法部说仅我一人不足为证，即便有充足证据，那也是叶长河擅作主张，无令而行，还得罪加一等。我说叶长河已经死了，可军法部活要见人，死要见尸，啥也见不到就要通缉，就要抓捕，就要正法。战争是残酷的，一切不可能发生的事情都有可能会发生。大家要接受这个现实。我想，这么长时间了，叶家可能也猜到叶长河不在人世了吧？"

潘大龙忙接话茬说："是这样的。叶高棠老人也从一些传言中判断出了这种情况。唉，只可惜叶家一心抗日，却落得个擅离职守、逃避抗日的骂名。"

"只有靠我多打几个胜仗，代长河多杀几个鬼子了。长河的在天之灵看着我呢。"潘小龙还在悲伤中。

潘水玉小花招得逗，就又问："人死不能复生，不说长河了。说说你，你这次是专程回来看望父母的吗？你多年也没见到母亲了，她想你想得经常以泪洗面。"

潘小龙眼睛一跳，迟疑一下，说："恐怕来不及去江洲湾看望母亲大人了，水玉替我多尽些孝心吧。在上海我还有急事要办，五天后我得往回赶。有两句话要托付，一是不要对外说起我回上海的事，不然，会危及我的生命；二是托叶氏船运公司代办两船茶品。来时，我运的是山货，回去不能空船。我现在的身份是商人，不能漏出破绽。"

一家人吃了一顿饭，潘小龙就急匆匆离开了。潘水玉也很快赶往江洲湾。

回到队上，潘水玉自然受到大家一致数落。她把叶长河拉到僻静处，说清了潘小龙回上海的情况，并说："我可没有向潘小龙打听雷恪的情况。因为叶潘两家，只有潘小龙和你认识雷恪，如果我一打听，小龙必定怀疑你还活着并和我们在一起。"

叶长河听罢，老半天没说话。潘水玉又说："潘小龙这次回来，我觉得，对我们有用。"叶长河这才一拍大腿说："没错，我们要利用他。我判断，潘小龙和雷恪同是电雷系的人，一般情况下，两人还属于同一个部队。我有一个想法，我们跟踪潘小龙的两条船，就能找到他的部队所在地，就有可能找到雷恪。这比我们盲目去找要容易得多。"

"这是个好办法。我陪你再跑一趟。"潘水玉很有兴致。

"小龙他们是两条船,我们备三条船,跟在他们后面溯江而上。记住,千万不能被他们发现。赶快去上海做准备吧,不然就来不及了。"叶长河果断地做了安排。

叶长河从叶氏船运公司找了十余名经常往来于长江上的船工,驾驶三条轮机船,跟踪了潘小龙的船。

船家打扮的叶长河和一身男装的潘水玉隐于船中,指挥着这次行动。一路上,与潘小龙的船若即若离,不动声色地跟随其后前行。

瑟瑟江水,滔滔白浪。这条与大地一起沦陷的大江,再也不见以往那星星渔火、点点白帆的繁旺,一路都滚泛着无穷无尽的凄凉。两岸日伪军的岗楼、哨卡随处可见,狂妄的巡逻艇马达轰鸣,探照灯强光刺人眼目。江上各段设了检查站,蛮横的日伪检查人员对过往船只吆三喝四、一一查验。

日本人把江身密密麻麻地缠绑起来了。

在通过江阴那处狭窄航道时,叶长河心情极不平静,当年沉船封江时的情景又呼啦啦地浮现在眼前。

这一站,日本人检查得最严,各处都一一翻查到了。叶长河坐在驾驶室一处,把着一个茶迹斑斑的大号玻璃杯,旁若无人地慢慢呷着茶水,任凭日本人弄出多大的动静,也不出来瞧一眼。

叶长河眺望着江面,心回到了之前沉船封江的哀鸣之中,两耳已听不进马达的轰响和日本人的吆喝。不知过了多久,船被放行,他的思绪又回到了现实中,看着前面已过关的潘小龙的船,心想,他是否也听到了中国海军的哭泣。

中国海军的雄壮藏于此。

中国海军的悲哀藏于此。

叶长河坚信,每一个中国海军在路过江阴封锁线时,心头的耻辱感和对日本人的仇恨都会增加一分。

几天几夜的跟踪航行,经验丰富的船工们没有露出丝毫破绽,在潘小龙船停泊的码头,悄无声息地放下叶长河、潘水玉等五人,三条船继续前行了。

叶长河等人雇用了三辆跑码头的人力车,径直离开了码头。

在一条必经之路上的茶水铺子前,叶长河留下一车,等待着潘小龙路过。潘水玉带其余两车到前面两隐蔽处停靠。很显然,叶长河采取三辆车不断交替更换跟踪潘小龙。

这一带是长江中上游国军与日军对峙地区，日军不轻易到此地活动。一下船，潘小龙警惕性就有所放松了，导致被叶长河跟踪成功。

对下一步如何打探雷恪的下落，叶长河早有预谋，他随船带来了潘母，与潘水玉扮成一对长途跋涉的母女，到这里寻找多年不见的"儿子"雷恪来了。

之前，叶长河找到潘母，没有给她讲明这次行动的详细情况，自然连跟踪的是潘小龙也不会说，只是告诉她，要带她到外地跑一趟，帮着做点对抗日有用的事。一听这话，潘母就说："只要对打鬼子有用，让我干啥就干啥。别小瞧了老太婆，我基本觉悟还是有的。"

几天后，这对衣衫破烂的母女，终于打听到了雷恪的安身之处。

当雷恪从一个深山口开车出来，惊喜而慌乱地喊着"妈妈、妹妹"而走近这对母女时，一下子愣住了。他怎么认都认不出眼前满脸污迹的母亲和妹妹。

有人拿出毛巾，在路旁小溪里弄来一钢盔水，让这对母女把脸洗净，雷恪脱口而出："大妈，大妹子，你们找错人了吧？我不认识你们呀。"

潘水玉脸上泛出笑意："你不是雷恪吗？哥，我就是你的亲妹子雷芸呀。"

雷恪专注地盯着她，说："没错，我妹子的确叫雷芸，可你不是我妹子呀。虽然我和家人多年不见，我妹子也不至于长成你这样呀。关键是我永远不会认错我的妈呀。你们真找错人了。"

"你这个生分儿子，怎么连自己的妈都不想认了？我就是你亲妈。"潘母一本正经地说。

雷恪又盯了细看，眼泪就下来了，说："您老要真是我妈就好了。好多年不见她老人家了，我真想她呀。"

这时，叶长河从一僻静处走出来，大声说："雷恪，好你个不孝之子，混成了国军大军官，就连母亲和妹妹都不认了？"

雷恪定眼一看，马上明白是怎么一回事了，上去就给了叶长河一拳："你小子无孔不入，居然找到了这里。"

叶长河把他拉到一边，悄声把此行的目的说了个清楚。雷恪想了好大一会儿，说："这可是个大事，得容我好好考虑考虑。这样吧，大家先进山安顿下来再计议。"又故意提高嗓门说："这些年，我可想家了。这次，母亲带弟弟妹妹不远万里来看我，我得好好尽尽孝心。走，回营地去。"

水雷制造所深藏山沟里，雷恪是这里的最高指挥官，失散多年的家人来队团聚，没人产生怀疑。即便如此，叶长河脸上也贴上了胡子，做了伪装，以防队伍中有认识他的人。

在团聚的三天三夜里，大家好像有说不完的家常话，一片其乐融融的样子，连勤务兵都以为是真的呢。

雷恪坚定地表达了支持叶长河用水雷抗日的想法。这三天，他们制定了详细的运送水雷到长江下游的方案。

雷恪说，他的这个水雷制造所和几个码头附近的秘密储雷兵站，都有足量的水雷存货，负责为国军的三支水雷队供货。这三支水雷队在长江中游活动频繁，战果显著。其中，就属潘小龙的第三水雷队战斗力最强。目前，潘小龙正在按照上峰指令，计划深入到长江下游开展敌后水雷战。

听到此，叶长河一下想到，潘小龙这番到上海恐怕正是计划中的一步。

雷恪觉得，叶长河的民间抗日队伍要想通过国军正规手续获取水雷，恐怕很难办成。现在，长江中下游有不少地方武装，有的是真抗日，有的是假抗日，有的是和新四军挂着钩，有的根本就是私人护家民团。国军各部队不准和这些队伍发生联系。这是上峰明令在先的。

雷恪的意见是，今后就由他来私下运作，秘密供应叶长河水雷。从目前水雷制造、管理和发放的环节来看，是有条件有机会较为安全地办成此事的。

雷恪知道，这是严重违犯军纪的行为，弄不好是要掉脑袋的，但大家的最终目的是为了抗日。如果能炸沉日本人的军舰，即使事情败露，受到惩处也是值得的。

经过周密谋划，叶长河带来的三条船经过改装，巧妙地装藏了九枚水雷。

临行前，雷恪与叶长河订下了秘密联系方式，无论今后水雷制造所如何搬迁，雷恪都把消息留给附近开源镇富贵山货行姜老板。那是雷恪的铁关系，安全可靠。

叶长河和潘氏母女一起去见了姜老板一面，约定了以后的接头暗号。这次，大家就算认识了。

接头暗号是围绕旺水浜镇门刻"山仁水智"来编的，主要是为了大家好记。

一问："仁者乐山仁者静。你喜欢游山吗？"

一答："智者乐水智者动。我更喜欢游泳。"

再一问："想让子子孙孙做仁者，像山一样心胸博大吗？"

再一答："不，是期望祖祖辈辈做智者，像水一样灵动流淌。"

两问两答对上，就是自己人。大家都默记在了心里。

叶长河三条船装满了山货，顺江而下。在日军各个检查站，检查人员没有发现船舱底层夹板中的秘密。

九枚水雷被顺利运达江旺渔猎队的秘密山洞中。

第十六章　　毛泽东！毛泽东！

　　有了水雷，叶长河并没有急于实施布雷行动。他想到，上次制造的土水雷炸船事件，一定会被日军识破是当地民团武装所为。而这次如果急于用制式水雷袭击敌舰，必会打草惊蛇，引起日军恐慌而严查长江下行船只是否藏运国军水雷。那样，今后再偷运水雷就非常困难了。于是，他决定，趁现在日军还未察觉长江有水雷运输，加紧组织力量多偷运几趟，待有足量的水雷储备之后，再采取袭敌行动也不迟。

　　叶长河、叶高棠和潘大水等秘密制定了一个三个月的偷运水雷计划。他们采取多种方式，增加了与长江中上游城市的买卖往来，加派了驶往那里的船只，而这些船只多是改装过底层夹板的，船工则由叶氏船运公司可靠的老船手和江旺渔猎队队员担任。

　　这个时期，叶长河、潘水玉以假夫妻名义，在长江中游码头附近的城镇居住下来，负责联系雷恪，装运水雷上船。大龙二龙负责在长江下游江旺渔猎队活动区域储藏水雷。大家都清楚，这一行动有两大关键点务必要把握好。一是偷运行动要严密组织，不可有丝毫疏忽，务必做到万无一失。如果被日军发现破绽，那就会彻底封死长江运雷之路。二是各类知情者要保守秘密，慎之又慎。一旦泄密，那将是江旺渔猎队和整个叶氏船运公司的灭顶之灾。叶长河在这两个方面，下足了功夫，做了充分的预置准备。

　　一切都在按预定计划顺利进行，前两个月就偷运出水雷286枚。叶长河预测，到第三个月底结束时，可获取水雷近500枚，到那时再轰轰烈烈地大干一场，把长江下游的日海军炸个底朝天。

然而，刚到第三个月月初时，就发生了严重变故：长江下游一带却有日军船舰连续被水雷炸毁，甚至上海的日军码头和大型军舰也曾遭到水雷袭击。从日舰遭袭规模来看，像是国军正规水雷队所为，民间武装没有实力制造这样大的战果。

很显然，国民党海军水雷队先于叶长河在长江下游展开了水雷战。

很快，日军严密封锁了长江，紧紧卡住了各江段的咽喉。

叶长河当机立断，停止一切运雷活动，静观事态发展。

自从日军封锁了各江段航运之后，国军水雷队依然又断断续续地在长江下游开展了一个多月的水雷战。这表明，国军水雷队在这之前，甚至早于叶长河他们，已秘密偷运了大量水雷到长江下游。

叶长河手有水雷，态度却极为谨慎。他没有跟国军水雷队凑热闹，而是在远离日军活动区域，秘密训练他的队员如何开展水雷战。同时，又进行了大练兵，针对队员的基本素质，搞了一系列巩固性训练。

一时间，江旺猎渔队的营地随处可见瞄靶的，拼刺刀的，徒手格斗的，飞越独木桥的，练武装泅渡的，学撑船摇橹的，更多的是练习布雷的，好一派热闹景象。

此期间，潘水玉又跑出去找了一趟新四军的人。这次找到了。马团长听说叶长河搞到了286枚水雷，极为兴奋和重视，但没有急于打这批水雷的主意，而是给了潘水玉一些材料让她带回去。

马团长心里有数，让这批水雷有个好用处不是最终目的，把叶长河及江旺渔猎队争取到新四军这边来才是大事。要争取到叶长河这个人，必须先俘获他的心。而要俘获一个对国民党失去信心而军事素养又极高的叶长河，无需每天跟着他搞劝导教育，对付他的方法其实简单得很。

这个简单得很的方法交由潘水玉去完成。结果是，这个办法实施前叶长河是某一种人，这个办法实施后叶长河已经变成了另一种人。而整个实施过程仅仅用了半个月的时间。

这个办法是这样的。潘水玉回来，随意地扔给叶长河一大包材料，轻描淡写地说："我在外面捡了一包东西，还以为是一大包钱呢，打开一看是一堆废纸资料，我看不懂。你是进过军队大学堂的人，送给你看看吧，省得你怪寂寞的。

这段时间队上也没什么行动，你就用这些东西消磨消磨时光吧。"

这一堆材料，一部分是一些进步报刊，如《新民日报》、《延安日报》等。还有一些新四军的战地报纸，上面写的是新四军在江南一带抗击日本鬼子的事，着重宣扬了江南特色的游击战所取得的战果。另一部分是一些小册子，全是由毛泽东在前一个时期所写文章编辑而成。其中包括《实践论》、《矛盾论》、《抗日游击战争的战略问题》和《论持久战》。

国共两党大多数军人对"毛泽东"这个名字都不陌生。叶长河在电雷学校习训时，一些教官把毛泽东说成是"匪"。既然是"匪"，属毛贼一类，也就谈不上有多么高深的学识和军事素养。因此，叶长河从来也没有想过要读读毛泽东的文章，也不知道毛泽东写过什么文章。总之，这之前，毛泽东在叶长河心里没有什么印象。

这段时日，日军封锁长江，江旺渔猎队停止了军事活动。叶长河利用这段闲暇时间训练队伍，也正琢磨如何把 286 枚水雷派上大用场，可想来想去也没想出什么高招。也就在这个时候，潘水玉扔给他一堆资料，他闲来一翻，又两翻三翻，然后，心一下子就扑了进去。他给自己关了禁闭，昼夜待在屋里翻读这些资料。

叶长河入神了，着迷了，钻进那些文章里不能自拔了。那些日子，"毛泽东"这三个字眼天天在他头脑中炸响。

潘水玉时常来窗外徘徊，见叶长河有了这种状态，就"哧哧"笑出声来。这一下，她知道"如饥似渴"、"废寝忘食"、"久旱逢甘雨"等词是什么意思了。她在门外把着，不让人进去打扰那个书中人。一天三餐由她亲自送进去。有时，她也静静地坐在一旁陪他看，这些资料有些是她在干部班培训时读过的，有些她也没看过，她都先尽着他读。

叶长河喝着香喷喷的鱼汤，问："四妹，鱼汤是你亲手煲的？天底下第一鲜非它莫属。这些也是好东西，真是你在外面捡来的？"潘水玉说："是我下湖亲手抓的，亲手剖的，亲手做的。捡来的哪有这么新鲜。"叶长河问："这些好东西在哪儿捡来的？"潘水玉充傻装愣："是我下到湖心抓的深水鱼，这种鱼煲汤才够味。好家伙，那水好深呀，真冷呀，足有三十多米。"叶长河"哧溜"一声喝完最后一口汤，把碗"叭"地一扣："四妹，你这是在给我打游击呀。呵呵，打游击？这是谁教你的？"潘水玉接着给他搅和："什么油鸡家鸡的？你什么时候想喝四妹煲的鱼汤了，尽管说话。油鸡汤我可不会煲。"叶长河用筷子敲了几下碗底说："你敢在我面前玩战术？我问的是这些书，从哪儿弄来的？"潘水玉起身就跑了："我说的是鱼，湖心底抓上来的。那包废纸是外面路上捡来的，早说过了的。"

叶长河又一头埋进了那些资料堆里。看这状态，他是一时半会出不来了。

在《实践论》《矛盾论》里，叶长河知道了不少马克思列宁主义的观点，然而，他觉得这些东西离他的思想还有相当的距离，没有真正触动他。在他头脑中轰然炸响的是与当下时局和战争密切相关的《论持久战》和《抗日游击战争的战略问题》。读了两三遍之后，他心里有了一个定论：这两篇著作，全面地分析了中日战争所处的时代以及敌我双方的基本特点，阐明了持久抗战的总方针和抗日游击战争的战略地位以及人民战争的战略战术，对抗日战争的发展过程作出了科学的预测。

一直以来军界存在的"亡国论"和"速胜论"，是对还是错，对错在何处，叶长河从未想明白过。这次，两本小册子读下来，他茅塞顿开。这些军事理论使他折服，战报上实效显著的游击战具体战例，更让他看到了这些理论在抗日战争中的良好运用及其所产生的巨大作用。

叶长河反复悟读这一堆资料，心狂跳不止，兴奋难抑，长夜难眠。他多年积淀而压抑已久的军事素养和对诸多军事问题的想定，遇上了切合中国实际的经典军事理论著作，他整个人一下子就燃烧起来了。

他在烈火中狂舞，在奔放中呐喊，在深思中喝彩。他在短短的半个多月里，似乎是脱胎换骨了。

叶长河成了一个狂人。

这天，潘水玉提瓦罐进了门。叶长河轻手轻脚接过鱼汤，慢慢放在桌上，却又一下子跳将起来，一把抱起潘水玉转了三圈，然后，把她按坐在椅子上，说："好书呀好书，四妹，你慢慢听我讲来。"

潘水玉一脸红晕："好书怎么教会你没有礼节了？还抱起人家转圈圈，成何体统呀。先喝汤，再讲书。"

叶长河不让："先讲书，再喝汤。"

潘水玉红脸下面拱动着一股激扬，就拿了一件厚衣把瓦罐捂了，说："那就先听你讲来，快讲！"

叶长河拿了那本《论持久战》的小册子，也不翻看，就打着手势讲起来。

"论持久战共写了二十一个问题。第一部分，也就是前九个问题，主要讲述抗日战争为什么会是持久战，为什么最后胜利是属于中国的，批判了亡国论和速胜论。四妹呀，你是不知道，抗战全面爆发后，在国民党军队内出现了'速胜论'和'亡国论'的说法，听说在共产党内部也有一些人寄希望于国民党正规军的抗战，轻视游击战争。事实上，抗战以来的实践证明'亡国论''速胜论'都是完全错误的。抗日战争的发展前途究竟如何？现在成了全中国人关注的问题。我认为，毛泽东这些文章就很好地回答和解决了这些问题。这一点，真了不起。第二部分，也就是后十二个问题，主要说明怎样进行持久战和怎样争取最后胜利，着重论述了人民战争和人民战争的战略战术。毛泽东运用辩证唯物主义的立场、观点和方法，对战争的根本问题作了精辟的论述，制订了指导抗日战争的正确路线、方针、政策和人民战争的战略战术，用很多事实证明了其无懈可击的正确性。我认为，这些理论一定会经得起实战的检验，这些理念一定会成为指导抗日战争的科学的军事理论。"

潘水玉站起来鼓励他："长河哥，你的声音真好听，我愿意听。"

兴奋中的叶长河说："不是我声音动听，而是这些理论中听。呀，四妹，你可是有好长时间没有叫我哥了。"

潘水玉端过一碗汤："长河哥。边喝边说，两不误。"

"敌强我弱、敌退步、我进步，敌小我大、敌寡助、我多助。这些字句，有多么深刻的内涵在其中呀。真是对极了，在己方弱于敌方时或环境不利于己方时，应该采取持久战的策略，也只有采取此策略才必胜。"

"论持久战最突出的地方是，在抗日战争初期，毛泽东就对整个抗日战争做了全面论述，预测抗日战争将分为三个阶段：第一个阶段，是敌之战略进攻、我之战略防御的时期。第二个阶段，是敌之战略保守、我之准备反攻的时期。第三个阶段，是我之战略反攻、敌之战略退却的时期。依我这些年对军事理论的研究，毛泽东的这个预测准确度将是很高的。谁不信，就走着瞧。"

"呵呵，犬牙交错。毛泽东把抗日战争喻为'犬牙交错'的战争，表述了'犬牙交错'的几种形态：内线与外线，有后方与无后方，大块与小块，局部与整体，包围与反包围。'犬牙交错'这个成语，真是被毛泽东用绝了。读了毛泽东的文章，就看到了抗战胜利的前途，就增强了必胜信心。"

"抗日游击战争的战略问题，看了也很解渴呀。你看这第一章，毛泽东首先分析了抗日游击战争的特点。大而弱的中国被小而强的日本所攻击，但中国处于进步时代，有了共产党及其领导下的军队。日军兵力不足，在占领区留下很多空虚的地方，使抗日游击战争主要不是在内线配合正规军作战，而是在外线作战。在此情况下，抗日游击战争就必然是大规模的、长期的和残酷的。这就要求把抗日游击战争的问题放在战略上加以考察。"

"毛泽东在第二章论述了战争的基本原则是保存自己、消灭敌人之后，在第三章里提出了抗日游击战争的六个具体战略问题，并在第四章至第九章逐一作出回答。你看，这些问题提的多好呀：主动地灵活地有计划地执行防御战中的进攻战，持久战中的速决战和内线作战中的外线作战；和正规战争相配合；建立根据地，巩固保存与发展自己、消灭和驱逐敌人之目的的战略基地；战略防御和战略进攻；向运动战发展；正确的指挥关系，等等。"

"毛泽东明确指出，太原失守以后，中国军队与日军的正面作战已宣告基本结束，以八路军为主体的游击战争将成为抗日战争的主体。我断定，这将是一个战争的先例。在世界战争史上，游击战争只是生存于战役范围内。而在中国的抗日战场上，毛泽东却把游击战争上升到战略地位。这很不得了。"

叶长河又拿过一张报纸，说："四妹，你看，上面有外国军事专家的评价。德国的一位战略研究专家在考察了中国抗日游击战争之后为之震惊，说，抗日游击战争，是毛泽东对战争史的一个重大发展。毛泽东是游击战之父。只有毛泽东才配获此殊荣。"

潘水玉心里热血沸腾，她佩服新四军马团长真正掐摸准了叶长河是一个什么样的人，也佩服新四军是那么相信领袖毛泽东的巨大感召力。

蒋介石的千军万马正规军没有吸引住叶长河，而一直以来被国民党称为"匪"的毛泽东却豁然征服了叶长河。在国民党海军习训作战多年的时光没有驯化了叶长河，而毛泽东的一堆材料在短短半个多月的时间里竟然征服了叶长河。

潘水玉也明白，是毛泽东先进而务实的军事理论征服了叶长河，使他多年潜伏于腹中对战略战术的兴致，一下子被激荡起来。这种征服所产生的最直接效果，可能会对江旺渔猎队下一步的军事行动有帮助。然而，要想使叶长河由此一下子就信仰了共产党，恐怕还没那么容易。

果然，叶长河说："四妹，你说，我从这堆资料中爬出来后，首先想到的是什么？"

潘水玉忽闪着两只好看的大眼睛专注地看着他，缓缓地摇了摇头。

叶长河清了清嗓子，接着说："《论持久战》中强调了'兵民是胜利之本''战争的伟力之最深厚的根源，存在于民众之中。'我算是看清楚了，中国的力量不在蒋家王朝四大家族身上，而在广大人民身上。我江旺渔猎队也应该是这胜利之本中的一分子，我们要融入人民的汪洋大海里打日本鬼子。怎么个打法？还用说吗，游击战呀，水雷游击战呀。国军海军在长江中游开展的不也是水雷游击战吗？可见，蒋介石的海军将领们也是学习了毛泽东的战略战术的。不过，有头脑的军事家都是要学会借鉴的。以前我读过蒋介石增补的曾胡治兵语录，现在又读了毛泽东这些著作，我发现毛泽东、蒋介石借鉴最多的都是湘军治军思想。很显然，这方面，毛泽东要比蒋介石高一筹。可以说，毛泽东是一位活学活用传统兵法的典范。湘军的战略是六个字'扎硬寨、打死仗'，毛泽东突破了湘军这种步步为营的打法，创造了完全不同的游击战：'敌进我退，敌驻我扰，敌疲我打，敌退我追'。这十六字方针说明，毛泽东发展了曾胡的军事哲学。毛泽东是打仗的高手、军事理论大家。可是，共产党政治信仰的崇高之处在哪儿呢？我却看不见。我崇拜毛泽东的军事才华，可我还领略不了毛泽东的政治信仰。"

潘水玉只看到了叶长河在军事思想上的开窍，却没在他身上发现政治信仰方面的进步，就有些沮丧。她把叶长河的情况汇报给了新四军马团长。

马团长说："叶长河能有现在的变化已经很好了，至于对他进一步的争取，尤其是政治上的争取，还得慢慢来，不能急于求成。不过，从近期表现来看，组织上倒是决定吸收潘水玉同志为中共正式党员。"

潘水玉激动得跳了起来。

就这样，潘水玉成了江旺渔猎队中第一个中共秘密党员。

潘水玉全身有了异样的感觉，说："我浑身有一股使不完的劲往上蹿。"

马团长说："再带些进步材料回去，加上你全身这股劲的影响，叶长河迟早会走到革命队伍里来的。潘水玉同志，现在你是党的人了，这是组织交给你的第一个任务，一定要攻下叶长河这个山头。"

中国共产党党员潘水玉又回到了叶长河身边。她浑身散发出的革命热忱和政治激情，顷刻间就包围了被毛泽东军事思想点燃了的那个痴人儿。

第十七章　大营救

国民党海军水雷队先于叶长河在长江下游开展水雷战的，正是潘小龙第三水雷队。他们用完偷运到这里的水雷后，便迅速返回驻地了。

这个时期，海军水雷队频繁开展水雷战袭击日军，其主要的军事目的是阻断日军溯江而上的长江运输线，牵制日军进攻长江沿岸城市。从总体效果上看，中国海军在长江中下游的布雷行动，致使日寇舰艇和运输船常被水雷炸毁，水上交通一度严重受阻，水陆部队无法很好地合作。布雷成了长江沿岸中国海军抗战队伍打击敌人的重要手段，给予日寇沉重的打击。

海军水雷战在长江中下游的出色战绩，引起了国民政府军委会的瞩目。战前，南京当局漠视海军战备，尤其长期轻视水雷部队建设。抗战全面爆发后，南京当局的单纯防御方针，又使海军节节败退，舰船实力几乎折损殆尽。在这种情景下，水雷战却战果赫赫，这不能不令蒋介石对海军的态度有所改变，他极为认同海军在长江"采用游击布雷截断敌人水上交通，消耗敌人物资力量"，是"较任何武器均有过之而无不及"的正确方略，并指示沿江各战区长官"转饬陆军部队，对于海军布雷人员须加特别保护"。

在水雷战中智勇双全、战功卓著的潘小龙，受到了海军上下一致好评，海军总司令部先后两次给予他特别嘉勉。这为他今后在海军的发展进步创造了极为有利的条件。

中国海军水雷队竟敢深入到长江下游沦陷区开展水雷战，使日军方面大为震惊，随即调整部署，采取多种措施，加大了防范力度，严密封住了从长江下运水雷的渠道，还一度中断了长江船运。一时间，长江趋于平静。但是，日军又急需依托长江运送兵力和军用物资，不久，又不得不恢复了长江船运，下游的水上运输又渐渐繁忙起来。

这个时候，斗志正坚的潘小龙第三水雷队又主动请缨，领受了再次深入长江下游破袭敌舰的任务。之前，海军相关部门得到情报，近期，江洲湾一带一直停靠着日军一支由三十余艘舰船组成的船队，正准备执行运送一批战略物资和兵力到武汉的任务。

这次，潘小龙第三水雷队趁日军把防范注意力放在了长江水上航道，而采取了陆路运输方法转运水雷。

第三水雷队四十二名队员行动变幻莫测，常以老百姓的各种身份和装扮出现，雇请可靠群众协从，转辗千里以至数千里，把一具具沉重的水雷，从长江中游的秘密储雷兵站，用人力肩扛手抬，牛马车载，悄然运送到沿江的隐蔽地点。途中，要穿越数十条日伪封锁线，绕过近百个日军据点，一旦遭遇敌人拦截，随时可能面临一场恶战。好在，有第三战区国民党陆军部队掩护，沿江一带一些老百姓，也冒着风险，让布雷队隐蔽在自己村里，有的还翻山涉水，自愿替布雷队打探消息，传递情报，带路送粮。

一路上，潘小龙水雷队没有遭遇大队日伪军袭击，只有在一天夜里，与一支十七人的鬼子小队发生冲突，被水雷队员和陆军掩护部队消灭干净，没有暴露这支神秘水雷队的踪迹，按计划到达了长江下游的预定布雷区域。这一区域是距离潘小龙家乡江洲湾不足百里的江段。

由于日军控制了沿江一线的民船，潘小龙水雷队没有寻到民船实施布雷。这一天夜里，潘小龙下令泅水推雷入江布放。在陆军一个连队的掩护下，四十二名队员连续反复下水，且泅且推至中流，把一个个漂雷向下游的敌舰布放，到黎明前返回岸上。

然而，这个时候发生了状况，担任掩护任务的陆军连，不知是在岸上等得不耐烦了，还是以为选的布雷江段是日军空虚区域不会出什么事，或者是另有其他任务，他们先行撤走了。

水雷队上岸后不见了陆军连，便迅速向沿江山区潜行，想趁天亮前，离开危险区，进入到山林深处。可在天亮时，这一群水迹斑斑、行踪诡秘的队伍，被一个汉奸发现，随即报告了日本人。此时，日本人下游有十余艘军舰刚刚被水雷炸毁，一下就判断出这支队伍非中国海军水雷队莫属，即迅速调集周边部队，全力清剿附近山区乡村和森林。

这些日军对中国海军水雷队早已恨之入骨，发誓要抓住他们扒皮抽筋活埋，报舰艇连续被炸之仇。

国军已经走远了的那个陆军连，发现附近日军有异常军事调动，就知道水雷队遇到了麻烦。连长一下就吓傻了，水雷队眼下可是国军的香饽饽，一旦有闪失，他这个连长必遭杀身之祸。于是，再不敢隐情，赶快用电台向上峰报告了实情。

第三战区司令长官顾祝同得知此消息大为震怒，加之有蒋介石"对于海军布雷人员须加特别保护"的指令，更不敢怠慢，急令所属部队不惜任何代价救出水雷队，严令原掩护部队如能将布雷官兵救出，可将功折罪，否则严惩不贷。还令在附近区域村镇张榜悬赏，救出队长赏1千元，队员5百元，队兵1百元。

中国海军总司令部得报，也极为焦急，急令正在第三战区执行任务的海军所属谍报人员江水星等人迅速出动，探查水雷队下落，配合陆军部队开展大营救行动。

同属第三战区的新四军特纵三支队独立团，也从不同渠道得到了国民党海军水雷队被围困山区的消息，马团长即刻组织该团土力赶往附近区域参与营救。

天亮时，江旺渔猎队先是得到了距离驻地不远的江段有十余艘日舰被水雷炸毁的消息，就知道国军水雷队又到下游来活动了。快到中午时，又有人来报，日伪部队调动异常，可能与炸敌舰的海军水雷队有关。

叶长河、潘水玉意识到，水雷队很有可能遇到了危险，就挑选了三十八名熟悉这一带山林山路的队员，由他俩亲自带队，疾速潜入了那一区域。

叶潘二人的想法是，在用水雷炸日军舰船这个问题上，江旺渔猎队与国军水雷队的目的是相同的。大家都是抗日武装，谁有了难都应该伸手帮一把。

这个时候的潘小龙水雷队，已经潜入了一片森林，随时都有被日伪军发现的危险。

潘小龙心里非常清楚，一旦被敌人发现踪影，逃脱的可能性就很小了。于是，他命队员尽可能往森林深处走。队员已经在水里泡了多半夜，体力损耗很大，行动越来越迟缓。潘小龙鼓励大家，快走一时，深走一步，就多一分生还的希望。否则，将是灭顶之灾。

第三战区派出距出事地点较近的国军新三师主力，强渡右川河，与日军展开激战，连日争夺附近据点，强势向前推进，试图强行营救被围困的水雷队官兵。然而，却遭到了日军顽强阻击，推进速度很慢。

日伪军对森林及附近乡村的包围圈越来越小，第三水雷队面临的危险越来越大。

心急如焚的江水星带领她的特工便衣小队，从日军的夹缝中进入了附近乡村，通过情报网，找到了那个给日本人报信的汉奸，诱引他说清了水雷队的大体去向，那也是日本鬼子追赶的方向。江水星一刀割了那个汉奸的脖子，急速而去。

江旺渔猎队对这一带山林较为熟悉，因而行动迅速而有效。叶长河带领第一小队，带着干粮、药品，直插森林中。潘水玉带领第二小队进入山村，见没有日本追兵身影，知道水雷队没在此，便也急匆匆向森林方向奔去。行进中，潘水玉看到，前面有一个便衣小分队，身上有武装，却一直悄悄跟在一大队日本鬼子后边隐蔽前行。

潘水玉叮嘱她的队员，盯紧前面的便衣小分队。快到森林边时，前面的便衣小分队不见了。潘水玉让大家往另一条小路上走，却突然被人包围。包围者并没有贸然开枪。潘水玉看清衣着，正是刚才前面的便衣队。

这时，便衣小分队中走出了江水星，她认出了潘水玉。俩人一阵惊讶之后，交换了一下情况，就绕过前面的大队鬼子，抄小路，蹚过一条小河，进入了森林。

江水星和潘水玉来不及叙旧，以最快的速度往森林深处奔走。

潘水玉首先发现前面树林茂密处有树枝晃动，示意队伍停下来。她向江水星一使眼色，俩人就悄悄靠了过去，趴在草丛中观察动静。密林中，一队人马在休整，其中一干人正在为另一干人送上食物，包扎伤员。

潘水玉先认出了队伍中的叶长河，江水星也很快发现了潘小龙，兴奋地说："是潘小龙第三水雷队，我们过去。"

见有人过来，那面乱了一下，很快就安定下来。潘小龙急急地说："水星，连你们特工队都出动了，看来水雷队有救了。"

江水星并没有接他的话，她正惊讶地看着眼前的叶长河。

叶长河并没有过分吃惊，说："看什么看？几年不见，难道不认识了？"

江水星走上来，用手枪一挑叶长河额头垂下的一缕头发，说："叶长河？你是人还是鬼？"

潘小龙站起身来："叶长河他还活着，这事以后再说，眼前得赶快想办法突围。"

"水星，你老用枪指着我干什么？难道想把我缉拿归案吗？好，等打完这一仗，任你怎么处置。"叶长河说，"我们走最险的山背面，那里是悬崖，崖下是一条深河，日本人不会想到水雷队会从这里逃走。老猎人都知道，悬崖处有一条山缝，叫一线天，单人可以下去，下去后沿河边一条小路可以逃走。"

"这一带我们熟悉，长河说的是唯一出路。马上行动吧，不然来不及了。"潘水玉催促说。

潘小龙的水雷队、叶长河的江旺渔猎队以及江水星的特工队，加在一起有七十九人，都从只能通过一人的悬崖夹缝里慢慢攀下去，是需要时间的，叶长河担心日军会围过来。果然，他最后一个下去时，听到了日本兵搜索前行的声音。他料定，日本兵很快就会发现这个山缝的。于是，他和几个队员一边往下攀，一边在山缝树枝隐秘处挂上了几十枚手榴弹。

江水星看到叶长河这一举动，心里就笑："叶长河这个人到什么时候都诡计多端。"队伍沿河边小路前行不久，就听到后面传来断断续续的爆炸声，叶长河让队伍加速前进。江水星冲叶长河竖了竖大拇指。

疲惫不堪的水雷队滞缓了队伍前进。鬼子陆续追了上来，叶长河命令江旺渔猎队停止前进，阻击敌人，掩护水雷队撤退。

江水星过来说："让我的特工队留下打阻击吧。"

"算了吧，海军特工队只有对付中国人的能耐，打鬼子可不行。"叶长河一笑，"我不会让你留下来送死。你们赶快走，出了河边小路，领水雷队往右边的树林钻，尔后往北直行，就会逃出包围圈。看什么看？还不快走！"

江水星捏了他一下胳膊，嘱咐道："长河，小心呀。"

叶长河采取的措施是，阻击一阵跑一阵，边打边撤。在江旺渔猎队撤出河边小路，就要进入右边树林时，另一股日军队伍听到枪声，从山林东边的另一条路上围了过来。

叶长河知道水雷队还没有脱离危险，就命令他的队员占据有利地形，阻击两面攻过来的敌人。

潘水玉提醒说："打一阵就赶快撤入林中，晚了受到夹击就死路一条了。"

江旺渔猎队本来武器装备就弱，待撤进树林时，多数队员枪里已经没有了子弹。于是，叶长河就喊了一声："弟兄们，往西跑呀，谁跑得快谁活命。"

叶长河拉了一把潘水玉率先跑去。

潘水玉明白，往西跑，是为了把鬼子引开，为往北跑的水雷队赢得更多时间。

两面聚拢汇合的鬼子追赶过来。这时，情况瞬间突变，从西北方向冲出一大队人马，用猛烈的火力拦腰截击了日军。

叶长河以为是水雷队为了救他们，又打回来了，站定一看，是一队着灰色军装的队伍。

日军追兵被这支突如其来的队伍打了回去。

叶长河知道往西跑原本就不可能跑出包围圈，见来了救兵，就直奔那支队伍而去。来人说："我们是新四军特纵三支队独立六团的，赶快和我们一块撤吧。"

众人撤出树林，看到水雷队和江水星他们也正在新四军另一支队伍的掩护下撤退。

日军追兵黑压压地冲了过来。水雷队和新四军的队伍不得不停下来阻击。

敌人来势凶猛，这一阵阻击打了足足一个多小时。新四军独立六团、江旺渔猎队、水雷队和江水星的特工队都有伤亡。

独立六团马团长觉得再这样恋战下去，凶多吉少，就派他的一个连留下阻击，其他队伍护送水雷队立即撤离。

到天黑前，这支杂乱的队伍终于撤到了安全地带。大家带出了潘小龙等三十一名水雷队队员，其余十一名队员都倒在了日军的枪口之下。

这是一个山坳村庄，之前，新四军的队伍经常在这里落脚。马团长让大家在村里休整一夜，疗治伤员，吃顿饱饭，好好睡一觉。待天亮后，再联系国军队伍来接走水雷队。

晚饭后，担任阻击的那个新四军连队也摆脱了日军追杀归队而来。马团长清点了队伍，眼泪就"唰唰"下来了。这个连牺牲了五十六名战士，连长胸脯被穿了七个窟窿，战士们把他背了回来。

江水星主动带她的特工队亲手安葬了这位连长。尽管她的人和水雷队也都有伤亡，但她更为这位连长和新四军的死者伤心。因为，她知道，国军一直以来就没有停止过消灭新四军的行动。而今天，新四军不计前嫌，顾全大局，为了营救国军水雷队，奉献出了五十多名战士的生命。她为新四军坦荡的胸怀感动不已。

潘水玉与马团长照了几面，但俩人心照不宣，装作互不相识。

在山村休整的这个夜晚，叶长河、潘小龙、江水星、潘水玉等四人聚在一起，一番叙旧过后，首先是潘水玉非常严肃地提出一个问题，她在为叶长河的安全担心："谁要是走漏了风声，置叶长河于死地，我潘水玉就是做鬼也不会放过他。水雷队的、特工队的，你们打日本立功的机会多的是，别在叶长河身上打主意，捞功劳。否则，我们相互之间，再没有一丝亲情和友情。大家都记住了，叶长河早已战死马当了！"

江水星却没好气地说："也就是你潘水玉把他当个宝。他叶长河在我们眼里，只是一个逃兵。是逃兵，就必须接受军法严惩。这是个原则问题，难道还有商量的余地吗？！"

潘水玉一听，掏枪"啪"的一声拍在了桌子上："这个逃兵也是你江水星能抓得走的吗？你问问这枪答应不答应？"

江水星抓起那把枪就扔出了门外，卡腰说："潘水玉，你一个土包子护家队家丁，哪有资格在我正规军面前弄枪舞刀的。再说，你那破枪里也没有子弹了，在这里吓唬谁呀？"

潘水玉拍了拍江水星肩膀，冷笑说："我忘了你是戴笠的高徒，海军情报官，牌儿正着哪。"说着，冷不防把江水星摁在了桌子上，下了她的枪，顶了她的后腰："别动，你这把枪里可是装满子弹的，也正顶着火呢。不妨告诉你，白天里打阻击时，我就眼馋上你这把漂亮枪了。我还悄悄问了长河，他说这是王牌手枪勃朗宁。本来我是想向你讨要的，现在好了，你扔了我的枪，我下了你的枪。勃朗宁归我了。长河呀，这可是我缴获的国民党兵战利品，回去你可不能给我抢呀。"

叶长河大喝一声："四妹，都什么时候了，还瞎闹，把枪还给水星。"

"要枪不给，要命有一条。"潘水玉一下把枪揣进怀里，"嘿嘿"一笑，"水星姐，你不会真要了我的命吧？"

江水星端碗喝了口水："既然四妹抢去了，就归她了。她看家护院的，也的确需要一把好枪，天亮我再送给你一箱子弹。"

潘水玉真高兴了："看看，正规军就是大方。不过，你这话不好听，什么看家护院的？这枪是要打鬼子的，也是要打告密者的。谁要是出卖了叶长河，这枪一定会穿透他的黑心。请大家都记牢我潘水玉的话！"

江水星说："看来，四妹真把叶长河当成一盘菜了。"说完，走出了屋。

第二天天亮后，潘小龙联系第三战区来接应水雷队，新四军独立团却接到了第三战区命令，让他们护送水雷队到大青山郭家湾。马团长没有犹豫，随即命令部队整理行装，即刻出发。

临行前，潘小龙把叶长河拉到一边耳语了一阵，把水雷队藏在附近长江边还没来得及用的六枚水雷地点告诉了他。叶长河为此好生感动了一阵。即便是这样，他也没有把手里藏有286枚水雷的事告诉潘小龙。这是他与雷恪之间的重大秘密，也是江旺渔猎队的头号机密，包括他叶长河在内的任何人都无权泄露出去。

叶长河心存感激，他本来是要带队伍归队的，突然又觉得眼前潘小龙的水雷队还没有完全脱离危险，江旺队应该和新四军一起，把水雷队护送到指定的安全位置。他和潘水玉一商量，潘水玉立马同意。

经过多半天的隐秘行军，绕过日军的几处据点，把水雷队顺利护送到了大青山郭家湾。国军在这里接应的是新编第三师第二团。那个团长拉着马团长的手千恩万谢，对新四军以抗日为重、舍身营救友军的行为给予了高度赞赏。双方寒暄一阵，新四军独立团即原路返回。

叶长河的江旺队自然没有在国军新编第三师的人面前露面，他们在一个树林里等候独立团，要一起返回江洲湾。他想，一路上不知会碰上什么险情，一起走彼此会有些照应。

潘小龙第三水雷队到了郭家湾之后，并没有过多停留，立刻被新编第三师第二团的一支精锐小分队护送赶往长江中游地带。

第十八章　冲锋号·呼杀喊

江水星特工便衣小队，本来想在郭家湾稍做休整后再归队，却突然接到命令，让他们即刻配合新编第三师的一个连，去袭击张村日军据点。

江水星一听就急了，因为她知道张村据点驻扎着三百多装备精良的鬼子，让国军一个连去拔掉它，简直就是拿鸡蛋去砸石头。

没想到，那个连长却劝导了她一番："正因为这个任务艰巨，才让你足智多谋的特工队参与行动。这个任务的难点在于，其一，说是让我们主动袭击张村据点，但又不能让鬼子看出我们是有意袭击它，而是要装作路过张村，不小心被发现，发生了火拼；其二，不是让我们去拔掉据点，而是诱敌出兵。因此，我们不能与张村日军恋战，而是要且战且退，向野狐峪方向跑，一定要把张村据点里的主力吸引到野狐峪来；其三，到了野狐峪我们便尽快撤出，只要我等利利索索地在野狐峪脱身，就算圆满完成了任务。之后，你特工队不必再来郭家湾复命，可以直接归队情报部。我连脱身后再返回郭家湾。"

江水星听罢，满心狐疑，但一句也不再多问。不该问的不问，是干情报工作的规矩。这些年，她养成了"耳朵灵，多听；脑袋勤，多思；嘴巴紧，少说"的习惯。这一良好习性，使她避免了不少麻烦，也带来了不少主动，这也是她在情报部受到赏识的重要原因之一。江水星虽不多问，但面上却不能让一个小连长给唬住。于是，她摆出海军情报部特工的尊贵架子，掷地有声地说："这些还用你说教给我吗？上峰有令，这次行动由我江水星负责，无须你多嘴。还愣着干什么？还不赶快行动？"事实上，她对这次行动的真正目的一无所知。

　　江水星和这个连队急行军两个多小时赶到了张村据点外，整个小分队悄悄溜过了日军五个哨位。到第六个哨位时，垫后的江水星掏出新用的手枪袭击了哨兵，嘴上还说："这枪还行，挺准。"

　　枪声引出一小队鬼子追过来。江水星见状，命令队伍占据有利地形，阻击鬼子小队，说："鬼子太小看了我们，只派出一个小队，这哪成？狠狠地打，打痛它，最好一个也不让它活着回去。"

　　一通猛打，鬼子小队死伤过半，撤回据点。旋即，就黑压压地涌出至少两个中队的鬼子，恶狠狠地直扑过来。

　　江水星等人这才拼命朝野狐峪方向逃窜。

　　鬼子追得急，咬得死，气势凶猛。江水星心里打起了战，担心她的队伍不能成功脱身。进入野狐峪后，这种担心愈发强烈。她向那连长一挥手："我们的任务完成了，你连往西跑，我特工队往东跑。行动！"

　　鬼子见状也兵分两路追击。

　　突然，野狐峪北侧山坡树林里传来剧烈的枪声。枪声很密集，像是有大部队在交火作战。鬼子两个中队怕中了埋伏，立即停止了追击，迅速占据有利地形，盯紧了北山坡的山林。

　　国军那个连长借机加速逃窜，很快就无影无踪了。特工队逃进了东面的树林，本来也应该溜之大吉，可今天这一行动的疑团没有解开，江水星便横下心要看个究竟。她带三个队员留下，让其余人先行返回。

　　江水星等四人往回跑了一段路，就听到北面的枪声更为剧烈，且好像越来越近。她趴在树林边向前窥看，先看到那两个中队鬼子已经在南山坡上占据了有利地形，隐蔽得严严实实，正虎视眈眈地盯紧北侧山坡树林。不知内情者，一下子难以发现这两个鬼子中队伏兵的踪影。

　　不一会，江水星又惊奇地发现，北侧山坡的树林中，隐隐约约出现了一支队伍，一边向山头上还击，一边往山沟底撤退。明显看出，这支队伍正在被强敌追击。山头上的追兵火力猛烈，这支队伍几乎是没有还击之力了。

　　再仔细一看，江水星一阵眩晕。她看清北侧树林下来的那支队伍，全都身着新四军军服和便衣。她很快想到，这支队伍如果一旦撤到山沟底，隐蔽在南山坡上的那两个鬼子中队，就会很轻易地包了他们的饺子。

　　江水星不想眼睁睁地看着仗义的新四军进入鬼子的虎口。她镇定下来，领三个队员飞快地向鬼子隐蔽的山坡跑去。跑到一块山石后，来不及多想，就把他们身上仅有的三颗手雷和四颗手榴弹狠命地甩向了山沟底。

北侧的新四军见山沟底传来爆炸声，怕有埋伏，便在半山腰停止下撤，继而转向东侧树林，斜冲而去。那两个鬼子中队见状，立即冲向沟底，气势汹汹地向北山坡发起攻击，想去追赶那支新四军队伍。这样一来，就与山头上刚刚冲下来追击新四军的那支不明身份的队伍交上了火。

新四军残部见机拼命往东侧树林方向继续撤离。江水星等四人也朝新四军队伍方向跑去。跑到安全地带，江水星回头张望，看到两个中队的鬼子正同山头上下来的那支队伍打得火热。

江水星等人紧追不舍，赶上了新四军队伍，这才发现正是独立团马团长他们。叶长河的江旺渔猎队也在其中。

让江水星没有想到的是，一见面，二话没说，马团长和叶长河就都用枪指向了她。

马团长左胳膊还滴着血，一字一句地说："丧尽天良的东西，我们拼死救出你们的国军水雷队，你们却在半路围剿我们。把我们追到野狐峪，引来鬼子布好口袋等着打我们的伏击。你们这是要把新四军独立团赶尽杀绝呀。"

江水星嘴都哆嗦了："国军半路围剿独立团了？还引来鬼子打新四军的伏击？这是怎么回事？我不清楚呀。"可她心里瞬间明白了上峰的险恶用心。她一副痛心疾首的样子，默叹道：自己也在不知不觉中成了上峰这一阴谋行动中的一个棋子。

"江水星，你是真不明白呀，还是装糊涂？我问你，你不是在郭家湾吗？怎么也跑到野狐峪来了？是配合鬼子同追击我们的国军新编第三师里应外合吧？还好，刚才我们没有一口气撤到山沟底，不然非让南山坡上埋伏的鬼子杀个精光。江水星，我终于看清你们的丑恶嘴脸了。堂堂的国军净干这种下作的事，真恶心！"叶长河用枪点着脸色青紫的江水星说。

片刻，江水星拨开叶长河的枪，却问了另一个问题："这么说，现在和那两个鬼子中队交火的，是新编第三师的部队了？"叶长河又抬枪指向了她："你装什么糊涂？是不是新编第三师的人，你心里还不明白？江水星，你也真恶心！"

江水星的一个队员上去拨开叶长河的枪，抢白说："两个鬼子中队是我们引来的没错，可我们是在执行上峰的命令，并不知内情。还是江水星敏感，及时发现了你们面临的绝境，才不顾生命危险朝鬼子方向冲过去，扔出手榴弹给你们报信。要不然，你们必然会顺山坡跑到沟底，进入鬼子的埋伏圈。是江水星救了你们。"

"是国军害了我们，这一切都是他们的阴谋，从让独立团护送水雷队到郭家湾时，就周密计划好了这一步。"马团长大声喊叫着，"恩将仇报，杀尽友军，这是什么性质的行为，谁能告诉我？江水星你告诉我这是为什么？"

江水星听到身后山坡上枪声渐渐消失，知道新编第三师既然是为消灭新四军而来，就不会和那两个中队的鬼子恋战，一定是撤了。于是，她说："对此我无话可说。但现在，大家必须马上撤走，不然鬼子会追过来的。"

马团长一指江水星，下了命令："给我把江水星他们绑在树上。我们要以牙还牙，把国军的四个特工人员留给鬼子。江水星，既然国民党无情，那也就别怪我们无义了。弟兄们，把他们绑了，我们赶快走人。"

一直没有说话的潘水玉开口了："马团长，要绑，那就把江旺队的全都绑了，和江水星一起留给鬼子吧。马团长，这次独立团伤亡很大，我理解你的心情，但江水星这次的表现，与那些败类的卑劣行径还是有区别的，她有错却无罪，不能把她留给鬼子。"

叶长河对江水星的气愤减弱，也说："马团长，眼前最要紧的是赶快撤离，不然会有更大麻烦。我的意见是，放江水星等自己走人。这次事件，由你们新四军上层与国军上峰去交涉，这不是在江水星身上能解决问题的事。另外，我再表个态，危难之时，我江旺渔猎队誓死与独立团共存亡。我保证，最后活着的，一定是你们独立团的官兵，而不是我渔猎队的人。有我们在，便不会让新四军的人死。"

马团长好一阵感动。叶长河趁机大喝一声："江水星，还愣着干什么？还不赶快走！"

江水星趁马团长犹豫，立即转身离去。

马团长手下的人却不干了，"呼啦"一下冲上去，把江水星等人堵了回来。

"看来这事不好办了。弟兄们对国民党气愤难消，今天不给国军一点颜色看看恐怕过不去。国军犯了众怒，我也管不了了。"马团长两手一摊，一副无可奈何的样子。

几个战士骂咧咧地下了手，把江水星等四人狠狠地绑在了树上。有人啐了一口，说："借小鬼子的刀杀了这几个少良缺心的，一点也不冤枉国民党反动派。今天，咱有言在先，谁要是救下这四个人，谁就是新四军的敌人。"

叶长河和潘水玉就不敢再说什么，一步三回头地看着江水星，随大家离去。

马团长和叶长河、潘水玉一起预测了一下逃离方向，带队伍朝西北山谷疾驰而去。

跑出一段路，叶长河对潘水玉说："你不是正拉肚子吗？赶快找个地方蹲一蹲去，不然一会儿偷越鬼子封锁线时你再来事儿，那只有往裤裆里拉了。"

队伍气氛本来很沉闷，马团长几个人听了叶长河的话，就都"嘻"地笑出了声。

潘水玉脸"腾"地红到了脖子根，骂道："你管天管地还管着女人家拉屎放屁呀？你真是我妈。"

大家又都"嘻嘻"地笑。潘水玉钻进旁边树林中处理自己的事去了。

叶长河又喊："女人家就是事儿多。水玉，你一口气可要拉干净了呀。我们不等你，你顺这山谷底赶上来就是了。"

事毕，潘水玉追上了队伍，冲叶长河说："亏你提醒，再去晚一点还真就拉到裤裆里了。不过，肚里没食，拉的都是黄汤子，还放了四个响屁。"说完，自己先不好意思地"哧哧"笑了。

叶长河也笑，心说："没去晚就行，四个响屁都放了就放心了。"他知道她把江水星等四人放走了。

几天后，独立团和江旺渔猎队辗转返回驻地。马团长立刻和新四军上级取得联系，详细报告了独立团解救国军水雷队反而被国军伏击的情况。

上级向独立团通报了一个重大事件：国民党于民族利益和抗日大局而不顾，在皖南突然围剿了新四军，发生了震惊中外的"皖南事变"。

马团长这才明白，国军伏击独立团是在皖南事变的第二天，这次事件也肯定是经国军第三战区上峰策划和指挥实施的。

较之独立团和江旺渔猎队受到的直接损失，"皖南事变"更让马团长、叶长河、潘水玉他们痛心。

此时，叶长河完全站在了新四军独立团的立场上，和马团长、潘水玉一样，对蒋介石和国民党的卑劣行径非常愤慨。

"蒋介石一直认为对他威胁最大的不是日本人。在这个世界上，蒋介石眼中永远的对手只有一个，那就是毛泽东。他宁愿输给日本人，也决不愿输给毛泽东。"

"蒋介石凭着他敏锐的嗅觉，知道毛泽东面对这个纷乱的世界在想什么。然而，毛泽东想的是整个中华民族所想，毛泽东要做的是每个有良知的中国人所期望的，毛泽东的目的是光明的，是伟大的。"

"新四军抗日何罪之有？蒋介石不是要新四军抗日的，他是想让日本人把新四军消灭掉。新四军不但没有被消灭，反而在抗日中发展壮大，'罪'就在这里。"

"当初国共两党谈判，以团结抗日为宗旨，为世人所瞩目。新四军自进入江南敌后，无一日不在流血，无一日不在抗日，保国安民，收复失地，拯救河山，这是有目共睹的。然而，蒋介石及其三战区当面频频给予新四军嘉奖，背过身却又限制、围剿、消灭之，此等卑劣做法是在新四军一进入江南就开始了。"

"江南对日军、对蒋介石都是心腹要地。这样一个日、伪、顽刀枪密布，陷阱四伏的地方，三战区却严令新四军活动范围仅局限于此地，又处心积虑地设置牵制力量，对新四军的武装和供给置之不理，显然是将新四军送到敌后听其自生自灭，含有借刀杀人之恶意。"

"新四军是一支在日、伪、顽三种势力的夹击中艰难抗日、生存、发展，一步一片鲜血，不断创造奇迹的队伍。而国民党军队却是一个置民族利益于不顾，专事同胞相残的小人。新四军以国共两党团结为重，步步退让，示以至诚。然而树欲静而风不止呀，蒋介石愈加明显地压制新四军，使新四军抗日无地，连生存权利也要被剥夺。"

"所谓顾全大局，合作抗日，并不是敷衍，也不是苟安，更不是外交。新四军只有一个要求，就是抗日有地，抗日有份，除此别无他求。在中国的土地上，人人均有抗战御侮的职责和权力，不许中国人抗战，那是决不容忍的。"

"新四军担任敌后游击的任务，是两党谈判成立新四军之时就明确了的。新四军不辱使命，以破旧的装备、饥饿的躯体，扬己之长，避己之短，周旋在日寇重兵驻扎之地，歼敌拖敌，竭尽本军抗战之责。而皖南事变之后，蒋介石却取消了新四军番号，要坚决消灭之。天理何在呀？"

"周恩来为江南死国者志哀：千古奇冤，江南一叶，同室操戈，相煎何急？！"

"1941年1月20日，共产党中央军事委员会宣布重建新四军，新四军军部在苏北盐城成立。不屈不挠的新四军将继续驰骋战场，弯弓射日，铁血万里，抗日到底。"

这些活生生的现实，摆在了叶长河的眼前，真切地触及了他的灵魂。随着和独立团深入接触，他对共产党和新四军的理解更加深刻，从内心深处感受到了两党两军谁优谁劣，尤其对新四军的政治信仰，有了彻心透肺的感悟。

这个时期，叶长河感情波澜跌宕起伏，心里渐渐便有了一个重大想法。

去年，他得知芦苇荡里开出大小七八个游击队，请求新四军收编的时候，他有过这个想法；他看到苏锡常的群众抬着鸡鸭鱼虾慰问新四军，敲锣打鼓送亲人当兵上战场的场面时，他也有过这个想法。近来，又亲身经历了新四军独立团舍身救援国军水雷队，国军却伏击独立团的事件，他的这个想法就更加强烈。

凡察军事之胜败，先视民心之从违。古今如此。得民心的革命队伍就在眼前，我叶长河还犹豫什么。

就是在这个时候，潘水玉经马团长同意，公开向叶长河表明了她的共产党党员身份，一股脑儿地讲清楚了她和独立团的秘密交往情况。

叶长河一惊一愣，大半天才开口说话："潘水玉，你真是共产党员？你一个女孩子家家的，好阴险哟，长时间潜伏在我身边，我居然没有看出来。"

潘水玉得意地一笑，又故意拿出一脸刚毅："本人，潘水玉，中国共产党党员。叶长河，你不会也像狼心狗肺的国民党一样，杀共产党上瘾，在我潘水玉身上搞个什么事变吧？"

叶长河不想再说话，闭上了眼睛，把潘水玉近来的表现，在脑子里细细地过了一遍。

"怎么？在共产党员面前无话可说了？相形见绌了？"潘水玉逼他说话。

突然，叶长河睁开眼睛，说："像，很像。你就是共产党党员。在我身上，你用了迂回战术，不直接动员我加入共产党，而是不动声色地用毛泽东的著作逐渐俘获我心，使我先钻入这个共产党领袖的军事思想中不能自拔，然后再用眼前事实和具体事理，悄然向我渗透共产党的信仰。潘水玉同志，刮目相看呀，真有你的。"

潘水玉又是得意一笑："哎哎，别叫我同志，你没这个资格。同志可不是随便乱叫的，就像不能随便逮住个什么人就叫爹娘一样。"

"呵，看得意的你。我就叫你同志，我要加入共产党。"叶长河又闭上了眼睛。

"那是你自己的事，谁也没逼你。要想和我成为同志，得先写出申请，然后，再由我等广大党员来决定是否吸收你。"潘水玉说完，不笑，走了。

叶长河又考虑了一夜，下了最后的决心。第二天一大早，他找到了马团长，郑重地提出江旺渔猎队申请加入新四军。

马团长向新四军陈毅军长作了汇报。很快，新四军军部来了明确批示：收编江旺渔猎队，列编独立团，为该团水上独立营。任命叶长河为营长，潘水玉为政治教导员。江旺渔猎队的四个小队，分别改为水上独立营一连、二连、三连、四连。

马团长根据上级的指示精神，规定了水上独立营独特的作战方式，即：以叶家船运公司为依托，以江洲湾旺水浜为基地，采取平时搞船运独立发展，灵活开展水上游击战，有大项任务时则集中过来跟随大部队一同作战。

马团长还为水上独立营制定了诸多规矩和纪律，并迅速对其官兵进行了整训和教育，促其尽快转变成新四军正规部队。

叶长河表示，坚决执行新四军的一切命令和要求。他说，只要于国有救，于民有利，是抗日大局之需要，水上独立营绝对服从共产党的领导。不管遇到什么艰难险阻，都要与新四军风雨同舟，同心同德，共同对抗国贼和倭寇。

叶长河这是真正读懂了毛泽东，看清了新四军，对当前新四军的不利处境并不担心。他心里清楚，维艰坎坷，多灾多难是毛泽东和他军队的命运。绝处逢生，柳暗花明，又常常是毛泽东的神来之笔。新四军所经历的战斗几乎全是以劣势对优势，他们赖以制胜的最有力的武器就是游击战。而这一战法靠的是官兵的智慧、胆量和自己的身躯。新四军的一个班长也懂战略，而战士们最不怕最拿手的则是肉搏战。这些是国军无论如何也比不了的。

叶长河想起了以前蒋介石责问败将的一句话："人多武器好就能打胜仗吗？"他清楚，蒋介石这句话里流露出的悲哀有三：一是国军部队决策层有战略眼光的文官武将太少。二是基层带兵的军官会用脑子打仗、知微见著者更少。三是一线作战的兵士贪生怕死的太多。

叶长河告诉自己，无须再多想，也不要比这比那了，铁了心跟共产党走了。

一时间，叶长河对新四军和水上独立营的前景充满了信心。

马团长调拨了部分武器加强了水上独立营的力量。叶长河很满意，只是提出了一个额外要求，让团长给他配备一把军号，却又不要司号员，自己想学吹军号。

叶长河说，他要当一名吹着冲锋号指挥作战的新四军营长。

马团长在全团挑选了一把最好的军号送给了叶长河。

自此，连续数日，叶长河都在树林里练习吹号，直吹得嘴巴红肿，眼睛胀疼。

"红嘴鹦鹉嘎嘎叫，吹出号声不着调。"潘水玉取笑了他多日。叶长河应对她取笑的方式，是努着肿嘴拉长声调大发感慨："我水上独立营二十四字方针是，军号统领，强音呼杀，金刀烈马，刃血流汗，痛击强敌，如蜂戏豹。"

潘水玉又笑说："就你这洋腔怪调的号还能统领队伍哪？你回头看看，你这一吹号倒是招来了十几号顽童看热闹。你当个娃儿头还差不多。不过，你这二十四字方针还真不错，显出了你的好文化。什么来着？军号统领，强音呼杀，金刀烈马，刃血流汗，痛击强敌，如蜂戏豹。好，一听就来劲。看来，这好文化要是用对地方，还是能给人力量的。带兵打仗的文化人不能小看，了不得！呵呵，如蜂戏豹！这是多么雄壮的气魄，多么豪迈的胆识。小蜜蜂呀，嗡嗡叫呀，叮住豹呀，蜇死它呀。"

"天红了，地红了，刺刀红了，眼睛红了，杀呀！"突然，叶长河吼出了这么一嗓子口号，然后，"嘀嘀嗒嗒"吹起了冲锋号。

多年来，叶长河时常想起少时在祖父书房里看到的一段诗句："东沟海战天如墨，炮震烟迷船掀侧。致远鼓楫冲重围，万火丛中呼杀贼。"这是著名思想家郑观应为甲午海战而作的诗句。

每当想起这诗句，叶长河耳畔就响起炮火连天中那撕心裂肺的喊杀声。他知道，这是中华民族屈辱的呐喊，更是激越民族自尊心的最强音。

今天，当他有了一支队伍能够发号施令的时候，一句沉积心底多年的呼杀喊便奔腾而出了："天红了，地红了，刺刀红了，眼睛红了，杀呀！"

此时，他仿佛看到了甲午战场上：打红了天，打红了地，打红了致远号大炮，打红了祖父的眼睛。

于是，叶长河郑重决定，在今后的战场上，他要万火丛中呼杀喊："天红了，地红了，刺刀红了，眼睛红了，杀呀！"。

听到这句撞击灵魂、直冲云霄的喊杀声，潘水玉不笑了。她被深深震撼了，她的第一感觉是，这句口号中蕴含着排山倒海的力量，生发着势不可挡的杀气。

潘水玉断定，这将是水上独立营的精魂之所在。她眼睛里即刻出现了一个手执冲锋号、鼓楫呼杀喊的指挥员形象。这个人冲锋号一吹，口号一喊，除了敌人他什么也看不见了。

"好！很好！长河，今后你就这个样子指挥作战。我水上独立营必定勇往直前，战无不胜。"潘水玉鼓励他说。

叶长河脑海里即刻映照出了自己在战场上的威武形象：左肩右斜一把冲锋号，右肩左斜一把诸葛连弩，腰带上插一把二十响盒子炮。打攻坚战时，冲锋号一吹，盒子炮一挥，"天红了，地红了，刺刀红了，眼睛红了，杀呀！"

之后多年，叶长河驰骋战场，一直以这把军号、这句口号、这副形象出现在他的战士们面前。每当战斗到了打冲锋的关键时候，他总是傲立高处，奋力吹响冲锋号，然后就是那句铿锵大吼。

号声吼声响彻云霄，或高昂，或激越，或愤慨，如魔法般浸入了每个战士的灵魂里，使之瞬间精神亢奋，斗志昂扬，杀气倍增，不要命地扑向敌军。随即，形成一种势如破竹的独特气场：人声鼎沸，万马嘶鸣，激情喷涌，澎湃万里；火逐风飞，烈焰冲天，剑锋所指，所向披靡。

这阵势，敌人见了，听了，闻风丧胆，斗志锐减，一蹶不振，经常被打得如潮水般溃退。

初见这种奇特的战场效果时，叶长河作了一个概括："军号导引，前赴后继，呼杀似刀，血溅七步。这号声这吼声犹如魔鬼般狂啸。它仿佛是非洲的女巫，只要它一响起，勇士们就像着了魔，拼命向前冲，为身后的战友抵挡子弹，把前面的敌人送进地狱。"

潘水玉则说："你这个比喻还不是太成熟，缺乏一定高度。应该是，锐利军号，铿锵大吼，号令士兵，从根本上靠的是革命英雄主义精神。狭路相逢，勇者胜，打出的是水上独立营的精、气、神，展现的是水上独立营不畏强敌的决绝气势。"她说着，思绪飘然进入了战场风云之中。看得出，残酷的战斗给她带来了无限的激情和锐气，"水上独立营，威武！新四军战士，威武！叶长河，威武！"

文化水平不是很高的潘水玉，总结出了这段高水平的言语，叶长河并没有听到心里去，他还沉浸在他那句铿锵大吼中，一直在心里念叨：这是何等的凛然！何等的气魄！

血与火的洗礼，激发出的是一次又一次跌宕起伏的战斗豪迈："问苍天，谁是英雄？数风流人物，非我水上独立营莫属。"

后来，文化素养、战争艺术都提升到一定高度的叶长河、潘水玉二人，借着一次重大胜利之后的激情，联合写就了一首战斗歌曲，题目叫《冲锋号·呼杀喊》：

吹响冲锋号，

战旗心中飘，

一马当先挥战刀，

灵与魂魄听强音，

剑锋所指排山倒，

向前一步是英豪，

后退一步是熊妖，

战火丛中呼杀喊，

天红了，地红了，

刺刀红了，眼睛红了，

杀呀！

吼声咆哮，铿锵嘶叫，

战士的怒火在燃烧，

战士的斗志万丈高。

吹响冲锋号，

精忠披战袍，

绝命出击追敌逃，

生与死中展风采，

英雄气概冲云霄，

血溅七步是荣耀，

魂归八方仰天笑，

战火丛中呼杀喊，

天红了，地红了，
刺刀红了，眼睛红了，
杀呀！
号鸣狂啸，刃血撕咬，
敌人的子弹被吹跑，
敌人的脑袋被砍掉。

再后来，在马团长那里，碰到了一个延安来的作曲家，叶潘二人就请他为这首歌谱了曲。从此，《冲锋号·呼杀喊》便成了水上独立营营歌，还一度在新四军其他一些部队得以传唱。

第十九章　　水上独立营

江南春来早，农历正月天气已经有了几丝温热的感觉。起雾了，浓浓的，伸手一抓，竟然有稠腻腻的感觉，似摸了糨糊一般。几步开外什么也看不见，缠绵的雾气被江中晃动的小船搅碎，又很快在船后聚拢。

就是在这个季节，水上独立营着手实施了它归属新四军之后第一次作战任务。

清晨的大雾成了执行任务的天然屏障。这次，叶长河动用的是潘小龙留藏在江边的那六枚水雷。由于取雷方便，不需长途运输，没有动用稍大的船只。叶长河率领十三条渔船，带上一连和二连参加了这次行动。

这个时期，日军为了减少触雷危险，在长江上设了多个码头和临时停泊点，夜间敌船就停靠于此。

头一天，独立营先摸清了敌情：日军有三条运输船，夜宿前方月牙湾码头，天亮后再继续溯江上行。

第二天一大早，叶长河趁浓雾掩护，布好水雷，然后，派两个连隐蔽在江边芦苇荡中渔船上，耐心等待着雾散尽后鬼子运输船的到来。

小时候，叶长河对清晨江边浓雾的味道是很感兴趣的，觉得里面有一种让人说不清道不明的诱人气息。参军后，经历了多次战斗，他的嗅觉系统又喜欢上了另一种独特的味道，那是军人最熟悉的气味——火药味与血腥气构成的混合体。几仗下来，这种气息便会在你身上弥漫一生，任何方式都驱不散，赶不走。它会时隐时现，随你的思想而来，伴你的思想而去。精于战斗，用心打仗的人都会有这个感觉。叶长河多年来一直如此。

今天，是获得新生后的第一仗，叶长河以新四军营长的身份，期待着那种火药与血腥混合气体扩散开来。

叶长河埋伏在渔船上，脑子里再一次细细过了一遍每一个战斗环节。然后，又和潘水玉及两个连长一起推敲了一番作战方案。这一仗，他要做到万无一失，郑重地给新四军献上第一份厚礼。

天亮了，太阳缓缓升起，空气渐渐清澈。叶长河发出了做好战斗准备的号令。

不久，远处传来突突的轮机声。来的正是日军那三条运输船。

这次，叶长河早已根据提前侦察到的日军运输船的类型和相互间保持的大体距离，测试好这个季节江水流动的速度，反复推算点面细节，精确布设了水雷。他要做到每条敌船各挨两枚水雷袭击，以保全胜。

日军运输船没有让叶长河白费这么多心思，它们好像被他遥控着似的进入了雷区，按照他的预设，每条船果然都各挨了两颗水雷。一条船当即被炸成两截，沉入江底。另两条船已被炸破倾斜在水里，上面的鬼子趴倒在甲板上和船舱中哇啦哇啦乱叫。

叶长河见时机一到，便站上头船，"嘀嘀嗒嗒"吹响了冲锋号，然后，冲日船连开三枪，大喊一声："天红了，地红了，刺刀红了，眼睛红了，杀呀！"

十三条渔船迅即冲出芦苇荡，包围了敌船，长枪短枪鸟铳杆炮一起射击过去。

潘水玉很快就对叶长河这次精准布雷服了气，又看到他吹冲锋号大喊口号的威武形象，心里就有了一种奇特的感觉。她在这种美妙的感受中出枪射击，带领队伍率先冲上了敌船。

整个战斗不到半个小时就结束了。歼灭了全部鬼子，还缴获了部分没有被江水浸泡的药品、被装和枪支。

按照叶长河的要求，十三条渔船迅速分散撤离，绕道返回旺水浜，没有给日军援兵留下任何蛛丝马迹。

水上独立营首战告捷，大获全胜。

这份不薄的礼送到了马团长那里，马团长又报告给了新四军军部。水上独立营便获得了它组建史上第一个通令嘉勉电。

之后多年，叶长河又打了不少胜仗，受到过不少表扬，但他一直对第一个嘉勉电情有独钟。这不仅仅因为是独立营的首获，还因为在得到了这份荣耀之后，一向对他不服气的潘水玉，着着实实地服了他。

那一夜，她掏心窝子说了一大通溢美之词。更重要的是，这番悦耳之言之后，她又不由自主地表达出了对他的爱慕之心。

她第一次说出她喜欢他。

毫无思想准备的叶长河似乎被潘水玉的爱慕表白吓着了，一抬腿跑出了屋门，之后三天，没有再见她的面。

再见面时，两人似乎有些不自然，但很快就像什么事没有发生似的，全身心投入了工作。

"一个营长，一个教导员，是无论如何也不能产生男女感情的。否则，将无法正常带兵打仗。"他与她谁都没这么说，可心里都是这么想的。

感情之海的波澜平静下来，就都把心思用在了那286枚水雷存货上。他俩预谋，要发挥出这批水雷的最大效能，在湖浜河港上再给日军舰艇一点颜色看看。

接下来的几个月，水上独立营或独立作战，或同兄弟营连合作，在苏常锡地盘上纵横驰骋，在铁路线上，芦苇荡里，江河湖泊中，大小村镇上，采取多种方式，频繁袭击日军，不断获得佳绩。其中，以水雷破袭敌舰的作战方式最见奇效。

叶长河对水上游击战法已经得心应手，他越来越觉得毛泽东的游击战理论是多么的伟大而实用。

叶长河痴迷水雷游击战而一发不可收。

日伪军极度恐怖这支神秘的队伍，多个部队都向上面报告了一个同样的情况："这支队伍领头的是一个吹着冲锋号指挥战斗的人，常喊的口号是'天红了，地红了，刺刀红了，眼睛红了，杀呀。'他们经常在你意想不到的地方布设水雷，或行驶的或停泊的舰船，不知什么时候就挨了炸。这支该死的队伍像飞舞在饭团上的苍蝇，你来时他就走了，你退他又追上来。尤其一到晚上，小船就悄无声息地靠过来开枪，投手榴弹，你开船一追，必被水雷炸飞。他们不分昼夜地扰乱后方，简直防不胜防。"

这个时期，日伪驻防部队有不少士兵和下级军官，为此产生了厌战、思归、怕死心理，对战争的前途感到渺茫，且这种低迷情绪大有蔓延之势。于是，日伪上层下了狠心，调集重兵要尽快消灭这支讨厌的队伍。然而，却很长时间连这是一支什么队伍都没有闹清楚：是国民党军的？还是新四军的？抑或是无党派的地方武装？一时无从获知。

好长一段时间，日伪部队疯狂地扫荡、搜索、围剿这支让他们恨之入骨的队伍，但一直没有寻见其踪影。

原来，水上独立营已经暂时停止了一切活动，隐藏了船只，进驻到了一个叫展村的偏僻村庄，进行整训休养。这里是无边无际的芦苇荡，散落着珍珠般的港汊湖湾，为部队休整提供了一个相对安全的环境。

叶长河停止一切活动之前的最后一次战斗堪称精妙：这一夜，水上独立营的一连，摸上了日军汉集子码头。这里驻扎着一个中队的伪军和一个班的鬼子。待一连战士到达埋伏位置后，叶长河吹响了冲锋号，战士们一阵高声齐喊："天红了，地红了，刺刀红了，眼睛红了，杀呀"。奇特的景象出现了，这些日伪军没放一枪一炮就乖乖地举枪缴械了。有几个鬼子想举枪射击，却被旁边的多个伪军扑倒把枪扔了出来。整个过程没有一声枪响就结束了战斗。

叶长河颇为得意，说："兵不血刃乃是战争的最高境界。今天，我叶长河算是体会到了。"

展村是一个天然丽姿的村子。围村河上有芦苇，岸上有枫林。尽管此时是春天，芦花没有放白，枫林也未染红。但满怀胜利喜悦的潘水玉，分明看到了飞絮与枫叶红白相间、雾幻交化的天成颜图。

她喜在眉飞色舞间，美却沸腾在心中。

叶长河这个吹着冲锋号在江河湖汊英勇战斗的营长，一天天走进她的心里。

她已经真真地看透了他：外表弱小，内心强大，果决丰盈，意志如铁，智慧高超，素养优良。政治上，他对共产党的信仰在艰苦的战斗岁月里逐渐形成，且越来越坚定。

她一旦看透了他，心里便放不下了。尽管她天天对自己说"不"，可还是难以阻挡住他深入她心底。

每当进入这种状态，她脸庞就会浮现出一层玫瑰色的红晕，心便走进记忆深处的芦苇荡。她仿佛看到，一个江南水乡妹子一身短衣短裤装扮，正与一个精灵般少年在湖中戏水。好水性的她，时不时欺负刚识水性的少年。她身子一翻一跃就上了他的背。俩人就这样叠着在水下潜游，都不愿意破坏这种沁人心肺的感觉。她想，永远潜在水底多好。

少时撒下的种子，时常在经过战争磨砺而成熟的躯体里活泛开来。她觉得，在情感问题上，她越来越难以把握自己了。

然而，叶长河在一次突然冒出一句"少时水玉身上时常散发着嫩荷般的香气"之后，就沉默了，且是长久的沉默。

她知道，他这种沉默，不是她造成的，而是他自己没有了二心。他的心思全都扑在了如何更有力地打击日军舰艇这件大事上。

最近，叶长河头脑中产生了一个破常格、悖兵法的谋局。

当这个谋局的雏形出现时，他试图否定它，却是越否定越趋于完整，越否定越不可置疑地占领了他的整个思维空间。

这个谋局是：由他带领水上独立营到上海去，在日舰活动频繁区域实施水雷战。

上海是日本海军的大本营，日本人不会想到，现在还敢有人到它眼皮子底下布雷，就连新四军独立团马团长，都没有想到叶长河敢拿出这么个谋局。

"出奇制胜，自古有之。行！一定能行！况且，国军海军水雷队也曾有在上海成功破袭敌人码头和舰艇的先例。我水上独立营同样能行！"叶长河固执地在马团长那里缠磨了整整三天，谈他具体方案的科学性，谈具体细节的可行性，谈叶氏船运公司对于这个谋局的重要支撑作用。

然而，马团长却没有为之所动，同样固执地说："到上海去布雷，其成功的可能很小，其危险程度却很高，我不能让水上独立营去冒这个险。通过实战磨炼，水上独立营已经形成了较强的战斗力。我不能因为一个不慎决策而毁了独立团的这个宝贝。"

于是，马团长向军部建议，允许叶长河先带一个班前去摸摸情况，至于是否可以在上海水域开展水雷战，日后视局势变化再定夺。眼前，决不可轻举妄动。

新四军军部同意马团长的慎重态度。

这个时期，叶长河打了几个胜仗，内心霸气急剧膨胀，习惯了一意孤行，自己看准了的事就要干到底。因此，从独立团回来后，他眼一闭，心一横，就把马团长的指示搞了个大变通，并把变通后的命令迅速传达给了潘水玉和营里的全体干部：上级批准叶长河带两个排的兵力潜伏上海水域，寻找战机，适时开展水雷战。

叶长河郑重地宣布了一条铁律：此次行动属于绝密，任何人在任何时候不得泄露相关内容，包括未经营长许可不得向上级首长打听或通联相关情况。否则，军纪严惩！

这个铁律一定，叶长河搞变通的事就不会轻易被马团长所知了。

不知内情的潘水玉虽然觉得这个谋局有些悬乎，是一步险棋，但出于这个时期对叶长河的佩服和信任，就没有产生任何怀疑，一味积极配合叶长河做好相关工作。

叶长河挑选了一部分曾在上海叶氏船运公司工作过的精兵强将，组成了沪上游击小队。集体研究规定了一些特殊的条规纪律，指定了各小组负责人，并做了明确分工。叶长河任队长，对军事行动负总责，潘水玉协助队长工作，任副队长。游击小队在沪活动的时间不限，一切视情而定，来去由队长、副队长共同商定。党性观念很强的潘水玉，还坚持成立了临时党支部，由她任支部书记，负责游击小队在沪期间的党务工作。

叶长河带游击小队到了上海后，并未急于行动。他们还像以前一样，分散到叶氏船运公司的货船上，和工人一起装卸、押运货物，目的是借机乘船在江域秘密侦察敌情。

数日后，叶长河锁定了浦东日海军一号码头和陆军后勤二号码头。这两个毗邻的码头，是侵华日军的重要军事补给基地，被叶长河列为重要袭击目标。

这两个码头所处水域，有日海军舰艇24小时不间断巡逻，江面一有可疑船只，便会被勒令停船检查，动不动就会遭到机枪扫射，偷袭它的难度相当大。

又过了几天，叶长河摸清了码头具体情况，掌握了日海军巡逻和出入码头的规律。他和潘大水及潘家兄妹制定了一个详细方案，决定迅速采取行动。

叶长河亲自带叶氏船运公司有舱底夹层的货船，以运货为名，跑了一趟江洲湾，偷运出了28枚水雷到上海，分批藏存于叶家公司所属隐秘地。

运雷、藏雷以及下一步布雷，其过程和手段都是极其复杂谨慎的，只有经过训练的众多队员才能完成这样的艰巨任务。所以说，如果按马团长指示仅带一个班来上海，会什么事都干不成。叶长河坚信自己的决定是正确的。

行动前，杀了三头肥猪，猪肉用于当晚改善伙食，用猪皮包裹了一枚二百多公斤的重型水雷，制作成了漂雷。

入夜，日海军一号码头哨兵发现江面上有可疑漂浮物，探照灯打过来，发现漂来的是一只泡胀了的死猪浮尸，就没有在意。不一会，死猪贴撞在了一艘停泊的大型油料趸船上。随即，一声惊天动地的爆炸，油轮起火，又衍生一连串爆炸，码头部分设施随即被摧毁。

后勤码头上的日军，见毗邻海军码头被炸，赶快打开所有探照灯搜索自己码头前江面，没有发现异常情况，就调转机枪枪口，火力支援海军码头。一时间，那片水域被子弹打得哗哗作响，水花乱跳。

这边后勤码头前的水域平静如常。让日军没有想到的是，在海军码头爆炸起火的同时，叶长河、潘水玉带十名突击队员，分散横拉一线，潜入水中，以芦苇秆换气，潜水推动着浮潜水面之下的六枚浮雷，悄悄向后勤码头靠近。鬼子都把注意力放在了海军码头爆炸的油轮上，根本没有发现江面上移动的细小芦苇秆。叶长河等 12 人，用力把水雷推向码头，然后急潜而去。接着，身后是一连串的爆炸。

日陆军后勤二号码头变成了一片火海。

12 人当中除二龙被炸起的飞石砸伤右臂膀外，其他人完好无损。进入上海的第一仗完胜。第二天一早，叶长河便带他的沪上游击小队，迅速返回了江洲湾驻地展村。

二龙右臂膀被石块砸得皮开肉绽，一时难以愈合，被叶长河直接安排回旺水浜养伤。叶长河怕把二龙留在营里，不知哪一天会被团里的人发现，从而暴露他擅自行动的事。

过了几天，叶长河前去找马团长，报告说，他带一个班到上海侦察过了，觉得派分队开展沪上水雷游击战是可行的，希望团里能够尽快给水上独立营分派此项任务。

这次来见马团长，本来潘水玉也是要跟着来的，叶长河却给了她另外一个任务：带几个可靠的人，去检查藏雷点的安全，以确保剩余水雷万无一失。实际上，叶长河不让她来见马团长，是怕她把独立营擅自到上海袭敌的事说出去。

这次一见面，马团长向叶长河通报了一个重要情况："前两天，上海浦东日海军码头和后勤码头被水雷袭击，日军怀疑是国军水雷队所为，于是，调集兵力加强了沪上水域警戒。显然，水上独立营在这个时候去上海就是送死。我不但不会派部队去搞水雷战，连带一个班到沪上的侦察任务也要取消。当前，水上独立营的任务就是好好养着，练着，待时机成熟，再在江南水域开展水雷战。"

叶长河故意说："呵呵，你甭说，那国军水雷队真够有种的，长途奔袭上海滩，不简单。团长，你说，一二千公里的路程，国军水雷队是怎么把水雷运送到上海的？真神了。我纳闷了，国军收拾咱新四军有能耐，袭击沪上日军码头这么牛的事他们也能干呀？"

"不是他们干的，还能有谁？地方武装没有水雷，新四军没派这个任务，只有国军水雷队才能干得了，没准那个潘小龙又下来了。整个上海滩都在盛传国军水雷队进入了上海，市民都在暗暗叫好。新四军军部也认为是他们干的。"马团长不置可否地说。

叶长河借机说："为什么国军水雷队能把水雷战干到上海去，而我水上独立营就不能？我们也具备这个条件呀。"

马团长一听就不高兴了："叶长河呀叶长河，大家都说你有战略素养，我现在觉得你是徒有虚名。连什么叫顾全大局，什么叫维护战略大势都不懂，你还有什么资格说自己懂战略？上面不让你到上海行动自然有上面的考虑。什么叫大局？服从上级、听从命令就是大局。你叶长河在大局面前还给我啰唆个啥？"

"我再给你说一遍。水上独立营好好给我休整，给我训练。眼前，不能再外出搞军事行动，动就是违反军令。我独立团历来就是违令必究，严惩不贷的。叶长河，你把这句话给我记牢了。"马团长又叮嘱道。

叶长河不敢再多说一句。

第二十章　沉船救舰

叶长河惦记着那些还藏匿在上海的水雷，根本没把马团长的警告放在心上。休整期间，他又预谋了一次潜回上海的行动。

叶长河向马团长报告，说母亲病重久治不愈，需要他回上海陪护几天，尽尽孝道。

马团长没有多想，说独立营现正是休整期，把营里的事料理好，他可以回去看看。还说，非特殊时期，报国与尽孝可以兼顾。

叶长河的母亲确实身体有恙，但也没有他说的那么严重。他去上海的真实目的，是想把上次还没有使用完的水雷再派上用场。上次袭击日军码头获得成功，使他更加坚信沪上开展水雷战是大有前途的。可听马团长一说，连派一个班到上海侦察的任务也给取消了，心里就暗暗着急，想来想去，才找了这个探望母亲的借口到了上海。

潘水玉听说叶长河要回上海探望病重的老人，就坚持跟他一起去。她已经一年多没有见到叶母了，心里时常记挂着。

叶长河没有拒绝。路上，细心的潘水玉提醒，这次回上海还得悄然而至。她还记得叶长河被国军通缉的事。叶长河笑笑，没说什么。

等到天黑，二人才悄悄进了叶宅。之后，他俩三天没有出门，一直陪伴着卧床不起的老人。第四天一大早，他俩溜出了家门，来到江边。已经多年不在黄浦江边悠闲散步了，今天得好好走走。

和前些年相比，黄浦江没有什么变化，沿江两岸也没增建过多的建筑，只是江中多了一些插着太阳旗的日本船只。

叶长河想起了学生时代在江中溺水时的情景，也想起了潘小龙、江水星，还有那个叫吴正雄的日本朋友。当然，还有瑞恩和杰克号舰。

"长河，你还记得小龙在这里溺水的事吧？那次是谁把他救上岸的？"潘水玉若有所思地说。

"当时，江水星先吓晕了，你说还有谁能下去救他？"叶长河看了她一眼说。

潘水玉一笑："人是你救的，可你的好水性可是我教的。"

叶长河也一笑："你的意思是说，实质上是你救了小龙一命呗。"

"呵，你真能联想。我不是这个意思。我是说，在江洲湾我教你游泳时的事多有趣呀，现在想起来好像就在眼前。"潘水玉说着脸上就有了红晕。

叶长河见状，直直地盯着她的脸说："四妹，说着说着脸怎么红了？不过，你现在的红脸和少时的红脸还是有区别的。你现在是玫瑰色的红晕，是羞红的，而早年是细嫩的桃红，那是自然红。"

潘水玉脸就更红了，把脸转过去说："都快成老姑娘了，能和少女时代一样吗？长河，我说，你这个大男人怎么回事呀，一本正经地盯着人家姑娘的红脸问这问那，分析来分析去的，你像话吗？再说啦，你怎么知道我这脸是羞红的？我又没干什么坏事，我有什么可羞臊的。"

"四妹，你别不承认，你这脸就是羞红的。因为，此时此刻你想起了我俩少时在水下叠泳的情景。呵，那感觉，真叫奇妙。"叶长河还是一本正经地盯着她的脸说。

潘水玉的脸一下就紫了。这次可是真羞臊的。因为叶长河说中了她此时此刻的心思。她一转身朝远处跑去。

叶长河正欲追过去，突然发现江中有一个熟悉的影子。

美舰杰克号正从江中驶过。

叶长河跳将起来，连连高喊："杰克，瑞恩！杰克，瑞恩！"

潘水玉跑过来，先也跟着喊了两声，突然又闭了嘴，伸手把叶长河拉住，喝道："快别喊了！你以为还是小时候那年月呀。你这样大喊大叫，会引来麻烦的。"

叶长河立即住了嘴，小声说："我一见杰克号就忘了这些。说心里话，我真是喜欢杰克号。我当了海军后见过不少舰船，可是，杰克号的身影总在我脑海里挥之不去。"

二人望着杰克号在视线里消失，才往回走。

第二天，叶长河和潘水玉上了叶家的一艘货船，在日军陆战队码头下游的一片偏僻水域转了几圈。

叶长河站在甲板上看着前方，悄声对潘水玉说："上次我就对这一带进行过缜密侦察。每天早晨七点五十分左右，总有一艘日陆战舰从这儿驶过。据我观察，这是一艘执行例行任务的战舰，舰号叫十三艳。"

潘水玉说："我也注意到了，今天也是这个时间，十三艳舰从这里驶过去了。而这么早的时间，一般的大型货船还没有出港，只有吃水浅的渔船有时往来。"

叶长河笑笑说："看来我与四妹越来越有默契了。我明白你的意思，在这里把定雷布设到一定深度，就能炸沉吃水深的日军舰艇，而对往来渔船却没什么妨碍。"

"怎么着？你又想搞一次行动？马团长有这个指示吗？"潘水玉警觉起来。

叶长河想都没想，说："当然有马团长的指示。我觉得，在这个水域干它一家伙，成功的可能比较大。因为，这一带水域虽宽，但能走大舰的只有这狭窄一条深水区，有利于布设定雷。并且，日军码头被炸时间不长，日军刚严厉整治过沪上水运，他们以为短时间内没人再敢袭击日舰。这个时候容易得手。"

"我看行，干！"潘水玉习惯性地跺了一下脚。

叶长河说："越快越好，就定在明晨。这次，我们手下没队员，只有我俩亲自下手了，当然，还要找几个可靠的船工协助搬运雷具。我计算过了，这十三艳舰，有两枚水雷就够了。"

潘水玉还是一跺脚："我看真行，干！"

叶长河说："哎，你说小鬼子怎么起了这么个舰号？十三艳，娘里娘气的，像个妓女的名号。"

潘水玉说："倒没看出那十三艳舰有多少脂粉气，反而见它霸气十足。它在中国的河海上横行霸道，一副强盗的嘴脸，真是糟蹋了这个鲜艳的名字。"

当天下半夜，叶家一条轮机渔船悄悄驶进了预定水域，经过两个时辰的忙碌，顺利地布下了两枚水雷。

天渐亮，叶长河让船驶离布雷点，远远地停在一处，装作下网作业，静观事态发展。

七点刚过，晨雾快要散尽之时，突然传来舰船隆隆的轮机声。听上去，不像渔船和货船。

叶长河想："还没到七点五十，难道是十三艳提前出航了？"

这时，眼尖的潘水玉先发现了情况，说："有一艘舰过来了，可看上去不像是十三艳舰。不好，是杰克号舰。哎呀，它怎么这个时间出来了？"

叶长河定眼一看，一惊，说："我们侦察情况的那些天，从来没见过杰克号舰出现在这一水域呀。这下坏了，弄不好它要触雷的。"

潘水玉搓着手不知如何是好。叶长河稳定情绪，果断下了命令："赶快把渔船开到主航道附近，把船弄漏，让它下沉。四妹，你站在甲板上高喊救命，吸引杰克号过来救援。只有这一招了，要快。"

渔船往前开了一段，潘水玉便站在甲板上，跳着脚，冲杰克号高喊："救命啊！救命啊！"

杰克号好像没有听到，继续前行。叶长河也站在高处呼喊："船漏了，救命啊！"

杰克号舰有人站出来朝这边张望。

潘水玉拼命地高喊着，突然就想起了她曾在杰克号上跳水得到瑞恩称赞的情景，于是，就在甲板上反复做起了跳水动作，然后，就真的高高跃起，跳入江中，拼命向杰克号方向游去。

杰克号舰很快掉转了方向，朝叶长河的渔船开来。

潘水玉见状，又转身朝回游。她刚爬上正在下沉的渔船，杰克号舰也到了，迅速把叶长河、潘水玉和六名船工救上了杰克号舰。

潘水玉见拉她上舰的正是瑞恩，就抓了瑞恩的手不放，嘴却说不上话来。瑞恩对她说："我看到一个姑娘反复做跳水的动作，又真的跳入江中，那优美的动作，一下让我想起了多年前那个跳水的姑娘。我的记忆还不错吧，果然是你。不过，是别人我也会过来救的。"说完，命令开舰。

潘水玉拉了他一把，急急地说："瑞恩先生，先别开船，我们的渔船就要沉了，上面还有捕了一夜的鱼，帮着带上吧，不然，我们的损失就更大了。"说着，呜呜地哭起来。

叶长河马上明白她这是在拖延时间。

心软的瑞恩又让人坐上小划子到渔船上取鱼。结果，人回来说上面没有鱼。

潘水玉哭得更厉害了："船倾斜了，鱼必定是全倒进了江里。"又叫，"呀呀，快看，我们的渔船真的沉下去了。"

这时，瑞恩也认出了叶长河。叶长河说话了："瑞恩舰长，杰克号这么早出航想必是有差，你不会带着我们八个渔民去执行公务吧。我看，再耽误你一会工夫，把我们送到附近的渔码头，好吗？"

潘水玉不哭了："瑞恩舰长，要么你带我们一起去执行军务，要么你把我们扔到江里淹死完事，再就是送我们到最近的渔码头。我们是早年的朋友了，你看着办吧。"

"开舰，去那个渔码头。"瑞恩不想再过多地耽误时间，就下了命令。

十几分钟后，杰克号舰到了渔码头附近，但它舰大不能靠过去。叶长河对瑞恩说："我们跳水，游过去。我们是渔民，水性好，会安全上岸的。"

这时，就听到前面水域传来了两声剧烈的爆炸声，然后就是一连串的爆炸声。

瑞恩吃惊地望着前面水域问："怎么回事？前面是什么爆炸了？"

叶长河一副愣头愣脑的模样，说："不知道呀。"

有人递给瑞恩一个望远镜，他一看，大叫一声："是十三艳，它翻了！它头翘了起来，正在下沉。我的天哪。"

叶长河佯装不知何事，打岔说："十三艳是谁？像个婊子名，她不会是上海滩那个头牌妓女吧？哪个男人有这么大本事把她弄翻了？那臭婊子也早该死了，见鬼去吧！"

大家都在惊讶地看十三艳舰下沉，没人理会叶长河幸灾乐祸的浑语。

等杰克号舰上的人冷静下来，转身再找叶长河时，他等八人已经不见了踪影。

"他们的水性真好呀。不过，这是他们从小就练成的。"突然，瑞恩一拍脑袋，随即就出了一身冷汗，颤抖着声调说，"好险呀。如果杰克号舰不过来救人，先触雷的必定是我们。前面的水域不知是否还有水雷，今天的任务取消了，返航吧。"

至此，瑞恩也丝毫没有想到，日军十三艳舰触雷与被救八个渔民的内在关系。

　　叶长河、潘水玉回到展村休整了一些时日。这一天，接到马团长通知，让叶潘二人去独立团开会。

　　叶长河怕纸里包不住火，路上，就向潘水玉透了实底，把之前在上海的两次行动都是背着马团长干的情况端了出来，恳求潘水玉不要把这事捅出去。

　　潘水玉一听就急了，出口很重："你叶长河简直就是违反军令，你太胆大妄为、我行我素了。新四军靠什么取得节节胜利，靠的就是铁的纪律，国民党军为什么总吃败仗，在一定程度上败在了军纪涣散上。你叶长河国民党军官的本性难改，不配当新四军的这个营长。"

　　叶长河听罢脸紫一块红一块的，想张口说什么，潘水玉把他堵了回去："我知道你要说你违反纪律也是为了炸鬼子。炸鬼子也要在统一号令下行动，难道一个有文化有知识有军事素养的营长连这个都不懂吗？这个事我必须向马团长如实汇报。你营长有错在先，我一个政治教导员不能知情不报，跟着你一起犯错。"

　　"四妹，你这样做知道会带来什么后果吗？我会被撤职的。撤了职我就不能带兵打鬼子了，这对我来说生不如死。四妹，你不能这么干。"叶长河堵住正气冲冲往前走的潘水玉。

　　潘水玉站定："叶长河同志，请你称呼我同志，不要一口一个四妹的叫。这事不是一个哥和妹的关系，是一个严重的政治问题。我必须向组织汇报。"

　　叶长河返身就往回走："这个会我不去开了，你让马团长派人来抓我吧，绑去毙了算了。"

　　"你这是什么态度吗？赌气不去开会，是错上加错。"潘水玉拉住他。

　　叶长河坐在了路边："打鬼子打出了一身的过错，我反正是没好了。你是功臣，你自己去开会吧。"

　　"叶长河，你这是居功自傲。自从打了几个胜仗后，你这个毛病就滋长起来了。我早想和你谈谈这个问题了，可一直没找到合适的机会。现在看来，我谈晚了，你的病根已经作下了。还有，你有事说事，不去开会算什么本事？这是耍小孩子脾气嘛。起来，快走。"潘水玉上来狠狠地踢了他两脚。

　　叶长河真火了，霍地站起来想还手："好啊，你潘水玉从小就欺负我欺负惯了，现在我都是当营长的人了，你还下狠脚踢我。我不能再让着你了。"说着，就用力推搡了她两把。

潘水玉没有防备趔趄了两步，就摔倒在地，眼泪一下子就涌了出来："好你个叶长河，学会跟我动手动脚了。你一个大男人，针鼻大的心眼儿，小时候的仇还记着呢。从今以后，你不要再叫我四妹，我没有你这个哥。"说完，爬起来径直朝前走去。

叶长河觉得自己动手不妥，心生悔意，就跟了过去，可嘴上不软："我就是一个爱记仇的小男人。你怎么着吧？！小时候，你在深水里淹我，用芦苇秆狠命抽我。这些我都记了心里了。"

潘水玉哼了一声："典型的大上海小男人，记女人的仇，没得出息。我再说一遍，以后谁要再叫我四妹，谁就是旺水浜里的大鳖蛋。我没有你这个哥。"

"不让我当你哥，让我做你的什么吧？你给我说清楚，四妹。"叶长河抢前两步，和她对了面，倒退着走，"你打小就对我心狠，在水下你叠压在我背上，不让上来喘口气，分明是想淹死我嘛，你说你心有多狠。那一幕，我不会再忘了。我要记你四妹一辈子。"

潘水玉被他带回到了少年时代，脸上泛起了红晕。突然，她一跃而起，扑向叶长河。叶长河后脚跟绊了一下，仰面倒地。她死死地压住他，用火辣的眼睛盯着他的眼睛看。

这时，一队快马从路上急驰而过。两人一惊，屏住喘息。

马蹄声远去。她翻滚到一边，坐起来，眼里的激情减弱了不少，却增加了些许不安。

他看懂了她的信号，却说："你还记得小时候术士的话吗？野外水乡，叶上水玉。意思是说，你是我的生命之源，有了你的滋养，我才能活命。"

她看了他好一会儿，说："你觉得，一段因水而成的姻缘，可靠吗？"说完，她摇摇晃晃地站起了身。

又有一匹快马驰过，留下一阵响鼻。突然，她往前跑去。他在后面跟着追。

前面的快马响鼻又隐隐传来，她看到那马的主人是着新四军军装的人。"今天这是要耽误开会了呀。"想到这，她加快了步伐。

进独立团团部前，潘水玉停住脚，回身死死地盯了叶长河，说："有两条你要记牢。一是，你违令擅自行动的事，我可以暂不告诉马团长，到不能不说时再说。希望这是我第一次徇私情包庇你，也是最后一次。二是，以后，人前人后不许再叫我四妹。当然，没外人在场时想怎么叫就怎么叫。记住了？"

"我记住了，教导员同志。以后，我保证绝对服从上级命令，坚决在大局下行动。"叶长河敬了个怪怪的军礼。

潘水玉笑了："这就对了，营长哥。"

"谁是你的哥？以后要称呼营长同志！"叶长河假装不笑，率先进了团部。

从总体上看，潘水玉的性格较为内向，思想感情常常是隐而不露，有时只能从她那闪闪发光的眼睛里窥见其内心的秘密。经过这几年的磨砺，她内心生活愈发丰富，有得到甜蜜爱情和享受生活情趣的热切愿望，但更多的时候是克制压抑着自己。今天，她少有的感情奔放一次，居然忘我地把他扑倒在地。这使得叶长河更加心仪他的这个四妹子了。

叶长河在迈进团部大门的那一刻坚定了一个念头：我要把四妹子栽遍我心中每一个角落，让她生根、发芽、结果。

这次会议，主要有两项内容。

一是传达学习新四军今后的发展战略。这一战略是："向南巩固，向东作战，向北发展。进到江北，进到苏北，一直进到和八路军汇合，最终占领整个华中。"作战方针仍然是游击战。

马团长对这一发展战略作了详细的诠释，并强调说："前一个时期，我团无论是安排一些营连休养整训，还是派出一些营连游击作战，都是军部根据这一发展战略所作出的决定，都是为接下来的重大行动做出的必要准备。这方面，各营连都能够服从这个大局，做得非常好，值得表扬。"

潘水玉听罢，看了叶长河一眼，悄声说："你擅自行动，炸了鬼子的码头和几条船。个人动机是好的，局部效果也不错。但对于这个大局就不一定妥当了。让你整训，你却出击，如果伤了部队元气，影响接下来的重大军事行动谁负责？所以说，你叶长河是有过错的，甚至是大过错。"

马团长停了讲话，说："我最讨厌上面开大会下面开小会。潘水玉，你想说话就到台上来说，我给你腾地方。乱弹琴！"

叶长河脸无悔意，还幸灾乐祸地作了个鬼脸。潘水玉见状，嘟囔说："上台说就上台说，有什么大不了的。那就先说说他叶长河那些事吧。"说着就要起身，叶长河一把拉住她，几乎哀求地说："快坐下，快坐下。我错了还不行吗？"潘水玉就不动了："行了，饶你这一次。"叶长河忙说："我会知恩图报的。"

马团长提高了嗓门："水上独立营的二位爷还有完没完了？这分明是目中无人嘛，我行我素嘛，这种习气惯不得。水上独立营回去先搞三天作风纪律整顿，其他营连会后直接来我这儿领受任务。"

其他营连干部便羞臊叶潘二人，起哄叫好。叶潘二人把头就低下了。

马团长又说了一句："光把头低进裤裆里还不行。我行我素的坏习气一定要尽快改掉。尤其你个叶长河，务必注意了！你若竖起耳朵，昂起头，听得清，行得正，我给你用武之地；你若翘尾巴不听话，我必斩之！让你当秃尾巴狼！"

会场又是一阵哄笑。叶长河心里直打鼓："马团长不会是知道了我擅自行动的事吧，不然，他怎么会这样小题大做、旁敲侧击我呢？"

会议的第二项内容是通报太平洋战争爆发的情况。

日本帝国主义为了争夺远东殖民地，独霸亚洲，发动太平洋战争。前两天，也就是12月7日，日本海空军突然袭击珍珠港，美国太平洋舰队遭受重大损失。8日，美、英对日本宣战，11日，德、意对美宣战，太平洋战争爆发了。

就是在12月7日的当晚，日军对停泊在黄浦江上的两艘英美军舰采取了措施。一艘是英国的炮舰海燕号。日军派出两名军官上舰去招降，被海燕号当即拒绝。在日军官离舰后，舰上所有官兵也即上岸，然后自己炸沉了海燕号。另一艘是美国炮舰杰克号。杰克号炮舰上配备有一套高效率的无线电通信设备，担负着美国总领事馆的通信任务。也正因为有此任务，杰克号奉命没有自行炸毁，期望日军发善心留下杰克号，以保持其与国内的通信联络。但是日军即刻拆走了这套通信设备，俘获了杰克号炮舰。被俘前，杰克号舰上大部分船员跳入黄浦江，潜游到一艘巴拿马货轮上躲了起来。杰克号舰长没有离舰，被日军抓获关押起来。

听到这里，叶长河心"怦怦"直跳，悄声说："杰克号可是一艘好舰呀。我认识舰长瑞恩，他是我的好朋友。"

潘水玉想起前些天杰克号舰差点触雷的事，心里酸酸的，就说："一艘好舰落在鬼子手里，真可惜了。"

马团长又停了讲话，扫了一眼台下，说："叶长河、潘水玉，自觉点行不行呀？你俩有啥话憋不住，干脆说出来给大家都听听。"叶潘就又低了头不说话了。

旁边的一个营长一举手说："报告团长，叶营长说他认识那个美军舰长，叫瑞恩，还说他俩是好朋友呢。"

马团长一笑："呵呵，叶长河神通广大，好像你也认识美国总统，听说他是你三舅姥爷，对吧？"会场又笑倒一片。

叶长河没笑，一脸凝重，站起身来问："团长，日军把杰克号舰上的人关押在什么地方了？你知道吗？"

这下，马团长不笑了，说："看来叶长河还真认识那美军舰长，不简单哩。可我不知道那个瑞恩的下落。不过，这些都不是咱独立团要管的事，你就别操这个闲心了。咱们接着开会吧。"

接下来的会议内容，叶长河再没有听进去一句。他的心早已跑到杰克号舰上去了。

党组织负责人、政治教导员潘水玉回到水上独立营后，认认真真地整顿了三天队伍，尤其给叶长河好好地上了一堂政治课，进行了一番组织纪律性教育。

潘水玉一再警告叶长河，如果以后他再出现违纪行为，就新账旧账一块算，全都报告给马团长。他极为老实地点头称是。

潘水玉笑说："知错就改，态度不错，你还有得救。你可要慎独自律哟，我可要以观后效哟。"

之后，潘水玉和叶长河一起去马团长那里领受了一项重大作战任务。马团长指天叮嘱：此战，只能胜，不能败！

第二十一章　椅城之战

旺水浜，是江洲湾的一个重镇，头枕左川河，脚伸右川河，左右通江，湖河水旺，山势高居，易守难攻。因其地势像一把躺椅，又称"椅城"。

数月前，新四军军长陈毅说，新四军担负着配合主力、配合正面、配合会战的伟大任务，成为吸引敌人、扼制敌人的铁手。各部务必不辱使命，英勇善战，相机出击，克敌制胜。

数月后，日本陆军大臣说，椅城之战，标志着新四军新一轮反击战的开始，日军从此再次向下坡滑行。

中秋节的当月，新四军特纵二支队和三支队奉命组织实施"椅城之战"，而特纵三支队独立团的水上独立营，则成了椅城之战一个极为重要的棋子，其扮演的角色能否成功，决定着整个椅城之战的成败。

叶长河、潘水玉大会上挨了敲打批评之后，到马团长那里领受的正是这项艰巨而光荣的任务。

仲秋时节，河汊水网变得墨绿，而枝头上的叶子仍没有摇落的意思。领受任务后的叶长河，自感压力巨大却又信心十足，对潘水玉说："椅城之战，枝头上的叶子将全部被子弹打落、被炮弹震光。我预测，椅城之战我新四军必胜，但会胜得无比惨烈。你我要有战死的思想准备。"

潘水玉冷冷一笑："自加入共产党新四军那一天起，就做好了死的准备。数经战斗而没有死，躯体已经是赚来的了，这命随时可以奉献出去。这一点，无须你一个营长给我教导员来做思想工作。"

叶长河呵呵一笑："我不想死，我也不想让你死。我与你的美好生活还在后面等着呢，包括爱情生活。因此，我们必须全头全尾地迎接胜利的到来。"

潘水玉眼眉一挑："什么爱情生活？大战在即你可别拿儿女情长来撩拨我，眼前要集中一切精力打好这一仗。今天，爱情生活这撩人的话题可是你先提起来的，你要为这话负责。咱们秋后算账。"

叶长河不再接她这个敏感话茬，他的思维瞬间进入了椅城之战之中。每当这种时候，他的神态极富感染力：目光落在近前，眼神却深不可测，去了遥远的某个地方，表明他脑子在飞速运转，仿佛探进了异常复杂、瞬息万变的战场；言谈抑扬顿挫，节奏感极强，配上恰到好处的手势和或疾走两步或慢踱三步的身姿，让人不由自主地把心都投放在他身上。

此时，潘水玉已经被他紧紧吸引住了。

"这次特纵二支、三支的作战任务是用其两千余兵力，全歼江洲湾地区的近四千日伪主力。任务之艰巨可想而知，听上去似乎是个神话故事，实则不然。

"从理论上讲，每个战斗、战役中都有一个敏感点。抓住这个点即能触摸到敌军之主神经，运用好这个点即打乱了敌军的阵脚，于是奇妙的战局态势便主动出现了。

"新四军的长处是游击战，可江洲湾一线是水网地带，看上去没有回旋余地。在日军眼里，惯于游击作战的新四军绝对不会到水网地带来摆战场。椅城之战的敏感及微妙之处就在于此，我特纵二三支队恰恰就在江洲湾布设伏击圈大打出手。前提是不得让日军提前知道我之意图。

"当然，日军不会主动进入我伏击圈的。我军的方针是诱敌深入，后退决战，外围包抄。这就需要一支水上作战经验丰富，战略战术素养高，而又勇于牺牲、敢打硬仗的部队去承担。是谁？舍我其谁呀！马团长以我水上独立营的招牌抢得了这一任务。现在，我才懂得了早前让我营在展村休养整训的备战意图。原来马团长是让我养肥了膘来驾大辕呀。

"我水上独立营的任务虽然就八个字：诱敌深入，后退决战，可具体过程是极其复杂的。故意遭遇日军进攻，我则边打边撤。既要牵着日军走，又不能为敌所包围。以我营兵力吸引日军进入决战地带，二三支队其他部队在外围形成包围圈。追赶我营的部队被包围，日军必将增派部队来救援。我则提前预置，实施更大规模的打援包围，使其进退都亡。这正是，攻敌所必救，消灭其救者；

攻敌所必退，消灭其退者。然而，要想达到这个效果，关键在于我军外围部队要围得住，打得猛，里面的我营又要顶得住，不被吃掉。

"由此可见，我营之任务是多么艰巨。其战斗部署务必严丝合缝，环环相扣。战斗打响后会险象环生，存亡难料。总之，此役我营若一招失算，会全盘皆输。呵呵，战场上的复杂性和冒险性莫过于此。我之取胜的机遇也在其中。

"孙子说的十而围之，指的是战略上可以以少胜多，而战术上必须以多胜少，而我无论战略、战术上，都只能是以少胜多。我之若想全胜，也只有以奇制胜，小奇小胜，大奇大胜。这次首战用我，也正是用我水上独立营的一个'奇'字。我水上独立营近一年多来，屡次奇袭敌舰，我的冲锋号及那奇特的口号令敌闻风丧胆，也遭敌恨之入骨，日军恨不能一口活吞了我。你想想，日军一旦瞧见我的影子、揪住我的尾巴，他们会怎么办？穷追不舍，赶尽杀绝呀。也正基于此，马团长的一句话出口，就为我营抢得了这一任务。'水上独立营是一块上等的诱饵，可日军吞到嘴里将会嚼不动、咽不下，还会被扎烂上腔，撑破嘴巴'。"

潘水玉发现，在如此巨大的压力下，叶长河竟然能泰然自若，侃侃而谈。他思维之清晰，分析之精辟，研情之透彻，信心之坚定，在潘水玉头脑中刺激出两个字："战神！"

潘水玉一跺脚："决战死地！你在我在，你亡我亡。我四妹与长河哥同生死。如何？"

"四妹，一言为定！"

"长河哥，决不食言！"

"四妹，你已经食言了。因为你早前说过，不许再哥呀妹呀地叫，可今天你没称呼一句同志。"

"营长同志，我发现你这人很矫情。"

"教导员同志，战地也浪漫，战火也生情。自古战争中皆有之。"

乳白的晨雾厚重浓稠，凝久不散。左川河与长江交汇处的山坡树林中，静谧悠然，连虫鸟的吟叫声也没有。太阳裹缠着似纱浓雾，挣扎着，翻腾着，许久才升起，不明不暗地悬浮于空中。

水上独立营提前侦察到，夜前日军五艘运输船停靠前方码头，第二天将继续前行。摸到这一情况后，潘水玉说："如果我营入夜用水雷袭击码头上的兵船，或者在航道布雷会有什么效果？"叶长河说："兵船上的鬼子都要上岸宿营，水雷也只能炸船而消灭不了兵员。再说，眼下码头重兵把守，也难以布雷成功。时下季节长江水势又暴涨，航道沿途布雷也不具备条件。但是，我们完全可以诱敌深入，实施椅城之战计划之前奏。"

敌船夜宿码头的情况，特纵二三支队领导层也提前探知，觉得时机已经成熟，于是，决定即刻拉开"椅城之战"的序幕。

叶长河带一连趁夜色进入了左川河与长江交汇处的山坡树林里，等待着天亮后日军运输船的到来。

当太阳还未摆脱浓雾缠绕，江面上雾气弥漫的时候，大家听到了前方传来了船队的轰鸣声。"怎么雾还未散尽，鬼子船就出动了？马上行动！"鬼子船这么早过来，多少有点出乎叶长河意料。

日军船队在雾中沿江前行，当路过左川河入口处时，前面船上的鬼子便发现影影绰绰的江雾中，有四条渔船十分可疑，不像是下网捕鱼，而是在搬运黑乎乎的圆状物正往水里放，见不远处有兵船经过，便慌作一团，开船就跑。

日兵船上有眼尖的兵士高喊："有人布雷！"就朝四条渔船射击。渔船上的人也开枪还击。显然，渔船火力顶不住兵船上的火力，渔船向左川河里逃去。

日本兵对中国人的布雷队早已恨之入骨，但很少能见到这些人布雷，这次一见，就毫不犹豫地绕过布雷点，气势汹汹地追进了左川河。

四条渔船在一拐弯处停下来阻击了一次。叶长河站上船头吹响了冲锋号，喊道："天红了，地红了，刺刀红了，眼睛红了，杀呀！"然后，迎着日军兵船冲杀了一阵，但很快就被打了回来。

日军兵船听到这号声和喊声，先是一愣，旋即，就疯了一般扑了上去。一个鬼子大佐挥舞着指挥刀，恶狠狠地喊："这讨厌的冲锋号，这该死的布雷队，让大日本帝国的舰船吃尽了苦头，今天一定要消灭它。给我追！"

敌船追得紧，咬得死，打得猛。渔船加足马力边打边撤，不断有战士伤亡。叶长河的船殿后，装出全力阻击敌船的架势，跑一段就推下一枚漂浮水雷。待四枚水雷扔完，就只有鼠窜的本事了。由于水雷落水点是明摆着的，敌船很轻易地一绕而过。实际上，叶长河扔下的这些水雷都是假的，他知道日船不会傻傻地往上撞，只是做出慌乱之中乱扔水雷阻击的假象迷惑敌人。

渔船在水网地带绕来绕去，走的都是深水河道，日船追击除了不断遭到四条渔船的微弱阻击外，没有遇到其他障碍。

重镇旺水浜三面环水，一年四季碧色的水面上，商船、货船、大小渔船往来不断。前一个时期，新四军特纵二三支队备战椅城之战，依托护镇河构筑了二十一个坚固碉堡。后又根据叶长河的建议，在护镇河前千米水域之外的陆路与河汊交错地带，修筑了九个碉堡。只不过这九个碉堡是虚设的，是为策应叶长河的一个计谋而做。

今天，叶长河的这个计谋得到了应验。四条渔船把鬼子兵船引到那九个碉堡前，便迅速隐蔽到两侧的芦苇荡里，绕道向护镇河碉堡开进。而这九个虚设碉堡里，提前埋伏下部分战士，猛烈阻击敌船。敌船停下炮击九个碉堡，战士们打了一阵便迅速撤离。这些不堪一击的碉堡被击毁，极度狂妄的敌船则杀气腾腾地冲进护镇河外那千米水域。这时，日军看见的是那四条渔船正驶入护镇河，他们以为渔船是刚从前面千米水域直接驶过去的，于是，五艘敌船便横向一线拉开，毫无顾忌地深入千米水域，向旺水浜镇发起攻击。不多时，叶长河提前布下的水雷阵发挥了威力，有三条敌船在水雷阵中先后被炸，船体倾斜，鬼子以船体为掩体发起攻击。其余两条没有触雷的兵船停住不敢前行，原地炮击护镇河碉堡。

敌船沉停区域正在碉堡武器射程之内，叶长河指挥全营全力还击。

打了一阵，叶长河身上就出了冷汗，有两个情况出乎了他的意料。一是日伪军不断有大量兵员涌出船舱参加战斗。他估算了一下，大概有五六百鬼子和伪军。这之前，独立营只侦察到有五艘运输船，看到每条船上只有十几个人活动。没想到这些船舱内不是物资，而是装载了大量兵员。二是这些船原本是溯江而上准备去开展扫荡活动的，上面的兵都装备精良，还带了不少小钢炮、重机枪等重武器。现在，日伪军虽然被困在五艘兵船上，但火力却非常猛烈，明显压制住了碉堡里的火力，有两个碉堡已被炸毁。而水上独立营却没有火炮，不能有效击毁敌船。

按原计划，旺水浜镇只有水上独立营二百多人担负诱敌深入和阻挡敌人的任务。由于日兵船比预料的启航时间早，发现情况后又追得快，叶长河渔船跑得也快，到达旺水浜镇外后，特纵二三支队负责迂回围攻的部队还没有到位。这样一来，独立营面临的形势就十分危急了。一旦船上大量鬼子在火力掩护下采取突击行动，后果难以预料。

果然，日军很快就派了近百人下湖摸雷，意在为两条未被炸坏的船继续进攻扫清道路。摸雷的鬼子采取了简单却是玩命的方法处置水雷：摸到了即系上手榴弹拉响引爆，有的鬼子被当场炸死，但还是不断有鬼子下去摸雷。

叶长河见状，一边命令营里仅有的七挺机枪打击下水的鬼子，一边组织营里突击队驾船突击出去，拟在护镇河外围再强行布一线水雷，以阻止敌船靠岸。

日船发现了叶长河的意图，集中火力阻击布雷。布雷队员伤亡很大，渔船上的水雷还没等放下去，就被鬼子的重武器击爆了。

此时的叶长河眼前面临危机，心里却还想到了另一个深层次问题："兵船上的鬼子没有受到重兵打击，就不会发电请求增援。不来部队增援，新四军椅城之战的战略意图就难以实现。"

"我的战略专家，都什么时候了，你还考虑战略全局。你还是看看眼前的险情吧。原先估测，这五条运货的船，负责押运的不会超过一百鬼子兵，没想到舱里还有那么多兵员，武器还那么好。本来让你引条狼来打一打，好家伙，你却一下招来五只凶残的老虎。如果在我大部队到来之前，让日军攻占了旺水浜镇，那后果不堪设想。"潘水玉催促道。

迟迟不见外围部队到位，水上独立营官兵一下进入了恐惧状态。

"眼前只有一条路：给我狠狠地打！一定要打疼他！只有打疼他，他才能搬来救兵。"叶长河虽然身上出了冷汗，可脸上呈现出的还是镇定自若的表情。他不能让战士们看到他慌了，乱了。"一要集中火力把下水摸雷的鬼子消灭；二要强势压制敌船火力，掩护我突击队布雷。"

片刻，潘水玉在一边大喊起来："营长，小鬼子不怕死，水雷不断被引爆。我们压制不住敌船的强火力，布雷队还是出不去呀。"

"你嚎什么嚎？难道我没看到这些？！"叶长河呵斥道。

叶长河看清了眼前形势，知道不尽快拿出良方，强大的鬼子转眼就会攻下他的护镇河阵地。

被叶长河呵斥过的潘水玉急火上房，满头大汗，扯开衣领用手扇着凉风，不由自主地骂了一句："妈的！"

叶长河听到骂声，扭头狠狠地瞪了她一眼。突然，脑袋里一道闪电，他看到了潘水玉脖颈处的粉红衣衫。

战场上指挥作战，有时候很难说是凭着什么理论和经验，也许就是一闪念，一个凭空冒出来的念头，就决定了怎么打才能变劣势为胜势。见到潘水玉的粉红衣衫，叶长河想起了少年时期，他和水玉、二龙带二百多少年，在旺水浜芦苇荡玩"捉俘虏大战"的事。那次，顽童们用火攻成功阻止了要抓他们回家的大人们。

"对，用火攻！水玉，火攻湖中敌船。"叶长河大手一挥，叫道。

椅城之战开始前，部队已经把旺水浜镇里的老百姓，用各家的渔船疏散到镇外芦苇荡里去了。养伤的二龙本来也要求留下参战的，被叶长河硬逼着同老百姓一起躲进了芦苇荡。

此时，叶长河斩钉截铁地说："独立营继续正面阻击，让芦苇荡里的渔船装满干芦苇，再浇上柴油，从三个方向围攻鬼子兵船。记住，靠近敌船后再点火。"

"你这个想法可行，但通知散落在芦苇荡里的老百姓得需要时间，恐怕来不及了。"潘水玉急得直跺脚。

叶长河倒沉着，说："二龙就在百姓当中，群众里面也还有一些儿时玩伴，没准有人还记得火攻大人船的事。就这样定了，旗语传令吧！"

"谁还能记清小时候的旗语？"潘水玉觉得不可靠。

叶长河急了："死马当活马医吧。至少二龙可能会记得，前些天闲聊时我俩还提起过小时候的那些趣事。赶快行动吧！"

潘水玉已顾不得羞臊，当着众人的面，三两下扒掉粉红内衣，只穿了件胸衣，抓了一盒火柴，冲旁边高处的旗杆跑去。

她急急攀上高高的旗杆，挥起粉红衫衣，反复打起了少时旗语，然后，一把火点了红衫衣，挥舞了几下，又顺势点着了旗杆上的旗子。

镇子方向剧烈的枪炮声，早已把芦苇荡里群众的眼睛吸引过来。大家翘首望着战场上的一举一动，尤其二龙更是心急如焚，恨不能一下飞到战友身边。

正是在这个时候，二龙首先发现旗杆爬上了一个人，先是用红衫示意什么，后又挥舞火衫，抛向空中。二龙脑袋里的两根弦"嚓"的一声搭上了火，想起了儿时火攻大人船的游戏，心里似乎感悟到了什么，又见旗杆上连红旗都点着了，想必是战情万分火急，加上他一直注视着战场进展，一下子就明白了旗语的意思。其他各芦苇里的少时玩伴，也有二三人看透了旗语。于是，大家便奔向自家的船。

不到半小时，二龙的船首先开出了芦苇荡，相继又有五六十条船从不同方向冲鬼子船围攻而去。

鬼子船正在集中精力炮轰正面碉堡和组织下水摸雷，没想到左右和后面有异常情况，等发现不妙时，众多草船已经到了眼前。日船迅速分出火力阻击渔船。渔船已进入了敌炮火死角，又有芦苇垛挡着，枪弹难以打着船上的人，却把船上芦苇打着了火。

鬼子慌了手脚，那两条没被炸毁的兵船急忙掉转船头后撤，在渔船合围之前，突围出去，冲进了后面河道。

几十条渔船点着了火，团团包围了三艘倾斜兵船，二龙的船率先撞了上去。撞船一刹那，他跃入水中，朝护镇河方向游去。其他各船也都撞向兵船，船工纷纷跳水。

仍攀在旗杆上的潘水玉，真切地看到了这一壮观场面，大喊："营长，独立营武装渔船赶快出击呀！"她话音未落，早有准备的叶长河带渔船冲出了护镇河。

一时间，手枪、步枪、机枪以及火铳枪、大抬杆等武器，一起向敌火船射击。接近后，手榴弹黑压压一片，飞蛾投火般扎了上去。敌船上火势愈加猛烈，只见甲板上火人乱舞，"哇啦哇啦"乱叫，再不见枪炮还击。

那两艘突围出去的兵船见状又返身冲回来救援。叶长河很快判断出，他的渔船难以在湖中与两艘完好的兵船抗衡，就急令迅速撤回到护镇河，继续依托碉堡阻击。

敌兵船打红了眼，急追过去。

这时，新四军部分外围部队赶到，乘武装渔船从后面包抄过来。

敌兵船已经发现镇守碉堡的兵力实则薄弱，就集中火力主攻碉堡，想一举拿下镇边阵地，再回头依托碉堡阻击外围新四军。

有情报传来：日军增援部队已临近旺水浜。新四军特纵二、三支队的主力都各司其职，准备伏击打援，派过来包抄这两艘兵船的部队只有马团长的独立团一部。

战斗总体走势大致还在新四军预料之中，只有一个环节出现了偏误：水上独立营诱敌的速度比提前预测的要快得多，引来敌人的数量也比提前预测的要多得多，其装备也强得多。这就给水上独立营的任务增加了艰巨性和危险性，也给独立团实施包抄增加了很大难度。

叶长河能否顶得住，不被吃掉？马团长能否尽快围得住，消灭敌军？这对二人来说都是一个严峻考验。

现在，水上独立营的力量用到了极限，但还是力不从心，越来越难以抵挡兵船上日军的攻击；马团长的人马拼死围歼日船，但就像包大肉丸馅的饺子，就是捏不死边沿；芦苇荡里的老百姓，渔船都用在了火攻上，也伤亡了一些人，手里再没有可用的武器，干着急，用不上劲。

叶长河觉得，打了这些年的仗，从来没有像今天这样难以把握局势。他向潘水玉投去询问的目光，对方无奈的眼神告诉他：没有好办法！

叶长河怒发冲冠，好猖狂的鬼子！老子要是有炮，非炸你个支离破碎不可。随即，他向全营发出号令："坚持，再坚持！直到打完一枪一弹一人，为国捐躯在所不辞！"

叶长河把大龙、二龙和潘水玉叫过来，拟采取决绝行动："水雷是独立营最有威力的破敌武器。我带几条渔船装上水雷去撞兵船，与鬼子同归于尽。当然，冲击途中，渔船上会有水雷被枪弹击中爆炸。但没有办法了，只有看这一招的运气了，能撞上一条算一条。拼了！"

然而，潘家兄妹坚决不同意叶长河带船冲击，要他留下指挥战斗，由他们兄妹三人带船去撞敌船。叶长河则坚持亲自去。

潘水玉掏出那把勃朗宁手枪，顶住了自己的脑袋，瞪着通红的眼睛，盯着叶长河，等他表态。无奈，叶长河命令潘家兄妹三人备船装雷，杀出去。

后面的马团长也采取了决绝行动，命令各船顶着枪林弹雨冲击敌舰。由于敌船主力精力在正面方向，马团长的六条渔船冲进了敌炮火死角，靠了上去。鬼子急忙调转枪口，阻击马团长的人上船。这样就造成了正面方向的火力减弱。

战机稍纵即逝。叶长河急令独立营全体上船出击。战士们"呼啦"一下就驾船急驶而去。这时，潘家兄妹刚把一枚水雷抬入一条渔船的舱里，叶长河就跳了上去。

叶长河吹响了冲锋号，然后高喊："天红了，地红了，刺刀红了，眼睛红了，杀呀！"

潘水玉怀抱一挺机枪，卧在船头。她的机枪此时格外愤怒，她眼睛也早已怒火四射。她真切地看到：天真红了，地真红了，战士们的眼睛也真红了，嘴里共同喊出了一个字："杀！"

快接近敌船时，就听叶长河大喊："四妹，闪开！"潘水玉刚起身，叶长河和三个战士就把水雷搬上了船头。船一加速，窜了出去。

潘水玉觉得被人一把拉下了船。入水后，她怀里还抱着那挺机枪，被人夺过去扔了。那人拉着她急速潜水离开原地。片刻，就听到身后一声剧烈的爆炸声，一股猛烈的水流撞击着她身子往前冲。

潘水玉觉出，拉她的那个人是叶长河。俩人的好水性，足可以一口气游出爆炸伤及的范围。二人露出水面，看到水雷撞炸的那条敌船半沉下去，战士们已经占领了那船，正冲落水的鬼子射击。

另一条船还在敌人手里，鬼子正在组织四面还击，火力依然不弱。新四军围而难攻其上，双方处于僵持阶段。独立营不断有战士中弹身亡，有的渔船也被炸着了火。

这时，就见一条渔船左躲右闪地靠上了敌船，一个战士从锚链处爬上船首，遭到了鬼子枪击。那战士晃了晃身子，突然，拉开衣襟，露出了绑满手榴弹的胸膛，扑向了驾驶室。一声轰响，敌船熄火。

叶长河等数十人借机急攀上船，一阵枪战，消灭了甲板上的敌兵，又一起把手榴弹扔进了底舱。

潘水玉扑向驾驶舱，哭喊着："二龙！二龙！"叶长河这才知道，刚才身上绑满手榴弹的战士是二龙。

至此，五艘运输船上的敌人被全部消灭，外围的打援伏击战还在继续。

马团长命令独立团官兵利用敌残船构筑工事，以便迎战随时可能冲过来的敌人。

叶长河说："敌人不一定能突破得了我外围部队，我们不如带渔船冲杀出去，支援外围。"

潘水玉为二龙的牺牲伤悲至极，但还算冷静，说："我们的任务是坚守镇边防地，只要战斗还没有结束，就应该钉在这里，随时准备迎敌再战。这个时候不能有侥幸心理，旺水浜镇务必万无一失。"

"营长教导员说的都有道理。我看这样吧，叶营长带一部分没有受伤的战士前去援外。潘水玉带其余兵力协助我在此备战来敌。"马团长说。

叶长河二话没说，带五条轮机渔船迅即离去。

日军两支援兵部队是从左川河、右川河分别进入江洲湾水域的。这一带江串湖，湖连河，江湖相依，水陆交错。新四军特纵二、三支队，依托水中芦苇荡、通陆湖中岛和神出鬼没的渔船，以及由水上独立营提前布设的水雷阵，阻击来援的十九条日军炮艇。

叶长河一进入外围，看到战场态势，就知道战斗正按照提前预置的计划进行，且已经进入了尾声。

来援的这些鬼子炮艇吃水浅，吨位小，速度快，远不如那些运输船抗打击，现已经有十六条被击毁。三条炮船见势不妙，向外突围逃跑。湖岛子上的战士没有阻击住逃跑之敌，后面上来四条渔船开足马力追击，可也渐渐被日炮船甩掉了。

叶长河见状，急速带他的渔船从一条近河道穿插过去拦击敌船。而这条近河道是水雷区，本来是诱敌船进入的，可敌船见败局已定，掉头跑了。

特纵二支队一个团长见叶长河的船要闯雷区，忙把自己的船一打横挡住了去路。那团长挥着手枪说："你是哪一部分的？岂敢在这里乱闯乱窜？赶快回去！"

叶长河与这团长互不相识，就说："什么叫乱闯乱窜，我在追击敌船，你没看到敌船跑了吗？赶快给我让路！"

那团长说："追敌船是我团的任务，你没看到我的人正在追赶吗？年轻人，我是为你好，这河道布满了水雷，你进去会粉身碎骨的。"

叶长河见敌船越跑越远，就急了："这里面的水雷是长了眼睛的，它能炸自己人吗？你别在这儿碍事，放跑了敌船，我拧断你的脖子。"

那团长见有人在他的任务区耍横，就更不让路了。叶长河"砰砰"冲那团长船头开了两枪，一挥手，上去了五个战士，扭住那团长，把他的船强行开到了一边。

叶长河带头船进入了河道，盯紧水面，绕来绕去，闯了过去，后面的四条渔船跟着他的路线走，也都安全闯过。

那团长看得目瞪口呆，惊呼："这水雷真认自己人哪，五条船居然从雷区过去了。"叶长河的战士说："这是水上独立营营长叶长河。这里的水雷都是他一枚枚布下的。你明白了吧？"那团长好像明白了，又一瞪眼："明白什么？三支队的营长太不把二支队的团长当回事了吧？居然敢向本团长开枪，我要去上面告他。"那战士也不示弱："如果放跑了敌船，叶营长还去告你哪。"

叶长河从雷区斜穿出来，只见三条逃跑的敌船正从前方驰过。他惊讶地看到，其中一条正是"杰克号"炮舰。虽然舰号改成了"绿丸号"，但他一眼就认出它就是被日军俘获的"杰克号"。

然而，"杰克号"舰和另一条炮船已经跑了过去，只剩下了后面的一条船。叶长河大喊："截住后面这条炮船。独立营，两面包抄！"

叶长河站上船头，急促吹响了冲锋号，高喊："天红了，地红了，眼睛红了，给我撞舰呀！一定撞停它！"

五条渔船左二右三迎面冲向那条敌炮船。双方对射，敌船躲闪，渔船紧逼着从不同方位撞了上去。撞前一刹那，渔船上的战士都灵便地跃入水中，游向了湖中一个小岛。

除了两位战士没有回来，其余三十三人都爬上了岛。叶长河喘着粗气，盯着被撞坏的敌船，看到上面的鬼子急得乱喊乱叫，四处乱放枪。他说："接下来就没我们的事了，大家躲个地方看热闹吧。可惜呀，眼睁睁地看着杰克号溜了。"

特纵二支队那个团长过了好久才追了上来，二十多条渔船把那条敌船团团围住。

打了一阵，难分胜负。敌船大而坚固，火力也不弱。二支队渔船人多势众，火力却不及。敌船跑不了，渔船上不去。双方只有耐着性子枪来枪去。

叶长河不屑地说："二支队大部队一时上不来，眼前的队伍又没炮没雷，也缺少二龙那样勇敢的战士。这仗一时半会儿消停不了。先前那团长冲我大喊大叫，说追敌船是他们团的事，现在看他怎么收这个场吧。"

这时，有战士惊叫："营长，你快看，刚才那两条敌船又返回来了。他们是来救同伙的。"

"呵呵，没错，是杰克号，但眼前我真是拿它没办法。哎呀，两条敌船来救援，二支队那个团长的渔船要遭殃。怎么办？"叶长河感到情况严重，抓耳挠腮不知如何是好。

突然，叶长河说："兄弟们，大家赶快到岛边最前沿，隐蔽好，分散开，制造这个岛上有大量伏兵的假象，把那两条敌船吓回去。一会儿，我一吹冲锋号，大家一齐朝敌船来的方向开枪。把子弹一口气都打光，能有什么结果，就看运气了。"

叶长河吹响了冲锋号，三十多条枪一齐开火。"天红了，地红了，刺刀红了，眼睛红了，杀呀！"战士们一边开枪，一边大喊口号。

不一会儿，奇迹出现了。两敌船见右前方岛上有伏兵，就急忙调转船头，自顾自地逃掉了。

大家欢呼跳跃。叶长河一挥手："都过来吧，我们接着看热闹。"

看了一会儿，叶长河说："这仗打得没看头。我困极了，先打个盹。那边结束时，你们叫醒我。"

叶长河抱了两把杂草一铺一盖，很快发出了鼾声。

不知过了多久，战士们喊醒他："火势很猛，看来草船是浇了柴油的。"二支队援兵已到，带来了堆满干芦苇的渔船，点着了，一圈火船围上了敌船。

火船四周一烧，敌船引发了大火。一阵手榴弹扔上去，结束了战斗。

岛上瞧热闹的战士说起了风凉话："二支队的战法没新鲜玩意儿，都是咱叶营长玩剩下的。要说雄才大略，没人比得上咱水上独立营营长。"

叶长河说："别说这些没用的。我们就在这湖中孤岛上待下去呀？赶紧朝二支队的人喊话，派船过来接我们呀。"

战士们就冲那边船喊话，可那边正在打扫战场庆祝胜利，没人理会这岛上。

"二支队凭什么不理老子！忘恩负义的东西！"叶长河说着，站起身，冲那边吹起了冲锋号。

二支队有船过来了，正是那个曾阻拦叶长河的团长。一见叶长河就笑说："怎么？叶营长不光冲我开枪，还冲我吹号，难道要打二支队的冲锋不成？！哈哈，叶长河的冲锋号名不虚传呀。吹停了一条鬼子船，吓跑了两条鬼子船。叶营长对二支队是有功的，我给你请功。"

"请功就算了。你别去告我的状就行了。"

"当时我拦你可是好意呀，怕水雷炸死你。谁能想到那些水雷就像你养的狗，认自家人呀。你叶长河是个神人，我服气。咱们不打不成交，今后就是好朋友了。我姓李，人称李二孬。"

"幸会李团长，早听说你的大名了。抗日大英雄嘛，你这个朋友我交定了。以后还请李团长多多指教。"叶长河拥抱了一下李团长。

李团长说："我先请教叶营长一个问题吧。那河道里的水雷认识你叶长河，认识不认识这一带的渔民呀？"

"团长同志，我明白。这少得可怜的水雷可是宝贝，还要留着炸鬼子呢。"叶长河命令道："大家跟我去排雷！呵呵，自己排自己布下的雷，这还是头一回。"

叶长河正想走，李团长又拦住他："我说叶营长呀，你确实不是个凡人，可我劝一句，以后可别动不动就冲自己人开枪，这可是个原则性问题呀。"

"你看你看，大英雄也有小肚鸡肠的时候，还真记上仇了。我再次向团长大人道歉！"叶长河向李团长鞠躬。

"我是怕你叶长河忘了我，我得揪住你这个小尾巴不放手呀。"李团长上去和叶长河勾肩搭背，离去。

第二十二章　诸葛连弩

新四军"椅城之战"大获全胜，气急败坏的日伪军很快调集兵力，在江南展开了大规模"扫荡"。

这期间，新四军特纵二、三支队又领受了几次艰巨任务，有小胜，也有失败，战斗减员不少，但总体上达到了"牵制日军江南兵力，策应我抗日主力会战"的战略目的。

之后一个时期，江南新四军各部被调去了江北，只留下独立团在江南与敌周旋：保存自己，牵制敌人，有把握就打一仗，遇上强敌则游而不击或者击一下就跑。

经过实战锻炼，潘水玉军事政治素养有了明显进步。她把这个时期水上独立营的作战方针做了一个形象比喻："水上独立营与鬼子大部队，就像牛蝇叮野牛一样，逗它、咬它、搔它的痒，吸它的血，把它激怒、斗火，惹得它暴跳如雷，拖得它筋疲力尽，尔后寻机一口一口吃掉它。"

叶长河关注潘水玉的进步，赞扬潘水玉的进步，在战士们面前夸得她抬不起头来："现在的潘水玉同志，外表沉静如水，给人的感觉却像座冰山，露在水面的只是极少的一部分，而博大的根基是潜在水底的。这就叫藏而不露。泰山崩于前而色不变，麋鹿兴于左而目不瞬。这是一种什么感觉？这种感觉对部队是一种无形的震慑力，也是莫大的凝聚力。"

潘水玉低着头听完，抬起头却脸无悦色："你这是夸张捧杀，虚赞假扬。这段时间没有仗打了，你叶营长闲着没事，把战术玩到我教导员身上来了。我看，你是想让我夸夸你吧？！椅城之战，你叶长河名声大作，你好不得意，可我，就是不夸你。"趁战士们不备，又悄声加了一句："上面也没有消息要提升你呀。你白得意。"

叶长河却大声说："升官有什么意思？捕获那颗绿丸子才过瘾。"自椅城之战后，他心思就没离开过绿丸号舰。

最近，在日伪"扫荡"中，江洲湾一带又见绿丸号的身影。它出现时的阵容常常是这样的：前面有两条扫雷艇并排一线，之间连着指头粗的钢缆，在水面上划出简单的水线，而牯牛大的水雷经钢缆一扫，便轰然而炸。与扫雷艇百米之距的便是绿丸号及其他三两艘炮艇。

布下的水雷两次被日军扫雷艇清扫后，水上独立营就没有再贸然行动。水雷所剩不多，留着在关键时候发挥关键作用。

鬼子受到新四军阻击少了，出入江洲湾就更猖狂大胆。叶长河琢磨，在日军放松警惕的时候，寻机俘获绿丸号炮舰。

江洲湾东南地段是气候分界线，南雨北风常交汇于此。这一天，上午还晴空万里，中午时分突然乌云密布，风雨交加。

日军绿丸号炮舰正行至在看上去不会有埋伏的安全河道，瞬间经历了这次天气突变。

风雨把天地连为一体，五六米开外看不见任何东西。绿丸号前面的两艘扫雷艇和两艘炮艇，风雨之中减慢了速度。

近来，日军船只常来往于此，对这里的河道烂熟于心，今天的风雨阻挡不了其前行。倒是船上的兵士们要急着回去，想趁坏天气好好休息一下。雨下了两个多小时，这四条船行驶了两个多小时。雨停了，天晴了，船也到了港湾。

然而，殿后的绿丸号炮舰却迟迟没有返航。已经返回的日船慌了手脚，赶快按原路寻找下去。可转了一个来回，都没见绿丸号的踪影。立马向上报告，又派出去十几艘扫雷艇和炮船，扩大搜寻范围，还是未见其身，也没有发现沉船痕迹，绿丸号船上十五名兵员也活不见人，死不见尸。

之后，日军连续三天派出兵船在江南各水域寻找，未果。联系通告长江沿岸各水域部队，一致回复没有见到绿丸号炮舰。

最后下了三个可能性结论：一说是被新四军击毁或俘获；二说在风雨中沉

没;三说在鬼怪天气中被天兵天将收降。

日军横行中国江河的兵船无数,丢失一艘内河炮船也没什么大不了的,渐渐地,就不再有人提及此事。

然而,日海军陆战队一个名不见经传的小军官,却一直觉得绿丸号丢失得很蹊跷。椅城之战中,他曾驾驶着绿丸号参加了战斗。那天驾船在叶长河眼皮子底下逃跑的便是他。前不久,他被派去上海执行了几天任务,回来后才知道,绿丸号居然神秘失踪。

这个海军佐官五短身材,黑瘦干巴,形象猥琐,其貌不扬,却常把一句气吞山河的大话挂在嘴边:"长江生命力强盛无比,谁占有长江,谁就占有中国的昨天、今天以及未来!"同僚们都觉得他有资格说这句话,因为凡是长江通航的水道,都出现过他的身影,他对长江了如指掌。也正因为此,他对绿丸号炮舰出行可能沉没的水域进行过勘测,没有发现其残骸,而被老天收降的说法也显然不可信,他只有一个结论:绿丸号遭遇了新四军的暗算。

这个日军佐官叫川岛一郎,是个"中国通"。川岛一郎扬言,他一定要找到并消灭这支善用水雷的新四军队伍。他给海军上司长官的建议是,利用涧水镇汪伪政权的一个保安大队,采取隐蔽的方式,秘密完成此任务。

涧水镇所在地区与江洲湾毗邻,处在日伪政权的控制之下。此地较为富庶,这里的民众性情平和,脾性温柔,喜好和平,不善争执,不爱惹是生非。中日战争开始后,这个地界上基本上没有大规模的战斗或武装反日行动。正因为这一特别的人文氛围,日军对这里的控制比较松散,只在此设了一个伪保安大队,护卫着涧水河上的涧水桥,也为日军到周边各地作战提供一些后勤保障。

这一天,这个平时不怎么被日军重视的保安队伍,突然受到了青睐:大队长被提拔高就到其他部队任职,新调来了一个大队长,带来了两个日军小队和一批新装备及船只,并宣布了给每个官长和兵士统统增加一级薪金的命令。

这个新任吴姓大队长便是脱去日海军陆战队军装的川岛一郎,他以中国人的面孔出现在大家面前。他手下的两个日军小队和一个伪军中队,主要任务是守桥,另外两个伪军中队组成搜剿队,由他亲自统领外出搜寻一条神秘的军舰。他要利用这支由中国人组成的队伍,或强剿明查,或化装密寻,最终找到绿丸号舰的下落。

对战场上的军人来说，仗打好了一好百好，仗打不好再好也不好。眼下，叶长河在马团长那里正是一好百好的时候。因为他刚刚带领潘水玉和大龙等人，偷袭了绿丸号炮舰，没费一枪一弹，俘获了他少时心目中的这艘明星战舰。

叶长河对江洲湾东南方向的地理环境了如指掌。山丘、河汊、江湖、芦苇，从没有使他感到过是一种地理障碍。

这一天，风雨骤急。在江洲湾东南地段一条河道的拐弯处，行驶中的绿丸号炮舰突然发现，前面两岸斜坡上有多个方桌大小长着芦苇的泥根团块，借着风雨"呼呼噜噜"滑进河道。由于能见度差，来不及刹车，绿丸号一头撞上了芦苇团。赶快倒船，后侧两岸也滑下多块芦苇团。还没弄清是天灾还是人祸，两头芦苇团就挤夹过来。有日军兵士下到水中想推开芦苇团，可下去的再没上来，泛上来的是一片片红水。

这时，一个人裹挟着河水雨帘，旋风般上了绿丸号舰，手提一把神奇连弩，"噗噗"连发射出，一箭毙一人，手法极其利索，几个被雨水模糊了眼睛的鬼子还没来得及反抗即丢了命。

前面已经拐过弯去的日军四艘炮船，在风雨交加中，根本没有听到后边的动静。

叶长河提的那把精巧武器，正是他带出来的祖传宝物诸葛连弩。

老祖宗军事家诸葛亮无论如何也不会想到，一个上千年后的战士，会用他的连弩打了一场漂亮的奇袭战。

古代连弩首次用于现代实战，且效果奇好，叶长河愈发喜爱有加。

他把连弩箭杆从鬼子尸体上拔下，装入箭匣，不小心箭头上的血污沾在了连弩皮带子上，与祖父几十年前滴在其上的血迹相融。

叶长河脑海里一道闪电，仿佛听到了一阵嘶吼般鸣叫。这声音来自遥远的天空，在杂噪的风雨中清晰可辨。锐利的叫骂，愤怒的呐喊，爆裂般的呵斥，声声入耳，撞人心肺。

祖父魂魄与小日本鬼子不共戴天，岂能容忍叶家忠血与强盗污血融合在一起。

叶长河连忙把连弩皮带子上的鬼子污血冲洗干净。

诸葛连弩是一把神奇而精巧的武器。据书中记载："诸葛亮长于巧思，损益连弩，木牛流马，皆出其意。损益连弩，谓之元戎，以铁为矢，矢长几寸，一弩二十矢俱发。弩体极为轻便，步兵、骑兵皆能随身携带。"这些，是叶长河少时就在祖父书房里翻查清楚的。对照书上注解，他也曾多次偷偷把玩祖父的这只连弩，将 20 支箭依次从箭匣上的圆孔中装入箭匣，勾弦、拉弦、射击一气呵成，当箭道中的箭发射出去后，箭匣里的箭自动落槽，周而复始，实现了连续射击。别看此连弩通长不过 30 厘米，但杀伤半径竟然可以达到三十几米，不愧为一件高效小型的速射武器。叶长河喜爱至极，参军后，在炮火连天的岁月中，心时常被它所激荡。祖父留在连弩皮带子上的血迹，透着莫大的悲壮，永远刻在了他的脑海里。

在水下宰了鬼子的大龙和水玉上了船。叶长河指挥那些推芦苇泥团下滑的战士们，又迅速把这些芦苇团拉上岸去，恢复了原貌，消除了痕迹。

海军出身的叶长河亲自发动绿丸号，却怎么也摆弄不响，就赶紧开出四条机动渔船，拖了这炮船离去。

最终，叶长河领人把绿丸号拖进了一个宽大幽深半淹在水里的溶洞里，用崖缝里的几个大树棵子、崖壁上的藤草和芦苇遮掩好洞口。

这个溶洞的形成很巧妙，处在左川河一个急流拐弯的地方。河流拐角处是一条由悬崖绝壁构成的三十多米宽的深水峡谷，峡谷往里延伸 200 多米便到了尽头，一面植被繁茂的绝壁矗立在前，绝壁下便是那个溶洞，洞口被垂吊的植被掩盖着。

这个溶洞大而深。一半在水上，一半在水下。水面之上洞口高约 20 米，宽约 14 米，纵深约 130 米，洞内水深约 10 余米，洞顶有不少奇形怪状的钟乳石。

一般很少有船驶进这个死峡谷，更很少有人发现这个洞口。小时候，却被顽皮的叶长河、潘水玉发现了，一直没有告诉过任何人，他俩倒是常游进洞内玩耍。这成了这对少年男女共有的一个秘密。

自此，叶长河截获日炮船绿丸号的行动宣告结束。叶长河给战士们下达了死命令，不准擅自向任何人透露截获日舰的事。谁泄露机密，必受军纪严惩。

在战斗总结时，马团长自然是极力表扬独立营。潘水玉却揪住一个问题不放，说："在天公作美的情况下，完全可以把另外四条敌船都消灭掉。当时叶营长否了我的这个建议。能取得更大战果而未取得，这是不作为的表现，责任在叶长河同志身上。"

叶长河不这么认为，他说："收拾绿丸号是马团长事先批准的，执行时不能随便搞变通，这是个原则问题。你教导员不也是这么教育过我吗？"

潘水玉指了叶长河："你这是狡辩，拿团长作挡箭牌。谁还不清楚你心里的小九九，不就是怕一旦扩大战斗范围，有可能会把敌船打沉吗？说白了，你就是想全头全尾地俘获绿丸号。为了保全一条敌船，你放跑了四条敌船，你说这是什么性质的问题？你说话呀。"

叶长河还是那句话："我这是执行团长的命令。"

马团长说："看来问题出在我这儿。当初叶营长说要搞绿丸号，我说只要有机会有把握你就搞吧。我没考虑到同时来几条敌船应该怎么办。"

潘水玉说："叶长河可是考虑到了，不然不会选择在拐弯处设埋伏，目的就是依托河道拐弯放跑其余，只擒绿丸。"

叶长河说："没伤一兵一卒，没放一枪一炮，就俘获了一条名舰，我还有错了？这舰可是藏在我心里多年的杰克号呀。"

潘水玉说："分明能摘一筐苹果，你却只摘了一个。你说是对是错吧？"

马团长说："怪我命令没下完全。水玉同志你再较真，我这个团长就在全团大会上作检讨了。"

潘水玉哼了一声："你俩都该作检讨。官官相护。我想不通。"说完，走了。

潘水玉有意见归有意见，有事了叶长河一招呼，她还是自觉自愿地跟着他走。这不，没过多久，她和几个战士又陪叶长河溯江跑了一趟长途。

叶、潘又奔长江中上游的水雷而去。他二人派人先找到了开源镇富贵山货行的姜老板，两问两答对上了暗号。姜老板领人找到了雷恪。

雷恪并不问来者现在的身份，老朋友了，只要是抗日，他照旧秘密供应水雷。他说："长河、水玉，你们现在是何许人也，我不感兴趣，我关心的是，眼下日本人对长江过往船只卡验严格，你们如何把水雷运回到江洲湾？不过，这不应该是我操心的事。你们若做不到万无一失，就别揽这个活。"

事实上，叶长河已经提前侦察好了情况，只用了一招，就先后九次运回了九十三枚水雷。雷恪称赞道："叶长河奇人奇事奇招，叫绝！"

日军在江阴沉船封锁线处，打开了一条只可以通行一艘军舰的航道，专设了站点，除了疏导来往日舰以外，还检查经过的民船。近两年，检查颇有成效，曾经发生过中国特工和水雷队员，因为暴露夺路跳江，终被打死在江中的事。

叶长河的绝招，就是利用每天都要经过此地的运粪船队，把水雷藏在粪舱中从容通过封锁线，因为日军兵士见到这种臭气熏天的船只，多半是轻易挥手放行。有认真的兵士才会用竹竿伸进舱内反复翻搅，确认没有夹带才放行。

叶长河在粪舱底做了夹板，竹竿搅碰不到水雷。且叶长河专门安排在吃饭的时间通过站点，兵士们检查起来就更敷衍了事了。

然而，叶长河这一机智行为，在一天不得不中止。因为他发现，一个五短身材、黑瘦干巴的伪军长官出现在了检查口。这人瞪着狼一样的眼，盯着每一条过往的船只。

叶长河暗吃一惊，没敢靠近检查站，早早溜下船，只身一人上岸逃掉了。

叶长河后来才知道，那人便是丢了绿丸号的日军佐官川岛一郎。

这一个时期，这个川岛一郎以涧水桥为据点四处出寻，他找绿丸号舰都找疯了。

叶长河一照这个川岛一郎的面，心就一下子提了起来。他真切地看清了这个人的嘴脸，心里即刻明白了：这人的中国名字叫吴正雄，是上海一个日本买卖人的儿子，也是他叶长河少时的朋友。

叶长河想，绝对不能让这个吴正雄认出盯上，否则，他就会像恶狗一样咬住你不放。

自此，叶长河不再去偷运水雷，心思就又回到了绿丸号舰上。他要去一趟上海。

这次上海之行还是经马团长批准的。叶长河说："上海有一个能修好绿丸号的人，我想把他弄来。"马团长没表态。

叶长河又说："要是能灵便地使用绿丸号，水上独立营就像插上了翅膀，那战斗力必然大增。"

马团长一听这话，当即表态："提高队伍战斗力是件大事，理应全力作为。你说的这个能人咱需要，有把握你就去给我弄来。你叶长河一旦插上翅膀，将是一个怎样的情景呀？呵呵，想想都过瘾。"

叶长河还是带了潘水玉前去。只要有艰巨任务，需要合作者，他必选潘水玉。他觉得，他俩之间的天然默契容易成事。

第二十三章 越狱

这次上海之行，叶长河是冲着杰克号舰长瑞恩去的。

叶长河在上海待了一周就打听到了瑞恩被关押的地点。巧得很，是贵龙中学。

太平洋战争爆发后，日本人在上海大肆抓捕敌对国侨民，就把这所学校改成了临时监狱，专门关押英美等国犯人。

几十年后，有人著书提到："抗日战争期间，美国杰克号军舰被日军俘获，舰长瑞恩被关在贵龙中学监狱，后成功越狱，奇迹般地穿越上海市区，逃到青浦县境内找到了共产党领导的游击队，再由游击队护送到江苏金坛交给国民党的忠义救国军，最终辗转送到重庆。"这个记载没有写清是瑞恩自己越狱的，还是有人里应外合；说逃到了青浦县境似乎也不准确，因为共产党领导的水上独立营不在青浦县境内。

叶长河、潘水玉与瑞恩里应外合越狱的过程似乎不是很复杂。叶、潘二人在贵龙中学读书时，就对校园内角角落落很熟悉，知道男女厕所与围墙外的积粪池相通，地下通口处有铁篱隔着，隐没在粪便水中，上方盖了一块条形石板。平时没人注意臭气熏天的粪便是怎样流出去的。

叶长河在墙外充当掏粪工，把粪便池掏空，以运粪小拉车作掩护，下到池内，把铁篱弄断，爬进去，把上方的石板弄松动。

在犯人上午出来放风时，潘水玉躲在与监狱相邻的楼上，借着阳光用小镜子照瑞恩的脸。

瑞恩正溜边靠墙根站着晒太阳，觉得阳光中有一缕光柱照在他脸上，就四处张望寻找光源。抬头看见光是从隔壁楼窗上反照过来的，也看清了一个女孩子的脸。

潘水玉朝下看了看，确定她的这个把戏没有引起他人的注意，就用弹弓夹一个裹着纸条的石子，打在瑞恩身上。

瑞恩还算机灵，弯下腰装作系鞋带，捡起纸团，背人处看了个明白。

片刻，瑞恩装作肚子疼蹲在地上待了一会儿，斜眼窥视四处几下，然后就捂着肚子，急匆匆去了厕所。趁人不备进了厕所与围墙之间的狭隘处，掀开石板钻进臭便池，又拉动盖好石板。

墙外，叶长河把瑞恩拉出积粪池，又把便车里的便粪水倒入池中，这样，就把铁篱口又隐没在其中了。

叶长河把瑞恩摁进一个放有清水的便车中，又倒进去一桶臭便，掩上小拉车车盖，留了一条口子，供瑞恩喘气。

上海有个最大的特征，就是气味。上午，成千上万辆马桶拉车走在纵横交错的大街小巷里，在路面上留下一滴滴浓稠的黄色液体。这些马桶小拉车都向装伦路的粪码头汇集装船，然后，粪船再顺着墨汁般的苏州河开出去。

藏有瑞恩的运粪车，混杂在气味刺鼻的车流里，很轻易地到了粪码头，又轻易地乘大便船离开。

苏州河里乌篷船遍布，叶长河带化了装的瑞恩，不费事地倒转上等他们的乌篷船，顺利逃离。

瑞恩精神上放松了许多。他发现，很多没钱住陆地的人都在乌篷船甲板上晃悠悠地吃住生活，在水里晃悠悠地洗涮，饮用，排泄。他说："以前我在杰克号上也见到过船民们这种生活，当时想在这种卫生环境中，不大面积地病死人真是个奇迹。现在，我在监狱里被日本人关押了一段时日，才感悟到恶劣环境造就人，适应了就能活命。监狱里环境极差，卫生极差，我不是也活过来了。"叶长河听罢，苦笑了一下，没吱声。

在贵龙中学监狱，瑞恩逃出时撬动的石板复了原，上午又下了一场雨，把石板处的痕迹冲掉了，就更不容易被人发现。到中午开饭时，监狱才发现少了人，可就是查不出人去了哪里，把各种因素都分析了，最终还是没有查出个所以然。

　　这天，马团长听说叶长河从上海弄回了那个能人，他过来一见，却是一个美国人。

　　当着大鼻子的面，马团长就发火了："好你个叶长河，上次利用我下达命令不全面，搞了一次名堂。这次，又这样干，我不会饶你了。"

　　叶长河不敢喘大气："这就是我说的那个能人，团长批准的嘛。"

　　"我什么时候让你去弄一个美国人？断章取义，歪曲命令，反了你了。"马团长说。

　　这次，潘水玉替叶长河说话了："团长您消消气，管他是哪国人呀，能把船修好就行呗。"

　　"你说得容易。被日军俘获的美军舰长又被截获到了新四军手里，你说这问题有多复杂、多棘手吧，恐怕连咱新四军军长都不知道怎么处理这事。"马团长越说越气，"你俩把这个大鼻子给我捂严实了，我得马上向上级汇报。"

　　马团长一走，叶长河赶紧带瑞恩去见杰克号舰。这个多愁善感的美军舰长，一见杰克号，先是亲得船舵"叭叭"直响，后又抱着船舵"呜呜"哭了一通。发泄够了，他才动手检修马达。鼓捣了半天，终于找到了毛病，又鼓捣了多半天，才修好了它。

　　瑞恩说："我全面给它查了体，我的老伙计还很健康。我想，舰恢复了功能，舰号也要恢复原名，把'绿丸号'字样涂掉，写上'杰克号'。"

　　叶长河说："涂掉日本舰名可以，这美国舰名也别写上了吧。杰克号这个名很扎眼，以后不好出外行动。"

　　其实，现如今的叶长河有了成熟的政治见解，不像小时候那样盲目崇拜喜欢杰克号了。他心里有数，这炮舰现在是新四军的战利品，归属中国军队，怎么能写上美国舰名。实际上，他心里早给它起好了舰名，叫"仁智号"。只是现在时机还不成熟，不能写到舰上。

　　叶长河不想在舰名上和瑞恩纠缠，就说："赶快回去吧，怎么处理你这个人还都不清楚哩，先别操舰名的心了。"

　　回到营里，潘水玉说："还真是连军长都不知道如何处理这事了。马团长留下话，务必藏好瑞恩，等待上面拿出处理意见。"

　　等了五天，才传下意见。这五天，叶长河没让瑞恩闲着，白天溜进溶洞熟悉杰克号各部件，晚上就悄悄开出来，让瑞恩教他驾驶技术。叶长河本是开鱼雷快艇的好手，摆弄杰克号上手也就很快，五天时间就可以驾驶它了。

马团长传下来的意见是：新四军上层经与重庆方面沟通，决定把瑞恩移交给安徽界首附近国民党驻军李子昂师，再由李师送往重庆。重庆方面提出，新四军要指派队伍护送瑞恩到安徽界首，务必做到万无一失。

马团长命令水上独立营担当此任。

叶长河去找了马团长，首先表态坚决完成任务，然后才提出问题：一是当下日军对水路封锁严密，带一个外貌特征明显的美国人去过层层关卡，必会被捉。二是让水上独立营派大队人马去护送不可取，目标大，容易暴露，同时还要防止"皖南事变"重演。国军亡我之心不死，谁知道其中会有什么陷阱，不得不防。三是派精兵强将四五人，走陆路护送为最佳，但需长途跋涉，要经过沦陷区、国民党"忠义救国军"游击区和盗匪出没的"三不管"区，才能到达国民党正规军的防区。这一路上会遇到各种艰难险阻，得需要足够的时间。

马团长当即表态："你提的这些问题团里都想到了，给你两个月的时间，水上独立营谁去任你挑。"

叶长河说："此事事关重大，我亲自带上四个战士前去。行动方式是化装成商人，昼伏夜行。三五日后即可动身。"

"准了！"马团长说，"鉴于这次任务特殊，送你十个字：随时可变通，灵活加机动。"

瑞恩这儿却出了问题：他坚决不走，说不能再离开他的战舰了。

叶长河和潘水玉苦口婆心地做了整整一天的工作，瑞恩终于答应走了，但提了个条件：允许他驾驶杰克号舰出击一次日军舰艇。

叶长河明确告诉他，这事上级绝对不会批准，劝他还是无条件地走。瑞恩就压了床板。又做了整整一天的工作，还是没做通。

叶长河对潘水玉说："团长不是送给我十个字吗，我们就成全一下瑞恩吧。我特别理解杰克号舰长对于日本鬼子的仇恨。"

"那十个字是送给你路上用的，现在就变通，就灵活，我坚决反对！"潘水玉一跺脚，走了。

叶长河让步了，冲她背影说："那好吧，就听你的，我一定做通瑞恩的工作。再让他休息两天，三天后启程。"

三天后，瑞恩的思想果真通了，这一夜跟在叶长河等人后面，乖乖地出发了。

第二天，潘水玉听到一个消息：前天一早，一艘日军大型运输舰在左川河至右川河之间的江段触两雷沉没。

潘水玉恍然大悟：沉船江段水深流急，一般机动渔船不可能在此布雷成功，这很可能是杰克号出去干的。她派人去点验了藏存的水雷，果然少了两颗锚雷。

锚雷是一种靠雷锚和雷索固定在一定深度上的水雷。少的这两颗锚雷是水上独立营存货中最大的两颗水雷。

潘水玉又想起那天晚上，天气很坏。几声炸雷抖开了天河，地和天被瀑布般的大雨弥合在一起，几步远就看不清人影。叶长河说："我再去和瑞恩谈谈，今晚争取解决他的思想问题。"潘水玉说："瑞恩是个有知识有文化的人，把道理讲透彻了，他会通的。"多年来，在文化水平不高的潘水玉眼里，文化人都是通情达理的人。她对文化人总是高看一眼。叶长河说："我有信心，他能想通。"

现在，潘水玉才知道，叶长河背着她答应了瑞恩的条件。这瑞恩和叶长河的驾驶水平和布雷技术也真高，那么大的雷雨，竟然能够布雷成功。不过，这恶劣天气倒是做了掩护，没被日本巡逻艇发现。

总体上来说，叶长河、瑞恩这两个经过正规军培训过的文化人，干的这件事属于彻头彻尾的鲁莽行为，很像没有头脑的土匪们干的活。奇迹就出在这儿，大雨滂沱、炸雷连天中竟然布设大型锚雷成功，恐怕日本人想死都不会想清楚这是怎么回事。

护送瑞恩离开旺水浜，叶长河他们开始是走夜路，后来着急，白天也走。让瑞恩把头包了，只露两个洞看路。说是送麻风病人到安徽医治，行人便躲着走，土匪们见了也都远远地不敢靠近。

一天，迎面碰上了一队鬼子，翻译听说是麻风病人就惊得跳开，鬼子也让"快快地开路"了。可后来，又碰上了一小队日伪队伍。这一次，一个鬼子官似乎不怕麻风病，非要挑开瑞恩的包头布看看。一看不要紧，鬼子一下就把他们六人包围了。

见是一个大鼻子的美国人，鬼子们也不敢擅自处置，就押着这六人往据点走。

叶长河一心想着怎么逃脱，可难以找到机会。走到一条临河的山路上，一队老弱病残的挑柴山民，赶忙给押着人的鬼子让路。

不经意间，叶长河看到挑柴人中，有一个老者打扮的人有些眼熟，就多看了几眼。那个老者也和叶长河对视上了，可叶长河一时没想起对方是谁，就继续往前走。

那老者却有些夸张地咳嗽了两声，叶长河又回头看了一眼。这一看，就见那老者把柴捆里的枪筒悄然向他亮了一下。

叶长河是什么军事素养，马上意识到了什么，就快速向他那五人悄声说了一句什么，然后，大喊一声："跳河！"他们六人没等鬼子反应过来，就扑进了河水中。

鬼子正想举枪射击，那边的挑柴队都亮出了枪。这哪里是老弱病残呀，简直就是孙悟空七十二变，转眼间一个个成了动作敏捷、神勇无比的青壮年。没等鬼子枪响，他们的枪就扫了过来。

战斗很快结束，没死的几个日伪军逃走了。挑柴队也"呼啦啦"地扑进河里，游到对岸跑了。

在山坡上的树林里，挑柴队追上了叶长河等人。叶长河与那个眼熟的人又相互盯了半天，几乎同时喊出"大槐"、"潘小龙"。

这个大槐还以为叶长河叫潘小龙。

大家不敢在树林里久留，翻过山头往前赶路。大槐知道这个潘小龙是新四军的营长，就主动要求护送这六人去安徽界首。大槐说这一带他们熟悉，知道走什么路保险。

接下来，还真顺利。只是到了安徽界首，迟迟联系不上李师的人，干等了三天。

那里是日军和国军对峙地带，随时都有危险，叶长河心里很着急。幸好小镇上有一家小电报局，定了份电报请客栈老板去发给重庆电报局并转军方，重庆方面给第三战区司令长官顾祝同发电，由顾电令督促国军李师来人。

李师来人了，说把这事给忘了。瑞恩就不高兴了，扬言说："有让你们记住我的时候。"瑞恩不愿离开老朋友，把气全撒到了李师人身上。

临别时，叶长河附耳于瑞恩，再次叮嘱要保守杰克号的秘密。瑞恩给叶长河当胸一拳，说："婆婆妈妈的，都说了一百遍了。我还你一句话：山无棱了，天地合了，我也不会出卖杰克和叶长河的。你和它都是我一生中最珍视的朋友了。"

转交了瑞恩，叶长河等五人即刻往回返，李师一个小分队坚持要护送一程。叶长河怕李师的人没安好心，就坚持不让送。对方就非要送，说是上级的命令。叶长河明显感觉出对方不友好，就更担心了。

李师的人把叶长河送到一条偏僻的山沟，叶长河越发感到不对劲。李师的人窃窃私语，像是要采取什么行动。叶长河等人的手也在衣下握紧了枪。

这时，在这一带等着叶长河的大槐，带队伍从树林里走了出来。

李师的人就抬起了枪。叶长河忙说："都是新四军的人，接应我们的。你们就送到这里吧，回头向李师长问安，也感谢他派队伍护送我们。"

李师的人还不收枪。大槐本来是提着机枪朝这里走的，见气氛不对，就把机枪抱在了怀里。他的四十多个弟兄也握紧了枪，直直走过来。

李师的人这才把枪收了，笑笑说："本来以为你们就五个人，李师长怕碰上鬼子出危险，就派我分队多送一程。怎么，你们的人比我们的人还多？这就放心了。"

叶长河等五人招手告别，先行走了。大槐的人原地四处散开，磨磨叽叽说累了要休息一会儿。只到李师的人都走远了，才快速追上了叶长河。

叶长河千恩万谢，说："要不是大槐你，我等没死在鬼子手里，这次也死在李师人手里了。"

大槐挺严肃，说："潘小龙，我当土匪当惯了，喜欢立竿见影。你光嘴上说谢不行，我从鬼子和国军手里两次救了你们的命，你得有所表示。"

叶长河一愣，说："大槐对我等恩重如山，可眼前我手里除了枪，身上没有多少钱，没法给你表示。"

"枪也行！"大槐死死盯着叶长河。

叶长河心里暗骂："土匪就是土匪，狗改不了吃屎。"嘴上说："新四军是从来不向别人缴枪的。全中国人都知道我军的这个原则，难道大槐就没听说？"

大槐说："除了给钱、缴枪，就没有其他表达谢意的方式了吗？"

"有，那就是把我这条命给你！"叶长河口气冷下来。

叶长河的人就在衣下握紧了枪把子。

大槐还是一脸严肃："你的命太值钱，我要不起。再想想，还有没有其他方式？我想是有的。"

叶长河不友好地看着大槐，不再说话了。

大槐哈哈一笑，说："新四军把我的队伍收拢了行不行？潘小龙，你真要感谢我的话，这是最好的方式。"

叶长河没接他的话，转身走了。

大槐跟在后面紧着说："刚才我是给潘营长开个玩笑，其实，我真心想归顺新四军。有这个心也不是一天两天了，可一直没找到新四军的队伍。我的弟兄们可以作证，他们也都盼着投奔新四军呢。"

大槐的人一下都围上来，七嘴八舌要求参加新四军，说最好就跟着水上独立营干。

"这些年，我的队伍一直就在长江两岸打鬼子，对水上作战不陌生，加入水上独立营有条件。"大槐说。

叶长河一直没有表态。大家又一起走了十多天的路程，快到江洲湾地界时，叶长河说："大槐，我的真名叫叶长河，以后就叫我这个名，别叫我潘小龙了。大槐，眼前，你有两条路可走。一条是返回到你的地盘上，去继续过你的自在生活。二是跟我走，让我用你所说的方式来感谢你们。"

大槐一听，不再说二话，跟着叶长河继续走路。叶长河说："这事我一人说了还不算，最终要有我的上级批准才行。你先跟我到队伍上，然后，再商议。"

大槐极为真诚，说："不管怎么说，我是跟定你了。不收我们，弟兄们就在你的营地集体自杀！"

"怎么，以自杀要挟我？"叶长河笑说。

这一天傍晚，叶长河等人回到了营地。潘水玉出来迎接，发现叶长河去的时候是六个人，现在却带回来了一支队伍，足有四十多人。

潘水玉并没忙着问这是哪来的队伍，而是先紧着看叶长河有没有负伤。自从叶长河走后，潘水玉天天担着心，在家掰着手指头数日子。还好，人总算回来了，又见没伤胳膊断腿的，就放下心来，这才转向那支队伍，说："怎么？送走一个美国佬，换回来一支队伍，这买卖做得划算。"

叶长河把大槐推到潘水玉面前。潘水玉愣愣地看着。大槐说："张三根，你不认识我了？我是来还你机枪的。"

潘水玉嘻嘻一笑，上去捶了大槐两拳："好你个大槐，到今天才把机枪给我送来，你算算这么多的日子，我少'突突'多少鬼子呀？"

大槐说："这挺机枪在我手里也没闲着，我净用它打鬼子了。自从你兄妹俩走后，我大槐思索了好多天，最终还是想明白：你俩之所以离我而去，是嫌我的队伍层次不高呀。后来，渐渐地，我的队伍就不再打家劫舍，改专打小鬼子了。但囿于我们军事素质不行，只能小打小闹，总没捞到过鬼子的大便宜。不过，以后就好了，我们归从新四军水上独立营了。"

潘水玉立即严肃起来，转身问叶长河："怎么回事呀？谁给你的权力，不经上级批准就擅自招兵买马。"

叶长河说："大槐他们铁了心非要来投奔新四军队伍，难道你让我用机枪把他们'突突'回去？！"

潘水玉沉思了一会，说："要是这样的话，我明天就得去找马团长。这可是一件大事，让上级来决定。"

大槐还是那句话："不收我们，弟兄们就在你的营地集体自杀！"

叶长河笑笑，拍拍他的肩膀："想死，也得拉几个鬼子垫背呀，死在我这儿算什么英雄？"

潘水玉又回到了瑞恩这件事上。她表情格外严肃起来，说："营长同志，出大事了。你走之后发现，营里丢了两颗大型锚雷，一直没有查清是谁干的。我打算向马团长报告这事。"

叶长河一听，笑说："日军一艘满载重要战略物资的运输舰被水雷炸沉了，也一直没有查清是谁干的。你也一并向马团长汇报吧。哼，谁怕谁呀！"说完，走了。

潘水玉觉得，自己在叶长河的事上越来越"灵活加机动"了，居然包庇他违上、犯上、瞒上。一次次地下决心告发他，却又一次次改变了主意。

"这一辈子，我是拿这个叶长河没有办法了。难道我的感情就真的被他俘虏了吗？！那政治上怎么也没原则了呢？我这是怎么一回子事呀。"潘水玉无奈地埋怨自己。

第二天，潘水玉向马团长汇报了大槐队伍参加新四军的事，却只字未提那两颗水雷的相关情况。

很快，马团长派下人来，对大槐的人逐一进行了审查，又报请新四军军部，最终批准大槐的队伍加入水上独立营，并任命大槐为该营五连连长。

大槐五连以他原班人马为班底，又把前不久投奔独立营的另外一股地方武装也归属了他。叶长河给他们配足了武器装备，五连成了独立营实力最强的连队。大槐感激不尽，一再表示，誓死报答新四军知遇之恩，重用之信。

对政治工作极为上心的潘水玉，针对大槐连队现实思想状况，搞了一个多月"争当合格新四军战士"的专题教育活动，有效地促进了这些游勇散将向正规部队革命军人的转变。

第二十四章　桥

让潘水玉没有想到的是，刚被激发出高昂士气的大槐五连，首战便成为其绝唱，在车桥战役中阵亡大半，大槐壮烈牺牲。五连为这次著名战役增添了悲壮一曲。之后，五连编制被取消，残余战士归属了其他连队。

车桥战役是在 1944 年 3 月，由新四军第一师兼苏中军区组织发起的，目的是夺取车桥镇，打通苏中、苏北、淮南、淮北地区的战略联系。指挥部先用了一个"掏心术"，派主攻部队分南北两路，远程奔袭，避开外围据点，猛攻车桥镇，吸引周围近敌来援，再以大部兵力歼击援敌。

水上独立营并非主攻部队，甚至在制定作战计划时，指挥部开始并没有把它列为参战部队。只是在研究外围距离车桥镇很远的一个叫涧水桥据点打不打、怎么打时，有人提了一下水上独立营。

对打不打涧水桥，决策层意见有些分歧。反对的意见是：涧水桥离车桥镇很远，那个地界的敌人前来支援车桥的可能性不大。打涧水桥没有明显的连带效应和战略意义，可不列为此次战役范围。也有人态度模棱两可，不打有不打的道理，但如果有多余的兵力，捎带着扫一扫边沿儿，收拾一下涧水桥的敌人也可以，总之，打与不打都无关紧要。

副师长兼副司令员刘叶则态度异常坚定："涧水河上的这座桥务必打，并且要彻底摧毁，因为这一仗我军要见机作为，如果顺利，则全力争取往大里打。仗打大了，远处外围的敌人来增援的可能性就很大了，并且战果一旦扩大，车桥周围的残敌也有可能从涧水桥败退南逃。所以，打涧水桥有两个目的，一是阻南敌增援，二是断北敌退路。"

大家在这个问题上激烈争论起来。

最终，司令员苏理果断拍板："借车桥战役的有利契机炸断涧水桥，是非常有必要的。这里面，还有更深层的一个目的，就是阻隔日军今后一个时期对我苏中之扩展清乡、强化屯垦行动，尤其会长期阻隔日军装甲部队北进。这个意义是很大的。打，涧水桥一定要打！"

苏理又转向独立团马团长，说："车桥战役没有多少水上战斗，本来是不想动用你那些宝贝蛋蛋的，但这个涧水桥之战非他叶长河莫属。涧水桥两头据点各有一个日军小队，桥下有一个汽艇小队把守，另一个伪保安大队也驻守在此。这个桥不好炸。按说，应该投入至少两个营的兵力于涧水桥，可眼下我攻打车桥的兵力还不够用呢，那只有为难一下水上独立营了。叶长河这人肚皮大，总没有吃饱的时候。这次，就让他吃份独食吧。另外，马团长，你要嘱咐叶长河，这一仗一定要给我打好，但水雷得省着点用。咱那点压箱底的宝贝用一颗少一颗了，还要多留点给鬼子舰艇吃呢。还有，杰克号舰是否用于这次战斗，要科学分析，慎重决定。叶长河、潘水玉都是水战行家，由他们自己来决定吧。"

马团长到了独立营，和大家研究了一番作战方案，就走了。叶长河、潘水玉迅速做了具体部署：一、一连、二连分别在涧水河南北两岸一公里处通往涧水桥必经之路上设下埋伏，阻击南援北逃的敌人。二、潘水玉带领三连在涧水河下游一带布下十数枚小型浅水水雷，诱敌汽艇进入雷区，在岸上打伏击。三、叶长河率四连带船装上大型水雷八颗，从上游下驰爆破桥墩，炸毁大桥。四、大槐五连兵力最多，一分为二，分别攻打南北桥头堡据点，直接配合叶长河炸桥。

全营官兵都明白，各连最终目的只有一个：炸断涧水河大桥。叶长河叮嘱："在战斗中，各连可以灵活机动，但一切都要服从和服务于这个大局，不惜任何代价完成炸桥任务。"

经过三天侦察敌情、察看地形水势之后，叶长河和潘水玉在是否动用杰克号舰上发生了一番激烈争论。

叶长河的考虑是：杰克号舰藏身之处距离涧水桥有上百里的水路，杰克号舰较之渔船目标又大得多，即便是伪装夜行也不安全，容易引起日军警觉，途中还有可能被击毁。就是半路不被发现，到了涧水桥附近水域也容易暴露目标，难以收到出其不意的作战效果，会增加炸桥难度。所以，这次不可动用杰克号舰。"

潘水玉却说："夜间行驶问题不大，即便冒点风险，也是为了最大可能的成功。因为布设大型水雷，小渔船是有很多不便和危险的，而杰克号能快速驶到桥下，布设也便利牢靠，成功的可能更大。因此，有必要出动杰克号舰。"

叶长河坚持说："路途危险不说，洞水河不像长江大河宽深，杰克号在其中行动不便，还有触礁的危险。"

潘水玉急了："你就知道危险危险，说到底是舍不得你那个宝贝船。还说服从大局呢，就你这小家子气，能打胜仗吗？前两天，我让人仔细侦察了，洞水河宽度深度都没问题，杰克号舰肯定能行。"

叶长河还是耐心地给她解释："我所说的大局是整个车桥战役的大局。这几天，驻守在东台以南的日伪军有向东南'扫荡'的企图。苏理司令员决定攻击'扫荡'之敌。按说，东台一带距离车桥还有相当的距离，没有直接战略牵扯，可苏司令为什么在备战车桥战役的关键时刻还要多管闲事呢？这是苏司令将计就计而采取的声东击西的佯动战术，目的是吸引敌人注意力，掩护车桥战役的突然性。他亲自带一部人马向车桥反向转移，故意示形迎击不相干的'扫荡'之敌，与其纠缠，麻痹敌人，而令大部队悄然直奔车桥。这种欺敌行为，完全是为了真正的大局。大同小异，我水上独立营能否成功，也在于我们的突然性，在日军没有想到新四军会攻击不相干的洞水桥时，炸毁此桥。所以，我们务必用渔船迂回绕行，悄然靠近，突然行动。道理就摆在这儿，理解不理解都必须执行。"

"你这是狡辩，每次都是你的理。这次若是大型水雷靠不上桥墩，完不成任务，我这个党支部书记有权开除你的党籍。丑话我先放在这儿。"潘水玉还是不服。

叶长河扔下话走了："完不成任务，我人籍都给你，让你亲手宰了我。"

车桥战役前夜天黑前，水上独立营已经秘密迂回抵达任务区附近，隐蔽起来，等待天黑后再进入任务区备战，到凌晨时与远在车桥的大部队同时行动。

这次，苏理虽然没舍得多投入一个营来攻打洞水桥，却给了水上独立营一批他们从来没有用过的武器——地雷。苏理说："水上独立营既然与雷有缘分，那就多给他一些地雷，让叶长河玩个够。不过，土里的雷和水里的雷还是有区别的，别忘了给他派几个地雷专家，教他们埋雷用雷。"

叶长河一向对水雷情有独钟，今天一见这些小家伙却也一下子就喜欢上了，立马抓来一个研究了个透。他要把这些可爱的铁疙瘩用到极致，在具体战术设计上，好好动了一番脑子：一是让一连、二连在打南援北逃之敌的必经之路上各自埋上一片地雷，伏击兵力埋伏在雷区两侧。二是让潘水玉在水雷区北岸虚设少许伏兵，以造声势，逼迫遭水雷袭击的艇上敌人上南岸。在南岸边上埋下一片地雷，而在南岸地雷区外围再埋伏三连主力。三是让大槐五连在两岸桥头两侧不远处也各埋下一片地雷，意在吸引桥头据点里的日伪兵出来追击，进入雷区，然后，再围歼其有生力量。这一步是个关键，只有把桥头敌人引出来，叶长河渔船才能靠上去炸桥。这样一来，大槐就遇到了两个难题：战斗前，在离桥头不远的路上埋地雷而不被敌人发现，有难度；战斗打响后诱敌出来追击，也有难度。叶长河说，只有难才更有决胜先机，只要细心，各个环节把握得好，成功的可能性还是很大的。大家要有这个信心。

天黑两个时辰后，一连、二连、三连先采取了行动，由于他们的作战区域离桥头较远，埋地雷、布水雷进展都还顺利。

皎洁的月光给大地铺上了一层轻柔的薄纱。这种能见度较好的天气，使埋伏在路边的大槐忐忑不安。他距离敌人最近，能听到伪军打牌喝酒的吆喝声。伪军们迟迟不睡，他也一直没敢贸然行动。

不多时，突然出现了奇迹：瞬间，狂风大作，黄沙满天。这在当地是罕见的天气。后来老百姓传说："新四军是天兵天将，有神灵保佑，天刮鬼风，助义军打胜仗。"多少年后，中国人民解放军军史资料和有关传记中，在写到车桥战役这段历史时，都记述了这个奇异的天气变化，绘声绘色地描述了天助神风对当晚整个车桥战役的作用。

此时，同样面对天赐良机的大槐，心里咯咯直乐，神风一起，立即行动，在敌人眼皮子底下，完美地埋下了地雷。

叶长河率他的十几条渔船，也借神风悄然埋伏进了桥边的芦苇荡里。

凌晨 1 时 50 分，车桥镇方向攻城部队按预定计划开始出击作战。

远在涧水河区域的水上独立营也同时行动。这时，涧水桥方向那阵神风已过，月亮又爬了出来。

潘水玉带三连八条机动渔船在桥下、大槐五连在桥头两边，同时发起了进攻。

三连渔船开始打得猛烈，一口气打沉了两艘汽艇。敌艇醒过味来，不想被动挨打，发动马达组织还击，桥中部守敌也居高临下，阻击渔船。潘水玉见火候已到，就命令渔船且战且退。敌汽艇见渔船缩头缩脑地要跑，就毫不犹豫地追了出来。潘水玉又故意做出不熟悉地形水域的样子，跌跌撞撞地前行。敌汽艇就更紧追不舍。

大槐五连在桥头两边本来是各派出两个班攻击诱敌的，可打着打着，不见敌人有要出来追击的迹象，就把在雷区两边等待打伏击的兵力也都投入过来，拿出真要攻下桥头堡的架势。这样一来，在大桥中部的守兵，就赶快分散到桥两头去打阻击。

大槐横下了一条心，不把敌人诱引出来，即使拼光了五连也要硬打下去。狂妄的大槐甚至还想，占领桥头，把守敌全部消灭也能达到目的。但在这之前，营里摸清了敌情，知道据点里的两个鬼子小队和保安大队满员满装，都在岗在位，防守严密，战斗力很强，攻占大桥、全歼守敌的可能性基本没有，所以，战斗的目的只能是诱敌出桥，给叶长河炸桥创造条件。

顽固的桥头堡敌人打退了大槐五连的三次进攻，五连伤亡很大。战术素养本来就不高又打红了眼的大槐，没有一点要撤退的意思。叶长河远远看见，大骂"蠢蛋"，忙令一战士隐蔽跑过去，下达了死命令：马上撤退，不撤退敌人就不会出来追击。

这个时候的五连也实在顶不住了，就仓皇逃跑。敌军也确实看不出五连有任何假逃跑的迹象，大部兵力就追了出去，很快就踏入了地雷阵。

在一片炸响中，五连战士兴奋得直叫，埋伏在壕沟里与敌进行激烈对抗。大槐把着一挺机枪，瞪大眼珠子打得热血沸腾。

叶长河带船立即驶出芦苇荡，悄悄向大桥靠了过去。等渔船快到了桥下，桥上留守的少量敌军才发现异常，与四连担任掩护的渔船接上了火。

涧水桥共有八个桥墩，计划预测炸毁第四个、第五个桥墩，才能对大桥形成破坏。

到了桥下，叶长河才发现这里水流湍急，水也很深，今晚风浪又大，桥墩也无处拴绳。战士们占用了不少宝贵时间，费了很大的劲，也没有把渔船锚固好。

　　渔船固定不好，八颗大型水雷就难以安全卸下，成功布设。叶长河想起了潘水玉的意见，如果杰克号到此，这个环节就轻而易举了。

　　情急之中，水上经验丰富的叶长河想出了一个好办法：分别用两条渔船，从左右两边，把每条各载两颗水雷的渔船死死抵住，再用缆绳连接绑固，让其贴紧桥墩，然后，急速砍漏各个水雷船顺桥墩下沉，其他船再砍断绳索逃离。

　　桥上和两侧枪声爆炸声轰响正急，身经百战的叶长河临危不乱，沉着指挥，按自己临机想好的每一个环节，细细把控，最终使那两个桥墩左右各准确下沉了两条水雷船。

　　叶长河把起爆电线理顺，最后一个离开桥墩。他的渔船还未完全到达安全水域，就下令起爆。他知道，早一分钟炸断大桥，阻敌的连队就早一分钟脱离危险。之前，他按上级的部署，给各连下达过一条明确要求：炸毁敌桥，即完成任务，之后，必须以最快的速度撤离，任何人都不许恋战。

　　桥下几道闪电划过，紧接着就听到几声轰响从地下滚来。那是八颗巨雷在水下传出的爆炸声。

　　在朦胧的月色中，大桥中间几截桥体轰然落入河中。

　　四连战士欢呼跳跃起来。叶长河压抑着兴奋，命令部队急撤而去。

　　叶长河刚撤到预定集结点，一连、二连也撤了回来。一连、二连各有损失，但伤亡不大，牺牲六个、伤了十三个战士。两个连的地雷都发挥了很好作用。南侧一连与大概一个中队的伪军援兵发生了激战，由于打得出其不意，敌人一直未能突破一连的伏击区。北侧二连没有等来车桥方向败兵南逃，却与附近一个小据点里前来支援的日伪小队遭遇，敌军也未突破二连的防线，败退而去。

　　不一会，潘水玉带三连也撤了回来，听她说话的声调，就知道战绩不错。她的人一死三伤。她说，水雷阵炸了敌汽艇，成功诱残敌上岸进入了地雷区，又漂亮地伏击了一阵，然后见好就收，摆脱敌人，朝渔船方向撤退。但也只是虚晃一枪，人没有上船，闪身进了旁边的芦苇，把渔船扔给了追敌。现在，敌人正围着空船打伏击呢。

　　问题出在了大槐身上。在桥头北侧的大槐五连一部撤回后，却迟迟不见桥头南侧大槐亲自带领的五连一部返回。叶长河正想组织人员前去探个究竟，大槐手下一个战士跑回来报告："大槐连长打急了眼，谁都劝不回来。"

　　叶长河心里暗骂："这个土鳖，缺少在大局下行动的素质，死死恋战，必被消灭。"

他和潘水玉简单一交流，便带全体人员急奔南桥头去救援。可一切晚矣，等大家赶到时，大槐已经牺牲。大槐临死前说的最后一句话是："给我狠狠地打。"剩余的七个战士，没有听到连长撤退的命令，也不敢停止战斗，就缩在一个土坎后与桥头堡里的敌人对射。

潘水玉见大槐死了，眼睛也红了，大喊一声："打下桥头堡，为大槐报仇。叶长河，快吹冲锋号呀。冲啊！"战士们"呼啦"一声就要跟她往上冲。

这时，叶长河发现南边日伪增援的装甲车队轰然而至，就一把抓住潘水玉胳膊，大声喊道："敌人装甲车队过不了河，肯定要找炸桥部队决一死战。现在，我们必须避开日伪锋芒，赶快撤退。炸断桥即撤退，这是马团长的事先命令，谁要违抗，我有权执行战场纪律！"

潘水玉还要挣脱开来往前冲，战士们也激愤难平，叫喊着非要冲上去拼个你死我活。叶长河就用枪顶住了潘水玉的脑袋："谁要再往上冲，我就先毙了潘水玉！"

队伍这才迅速撤了下来。

此时此刻，驻守在涧水桥据点里的敌保安大队大队长吴正雄，正在扇自己的耳光。前一个时期，吴正雄四处搜剿杰克号舰而不获，非常气恼，又经过多日准备，计划明天再组织一次更大规模的搜剿行动，没想到，这个计划还未付诸实施，却在老窝里被打了一个大闪击。这一仗，打得糊涂，打得窝囊，之前没有一点前兆，没得到一息情报，突然间就遭到了暗算。最让他窝火的是，居然没有弄清楚给他这致命一击的队伍姓甚名谁。

车桥战役大获全胜。新华社向全国播发了车桥大捷的消息，高度赞扬新四军打了一个大歼灭战；延安《解放日报》发表社论热烈祝贺胜利，八路军总部发布公报，说车桥战役，是到目前为止我军在一次战役中俘虏日军最多的一次。

作为抗战名将苏理，没有忘记水上独立营。在一次会议上，他说："车桥战役中，直接攻点打车桥镇和在附近各个方向打援的部队都功不可没，名垂青史。可大家也不要忘记战役最边缘的那场涧水桥战斗。我水上独立营谋略到位，指挥得当，水雷地雷相得益彰，水上陆地配合巧妙，战术运用极佳，敢打硬仗，战斗作风也尤其顽强。我看，那个足智多谋的叶长河要重奖，那个巾帼不让须眉的潘水玉也要重奖，那个不怕牺牲战斗到生命最后一刻的大槐连长要追记战功。"

马团长听罢，却很谦虚："回去后，我的第一个任务是要帮助水上独立营总结战情，主要是查找不足，纠正问题，剖析症结，吸取教训，以使水上独立营官兵更全面地成熟起来。"

刘叶有些不耐烦了："我说你个老马怎么回事呀？不该谦虚的时候瞎谦虚。这个时候是鼓舞士气的最佳时机，你主要查找哪家子问题嘛。在我看来，叶长河指挥的这场涧水桥战斗完美无缺，没有什么问题可查找。你一个大团长要有大肚量嘛，手下一个营长战绩显赫了，不也是你的光彩吗？干吗非要鸡蛋里挑骨头？"

马团长不敢再多言，一再表态回去要隆重地为水上独立营庆功。

事实上，是叶长河事先把大槐无原则恋战、潘水玉要违令行动的事报告给了马团长。马团长考虑，自己团里的事还是自己处理，就隐瞒下了潘水玉的过激行为，把大槐恋战也说成是他没听到爆炸声，不知道大桥已断，所以没有及时撤退，一直战斗到牺牲。

听了苏理和刘叶的一席话，马团长觉得很有道理。水上独立营能有这个战果，已经相当不容易了。战斗中出现的那两个情况，也不是什么原则性大问题，以后慢慢解决。眼前，不宜再挑毛病，尤其不宜以此埋没水上独立营的功绩。于是，马团长亲自到水上独立营好好地搞了一系列庆功活动，很是鼓舞了一阵子士气。

叶长河却紧紧抓住那两个问题不放，一再强调，搞教育鼓士气要与军事战术素养培育一并进行。他说："光有政治觉悟和高昂士气，没有相应的军事素质和战术修养，是不行的，也是打不了大胜仗的，甚至更多的时候是要吃败仗的。"

潘水玉听罢，老半天没说话，叶长河再说，她就一瞪眼，抛出了一句话："单纯军事观点也是能害死人的！"

叶长河哭笑不得，摇头就走。

"你先别急着溜啊。我问你，不让杰克号参战是对还是错？你用渔船到桥下布雷，是不是耽误了过多时间，导致大槐在桥上不得不长时间拖住敌人？也就是说，大槐恋战，大槐牺牲，是不是和你叶长河舍不得动用杰克号有关呀？

还有，战场上，你居然敢用枪顶住我的脑袋，怎么着？难道你还真想毙了我不成？你给我说话呀！"潘水玉死死地拉住他。

叶长河眼睛都红了，盯着潘水玉说："有病！你真有病！"

潘水玉没有想到叶长河会回击说她"有病"，就傻愣愣地问："有病？我有什么病？"

叶长河又气呼呼地说："有病！病得还不轻哩。"

第二十五章　除夕夜布雷

潘水玉落下不育症病根是在 1945 年的除夕之夜。据史料记载，这一夜，江南多个地区碰上了百年不遇的极寒天气。

年三十上午，潘水玉领几个人到芦苇荡深处的水塘泥沼中钓龙虾。她从小就知道，冬季里只有这一处泥沼中能钓到龙虾。其实这并非真正的龙虾，只不过是一种当地并不多见的甲壳动物。也只有这种特别的龙虾在寒冷的冬水里才咬钓，并且咬得很疯狂，半天工夫就钓满了两大箩筐。

下午，潘水玉跑了一趟三里铺码头旁边的树林里，对码头日军军舰停泊情况进行侦察，看见日军三艘运输舰由下游开来，停靠上了码头，锚泊在了一艘汽油船下游五十多米处。

事先，叶长河已经摸到了这三艘运输舰要停靠三里铺码头，大年初一上午将溯江而上的情报。年三十下午，又派潘水玉到码头进行核实。潘水玉把码头上的情况都默记在了心里。

大年初一上午，潘水玉早早挑了两筐龙虾来到了三里铺码头旁，这里已有几个渔民在卖鱼了。年关的鱼虾买卖好做，容易卖个好价钱。

潘水玉的龙虾是独一份，一个个挥舞着两个巨大的钳，披一身红色的鲜艳甲壳，非常漂亮，个头也有大人手掌的长度，很快就吸引了码头伙房出来搞采购的伪军。

潘水玉甜甜地说："老总，我这龙虾，过年下酒可是好菜肴呢。今儿个是大年初一，老总，照顾照顾妹子的买卖吧。"伪军笑眼一开："这龙虾红艳艳的，个头也大。这妹子红艳艳的，人也漂亮。图个吉利，这两筐都要下了，挑进去吧。"潘水玉响亮地喊了一嗓子："好嘞，保老总们过个好年。"说着，挑起担子向码头里走去。

伪军在后面跟了走，只顾看她优美的身段了，没有注意到她的担子有些沉重。伪军眼忙嘴也不闲着："啧啧，这腰身，这屁股蛋子，一扭一翘的，绝美！红艳艳的妹子白白的脸，风情挂满屁股蛋。过好年喽。"

潘水玉走到厨房门口放下担子，先提了一筐进了厨房，放下筐子的同时，就把筐底夹层里的一捆手榴弹拉着了火。她走出厨房，那伪军还想给她搭讪两句，她却急火火地提起另一筐龙虾，直直地冲那艘汽油船跑去。那伪军一时没反应过来，就喊："妹子，把龙虾提船上去干啥呀？"话音未落，厨房轰然炸响，随即起火。潘水玉跑上跳板，一下就把筐子甩上了汽油船，接着纵身一跃，扎进了水里。汽油船爆炸起火。

码头上的爆炸突如其来，上游方向汽油船周围江面顿时成了火海。

三艘运输舰本来正准备起航，见状惊恐万分，迅速离开码头，顺流急速下驶，后面的汽油火龙就紧跟着追。

敌舰万万没有想到，就是昨天下午刚刚通行无阻的这段下游水域，却成了他们的葬身之地。看不见的数十枚水雷，把三艘运输舰全部炸翻，沉入江底。

这次，叶长河大方地动用了他水雷存货中大部分，且大都是威力巨大的锚雷。他把这些锚雷布设到了主航道。此外，在辅水道中，他首次使用了十枚"章鱼水雷"。这是前不久，由他自行设计发明的。他在普通水雷的雷管上加系八根足够长的缆绳，向章鱼爪一样四面伸开，当敌舰驶过，船尾上的螺旋桨叶便会因绞入缆绳而引爆水雷。这种水雷，可大大增加数量有限的水雷的防御面积。

之后多日，想到这一辉煌战果，病中的潘水玉都兴奋不已，说："鬼子有两个没想到，一是他们自己的汽油船被新四军利用，油火龙把三艘运输舰逼入绝境，驱赶其驶入了水雷阵；二是水雷阵没有布设到运输舰要前进方向的上游，而是布设在了他们昨天下午刚通行过的下游。叶长河，真绝妙！"

潘水玉就是在这次绝妙布雷中冻病的。除夕夜下了一场大雪，又是吃年夜饭辞旧迎新的时间，日伪军便放松了警惕。但是，要布雷的江段距离码头较近，水上独立营很谨慎，没敢驾船布雷。晚上十一点，官兵们抬雷隐藏到岸边的芦苇中，十二点一到，便三人一组下了水，推着水雷往江心游，将雷布设到舰船必经水域。

隆冬腊月，大雪纷飞，夜黑浪急，江水寒彻骨，泗水布雷十分危险。叶长河、潘水玉率先下水，大家争先恐后，无人退缩。整个下半夜，有的取雷取物下水十余次，上岸后来不及擦干身子穿衣服就又下去了。有的布雷位置较远，有两个战士来不及上岸，就冻累而死在江里了，其中之一就有潘水玉的大哥潘大龙。

等到布雷结束，已至黎明。潘水玉最后一个上岸时，已经迈不开双腿了，是被叶长河等人架着离开的。回去后，大家抓紧给潘水玉取暖，喂姜汤食物。她在火盆旁被窝里偎了三个多时辰，等身子稍微缓过劲来，又赶忙穿戴整齐，强打起精神，继续实施预定计划。她挑起龙虾挑子，上了三里铺码头。她把手榴弹筐甩上汽油船，又一次扎入冰冷的江中，等游到安全处，已经没有了爬上岸的力气，差点被江水冲走。四个接应人员把她从水里捞了上来。

圆满完成任务，撤到安全地带，潘水玉这才顾上过问潘大龙昨晚死在江里的细节，知道了潘大龙是在布设最后一枚章鱼水雷时沉入江底的。她执意要亲自去布雷河段下游去寻找潘大龙的尸体。叶长河劝阻说："事情过去好几个小时了，尸体不知冲到哪里去了，寻找难度比较大，你身体又冻成了这样，我派别人去吧。"

潘水玉眼泪从青紫的脸颊上滚下来，即刻冻成了冰粒粒。她挣脱开大家搀扶，踉跄地顺江边走去。叶长河拉住她，让大家背过脸去，围成一个人圈，让她在里面换上干棉衣裤。前面有准备好的渔船，大家簇拥着她上了船。叶长河用一件大衣把她紧紧裹了，拥她在怀里一起坐在船头。她浑身颤抖不止，眼睛却一刻不停地盯着江面。

叶长河心里明白，寻找是徒劳的，不可能再找到尸体了，但他觉得应该帮助潘水玉了一了这个心愿。最终，寻找无果，她就搂紧叶长河大哭了一场。

从冻得发抖的女人身体里发出的悲痛哭声，在寒冷的长江江面上飘荡着，像刀子一样一下一下地刺进了叶长河的心。他感到，这是世界上最悲痛欲绝的哭声了。

冷酷无情的江水没有绝了潘水玉的命，却给她带来了一生的痛苦：她自此绝了经。医生诊断，她寒冬下水已经不是一次两次了，身子早已落下了病根。

这次又是带着月经在除夕夜和初一上午两次下水，就作下了大病，从此不会再有生育。

知道这个结论后，潘水玉哭了三天三夜。她为冻死的大哥和战友哭泣，更为自己的不幸哭泣。叶长河陪了她三天三夜。他动情地说："这一辈子，我娶定你了。等打完鬼子，咱俩就结婚。"

"以前我很想与你厮守一生，经常在黑夜里为这个想法喜极而泣。可现在，我不会嫁给你了。"潘水玉果断地说。

叶长河抓了她的手，哭调很重："只要有你，叶家再不需要下一代。有四妹一人陪伴，我一生足矣。"

"当年，叶家为了生个一男半仔延续香火，用了那么多心思。往后的日月里，叶家依然需要传承血脉，这事，你义不容辞，责无旁贷。长河，你要明白，无后你便是不孝之子。我四妹绝不连累你。"潘水玉掰开他的手。

"这一生，我叶长河和你过定了！你等着。"叶长河起身走人，不再和她婆婆妈妈地叨唠。

这个年关发生的水雷阵破袭日舰事件，除震惊了日军上层之外，还震惊了叶长河的两个熟人。

一个是那个叫川岛一郎的日海军佐官吴正雄。他此时并不知道，这一重大事件的制造者是他少时朋友叶长河，但他已经彻底弄清是新四军一支骁勇善战的队伍所为，和俘获绿丸号舰以及攻打涧水桥的是同一伙人。

这个身为涧水保安大队大队长的吴正雄再一次发誓，一定要置这支队伍于死地，为大日本帝国挽回面子，消除祸患。他的队伍在涧水桥战斗中伤亡很大，但很快又被重新武装起来，恢复了战力。

当年，叶长河参军离沪，吴正雄又读了一段时间书。后来，上海中国民众抵制日货运动越来越激烈。属日本"土著派"的吴正雄家，在南京路和淮海路上经营的三家杂货店，都面临着倒闭的危险，也经常与中国民众发生冲突，家庭生活负担很重，全家人都强烈地感受到了生存危机。和不少日本商人一样，吴正雄一家也把积蓄在心中的不满向中国民众发泄，渐渐成了侵华日军的帮手，经常参与向中国民众施暴行动，以各种方式投入到"大东亚圣战"中。年轻气盛的吴正雄没有看透日本侵华战争的本质，心中却积攒下了对中国人的仇恨，他作为"皇国少年"积极投身"战争必修课",常和在上海的日本学生一起,统一穿着"国防色"军便服,走上街头,唱着军歌,摇着太阳旗,为日本的侵略战争助威。军事训练成为学生们的主课,上海的不少日本学生应征参了军。吴正雄从小喜欢军舰杰克号,就主动要求去了上海日本海军陆战队,经过严格的训练和教化,成了一个不折不扣的侵略者。他无数次奔波于长江沿岸,了解水情,刺探军情,是日军长官眼中的优秀陆战队队员。

绿丸号舰丢失、年关运输舰队被炸,使吴正雄气愤至极。他和他的保安大队队员,扮成各种身份的中国人,白天黑夜在江洲湾一带暗中刺探情况。

叶长河年关水雷阵壮举震惊的第二个熟人是潘小龙。潘小龙一听到三里铺码头事件的神奇传说,心里就明白了这种经典战例必出自叶长河之手。但他没有说出口,连在好友江水星面前都没有提起过。

近来,国民党海军情报部门多次得到消息:在江南尤其是江洲湾附近,有一支身份不明的队伍,经常以水雷战破袭日军舰艇。

"是什么人所为?是民间抗日队伍,还是新四军?使用的水雷来自何方?是否与国军水雷制造所有关?新四军是否具备了水雷制造能力?如果新四军手里有了水雷,他们能炸日本人,也能炸中国人;今天他炸日本人,明天他会炸谁呢?一定要从政治上考虑这个问题,这不是个小事,必须调查清楚。"最终,国军海军情报部门决定:派江水星带情报人员与潘小龙水雷队部分队员联手,组成暗查小组,深入江南一带,依托活动在江苏金坛的忠义救国军进行调查,弄清那里水雷的来源以及新四军拥有和制造水雷的情况。

这几年,潘小龙和江水星多次联合开展军事行动,屡创佳绩。俩人珠联璧合,已经成了国军海军中的金童玉女,王牌搭档。

这一对儿成名是在湘北会战中。

自武汉、南昌沦陷之后,长沙成为拱卫四川及西南各省的重镇,日军志在必得,发动了湘北战役。中国军民浴血奋战,取得了长沙大捷。中国海军在长江布雷,控制长江中游,日寇舰艇和运输船常被水雷炸沉,水上交通受阻,致使日寇水陆无法合作,给养面临断绝。湘北会战的胜利,国军海军水雷队功不可没。潘小龙水雷队尤为突出,数十次出色完成布雷任务。

潘小龙心里明白,水雷队屡屡得手,与江水星提供的准确情报密切相关。如,会战之初,日军舰艇从洞庭湖绕道在营田登陆的情报,被江水星获得。江水星还没上报给上峰，就直接报给了潘小龙，从而使潘小龙能在第一时间出击布雷，炸沉日舰十余艘，致使日军登陆失败，不敢沿江上溯。就是这一次，潘小龙立了大功且被破格提拔。

潘小龙能够受到重用，也不仅仅是水雷战中表现突出，他在军界混出了名堂也是关键因素。这几年，虽然是抗日紧迫，但国民党海军派系之争从来都没消停过。在这暗箭纷飞、步步凶险的环境中，潘小龙被弄得筋疲力尽，可也经受了磨砺，练就了身手。他在战场凭英勇和智慧屡立战功，在官场靠狡猾、狠招和运气化解危机，赢得主动。靠牢了江忠仁这座大山，又笼络了一些新关系。在各派的不经意间，他这个开始并不起眼的年轻才俊一步一步蹿长起来。当人们对他提防时，他已经长成了一棵能够抵挡风雨的壮树了。

战场官场皆是出生入死，能够处处化险为夷，此乃一个真正男人所必须经历的。过瘾！痛快！潘小龙从里到外都切身体会到，他在国军中有平台、有混头、有未来。

潘小龙经常是以两副面孔示人。一副是在江水星面前呈现出的抗日英雄及其英雄爱美女的形象：英勇善战，足智多谋，战绩赫赫。对她有情有义，呵护有加，处处彰显着浓浓爱意。在大家以为叶长河战死之后的一个时期，他长驱直入地进入了江水星心里。后来又见到了活着的叶长河，潘小龙感觉到她的爱情之船，又开始左右摇摆起来。他极力把持着方向，向她发起无数次爱情攻势，好不容易才使她在他制造的情海里，又跌跌撞撞地继续前行了。

潘小龙的另一副面孔，是江水星很少见到的。他在上司面前，神采面容因不同场景而准确地衍变不同的颜色，常常是笑眯眯的。他成了一个笑面虎，在强势气场里，满脸堆着的是美丽的笑容。但在下属面前，就常常是换了一副表情，顷刻肃整，嗓门也猛然威严。

战争环境中的国军军界生活把潘小龙造就成了这么一个人。战场得意，情场得意。然而，这一切都是他用生命和心计换来的。他对自己说："我潘小龙问心无愧！"

这次，潘小龙与江水星再次联手出征，他头脑中很强的服从意识和圆润的处世态度发挥了作用。这次被派江南之行，是针对新四军的。开始他心里有些纠结，这些年国共两党纷纷争争、水火不容的局面，他是看得清清楚楚的。但是，他觉得，作为一名军人，恪尽职守、效命党国是理所当然的，消极抗命是行不通的。江水星大致也是这个心理，一个被培养多年的特工，在命令面前不可说一个"不"字，这是基本职责所系，更何况这次是同潘小龙一起执行任务，何乐而不为呢。

这对军界金童玉女、王牌搭档，果然名不虚传。他俩带领这支特殊的便衣小分队，在江南活动不到七天，就把搜索范围缩小到了江洲湾东北方向一带，又活动了不到三天，就盯住了左川河两岸。接着，紧锣密鼓地侦察了三天三夜，就把有神秘人员出入悬崖险流处绝壁的情况摸清楚了。又做了两天的准备，这一夜，采取了果断行动。

皓月当空，河鸣于耳。潘小龙在悬崖之上树林中留下四名队员望风，其余随他和江水星顺绳临崖而下，仔细查看树枝杂苇，发现了溶洞洞口。

众人身手敏捷，鱼贯而入，手电一亮，溶洞里空无一人，却让潘、江二人大吃一惊：数十枚各种型号水雷和一艘炮船呈现在眼前。

潘、江二人对视了一下，尽管看不清对方的眼神，却都知道对方在说什么。潘小龙心说："这里虽然离家乡旺水浜不近，但从小对这一带还是熟悉的，可从来不知道这里还有一个大溶洞。这真是江洲湾一大秘密奇观呀。"江水星心说："在日伪部队经常出没的水域，居然藏有炮舰和水雷，简直是不可思议。这是新四军何部所为？难道是他与她？"

江水星执手电辨认了水雷，说："这是国军水雷制造所制造。这些水雷怎么会到了这里？"

潘小龙上了炮船，仔细看了一遭，说："这怎么会是杰克号？杰克号被日军俘获我是知道的，可怎么会藏在了这里？难道是日本人藏的？"

江水星说："这事倒是怪了，日本人有必要把杰克号藏在山洞里吗？小龙，我怎么觉得浑身发冷？感觉不好，得赶快离开这里。船和水雷怎么处理？炸掉？"

"绝对不能！在长江下游地带，这些水雷可是好东西，用它们足够打一场漂亮的水上游击战，干掉小日本的三五条舰艇不成问题。我们先撤出这洞，再好好琢磨下一步的行动。"潘小龙招呼大家撤退。

然而，已经晚了。叶长河、潘水玉带人封锁了洞口。

这段时间，水上独立营不断发现有可疑人员在这一带活动，引起了叶长河高度警觉，担心是冲着杰克号来的。于是，暗地里加强了对悬崖周遭的警戒。

当发现有人在悬崖处行动，就知道溶洞暴露了。

开始时，叶长河没让人跟随，只身一人进入悬崖上方的树林中，用他那只神弩，悄无声息地干掉了潘小龙的那四个暗哨，这才命令大家行动。

叶长河带八名精兵从悬崖上顺绳而下，悬在洞口之上，待机行动。潘水玉带六条渔船从水上封锁住了洞口。船头之上装上了水雷，准备随时炸毁洞口，毙敌于洞中。

行动前，叶长河有交代："不到万不得已，不能引爆水雷。如果水雷一炸，洞完了，敌人死了，可里面的宝贝也都完了。最好的结果是迫敌投降。"潘水玉说："不知来人是日军还是国军，或是土匪武装，如果是日本人他们是不会投降的。"叶长河说："不投降，我们便冒险冲进去，尽最大努力保住炮船和水雷。"潘水玉心里没底："我觉得这事风险很大，可也确实没有更好的办法。"叶长河说："没有危险那还叫战争吗？那是你我儿时过家家，青梅竹马之间的儿戏才有趣无险。"潘水玉不吱声了。近来，只要叶长河一提感情方面的话题，她便闭口不言，这都成了习惯。她不想再在感情之事上与他纠缠。

被堵在洞中的潘小龙、江水星没敢轻举妄动。水雷渔船死死地堵在洞口，里面又存放着水雷，双方一旦交火，必是万劫不复。但潘小龙很快判断出，如果对方稍有点军事常识，也是不会轻易发起火力攻击的。他掐摸准了对方心理，也就不慌了。

可江水星没想到这一点，就真乱了，急急地说："怎么办？冲出去？不然，我们今天死路一条了。"

这时，洞外有人喊话，让里面的人缴械投降。潘小龙、江水星同时听出喊话人是叶长河，心就一下子放松下来。

江水星大声喊道："叶长河，我是江水星，你不要胡来！你舍得炸死我就开火吧！"

"四妹，你也在外面吗？我是小龙。你们千万别开火，否则，引爆水雷我们会同归于尽的。"潘小龙也大声喊道。

外面好大一会没了动静，潘、江二人又喊叫了一番。

外面喊话了："我新四军水上独立营不管里面是何许人也，凡是闯入我军事重地的武装分子，都必须无条件投降，否则，将死无葬身之地。新四军对背信弃义的反动派，是从不心慈手软的，快投降吧！"

江水星听出又是叶长河，就火了："叶长河，你个浑蛋。让我缴枪，不可能！我不信你真会忍心杀了我。"说着，走近洞口，拨开树枝探出头去。

"砰砰"几声枪响，江水星又缩回头来，骂道："这叶长河真的一点情义都不讲了，他居然真开枪打我。"

这时，又听到潘水玉喊："没有商量的余地，缴枪才不杀！"

潘小龙命令道："全体听令，出去缴枪！"

江水星说："不能缴枪！我先出去，我倒要看看叶长河真能打死我。"说完，一撩树枝就站了出去。

一束手电光打在她身上。叶长河喊："好啊，军统特务打到我门上来了。把手举过头顶，慢慢走过来。"

江水星就是不举手，反而倒背手向前走了两步，叶长河抬手就是两枪，江水星脚下冒起了两股烟。

这时，潘小龙等都站了出来，赶忙把手都举了起来，嘴里却说："我们与你们是友军，这不能叫投降。我等举起双手，是向你们致敬的。"

江水星回头喊："都给我把手放下，我倒看看他叶长河的能耐。"说着，就昂首挺胸走上了潘水玉的船。

叶长河从头顶悬崖上一荡就跳到了江水星的身后，往腰里摸了两把，就下了她的枪。江水星骂道："你他妈的往哪里摸呀？快把脏爪子挪开！"叶长河说："矫情样！"往前推搡了她一把，顺手把手枪扔给了潘水玉。

潘水玉嘻嘻一笑："好玩，又缴获了一把好枪。谢谢水星姐。"叶长河一瞪眼："潘水玉同志，你还有没有政治立场？跟什么人都称姐道妹的。"

叶长河等人用枪指点着潘小龙，示意他的人把枪放在船头上。

潘小龙满脸堆笑，老老实实地照做了，他的人也跟着把枪交了出来。有手电光打在潘小龙脸上，叶长河说："果然战场上的常客，面不改色，临危不乱嘛。"

潘小龙一下拉下脸："少废话！赶快找地方弄顿好饭，我和弟兄们多半个月没正经吃饭了。"

"你一个俘虏神气什么吗？那有好饭给反动派吃。"叶长河让潘水玉带人恢复洞口植被，他领潘小龙等人离去。

江水星见状，一笑："这四妹还真听话，让她干啥她干啥。看来，这独立营夫妻店开得不错，夫唱妻随的。"

叶长河脸温和多了，说："水星你这话虽不好听，但说到我心里去了。你若能说服四妹和我开夫妻店，我重谢你，弄一筐大闸蟹让你吃个够。"

江水星转身去了船头："本人现在是俘虏，哪有资格给新四军的人当媒婆。我绝对不干这种事。告诉你叶长河，你这种人，没人爱是对的。"

叶长河说："没人爱我也剩不下。本人小时候是定过娃娃亲的，早就有后备了，大不了就娶了那娃娃亲。"

江水星笑笑，挽了潘小龙的胳膊，亲密地说："小龙，我还真饿了。"说着，从小龙口袋里掏出两块饼干，一块放在小龙嘴里，一块放在自己嘴里，含糊不清地说："天下哪有那么傻的娃娃亲，这么多年还等一个大浑蛋。叶长河，你就打一辈子光棍吧。"

潘小龙挣脱开江水星，故作冰冷地说："你俩说你俩的事，别拉我一起演戏。"

江水星瞪了他一眼："哼！天下的男人都一样浑蛋。"

回到独立营驻地，弄了一顿丰盛的晚饭，大家一起吃。潘小龙突然问："我少了四个弟兄，哪去了？"叶长河不隐瞒，说："悬崖之上，让我给收拾掉了。"

潘小龙、江水星几乎同时站起来，一拍桌子，喝道："还真开了杀戒了？弄死了国军四个人，这事你得给个交代。"

叶长河也一拍桌子站起来："你国军不在前线打鬼子，跑到我这儿来干什么？你们偷袭我武器库，我不过是自卫一下，皖南事变你们干出那么大的伤天害理之事怎么不说？还有，新四军救你潘小龙水雷队，你们却恩将仇报，攻击了新四军，难道都忘了？"

江水星火气不减，说："那是上层的事，与我俩无关。今天，你们杀了我的人，就得有个说法。"说着，下意识地摸了摸腰。

潘水玉忙把手枪递了过去："水星，给你枪，把我、长河，再挑两个战士，也是四个人，一命抵一命，都毙了吧。叶长河，你先把脑袋伸过去，让水星给你一枪解解恨。"

江水星没有接枪，潘水玉又说："水星，小龙，你俩也不好好想想，这能怪我们吗？黑灯瞎火的，谁知道你们是什么人？要是我们以其人之道还治其人之身，把你们都消灭了也不为过。浑蛋国军，多死仨俩，没什么了不得的，回去就说让鬼子干掉了。"

潘小龙接话："四妹，你这是什么话？国军兵士也是人，总不能白白死了吧？"

潘水玉出手就给了潘小龙一拳："没错，国军兵士也是人，但不是好人。不白死还怎么着，难道还让新四军给他们开个追悼会不成？！岂有此理！"

叶长河说话了："教导员同志说的有道理。国共两军人员摩擦交战从来没有间断过，今天要不是你小龙和水星的队伍，我看你们一个也活不了了。现在，我得网开一面，不能消灭你们。反正你们也缴械投降了，就加入我独立营吧。说正经的，小龙、水星，咱们四个发小，抱成一团打鬼子，前程将是无限光明的。"

"你这人没政治见识呀，我们这叫投降吗？哪有国军海军向新四军投降的道理？！刚才，是气氛紧张，怕引起误会伤了人，我才把枪交给你们玩玩的。你以为真是缴枪投降呀？事过去了，快把枪还给我们。我们得走了。"潘小龙也认真了。

"这样吧。大家是一家人，都别说两家话了。先安顿下来休养几天，尔后再说这些事，好吧？！叶营长，让人给他们准备住处去吧。对了，一定得加强警戒，要保证客人的安全。"潘水玉说完就走了。

江水星说："呵呵，神气的她。这分明是要扣押我们嘛，却说成是招待好客人。这潘水玉果真是出息了。"

过了两天，叶长河提出一个建议："独立营刚得到情报，有日军炮舰七艘停泊在光集山码头三天了，一直没有起航的迹象。我水上独立营与你国军小分队，打鬼子的目标是一致的，联合打一仗吧。把溶洞里的水雷和杰克号都用上，大干一场。这杰克号还没有直接和日舰对抗过，主要是就我一人懂军舰，开得了船却开不了炮，忙不过来。这下好了，小龙你的人来了，都是海军，搞个大动静过瘾吧。我提这个建议也是迫不得已，因为你们知道了溶洞的老底，那就干脆把水雷都用完它，省得你们国军老惦记着新四军这点水雷。干完了，我把杰克号再找个地方另藏起来，然后，再说我与你们的事。行吧？"

潘小龙却说："搞一下日军舰艇，现在具备这个条件，我看行！但是，长河你得先告诉我，你这些水雷是哪儿弄来的？告诉我实话，便一起行动。否则，我们不配合。"

叶长河先是嘻嘻一笑："小龙你真是贵人多忘事。这六十枚水雷，是那次你水雷队被日军围困，新四军救出你们之后，你留给我的呀。"然后，又怒脸一上："好你个潘小龙，让你一起打鬼子你也讲条件？你果真不配合？我这可是给你杀敌立功的机会呀，机会，你懂吗？"

"当时，我留给你的是六枚水雷，我记得很清楚。"潘小龙瞪他。

"你聪明一世，糊涂一时。你明明给我留下六十枚水雷嘛，这不会错的，是吧？水玉同志。"叶长河冲潘水玉说。

潘水玉冲小龙一笑，说："没错，哥，你给我们留下的是六十枚水雷。不然，我们哪来的这么多水雷呀？"

潘小龙气冲冲地说："别叫我哥。你就和叶长河一起混吧，看跟他能混出什么名堂来？"

潘水玉说："是的，这一辈子我很少叫你哥，这一乍叫，还挺别扭的。潘小龙，有一事咱得说明白，我是在跟着共产党新四军，而不是和他叶长河混。和他叶长河有啥混头，我又不稀罕他这个人。别人都定娃娃亲了还甩他呢，我可不拣别人不要的。"

叶长河说："少扯这些没用的。小龙，水星，联手干一把吧，机不可失，时不再来。你留下的六十枚水雷我已经用了一些，还剩三十七枚，另加杰克号炮舰上的八发炮弹，一下全砸上。干不干吧？我再说一遍，这是机会！"说完，走了。

叶长河、潘小龙、江水星、潘水玉等四人相互之间默契至极，无处不顺，狠狠地干了鬼子舰艇一把。这一仗干得漂亮，多年之后还被人们所称颂，但也给叶长河留下了极大的耻辱。这耻辱，之后多半辈子也没有消除掉。

战斗之前，叶长河、潘小龙这两个海军行家，制定了科学而严密的作战方案。既然要发挥杰克号炮舰八发炮弹的作用，那就必须掌握江水潮汐变化规律。

光集山码头一段江面稍宽，流速达 6 节，日七艘锚泊舰会随着涨潮落潮绕着锚位旋转。所以，选择杰克号炮舰的攻击时机十分关键，甚至是决定战斗胜负的一个重要因素。

在涨潮时间，所有的锚泊舰艇均船首朝向下游方向，舰上固定的重炮炮口自然也都朝同一方向。这个时候，如果杰克号炮舰位于码头日舰的上游，其舰首就正对着日舰的舰尾，正好利用杰克号舰首炮火攻击的强势去打击日军舰尾的弱处，杰克号八发炮弹的威力就能发挥到最大。

在利用我舰首对敌舰尾的有利阵法去消灭敌舰方面，叶长河、潘小龙的意见是极为一致的。下面的几个关键环节，经过激烈争论研讨，最终也较为完善地确定了方案。接下来的好戏，只是操作层面的事了。

这天上午，江面天气晴朗，能见度很好。杰克号出现在了光集山码头日舰上游江面上。在日舰还没有注意到这艘非凡之舰时，它已经"咣咣"地开了炮。

叶长河驾船，炮是潘小龙操作的。炮打得很准，集中两艘日舰，每舰四发，不慌不忙地射出。之所以不慌不忙，是因为看到日舰重炮确实不能还击。等到日舰转过头来准备开炮时，日有两艘大舰已经起火，杰克号也逃之夭夭了。

日军反应快的两艘炮舰，立即沿杰克号逃跑的江面追赶，谁料想，却进入了水雷阵，一阵爆炸，这两舰沉入江底。

这便是昨晚叶长河、潘小龙精确布下的十八枚水雷阵。杰克号顺利通过了自己的水雷阵，而日舰以为追随其后追击不会有水雷，没想到上了大当。

日军四艘浅水快艇气急败坏地玩命追赶杰克号。浅水快艇一般触不到锚雷，发现漂雷也能敏捷规避，所以，肆无忌惮地直追而来。

这四艘快艇速度快，眼看就要追上杰克号了。叶长河急忙打转方向，一下拐进了右川河，不一会，又进入了其中一条支流中。

突然，前面出现了烟雾锁河。这是潘水玉等人在这狭隘多礁处施放的油草烟雾，这也是方案之中的一个重要环节。

原来，这一条支流河面狭窄，水流湍急，有一段河中接连有三处礁石，船行到此，必须随时观察水流的方向和导航目标的变化，稍有不慎，就会触礁沉没。针对这一特点，叶长河制定了"雾锁河面"的招法。

杰克号没有犹豫就开进了烟雾封锁的河段中。这一多礁处，叶长河早已烂熟于心，驾杰克号也练习过多遍，有把握在烟雾中穿过。四条日快艇见到烟雾，以为是河边老农烧荒，没来得及多想，就跟着杰克号冲了进去，结果被撞得七零八落。

杰克号顺右川河加速绕道驶出，又进入了光集山码头上游。这时候日军剩余的三艘完好的军舰，正在急火火地围着那两艘着火的大舰实施抢救。

日舰没有想到杰克号会再次出现，还没来得及做迎敌准备，杰克号施放下的十九枚漂雷，已经影影绰绰地沉浮着，佛珠似的相互牵连着，顺江流奔腾而来。

杰克号逆流而上，听到后面传来剧烈的爆炸声时，它已经进入左川河逃离了。

进入安全水域后，杰克号轮机突然声音出现了异常，叶长河急忙命令靠边锚泊。潘小龙和叶长河一起下机舱去检修。

叶长河埋头捣鼓了半天，总算修复了轮机。待他上了甲板，发现潘小龙、江水星以及他俩的人都已经不见。叶长河急问："他们人呢？"潘水玉搓着双手，望着他说："等我发现时，他们已经上岸跑远了。"

叶长河急说："你怎么不看好他们？让国军的人跑了，这怎么向上级交代？"

潘水玉却一笑："算了吧，长河，别给我演戏了。这要是在前几年，我会被你蒙在鼓里。今天，我算长见识了，你是有意放他们走的。杰克号根本就没出什么故障。"

叶长河说："这可是原则性问题，别胡说八道。回去就说，他们是趁我们和鬼子交火之乱，跑了。现在，我命令你带人去追，给我狠狠地打。一定活要见人，死要见尸。"

潘水玉又笑了笑："明白！遵命！"说完，带人上岸而去。

接下来发生的事就非常不可思议了。叶长河的耻辱也就出现在此。

当叶长河驾驶杰克号进入左川河一狭隘处时，却突然被岸上滑下来的芦苇泥团块挡住了去路，急忙后退，后面也滑下了芦苇泥团。

叶长河正处于胜利的喜悦之中，对突然出现的变故还没有反应过来，他身边十一位弟兄就都倒在了枪声中。他出枪还击，刚打死爬上船头的两人，就被人扑倒在甲板上。

叶长河被人摁着，抬起了头。他大吃一惊，领头之人是那个吴正雄。

吴正雄也一脸惊色，说："我在这里等了十多天了，我就不信杰克号不再从这儿路过。让我做梦都没有想到的是，那个让全江南的大日本皇军恨之入骨的神秘之人，原来是你叶长河。你不是当了国民党海军了吗？怎么会在新四军的队伍里？"

叶长河明白了眼前的一切。今天，吴正雄能够在同一段水域、用同一种方式俘获杰克号，说明他对杰克号失踪已调查清楚，且准备了许久，才万无一失地设下了埋伏。

这一仗，打得突然，一向善于料敌于先的叶长河，这次完全没有预料地栽到了吴正雄手里。面对这个特殊的鬼子，他无话可说。

吴正雄令人把芦苇团移开，杰克号被开动了。叶长河拼命挣扎，吴正雄一直没有再理会他。闹烦了，一个保安队员用枪顶住了叶长河的头，被吴正雄拦住，问："叶长河，你们的老窝在哪儿？有多少人马？还有多少水雷？说了实话，我们放你一条生路。"

叶长河选择了沉默。

"小小叶长河，让大日本皇军吃尽了大大的苦头。你的水雷简直就是魔鬼，让人防不胜防。我们海军陆战队在中国作战，如果遇到中国陆、空军部队尚能预先写就遗书后应战，唯独一遇到你的水雷即刻爆炸，瞬间就与舰同归于尽了，连写几句遗书的短暂时间亦不可得。"吴正雄不厌其烦地唠叨着，"我在上海的父母，天天在为我担心哪。你连让我给长辈们留几句话的时间都不给我。叶长河，你太可恶了。不过，我依然记得我们少年情谊，今天你说了实话，我绝对放走你。"

"强盗，强盗理论！生命不保，是你们侵略所致；父母牵挂，是你们侵略所致；我等水雷反击，是你们侵略所逼。我等没到你们家炕头上去布雷吧？你们都打到了我们家炕头上，我等奋起反抗倒可恶了？真正的可恶之人是你吴正雄，是日本侵略者！"叶长河挣扎开来，一头向吴正雄撞去。

吴正雄牢牢地抓住了他的肩膀。叶长河说："吴正雄，我也不给你废话了。你要是真正的军人，咱俩就摔跤，我输了，就告诉你实话，赢了，你放老子走人。"吴正雄听罢，松开叶长河。

叶长河脱掉了上衣，拿出决斗的架势。吴正雄让甲板上的人让出场子，自己也脱衣服。叶长河却一闪身跃入河中。

叶长河先潜在船底处躲过上面的乱枪，然后，潜水而去。他凭着高超的潜水功夫，一气游进了旁边的支流，在芦苇遮掩下探头喘了口气，就潜走了。

吴正雄不见叶长河人影，就把船上新四军战士的尸体抛入河中，开着杰克号舰扬长而去。

第二十六章　火牛阵

失去杰克号炮舰，此乃叶长河的奇耻大辱。他发誓要报复吴正雄，夺回杰克号。

独立营休整了一段时日，便化整为零，走上了寻找杰克号的征程。

在短暂的休整期间，叶长河又一阵心血来潮地研读了毛泽东的《论持久战》。

叶长河这股热情来自听到的一个政治笑话。说，前不久，国民党军方组织一个军训班。会议期间，有人把一本《目前的战略问题》附在文件后面，呈递给蒋介石。蒋不知道这本小册子是毛泽东《中国革命战争的战略问题》和《论持久战》的节选本，阅后，认为"很高明"，遂批上"印发"二字，作为军训班学习材料。与会者中，有人读过毛泽东的那两本书，翻开发给的材料，目瞪口呆，窃窃私语："简直成了毛泽东思想的学习大会了。"后来，蒋介石知道了此事，暴跳如雷，下令严查。

连蒋介石都认为"很高明"的《论持久战》，再次激起叶长河的研读兴趣。可这次读完，他心里却产生了一个急切的念头：寻找杰克号的事是不能打持久战的，务必尽早了断。于是，他给各个战斗分队下达了死命令："寻遍整个江南，也要找到吴正雄，完整地俘获杰克号。要快！杰克号在日本人手里一天，我就不得安宁一天。"

潘水玉本来想再加一句："若难以俘获杰克号，就炸毁它。"可一见叶长河要完整俘获的态度很坚决，战士们也嗷嗷叫，就没说出口。士气可鼓不可泄，等搜寻到杰克号的下落再说。

一段时日后，有了准确消息。吴正雄并没有跑远，还在江洲湾一带。最近，杰克号停泊在红沙湾码头，很少出来。

水上独立营准备了三天，精细研究了方案，就采取了行动。叶长河的军事谋略智慧又一次得到了精彩彰显。

这天上午，红沙湾码头停泊着杰克号炮舰，上游方向有两艘扫雷艇，下游岸边停着两条汽艇。吴正雄等二十多人正在杰克号上忙活，突然看见码头一侧山坡上十多个巨大的火球，在"噼噼啪啪"的声响中，朝码头滚滚而来。就听有人大喊："火牛下来了！"

春秋战国时期，齐国大将田单以火牛阵大破燕军，成为中国古代战史上一个特殊战例。此时，这些牛蒙着眼睛，尾巴上拴着鞭炮，身上绑满浇上柴油的被褥，燃着大火，拼命地顺山坡冲了下来。

一股煳臭气味迅速在码头上弥漫开来。牛疯狂地左冲右突，有的掉入江中，有的撞上建筑物燃起了火，有的冲上了那两条汽艇，随即引起爆炸。

日本兵哪里见过这般阵势，都不知如何是好。吴正雄大喊："赶快离岸！"

两艘扫雷艇开足马达，赶紧离岸，逆流上驶。杰克号也迅速跟随其后离开。

离开火海般的码头不到三百米，扫雷艇前方突然出现了异常情况。上游顺江漂下一大片黑乎乎的东西，直冲扫雷艇而来。走近一看，原来是以乱麻、木片、竹制假雷、铁丝等连接在一起的杂物。这些杂物很快就缠缚了螺旋桨，扫雷艇即刻熄火。

这时，岸边的树林中，黑压压地飞出了鸟群般的手榴弹，落在了扫雷艇上，即刻炸开来。

杰克号见状急忙掉转船头向下游奔驰。吴正雄指挥兵士向手榴弹飞出的方向一阵射击。

杰克号刚驶出数百米，前面一条支流的芦苇中，突然斜蹿出十多条机动渔船，挡住了去路。渔船上绑满了干燥芦苇，有人举着火把，随时准备点火。

渔船横拉成一条线，朝杰克号逼近。杰克号见势不妙，掉头向附近的一条支流河奔去，很快就把渔船甩掉了。

进入支流河，吴正雄刚松了一口气，突见前方两岸滑下众多芦苇团。杰克号刹不住车，就撞了上去，回头一看，后面也被芦苇团封住。他心里一惊："叶长河故技重演了！"

吴正雄和他的兵士们朝两岸射击，两岸芦苇荡和土坡树林中也激烈还击。

就听树林中有人喊："吴正雄，缴枪不杀！留下杰克号，保你一条命。"

吴正雄命令停火，两岸上也没了枪声。

"叶长河，你给我听好。昨天，大日本天皇已经宣布投降了。难道你不知道吗？怎么还袭击我们？"吴正雄冲树林里喊。

叶长河一听，愣住了，心说："怎么，小日本投降了？怪不得江里不见日舰行驶了。这几天，只顾在外面寻找杰克号了，营里一直没和马团长取得联系。鬼子真投降了？吴正雄不会是使诈吧？"

潘水玉说："投降了怎么还没有解除武装？让他缴枪。"

叶长河高喊："吴正雄，你少废话！红沙湾码头停泊的船都是武装军舰，你们手里都还有武器，这叫投降吗？现在，我命令你们赶快投降！"

"我们司令部有令，大日本帝国军人只向中国国民党军队投降，不向共产党新四军投降，你们没权缴我们的械。"吴正雄喊。

叶长河一枪打过去："新四军是当之无愧的抗日武装，日本军人必须向我们投降。"

吴正雄喊："你们是土匪，哪有资格受降！"说着，又开了火。

叶长河不想炸毁杰克号，吴正雄火力又很猛，独立营战士一时难以冲上船去。一方拼命死守，一方志在必得。双方就这样打一阵停一阵，一直到下午三时，情况才有了转变。

一艘战舰"隆隆"地开了过来，上面挂的竟然是青天白日旗。

叶长河命令停止射击，观察动静。

来舰上有人喊话："双方停止战斗！8月15日，也就是昨天中午，日本已经宣布无条件投降了。现在我命令，日本军人立即放下武器，向中国国军投降。"

叶长河听着喊话有些耳熟。

舰上又喊："我是中国海军方面特派代表潘小龙，负责接收江洲湾地区所有日本海军武装。树林里是新四军叶长河的队伍吗？叶长河，听我的命令，你部务必协助本特派员解除鬼子武装，接收杰克号炮舰。"

叶长河脑子飞速旋转，很快想明白眼前是怎么回事了，就喊："潘小龙，你凭什么命令老子。老子现在只和鬼子说话。吴正雄，立即向我新四军缴枪。拒降者，就地消灭。"

话音刚落，杰克号上又开枪射击。叶长河喊："水上独立营，给我狠狠地打！"

舰地双方又猛烈地对射起来。

军舰上一个女人高喊："日本军人，放下武器！否则，将被统统消灭。"说完，一梭子子弹扫过去，倒下几个鬼子。

叶长河听出那个女人是江水星。

江水星的喊声和子弹产生了威慑，杰克号上的鬼子停止了射击。

叶长河抓住战机，当即吹响了冲锋号，喊道："天红了，地红了，刺刀红了，眼睛红了，杀呀！"

独立营战士们跟着叶长河冲了出去，很快冲上了杰克号舰，控制住了吴正雄等鬼子兵。

潘小龙喊道："水上独立营听我的命令，把杰克号和日本兵交给我部带回。"

潘水玉朝天放了三枪，喊道："杰克号和俘虏为我所获，理应由新四军带回！阻拦者，格杀勿论！"

江水星喊："我们也是执行军令，长河、水玉不要为难我们，把舰和人交过来吧。"

叶长河喊："少啰唆！赶快让路，否则，我一枪毙了吴正雄。"

江水星喊："长河，你不能乱来。蒋委员长已经发表了告全国军民书，主张人民不念旧恶，不要对日本人进行报复。况且，双方交战，俘虏是不能杀的。"

叶长河喊："老蒋那是放屁！鬼子罪大恶极，罪该万死！今天，你们不让开路，我就杀鬼子！我叶长河说到做到。"

潘小龙柔和了一下声调，却也字字清楚："长河呀长河，这么多年，我把你看得透透的。你这人就是八个字，为人蔫巴，做事拧巴！没劲透了。不过，你打仗还是把好手，战术层面的鬼点子多，也敢于刺刀见红，不怕死。尤其那冲锋号吹的，真有威力，我听了都发颤。"

潘小龙长叹了口气，接着说："长河、水玉呀，我知道杰克号在你俩心里的位置，也理解你们是多么憎恨鬼子吴正雄。我看这样吧，这两天哪，我们已经接收了多艘日舰，杰克号就留给你们了。看来，不分给新四军一碗羹，恐怕说不过去，也不公平。"

叶长河喊："那你赶快让路！"

潘小龙喊："前后都是芦苇团，你走得了吗？把航道清理开，再各走各的路。国军弟兄们听我的命令，下河清理航道！"

叶长河留下几个人看守俘虏，其余也都下船清理芦苇。

不料，江水星特工队的人腰里都藏有手枪，干着干着活，就在水里控制住了独立营的战士。

船上的吴正雄见状，一使眼色，俘虏们就扑了上去，把新四军的人都摁在了甲板上。国民党兵士迅速上了杰克号舰，叶长河、潘水玉被紧紧扭住。

潘小龙哈哈一笑，得意地喊道："叶长河，杰克号归我了！"

吴正雄被押上了潘小龙舰。

吴正雄一举手说："我有个请求。叶长河的冲锋号让日本军人闻风丧胆，我想收留它做个纪念。"

江水星一听，上前就给了吴正雄两个耳光："你以为你是谁？中国人民抗日队伍的装备你也敢要。那把冲锋号是水上独立营的魂，你一个侵略者有资格收留它吗？！"

潘小龙用枪把子敲着吴正雄的脑壳，恶狠狠地说："要不是上峰有命令，我早就一枪崩了你了，还留着你给中国人提条件？真没数。"吴正雄额头即刻起了几个包，不敢再说半句话。

潘小龙把独立营的人撵上了岸，开着两舰离去。走出不远，又把独立营的枪扔上了岸，喊："叶长河，还你吃饭的家伙什。"

叶长河跑过去，看了一眼地上的枪，高喊："潘小龙，你把我的诸葛连弩留下呀！"潘小龙喊："这把诸葛连弩我喜欢好几年了，现在成了我的战利品，它归我了。"杰克号加快了速度。叶长河喊："潘小龙，你要是把连弩弄坏了、弄丢了，叶家祖祖辈辈都饶不了你。你给我记住了。"

叶家的祖传宝物被掠，叶长河痛心疾首。这把诸葛连弩附着祖父的魂魄和寄托，也连着他叶长河的生命。在与鬼子的战斗中，有两次枪打光了子弹，是这把连弩击毙了冲杀他的敌人，救了他的命。他曾多次在心里说："有这把连弩保驾，有祖父魂魄保佑，我叶长河永不绝命！"而如今，这个宝贝却被非友非敌、亦友亦敌的潘小龙掠走了。他伤透了心，他在战场上双肩各挎一件宝贝的形象也将受损。多年后才知道，在后来的解放战争中，人民解放军的敌人潘小龙，也视这把连弩为宝贝，历次战斗中从没有离过身。

潘水玉跑过来，抓起枪冲杰克号打了一阵。叶长河盯着远去的杰克号，眼睛血红，骂道："潘小龙，你他妈个鳖孙！今天，老子在战术层面上没斗过你。你等着，总有一天，老子让你也蔫巴了！"

潘水玉说："有事说事，别骂人！"

叶长河气不打一处来，说："我骂他个鳖孙，和你有什么关系？噢，我差点忘了你俩是兄妹。我就纳闷了，同一个爹娘，怎么会生出德行完全不同的两个鳖蛋？"

潘水玉上去踹了他一脚："你这人就八个字，为人蔫巴，做事拧巴！两巴主义害死人。丢了杰克号，不好好找原因，却拐弯抹角地骂人。你这人，没劲透了。"

叶长河脚疼得直蹦，嘴巴愈发不干净："真不愧是亲兄妹，连损人都是一个腔调。什么两巴？再加个妈拉个巴子，三巴主义才害人！"

潘水玉上去就死拧他的胳膊："你这文化人，打仗都打粗鲁了，居然当着女人面骂脏话，哪还有个营长的样子？"

叶长河挣脱开，走了。

这一幕，被一个东北籍连长看到了，冲叶长河嘿嘿直乐。

叶长河吼了一嗓子："你有什么可乐的？我这东北骂人的话还不是跟你学的，妈拉个巴子的。"

事情发展到了不可收拾的地步，回去后，潘水玉就把水上独立营这个时期的全部情况，如实地向上级组织做了汇报。上面派下人来，有针对性地做了调查，酌情对相关人员进行了处理。

马团长已经提升为支队长，本来叶长河是要提拔当独立团团长的。但因了这个时期一些不明不白的事体和叶长河身上所应负的责任，他非但没有被提升，还受了处分。

叶长河这些不明不白的事体包括：俘获了杰克号却又丢失了杰克号；遭遇了国民党军方人员却又让其逃掉，后又被同一伙人捉弄羞辱。枪还在，那把完全可以称之为武器的诸葛连弩却被对方缴获而去。还有，用老百姓的耕牛大摆火牛阵，虽然他声明，是自己掏腰包买的没有耕作能力的老牛，但牛已烧死入江，无法验证，被视为违反群众纪律。

叶长河有两点想不通：一是，诸葛连弩是叶家私传宝物，不能算作被国军缴了械。二是，自己掏钱买老牛打鬼子，不能算作违反群众纪律！

可上面没有时间给他理论这些。他情绪一度低落到了极点。

这个时候，又传来了一个迟到的噩耗：前些时候，吴正雄弄清了新四军与上海叶家船运公司的关系，经请示日海军陆战队司令部，在日本投降的前些天，他带兵血洗了叶家公司，叶高棠和潘大水被当场击毙。

叶长河得到这一消息太晚了，不然，那天在杰克号上，他会把吴正雄碎尸万段的。

接下来的日子，叶长河率水上独立营配合新四军主力部队，又同拒绝向新四军投降缴械的日伪军打了几仗。他心里发着狠，每场战斗都吹着冲锋号冲在前头，常常是一副不要命的样子，恨不能把江南所有的鬼子都一个个穿成筛子。

话又说回到上次，潘小龙、江水星被叶长河放跑，从江洲湾回驻地复命，如实向上峰报告了水上独立营藏有国军水雷和杰克号炮舰的情况。那时，潘、江二人还不知道那次他们刚走，杰克号炮舰就被日本人截获去了。

上峰对此非常重视，责令限期查清水雷制造所里谁与新四军私通。

这二人没敢怠慢，立即对海军所属几个水雷制造所进行彻查，很快就找到了一些线索，摸到了一些情况。但苦于没有证据，迟迟没有下手抓人。

这一天，开源镇富贵山货行姜老板家来了一个老太太。姜老板一看，是以前和叶长河等人来过的那个姓潘的老母。

潘母领了一个穿戴时尚的年轻女子，却不是以前的那个潘水玉。

年轻女子笑了笑，问："仁者乐山仁者静。你喜欢游山吗？"

姜老板看了一眼同样满脸笑容的潘母，答道："智者乐水智者动。我更喜欢游泳。"

年轻女子又说："想让子子孙孙做仁者，像山一样心胸博大吗？"

姜老板又答："不，期望祖祖辈辈做智者，像水一样灵动流淌。"

暗号对上了，又有潘母领着，姜老板就放下心来。他带潘母的人联络上了雷恪的人，顺利地把十八枚水雷装上了船。

第二天，雷恪和姜老板等人被潘小龙、江水星逮捕。

姜老板一见身着军装的江水星，话都不成溜了："你、你、你，你不是昨天来接头的那个年轻女子吗？"

江水星笑而不答。

雷恪怒不可遏，一指潘小龙："好你个潘小龙，为了抓我的把柄，不惜千里把老母亲搬来诱骗姜老板。你真够孝顺的，就不怕把你老娘累着了。"

潘小龙也笑而不答。

其实，潘母对其中详情一无所知。早在查案中，潘小龙综合各方面反映上来的情况，判断出与雷恪联系过的那一对母女，很可能就是自己的老母和妹妹。于是，火速派人跑了趟江洲湾，想请母亲大人来他的防地散散心。老母觉得，行船坐车的，怪麻烦，还挺累，也散不了什么心，就不愿意动身前来。可当来人说："有点抗日上的事要请老人您帮忙，这是潘大队长的意思。"老母再不说二话，即刻启程上路。

到了潘小龙的防地，不知就里的潘母，按照他们设计的圈套，由江水星配合着，诱捕了雷恪和姜老板等人。

潘小龙手里有了证据和重大线索，顺藤摸瓜，很快就调查清楚：雷恪先后十余次私供新四军水雷数百枚。

雷恪却死不认罪，言称："本人未取分文，并非倒卖军火，纯属支援新四军抗日，不仅毫无罪责，反而有功。"

没人再给雷恪多费口舌。通共资敌，罪责难逃，他当即被关押。

案子报到了蒋委员长那里。委员长不由得想起了那次视察电雷学校的情景，对雷恪还有些印象。但最终还是批示：通共资敌者，杀无赦。还说："哼，什么留德高才生？什么造雷英雄？要是大方向错了，越有才华危害越大，越是英雄离我越远。顺我者昌，逆我者亡，杀！"

接下来的事情，潘小龙和江水星就不清楚了。不久后听说，在枪决的前夜，雷恪趁看守不备，偷越班房逃走了。之后，他流落到了山野民间。

潘小龙、江水星很快又奉命带领小分队潜回江洲湾，任务是从水上独立营手里索回杰克号炮舰。上峰明令：协商不成，武力解决；抢获成功后，伪装杰克号，隐蔽回驻地。如果难以成行，可暂时把舰转交给江苏金坛忠义救国军。

这二人心里明白，上峰决不允许新四军手里拥有战舰。

潘、江二人返回江洲湾，一时没有找到水上独立营，却听说杰克号舰又被日海军陆战队截获，就电台请示下一步如何行动。上峰来电指示：日本人已经宣布投降，现任命潘小龙为国军海军方面特派代表，全权负责接收江洲湾地区的所有日军海军舰艇。

上峰还耐心地讲清了当前局势："华中地区被日伪军占领的大城市和交通要道，大部分处于新四军的包围之下，江南新四军已向附近各城镇、江河之交通要道的日伪军及其指挥机关发出通牒，限期向新四军部缴出全部武器，如遇拒绝投降缴械，将予坚决消灭。而眼下国军在江南兵力薄弱，不能及时受降日军，你等小分队恰在江南江洲湾，务必承担起受降日军的使命。国军主力部队在美军帮助下，正源源开进京沪杭地区，新四军苏南主力将很快受到国军顾祝同部与汤恩伯部的夹击。国军势在必得，你等要充满信心，勇敢担当，积极作为。"

临危受命的潘小龙异常兴奋，表示不辱使命，坚决完成接收任务。之后，潘、江小分队打着一个莫大的牌子，陆续接收了江洲湾地区的日军舰船，还收获了杰克号。

潘小龙向上峰汇报时，隐瞒了劫获杰克号的真实情况，言称是从日本人手里接收过来的，对放走叶长河等人的事只字不敢提。

放走新四军的人可是掉脑袋的事，潘小龙叮嘱：保密工作慎之又慎。

江水星警告所属人员，谁若是透露了这个真实情况，"我和潘小龙决不饶他！"

潘小龙则动之以情，言明："江洲湾一带是我的家乡，截获了杰克号也就罢了，如果再杀已被缴了械的兄弟姐妹，我真下不了这个手。请各位兄弟看在这些年我们有生死之交的分上，就睁一只眼闭一只眼吧。况且，新四军这股小部队，早前曾在鬼子手里救过我国军水雷队，今天，就算偿还了他们那笔人情债，扯平了。以后再在战场上遭遇，那就谁也不认识谁了。兄弟们，多成全了。"

经潘小龙这么一说，他手下的弟兄再没有多事的了。

第二十七章　死亡之约

鬼子打完了，内战即将爆发。

为了保存力量，摆脱被动，向北发展，策应国共谈判，根据党中央、中央军委的战略部署，新四军浙东、苏南、皖江的部队北撤实施战略大转移，途中突破了国民党陆军的拦击"围剿"，最终实现了"巩固苏北，坚持山东"的战略目的，为后来人民解放战争的胜利，起到了十分重要的作用。

新四军北撤之前，叶长河经马支队长批准，由潘水玉陪同，去上海看望了被日军血洗了的家人。

这一次，又有一件天塌地陷的事情，狠狠地打击了这对非凡男女。

原来，叶长河生母三姨太因家遭劫难而悲愤至极，一病不起，不久就病逝于家中。临终前，她道出了一个惊天秘密：叶长河是三姨太和潘大水的私生子。

叶长河差点昏死过去。

他想起儿时家里一年四季弥漫着中草药味，家里的妇人们为生育天天喝苦药汤子。又想起二姨太经常攻击母亲的那句恶言恶语"若是不要脸了，谁还不能生出个一男半女来"，就对母亲道出的这个重大秘密深信不疑了。

母亲叮嘱：此等丑事不可外传，万望保全叶家名节。母亲说："我豁出老脸，不顾羞耻，下这么大决心道出多年难以启齿的秘密，最终目的是防止你们这对兄妹成婚。这都是我造孽呀，我对不起你们兄妹二人。长河，水玉，我死不瞑目呀。"

叶长河和潘水玉心如刀绞，用复杂的眼神相互对视着，叫了一声妹，叫了一声哥。

母亲听罢这凄惨的"妹妹""哥哥"的号哭，抓牢兄妹俩的手，瞪着天大的眼，仰天离世。

叶长河一把抱紧了潘水玉，潘水玉也下意识地抱紧了他，彼此哭得昏天黑地。

哭着哭着，又是一声凄惨的"哥哥""妹妹"，随即双方像被火烫着了一样推开对方。

潘水玉撕心裂肺地号叫一声，冲出房门，奔跑而去。叶长河追了出去。俩人一前一后地跑着，哭着，喊着。

"长河，我不想活了，真的不想活了。"

"水玉，我也生不如死。"

"那我们就去死吧。"

"也许这是最好的选择。"

俩人跑到了苏州河桥上。这次，谁都不再哭泣，互相死死地盯着对方。双方从来没有见过对方如此复杂而痛苦的眼神。

潘水玉嘴一咧，叶长河忙制止住她："这一刻，别叫哥好吗？"

潘水玉说："我一辈子也不想叫你哥，可你确实是我亲哥呀。哥，我真的不想活了。"

她抑制不住，又哇的一声号啕起来，一声长鸣险些背过气去。

他把嘴唇咬出了血，忍着不发出一丝哀哭，却浑身颤抖不止，双腿软瘫下去。

她搀扶起他："长河，别憋着了，想哭就哭出来吧。"

他站起来："水玉，我们该走了。"

她又叫起了"哥"。

"哥，我不想跳楼而死，不愿被摔得七窍出血，面目全非。"

"哥，我不想卧轨而死，那样会被碾得身首异处。我要保留一个完整的身体。"

"哥，我也不想用枪结束生命。武器是用来打击敌人的，用枪消灭自己那是自绝于人民。"

"妹，那我们就跳河而死。这样既能留下完整的面容和身体，又能造成一个不慎落水而亡的假象。"

"妹，此时此刻，我最想的就是死去。我真摆脱不了这个情字的缠绕。"

"妹，那我们就上路吧。"

俩人缓缓走到大桥边沿。

俩人仰起苍白的脸庞，失神地把目光投向苏州河的浊水波面，眼里不再有渴望，似乎一下子进入了一片物我两忘的境界里。

正要跨向桥下，她又说话了，嗓音有些颤抖，却也蕴含着某种力量："到河底做水鬼去吧，那样，我俩就可以牵着手在另一个世界共生了。"

俩人手牵着手，纵身跳入河中。

俩人都铁了心要死，濒死前却出现了截然不同的感觉。

潘水玉像根冰棍，脚先入的水。她手脚绷直，没做任何游动挣扎的动作，她想一下沉到底，在水底吸一肚子水憋死了之。可不知想起了什么，像是还有什么话要说，突然张开嘴巴喊了一声，又喊了一声，没有发出任何声音。由于用力过大，水猛烈地冲进肺里，一种剧烈的疼痛一闪而过，像是肺炸了，随后觉得自己悬浮在一个黑暗的世界里。像走夜路，背后有一种若无若有的东西跟着她，越想摆脱它，它越跟得近。然后，就渐渐失去意识，却突然又有一股从未体验过的舒服的感觉，发现自己一会儿站在了自己身体之外，一会儿又进入了自己的身体之内，反复几次后，最终独自进到了一个大水球里，飘忽着，翻转着，像是一片被风吹拂着的羽毛，最终在水世界的一角落定。

与潘水玉产生瞬间舒服的感觉相反，叶长河经历了一段数分钟万分痛苦的感觉。他是头先入水扎入河底的。他知道，要想死就得拼命呼气。吸进去的自然都是水，肺被呛得难受，喉咙就像被人死死地掐住，胃开始涨得生疼。他仍坚持着不浮出水面，感觉自己的生理衰竭达到极限，这时，听到了一种类似乐曲的美妙调子，眼前闪过一道亮光，一团浓雾在阻隔着他到某个地方去，头脑中开始一幕接着一幕地闪现着一生中所经历的某些片段，其中，与一个女子的生活片段，是按着事情发生的时间顺序闪过的，有画面，没声音。最终，在一阵剧烈的疼痛过后，结束了一切。

这两人被人发现时，呈现出的也是不同姿态。

叶长河肚子胀得老高，卧在河边浅水处，属于正常溺水者姿态。

潘水玉却颇为离奇。她居然仰面漂浮在一片舒缓的河水里，半个脸露在水面上，双眼紧闭，双手搭着自己的肚子。有人指指点点说，这个女子可能是胸腔大，肺活量也不小，又穿着透气性差的衣服和鞋子，所以，能漂浮着。

姿态虽不同，却有一个共同的结局：这两人都被救活了。

俩人恢复了元气，背离人群，又去了汹涌的黄浦江，选了一个高处。

刚从鬼门关走了一遭的男女，脸色难看得吓人。她咬着唇，挤出来一句话："水鬼，快收下两个苦命的人吧。"

俩人纵身跳入滚滚江水。

然而，俩人喝了一肚子水，在极度痛苦中再一次撞响了鬼门关，却又带着生命体征双双被冲到岸边。

昏死中的这对男女，被好心人送往医院。

还是没有死成。俩人苏醒后，都想到了同一个问题。

"哥，我俩选择跳河跳江的方式去寻死，这实际上是从灵魂深处不想死。我俩应该知道，依我俩的水性，水只能助我们活命，而不能消灭我们的生命。"

"妹，我忘了我是五行缺水之人，水本是我的生命之源，水怎么会溺死我叶长河呢。白白吃了这么多跳水寻死的苦头。"

"哥，这里的水与江洲湾的水本是一脉之源，从小就像娘一样亲我水玉的，它们怎么会加害于我呢。哥，那我俩就暂且不死了吧。我觉得，还有好多事牵挂着呢。"

"我最大的牵挂就是我的老伙计，杰克号舰。我心里放不下它，我还不能死掉。"

"是的，战争还没有结束。我们是战士，不能做水鬼，不能为情而死，我们还要去英勇作战，死在战场上才最有意义。"

"只要敌人还活着，我们就不能死。等战争结束了，再一起去死好吗？"

"好，这就是我俩的约定了。"

"我们就共同企盼战争结束、全国解放吧，等到了那一天我俩再兑现同死的诺言。"

自此，叶长河和潘水玉的感情进入了一种难以言表的状态。

俩人清楚，现在，这个世界上，再没有第三个人知道他俩是同父异母的兄妹了。他俩商定：这个秘密要烂在彼此的肚子里，到死也不可向任何人透露出去。

没有死掉，还得继续革命。两次江河里寻死，伤了些元气，在沪桥医院治疗调养了几天，二人便恢复了体力。叶长河把家财房产做了料理，上海的房屋托付给远近亲戚长期居住和管理；船队一分为二，能用于水上打仗的十七艘船，让船工抓紧修新，过几天由他带给水上独立营，不适于队伍上用的十三艘船，即刻开往旺水浜，送给潘家去经营船运和渔业。

叶长河和潘水玉跟着船队去了趟旺水浜，也是想借此拜望长久未见的潘母。潘母知道叶家船业和家道已败落，也没客气就收下了赠送的十三艘船，说船先由潘家养着用着，有了获益将来还是要补给叶家的。

这几年，潘家出了不少事，潘母没有被压垮。这个能撑得起天、站得稳地的江南水乡老母，接连经受了失去两个儿子和丈夫的痛苦，却愈发坚强起来。潘家还有一子一女在国共两军做事，国共谁是谁非她理不清，但儿女们干的都是天下大事她心里还是有数的。家里这方小天小地，只有靠她来支撑了。这个有些文化的老人说："我老太婆，宝刀不老，责无旁贷！"

有了叶家支援的船，潘母就更加有了底气，"潘家复兴，就在今朝。他父子三人都是为国捐躯的，潘家不兴，天理难容。"正因为此，潘家在镇上的威望更高了。这种威望，也有潘小龙和潘水玉在国共军队做事的因素。无论将来国共谁坐天下，潘家总有一人得势。这一点，镇上的人心里是明白的。

叶长河、潘水玉到旺水浜后，潘母做的第一件事是，把家业做了一番长远规划和精细安排：她垂帘听政，由潘家一个大侄子主外，潘母娘家侄子主内。大家一起定了规矩和家法，明确今后要以此道运作家业。当着叶长河、潘水玉的面，把家里的大事大业料理清楚，目的是要彰显她的理家能力，好让大家对她这个当家人有信心。

潘母做的第二件大事，完全出乎叶、潘的意料。开始二人并未察觉出什么，只是看到镇上不少人在潘家忙上忙下，打扫家舍，清污涂新，装置船队，披红挂绿，还置办了大量酒席。潘母对水玉说："明天是个好日子，潘家新业开门大吉，要搞一个隆重的开业仪式。今天下午，大家去坟地祭奠你父亲，祈求他在天之灵保佑潘家兴旺。"

家人来到潘家坟地。潘水玉心情一下沉重起来，两腿一软，就跪在了众墓之间。她伏地长鸣，在心里一遍又一遍地呼唤着亲人。她回忆起前些年，为了激发大龙二龙抗日，她曾搞过一个父亲假死的把戏。现如今，父亲真的去了，而大龙二龙也为抗日献出了生命。父亲墓里躺着被鬼子吴正雄击穿了的尸体，二龙墓里是被手榴弹炸得残缺不全的尸骨，而大龙墓里却是一副空衣，他的灵魂和肉体随滚滚江水入海了。

潘水玉脑海里悲伤的情景一幕幕闪过，哭得一时背过气去。

叶长河心情杂乱，欲哭无泪，心如刀绞。他久久地站立在潘大水墓前，一时不知道在心里怎样称呼这个老人。对叶家列祖列宗来说，他叶长河无疑是个私生子，是个杂种。按说，既然姓叶，父亲只能是叶高棠。而事实上，是墓里的这个老人给了他生命。前段日子，他知道了自己真实身份的那一刻，曾冲奄奄一息的母亲大喊这是为什么？母亲用尽最后一点力气摇着头，拒绝回答他。母亲瞪着双眼离开了人世，他在合上母亲眼睛的瞬间告诉自己，他不想弄清楚这是为什么了。母亲与那个不是父亲的父亲，是为爱生情，还是为怜生情，或是爱怜皆有，要么就是爱怜皆无，纯粹为延续叶家香火。这一切的一切，都让它随二位老人的消失而消失吧，只需记住一个回避不了的事实，那就是母亲与这个男人，把自己带到了这个世界上。他决定尊重母亲的选择，尊重母亲为他认定的这份不明不白的血缘。他想在心里默默地喊一声"父亲"，可他怎么都喊不出来。他理平心绪，让自己再一次体验起少时在这个大叔身上得到的无声的父爱。那时，他虽然不知道这个大叔就是他的生身父亲，可却时时刻刻感觉到了一种极为特别的温暖。他长久说不清楚这是一种什么感觉，但他心里又不自觉地需要这种感觉。现在才彻悟，那就是父爱。尽管这种父爱是另类的，也可能是不光明的，可他从骨子里并不憎恶这种感情。这就是人的天性使然吧，也许。

终于，叶长河无声的泪水奔涌而出，在心里喊了一声："父亲！"他无法控制自己的身体，"扑通"一声跪在墓前，头抵草地，久久不起。

潘母一直冷静地站在一边。不哭，不劝，不说话。她当然听不到一个外姓男子，在自己丈夫坟前默哭"父亲"；也看不到这个外姓男子伏地咬破了嘴唇，强忍着不敢发出一丝呼喊；更不知道，这个外姓男子永远不想把真相告诉任何人，包括她这个曾被他喊作"娘"的人。几十年了，她都没看破自己的丈夫曾与别的女人生了孩子，并且这个孩子从小就深深地长在了她心里。更为悲凄的是，今天，她还要为这个外姓男子办一件天大的事。

潘母见时机已到，就把水玉和长河拉起来，让二人并排站在了潘大水坟前。然后，郑重地说了一番话，一番循序善诱、惊魂出窍的话。

"水玉，你是晓得的，多年来，叶家给予了潘家多种多样的惠泽和资助。叶家之于潘家恩重如山。潘家无以回报，可又不得不报。知恩图报是美德，也是潘家祖训。要报恩，怎么报？解决叶家急需是根本。叶家头等的急事是什么？是延续叶家血脉。如何延续叶家血脉？那自然是为长河娶亲。这亲还要尽快娶，长河是叶家独苗，又整天在队伍上打打杀杀，早一天娶亲，早一天生子，才早一天牢靠。长河娶亲娶谁最合适？娶谁也都不合适，我都不放心。只有娶潘家水玉，才是人间良缘，天作之美。

"给长河、水玉完婚顺天意呀，大家都晓得早年那皇家术士的话，水玉是长河的生命之源呀。你俩成家天经地义，谁阻挡谁就违背天意，那要遭天打五雷轰的！还有，给你俩完婚也最顺你俩心意，谁都看得出来，你二人青梅竹马，两小无猜，又一起上学，一起参军，一起遭了那么多磨难，在枪林弹雨里也一起死过几回。这是什么感情？至亲至爱的感情，生生死死的感情。用你们共产党的话说，那是无产阶级的革命友情加浪漫爱情。谁要棒打这对鸳鸯，人性不容，天理不容，乡下人不容，城里人不容，革命人不容，反革命人不容。人世间谁都会觉得，这是天下最该成为夫妻的一对儿，就是不在人世的你父亲，也是最想让你俩成为夫妻的。也正是揣摩准了你父亲的这个心情，我才毫无顾忌地刚办了白事就来办红事。我猜，你父亲一定会支持我的，他比我还急着快点让你俩完婚呢。什么时候完婚算快？明天！

"明天，根本就不是什么开业仪式，那是你俩的新婚大典。我要把它办成旺水浜镇史上最隆重的婚礼。我知道，你俩心里最大的事就是打仗干革命，不想过早结婚，所以，老娘我才搞了个先斩后奏。生米做成了熟饭，容不得你俩不依顺。这不，钱都花出去了，帖子都发出去了，去寻找小龙回来的人马也早撒出去了，只等告诉你俩一声了。好了，我这就代表你父亲和两个亡兄的在天之灵，以水玉母亲和长河娘的身份，指定这门子亲事。噢，你俩心里肯定偷着乐了吧。先别美，快跪下，给潘家亡灵叩头，让他们保佑你俩百年好合，白头偕老。对了，最重要的是早生贵子。

"在天上的叶家老爷高棠大人呀，您老也睁眼看看吧，潘家把独生女水玉嫁给叶家长河了。不出一年，就要添新丁了，老叶家血脉代代传哪。"

在潘母的絮叨中，潘水玉早已瘫坐在地上，叶长河也傻了般愣怔在那里。

潘母又说话了："老瞪着傻眼看我干吗？点头呀，应承呀。不说话我也知道你俩在想什么。你俩怕结了婚，在队伍上生孩子不方便。是啊，整天炮火连天的，哪能挺着个大肚子行军，抱着个孩子打仗呢。这个，我也早替你们想好了。这次结完婚，水玉就别走了，只管待在家里生儿育女。长河是个大男人，一辈子在外闯荡我都不拦他。可水玉是个女人家，已经革命好几年了，把鬼子也打跑了，对得起国家了，不用再去队伍上了。我老潘家已经献出了三个男人，留下一女养孩守家，这不过分吧？我看，到哪里都能说得过去。就这样定了，明天完婚。小两口在一起热乎几天，长河就走你的，我不留。你再回来时，我和水玉领着个大胖儿子，在镇口码头上等你。哎呀呀，这事，想想心里都美死个人儿。"

这时，潘水玉擦干脸上的泪水，扶着长河的腿站了起来。她清醒了许多，口气硬硬的，说："这次回来是送船队，也是祭奠亡父，探望老母。这些，都办完了。首长给我俩的假期是十天，明天我和长河要归队，营里还有好多事等着呢。长河，来，给墓里的老人叩个头，给大龙二龙敬个礼。"长河跟着水玉做了，转身对潘母说："娘，我俩是队伍上的人，身不由己，这婚真的不能结。"说完，拉水玉给潘母鞠了一躬。

潘母死盯着他俩，一字一句地问："当真不结？都说破天了也不行？"

水玉神情坚定，咬着牙不说话。长河也没过多理由能说，只说仗还没打完，战事紧急，谈何成婚，可这显然说服不了老人。其实要能说，仅一个理由便可，挑明他俩是同父异母的真相，或者把水玉患了不育病症的事说出来。但是，说出这些来的结果，只能是要了老人的命。

潘母眼泪也下来了："镇子上全动起来了，都知道你俩明日大婚。可你俩倒好，来个抗命不遵，让老母在镇子上没有脸面。你俩就不想想，一个老女人家威望扫了地，今后在镇上怎么独撑家业。无情的老东西扔下我先去了，两个不孝之子也早我归天了，我身边没人了，你俩却连个脸面都不给我，是不是太不孝了呀？水玉！"

"自古忠孝难两全。延续香火，潘家脸面，说到底都是家事，而家事再大也是小事。我和长河干革命那才是大事，大事为先，明天走人。什么也不要说了，这婚肯定不能结，人一个也不能留。"水玉话仍然硬邦邦的。

突然，潘母嗖的一声掏出一把剪刀，反手在脖子上抹了一刀，却抹空了，又要补上一刀。长河一把抓住了潘母手腕。潘母挣扎着，要死要活的，说："要么明日完婚，要么墓地添坟，你俩选一样吧！添了新坟，要如实告诉小龙我是怎么死的，让小龙为老母讨个公道。老天哪，好心得不到好报哟。"

水玉夺下剪刀，扔到了水沟子里。长河紧抱着潘母不松手。仨人就这么僵持着。

不知过了多久，长河用复杂的眼神盯着水玉，说："要不然，就成全了老人心愿。最近，小龙还在江洲湾一带活动，没准还真能把他找回来。这是个团聚的大好时机，全家人欢天喜地地叙叙旧，也不是坏事。"水玉也有了同样的眼神，刚才的犟劲减了一大半，回应了长河："那也好。明天婚礼照办，洞房照入，后天两人一起走。母亲若答应这个条件就办，不答应，我今晚就走人。"叶潘二人心有灵犀，默契至极，小龙要回来这件事，同时占据了二人头脑，仅靠眼神交流，便一拍即合，做出了决定。

潘母说："水玉自小看上去文文静静的，可这几个孩子中就数她刚烈。骨子里的犟种，不撞南墙不回头的主。就依你了，这总比不结婚要好。"说完，脸上添了些喜色。

第二天一早，潘小龙果然到了。看他风尘仆仆的样子，显然是昼夜兼程赶回来的。他还带来了一个班的便衣护卫，腰里都掖着家伙。

潘水玉说："还真来了？你就不怕新四军有诈，借机打你的埋伏？"潘小龙说："母亲写的亲笔信，你俩成婚不会假。有情人终成眷属了，就是冒些风险，我也得回来喝杯喜酒呀。况且，父兄都不在了，我再不回来，潘家脸上不光彩呀。"潘水玉说："这哪里光是面子上的事，小龙你心里也偷着乐呢。可这乐不是为我，而是为你自己。因为，长河和我结了婚，就不会同你争抢江水星了。"潘小龙说："这是什么话？早就注定了，无论是战场上还是情场上，他叶长河都是我的手下败将。"叶长河不听闲扯，忍不住问："杰克号还好吧？小龙，你等着吧，它迟早还是我的。"潘小龙说："今天是奔家事来的。莫谈军务！休要动气！拜老人，贺新人，喝喜酒，完事我走人。想要杰克号，咱战场上见。现在别搞得满宅子火药味。家有喜事，和气为好。"

拜见了母亲和镇上来帮忙的人，潘小龙被叫出家门，潘水玉建议他到墓地祭奠父亲。潘小龙也有这个想法，抬脚就走，护卫们跟上。叶长河说："这么多人，还携枪带火的，就不怕惊了老人亡灵？你放心好了，这一带没有新四军。"潘小龙说："这我知道，可手枪队要跟着，这是规矩。"潘水玉说："什么狗屁规矩！弟兄们都回家喝酒去，我哥的安全我负责。"潘小龙一挥手，卫兵们就都回去了。

等搞完祭奠，仨人坐下来，潘水玉摊了牌：希望潘小龙弃暗投明，带舰队投诚新四军。她先开了个头，由叶长河做思想工作。他讲清了国民党上层的腐败，军队的涣散，民心的丧失，前途的黯淡；讲清了共产党的伟大，人民战争的威力，革命军队的光明，未来的前途和希望。反正该讲的都讲了。潘水玉又接着说，把各种利害关系讲得也非常清楚。

潘小龙听罢，先是不语，后是大笑，然后却说："我潘小龙跟党国干了这么多年，跟共产党打了这么多年，难道还不清楚光明在哪里？还需要你们来指教？告诉你们，我党国必胜，我信仰不改！我再说一遍，今天，只是拜老人，贺新人，喝喜酒。其他，别自找不痛快。"说完，转身走了。

潘水玉见状忙跟上，一笑，说："既然是这样，那也不勉为其难了。说心里话，我俩虽是亲兄妹，可毕竟政见不同，道路信仰各异，还经常刀枪相见。我没想到，妹子大婚，你还能回来，我挺感激的。还有上次，你没要了我和长河的命，这情得记一辈子。"潘小龙大步走着，回头说："别说这么多好听的了，赶快回去当你的新娘吧。一辈子，就一次，要珍惜。"潘水玉说："潘家这几年太背运了。这次，要把喜事办红火，大家放开乐一乐，冲冲晦气。"

潘水玉回头看了一眼父亲墓，想起了什么："哥，你知道父亲是怎么死的吗？他是被鬼子吴正雄杀死的。"潘小龙说："开始时不知道，后来知道了。他逃跑时，我击穿了他的腿。我本是要杀死他的，可上峰有纪律，不能乱杀投降日军。"潘水玉一听火了："亏你还打了这么多年仗，能打伤他的腿，就不能穿透他的心？哼，什么上峰有纪律？杀中国人，你们从来不谈纪律。小龙，有机会为父报仇而不报，你是潘家最大的不孝之子。"潘小龙一听，就不再说话了。

婚礼是按江南水乡的风俗礼仪操办的，那排场是镇上多年少见的，整个镇子都动起来了。

水乡婚礼，讲究的是水陆并进。老街上鞭炮震耳，鼓乐齐鸣。新郎在前，喜上眉梢，款款步行。新娘在后，端坐轿中，喜色难掩。喜娘宾朋，相拥两旁，走街串巷，浩浩荡荡，热闹非凡。水上嫁妆船队行于中央，有洪锣声声、鼓乐喧天相伴，两边龙舟比赛锦上添花，船头大鼓劲擂，船艄响锣压奏，众大汉齐心发力，吼声震天。

陆上喜行，喜堂交拜，贺喜成双，送入洞房。在这些环节上，长河、水玉心里搅着刀子，脸上佯装着喜兴，都做得丝丝合扣，自然而然。潘母看在眼里，心里彻底踏实了。

喜宴大席上，长河、水玉和小龙最活跃，都劝着众宾客多多吃菜，大杯喝酒。天性多疑的小龙，开始是嘱咐了卫士们别多喝的，他自己自然也小心，怕有节外生枝之事，后见长河、水玉也带头喝，就跟着喝起来，卫士们也同宾客斗起了酒。潘母过来劝新人少喝。小龙不干，非要长河陪他喝。潘母瞪他："新郎新娘醉酒会误事的，小龙你当兵都当傻了。"小龙明白了："那你俩就别喝了，回洞房该干吗干吗去，我陪弟兄们喝。大家来个一醉方休！"

长河、水玉回到洞房，对面坐了，默默无语，相视良久。

潘水玉泪流满面。她想起，曾经有几年，自己经常憧憬完婚时的美好时光。有时，洞房花烛夜的虚幻一幕，也会轻轻在脑海里闪过。每当这时，她都哑然失笑。自己不识洞房里是何景象，花烛夜里有何感觉，却没羞没臊地心生了幻觉。可她又是多么希望真有这么一天，这么一夜呀。如今，人还是多年藏在心中的那个人，事也是曾经企盼多时的那个事，洞房花烛也真实存在了。幻觉没有了，该来的都来了。可眼前，这一切的一切，却都成了虚设。她突然觉得，这洞房就是坟墓，里面坐着的是两个活着的死人。此刻，她痛苦到了极点，却又不敢哭出声来，怕被母亲和小龙听出破绽，那样，这在刀尖上跳舞的把戏就白演了，生不如死的罪就白受了。

叶长河也跟着流下了泪水。他心里喊着，这新娘若还是以前的那个四妹子该多好啊。可这不就是原来那个她吗？！他闭上双眼，在江河里死去的感觉又回到了他身上。他头爆裂般地疼，眼球鼓胀着像被人往外挖着，肺里像填满了玻璃碴子。他在万分痛苦中，进入了另一个世界。

突然，砰的一声响。那是醉汉碎了酒瓶子。他俩一哆嗦，恢复了常态。潘水玉说："哥，先睡一会吧，不然，没有精力应对明天的事。"叶长河说："怎么睡？就一张床。"潘水玉说："这话倒奇怪了。睡到一张床上又会怎么样呢？我们两个还能够怎么样呢？哥，你不会还没有想透彻这个事吧？"叶长河说："早想通了呀。那就别老坐着了，躺下睡吧，睡吧。"

二人背靠背和衣而卧。闭上眼，难入梦，长哀叹，短唏嘘。如躺针毡，百爪挠心。到了下半夜，叶长河推了一下潘水玉，二人悄然出屋。

望着当空皓月，潘水玉说："月亮还是那个月亮，太阳还是那个太阳。可我却不是我，你也不是你了。"叶长河说："把过去那一页彻底翻过去吧。这辈子，我俩就是个做兄妹的缘分。"潘水玉苦笑一下："这样也不错。打仗亲兄妹嘛。"

二人来到潘母房前，把一封信插到门缝上。又来到潘小龙门前，用刀拨开房门，进入屋内。先猛地把毛巾塞进潘小龙嘴里，然后把他绑了个结实。

酒后沉睡的潘小龙清醒过来，心里明白，自己被这两个死对头迷惑了。他俩结婚是假，逮人是真。片刻，他被装进了麻袋。他发不出声，动不得手脚，只有任凭摆布了。

叶、潘二人抬着麻袋，从后门溜走。这是睡前潘水玉留好的门。走不多远便是巷内水道，一条摇橹小船停在那里。这也是二人早准备好了的。小船摇出了水巷，进了芦苇荡，上了早藏好的一条轮机渔船，向上海方向开去。

觉得没什么危险了，才把潘小龙从麻袋里放出来，取出嘴里的毛巾让他透气。手脚还绑着，他挣扎了几下，说："算你俩狠！"

叶长河说："让你投诚你不干，只有硬绑你去投奔光明了。不过，到了队伍上，只要你说是自愿来的，还算投诚的性质。只可惜，没能让你带上国军的船队过来。"

潘小龙又说："算你俩狠。"

潘水玉说："到新四军这边来好，跟大部队转战山东，你会有用武之地的。"潘小龙说："让母亲搞了大排场，你俩却搞了个大阴谋，就不怕气死老人？"潘水玉说："国民党反动派还没消灭干净，我俩哪有心思结婚。正是图个让母亲放心，我俩才同意办了婚礼，入了洞房。刚才，还给母亲留了信，说咱仨人和好如初了，一家人走上了一条道，因任务紧急，一起回新四军了。有时，善意的谎言还是要说的。"

潘小龙说："抓走我人，也难收我心。这辈子，我跟党国干定了。"叶长河说："参加了新四军，你会看到一片别样的蓝天，一方圣洁的净土。在那里，你会慢慢转变的，我俩对你有信心。"潘小龙说："哼！一群泥腿子兵罢了，能别样到哪里去？！"

潘水玉说："狗眼看人低！"

行船到中午，出了事。在一条河汊口，出现了几艘机动渔船和小火轮，前后挡住了去路。

潘小龙冷冷一笑："我的人追上来了，今天就玩到这里吧。人各有志，强扭的瓜不甜，我决不会绑你俩去投奔国军的。你俩快逃吧，我的忍耐是有限的。这是最后一次讲亲情了。"潘水玉掏枪在手："那这次，我可就不讲亲情了。快命令你的人让开路，否则，我打死你！"

潘小龙却冲来人高喊："弟兄们，听我命令，向我开火，我与他俩，同归于尽。"子弹果真"唰唰"射了过来。

叶长河一下把二人摁倒在舱底，问："真不要命了？"潘小龙又迎着子弹站起来："让我投奔新四军，还不如让我死了。"潘水玉抽出刀，割断潘小龙手脚上的绳索，说："长河，我俩带他潜水逃走。"

叶长河是玩船高手，桨橹一别，船就侧翻过去。仨人落入水中，朝远处潜游而去，却发现潘小龙光张嘴喝水，手脚死活不动，又不得不推他浮出水面。

潘小龙喷出一口水，叫道："非让我走，我就淹死在这里。潘家就我这根男丁了，你俩看着办吧。"说完，又沉下去自溺。潘水玉把他拉起，愤愤地说："小龙，我俩真不想看着你跟国民党走向末路，这都是为你好啊，你别执迷不悟了。"潘小龙说："呸！"

见船围了过来，潘水玉放开潘小龙，大喊："长河，快跑！"

俩人深潜下去，穿过船底，逃走了。

到了上海，十七艘船翻修一新，整装待发。随即，伪装成货运船队，不日抵达了驻地。

新四军要北撤，命令水上独立营处理船只，准备转移。、叶潘二人还不死心，又请战说，水上独立营新添了船队，最好同江南的国民党海军干上一仗，运气好的话，还可以擒获杰克号。首长说，我军战略重点转移了，迅速北撤是当务之急。再说，国民党海军刚刚接收了日本海军军舰，正强大着呢，水上独立营去打它，简直就是拿鸡蛋碰石头，这个仗不能打！这二人又化装出外侦察了一番，也见到了国民党舰队中的杰克号，回来就认头了。看来，首长的话是对的，去了就是白白送死。

回到队伍上，俩人再没提过假结婚一事。时间一长，心里就把旺水浜镇那套假把戏抛到了九霄云外。周围的人都毫不怀疑，以后这一对儿会成为夫妻，然而，始终没人见到这一事实出现。

潘水玉决定终身不嫁，给人的理由是："身不能育，嫁谁都是个累赘。一辈子，一个人，图个清净。"

之后多年，在叶长河、潘水玉心里，彼此这种情深似夫妻、纯洁如兄妹、生死是战友的特异情感，一直蓬蓬勃勃地滋长着，真可谓生生不息，奔流不止。这成了他俩一生中最大的郑重和永不放弃的珍贵，都心照不宣地埋藏在了灵魂深处。

埋藏在灵魂深处的还有一样东西，那就是叶家的血脉问题。

叶长河在这个问题上把握的原则是：叶高棠永远是他的父亲。

叶长河认为，他虽然没有权利选择由哪对男女把自己的肉体带到这个世界上，但他完全可以决定把自己的灵魂安落到何处。从小到大，包括知道自己真实身世后，他都把自己当作叶家合情合理合法的血脉传承人。这一点，早被他植入了骨子里，融入了血液中。任何时候任何人都更改不了。把他养育成人的叶家，永远是他唯一的家。叶家族谱上的历代先人，永远是他唯一的列祖列宗。至于潘大水与他生母早年那种关系和情愫，他将永远不探究，不评价，不提起。只需在有的时候，自觉不自觉地去默默念怀。

今后一生，叶长河将一直秉持这个原则。

第二十八章　虎性与狐性

水上独立营被编为华东野战军某部三营，随大部队进入山东，与国民党部队展开了生死搏杀。

叶长河战斗意志依然高昂，吹着冲锋号，喊着"天红了，地红了，刺刀红了，眼睛红了，杀呀！"的口号，杀遍多个战场，屡立战功。

两年下来，他的战略战术素养又有了明显提高，作战风格也发生了一些变化。指战员们给他的评价是：战场上多疑善变，进攻必先求稳，迂回留置后路；嗅觉异常灵敏，研判情机智果断，行动迅速利索；战略上顺大势之变而变，战术上应风吹草动而动。按潘水玉的说法："叶长河身上又添了些许狐性。"叶长河却说："什么叫添了些许狐性？那叫适者生存，是常胜之将的素质。谁说我水上独立营离开长江就不能战了？谁说我叶长河离开水就不能活了？水战陆战战战皆通，有水没水处处命旺，这就是我百战不死的叶长河。"潘水玉不屑地说："狐气牛气傲气气气冲天。整个就是目中无人，危险！"

这之后不久，身为营长、教导员的叶长河、潘水玉，俩人之间发生了一次作战方式上的严重分歧和个人感情上的剧烈冲突。

此事还惊动了军政治部领导和军长。

这个时期，各个部队士气旺盛，战斗热情极度高涨，作战英勇顽强，不怕流血牺牲，但一些部队也出现了只讲英勇无畏、轻视技术战术的现象。战士们不注意利用地形地势和运用技术战术，基层带兵干部只强调身先士卒，冲锋在前，不重视指挥艺术，以致部队虽然打了胜仗，但自身的伤亡也较大，影响了部队的战斗力。

华东野战军上层注意到了这个不可忽视的问题，立即着手纠正。

三营有的连队也存在这种现象。在二连打了一个胜仗却比预料伤亡更大的情况出现后，叶长河在该连开展了一次"评战"活动，发动官兵研究分析这次战斗过程中，哪些伤亡是不可避免的，哪些伤亡是可以避免而没有避免，找出根源，提出改进措施。

在"评战"中发现，二连这次"有勇无谋"的战斗责任在教导员潘水玉身上。

原来，二连在攻打小鲁山的战斗中，在该连督战的潘水玉，抱起机枪率先冲出了战壕，战士们也一窝蜂地跟在后面冲了上去，最终拿下了山头，但由于排与排、班与班之间缺乏应有的战术配合，造成了不必要的伤亡。

其实，叶长河早已发现潘水玉有类似的表现。她当过机枪手，对机枪情有独钟，动不动就把机枪手扒拉到一边，自己抱起机枪就打，每当这时，战士们士气就高涨得嗷嗷叫，战士们一叫，她更加杀气冲天，跃出战壕就往上冲。

在三营的战场上，一个女指挥员抱着机枪冲在最前头的画面屡见不鲜。开始时，叶长河也是敬佩的，竖大拇指的，冲锋号也是紧随其后而吹得响响的，但渐渐就觉得好像有哪儿不对头了，到这次小鲁山战斗，他才彻底想明白了：潘水玉的这种做法不完全可取，必须予以纠正和整改。

叶长河要在"评战"中解决这个问题。可潘水玉不认他这一壶。她先扯着嗓子唱了一首歌：

> 吹响冲锋号，
> 战旗心中飘，
> 一马当先挥战刀，
> 灵与魂魄听强音，
> 剑锋所指排山倒，
> 向前一步是英豪，
> 后退一步是熊妖，
> 战火丛中呼杀喊，
> 天红了，地红了，

刺刀红了，眼睛红了，

杀呀！

吼声咆哮，铿锵嘶叫，

战士的怒火在燃烧，

战士的斗志万丈高。

吹响冲锋号，

精忠披战袍，

绝命出击追敌逃，

生与死中展风采，

英雄气概冲云霄，

血溅七步是荣耀，

魂归八方仰天笑，

战火丛中呼杀喊，

天红了，地红了，

刺刀红了，眼睛红了，

杀呀！

号鸣狂啸，刃血撕咬，

敌人的子弹被吹跑，

敌人的脑袋被砍掉。

唱完，她怒吼道："叶长河，你给我听好了！我全身每一个汗毛孔都会唱《冲锋号·呼杀喊》，而这首歌里唱的一直是我潘水玉的尚武精魂，也是我在战场上英勇杀敌行为的生动写照。你要说这歌子写错了，我一百个不同意。"

"这首歌颂扬和倡导的是革命军人一种不可或缺的战斗精神，但它并没有涉及作战战术问题。你不能片面强调精神层面的东西，而否定作战战术这个关键。这首歌是好的，是对的，而你轻视战术却是错误的！你不要拿这首歌子来搪塞我，这可是两码子事。"叶长河瞪了她一眼，也怒吼道。

潘水玉眼珠子瞪得比他还大："作为一个基层指挥员带头冲锋陷阵有什么错？你一个营长，要指挥整个战斗，可以殿后指挥，可以在后面只管吹你的号，可我作为政治教导员必须冲锋在前头。我冲锋一次，比做一百次思想政治工作都管用。我的做法，绝对正确！"

"打仗光靠勇敢是不行的，要学会用脑子打仗。我们都不要忘记当年洞水桥战斗中大槐连长是怎么死的。教训沉痛呀。"叶长河克制着，慢慢地说，"战士们一味猛冲猛打，行动大于思考，可能是对的，至少不是什么大问题。而一个教导员如果仅有如此状态和水平，那就是个问题了。你静下心来想想，你这多半年动不动就抱挺机枪往上冲，是不是有问题呀？"

"好了好了，你不要再说了，我听明白了。你不就说我有两个严重问题吗？一是没脑子，愣头青一个，只会打蛮仗，不懂战术，和战士一个水平；二是要个人英雄主义，显摆自己，个人过了瘾，而给全营带来了伤害。归结为一点就是，我没有为人民立功，而是帮助敌人杀死了自己的战友。这么说，你满意了吧？"潘水玉火气冲天。

叶长河也急了："你这是什么态度吗？你这思想真成问题了！"

"不是我有问题，而是你有问题。你叶长河怕死，不敢身先士卒，我理解，叶家就你一个独苗，传宗接代重任在肩。可我潘水玉不怕死，我兄妹四人，大龙、二龙死了，再死我一个还有一个小龙呢，尽管那是一个不光明的小龙，但他终究还能延续潘家香火，没什么了不起的。再说，我潘水玉已经不是一个女人了，也不能为哪个老刘家老张家的生个一男半女，活着还有何用，战死了清净。告诉你叶长河，谁怕死谁去当他的缩头乌龟好了。本教导员一如既往，抱机枪冲锋陷阵，当仁不让！谁也别想管我！"潘水玉就差指着他的鼻子喊了。

叶长河却指上了她的鼻子头："你、你、你，你简直不可理喻。潘水玉，你给我听好了。一个真正的革命战士，打起仗来，谁还会爱惜自己的生命！不怕死谁不会呀？在战场上，最容易做到的就是不怕死！而最难做到的就是自己不死让敌人去死。革命战士你死了，他死了，我死了，以大量的死亡攻下了一个阵地，那明天还有十个一百个阵地谁去攻克？我们要的是革命的彻底胜利，所以要学会技术战术，要用尽量小的伤亡换来尽量大的胜利成果。你一个教导员难道连这个理都不懂吗？"

潘水玉一把把他的手打到一边："本教导员文化不如你高，不懂这些，你想怎么办就怎么办吧？明天有仗我还第一个冲上去，有胆量你在后面打我的黑枪。没这个胆，就别每天跟在我屁股后面瞎叫唤。"

"对战斗的最终胜利和全面胜利负责，对战友的生命安全负责，是每一个战场指挥员都应该懂得的，这是军事常识，也是基本的政治要求。在这方面，你潘水玉简直就是白痴。"叶长河有些气急败坏了。

潘水玉说："保证战争全面胜利，那是师长军长的事，那是毛主席的事。我潘水玉只管这一次战斗的事。谁要说他打仗保证不死人，谁才是白痴呢。你不想想，不死人怎么能够保证最终胜利、全面胜利？今天不流血牺牲，怎么会有明天的和平生活？"

叶长河喊："你明明知道我说的不是这个意思，你还在这里胡搅蛮缠，强词夺理，你这个教导员太成问题了！你等着，我要在全营开你的批判会！"

"你就是枪毙了我，我也不认你这个理，不认那个错。"说完，她哼唱着《冲锋号·呼杀喊》走了。

于是，三营"评战"活动中，又加了一项内容：批判潘水玉同志的错误思想，帮助其改正问题。

可效果出乎叶长河的意料：多数战士却站在了潘水玉一边，说的都是赞誉之词，夸她是名副其实的巾帼英雄，三营的好榜样，战士心目中的女神。看得出，这些人对潘水玉的崇拜是发自内心的，大有谁要动潘水玉一指头，就跟谁拼命的势头。

那两天，出现了一个怪现象：只要叶长河单独和潘水玉接触或谈话，就会有三三两两的战士找这样那样的借口，来打断他俩人，明显是阻止他俩单独相处。

一天，夜深人静了。叶长河进了潘水玉的屋，想和她好好谈谈。心想，这次总不会有人来打搅了吧。可他俩还没谈几分钟，二连长和三排长敲门进来，说要找营长谈明天备战的事。

叶长河说："明天的事明天再谈。"二连长说："明天的任务必今天谈，不提前准备，打了败仗谁负这个责。"三排长说："深更半夜的，营长只身一人和一个女同志谈心，恐怕不方便吧。"叶长河一急，不小心溜出一句话："潘水玉是我亲妹妹，我俩谈点家事，不欢迎外人来打扰，请出去！"二连长说："叶营长说谎，教导员姓潘怎么会是你亲妹妹？哼！为了和教导员单独在一起，什么样的瞎话都说得出口。"三排长说："俺教导员冲锋打敌人是把好手，可对付心怀鬼胎的男人是弱项。"叶长河大喝一声："你俩知道这是在给谁讲话吗？给我滚出去！打仗的事明天再谈。"二连长说："那好，我现在就去吹集合号，俺二连全体就在屋外等到天亮，唱一夜《冲锋号·呼杀喊》。营长，你看着办吧。"

潘水玉嘴角露出得意的微笑。

叶长河一拍桌子："潘水玉，你执迷不悟，你要犯大错误的。三营都让你这个大女英雄带傻了。"

二连长说："是啊，三营都让俺教导员带成敢于抛头颅洒热血的革命傻子了。"

叶长河"妈的"一声，抬屁股出了屋，气得在外面一圈圈地转悠。

他想起自己刚才说的那句话，心里感觉怪怪的。"潘水玉是我亲妹妹"，外人不信这句话，实则，他自己也极不愿意把这事真正说清楚。一方面是顾及叶、潘两家老一辈人的名节，另一方面也是他至死不愿意承认这一事实的存在。有时，他甚至糊涂地认为，这事只要不公诸于世，它就不是事实。

叶长河一遍一遍地问自己，难道要让这自欺欺人的把戏陪伴自己一生吗？

为不小心溜出的那句话，潘水玉找了叶长河，没好气地说："我是你亲妹子吗？你一个大男人家，肚里怎么就放不住个事呢？当着大家的面那样说，你心里自在吗？难道脸上不发烫吗？"

叶长河瞪了她一眼："自欺欺人！"

过了几天，叶长河把老首长马军长搬来了。马团长当了支队长、师长，现在又升任了军长，可叶长河还是个营长。叶长河对此没有任何怨言，眼前要紧的是，他要当着军长的面，倒一倒对潘水玉满肚子的怨言。

一见面，叶长河就说："军长，三营不缺机枪手，也不乏冲锋陷阵的兵，你把这个只会抱着机枪往上冲的女魔头调走，给我派一个政策政治水平高又懂技术战术的教导员来吧。不然，三营要完蛋。"

潘水玉也不示弱："军长，你把这个怕死鬼调走，给我搭配一个能冲锋在前、敢打硬仗的营长来吧。我的血肉和灵魂都和三营战士融为一体了，我决不离开三营。"

二连长一旁插嘴说："要把教导员调走，那就把三营官兵都调走。我们生死不离开教导员，跟她打仗过瘾。"

军长对二连长一笑："把三营全调走？你还不如直接说把营长一人调走算

了。看来，潘水玉这政治教导员的群众基础不错嘛。长河呀，看出来了没有，和水玉同志作对，是要失去广大群众的。"

叶长河不服气："她潘水玉这是愚弄群众，是愚兵政策，是低级威信。"

潘水玉"啧啧"一声，说："军长同志，你听听，什么事到我这儿就愚蠢了，就低级了。叶长河这个人一向自傲自负，自以为是。前些年，背着您干了不少我行我素的事。"

军长说："哎哎，我说你俩这是怎么回事呀，夫不夫妻不妻、哥不哥妹不妹、兵不兵官不官的？你俩总这么没完没了地闹，也确实不是个事儿。好，那我就听听前些年叶长河背着我干了哪些我行我素的事。水玉同志，你详细说来。"

叶长河一听忙打岔，也没大没小了："军长同志，什么叫我俩没完没了地闹？我一直在给她潘水玉谈她的正经事，从来没给她闹过。军长同志，你是来给我们解决问题的，还是来和稀泥的？"

军长又一笑："呵，拿潘水玉没办法，冲着我来了？好，我应战。实话实说，三营少不得长河和水玉，你俩是强强联合，不能散伙。三营一直是我手里的宝，水仗陆战都能干，打了不少硬仗胜仗漂亮仗。有重大任务需要尖刀营时，我首先想到的就是叶、潘三营，这些年给了你们不少好仗打。这是事实吧？！好，我来给你俩解决问题。我带来了政治部的工作组，和你们一起评战，一起研讨分析。三营全体不漏一人，不留死角，都要进入学习，进入思想，进入工作，共同提高。"

叶长河这才发现，政治部工作组组长是李二孬。李二孬由团长升为军政治部副主任了，他"呵呵"一笑，说："叶营长，抗战时期，你牛气冲天，目中无人，竟敢冲我开枪，还吹号想打我的冲锋。君子报仇，十年不晚呐。今天，你叶长河落在了我手里，我要替水玉同志好好评评你的战，痛痛快快地收拾收拾你。"

潘水玉接火添柴："叶长河这人毛病太多，不好好削巴削巴他，他会长成一棵歪脖子树。李组长，您要借评战的机会，狠狠地整治整治他，灭灭他的嚣张气焰。"

叶长河冲军长一举手："报告军长，我和李二孬有过节，他对我有成见，让他在三营评战，他会公报私仇，这对我不公平。我有意见！"

军长说："过去，你打人家的枪，吹人家的冲锋号，现在人家敲打敲打你，不为过。他是工作组长，我不插手，不干涉。"

"评战的重点应该是她潘水玉嘛，怎么他李二孬却要评我？军长还和稀泥不管这事，岂有此理。本营长有大意见。"叶长河一脸认真。

军长说："有意见饭桌上提嘛，你总不会连顿饭也不管吧？"

叶长河不吱声了，留军长吃了顿野兔肉。吃饭间，军长悄声说："工作组是来评战的，我不参与。我这次来三营，只想解决一个问题。我说，叶、潘俩人的个人问题到什么时候才能有个结果呀？"

潘水玉一听这话，心里不快，就接过话茬，说："军长，您是我们的老首长了，我心里一直把您当作兄长。今天，我就说一句掏心窝子的话。不过，这话可是对兄长说的，绝不是对军长说的，说了无罪，出了这个门概不承认。军长，您知道我为什么有仗就抱挺机枪往前冲吗？很简单，就是想为国捐躯。您知道我为什么一心想战死吗？很简单，就是因为这个叫叶长河的男人。这个男人非常讨厌，我和他永远不可能成为夫妻。军长老哥，你就别为这事操心了。"

军长一听忙制止："你潘水玉在全营官兵心里是大英雄，是他们的榜样，是三营的精神支柱。你上战场英勇杀敌，不怕牺牲，是为了报效国家，怎么会是为这个男人而死呢？把打仗不怕死说成是殉情，简直是乱弹琴嘛！说气话也不能没有原则了嘛。此话只准说这一次，以后我不想再听到。否则，我会亲自处理你。"

看得出，军长真有些生气了。他又说："李二孬，这次评战要重点评她潘水玉，全面评，连党性原则、个人感情一起评。狠狠地评，评出她的眼泪来，评出她的原则来，评出她的觉悟来。三营的评战报告直接送我！如若不过关，再搞个回头评，一定要把三营评个底朝天，一定要把她潘水玉评个心服口服。"

叶长河见状，忙又替潘水玉说好话："军长，我说把潘水玉调走，纯粹是一时气话。其实，她有良好的思想基础和政治觉悟，作战不怕流血牺牲，是发自内心的，全是为了革命的胜利。况且，她早就说过，只要敌人还活着，她就不会去死。这是千真万确的，别听她刚才胡说八道。但是，我俩性格真是不和，这些年打打吵吵的，也的确没有什么真感情，所以，没有成为夫妻的可能。不过，请军长放心，我俩打仗还是一对好搭档的。没有她在身边，我指挥打仗就会没点子，没激情。我俩之间有的是深厚的革命感情，已经成了生死相依的革命战友了，这一点，全营上下有目共睹。"

叶长河这才明白，潘水玉战斗中不顾死活地往上冲，多少与这难堪的兄妹感情有关系。从小的青梅竹马，水到渠成的男女痴爱，到手了的夫妻关系，到头来却被当头一棒，断喝一声："住手！再发展男女爱情则为乱伦。"这种时候，当事人是怎样的感受，外人是体会不到的。她与他一样，从内心深处是多么拒绝事实上的兄妹关系呀。她挣扎着，拼命地想爬出这越转越紧的旋涡，可她明白，自己终将会被这旋涡吞噬掉的，但她却依然挣扎不止。想到这里，叶长河眼角挂上了泪花。

军长不知叶、潘二人实质上的兄妹关系，又说："我这个军长，是断不了你俩之间感情之事的，清官难断家务事嘛，你俩好自为之吧。我要的是你们在战场上打胜仗的好消息，越多越好。当然，如果情场上再有婚庆喜事什么的，那就会好上加好了。我等着！等着喝三营的庆功酒，也等着喝你们二人的喜酒。什么性格不合？纯粹是借口。你俩从小的青梅竹马，这么多年战场上的生死友情，如若不发展成铁打的革命爱情，我这个军长不答应，老天爷也不答应。"说完，告别走人了。

潘水玉压抑不住自己，好一阵无言的号啕大哭。站在一旁的叶长河也眼泪奔涌。

接下来，浮在云里雾里却又很知趣的李二孬，丝毫没有插手这对营长教导员的感情之事。工作组只是针对三营在作战中的突出问题用足了功夫。最终，"评战"活动大功告成。

通过民主评指挥、评战斗动作、评勇敢精神、评组织纪律等，三营官兵都充分认识到了技术、战术和指挥艺术在作战中的重要性，从而掀起了苦练技术战术、深入研究指挥艺术的练兵热潮。班、排、连协同作战演练，官与兵、兵与兵之间的战场互助活动都成效明显；结合以往的战斗经验，研究总结出了对壕攻击、小群多路、隐蔽接敌、冲击受挫迫近防打联战等多种战术战法，有效提高了三营战斗力。

潘水玉在这次"评战"活动中，受益匪浅，提高不少，在以后的战斗中就有了大的改观，明显对叶长河那些说教认了头，服了气。叶长河也有意在实战中培养她的战术素养，促进其尽快成为一名既有虎性又有狐性的一线指挥员。

最近，潘水玉常说这么一句话："从某种意义上讲，未到非牺牲不可的时候，决不轻言牺牲。"叶长河则应对说："从大原则上来讲，不怕流血牺牲的精神是要永远提倡的，也是务必发扬光大的。《冲锋号·呼杀喊》要永远唱下去。每一个革命战士，都要深悟这首歌子的精魂内涵，不断强化敢打必胜、勇于牺牲的战斗品格，否则，革命就难以取得最终胜利。最近，我们强调的主要是，要防止发生无谓牺牲和拙劣战术下的简单送死。你明白吗？"潘水玉挠了挠头："多少有点弯弯绕，让我再想想，慢慢消化消化。你放心，我会想明白的。"

叶长河说："到实战中去想，可能会理解得更透彻一些。"

"在战场上，最容易做到的就是不怕死！而最难做到的就是自己不死让敌人去死。"潘水玉抓了他的胳膊，声调里带着柔音，"长河，最近，我时常想起这句话来，觉得很在理。这才是一个优秀战斗员的切身体会。你这句话，绝对是战神级的经典语言。"

叶长河一笑说："嘀嘀！绝对，战神，经典。本人可受用不起这些好词儿。不过，在今后的战斗中，你我都要努力做到自己不死让敌人去死。"

潘水玉抓他胳膊更紧，半个身子也依偎过来，声调更柔了："长河，我记住了。"

"现在记住了，不等于战场上就能做得到。关键是要真正学会用脑子打仗。要用脑子打仗，懂吗？"叶长河加重了口气，抬起手指了指自己的脑袋，借机摆脱了紧抓着他的那只手和紧贴着他胸膛的那颗脑袋。

正进入某种状态的潘水玉见他闪身躲去，愣了片刻，苦笑着摇了摇头，丢下一句话，转身走开了。

"你大声嚷嚷个啥？吓我一大跳。若都用脑子去打仗，还造那么多枪炮干吗？！"

叶长河听出，这是一句掩饰尴尬的无理取闹之言。

第二十九章　　两战成名

这一天，三营实施了于庄攻坚战。上级交给三营的任务是三天内拿下于庄据点。

敌军在于庄南头修筑的一排坚固碉堡，阻挡着三营一天一夜没能前进一步。碉堡的前面是一片开阔地，被敌居高临下的火力网死死地封锁住了。三营多次试图炸毁这些敌堡，可爆破队就是冲不过那片生死地。

第二天，叶长河让潘水玉拿出办法。潘水玉知道是他在传帮带她，就好生一番想，还下去和战士们一起想，可也没想出什么破敌的好办法。

潘水玉不耐烦了，冲叶长河嚷嚷："我笨蛋一个，学不会用脑子打仗，你就别再考验我了，你有什么高招就快拿出来吧。不然，三营就完不成任务了。"

叶长河一瞪眼："谁考验你了？久攻不克我心里比谁都急，可我眼前真是没有好办法。"潘水玉一跺脚："没有好办法，就一边打着一边想办法吧。"

第三天一早，潘水玉却对叶长河说："别打了，撤退吧！"她领来了一对要进据点送柴的兄妹，"这对兄妹每五天要给据点送一次柴，今天是要进据点的时间。"

叶长河笑了笑说："全营撤下去，那下一步怎么办？"

"还能怎么办？让这兄妹俩把柴送过去呗。据点里的敌兵也是人，不能让他们喝着冷水吃着生饭打仗吧？"潘水玉拍了拍担挑和柴车说。

叶长河说："呵，女人家心肠就是软。你说，什么时候让这兄妹送柴过去？"

潘水玉说："我们现在全线撤退，让这儿空上一个上午和一个中午，下午再过去送柴。"

叶长河说："很好！"

下午太阳还高高的时候，送柴兄妹出现在寂静了多半天的开阔地上。

妹妹走在前面，挑的是柴担。两头满满的两大捆干柴。妹妹挑着，一步三扭地往前走，其动作煞是好看。那腰身、那屁股蛋子、那一条长到腰际的黑粗大辫子，不动都是风情，一走更是风情万种。

据点里的敌兵们熟悉这妹子的衣着打扮，更熟悉这妹子那独特的挑担身姿，过去每次由远及近，眼珠子都恨不能一下子粘到她处处飘荡着风情的身子上。

如果仅是妹子一人这片风情还不是最有韵味的，有了紧跟其后推车哥哥的显明映衬，这景致才更有了味道。

哥哥推着满满一独轮车柴，永远是青衣青褂打扮，一条腿有些残疾，推起车来一蹦一跳的，甚是滑稽。这也是据点上官兵都看惯了的。

这样一来，敌兵就分了两类人，一类是闷声不响的，咬紧了嘴唇，远远地盯着妹子的风情腰身，眼线一点点地收紧过来。另一类人则是嬉笑不断的，张大了嘴巴嘲笑着推车哥儿，看着他一蹦一跳、一蹿一进的柴车渐渐走近。

这两天敌兵打枪都打忘了这个每五天一见的好景儿，今儿一早发现解放军久攻不下扫兴而撤了，中午就在据点墙头上美美吃了一顿干菜腊肉包，可美中不足的是没喝上热汤热水，厨房里说没了柴草，凑合着喝点冷水吧。一说没有了柴，兵士们就立即想起了送柴兄妹。一想起来，就发现这景儿晃了过来。大家就都憋足了兴致看。据点里的生活着实枯燥，对这五天一见的好景儿，心里还真是盼盼的。

敌兵放下护墙河的桥，那景儿就移了过去。以前是直接进据点，今天一过河那瘸哥却一下绊倒了，柴车歪倒。妹子忙放下柴担过来帮扶一把。那哥腿脚不利索，跟头绊子地摔一跤很正常，兵士们就在据点上狂笑。妹子在搀扶中衣衫被柴枝挂住了，露出了一截白白的腰身肚皮。那才叫雪白，直晃眼，真馋人。兵士们就都不笑了，贪婪地盯死那处最诱人的风情。

这个时候，没有人注意到，这哥儿和妹子的面孔较之以前有所变化，若仔细一看就会发现那本不是先前的人儿。那哥的腿也一下就好了，不瘸了，麻利地从柴捆里抽出了两大掐把柴棍子。转眼之间，哥和妹手里就各都有了一把柴棍，却突然喷出了火舌，当听到"哒哒"的枪响时，旁边已经有几个人倒下了。

哥妹的两挺机枪冲据点上扫了几个来回，上面的敌兵才清醒过来：今天这景儿和往常不一样，带着杀气来的。赶快还击，那哥儿腿脚利索地一下蹿到了一个碉堡下，甩出柴车藏带来的炸药包，就顺着墙根往西蹿了。墙根下是死角，枪扫不到，敌兵就调转枪口扫那白肚皮的妹子。那妹子够灵活，把机枪一抱滚进了河里，贴紧河壁开枪还击。敌兵再抬头看时，开阔地上班、排、连交替掩护、变换着战术，都快冲到护墙河了，而其先头爆破队已经上了吊桥。

这边一阵急枪急爆像炸了锅，西边突然吹响了冲锋号，然后就是喊声："天红了，地红了，刺刀红了，眼睛红了，杀呀！"这是顺墙根溜走的那哥儿吹的喊的。

据点被占领，战斗结束了。

那妹子从河里爬上来，脖子上挂着一挺机枪，昂头挺胸地上了据点墙上，和官兵们一起打扫战场，清点俘虏。有两个贼心大的俘虏，眼睛依然跟着那妹子的腰身和胸部走，眼睛一眨不眨的。那妹子本来已经走过去了，觉得侧面有人盯她，就又踅回来，"啪啪"给了每人两个耳光，喊道："二连长，把这两个俘虏的眼珠子给我挖了！"却被那哥儿拦下："别！带回去，教育教育，没准明天能成为两个好战士。"其中一个俘虏就说："妹子，可别挖了俺的眼睛，留着还瞄准打枪呢。俺要加入解放军三营，每天在漂亮妹子的手下看着漂亮妹子打仗，死了也不冤。"妹子上去又是"啪啪"两个耳光："贱骨头！解放军队伍岂能收留你等败类兵油子。"

那哥儿对妹子说："今天，基本上是按你的战术战法打的。经过实战检验，可以看出，你的确有了长足进步，全面素质有了质的飞跃，尤其学会用脑子打仗了，真行！"

"这，绝对是捧杀！"那妹子说着，转身下了墙，还哼唱起了歌子。

"吹响冲锋号，战旗心中飘，向前一步是英豪，后退一步是熊妖，——，血溅七步是荣耀，魂归八方仰天笑，——，呵呵，唱这歌子就是过瘾呀。"

在之后不久的另一次榉林山守卫战中，潘水玉又有不俗表现。

国民党军集中了24个整编师60个旅约45万人的兵力，在陆军总司令顾祝同的指挥下，向鲁中地区发动进攻，企图消灭华东野战军主力。

华东野战军实施有效反击。叶长河的三营担负了榉林山北山头的守卫任务。只要能在此坚守两天两夜，配合纵队主力达成高度机动回旋，三营就算完成了任务。

拂晓时，一阵炮击之后，敌人一个团的兵力发起了进攻。

三营提前修筑了阵地工事，敌人火炮并不能造成毁灭性打击，可进攻时其八辆美式坦克却带来了很大威胁。

这些号称"陆战之王"的坦克很不好对付。八辆坦克排成一个方阵，发起冲锋。大批兵士如蚂蚁一般，密密麻麻地跟在坦克后面往上冲。

三营凭借坚固工事，顽强阻击，苦苦支撑，总算打退了敌人的三次进攻，部队伤亡很大。

潘水玉死死地盯着那些乌龟壳，眼里直冒火星子，几次想抱起机枪冲出去，可想起叶长河的叮嘱，还是忍住了。然而，在打退敌人第三次进攻后，她扔下机枪，带了三名战士，溜出了战壕。

一顿饭的工夫，潘水玉等人回来了，抱来了一堆猎枪鸟铳。原来，她带人到猎户家去搜集打猎的家伙去了。

潘水玉找到叶长河，说："不把这八只乌龟弄残废了，这仗不好打，还不知要死多少人。爆破手都死了好几个，就是靠不上它。我观察了，这些坦克的瞭望孔很小，步枪机枪难以瞄准打进去。我看可以试试这猎枪鸟铳，铁砂霰弹射出去覆盖面积大，能窜进瞭望孔，消灭坦克兵。只要坦克一停，爆破手就能立马靠上去。"

叶长河眼睛一亮："是个好办法。不过，这猎枪鸟铳用不熟，也不会有好效果。我们的战士都没有打过猎，可我俩早年在芦苇荡打鸟用惯了这种家伙什，看来只有我俩一起上成功的可能性才大。"

潘水玉为难："营长教导员都冲出去，可没这个惯例。以前你说过的，营长教导员不能轻易打冲锋，尤其不能一块打冲锋。"

叶长河手往下一劈，说："战争的规律永远是：这一次一定与上一次不同。只有次次不同，才会有胜算的机会。凡事不能教条，这一次，营长教导员携手打冲锋，就用鸟铳打一次坦克。我俩要创造这个战争奇迹。没有其他好办法了，干吧！"

潘水玉做了个劈人的动作，恶声恶气地说："干他娘个乌龟壳！"然后，随叶长河给全营做了一个详细安排。

这个俏丽柔弱的江南女子，在枪林弹雨的摸爬滚打中，逐渐改变了一些性格。战争使她愈发粗糙起来，时而不自觉地吐几句粗语脏话。

敌人又开始了新一轮进攻。

三营一部分人猛烈还击，一部分人火力掩护叶长河、潘水玉。他俩从不同方向跃下山坡，冲到了几辆坦克的侧翼。这个方向是坦克火力的盲点。

这两人每人一手抓猎枪，一手抓鸟铳，肩上还都背着一把猎枪。冲着坦克"砰砰"打出去，铁砂弹四散溅出，有不少就窜进了坦克的瞭望孔，紧接着就有坦克摇头摆脑乱窜一气，很快就窝在一处不动了。只听到坦克里"哇啦啦"乱叫，不见了机枪冒火。大概是坦克兵眼睛被打瞎了。爆破手不失时机地冲上去，报销了坦克。

这一个回合，共毁掉了敌人两辆坦克。

接下来的战斗，叶长河、潘水玉提前埋伏在阵地前，只要坦克一来，不知从哪儿就冒出来，准确地蹿到坦克火力盲点处，朝瞭望孔方向左右开弓，打完就跑。此招屡屡奏效，敌坦克防不胜防。

敌人只剩一辆坦克的时候，已是第二天的傍晚。潘水玉向叶长河建议说："最后一只乌龟壳交给我了。你好好组织打一次冲锋，把敌人赶得远远的。天一亮，我们就完成任务了。"叶长河说："听教导员同志的，就这么干。"

这次，潘水玉一手一把猎枪，后背背了一挺机枪。夕阳中，她一套漂亮的战术动作，潜伏到了阵地前沿，后面跟了一个爆破手。

太阳落山了，敌人却没有来。天黑透了，敌人还没有来。潘水玉想，这几天敌人都没有打过夜战，今夜也不可能来了。她以为今天的战斗结束了，便命令爆破手撤回。

刚要撤，却传来了"隆隆"的坦克声。潘水玉立即进入情况，坦克一到，蹿将出去，可看不清坦克瞭望孔，朝大概方向开了枪，就迅速跑回到土坎后。坦克继续前行，后面敌人以密集的火力边打边往上冲。

爆破手问怎么办？

潘水玉借着敌人的火力光亮观察了一下，当机立断："把坦克放过去，交给叶长河，你我阻击后面的敌人。你蹿到左前方的土包后，趁天黑靠敌群近一点，把炸药包甩过去，再把你身上的六颗手榴弹扔出去，然后，顺那条山沟撤回主阵地。我在右边，再用机枪阻击一时。就这三五分钟的时机，就看他叶长河能不能抓住了。开始行动！"

潘水玉和爆破手左右实施阻击，一时压住了敌人。

战壕里的叶长河看到只有一辆坦克孤零零地开了过来，后面敌人没跟上，就喊："爆破手，全上！"六个爆破手一下就蹿出去，迅速靠近，几乎一起甩出炸药包，坦克遂被炸毁。

山坡下，敌人火力正向左右侧的潘水玉和爆破手倾泻，叶长河随即吹响了冲锋号，高喊："天红了，地红了，刺刀红了，眼睛红了，杀呀！"一片火舌旋即冲下了山坡。

把敌人打远后，叶长河撤回到潘水玉打阻击的土坎，却怎么也找不到人。

这时，已经撤回到战壕里的战士发现，一个人背着另一个人趴在战壕边不动了。过去一看，正是潘水玉背着那个爆破手。

潘水玉血肉模糊，爆破手也已昏死过去。俩人都负了重伤。

叶长河命令把伤员赶紧送下阵地救护。

第二天天亮时，纵队主力到位。

三营完成任务，撤出战斗。

叶长河跑到救护站看望了潘水玉。

那个爆破手伤势过重，不治身亡。

潘水玉头部受伤还处在昏迷状态。

医生说，需要转到后方医院治疗。

之后，潘水玉在后方住了五个多月的院，才基本痊愈，又回到了三营。

营长叶长河、教导员潘水玉这对搭档两战成名，在华东野战军一时名声大噪，然而，却一直未得到提拔。

叶、潘两人分析，他俩在江南以水雷战破袭日军，虽是战功卓著，但与国民党海军人员说不清道不明的关系，让组织上有些尴尬，心里没底，不敢重用。

事实上，每当上级要提拔叶、潘二人的关口，总会有人提出："这二人政治上多少有些情况，尤其是1945年那次，居然让到手的国民党海军人员给跑掉了，谁知道是不是他俩故意放跑的？还有，叶长河是原国军的人，历史也稍显模糊。提拔的事，再放一放吧。"

就这样，这二人被一次一次地搁置起来。有一次，叶长河竟然莫名其妙地想起了"闲裁"这个词。当年，他和电雷学校教官雷恪，在抱怨当局时经常用到这个词。

现在，叶、潘二人也想得开："问心无愧，积极作为，英勇作战，精忠报国。有多大平台施展多大拳脚，只要有兵带，有仗打就行，升不升官那是次要的。"

潘水玉"嘻嘻"一笑："官这东西，得之淡然，失之泰然，无之安然！总之，坦然！"

"然也！"叶长河拍手叫好，"水玉同志说得有文化，做得有觉悟。人生态度，了然于心。好！好！"

潘水玉不笑了："看得出，你这次是肺腑之言，不是捧杀！"

叶长河说："那当然！"

第三十章　谁是飞雷英雄

于庄攻坚战和榉林山守卫战的胜利，是潘水玉战术思想转变后的得意之作，她在养伤的半年里，就靠对这两次战斗的美好回忆度日了。不然，她难以想象这难熬的卧床养伤生活会怎样挺过来。

然而，叶长河在回忆这两个战例时，心里还总是空落落的。并不是因为这两次战斗取胜的关键是潘水玉的战术招法发挥了作用，他才感到失落，而是他总觉得在最近的战斗中，身上好像丢失了什么东西。

不久，他想明白了，是因为他的水雷战素质在陆战中没有得到挥洒，打水雷战的优势，在这土土坎坎的平原地带毫无用武之地，他才感到极大的不尽兴。

想明白了，他就开始琢磨，他制造水雷、使用水雷的功底如何才能应用于陆战之中。

他想到，这个时期，敌人的碉堡、坦克给部队造成了很大的杀伤。频繁的战斗中，工兵常在敌人鼻子底下实施爆破，仗是打胜了，可伤亡也很大。眼下，这个部队的装备还很差，缺少火炮之类的重武器。那么，有什么事半功倍的办法来对付这些碉堡、坦克呢？送柴智取碉堡、猎枪巧取坦克，总不是常规战术，仅有一次的作用。要是有个办法能代替人把炸药包送到敌人的碉堡、坦克、城门、铁丝网上就好了。

水雷专家、玩火药炸药的高手叶长河，这一天，突然想到了古代战场上用过的抛石机、臼炮和民间鞭炮"二踢脚"，觉得用火药把炸药包送上去，是个可行的办法。

　　战斗间隙，叶长河开始试验。他带人在山下硬地上挖了个"土筒"，下部装上火药为抛射底药，中间一个圆板上绑上炸药包，点着抛射火药的同时，点燃炸药包上的延期导火索，靠底药的推力将炸药包抛上山坡后落地起爆。第一次，还真把炸药包送上了山坡，也成功爆炸了。又经过反复试验，对"土筒"的深度、直径和方向角度以及药量，就都有了一个较好的把握。

　　兴奋之中，叶长河发现"土筒炮"的威力是有限的：一是土质硬度不够，发射火药装少了炸药包则抛不远，装多了就把土筒鼓开了；二是方向性不好，精度差。打固定碉堡勉强可以，打坦克就不可能了；三是机动性能差，在战场上不是什么地方都能找到合适的硬土质，且在较短时间内完成装填的。

　　正在这个时候，叶长河听说兄弟部队缴获了一桶汽油，他灵机一动，就让潘水玉去讨要。潘水玉二话没说，挑了两筐好果子，就去了兄弟部队三连。

　　近来，潘水玉打仗做事鬼心眼子明显增多，加上长得漂亮，嘴巴又甜，尤其挑担子一路扭走的姿势更加娴熟美妙，等她人远远走过来时，兄弟三连连长心就愿意了一大半，见到两筐好果子，还有她打了胜仗要送一挺机枪的承诺，他就让人把那桶汽油搬了出来。

　　潘水玉弄回了这桶汽油。叶长河把汽油倒出来，做成了几百个燃烧瓶。他得意地说："土筒炮不能打坦克，这燃烧瓶却是反坦克的利器。苏联卫国战争中，红军曾大量使用燃烧瓶制服了德军坦克。莫洛托夫是这个时期苏联的外交部长，因此，德国人就将其燃烧瓶戏称为莫洛托夫鸡尾酒。一度，德军坦克兵一见这鸡尾酒就先晕菜了。"

　　看到叶长河的得意之色，潘水玉也兴奋了，就问："细细说来，这鸡尾酒是怎样搞毁德军乌龟壳的？"叶长河摆弄着汽油瓶："点燃了的玻璃瓶拦击坦克后会立即碎裂，汽油会四溅燃烧。如果落在发动机盖上，燃烧着的汽油会沿着舱盖缝隙流入车体，烧毁机器。如果流入乘员舱，就会引起大火烧伤人员，致使坦克失去战斗力。尽管接近步坦协同的坦克投掷燃烧瓶很危险，但总比用猎枪打坦克要安全一些，有效一些。"

　　潘水玉很是佩服，就说："三营的这些燃烧瓶就叫'长河老白干'吧。"她把这些宝贝分散到各连排班，叮嘱要安全保管，关键之时再派用场。汽油倒光，她就把没用的汽油桶两脚踢滚到了旁边的臭水沟里去了。

　　叶长河见状，叫道："干吗踢我的宝贝？"就不管不顾地跳进臭水沟，把汽油桶弄了上来。

潘水玉不解地看着他让人把汽油桶盖锯掉，找来工具不停地敲打起来。鼓捣了多半天，筒敲好了，他把发射火药装进去，上部装上炸药包，点火发射，打得远且比较准。她这才明白，讨要汽油桶，他用意不仅仅在汽油上，更重要的用途在桶上。

潘水玉又想到另一个问题："汽油桶炮好是好，可没有那么多汽油桶，单凭一个汽油桶炮也解决不了大问题。"

叶长河又显现了那张足智多谋的脸，说："老百姓家的水缸、粮缸、咸菜缸还是不少的，去花钱收购。水缸再用木板条箍绑死，也比土筒炮效果好呀。"

潘水玉一听，不知怎么夸他才好，就脱口而出："长河你一遇到打仗的事体，简直就不是人了。"

叶长河一愣，她又说："你简直就是个神！"

接下来的一次城市攻坚战，叶长河的燃烧瓶和抛射炮，果然发挥了大威力。

这次战斗分给三营的任务有两项：一是总攻开始前，把城门一线的碉堡摧毁；二是敌坦克出城追击时，把坦克摧毁。

其中，有一个环节有些难度：就是战斗开始前，如何把水缸和汽油桶，悄无声息地运送到距离城门一二百米的发射地带。因为，经反复试验，水缸炮最远射程只有150多米，而汽油桶炮也只能达到200米。在这么个距离上，不管是白天还是黑夜，再怎么小心，都容易被敌人发现。

叶长河把这个难题交给了潘水玉。潘水玉到附近的村庄转了一圈，一脸喜色地回来后，就忙着让人准备小推车。叶长河一见，笑说："不会又是送柴进城吧？"潘水玉不笑："你说对了，大同小异，这次是推车送粮。你放心，这座城离我们上次送柴的地儿千八百里地哪，敌人不会有什么联想。用粮缸粮桶送粮，自然而然，也不会被怀疑的。"

叶长河沉思着，没吱声。潘水玉又说："我侦察好了。在城门前合适距离地带的附近，有一片小树林。小树林不影响抛射角度，但可以遮挡敌人视线。我们在那里架设抛射炮，应该没问题。"

叶长河还是没说话。潘水玉就又说："以前，这里进城送粮是有过几次的。先让和城里敌人相熟的村长张老汉进城打招呼，说第二天一早去送粮。你那缸炮桶炮的，关键是个准确度。所以，选择天亮后行动。白天干这活，能见度好，瞄得还准些。"

叶长河依旧无言地看着她。她急了："你哑巴了？行不行的，你倒说句话呀。"

叶长河说话了："干！完全按你说的干！准备去吧。"

这天一早，叶长河带领送粮车队，推着十八口粮缸，按计划停在了小树林边。那个汽油桶也装了粮食，混在其中。

领头的张村长往前跐了几步，冲城墙高喊："长官，我们在这里歇会儿脚，一会儿可别忘了开城门呀。"

城上的敌人远眺了几眼，高声骂道："怎么才送这么几缸粮？你这个村长是怎么当的？不想活了？"

张村长忙喊："长官呀，今年大旱，各家都没收几粒粮呀。过些日子，我收巴收巴，再送些过来。"

城墙上骂骂咧咧的，就不再说什么了。

城里没得到解放军近期要攻城的情报，因此，也就没有想到这个二三十人的送粮队会有什么阴谋。

小推车进了小树林一侧背阴处，迅速一线拉开。叶长河命令架炮。缸桶里不厚的一层粮下面就是火药包和炸药包，已经提前在车上安装固定牢了，只需通过调整小推车的斜度来确定炮筒口的角度。十几分钟的工夫，就一切准备就绪。

叶长河见时机一到，一声令下，只听一阵炮响，小树林上方腾空而起一大片黄灿灿的粮雾，瞬间，从粮雾中就黑压压地冲出一些包裹物，直飞城墙而来。

城墙上的敌兵哪见过这阵势，一个个都目瞪口呆了。有一个傻货竟然脱口而出，骂道："浑蛋！还没见过这样送粮的，粮包落地还不摔碎了？"

话音未落，炸药包落了下来。一个炸药包能把周围10多米的目标炸毁，还能震死近距离的敌人。十八个炸药包半数落到了城墙上，撕开了多处口子。

叶长河立即命令再次装炮。火药包和炸药包放进去，迅速对抛射角度做了调整，又立即发射出去。这一次，十八个炸药包多数都击中了目标。

敌军苦心经营的野战防御城堡，挨上二三十个重型炸药包，就变成了一片废墟。

敌军还未弄清这天女散花般的神秘武器是什么东西，叶长河就命令队伍扔下缸桶，迅速撤离了。随即，昨晚就隐蔽在附近各处的大部队就发起了总攻。

根据作战部署，冲在最前面的是潘水玉率领的"老白干"突击队，48个队员每人身上背了五个燃烧瓶，任务是摧毁敌军冲上来的坦克。

"老白干"突击队重任在肩，指挥部派了一个加强连专门给他们担任掩护。

战斗前，叶长河、潘水玉对突击队是进行了严格训练的，技术战术水平具备了，只要临机情况处理得好，完成任务没问题。

按先前预测，敌人会疯狂阻击解放军进城的，首先敌坦克会很快出城拦击。只要坦克一出现，突击队就上去摧毁它。

可预测的情况并没有出现，一直到先头部队冲过废墟进了城，也未见到敌军坦克的踪影。可能是守军被叶长河的神秘武器吓住了，坦克没敢出城。

潘水玉见她的燃烧瓶没有派上用场，也就不管不顾了。她和队员们手里还都有手枪步枪，就和先头部队一起，在城里冲杀起来。拼杀中，她从死敌中捡起了一挺机枪，就更来了精神，越打越过瘾。

快到城中地带时，潘水玉突然发现，左侧兄弟部队被一排四个暗堡的火力压制住了，冲在前面的战士一个一个栽倒在地上。

她迅速招呼突击队员隐蔽待命。她想找掩护她的加强连协商一下如何摧毁敌暗堡，可那个连队见坦克没出现，以为掩护任务自动取消，就各顾各地冲杀敌人去了。

潘水玉见不到掩护部队的影子，就决定自己干。她集合起队伍，见已经牺牲了七名队员，便把四十一名队员分成两拨，一拨打掩护，一拨上去扔燃烧瓶。

潘水玉要亲自冲上去，众队员不干，说她的机枪火力强，留下作掩护更合适。她则把机枪一扔说："捡来的机枪，没那么多子弹，早打哑了。"

她不会蛮干，看准了地形，绕过敌堡火力，接近了敌堡。一挥手，队员们甩过去一排燃烧瓶，在敌堡前爆炸燃烧。可很快敌人的机枪又响了。

燃烧瓶难以扔进敌堡射击孔，烧不着里面的敌人，仅靠它的爆炸力又炸不毁碉堡，子弹照样往外扫射。

潘水玉这才明白，这和提前练习好的炸坦克不完全是一回事。先头部队的战士还在一个一个地倒下。

她卧在那里不知如何是好了。

这时，就听到不远处，"吱"地响了一下号音。她扭头一看，是叶长河。

叶长河用手指着自己的头顶，不知在说什么。潘水玉一看就明白了，骂道："妈的，这个关口，还用你提醒老子吗？"

叶长河还是手舞足蹈地指自己的头顶，见潘水玉没反应，就往她的方向迂回。她一见，也朝他过来的方向绕去。

一见面，她就骂上了："你到什么时候都不忘教师爷的做派。难道我不懂要用脑子打仗吗？"

叶长河又一指头顶说："我是让你们绕到敌堡侧面的小楼上，把手榴弹砸到碉堡头顶盖上去。"潘水玉打断他："你这就叫用脑子打仗了？谁看上一眼就知道，手榴弹是炸不塌这种碉堡的。"

叶长河说："你让我把话说完好不好？手榴弹炸不塌碉堡，却有可能把堡顶炸裂缝，且这些碉堡顶上和墙壁上也可能早就有些缝隙了。所以，扔完手榴弹后，再把燃烧瓶全砸到敌堡的顶盖上。记住，一定要不点燃就砸碎上去，让汽油顺着缝隙流进堡内。把一二百瓶汽油全砸到四个敌堡的顶上，三二分钟后，再扔上去几个燃烧着的汽油瓶，这样敌堡内外就会大火熊熊，里面的机枪就会哑了。我趁机再带人冲上去摧毁它。"

潘水玉张嘴想说什么，叶长河阻止她说："我知道你想说，汽油瓶全用上，再碰上坦克怎么办？我告诉你，城内巷战，坦克就是一堆废铁，不用再管它了。现在听我的，我们作掩护，突击队全都冲上去！"

一脸熏黑的潘水玉这才白牙一闪一笑："果然是战神！"她旋即离去，领四十一名队员，很快都绕到了附近楼上，按叶长河所说的步骤，采取了行动。

果然有效，敌堡哑了。

这时，叶长河的冲锋号响了，然后就是呼杀喊："天红了，地红了，刺刀红了，眼睛红了，杀呀！"

先是一声吼，后是一片吼，再就是满巷子的战士一起吼，一起冲。

各部队都学会叶长河的呼杀喊了。

全城解放后不久，叶、潘二人看到了华东野战军的一个通报，上级通报表彰了一批"飞雷炮"英雄连、英雄营，一些个人还被授予了"飞雷英雄"称号。

通报上却没有三营和叶、潘二人的名字。

通报上所说的"飞雷炮"，其实就是一种用汽油桶、机油桶等铁制筒作炮管，来抛射炸药包、摧毁敌军重要目标的简便武器。其原理和叶长河制造的缸炮、桶炮完全一样。

潘水玉沉不住气了，说："明明是你叶长河用脑子想出来的办法、研制出来的抛射炮嘛，怎么到评功授奖了，就没有咱三营事了？这不公平！"

叶长河沉默不语。

潘水玉又说："事实上，你的缸炮桶炮和燃烧瓶，在这次战斗中是立下了汗马功劳的。这是谁都磨灭不了的，上面得给你记大功。"

叶长河一脸憋屈样，却想给潘水玉发火。她不知趣，还在说："若不是你用那些神秘家伙破了城门和暗堡，那得多死多少人呀。不给你立大功，我不服！"

叶长河爆发了，冲潘水玉喊道："潘水玉，你看你这思想境界，打仗就是为了捞取个人功劳吗？共产党员的风格哪去了？做个无名英雄有什么不好？"

"提拔不提拔，我们还真不在意，当不当官也真不记在心上，但在评价谁打仗好、谁打仗差上，三营一百个在乎。三营打了胜仗、好仗、漂亮仗，上面就得给个说法。"潘水玉说，"我潘水玉就要一句话——三营这一仗打得好。"

"潘水玉，说你修养还不到家，没冤枉你。你较的哪家子真嘛。打仗好为什么非得让上级首长说你好？让敌人说好那才真叫好哩。这次抓到的俘虏，他们怎么说的？你还记得吧？"叶长河继续冲潘水玉说事。

潘水玉说："一辈子忘不了，你听着。"

日出朝霞粮雾飘，
小树林中飞晨鸟，
天上掉下大粮包，
落地山响是炸药，
威力赛过原子炮。
（这是赞你叶长河的。）

一走三扭碎花袄，
抱挺机枪打着跑，
飞檐走壁头顶绕，
天灵盖上闹起妖，

火龙钻进敌碉堡。

（这是美我潘水玉的。）

粮缸不装粮，飞出炸药包；

油桶不储油，却是飞雷炮；

酒瓶不盛酒，点火能燃烧；

江南水蛟龙，陆战善用脑；

谋略赛狐狸，冲锋他吹号；

呼杀震天响，红了独一招；

连连打胜仗，敌闻心发毛。

（呵呵，你那脑，你那号，你那炮，你那招，妈的，全给夸了个遍。）

潘水玉一口气背诵完，又说："这些顺口溜，都是从俘虏那里传出来的，把咱三营的缸炮、桶炮、燃烧瓶，还有你和我都编进去了。我觉得，这些内容的核心意思，都是赞扬我们三营的。"

"对呀，俘虏都把咱们夸成这样了，就足够了呗，还要上级哪些名分干吗。俘虏服了气发自内心的赞美，比上级的表扬还重要。你呀，总是计较眼前这些鸡毛蒜皮的事，以后还有情绪打仗吗？行了，别再提这事了。"叶长河拍了两下她的肩膀。

"少给本姑娘动手动脚的。"潘水玉一撩他的手，"算了吧，叶长河，你就别假正经了。我知道，上面没有表彰三营，你心里着实不痛快。你嘴上不说，却激我的火，让我放炮。这事，不能就这么完了。"

叶长河脸一板，真严肃起来："潘水玉，我警告你，这事到此为止了。你是个教导员，不能再在任何场合发这个牢骚。不然，影响了三营士气，打不好以后的仗，你要负完全责任。这事，对营里的弟兄们，你就说一句话。就说，三营全体官兵，作战有勇有谋，表现突出，为这次攻城战做出了重要贡献，上级首长表扬我们啦。就这么说。"

"明明没表扬，却自己给自己脸上擦粉儿。这假话，我说不出口。要说，你去说。"潘水玉脖子梗梗的。

叶长河说："这是善意的谎言，弟兄们仗打得好也是事实。鼓舞士气是你教导员分内的事嘛，这话必须由你去说。"

"说就说，有什么了不起的。"她转身走了。

她去说了，却不是对三营官兵说的，而是只身走了六十多里路，直接去了军部。

见到马军长，她一句没说别的，挺起胸脯，立正站着，把从俘虏那里听来的顺口溜大声背了一遍。军长发愣，她就又接连背了两遍。军长还发愣，她就扭头走了。

半天工夫，军长把手头几件急事处理完了，又想起了她，就骑马追了出去。

这时，潘水玉已经走出三十多里地了。军长下了马，和她一起走。她气鼓鼓的，看了军长一眼，没理他。

"喘粗气，给白眼，气性不小嘛。"

"走路急，累喘的。小小三营，岂敢生大军长的气。"

"大老远跑来，就是替那些俘虏给我带个话？看来，你这个教导员是很尊重俘虏的，政策水平见长了嘛。"

"军长装糊涂。"

"俘虏的话你带到了，回去也代我向俘虏们问个好。"

潘水玉一屁股坐在土坎上，不走了："提拔不提拔，当官不当官的，都无所谓，但是，这一仗三营打得怎么样，军长得给句明白话。"

"你都把俘虏的那些顺口溜背得滚瓜烂熟了，还要我的一句话干什么？"军长笑说，也坐在了土坎上，"大家都说我这个军长水平还是不低的。"

潘水玉说："我没看出来！"

军长说："可我水平再高却也总结不出比那些顺口溜水平更高的赞美之词了。所以说，在这件事上，俘虏的赞美比我的表扬重要。"

潘水玉说："军长和那叶长河一个腔调。"

军长说："这说明他叶长河具备军长的水平了呗。"

潘水玉嘴角一挑："那为什么他还是个营长？他水平提高得这么快，职务却一直原地踏步，这是怎么个理？！"

军长一下被她噎在了那里。

回到营里，潘水玉向叶长河讲了一些情况。叶长河这才明白，其他一些部队也都发明了飞雷炮，并且比三营研发、试用和运用于战斗的时间要早。人家经过反复试验和改进，飞雷炮的发火装置、筒体设置、装药、药包形状大小和射表等，都已经像一般火炮那样制式化了。同时，也有了正式名称，叫"炸药包抛射筒"，且具备了较大范围装备部队的能力，在几次大的战役中都发挥了非常突出的作用。三营也做得不错，但与这些部队相比，还是有一定距离的。上级表彰的是最好的，但这并不说明三营就差。马军长给的一句话是："在我老马个人眼里，三营永远是最棒的！"

叶长河无话可说了。潘水玉安慰他："看来，咱解放军里面，像你一样会用脑子打仗的能人大有人在。你不是首创，没有受到表彰，别难过。"

"我有什么难过的？你以为我见不得别人好？"叶长河说，"全解放军都研究出威力巨大的先进武器来，那才叫大好呢。"

潘水玉话语真切："不管别人怎么个好，反正，你叶长河在我心里，是永远的战神。我服你！"

叶长河却说："真正的战神是毛主席，是那些建立了卓越功勋的大英雄。我小小的叶长河算得了什么？"

"大领袖，大英雄，固然可敬。可马军长的话，也得深思深悟。他说，在他眼里，三营永远是最棒的。"潘水玉来了自豪感。

叶长河说："那是马军长护犊子！"

潘水玉说："那是马军长给予三营的最高褒奖！最大鼓励！最大期望！马军长在对待三营的问题上，尤其是在对三营及你我的功过是非的评价上，是用心良苦的，客观公正的。当然，你我没被提拔，那是另一个层面上的事了。以后，你叶长河要学会从政治上考虑问题。"

"还用你说，难道我不明白？！看来，你今天没事干，净说人人都明白的废话了。哎，你闲着也是闲着，那就跑一趟小树林吧，把那个汽油桶给我找回来。"

潘水玉转身离去，说："这倒是个正事，得赶紧去找。这个汽油桶对你来说很重要，它是你立下功劳的物证。"

叶长河说："你要真这么认为，就不要去找了。一个破油桶，要不要的，无所谓。"

"又是一句言不由衷的假话！"潘水玉径直走了。

第三十一章　丁香红

1949 年的曙光格外耀眼，中国人民用小车把解放战争的胜利推向了长江。

解放军渡江战役即将拉开帷幕。这是继三大战役之后，又一次大规模的战役行动，对粉碎以蒋介石为首的国民党反动集团"划江而治"的妄想，为进军华南、西南，进而解放全中国将发挥极其关键的作用。

解放军各部队进行了整编，兵力部署进行了重大调整，强渡长江进入了紧张的备战阶段。其实，早在去年冬季，解放军就派出几批小部队和地方干部南下侦察敌情。叶长河、潘水玉因熟悉江南情况、擅长水战而被点了将，也被派率一个小分队回到江洲湾对面的江北一带，主要任务是，对长江的渡口、水文以及与长江相关联的湖河港汊进行详尽密查，绘制成图；对江南沿岸敌军兵力部署进行抵近侦察。

就是在这个时候，叶长河去执行了两次重要任务。

这天上午，晨雾刚刚散开，由南京发往上海的江陵号客轮驶出了南京港。

在长江内河，三层舱位的江陵轮算是一条大客船了，上面坐了一千六七百位乘客。

商人打扮的叶长河坐到了二层舱位 4 号铺上。他的任务是，与 3 号铺位上一个叫丁香红的年轻女子接头，然后带着她传递过来的重要情报，在镇江码头下船。接头暗号是：见这个女人手拿一把蓝紫色丁香花，叶长河就问："我家的丁香花得了虫害，你知道有什么方法灭虫吗？"丁香红说："害的是蚜虫吗？"叶长河说："害的是刺蛾。"丁香红说："对不起，我只知道袋蛾怎么灭。"

然而，开船快一个小时了，却不见对面 3 号铺上有人来坐。

叶长河来到甲板上透透风。他往来于长江航道不知多少趟了，但这次心情格外不同，心里充满了前所未有的愉悦。

作为一个革命战士，还有什么比就要见到胜利曙光更让人惬意的事情呢。

好一个晴朗朗的天。大江两岸春意正浓，大堤茂密的柳树林，绵延数里，吐着嫩叶，翠绿一片。半山坡上，密密匝匝长满了迎春花。一人多高的枝丛乌绿油亮，蓬蓬勃勃的迎春花丛顶满了花蕾，在一片绿色上随风摆动。

让叶长河心里美哉美哉的是，在北岸茂密树林和迎春花天然伪装下，有一般旅客所不知的内容：严严实实覆盖着的是威风凛凛的炮群，无数正义的炮口正直指南岸预定目标。还有，数万艘船只，隐蔽在北岸河湖港汊中，整师整团的突击部队已集结在各自的出发地。

一个知晓这一切军事机密的革命战士，此时此刻该是一种怎样的心情呀！

叶长河庆幸自己早年的政治抉择，也无悔于自己所选择的信仰。数年南征北战、腥风血雨，他以模范行动践行了自己的信仰。

他眺望南岸，那里有垂死的国民党军。经过三大战役，他更清楚地看到了国军的实质：政治上腐朽透顶，军事上土崩瓦解，两年半的军事较量，大大削弱了蒋介石的军事实力，所剩百万兵力也难以进行战略协同，无法形成统一防线，唯一可指望的就是这长江天险。然而，不少人都清楚，国民党妄图依托长江南岸防线，阻止解放军南下，力保半壁江山，是徒劳的。连蒋介石自己都感到这支军队完了。早在 1948 年 8 月的一个军事检讨会上，蒋介石就说过："现在我们大多数高级将领精神堕落、生活腐化，革命的信心根本动摇，责任观念完全消失。尤其使我痛心的是，这几年来有许许多多受我耳提面命的高级将领被捕受屈而不能慷慨成仁，许多下级官兵被共军俘虏，编入共军来残杀自己，而不能相机反正。这真是我们革命军有史以来前所未有的奇耻大辱。"

叶长河对国民党相当一部分高级将领，在抗日战争期间英勇作战，还是佩服的。然而，在三大战役中，被解放军的普通战士，甚至是民兵摁在地上活捉的国民党高级将领就有二百多人。不少有名有姓的抗战名将就这么被解放军生擒了。有趣的是，有一些高级将领不是在战场上被俘虏的，而是逃出了战场，已经走出一两百里地后，被解放区的民兵抓住的。许多国民党的将士开始疑惑，自己究竟是为什么而战。共产党的军队每场战斗下来伤亡都很大，但是却越打人越多，到渡江战役前达到了400多万人。

此时的叶长河，眼前虚幻出了百万雄师过大江的情景：解放军的大炮首先发言，一排排炮弹腾空蹿起，天空爆响着各种各样的啸叫。一时间天和地全被烧红了，滔滔长江已经没有了流向，几层楼高水柱鳞次栉比。效力射击，火炮延伸，江面上万帆竞发，船流滚滚。枪炮声、喊杀声，像春雷从天际间滚来，像地震海啸天地倒翻。长江在颤抖，风浪在呼啸，处处火光闪现，血红一片。

"天红了，地红了，大炮红了，眼睛红了。这句口号，在战场上喊过无数遍，现在看来，渡江战场奇观才是这句口号最形象的展现。"叶长河心里想着，嘴上却不由自主地喊出了一个"杀"字，惹来甲板上几个人侧目。

叶长河吓了一跳，下意识地捂了一下嘴巴。这船上什么人都有，说不定国民党便衣军人和特工就在身边。想到这，他赶快去了卫生间，然后，又溜到顶层的舱位转了几圈，见没人跟踪，才又回到自己的铺位上。

对面铺位依然空空如也。叶长河心里开始想三想四了。

快到镇江码头时，进来一个抱孩子的乡下妇女，看了看空着的3号铺，问叶长河："这个铺有人吗？我买的是站票，孩子发烧睡着了，我能坐下歇歇脚吗？"叶长河看到，那睡孩手里攥着一把紫红丁香花，就说："这铺一直空着，坐吧。"

那妇女坐下再没有话，一会儿就昏昏欲睡了。叶长河没话找话，问："我家的丁香花得了虫害，你知道有什么方法灭虫吗？"对方没有反应。他又重复了一遍，对方才睁开眼睛，不解地看他一眼，说："在家只会种稻谷，没种过丁香花。丁香花那么香美，还会有虫子害它们吗？"叶长河忙说："我看孩子脸蛋烧得紫红，像丁香花，才想起问这。你得给孩子弄条湿毛巾，降降温。"对方一副满不在乎的样子："农村娃没那么娇气，一会儿就好了。"说着，又闭眼睡去。

叶长河心想，现在正是丁香花盛开的季节，谁手里拿一把丁香花都不稀奇。眼前的丁香也不是蓝紫色的，且对不上暗号，这妇女肯定不是接头人了。

客轮一声长鸣，小孩子被惊醒，迷迷糊糊地说要撒尿。那妇女从包袱里掏出一把铜质尿壶，诡秘一笑，小声说："家乡那一带解放军挨家挨户搜集尿壶，说是渡江的时候放在船上当油灯照明用。真是稀罕事，打仗还用得着尿壶，打小还没听说过哩。嘿嘿，这把尿壶是孩子他三舅爷给的，好铜的，我没舍得拿出来，就把一把瓦夜壶交了。这不，出门我也带上了这把铜壶，生怕孩子他爹给我偷捐出去。嘻嘻。”

小孩子"嗞"得尿壶发出好听的声响。那妇女又说："一听这声响，就知道是把好壶。嘻嘻。"叶长河心里也笑出了声："渡江部队招绝点子多，别看这搜集尿壶，听起来像笑话，细想想还真没那么简单，说明渡江部队连过江的一切细节都想到了。这支部队不胜才怪呢。"心里又笑，"这妇女连把尿壶也舍不得支援渡江部队，可见这觉悟也就那么回事。仅凭这一点，她也不会是我党地下交通员。"

江陵号停靠了镇江码头，叶长河也不见拿丁香花的年轻女人出现。他忐忑不安地和客人拥挤着朝船下走去。

前面一个老太太，提了个包袱，步履蹒跚，不小心跪倒在地。叶长河弯腰搀扶起老人，老太太频频点头表示谢意。

出了码头，叶长河还在想没接上头到底是哪儿出了问题。走着走着，不经意间一摸衣袋，里面有一沓厚厚的东西。到了没人处一看，是一个大信封，上面写着接头暗号，里面有图纸，还夹着一朵蓝紫色丁香花。

回到部队驻地，打开图纸细看，才知道是国民党军江南 A 段江防紧急调防部署图。这和解放军先遣部队之前搜集到的布防图相比有不小的变化。

潘水玉帮叶长河分析："送情报的人肯定认识你，在船上或有便衣特工监视，或有其他不便，未能和你直接见面，采取了隐蔽的方式，把情报塞入你的衣袋。暗号对头，蓝紫丁香也对头，这事就不会有问题了。当然，指挥部对这份情报还要通过其他方式去核实的。"

叶长河一拍脑袋："看来是丁香红化装成老太太，装作摔倒，趁我上去搀扶之际，传递了情报。"

"丁香红不简单，看来是个特工老手。"潘水玉说。

叶长河还在寻思："我从不认识一个叫丁香红的女人呀。"

潘水玉嘴上叼着一朵嫩黄的油菜花，调皮一笑，说："哥，你认识的年轻女人确实太少，都这个年纪了，应多接触些异性，不然，这终身大事难以解决。"

"四妹，我给你说多少遍了。我的事，不用你操心。大战在即，你还真有闲心瞎扯。"叶长河瞪了她一眼。

又过了一周，丁香红的神秘面纱终于被揭开。

这一次的任务是，指挥部派叶长河、潘水玉化装进入国民党军江阴要塞小镇，与那个叫丁香红的女人接头，去获取另一份重要情报。

接头时间是 15 日中午 12 时，地点是凯悦饭店靠东窗一侧饭桌前。桌子左上角放一朵三个半叶的蓝紫丁香花，接头暗号照旧。

身着藏青色布衫，头戴皂色布帽，江南跑码头打扮的叶长河和渔家姑娘打扮的潘水玉，如期来到凯悦饭店。

他俩刚在一角坐定，惊人的一幕出现了：只见一对男女军人走了进来，坐在了靠东窗的一张桌子前。女军官拿着一朵蓝紫丁香花，很悠闲地嗅了一下，不经意地扔在了桌子左上角。

这个女军官居然是江水星。

叶长河压低了帽檐，潘水玉悄悄走出店门，从东窗下走了一趟，不一会又回来，悄然伸了三个半指头，意思是说那蓝紫丁香是三个半叶。

这时，江水星环顾了一下饭店里的客人，笑嘻嘻地冲给她打招呼的几个男军官招了招手。她眼光似乎从叶长河桌上一扫而过，却把异样的目光落在了她对面那个男军官身上，然后，故意而夸张地皱了皱眉头。此刻，那个男军官正在低头点菜。而这一切，叶长河都悄然入目。

叶长河冲潘水玉一使眼色，起身离去。潘水玉把菜谱一放，嘟囔了一句："这菜也太贵了吧，真吃不起。"也跟着出来了。她不小心碰到了门口边的叫花子，白了一眼，捂了一下鼻子，忙走开了。

一刻钟后，饭店门口又来了两个满脸满身污垢的叫花子，不时向里张望。

一个女叫花子走到东窗外，嘴角流着涎水，盯着临窗桌上的饭菜。江水星抬头看了那叫花子两眼，把两个包子和一盘菜往里挪了挪，生怕隔着玻璃窗伸进一只脏手来。

一个男叫花子倚着门，用贪婪的目光盯着人的嘴和桌上的菜。不一会儿，这男叫花子索性蹭到了江水星桌子附近，一双饥馋得跟什么似的眼珠子投到了包子上。

江水星照常吃她的饭，还和那男军官聊起了天，其中一句是："张一起，我养的丁香花得了虫害，你知道有什么方法灭虫吗？"还没等那个叫张一起的男军官回答，她又自顾自地说："我那花害的不是蚜虫，害的是刺蛾。"张一起笑笑说："知道你一向喜欢丁香花，没想到还这么专业，连害的什么虫都知道。"

她说:"那当然,干什么都要专一。就像你,既然老形影不离地缠我,那就要爱我所爱哟。下午,你帮我去买点灭袋蛾的药吧。"张一起说:"好啊,我愿意为你效劳。"

那男叫花子又向前蹭了一步,江水星终于忍不住了,吼道:"这脏乎乎臭烘烘的老这么盯着,还让人吃不吃饭了?真恶心死了,不吃了!"说着,把咬了一口的包子往盘子上一拍,起身走了。张一起说了声"真讨厌",也跟着走了。

那男叫花子一见桌上没人了,就像饿狗一样扑将上去,把那个剩包子抓在手里,边跑边往嘴里塞。

外边的女叫花子跟上江水星讨要小钱。江水星没理会,女叫花子索性扯了一下她的衣袖。江水星更气了,上去就是一脚。张一起也帮着补了一脚,女叫花子"哇呀"一声就坐在了地上。

这对男女军官扬长而去。

男叫花子过来,扶起女叫花子,骂道:"不施舍,还打人,土匪兵!"女叫花子站起来还要追,被男叫花子拉住了。

两个叫花子走到没人处,现了原形。一个是叶长河,一个是潘水玉。

潘水玉说:"我把江水星逼出饭店,是想找机会和她接头。她怎么这么没悟性,走掉了。"

叶长河把多半拉个包子冲她展开:"事情成了,东西在包子里。"

包子里有一个蜡封了的小玻璃瓶,装有微型情报图胶卷。

"饭店里有认识江水星的几个男军官,且还有一个死缠着她的。在这种情况下,直接对暗号是行不通的。我俩就搞了这么个计谋,江水星竟然心有灵犀一点通,巧妙地配合了我们。看来,这江水星还是有素质的。"叶长河得意地说着,又问,"对了,她江水星什么时候成了地下党了?"

潘水玉拉着他就走:"我也不知道呀。这不是说话的地方,赶快走吧。"一迈步,又"哎哟"一声停下,骂道:"疼死我了,江水星真不是东西。对我哪来的这么大仇恨,这么下狠脚踢我?她什么意思呀她?"

叶长河忙扶着她走:"都是革命同志,什么仇恨不仇恨的。她无非是想在那男军官面前演得像一点,还不是为了天衣无缝地完成任务?!再说啦,那一重脚,还有可能是那个男军官踢的呢。"

潘水玉又停下:"疼在我身上,我还不知道是谁踢的。这么多年了,我与她之间的大事小事上，你总是偏向她。唉，也难怪呀，很正常呀，你俩从小的娃娃亲嘛，将来的革命夫妻嘛，你不向着她向着谁。我这人就是贱，这和我有什么关系吗？我摔得哪家子醋坛子嘛？"

叶长河扶着她，催她走："别七想八想的了，赶快离开这儿吧。"

"我这心哪，必须总提着，一放松下来，一不小心，就会忘了我是你亲妹子，就会七想八想的。看来，我这人真是不可救药了。"潘水玉说着，竟然"呜呜"哭起来。

叶长河无言地停下来，呆呆地看着她一瘸一拐、一抽一泣地独自走开。

第三十二章　"江猪"计划

　　玻璃瓶里的情报是国民党江防舰队的一个秘密布雷方案，代号为"江猪"计划。

　　抗战胜利后，国民党海军接收了在华日军舰船，又从日本获得赔偿舰数十艘，美英还援助了一批战舰，国军很快建起了一定规模的舰队，而共产党的军队连一艘战舰都没有，于是，国民党海军方面决定停止生产水雷。当时，负责海军工作的是一个陆军出身的将领，对海军不太懂行，就说："共军没有战舰，国军还耗资费力造水雷干什么？停了吧。不过，抗战剩下的那220枚水雷也不能闲置着，就交给江防舰队吧，让他们看看布在哪里能发挥最大效力。"

　　江防舰队首先明确，这批水雷不能布设在长江主干流，那将制约国军自己的舰艇机动防御。考虑来考虑去，最终决定布设在长江支流左川河和右川河水系，就此制定了一个详尽的"江猪"计划。这个水域虽然不是共军渡江要直接进攻的河段，却很有可能是渡江成功后向纵深进军的必经之路。国军眼下兵力紧张，主力都部署到了长江重点岸防阵地，左右川河水域正缺重兵防守。在这里布雷，既能以雷防替代兵防，也能使共军不可预料，会带来出其不意的战果。

　　上峰决定，"江猪"计划由江防舰队第一大队大队长潘小龙亲自带一部人马组织实施。在上司眼里，潘小龙是精兵，能以一当十。"江猪"计划如能得以严密实施，对江防战略也可以起到以一当十的作用。

　　上峰叮嘱潘小龙，这一计划要想获得成功进而取得最大战果，其关键是要保住这一行动机密不外泄。在这一水域秘密布下水雷，撤掉防守部队而去巩固重点江防地段，给共军造成一个错觉：国军疏忽了此水域的防守。目的是诱使共军把这一带确定为进攻的必经之路，让 220 颗水雷发挥奇效，消灭共军的有生力量。

潘小龙果然不负众望，他亲驾已经列编江防舰队的杰克号舰，用了三天时间，神不知鬼不觉地落实了这一绝密计划。他向上峰复命，又受领指示：三天之后，也就是在共军可能要发起总攻的前一天，务必对布设的雷区再做一次细致检查，做到万无一失。于是，三天后，潘小龙驾杰克号，率两艘汽艇，又进入任务区巡查。

也就是在这一天，潘小龙和杰克号被解放军特遣队包围。潘小龙对叶长河能够在国军严密江防的空隙中，悄无声息地深入到左右川河水域采取军事行动感到吃惊：两年多不见，叶长河"两巴主义"之外，又增添了明显的狐性色彩。过去知道他打仗"猛如虎"，现在却又加了"狡如狐"。在这方面，小龙和水玉兄妹俩对他的认识是一致的。

叶长河这是不知道潘小龙对他有了这种看法，不然，他必定大骂一声："妈拉个巴子的！国民党鳖孙纸老虎。"他对国民党部队越来越不服气，谁要是说国军哪方面厉害，只要潘水玉不在场，他必定爆粗口："妈拉个巴子的！国民党鳖孙纸老虎。"以此表示对敌军的轻蔑。

这一次叶长河与潘小龙狭路相逢，是解放军渡江部队应对"江猪"计划策略中所没有预测到的。

解放军渡江部队某部指挥部接到江水星传来的"江猪"计划情报后，立即进行了研究部署，决定组成四十二人特遣队，由叶长河、潘水玉统领，夜间秘密泅水过江，潜入江洲湾一带，利用当地渔船，采取土法上马，在强渡长江之前，清除河道水雷。

这个时期，国民党长江防线的配置特点是东重西轻，长江下游多个江段防守严密，江北岸一律不准停船，不肯停泊在南岸的船只一律被凿沉；无论上行还是下行的船只，一律靠南岸行驶；夜间一律停船。沿江村镇严格实行联保连坐，不断派兵搜查搜剿。

这一夜，叶长河派人故意弄了几条渔船靠北岸行驶，袭扰对岸敌军，吸引其注意力。他则带特遣队，每三人一组，从下游不同地点泅水过江，在对岸芦苇丛中进入了江洲湾一带。然后，利用多年的群众基础和所属官兵当地亲戚关系多的优势，打破国民党联保连坐封锁，秘密动员村镇民船民力，坚持土造装置扫雷和下水摸雷相结合，连续突击大干了三天三夜。

结果却出乎意料，在"江猪"计划中标识的多处水域河段，没有搜寻到一枚水雷。叶长河没有死心，一再拓展搜寻范围，依然毫无结果。

叶长河傻了，烦了。过去，这里的风土人情、山山水水，对于他都是那样的熟悉和亲切，一踏上这方湿地，顿时就会涌现出一种游子归里之情。可今天，他躁恼异常，对这方土地再没有任何亲切感。他苦思冥想，就是想不出个所以然。他漂在水中不再上岸，渴了喝口河水，饿了吃把蚕豆叶。晚上组织渔船一遍一遍搜寻，白天躲开敌人视线，分散兵力，坐着木排、竹筏、三角苇、竹竿盆等各式工具展开摸排。结果还是不见那些水雷的踪影。

到了第四天，叶长河见到杰克号和两艘汽艇来此地巡查。他灵机一动，一边向上级汇报遭遇敌舰，一边命令部队做好战斗准备。可上级对是否攻击敌舰迟迟没有下达明确指示。

机不可失，时不再来。叶长河决定采取果敢行动，攻击敌舰。潘水玉本来是不同意在未接到上级命令前就采取行动的，但她知道，这些年，只要是叶长河下决心干的事，她是阻止不了的。与其干扰他，还不如全心全意配合他。况且，她也觉得，杰克号在此巡逻，将对渡江部队构成威胁。没有条件创造条件也要对它发起攻击。

就在杰克号舰巡查返回左川河道时，叶长河出现了。

"杰克，我的老伙计，你还好吗？我可想死你了呀！"叶长河在心里叫道。

这次，叶长河采取的是曾对付日军敌舰的老办法。先是不由分说上去就是猛砸一阵手榴弹，把跟在杰克号后面的两艘汽艇炸毁，堵住了河道后路。又带五条渔船装上干芦苇，举着火把，挡在了杰克号前面不远的水域，形成对峙。

叶长河先安排别人进行阵前喊话。这是在敌我十分接近的情况下最通用的瓦解敌军的方法。主要是向杰克号上官兵宣传人民解放军的胜利形势和宽待俘虏的政策。

见杰克号上没有反应，叶长河便亲自喊话。叶长河喊："小龙兄弟，家里的兄弟姐妹和老母亲都盼望你弃暗投明，为了全家人美好团聚，投诚过来吧。"

潘小龙站了出来，高喊："国军也不是专干杀爹宰娘的货，我们与你们打仗，也是为了家人过上好日子。叶长河，你这些说辞苍白无力，快闭上你那臭嘴吧。"

叶长河喊："潘小龙，别给你脸不要脸。这次你跑不了了，赶快投降吧。否则，你撞烂我的渔船，我烧毁你的杰克号舰，我与你同归于尽。"

潘小龙喊："长河，怎么不见水玉呀，现在我该叫你妹夫了吧？你们俩早就真的成家了吧？前几年，你俩那次假结婚的把戏，可把我害苦了，回去被情报部审查了半个月。不过，我还是很想念四妹的，她人呢？"

叶长河喊："你少套近乎。这里没有哥呀妹的，只有中国人民解放军与国民党反动派。你弃暗投明、配合我部行动，是唯一出路，也是你戴罪立功的机会。你应该知道，连重庆号巡洋舰都起义了，你一个小小的杰克号还等什么？"

潘小龙喊："让我向你叶长河投降，真是天大的笑话！今天，你给我让开路，我依然像几年前一样，放你一条生路。那一次我做到了，这一次我也会说话算数。"

叶长河喊："潘小龙，你不识时务呀，解放军百万雄师一夜就可以打过长江去，你跟着国民党还有什么混头呀。快投降吧，不然，我即刻灭了你。这次我不会再吝惜杰克号了。"

潘小龙喊："就你这几条破船几把干草，还想缴我的械？杰克号在我手里是那么好俘获的吗？长河呀，几年不见，你不但能吹号，还学会吹牛了。当年鬼子怕你，我国军可不怕你。怎么着，是你过来，还是我过去？要不咱先叙叙旧？有话不说，一会儿就来不及了，让你成为炮灰是一眨眼的事。"

叶长河喊："潘小龙，你啰里八唆的，这是缓兵之计。我知道你正在联络部队过来救援，我看到了通信兵在给你呈送电报。不过，不会等到援兵到，你就会沉入河底。"

"算你观察细致。你说对了，我正在签署电报。不过，对付你几条破船还用援兵吗？你真不自量力！"潘小龙举起那把诸葛连弩，喊道，"叶长河，你若敢过来，我就用诸葛连弩击毙你。你还记得这个宝贝吧？这几年的战场上，我是左右离不开它了。这真是把神奇的武器，比无声手枪还强，能连射二十箭呢。"

叶长河"砰砰"朝天放了三枪，喊："这是最后的警告。还我连弩，缴枪不杀！"

潘小龙喊："你还敢开枪？难道你不知道杰克号上装备了美式火炮，美国大老板的炮弹可不是吃素的。"

叶长河喊:"恶心透顶,拿美国佬撑腰算什么本事。妈拉个巴子的!国民党鳖孙纸老虎!"

叶长河话音未落,杰克号舰上的炮手火了,"咣"地打了一炮,一条渔船被炸翻。

潘小龙冲炮手吼了一嗓子:"你竟敢擅自开炮?!你不想活了。"

这时,叶长河见杰克号先开火炸了渔船,就吹响了冲锋号,喊道:"天红了,地红了,刺刀红了,眼睛红了,杀呀!"

潘小龙哈哈大笑,喊:"这把破军号吓唬日本鬼子可以,还能吓倒我潘小龙?叶长河,你放马过来吧!今天,我倒要看看你几条破渔船的本事。"

叶长河带着渔船冲了过来,潘小龙又是一阵大笑:"那我就陪你几条破渔船再玩一会儿。"

"潘小龙你顽固不化,我岂能饶你!杰克号你逞凶狂,我岂能饶你!杀呀!"叶长河边打冲锋,边撕破嗓子呼喊。

听到叶长河的冲锋号和喊杀声,从杰克号舰右后侧的一条河汊里,斜冲出一艘轮机渔船,隐约看到这条渔船上有一个黑乎乎的粗长物件。

驾船的正是潘水玉。她两眼通红,直逼杰克号而去。

潘小龙只顾嘲笑前方的叶长河,却没看见后侧面潘水玉的船。

潘水玉心里高呼:"小龙哥,对不起了!"她一咬牙,加大油门,撞向杰克号。

轰然一声巨响,巨大的威力把杰克号舰一侧掀起,又落下。

潘小龙摔倒在甲板上,慌忙喊道:"听声音不是水雷,这是什么武器呀,这么大的爆炸力?"

杰克号舰急速下沉,接着是一声剧烈自爆,潘小龙被高高抛起,落下时血花四溅。

杰克号舰头高高翘起,然后,沉入河底。

这一切,叶长河真切地看在了眼里。

自此,潘水玉驾船撞敌舰的英姿,在叶长河脑海里一辈子再没有消失过。

叶长河头船冲到沉船水域,顾不得枪击落水敌军,急忙寻找潘水玉。

他看到漂浮在水面上的碎花衣衫,一把抓起,正是潘水玉。

潘水玉浑身血水。她失掉了一条胳膊。

叶长河命令大家急速撤退。

渡江部队某部指挥部对叶长河未接到命令就攻击杰克号舰的事是怎么看待和处理的，除几个重要首长之外无人知晓。但在杰克号舰被炸沉的当天，解放军某部政治部宣传部门，通过地下关系，在南京的几家报纸上散布出了一个重要消息：解放军特遣队用鱼雷炸沉了名舰杰克号。解放军江北鱼雷快艇部队，已拥有鱼雷快艇数艘，据测，其攻击能力足以击毁大中型舰艇。

而事实上，这个时期长江沿岸解放军没有一艘鱼雷快艇，更没有什么鱼雷快艇部队。之所以高调发布这个消息，显然是为了迷惑和威慑敌军，扰乱其江防作战部署。

然而，炸沉杰克号舰的确实是一枚鱼雷。原来，叶长河带人摸排"江猪"计划中的水雷没有摸到，却在江河相连处芦苇滩水中摸到了一个硕长的大家伙，是一枚锈迹斑斑的鱼雷。

叶长河当即想起，这是 1937 年底，他和潘小龙驾驶鱼雷快艇偷袭日本鬼子舰艇时，潘小龙射偏未炸的那枚水雷。

叶长河仔细检查了这枚十一年前发射出的鱼雷，发现它还可以使用。如果再捆上一束手榴弹，就更有把握引爆了。

叶长河对天狂笑："天意，真是天意呀！"

击沉杰克号舰的真实情况被解放军渡江部队指挥部列为重要机密，任何人不得向外透露，否则，军纪严惩。对此，叶、潘两人及其部属都牢记在心，之后多年都缄默其口，甚至连对江水星都没有透露过。

江水星一直不相信解放军宣传部门的那个宣传。她曾一度嘲笑叶长河说用鱼雷击沉杰克号是吹牛，是他想捞功劳而谎报军情。她从心底深处也是多么希望这不是事实，而是真正的吹牛呀。她不愿承认叶长河亲手炸死潘小龙这个现实，哪怕是别人炸死的，她心里也许还好受一点。叶长河也一度顺水推舟说："不信就不信，吹牛就吹牛吧，实际上，也确实不是我叶长河炸死的潘小龙。"他也不想因为这个事而对彼此感情造成深远影响。

在粉碎敌人"江猪"计划中，叶长河因沉着指挥，临机下令，果断行动，机智破敌，荣立战功。潘水玉爱憎分明，大义灭亲，单刀赴会，炸毁敌舰，失去一臂，功不可没。这二人在百万雄师过大江的当天，双双受到了上级政治部的通令嘉奖。

据传，三野的首长说："叶长河、潘水玉这一对儿联手，什么奇迹都能创造出来。好样的！给我狠狠地表扬！"

一时间，这一对英雄搭档，在渡江各部队名声大噪起来。

"表扬还能狠狠地？有意思。"潘水玉那颗悬着的心这才放了下来：叶长河无令而行终未被追究，反而受到了褒奖。这是她之前连想都不敢想的事情。

然而，很快，潘水玉却被另一种情绪压得透不过气来：她亲手炸死了自己的亲哥哥潘小龙。尽管这个哥哥与人民为敌，死有应得，但他毕竟是自己的一奶同胞。为此，她背地里偷偷哭过多次。每次哭时，她在心里就把大龙二龙也一起哭了。大龙二龙是为抗日而死，死得其所。她也把潘家祖宗一起哭了。潘家三条龙相继死去，潘家再也没有男丁延续香火，而她自己也不能生育了。

潘家血脉，再无后人。亲手斩断潘家最后一根血脉的，正是她潘水玉自己。在大义灭亲的当口，她没有丝毫犹豫，而现在她心如刀绞。潘水玉在整个养伤期间，一直在这种痛苦的情绪中挣扎。

潘水玉大义灭亲的举动，终于把他二人"与国民党海军人员那不明不白的关系"掰扯清楚了。人家把自己当国军的亲哥哥都炸死了，有人再说三道四就说不过去了。

叶长河在受奖的当天被告之，他不再参加渡江和追歼江南敌军的战斗，另有重要任务委派于他。是马军长当面给他下达的任务：命令他带十人便衣小分队，携带高功率电台，连夜潜入上海江域，去监视那里的英美舰艇活动。

渡江战役开始前，中央军委就估计到，有可能会出现外国势力干涉的问题，因此，提前预置了应对措施，保证一旦强敌干涉能有足够兵力应对。果然，在解放军某部开始渡江的当天，英国军舰"紫石英"号自下游西进，行至三江营附近水面，与渡江部队发生了冲突。解放军炮兵团在鸣炮示警而不能阻止其前行后，开炮进行了拦击。

双方展开激战，"紫石英"号受创搁浅于镇江江面。停泊在南京的英舰"伴侣"号前来增援，也被解放军炮兵击伤，逃往上海。

叶长河小分队当晚赶到了上海英美舰队停泊的水域附近，隐蔽在渔船上昼夜监视其行动。小分队很快发现了英国远东舰队旗舰和巡洋舰"伦敦"号以及一艘护卫舰西进增援的情况，及时电告了渡江指挥部。

之后，解放军炮兵与进入作战江域的英国这三艘战舰发生了激战，使得英舰无法接近"紫石英"号舰。在"伦敦"号受伤后，这三舰只得又返回了上海。

第二天，毛主席亲自为新华社起草了社论《抗议英舰暴行》，指责"英帝国主义的海军竟敢如此横行无忌和国民党反动派勾结在一起，向中国人民和人民解放军挑衅，闯入人民解放军防区发炮攻击，英帝国主义必须担负全部责任"。

叶长河小分队继续监视英国舰队，同时，也盯紧了美国舰艇。之前，中央军委分析，如果有外国势力干涉，最有可能的是美国舰艇。因此，叶长河丝毫没敢放松对美舰的监视。然而，在解放军炮兵与英舰发生炮战的那几天，美舰却出奇的平静，没有任何要出兵干涉的迹象。

叶长河想到美国人在解放军渡江前，就早早地撤出了停泊在南京的军舰，心里就说："美国佬是明智的，不武装干预中国人的事才是上策。希望他们继续明智下去，在接下来的几天里，乃至到解放大上海的战役中，都不要多管闲事。"

这一天，叶长河乘渔船装作打鱼，在美舰附近水域走了几个来回，侦察其活动情况。这时，一艘美舰不像有急任务，从叶长河船旁边缓缓驰过。这个庞然大物，像一个在夕阳中散步的老人，一副懒洋洋的样子，却也透着几分傲慢，没把中国渔船放在眼里，径直走它的路。

突然，叶长河眼睛被刺了一下。他发现美舰上倚栏杆站立的一个军官竟然是瑞恩。瑞恩同时也发现了叶长河，脸上出现了惊愕的神情。叶长河连忙把头扭向一边，不想被瑞恩认出来。然而，瑞恩却冲他喊话了："中国渔民朋友，你好吗？打到鱼了吗？辛苦了，来支烟抽吧？"说着，甩过一盒香烟来。

烟落到了水里，叶长河想了想，就回过头来，不再回避瑞恩的眼睛。瑞恩没有直呼他叶长河的名字，说明瑞恩不想点破他的身份。片刻，叶长河突发奇想，就把旁边的一张报纸团在一块小石头上，甩上了美舰。瑞恩准确接住，打开报纸，上面一则消息赫然入目：解放军特遣队用鱼雷炸沉了名舰杰克号。解放军江北鱼雷快艇部队，已拥有鱼雷快艇数艘，据测，其攻击能力足以击毁大中型舰艇。

瑞恩突然暴跳起来，大喊道："浑蛋，是谁炸沉了杰克号？这位中国朋友，请你告诉我，是谁干的？"

　　叶长河心里好一阵感动，就是在受到强烈刺激的情况下，瑞恩依然没有呼叫他叶长河的名字。其实，叶长河能听出瑞恩喊话中的意思，他在问："是你叶长河击沉的杰克号吗？浑蛋！"

　　叶长河伸出一条胳膊，手掌旋转向前，做了一个鱼雷飞行的动作，接着，又双臂一扬，来了一个"轰"的一声爆炸的动作。他意在告诉瑞恩："解放军有鱼雷，美舰若试图干涉中国人的事，必会遭到攻击。"

　　瑞恩大概看懂了叶长河的意思，又大喊一声："浑蛋！大浑蛋！可怜我的杰克号哟。"

　　叶长河理解瑞恩对杰克号的感情，但他还是又冲瑞恩做了个鱼雷飞翔爆炸的动作。

　　片刻，瑞恩的舰快速离去。一个时辰后，几艘美舰也都离开了停泊地，向外海方向挪动了数海里。美舰这一退让行动，与瑞恩发现这一带有解放军人员活动是否有关，就无从知晓了。

　　在解放军发动上海战役的那些天，叶长河小分队也一直担负着监视外国军舰行动的任务，直到上海完整地回到人民手中。

　　这期间，美军舰不时与将要外逃的国民党军舰擦肩而过，还经常鸣笛打招呼，瑞恩完全可以告诉国民党军舰，这附近有共军便衣渔船在行动，以促使其干掉这些渔船，但瑞恩没有这样做。

　　叶长河理解，这大概是他与瑞恩之间那份独特的情谊发挥了作用。

　　之后，毛主席发出了向全国进军的号令。叶长河随大部队行动，在解放大西南战役中，得以快速提升，官至师长。后来，伤愈后的潘水玉，也在叶师所属一个团当了政治委员，率部参加了数次围剿残匪的战斗。

　　这期间，在打硬仗时，师长叶长河手执冲锋号，身裹死字旗，高喊着口号指挥作战的形象一直没有改变。战略战术素养已经炉火纯青的他，对自己形象也有了一个理论上的概括：这一形象说到底体现的是个性。让一支部队打上指挥员鲜明的个性印记，是战场指挥员获得成功的秘诀之一。而一个不擅长用自己的个性去影响部队的指挥员，一定是不称职的指挥员。

　　的确，全师上下大都欣赏崇拜叶师长有三件宝：死字旗、冲锋号、"红了红了又红了"。仗打激烈了，全师官兵都会高喊："天红了，地红了，刺刀红了，眼睛红了，杀呀！"并且喊得恰到其时，恰到其位，与战场需求有机地交融在了一起。

战斗间隙，叶长河还让全师各部队都学唱《冲锋号·呼杀喊》。很快，在每次战斗前的誓师大会上，各部队都以高唱这支歌子为将士壮行，直唱得气壮山河，战斗激情空前高涨。战士们嗷嗷叫着，恨不能立刻就杀几个敌人过过瘾。

有重大任务集结时，叶长河站在方队前高处，也扯开高嗓门打着拍子领唱，唱得他满脸通红，眼里喷火。唱着唱着，就有激情难抑的团长营长们上来搂了他的肩膀，一起唱，一起喊。

叶长河所在部队深深地打上了他鲜明的个性印记。

一次，在大西南一条山沟里，潘水玉团包围了一股国民党残匪。

潘水玉命令："喊口号！"

全团官兵一齐高喊："天红了，地红了，刺刀红了，眼睛红了，杀呀！"然后就是齐唱《冲锋号·呼杀喊》的歌子。

奇迹出现了。那股残匪都乖乖地举着枪走了出来。这场战斗没放一枪一炮就结束了。

潘水玉想起了抗日战争期间，也有过一次这样的情况，心说："看来，天下的敌人都怕这句口号。"

潘水玉心里明白，这些年，叶长河吹号呼杀喊，一是为了发号令，二是为了鼓士气。将以气为主，以志为帅。叶长河天才地具备这种向部队传导精神威力的才能。事实上，敌人怕的也正是这号声、吼声和歌声之外的锐利气势及其内含的强大精神气场。

这才是叶长河战无不胜的法宝。

解放大西南战役结束后，有海军工作经历和水上作战经验的叶长河、潘水玉被派到中国人民解放军华东军区海军任职。

海军是一个技术性很强的军种，刚成立不久的人民海军急需海军建设人才，叶、潘二人自然被重用。叶长河被任命为华东军区海军某部副参谋长，潘水玉被任命为华东军区海军学校副教务长。

这二人的工作地都在南京。一次相约散步，俩人想起了多年前的那个约定。叶长河说："按以前的约定，全国解放后，我俩应该一起去死了。"潘水玉说："事情发展到了这个时候，死有死的理由，兑现诺言就可以去死；不死也有不死的道理，那就是全国还没有完全解放，台湾还在国民党反动派手里。"叶长河说："说的也是，那就等台湾解放了我俩再去死吧。死前，你还是妹，我还是哥。"潘水玉说："难道这个事实还能改变吗？爹妈给的，你改变得了吗？！"俩人一阵苦笑，眼里都含了泪水。

之后，俩人工作上互帮互助，生活上互相关心，事业上都有较大的发展。俩人相敬如宾，一直以兄妹相称。

第二年，叶长河被调往青岛海军部队任职，多年后，在正军职领导岗位上离休。

潘水玉一直在海军学校工作，离休时是海校副校长。当时，海校的另一位副校长是雷恪。

雷恪在抗日战争后期，因私自供给叶长河水上独立营水雷而受到国民党海军方面法办关押，后越狱潜逃。

1949 年 6 月，中国人民解放军华东军区海军司令部、政治部颁布通告，公开刊登在上海的《大公报》上："凡一切曾在国民党海军中工作，志愿为人民海军服务者，不论脱离迟早，不论官佐士兵，或阶级高低，均可前往登记，以备量才录用。"通告发出后，效果显著。到 8 月，即有 1000 余名原国民党海军人员前来报到。经过甄别，其中 788 人被录用。

为了争取团结原国民党海军人员，华东海军称他们为"原海军同志"。这些原海军同志中，就有雷恪。他因在抗战中制造水雷有功，在解放战争之前就脱离了国民党而被人民解放军海军重用。

后来，在"文革"中，本来历史没什么问题的雷恪，却被打成了反革命，被收监入狱，闹了个妻离子散。几年后又被平反，恢复了职务，前妻却早已改嫁了。

曾有热心人想把雷恪和潘水玉撮合成一对，雷恪对老姑娘潘水玉各方面都很满意，也钟情于她，还不嫌弃她是独臂。可潘水玉根本就没有成家的想法，直截了当地回绝了雷恪。

潘水玉给出的还是那个理由：身有疾患，嫁谁都是个累赘。一辈子，一个人，图个清净。

雷恪执迷不悟，又是托人来说，又是自己缠着潘水玉苦求："在我这里只有一个爱字，根本没有什么累赘可言。"

潘水玉脸色柔和，话却冰冷冷的："玩水雷你是专家，研究女人你不行。我这河道里布不下你这颗雷，你就别硬上了，不然，会把自己炸个人仰马翻！我警告你，再攻我，就连一般朋友也做不成了呀。"

雷恪还不识相，问："是谁占了我的河道，抢先布下了水雷？你告诉我他是谁，我非到他家水缸里去布雷不可。"

潘水玉笑了："算了吧，那人是排雷专家，天下没有他排不了的雷。雷恪这颗雷，他也不在话下。住手吧，都这把年纪了，省下心去干点正事。"片刻，又说："对了，老雷，建议你去写本书，题目就叫《抗战中的水雷猎手》，把你、我、他都写进去。这才是有意义的正事呢。"

雷恪不得已，就此宣布停止追求潘水玉，还真就着手写起了书。

这一天，雷恪又找到潘水玉，说："国民党海军开展水雷战的内容由我来写，新四军水上独立营开展水雷战的内容就由你来写吧。"

潘水玉听罢，用不屑的眼神看着雷恪："老雷，你真是个雷子，政治上还嫩着呢。如果把国民党海军开展水雷战的内容写进书里，这本书你就出版不了啦，至少近十年出版不了。因为，一时半会儿还不会有这个政治气候。抗日战争中的水雷猎手，唯我新四军水上独立营。我们这支队伍开展水雷战的事迹，足够你写两本书的。明白了吗？写去吧，写去吧。"

"要是这样，那只有你来写了，你熟悉新四军水上独立营的战斗生活，都是你亲身经历过的，写起来也便当。"雷恪没把她那不屑的眼神放在心上。

潘水玉的眼神就更加不屑了："说你政治上嫩吧，没冤枉你。这本书我不能写，我写了就有给自己树碑立传的嫌疑。现在，也还没有这个政治气候，我写不得。"

雷恪说："那好，我这儿有这个气候，我来写。不过，你要经常把水上独立营那些事儿给我絮叨絮叨才行。"

"这个没有任何问题。老雷，创作过程中，你有哪块不清楚，随时来问我好了。"潘水玉想也没想，爽快地答应了。

雷恪暗暗一笑，心说："这个自称政治上老到的女人，在不知不觉中入了我的圈套。我不信我用迂回战术布下的水雷阵，炸不翻她这艘半老不旧的潘氏母舰。待书稿完成之日，就是我雷恪拿下潘水玉之时。潘水玉，你这个在男女情感上最大的顽固派，我一定要攻必克！克必胜！"

"书写到关键环节时，务必要多听听我的意见，你不得擅自主张想怎么写就怎么写。再说一遍，书名就叫《抗战中的水雷猎手》啦。这个没商量，不能变。"潘水玉又认真地叮嘱了一句。

雷恪夸张地一笑，一拍胸脯说："没问题！请潘副校长放心！"

潘水玉又说："对了，《冲锋号·呼杀喊》那首歌子的来龙去脉及其在战斗中产生的独特威力，一定要写进这本书中呀。"

"光知道那歌子曾是水上独立营营歌，可我不会唱呀。我以为，学会这歌子，一定能激发我的创作灵感，对写书有好处。"雷恪眼里依然闪烁着光亮。

潘水玉立即说："不会唱，我教你呀。有好处，你就学呀，容易得很呢。每天傍晚，到公园树林里，我教，你学。"

雷恪眼里的光亮更强了："向前一步是英豪，后退一步是熊妖。谁要是打退堂鼓谁就是熊妖。公园树林，不见不散呀。"

这次，潘水玉没有看透雷恪眼光里的另一层意思，接着说："这歌子里的那号子是个魂，你一定要抓住它。不然，对理解整首歌子的内涵有影响。"然后，吼道："天红了，地红了，刺刀红了，眼睛红了，杀呀！"

即刻，一股寒气直冲雷恪的面孔而来。他眼光一跳，心里一惊，暗叫道："真是杀气逼人呀。"不过，他的目光还是勇敢地迎了上去，硬气地说："公园树林里，我等你！"

潘水玉笑笑说："别装镇定了。你当过国民党兵，听了这号子，肯定是心惊胆战了。难道不是吗？"

"哼！谁怕了呀，我心里又没鬼。谁怕谁是熊妖。"雷恪说完，率先去了公园。

"有鬼没鬼自己心里清楚。"潘水玉跟在后面笑道。

下　部

光
明
行

第三十三章　活着

他，一个死在左川河底多年的男人，今天居然把个枪林弹雨里闯过来的女英雄激荡得失了态。

1980 年春天的一个上午，刚从江洲湾市公安局长位置上退下来的老革命江水星，兴冲冲地推开叶长河的病房，大声嚷道："那个男人还活着！真的，他还活着！"

躺在病床上的叶长河，睁开慵懒的眼睛，瞧着挟着一阵风闯进来的疯婆子，鼓了一阵腮帮子，没说话。

离休干部叶长河，是因不明病因住进江洲湾市人民医院的。

院方动员全院医术最好的医生和最好的设备，为他进行多次会诊，可最终也没有查出具体得了什么病。他这病时好时坏。好时，跟正常人一样，病房内外走动如常，吃喝拉撒睡也没任何障碍。坏时，则极为吓人，时而在床上抱头滚动，大叫头疼，要死要活；时而胸痛憋闷，唇紫脸青，死硬僵直，只会瞪大眼睛死盯着房顶。

院方无力医治，建议转院，可叶长河坚决不干，说："我就相信咱江洲湾的医院，这里的医生护士对我是真亲切，在这里坚持治疗，必定会好。我有这个信心。"

怪异的病人，怪异的病。院方心里没底，还是坚持转院。叶长河"啪"的一声把纸和笔拍在桌上，话掷地有声："在转院过程中，如果我死了，院方要负全部责任！你们敢画这个押，我就转院。"

没人敢打这个保票。于是，叶长河就继续住了下来。

在叶长河眼里，不仅仅是江洲湾的医院好医生护士好，这个地界上的山山水水、草草木木尤其好。

离休前，叶长河是北海舰队某部司令员，正军职待遇。离休后，他完全可以安置在部队驻地青岛，也可以落叶归根回故乡大上海，可他却毫不犹豫地放弃了青岛的别墅和上海的祖宅大院，而选择了江南小城江洲湾，在旺水浜镇东山坡面向左川河一侧的独门小院里安下身来。他说："这一带河面水深流急，是进入长江的重要通道，往来船只频繁，昼夜汽笛声声，帆影点点。住在这里视野宽阔，更有帆笛陪伴心也不烦。"

他的爱人江水星在江洲湾工作，按规定爱人是可以随他安置到青岛或大上海的。江水星在这个事上却态度异常坚决："你叶长河想到江洲湾安家，这里的人民双手欢迎，包括我江水星，但你若想让我随你而离去，你做梦去吧。我这把老骨头注定要撒在江洲湾山水之间的。"

上了些年纪后，叶长河性情一向温良，可一听这话，口气也呛起人来："对天发誓，我的选择与你江水星没有任何关系，即使你不在江洲湾，我也铁定到这里安家的。你别自作多情，以为我投奔老婆来了。"

江水星口气一缓："是啊，我理解你，这里对你有特殊的意义。那独门小院对面河流里的船帆只能入你的眼，你心里装着的却是那艘沉睡水底的战舰。但是，这个地方对于我，也有极为特殊的意义。不然，我一个土生土长的上海人，一九五一年转业时，不会主动要求到这个地方来工作的。"

叶长河一听，更不说好话了："哼，你那算什么特殊意义？如果有意义，那也是反革命性质的意义。"

江水星火了："叶长河，你不要总把自己看得那么高尚，把别人看得那么猥琐！你别以为我不知道你来江洲湾的真正目的，别逼我说破了羞臊得你找不到地缝！"还没等叶长河还嘴，她又说："叶长河，我问你，你真是为那条沉舰而来的吗？错！你根本就是冲着一个男人而来的！"

自从叶长河决定到江洲湾落户之后很长一个时期，两人在这个问题上常常火星子四溅，不呛呛够了是不会熄火的。

今天一大早，一路火急的江水星进了病房，全然不顾叶长河的病情，上来就搡了他一把。这一把，动作很大，下手很重："叶长河，这么重要的消息，你居然无动于衷，连句话也没有？"说完，眼睛直勾勾地盯着等他说话。

叶长河坐起来，眼神依然慵懒，又鼓了鼓腮帮子，还是没说话。

江水星一跺脚："一提到那个男人，你就只会鼓腮帮子，这张瘦皮都鼓了一辈子了，你大声嚷嚷几句行不行？"

叶长河摸了摸确实没有多少肉的腮帮子，心里说："我只鼓腮帮子不说话，表明我根本没把那个男人放在眼里；我在这个女人面前很少大声说话，那是她不值得我多费唾沫星子。"

江水星一屁股坐在床上，坐疼了叶长河的脚。他咧了咧嘴，瞟了她一眼。她又说："今天，有了他还活着的消息，叶长河，你必须给我放个响屁。"

叶长河眼睛一跳，又瞟了她一眼，不得不说了话，声音还是往日的柔弱："水星啊，老了老了，怎么倒不讲究了呀？连屁话这样的粗言脏语也说出口了？别忘了，你可是个文化人呀。"

江水星说："我这一辈子都没说过脏话，今天竟然爆了粗口，可见你叶长河把我逼到什么份上了？！长期以来，你对那个男人的态度，我实在是难以接受。你叶长河是我生活中的男人，而那个人是多年前就埋在我心底里的男人。你为什么不为我心里有另一个男人而生气？"

叶长河说："没错，这些年来，你心里一直装着那个男人，还时常挂在嘴边。那我今天就问问你了，为什么在你男人面前总是提起另一个男人？"

江水星说："那是因为你总不把那个男人当回事，那是因为你一贯蔑视他，轻视我，那是因为我想以此刺激你，让你吃醋在乎我！说实话，老了老了，我才知道需要你的在乎。"

叶长河一听，迅速转移话题："所以，你就张口说脏话。哼，一个老女人、一个当了一辈子领导干部的老女人还张口说脏话。由此可见，年轻时候的文化底子没打好。也难怪，谁还能期望那军统的戴笠能培养出什么文明人来。"在没有外人在场时，他时而拿这句敏感的话把儿呛刺她。

"我说了句粗话，和人家几十年前的戴笠有何相干？！"江水星又推了他一把，这一把，倒是动作轻柔，还带着几分娇态，"你个老东西，我刚六十有余，怎么就老了？以后不许再说我老女人老女人的。"

叶长河看着正在状态的老伴儿，依然是阴柔慢语："水星啊，你说对了，你今天绝对不是一个老女人的状态，俨然一个情窦初开的大姑娘嘛。我看出来了，这是幸福的表情。这些年来，一提到他，你总是这副表情。那人都死了几十年了，你跟我也过了几十年了，你怎么还这个样子呀？知道吗？这叫春情荡漾呀！一个老女人，也不害个臊？！赶紧的，到卫生间去照照镜子，看看你那泛着红晕的老脸都成什么样子了。羞答答的媚态妖样，我看着，都恶心！"

叶长河声音是柔的，话意却往往是狠的，好话赖话都狠，直往人心尖子上捅。多半辈子了，江水星习惯了。

江水星从卫生间出来，叶长河已躺下，用被子蒙了头。她推他："起来，我问你句话。"叶长河撩开被子，看了一眼，见她恢复了常态，才坐起来。

"哎，长河，从你刚才那番话里，我听出了明显的醋意。一辈子了，你都不吃那个男人的醋，今天是怎么了？肯为你老婆吃醋了？这说明你心里真有我了。这可是个大事，比知道那个男人活着的事还大。你心里真有我了吗？长河。"江水星说到这里，脸上又泛起一阵红晕。

叶长河一见，又说："赶紧的，再去卫生间照一照，又春情荡漾了，就像电影里女特务骚情时的样子。"说完，又蒙了头。

江水星急了，一把把他掀起来，吼道："叶长河，你可要看清楚了，这次，脸是为你而红的，和刚才的红，完全不是一回事。"

叶长河躲闪着她复杂的眼神，声音不柔弱了，大声叫道："江水星，你把一个病人提起来，扔下去的，你嫌我死的慢呀。"

江水星一瞪眼："你是病人吗？你装病也不是一次两次了。没有我的配合，早让医生发现了。你这样大声号叫，是不是让我喊医生呀？大夫，大夫，请过来一下。"

叶长河一下就软了，柔声说："别叫了，快别叫了。我看出来了，你这次是为我而脸红的。我承认心里有你还不行吗？水星，装病的秘密还得保守下去，不然，我的宏伟计划会泡汤的。"

"长河，你告诉我，从什么时候起你心里开始有我的？"江水星像年轻人一样，一下依偎过来，搂了叶长河的脖子，缓缓的气儿吹他的耳根，用大拇指和小拇指捻捏他的耳垂，声调娇柔似水。

叶长河浑身上下一哆嗦，推开她，说："别这样，我浑身起鸡皮疙瘩。我说水星呀，你年轻时当女特务当得娇声嗲气的，都成毛病了。现在，老了老了还从骨子里往外泛滥媚味妖气，你什么时候才能把身上女特务的影子去掉？你给我个时间表。"

"叶长河，你夸大其词，我可好久没这个样子了。今天，你第一次承认心里有我，我激动！我兴奋！"说着，她又依偎上来。

"哼，依我看，别人背后里叫你老妖，一点也没冤枉你。行了，两个老东西躲进病房谈情说爱，让大夫看见，可要说咱老不正经了。"叶长河躲开她，"你怎么又去打探那个男人的下落了？为这事，多少次都差点惹出大麻烦，你还一意孤行。重要的是，那个男人根本就不复存在了。当年，是我亲自下令，把他和杰克号炮舰打沉到左川河底的。"

江水星快嘴接话："你还好意思提杰克号事件？我再问你，为什么非要下令击沉杰克号？我已经向他发出了一个特别的劝降电报，之前，他也曾说过容他再考虑考虑。可还没等他回复，你就下令击毁了他的舰。叶长河，是你没有给他投诚的时间和机会，你安的什么心呀？你说！"

叶长河忙摆手："下令炸舰的理由我给你讲了一百遍了，我不想再说了。哎，江水星，你怎么又提这事？永远不在摧毁杰克号这件事上纠缠，是多年前我与你结合的前提条件。也正是因为我俩在这个事上求大同存小异，才有了我俩后来的婚姻，怎么，难道你要翻案不成？"

江水星翻了他两眼："谁说要翻案了？！不过，我得纠正你一个提法，不能叫'摧毁杰克号这件事'，那根本就是一个'事件'，或者叫事故。"

叶长河急了："江水星，你一个老革命了，怎么说话不算数，说好不提这事了怎么还提？"

"这个事件可以不提，可那个男人他还活着，真的还活着。"江水星专注地看着他，等他一个肯定的回答。

叶长河压了压情绪，慢声说："你说那个男人还活着也不是一天两天了，可又没有一点根据。你这是在犯癔症，纯粹是瞎想嘛，精神有病嘛。"

江水星不耐烦了："这叫心灵感应，你懂吗？我心灵感应到他还活着，并且一直就没离开过江洲湾一带。"

"什么心灵感应？这就是个病。再说了，你几十年来都在寻找那个顽固的国民党反动派，这是多大的政治问题呀。'文化大革命'正闹的时候，要不是我全力保你，你早没有今天了。可你死不改悔，借公安局长职务之便，从来没有停止过查寻他，暗地里你把江洲湾各乡镇都翻好几遍了，也从没见过那个人的鬼影子。我再说一遍，他早死了，骨头都烂在河底了。"叶长河的声音依然柔弱，可眼里窜出了火星子，"哼！我看你江水星就是一个病得不轻的怪物。"

江水星忽地一下站起来，把一张报纸啪的一声摔在桌子上，扔下话儿就走了："这张报纸，睁开你那昏花的老眼看仔细。你给我听好了，以后决不允许再说我有病。要说有病，那是你叶长河，你从小就半死不活病秧子一个，还说别人哩。"

这时，医生进来了。叶长河赶紧躺下，还发出了两声呻吟，说："哎哟，又胸闷了，我得躺一会儿。"

江水星踅回来，冲医生说："大夫，这个人不要再用药了，把他扔到江里去，就什么病都没有了。这个人命里缺水，往江里一扔，问题就全解决了。就这么办吧，淹死他我绝对不追究医院的责任。"

医生惊得张大了嘴巴，看着江水星气呼呼地离去。

叶长河冲医生指指脑袋，说："她这人，这儿有病。当然，我也有病。但是，说我命里缺水，我一辈子也不认这个理。"

第三十四章　触雷亡人事件

叶长河抓起江水星摔在桌子上的《江洲湾日报》，黑体文章赫然入目：

旺水浜河道惊现水雷

本报讯　日前，一艘载重货船，在旺水浜河道行驶时，被不明爆炸物炸沉，两名船工不幸死亡。一时间，整个旺水浜水域的船工渔民陷入恐慌。

此事引起当地政府的高度重视。江洲湾市公安局和苏里洲军分区立即派人调查，最终认定货船是触撞水雷爆炸而沉没的。有关人员扩大搜寻范围，在同一河道又发现一枚还未爆炸的水雷。经过测量，这枚水雷的直径86厘米、高88厘米、重230公斤。但由于当地公安局和驻军没有水雷方面的专家，故不能判清水雷的年代、型号和来历。

消息传出，江洲湾地区一片哗然。政府当即做出决定，对旺水浜河道及与之相通的水域实行戒严。公安机关一方面逐级上报情况，通过官方联系海军有关部门支援排雷；另一方面通过当地报纸征询知情者，想尽快掌握水雷的相关情况，及时排除隐患，恢复水上正常运输。

正在政府一筹莫展之时，一个神秘的老农出现了。这老农大个，驼背，长发，留着花白的络腮胡子，言语不多，却句句惊人。他仔细验看了这枚水雷，给了一个结论：此雷是抗战期间国民党海军水雷制造所生产的一种大型触发水雷。由于该水雷常年泡在水里，温度较低，所以仍能较完好地保存至今。虽然这枚水雷已腐蚀，但上面的触发装置还完整，只要遇到猛烈撞击，还很有可能发生爆炸。

看到这里，叶长河惊出了一身冷汗。过去多年的战争生活，已经把战略战术素养植于根，铸入魂，使他的头脑在与军事有关的环境中，会异常敏锐，异常活跃。尽管他已经离休了，却时有这种状态出现。此时，他脑袋里的一根弦，不由自主地蹿将出去，"咔嚓"一声，牢牢搭在了几十年前一个重大事件上，随即，几个惊天关键词打着飞脚翻腾而来：

1949 年，国民党江防舰队，"江猪"计划。

这个"江猪"计划扎进叶长河心里多年了，每一个细节他还记得清清楚楚。

就在解放大军强渡长江前夕，国民党江防舰队在江洲湾水域秘密布设了 220 枚水雷。执行排雷任务的叶长河部队，却没有排查到一枚水雷，从而导致有人怀疑"江猪"计划的真实性。解放军渡江部队上层责令有关特工部门，对这一情报来源进行密查和甄别。结果是，这一情报真实可靠。多个情报系统和秘密渠道也印证：国民党江防舰队确实制定并实施了"江猪"计划，计划内容和布雷地点都准确无误。然而，为什么在这些水域并没有发现水雷，扩大排查范围，也没有发现异常情况呢？对此，各部门都拿不出一个确切说法和结论。

搞到这一绝密计划的人，正是在国民党海军情报部门任职的我地下工作者江水星。江水星知道这一情报对于解放军渡江后向纵深推进的极端重要性，就冒险获取并传出了这一情报，却由此暴露了地下党员的身份，不能再继续潜伏，就潜逃过来加入了解放军。不久，就有人暗地里议论猜测，"江猪"计划纯属子虚乌有。也就是说，江水星弄来的是个假情报。

无水雷的事实摆在了这里，连江水星自己都说不清楚了。对此，她心里老大想不通。然而，更让她想不通的是，一年多后，也就是一九五一年初，她受到了不是怀疑的怀疑、不是处理的处理：组织责令她脱离解放军队伍，转业到地方公安系统工作。

敌营多年，白皮红心，一向秉承共产党信仰，践行共产党誓言，忠于人民，忠于国家，无数次不顾个人安危，获取大量国民党海军情报，为中国人民的解放事业做出了重要贡献。这是战争年代，党组织给她下的结论。然而，她地下党生涯的绝唱，居然弄来了一个惊天动地的假情报。

江水星长时间处于想不通的状态。后来，叶长河一番话，使她稍微缓解了思想压力，大意是："全国都解放了，革命不再需要你们这些革命的特务了，以后再也没有地下工作可做了，离开解放军队伍是迟早的事。既然这件事在情报系统说不清楚，那就光明正大地到地方公安去干。只要咱对共产党的信仰坚定，到哪里都是革命！怕啥？"

江水星还是想不通，说："我背着个说不清楚的名儿，到公安队伍里怎么工作？大家怎么看我？"叶长河说："情报战线上的事都是绝密的，要多少年后才能解密，眼前地方谁知道你是为啥下来的，都以为你是正常转业呢。"江水星的脸这才有了点色彩。叶长河唉了一声，又说："你的地下工作是很出色的，只可惜最后一次弄来的是假情报。"江水星脸一下又拉了下来："叶长河，说来说去你还是歧视我嘛。我想不通，这情报怎么会是假的呢？"叶长河断喝一声："江水星！你什么心态？难道你希望这事是真的不成？水雷真把我渡江部队炸个人死船碎，你就高兴了？"江水星一下反应过来："对呀，敌人没有真布雷应该是好事呀，我有什么想不通的？反正到哪儿都是干革命，这公安我干定了。只要手里有枪，心里就踏实，这日子就能过。"

其实，部队让江水星转业还有另外一个原因。当初，部队打过长江之后、解放上海之前，已经回到解放军队伍中的江水星，在译电发报时，误把她所在部队伤亡人数多译写了一个"0"，直接导致这个部队被留下休整，未能参加解放大上海的战役。对此，不少老兵一直耿耿于怀，要求领导严肃处理她。部队马军长对江水星还是全面了解的，也认可她那些年做地下工作的重要贡献，就把这事压下了。可后来，老兵们还是揪住不放，甚至有人上纲上线说她是搞破坏有意译错。这事一旦与政治挂上钩就麻烦了，加之，还有那个说不清楚的"江猪"计划，马军长就同意让江水星转业到地方工作。说到底，这也是对她的一种保护。

对译电出错这事，江水星还是认头的，也难以原谅自己。她深知，干情报这一行的，字字值千金，一字之差就会影响首长的重大决策，甚至决定战争胜负，还有可能会改写历史。犯下如此错误，无论上级怎样处理，江水星都无话可说。

想通了的江水星慢慢就把这些不明不白的事放下了。几十年之后，头脑中就真的没有"江猪"计划的影子了。这不，眼下，当她看到报纸上"旺水浜惊现水雷"的消息，居然迟钝得没往"江猪"计划上想。

对此，叶长河在心里好生骂了一通：江水星这头江猪，生生被情所迷了，那枚水雷爆炸，都没把她炸醒，看到报道说一个神秘老农出现，竟然就联想到那个男人身上去了，并且钻进死牛角就出不来了。

叶长河的思绪很快又转到了眼前事件上，他想不清楚旺水浜河道为什么会出现水雷？当年他带特遣队搜寻水雷时，是下了结论的：江洲湾通航水道包括旺水浜河道未见水雷。现在，这里居然又出现了水雷。这是怎么回事？

那位神秘老农又神秘现身，并自告奋勇协助海军派来的技术人员，把整个旺水浜河道排查了一遍，结果又发现了七枚水雷。老农说，这些水雷一定是从邻近的汾河汊中冲过来的。汾河汊河道因芦苇疯长，解放前多年就不再通航，早成了死河道。可前段时日，天连降百年不遇的大雨，水势凶猛，才把汾河汊死河道里的水雷冲到了旺水浜河道。

军方人员对老农的说法半信半疑。老农便带他们对汾河汊死河道进行了细密排查，结果，又排出了三十六枚水雷。军方技术人员对这种老式水雷没有研究，无法实施拆除。老农让大家到远处隐蔽，自己拿起扳手操练起来。他拧开锈迹斑斑的水雷底部，发现其底部的线口都对接完好，由此判断这批水雷一直处于战斗状态。他小心地把对接线剪断，又慢慢拧开水雷表面的 4 个触角，消除了引爆装置。

水雷各螺丝口都锈死了，不用猛劲敲打，是难以打开的，而用力敲击就有爆炸的可能。老农之所以敢下手敲击且能拆开水雷，说明他有这个技术，有十成把握。由此看来，这位神秘老农是个水雷专家，并且，很有可能是这批水雷的知情者。

军方人员远远看着老农作业，很快发现他是个捣鼓水雷的高手。于是，就过来一再盘问他的身世。老农说："再盘问，我就走人。不问，我便和你们一起把这些水雷拆除。"军方知道眼前的大事是尽快消除水雷威胁，至于这老农是何许人也，以后再查也不迟。然而，待到天黑前拆除完水雷，把废水雷转移到安全地带后，再找老农，老农却不知去向了。之后几天，公安局协助军方四处查找，也再没见到老农的踪影。

叶长河不禁扼腕。他惊愕的不是那神秘老农的神奇出现又神秘消失，而是责怪自己当年犯下了一个重大错误：他带特遣队执行排雷任务时，没有对汾河汉那段死河道进行排查。可他想不明白，这段死河道里怎么会有大量水雷存在。当年，"江猪"计划情报显示，敌人是在重要通航水域布设了水雷。他和战友们认准汾河汉是一段死河道，没有船只通行，敌人不可能在此布设水雷，所以，就没有进行排查。那么，眼前这批水雷和当年的"江猪"计划有没有必然联系呢？现在还没有证据能够证明这二者有什么内在关联。但有一点是明确的，这批水雷数量很大，又是正规制式的，一定是当年国民党军江防溃败前布放下的。不管怎么说，如果当年他叶长河组织人对这段该死的河道进行排查，今天就不会冒出这么多水雷，给人民的生命财产造成这么大的危害。尽管这是几十年前埋下的祸根，尽管几十年后这起事故也不可能追究到他头上，但他躺在病床上还是陷入了深深的自责。

接下来的几天，叶长河天天盯着《江洲湾日报》的连续报道。水雷爆炸事件的进展情况，紧紧地揪住了他的心。这段时间，他真的胸闷憋痛起来，常常觉得心律不齐，伴有头晕，还觉少多梦，烦躁异常。

医生加强了对叶长河的监护。有几次他闹着要去排雷现场看看，甚至还说要亲自指挥排雷行动。院方很警觉，派了六个医生护士轮班监视他，没让他迈出病房半步。

不久的一天傍晚，那个神秘老农突然在一个死亡船工家出现，一句话没说，放下两根金条，迅速转身离去。船工家人犹豫不决，不知如何处理这两根金条，到第二天中午才报告公安局。公安局再次布警查找老农，未果。当地老百姓反映，之前，从来没人见过这个老农。

叶长河对神秘老农送金条抚慰亡者家属的举动颇为赞许。一生中，每个人大凡都有过不去的死结埋在心里。这老农肯定也有过不去的坎，有不为人所知的原因，才如此神秘现身又神秘消失。排雷为百姓消灾，又善待亡者家人，这充分说明，这老农是个和善仁义之人。

躺在病房里的叶长河，心里对神秘老农善举的褒赞很快过去，由旺水浜河道出现的触雷亡人事故而产生的自责越来越重，但他没有向任何人谈及此事。他怕说不清，道不明，引来大的麻烦，影响他实施那个蓄谋已久的宏伟计划。

叶长河苦苦思索了三天三夜，最终做出了一个决定：待他那个计划实现后，他要主动向当地政府自首，交代当年执行排雷任务不彻底而导致现在发生亡人事故的实情，甘愿接受政府的处理，就是坐大牢也罪有应得。对！有朝一日会向江洲湾人民谢罪的。

眼前，江水星可能还不会联想到那个"江猪"计划，这头"江猪"心全都放在了神秘老农身上。叶长河本可以把这事背后实情告诉江水星的，但他掐算准了，一提醒，她肯定会醒悟过来，对他当年漏查汾河汉暴跳如雷，说不定还会把他扔出病房，甚至会押他到政府说清楚。说清楚他不怕，他怕节外生枝而阻碍了他下一步的重大行动。

另外，叶长河还想到，江水星一旦联想到"江猪"计划，肯定首先站出来要讲清楚当年她获取的情报是真的，国民党已经实施了布雷，只是由于不可知的原因，改变了布雷地点。凭她江水星的性格和那些年在这个事上所受到的委屈，她必定要找组织还她历史清白。她会把江洲湾闹个底朝天，也会把他叶长河闹个底朝天。

这个时期，叶长河最怕的是江水星闹腾。说到底，他在做错了事的时候，还是很怕他这个革命老太太的。

江水星年轻时就大高个细拉条，细皮嫩肉，容貌俏俊，全身上下时常透着妩媚之气，却也性格直爽，脾气急躁，手头有把子暗劲，到老了体不胖，背不弯，腿不颤，体格依然健壮，脾性燥火却更旺。而叶长河自幼身体瘦弱矮小，成人了也从没有壮实过，不温不火的性格也一直没改。和江水星过了半辈子，他最怕她在火大难忍之时，把他像提小鸡子一样扔到床上或扔出门外。

一个战火硝烟里死过几回的革命男人，居然惧怕有暴力倾向的老婆，说出去会让人笑掉大牙。这一辈子，叶长河常常拿集媚妖之气与急躁脾性于一身的江水星没辙。

过了几天，江水星再次来到病房时，叶长河悄然观察了她一番。还好，平静如常，她大概还没想起"江猪"计划。于是，他就把那张报纸扔给她，说道了一番。

叶长河声音柔和，话意却不软。他心里明白，在原则问题上光怕老婆是解决不了问题的。他说："你以为那个神秘老农就是那个男人吗？不可能。神秘老农有可能是原国民党部队的知情人，也可能是原抗日布雷队的人，但绝对不可能是他，因为我亲眼所见，他死了。再说，从事后暗送金条这件事上看，那也不像他所为。那个男人是个杀人不眨眼的刽子手，消灭我军民从不手软。一个人民的死敌，哪来的仁善之举？"

"你对他的成见由来至深，我不和你争辩。但是，我有直感，这个老农肯定就是他。那个男人是个大个子，这个神秘老农也是个大个子。"江水星固执地说。

"是大个子就是那个人？这满世界大个子多了，难道都是他？真是笑话！说你都成病了，你还不承认哩。"叶长河一副不屑的样子。

江水星还想辩解什么，一个断臂老女人来到病房探视叶长河。

来人是潘水玉，至今独身。她离休后，不喜欢一个人待在南京，更多的时候住在江洲湾。

叶长河脸上即刻有了笑意，说："四妹，你怎么又来看我？我住院不是为了让你一趟趟跑来看的，我是住给那些当权派看的。"

潘水玉给江水星打招呼："水星，你还好吧？这长河的病一犯再犯，总是没个好，是不是该转到军区大医院去查查，可别给耽搁了。水星，你说呢？"

江水星却说："都这把年纪了，别老像年轻时候水星水星的叫，以后就叫我老江好了。"

潘水玉又说："要不，我去找找军区医院李院长，让他给安排一下？"

"四妹，几十年了，你总是处处显示你比我更关心叶长河。他是我的男人，难道我就没这个能耐给他转院？就你四妹关系广，能力强？就你四妹会关心人，会心疼人？给你说实话吧，我压根儿就没想让叶长河转院，我要眼睁睁地看着让他等死！"江水星一派不友好的架势。

潘水玉生气了，摔门而去："江水星，你是一个不可理喻的女人，一个十足的精神病！一个病得不轻的老妖！"

江水星冷笑一声："独臂四妹，慢点走哇。少胳膊断手的，摔倒了可没个支撑。"

叶长河冲潘水玉的背影也喊了一声："四妹，纪念馆工程你上点心！百年大计，质量第一呀。"

江水星说："还百年大计呢？一百年后，谁还记着你江洲湾水上抗日的那点破事。"

叶长河火了："江水星，你要注意政治影响了！什么叫抗日那点破事？水上独立营的事迹要代代相传。日本鬼子侵略中国，咱中国人世代不能忘！"

江水星却笑了，说："老东西！谁说我忘了。当年那歌子我还记着呢，我来唱给你听。"

"只有铁，只有血，只有铁血才能救中国！事急了，事急了，快把日本来打倒，日本世世仇，大家休忘了！"

叶长河说："光会唱歌子有啥用呀？你赶快离开这里，我看着你心烦。对了，你要实在没事可做，就去工地帮一把四妹。"

江水星说："由独臂四妹守着工程，你还不放心呀。在江洲湾一带，她独臂老太婆的威力和威信一点不比你我差。"

叶长河说："江水星，你说话照顾点四妹的情绪好不好，别总是把独臂四妹独臂老太婆的挂在嘴边，你这不是歧视伤残干部吗？她听了心里能舒服吗？！"

江水星说："你叶长河不是天底下最了解四妹人吗？错！这一点，你就没揣摸准四妹的心。其实，四妹并不忌讳别人说她独臂，她反而觉得很荣耀。因为她失去臂膀，与那次重大战功紧密相连。她说过，她是为革命胜利而失去一条胳膊的，没什么丢人的。"

叶长河说："你的意思是说，总拿人家的残疾取乐，那是表扬人家了？岂有此理！"

"就她失去胳膊这事，我永远不会表扬她。我认为，她为炸掉杰克号舰失去了一条胳膊，失得很不光彩。炸掉杰克号本身就是个错误！"江水星一下子来了气。

叶长河一听，也急了："江水星，你这人真没劲。对一个已经有了历史结论的事，耿耿于怀几十年，你没劲透了。"

江水星不说话了，叶长河又想起什么，问："旺水浜河道废的水雷弄到哪里去了？你赶快去联系一下，把水雷弄到咱纪念馆来。那些可是好东西，难得。"

江水星一想，苦笑了一下，说："叶长河，你这就叫注意政治影响了？报纸上说了，那可是当年国民党造的水雷，怎么能摆进江洲湾革命抗战纪念馆里去？！"

叶长河一瞪眼："是国民党的水雷没错，可那也是炸过日本鬼子的水雷呀。当年抗战，中国海军舰艇全军覆没，还不是靠那些水雷抵抗日本海军吗？！既然是在抗战中发挥过作用的，不管是哪党哪军制造的，放进纪念馆都应该。"说完这话，他心里发虚，眼前这些水雷是否就是国民党抗日时扔在那儿的，现在谁也说不清楚。

江水星说："我看水雷进纪念馆这事挺敏感的，你可要想仔细。不然，会有麻烦。"

叶长河心里就当作是抗战时期的水雷了，硬着头皮说："难得的抗日实物，不能让它丢失了。不管怎么说，我要全力把这事办成。水星，你要支持我。"

江水星说："革命纪念馆里放国民党的水雷，恐怕全江洲湾人民不答应！人民不答应的事，我不会支持的。这是我江水星多年的原则。"

叶长河突然觉得，老和她说道国民党水雷的事，别引起她过多的联想，于是，就转移话题，硬硬地说："你等着！我会让江洲湾人民答应的。江水星，在支持我做大事的态度上，你历来不如四妹立场坚定，旗帜鲜明。"

江水星果然上套，说："叶长河，你不要总把我和她弄在一块比！她独臂潘水玉算个什么东西？我与她不是一个层次，她水乡游击队出身，土鳖一个！我什么出身？正规军事机构培训过，正规部队从军多年，经历丰富牌儿正！"

叶长河说："又不顾政治影响了，就你，军统学校毕业，特务头子戴笠的学生，臭名昭著嘛！还有，在国民党海军情报部当过特工，你牌儿能正到哪里去？再怎么说，潘水玉也是革命队伍过来的人，一个女人家抱着机枪冲锋陷阵也死过好几回，名副其实的巾帼不让须眉，根正苗红，战功卓著，你不能蔑视她。"

"叶长河，你老糊涂了呀？！我哪一点比潘水玉差了？我江水星典型的革命潜伏者，坚定的地下工作者，据说也是在高层备了秘档的！好你个叶长河，你处处袒护潘水玉，都几十年了，一直不改，我今天跟你没完。"江水星说，"我一辈子都跟那个潘水玉没完。"

叶长河一听她提当年做地下工作的事，又怕她联想到"江猪"计划，就继续转移她的思维："水星呀，别一提潘水玉你就冒烟。行了，先不说这些了，你去替我办件事。我要学一学那个老农，你替我把这些钱送到亡人船工家里去。船毁人亡的，家里这道坎不好过呀。"

江水星接过钱，说："这可是你一个月的工资，这些钱能给纪念馆添半壁墙呢，你舍得捐送给船家？"

叶长河说："这几年工资都用在了建馆上，我心甘情愿，因为这纪念馆是我的命根子。这一个月的工资捐送船家，理所应当，我也乐意。"

"神秘老农送两根金条，你送一个月工资。你与他，同善同仁，都是好样的。我就说嘛，你与那个男人，原本是一类人，终归也会是一家人的。这事，我替你办了。"江水星抓起钱，兴冲冲地走了。

"江水星，你个精神病！老农和那个男人根本不是一回事，我和那个男人永远不共戴天！好你个反革命老妖，媚婆子！"叶长河冲她背影吼了一嗓子。

江水星又回头送来妖媚一笑："连你叶长河也叫我媚了妖了？媚与妖的核心是美艳。你夸我美艳，我心里美着呢，像年轻了二十岁。"

"恶心！美丑不分，香臭不辨的老妖精。"叶长河一跺脚，然后，心里暗笑道："多年的平民生活，把这个戴笠学生的敏感性都销蚀光了。这么大数量的水雷出现，她居然没想起那个'江猪'计划。江水星，你真是头'江猪'呐！"

呵呵呵，当年机智精明的江水星，现年月却迟钝如猪了。高兴呀，这个老婆子永远变成一头不多事的江猪该有多好啊。

片刻，叶长河拍了拍脑袋，心里骂自己：你叶长河怎么会生出这么个愚蠢念头来。难道你希望整天守着一头江猪苦度晚年吗？真是的。

突然，叶长河头脑中又冲出一个想法：她江水星是真的没有想到那个"江猪"计划吗？她是不是装作没有想到，实则是不愿意提起那事？正因为当年有了她偷来的那个情报，才使得解放军特遣队截获并击沉了杰克舰。说到底，是她江水星把多少年来念念不忘的那个男人送入河底做了死鬼的。对此，她心里应该是明白的呀。

叶长河又一想："是不是正因为她提供的'江猪'计划葬送了那个男人而感到愧疚，才多年来对那个男人念念不忘呢？"

想到这里，叶长河心说："如果真是这样的话，那么，我叶长河与江水星、江水星与那个男人之间的感情，是不是要重新分析和定性呢？"

蠢猪！到底谁是愚蠢的江猪呢？！

叶长河一时想不明白了。

第三十五章　她的儿子叫长江

叶长河装病住院已经是第二次了。这又是他的一个阴谋。江水星很不甘心地给他做了掩护，非常巧妙地使得能打的针让医生给他打进去，不能打的针都搪塞不打；能吃的药给他吃进去，不能吃的药帮他藏起来。

江水星对叶长河说："这次违心做事，不符合我做人的一贯原则，也违背了不说假话的党性。我做出这个牺牲，全是为了支持你修建纪念馆。"

叶长河说："这个账我记着呢。我替水上独立营78名英烈，领下你这个情。"

叶长河装病住院缘由很简单，是为了给建造江洲湾抗日纪念馆筹款。这就是他的那个多年想实施的宏伟计划。

这个离休的老革命，早在为纪念馆跑建设手续时，就惹烦了上级政府和当地不少领导。哪一关不开绿灯，哪个公章不给盖，他就白天泡在人家办公室，晚上跑到人家家里坐，拿出一副将革命进行到底的架势。手续跑齐了，他又如法炮制地跑款项。刚有了一点钱款，就很快促成工程上马。他走到哪里都说："78名英烈散落在野外几十年了，当务之急是尽快给他们找个聚集的地方。这样做，是给地下那些老哥们老姐们一个安抚，也是给后人一个交代。荒郊野外的英灵都焦急地等着哪，行行方便，特事特办吧。"可后来，建着建着款项就出现了缺口，这是叶长河早预料到的。于是，他又到各级领导那里去跑，这回，都真不买他的账了："还没完没了了，活人急用钱的地方多着呢，干吗一次一次扔给死人。"

叶长河并不气馁，一方面继续到官方部门去泡，另一方面发动个人捐款，他首先带头捐款，把自己的积蓄全献出来，把江水星的私房也动员出一大半。

官方该不买他账的还是不买他的账。几个回合之后，没有人再理他这个茬，都躲着不见。无奈之下，他就想到了装病住院的招。

叶长河是当地老资格的革命家，有病住了院，地方的大小领导和亲朋好友都得来看他。他抓住这个机会，说他的事，筹他的款。第一次住院，成效明显。可半年后，建馆款项又告急，他又第二次住院。这一次，不如第一次效果好，但也还行，那些实权派还能来看他，多少再拨给点钱。但离建馆所需款项还有差距，因此，这次他决定打持久战，筹不足款子，就不出院。

叶长河老在医院泡病号，连江水星都烦了，连续多天没来看他。他也不寂寞，在部队舰艇学院学习的儿子叶长江放假回来了。儿子不知老子在装病，床前床后忙着尽孝心。老子的兴趣却在中国舰艇建设上，没完没了地问这问那。儿子知道海军建设在老子心里的位置，在不违反保密纪律的前提下，尽可能回答老子的询问。老子对儿子的回答是满意的，对儿子的进步也是满意的，说："儿子在海军部队进步快，脑袋瓜里新知识也越来越多，比老子强。不过，儿子有长进，大半是因为老子给儿子起了个好名。叶长江，长江，听听，多带劲，多高深，越琢磨越有味道。以后，有了孙子，就叫叶长海，长海，哈哈，一代比一代有气势。"

当初生产后过满月时，给儿子起叶长江这个名，江水星是坚决反对的，说："一个叶长河，一个叶长江，这是父与子的名字吗？这分明像哥俩的名嘛，这不是乱辈分了。"叶长河坚持说，长江之于叶家有极为特殊的历史意义和长远的现实意义，叶长江这个名叫定了。江水星说："罢，你们叶家父不父，子不子的，我就不管了。可儿子的名字里，不能有我这个江字，坚决不能。这个江字我还是要说了算的。"叶长河反驳说，这个江字不是你江水星的江，而是长江的江。长江是炎黄子孙的母亲河，岂能由你江家独占，凡是中华儿女，谁愿意用谁用。最终，江水星使出了个绝招，说："不能叫叶长江，必须叫叶龙翔，否则，我就拒绝给儿子喂奶。"叶长河火了，不叫长江也罢，为什么非要叫龙翔？叶家的血脉谱里，为什么非掺进一个"龙"字？为什么要用那个男人名字中的一个字，简直是别有用心，恶毒至极。江水星说："不就是一个名字吗，你较什么真呀？长河长江之上，才有龙之飞翔，寓意还不都在你叶家名字之中吗？就叫叶龙翔了，不叫我就饿死这小儿。你要有本事，就喂你的奶。"叶长河不软，就弄来牛奶喂小儿，可这儿子死活不张嘴，"哇哇"大哭了三天三夜。江水星是下了狠心的，捂紧了胸襟不奶儿，奶胀得生疼，就冲猪食槽子里刺。叶长河心软了，饿死儿子起再好的名也没用，就说，听老婆的，就叫叶龙翔了。江水星这才带着胜利的笑容开怀喂奶。

半年后，江水星偶然发现户口本上赫然写着"叶长江"，她这才知道上了叶长河的当。江水星暴脾气哪里受得了这个，一个电报打到了青岛部队："叶长江急病身亡，速归。"叶长河昼夜兼程往家赶，一进家门，就被江水星一把提起扔到了床上，把户口本摔在他的面前。叶长河扭脸看到吓哭了儿子，全明白了。这次他一改那不温不火的脾性，一下暴跳如雷起来："就为了个小儿名，你把我从部队上骗回来？新舰艇正在试验的关键阶段，少了我这个重要骨干，你知道会给试航带来什么后果吗？江水星，你真不是个东西！"当晚，他就登上了返程的列车。假电报的直接后果是，整整一年，叶长河没照江水星母子的面。

儿子叶长江长大后，很快理解了曾祖父和父亲的中国海军情结，发誓将来要当一名舰长。高中一毕业，他就主动报名，到海岛部队当了兵。这小子融入水兵生活的速度和个人进步之快，让叶长河很是吃惊。当兵的第三年就被提了干，在一艘新型舰上当上了枪炮长。上级看准了这棵好苗子，去年又保送他到舰艇学院深造。

至此，叶长江骨子里才有了叶家真正意义上的血脉传承。

这次休假，叶长江清楚地看清了父母在感情上有个多年解不开的结。这个结，总是使父母的生活疙疙瘩瘩，沟不通，理不顺。至于这个结具体是什么，好像与另一个男人或者另一个女人有关联，但详细情况，叶长江无从得知。他曾分别问过父亲母亲，可得到的回答都是："上辈人的恩怨情仇，与你这一辈人没什么关系，别分心打听这些事，集中精力把学习工作搞好是最要紧的。"

这次父亲住院，母亲居然长时间不进病房探望照料，恐怕事情恶化了。他试图调解父母关系，可倔强的母亲就是不来医院。母亲并不拿感情上的事说事，她说："叶长河一向喜欢搞阴谋，过去和蒋介石同流合污搞阴谋，落魄时又和一个美军舰长搞在了一起，后来，在共产党的部队里搞阴谋。现在，离休了离休了，住在医院里还给地方政府、医生护士搞阴谋。这人，搞了一辈子的阴谋。我江水星是不同搞阴谋的人搞在一起的，我见到这种人就心烦。他住院我倒图个清静，懒得进病房看他。"

叶长江劝她:"如果说我爸善于搞阴谋,那也是革命的阴谋家。我爸身上的革命坚定性是谁也否定不了的。至于他在个人感情这档子事上是不是专一,我不想再打听了。"又说:"您对我爸有这么大的意见,恐怕不是政见上有分歧吧?我看根本原因还是感情上纠葛不清,您说是不是?妈。"

江水星脸一沉:"长江啊,你和叶长河一个德行,天生的阴谋家。你口口声声说不打听父母感情之事,这不还是在套老妈的话吗?老妈还是那句话,枪林弹雨里发生的男女之事,你一个小辈人没必要知道。只把父母那辈人的革命情怀记清楚就行了。你给我记牢一句话——不忘本是根本!"

从军新中国海军,在风浪里报效祖国,就是最大的不忘本。叶长江岂止是记牢了,并且以自己的模范行为在身体力行着。这一点,他理得清清楚楚。然而,关于父母情事,他觉得也有必要插手。帮父母解开心结,走上幸福的晚年生活,也是做儿子应尽的孝道。可他不知道,父母感情之事,纠结已久,积怨太深,是任何一个第三者都难以解开的,只有靠当事人自解心结。至于父母感情复杂到什么程度?单说父母结婚生子不是为了爱情这一点,就知道该有多复杂了。

叶长河和江水星结婚是在1955年的秋天。那是"肃反"运动正火爆的时期,全国范围内一切暗藏的反革命分子都必须得到彻底肃清。

那时,已经三十多岁的江水星,身上妩媚之气依然很浓,暗地里有不少男人垂涎,她却一直没有结婚,也从不处对象、谈恋爱,这引起了一些好事人的说道。有人反映:"老姑娘江水星,人前人后妖里妖气,一步三扭勾人心魂,败坏公安系统风气,尤其是心里还深藏着一个死在解放军炮火中的国民党海军军官,不同任何一个革命工人、农民、知识分子、公安干警和解放军战士搞对象。这个人的政治立场有严重问题,不适合在革命公安队伍里工作。"这话出自多人之口,并被无数次地说起。在公安局科长位置上干得热火朝天的江水星,自然受到了上级领导的怀疑,并被暗地调查。

江洲湾本地没有人知道,解放前,江水星曾在国民党海军潜伏做过地下工作。这是党的秘密,她档案里自然没有一点记载,她也不能向任何人透露半句。可有不少人知道,她心里有一个国民党海军军官。这事是她和一个体已姐妹说私房话时,不小心说出去的,后来就慢慢传开了。

漂亮妩媚女人的感情之事本来就复杂，又掺杂进她曾与反动军官有过感情纠葛，就复杂得不能再复杂了。但是，这方面的一些事，当事人不说，组织上是难以调查清楚的。

江水星的态度是：死不开口。

组织上说话了："不开口就得离开公安队伍。"不愿离开公安队伍的她，心情坏到了极点。在同事朋友面前不敢倾诉，总得找个地方发泄发泄，不然，急脾气的她会崩溃掉的，于是，就给在青岛海军服役的叶长河写了一封长信。信虽长，都是倾诉怨气，却没有半点向他求援的意思。

叶长河看清了当前的政治形势，也意识到了江水星事件的政治敏感性以及她所面临的困境。于是，就回了一趟江洲湾，先去找了公安局局长，说："江水星心里多年的那个男人其实是我叶长河，我和江水星从小定的娃娃亲，这些年也一直在处着对象，只是没有张扬罢了。大家都事业心强，忙于工作，一直也未谈婚论嫁。现在，条件成熟了，也都这么大年龄了，我们要结婚了，请局长开恩批准。"

既然老姑娘江水星心底的那个男人来到了人间，一个坚定的革命海军军官站在了局长面前，一切传言不攻自破，那就没有理由怀疑这、调查那了。从小的娃娃亲，牢不可破的事实婚姻嘛！有情人终成眷属嘛！准了！

见了江水星，江水星还沉浸在信里的絮叨之中："长河呀，你说，哪朝哪代规定不谈情说爱不嫁人就是反革命了？长河呀，你说，妩媚漂亮与妖里妖气是一回事吗？我就这模样，我就这身段，我就这做派，爸妈赐予的，从小养成的，我招谁惹谁了？我死也想不通。"

叶长河说："这次我回来，就是让你嫁人的。老姑娘，你的确该嫁人了。再不嫁人，全江洲湾人民都不答应。"

江水星说："人民不答应的事我是不干的。我这就嫁人，可我嫁给谁呢？"

叶长河说："嫁给我！"

江水星说："看来也只有嫁给你了，别人没人要我。可我问你，我心里没你，你心里也没我，为什么还要娶我？"

叶长河说："明知故问！为了救你呗。你再不嫁人，别人就会说你心里有鬼、身上有妖，而一个鬼妖之气缠身的人，是不能再待在革命公安队伍里的。我知道，你江水星与枪打了多年的交道，离开公安离开枪你什么也不会干。"

　　江水星说："长河，可我心里确实有鬼。那个死鬼永远也走不出我的记忆了，或者说，那个死鬼让我不能再爱任何一个男人，包括你。要想和我结婚，你必须有这个度量。当然，你心里有那个女人，我也没有意见。"

　　叶长河说："妥了，就这么着。不过，有一件事咱俩必须取得一致意见，否则，会对结婚造成障碍，会给婚后生活带来不快。那就是，以后不能在摧毁杰克舰这个事上纠缠不休。我俩对这个事的共同原则是，搁置起来，永不再提。因为这事不仅给你带来了政治上的麻烦，也伤害了咱俩的感情。"

　　关于当年叶长河指挥解放军特遣队，是不是过早地下令击沉了国民党杰克号舰？是不是没有给可能要投诚的杰克号舰留下时间和机会？江水星和叶长河多年来一直各执一词，争论不休，互不相让，以至于成了俩人发展关系的重要障碍。俩人为这事见面就吵，在信上也吵，吵得极其凶狠，甚至升级到了人身攻击，严重冲淡了俩人在战争年代结下的革命友谊。现在，叶长河提出"搁置起来，永不再提"的建议，应该是明智的。

　　江水星也认为"搁置起来"是别无选择的办法，于是，一举手，说："我同意！"

　　叶长河说："来前，我在部队已经开好了证明信。明天，我们就去领结婚证。"

　　江水星说："不，今天就去，明天就把喜糖撒遍公安局。对周围那些人的白眼，我一时也不想再容忍了。"

　　叶长河说："买红双喜牌的，明天我和你一起去分喜糖。分完了糖，就算把婚事办了。我俩的结婚纪念日就定为明天。后天我就回部队，那边忙着呢。"

　　江水星说："好，就这么办。不过，我俩不能同房，主要是我心里还不情愿同房。"

　　叶长河说："行！反正同不同房外人也看不见。"

　　江水星说："那是，我俩结婚本来就是给外人看的。外人看不见的事，就都免了吧，怪麻烦的。"

　　半年后，叶长河从部队回家探亲，当晚就说："江水星，一些事还真不能怕麻烦。今晚得麻烦你一件事。"

　　"什么事你还这么客气？说吧。"江水星很好奇。

　　叶长河说："想麻烦你帮我生个儿子。"

　　江水星笑："你急火火地大老远跑回来，就是为了麻烦我这个？好说，这事方便。不过，彼此心里都没有对方，生了儿子也不是爱情的结晶。这话咱要先说到前头。"

叶长河说："生这个儿子与你我之间有没有爱情无关。其实，也不是我叶长河非要麻烦你这事。"

"怎么着？难道你是替外人来跟我睡觉的？"江水星瞪大了眼睛。

叶长河说："对的，我想麻烦你为国家生个小水兵！振兴中国海军需要很多人才，这是天大的事。我们老叶家最应该尽这个义务了。"

江水星又笑："背负着国家的神圣使命来和我睡觉，真有你的。"

叶长河说："什么睡觉睡觉的，别说得这么庸俗好不好？"

江水星说："呵呵，看来，今晚咱俩床上非喊革命口号不可了。长河呀，别再给我绕弯子了，你不就是想给叶家延续香火吗？干吗非把这账记在国家头上？"

叶长河说："这么说也对，老叶家的血脉得一代又一代地传承下去，每一代都得有人为中国海军效力。这是我的真实想法。但这事明摆着不麻烦你还真办不成。对不起，麻烦你了。"

"不客气。还愣着干什么，还不赶快动手麻烦我！"江水星不笑了，胸脯急促起伏，还真有些激动了。

叶长河不动手，盯着她又问："那我就真不客气了？那我真麻烦你了？"

"真不像个男人！"江水星上去三招两式就把他摁在了身下。

十个月后，儿子要来了。江水星大细高个儿，骨盆小，加上年龄也偏大了点，生得很痛苦。挣扎之中，她还絮絮叨叨地为那两个原则性问题纠缠："好你个叶长河，你心里没有我，为什么还和我结婚？我心里没有你，为什么还给你生儿子？"

叶长河看着痛苦中的女人，有些手足无措了，话却还连贯："和你结婚，那是因为我高风亮节，肯舍下男儿身救你！你给我生儿子，那是因为你高风亮节，肯舍下肚皮为国家造水兵。怎么着？这工程眼看着要完工了，水兵马上就生出来了，你后悔了？"

江水星疼得叫了两声，又说："不是我后悔了，是我太悲哀了。我江水星女丈夫一辈子，挺直了腰杆赴汤蹈火，子弹过来眼眨都不眨一下，可在个人婚姻大事上，却折了腰，和一个口口声声不爱我的人结婚生孩子。你说我江水星窝火不窝火？！"

叶长河说："这可是你自己不怕麻烦的，活该！江水星，你看让你为国家做这么一点肚皮子上的事，都牢骚满腹，怨声载道，你还像个共产党的干部吗？"

这一激火，江水星一急，一声长嘶，儿子生出来了。

叶长河凑上去想看看是男是女，被江水星抹了一把血迹在脸上。

"长河呀，我为国家完成任务了。这可是咱中国海军的正宗血脉，你闻闻这味儿多纯正！"江水星有气无力地说。

具有革命正统血脉的叶长江，在部队在军校都有出色表现。老子英雄儿好汉也好，将门虎子也罢，都有血脉传承的意思在里面。儿子出息了，能耐了，事业上学业上的事都能折腾得明白，可整个假期快结束了，却也没有弄明白爹娘的情感之事。

这天，多日不来医院的江水星来到了病房。叶长江说："妈，您终于忍不住来看我爸了？这么多天不来一趟，您还真能放得下心。妈，以后您可不能再这样对我爸了。"

"我就这样对他了，你怎么着吧！小孩子家家的，总想管大人的感情之事，这不好。"江水星一脸的不善，"长江呀，你是妈妈身上掉下来的一块肉，是妈妈在这个世上最亲的人了，妈妈是非常爱你的。但是，有一句话我必须再一次地给你说明白。爱你不等于爱你爸。早年，想生你的时候，我和你爸就规定好了，你是国家的人。也就是说，是国家借助我与叶长河的躯体，使你来到这个世界上的。你生来就是国家海军的人，与父母爱情没有什么关系。这就是我和你爸的实际感情状态，我都给你说过一百遍了，也不长个记性，以后不许再多嘴了。我今天来，也不是来看他的，我是来给他交差的。"

江水星把一张纸扔给了叶长河，上面写着：今收到江水星交来抗战时期报废水雷三枚。江洲湾抗日战争纪念馆筹建处。

"把国民党的水雷弄进革命纪念馆里，我做了件政治上不明不白的事，这是我第一次违背原则，也是最后一次。叶长河，以后，你别让我再干这种糊涂事了。"江水星说。

叶长河见到收条，又想起了水雷亡人事故，心里又一阵自责，翻身朝墙，沉默不语。

江水星说："要不是我动用公安局的老关系，肯定是弄不来这三枚水雷的。怎么？也不谢我？"

叶长河转身，突然说了一句："什么第一次最后一次，政治上不明不白的事你干的还少吗？你长年对那个反动派男人念念不忘，这是政治上明白吗？！这就是你的原则吗？！"

江水星火星一窜："叶长河，说好了不在儿子面前提过去你、我、他、她之间的感情之事，你又提，你不长记性呀？"

叶长河说："这本来就不是个人私情之事，是阶级立场上的大是大非问题。"

江水星说："好啊，叶长河，你也给我扣帽子，这个我见多了。你起来，今天咱俩非理论清楚不可。"说完，一把把叶长河提拎起来。

叶长江伸手一拦："妈，你轻一点好不好？我爸还病着呢。"

江水星把叶长江推出门外，说："这里没你的事。对了，听说水雷壳里面的药没有倒干净，你去处理一下，不然，容易发生危险。你海军军校出身，摆弄水雷应该是小菜一碟吧？快去快去。"

叶长河一听，立马下床追出去："什么？水雷里残存着药，这还了得。长江，你不是学水雷专业的，危险，你回来，我去。"

江水星一把拉住叶长河："你往哪儿跑？你今天不给我把话说明白，就别想出这个门。"又小声说，"你放心，水雷壳干干净净的，一点药渣也没有了。我这是玩战术把长江支走，好说清楚咱俩的事。"

叶长河又侧身朝里躺下，不说话。

"叶长河，你给我记好了。我心里一直有那个男人，和政治没有任何关系。以后，我不希望你也把这事说成是政治问题。别人说我管不了，你说，不行。否则，就是对我的不尊重。你要知道，不尊重我会有什么严重后果。"江水星说完，转身走了。

不尊重她会有什么严重后果呢？大不了让她多扔出病房几次。多大的事呀！他想。

之后，江水星又多日没来病房。

第三十六章　打捞

江洲湾抗日纪念馆竣工落成。此项工程的主张者、发起者、筹建者叶长河，这才长长地舒了口气。他这几年的心气和精力都用在了这件"天大的事上"。这个纪念馆的规模虽然不大，却是用尽了他一辈子的心机，用遍了他在书本上和战争中学来的兵法。

按江水星的说法，这项工程，完全可以说是在叶长河编织的多重阴谋中完成的。"叶长河是江洲湾地区最大的阴谋家，可他的阴谋是为了实现一个真正的革命目的。"

纪念馆里展出的主体内容，是抗日战争时期，江洲湾人民和水上独立营在共产党的领导下，打击日本鬼子的事迹。用大量文字、图片和众多实物，生动形象而又详尽地展现了江洲湾全民抗战的战斗风貌。重点展示了水上独立营利用渔船和水雷抗击日本海军的英雄事迹。其中，关于水雷战的文字写得最翔实，最生动，但却只字未提水雷的来源。

在一个不起眼的角落里，还有两块展板，围绕那三枚水雷实物，轻描淡写地讲述了国民党海军抗日的点滴情况。

在一百多张展板中，这两块展板可能不会引起一般人的注意。可明眼人也不难发现，这个地方是经过精心设计和微妙处理过的。

事实上，在这两块展板和三枚水雷上，叶长河是极为小心地用了一番心思的。说实话，在纪念馆里展出国民党海军抗日的内容，会带来什么样的政治后果，他心里真是没有底。

一向蔫儿吧唧主意却很正的叶长河，这次是放了一只试验气球。自开馆以后，他一直密切观察着动向，做着各种各样的打算和补救准备。

然而，几个月过去了，没有哪个方面对那个敏感角落提出异议，平静得像没有那两块展板和三枚水雷的存在。

叶长河提着的心放了下来。江水星却警告他说："风平浪静的江水下面，可能就会涌出惊涛巨浪。晴朗朗的艳阳天下面，说不定眨眼间就是暴风骤雨。静静躺在纪念馆角落里的那三枚水雷，也许不知哪天就会炸出个惊天的动静来。别高兴得太早了，小心点为好。"

江水星的担心在水雷上，而叶长河还藏有一个更大的心机。在纪念馆外广场上，他留出了足够大的一块空地，看上去是为参观者行走方便，实际上稍一测算就能看出，留置这么大的空间是个浪费，不会有那么多人在此走动逗留。

殊不知，这个空间是叶长河有意留出来的，是为实现下一步一个计划而做的基础性铺垫。他心说："下一步的这个计划比那三枚水雷要敏感得多，需步步为营方能全胜，要格外小心才能稳妥落地。"

这是他又一个大"阴谋"。他决定背水一战，全力出击。

完成这一计划的一个前提条件，必须先得到江水星的同意和支持。一如筹建纪念馆一样，要是没有江水星情愿或不情愿的一次次相助，他叶长河单枪匹马是难以成事的。一个老革命终归不如两个老革命的力量大。这一点，叶长河对江水星还是满意的，不管为那个死鬼男人怎么纠葛不清，在正事上，在关键时候，她还是不留余力地帮助他的。

不过，这次，事还得从那个死鬼男人身上说起，然后，逐步引江水星上套。

阴谋开始在她身上实施："老江呀，你就死了那个心吧，那个男人真的不在人世了。他的亡灵在河底沉船的淤泥里浸泡着呢。抛开政治因素不说，你若真是个有情有义的女人，眼前最该做的事，就是想办法从河底挖出那个男人的尸骨，找个干爽的风水好地，让他入土为安。总这样让他做水鬼也不是个事呀。"

"长河，你真的以为那个神秘老农不是那个男人？你真的亲眼所见把他击沉到河底了？"

"我真真切切地看到他被炸飞起来，舰也沉了。弹炸水淹，不粉身碎骨，也水煮八块了，他没有再活着的道理。你也是打过仗的人，这个理应该懂得。"

"一天见不到他的尸骨，我就一天不愿意承认他不在人世了。"

"不愿意承认不行。打仗总是要死人的，千千万万的人都死在了炮火之中，他为什么就不能死？！我理解，他在你心中永生可以，但你不能幻想他肉身还活在世上。"

"你的意思是，打消我这个幻想的唯一办法，是打捞出他的遗骸，让他入土为安。这样做，既安抚了他的亡灵，也安抚了我这个活人的心。"

"是的。最近，我有了一个想法，想动员官方和民间力量打捞杰克号舰。我这样做，也是为你着想。把那个人的骨头挖出来，让你亲眼看看，用事实证明那个人已经死了。这样，也就免除了那个死鬼对你无休止的纠缠。我俩整天为这个不着边际的事吵吵闹闹，多么影响我俩的晚年生活呀。"

"打捞杰克号舰？你不是开玩笑吧？杰克号舰被击沉时是国民党的军舰，也就是说，你要打捞的是国民党的军舰。你还要动员政府力量打捞，你脑子没毛病吧？"

"这杰克号身世是复杂了点，它曾是美军的舰，又被日军用作攻击中国军队，可重要的是，这舰曾被我水上独立营俘获过，为江洲湾抗日立下过功劳。"

"可它最终又被国民党弄回去了，成了攻击解放军的军舰。你想想，你要打捞一艘攻击过解放军的军舰，这是一个什么性质的问题？"

"不管是什么性质，反正我要打捞。单为让那个死鬼重见天日，消除你多年的心病，我也要积极争取去打捞。"

"长河，你兴师动众打捞杰克号，就是为了去掉我的心病吗？鬼才相信。我估计，这又是你叶长河的一个阴谋。"

"这次真不是阴谋，就是为了打捞那个死鬼男人，了了你的心愿，你爱信不信。信与不信你都得支持我。"

"我被你蒙骗一辈子了，也不差这一回。反正离休生活闲来无事，那就再陪你玩一把。不过，这活儿动静有点太大，能把整个江洲湾震三颤。"

"我叶长河，你江水星，如果三年两头不弄出点动静来，恐怕江洲湾人民很快就会把咱忘掉的。我们这一代老革命，不能让一茬茬的新伢娃子给丢到后脑勺去。"

"你叶长河生来就是一个不安分的鬼，生怕别人不在乎你了，离休了还常常让当政者不消停。退了就退了，干吗还这么心理不平衡？一个老革命，什么觉悟？"

"我这可不是没事找事，我干的都是有意义的大事。"

"让那个男人重见天日，就是有意义的大事？你真这么想的？长河。"

"只要你江水星支持我的打捞行动，你让我怎么想，我就怎么想。"

"你叶长河怎么也没原则起来了？我有点不认识你了。"

"别废话了，即日就行动，我已经有计划了。"

叶长河制定了周密的"三步走"计划。

第一步：前些日子一艘载重货船，险些被河底障碍物撞坏沉没。叶长河抓住这个机会，巧妙地到船运公司和各船家进行动员，大家联名写信给政府，要求清除江洲湾水域通航水道中的障碍物。

叶长河心里明白，江洲湾水域各河道中最大的障碍物就是左川河中杰克号舰残骸。这一步如果能实现，杰克号舰首当其冲要被清除。

各方的联名信从不同途径送到了市里领导的案头。这是危及人民生命安全的大事，市长书记决定从速处理。

市里在责成哪个部门办理此事上好生动了一番脑筋：要确定由哪个部门来做，得先确定打捞杰克号舰的性质。

若是定性为清淤，疏通河道，那么，杰克号舰残骸就会被视为废弃的障碍物，采取炸毁粉碎，疏通了河道，就算完成任务。这样做，投入的资金少，费时也少，报批手续也简单，承办单位向交通部门报批即可。

若是把杰克号沉船当作古战舰文物，性质就是抢救性考古发掘，那就要整体打捞，得需要更多的资金支持，打捞工作的技术含量高，费时费力，报批手续也繁杂，需向市文化局、文物局报请，还要得到省文物局批准，领取考古发掘证照。具体应该由省市考古研究单位委托文化局和具有打捞挖掘资质的公司共同发掘。

如何定性，江洲湾方面的领导和部门产生了分歧，但多数意见是定性为清淤，省时省力省钱，又能达到疏通河道的目的。

叶长河本来没有直接出面，只是背后运作了群众联名写信。可事情没有向他想要的效果发展。要炸船清淤，那还了得。于是，他就出面找了市委书记。

到书记的办公室及家里做客，叶长河是轻车熟路的。筹建纪念馆的过程中，书记也是被他找烦了躲着他、又不得不去医院看望他的那类领导。这一点，叶长河心里是清楚的。所以，这次，他照样没有事先通过秘书约谈，而是直闯书记办公室。

书记一见吵吵闹闹进来的是叶长河，就迎上去："呵呵，叶老革命，有日子不见了。总是不见，我就知道你的身体肯定没问题。不然，我与你会在医院病房见面的。哈哈，今天一见，老革命果然精气神儿十足呀。"

叶长河也呵呵一乐："江洲湾还有好多事需要老革命发挥余热，我还不能死。只要一天不死，我就会麻烦书记一天。这叫天天通过书记来为人民服务。"

叶长河没有单刀直入，而是非常翔实地先讲了一番江洲湾历史上造船业发达之状况，然后提出，造船史是江洲湾史志不可或缺的内容，没有它，江洲湾的历史光亮度就会大打折扣。最后，他才明确指出："江洲湾父母官要有远大目光，要对当地的历史负责，要有将来建造江洲湾古船博物馆的打算。少时，我亲眼所见杰克号舰上有铸字记载，这舰是早年由江洲湾船业制造局参与制造的，与江洲湾历史有密切的渊源。所以说，杰克号沉船不能炸毁；据资料记载，这个杰克号在构造上有独一无二的技术，而它的图纸早已经失传。某些方面的技术，需从沉船残骸中来寻找。所以说，杰克号沉船不能炸毁。"

叶长河一边说，一边暗自得意：从这个角度说事，打捞杰克号舰的历史意义、技术意义，甚至衍生出的经济意义就都有了，理由更充足了。如果把杰克号沉船与国民党海军牵扯起来，成了敏感的政治性问题，这事基本上就没有希望了。

叶长河自认为，无论是战争年代，还是和平时期，自己一直是政治上的明白人。

他同市委书记玩起了政治手腕，书记果然被他的说道吸引住了，马上发表了一番感慨："叶老革命呀，你建造那个抗日纪念馆，展现的充其量是江洲湾人民八年的抗战史，而建个江洲湾古船博物馆，如果真能实现，那将是江洲湾几百年的造船业、航运史的大展现，意义非同一般。这个设想不得了。老革命就是老革命，眼光老到，思想深邃。值得我辈学习。"然后，话锋一转，说："至于嘛，杰克号舰是不是早年由我江洲湾造船单位建造，造船方面的某些技术是不是已经失传？这个嘛，当然喽，你是老海军了，有这方面的发言权。"

叶长河马上接话说："我明白书记的意思，这些情况还都需要权威部门调查核实。这是必须的，打捞沉船是一门科学，不能盲目上马，确需科学论证。"

书记说："我从来都相信叶老革命。考虑建造江洲湾古船博物馆这个理，我信了。呵，江洲湾，自古都是长江流域航船业发达地区，搞个古船博物馆，有创意，有文化品位。但是，论证论证、讨论讨论也是必要的。老革命，你等着，我必定当个大事办。"

叶长河夸张地敬了个礼，兴奋地离去。

一等一个多月过去了。叶长河听到的还是交通部门要炸舰清淤的消息。叶老革命不耐烦了，又去找了书记三趟，可都没见到人。见不到书记，他就三天两头给江水星发牢骚，弄得江水星也不耐烦了："你总给我唠叨个啥？有能耐你再去书记家门口蹲着。"被火一激，叶长河转身就出门："去就去。按照跑纪念馆时的分工，我蹲守，你送饭。午饭、晚饭，不能重样。伙食标准，照旧。"

干这事，叶长河熟道。这次，他起床吃罢早点，就去书记家门口蹲守。饭由江水星定点送，一蹲一整天，每晚九时叶长河回家睡觉。守了三天，江水星不送饭了，说有事出去，饭让独臂四妹送。

晚上回到家，江水星说去找了公安局的关系，让他们出面阻止交通部门实施爆破杰克号舰。按规定，动枪打靶，动炸药爆破，都需要公安局批准备案。有老局长江水星的暗示，公安局会找各种理由拖着不审批爆破杰克号舰的。叶长河竖起大拇指，说老局长老滑头，高！一会儿又摆手，说，这不是长久之计，解决不了根本问题，市长书记一过问，恐怕公安局就不敢久拖不批了。

第二天一大早，江水星说："今天我再出去转转，看看还有别的办法没有。饭还是让独臂四妹送，我看她做的饭你吃着香。我知道，你最爱喝四妹煲的鱼汤，恨不能一辈子天天喝她的汤。可惜哟，你没这个福分。她是个死犟眼子，非要终身不嫁人。"

叶长河手一指："你赶快走人，要不我把你当老哑巴卖了去。"

叶长河又连续蹲守了两天，仍不见书记的影子。这五六天，是书记一直没敢出门，还是一直没敢回家，叶长河不得而知。不管他，坚守阵地。

晚饭时，潘水玉提了个瓦罐，断臂肩上挎了个干粮袋子又来了。她坐在一边，看着叶长河喝鱼汤，吃发面饼。叶长河吃得那个香，香得像两天没吃饭的孩子一样；潘水玉笑得那个甜，甜得都不像五六十岁的老女人了。

这时，江水星来了，并不急着靠近，远远地看着他吃、她笑。看够了，江水星才过来，"啧啧"一声说："夕阳再红也红不过四妹的脸，可红也白红。"

潘水玉恍惚了一下，向背处一扭头，再转回头来时，脸已没有了红色，冷冷的，不说话。

江水星说："这鱼汤香得馋死个人儿，我还没吃晚饭，长河，给我来一碗。"

叶长河盛汤，潘水玉手快，夺过碗放在一边，冲江水星说："你自己没手？"

江水星夸张一笑："呵呵，我男人我支使不得？长河，盛一碗送我手上。怎么的，我说话不好使了？长河！"

这时，叶长河瞟见远处书记朝这边走来，走着走着却突然停下了。叶长河装作没看见，端汤送给江水星。

潘水玉却接过去，一饮而尽，然后，说："这瓦罐里还有一碗，老江你喝不？不喝，我不给你剩一口。"说着，端起了瓦罐，想一仰脖子全喝光。

江水星忙抢过去，故意提高嗓门说："喝，不喝白不喝，喝了也白喝，你们是等不来书记的，书记忙得难着家哩。"又悄声说："刚才，我看到书记躲到树后面去了，他不会见我们的。我们回吧，情况有转机了，有话路上说。"

路上，江水星介绍了两大情况。

一是她打探到，书记这一星期一直在省里开会。这个会是关于繁荣社会主义文化内容，听说是中央有关部门做的专题部署。她说，这个会议精神，对我们这个事有益。考古发掘沉船，为将来建造古船博物馆创造条件，属于弘扬古文化的范畴，再深一步看，也是繁荣社会主义文化的题中应有之义。如果书记能把二者联系起来考虑问题，会对我们成事有利。

二是她打探到，日本一个民间古船博物馆馆主，昨天来到了江洲湾，想出钱发掘并收购杰克号舰。"这件事，如果利用好了，对我们成事也有利。今天，我有意去见了那个日本馆主的助手，给他私下出主意，让他们通过关系找市领导，提出发掘收购杰克号的要求。日本人这个要求越强烈，越说明杰克号舰是个好东西。明天他们就会去找到市里。这一招，会对书记有刺激。"

江水星越说越兴奋："后天，我们三人一起去找书记，向他言明，既然外国人都要收购这艘舰，说明它不是一般的船，一定具有发掘价值。但是，这事绝对不能让日本人干，那样，太丢咱中国人的脸，更丢咱江洲湾人民的脸。难道我们不识货，非要他们日本人来说这是好东西？难道我们连打捞一个古船的能力也没有，非得让他们日本人来逞强？所以说，杰克号舰是宝贝，不能炸毁，炸了，就是我们愚昧，会遭外国人耻笑；所以说，要依靠自己的力量整体打捞，还江洲湾一页灿烂的历史。日本人盯上了，我们没有退路了。我们有条件要上，没有条件创造条件也要上。这是政治的需要，不能让日本人看笑话。另外，这也是繁荣社会主义文化的一个有力抓手，搞好了，在省里乃至全国都会有影响的。"

"我要是书记，听了老江这番话，就非干不可了。都改革开放了，不干就是观念陈旧、政治上迟钝的书记，就是放不开手脚的书记。干了，就是一个敢于解放思想、能借势作为干大事的书记。江水星，真有你的。"潘水玉夸奖了一番。

江水星少有受到独臂老妹子的夸赞，她还有点不习惯，问："四妹，这是你的真心话？没想到，四妹不光是汤煲得好，政治层面的好话也会说呀。找书记，四妹一定一起去。我就不信，三个老革命说不动一个市委书记。"

江水星又转向叶长河："见到书记，我俩不妨演一下双簧。我就说，长河呀，前两天我去省里办事，碰到了你的老首长省委李书记，他问你最近忙什么，我就把杰克号舰的事说了一遍。李书记说，这是件有意义的事，值得考虑抓一抓。长河你怎么说？你就说，好呀，过两天我去省里跑一趟。呵，李书记李二孬，我的老首长，在当年的一次水战中，我还帮他解过围呢。这战争年代结下的情谊呀，到什么时候都铁板一块，牢不可破。长河，你看看咱们市委书记会说个啥。"

潘水玉说："书记肯定会说，市里先研究，有结果市委会报省委李书记的。叶老革命身体也不太好，就不要亲自往省里跑了。"

"肯定是这样的。四妹的预见能力越来越强了，像个大城市的文化人了。"江水星笑说。

"江水星，你别话里有话。这多半辈子，我潘水玉在你眼里永远是水乡的粗人一个，只会扛机枪、撑渔船、煲鱼汤。"潘水玉一针见血地说。

江水星说："另加一直存心跟我抢叶长河。不过我告诉你，他叶长河在你那里是宝贝，是心上人。在我这儿，他什么也不是。你要拿走，我随时奉送，另加一床狗皮褥子，决不心疼。"

潘水玉拉下脸来："好你个江水星！都这把年纪的人了，你怎么说话还没个轻重？！以后再拿我们以前男女情感上的事开玩笑，我真给你翻脸。我四妹说到做到，绝对！"

　　叶长河也不高兴了："江水星，你说你那嘴，多么严肃的事，多么难为情的事，多么不该当面说的事，你那大嘴巴子张口就来，随处瞎咧咧，从不考虑别人的感觉。我希望，以后，你要改掉这个毛病。否则，我就真的给你定性为精神病了。哼！"

　　江水星脸也一拉："大家都是精神病。哼！"转身，走了。

　　这么多年了，叶长河、潘水玉一直深藏着他俩是同父异母的秘密，坚持着没向任何人透露。即使是江水星时有拿叶、潘二人的关系说事，他俩也从没有说出过这个秘密。面上看是要保住老辈人的名节，实质上是叶、潘二人从骨子里始终不愿承认这个现实。自欺欺人几十年，都成习惯了。

　　今天，江水星又招惹得他俩心里一阵翻腾，好不难受。叶长河看着江水星远去的背影，理了理心境，思绪很快就飞到了另一件事上："日本人插手打捞杰克号舰，必定有不可告人的目的。过去同日本鬼子干了八年，最大的体会是，日本鬼子真不是东西！多少年过去了，不是东西的人又出现在面前，必是夜猫子上宅没事不来，得小心了。"

　　日本人又来了！叶长河对日本人的警觉程度，一下子就提到了抗战时期的高度。

　　没有过渡，没有循序渐进，老革命叶长河直接就进入了战前戒备状态。

　　"这就是素质！一个老革命多年磨炼出来的军政素质！"叶长河心里直夸自己。

第三十七章　打江山，坐江山

数日后，叶长河得到消息，市委书记并没有把繁荣社会主义文化与打捞杰克号舰联系起来考虑问题，日本人提出打捞并收购杰克号也没有刺激出市委书记的民族自尊心，反而，书记说，日本人肯出钱捞舰并收购，好事啊，我们不费一分钱就疏通了河道，还能赚一笔钱，何乐而不为呢。要不是改革开放，这等好事连想也不敢想。

叶长河又一次直闯市委书记的办公室。

这次，书记一见他，也没有寒暄，上来就说："叶老革命呀，这里面还是那个关键问题不能确定，也就是杰克号舰的性质。在原江洲湾船业制造局和有关部门那里，都没有查到任何关于杰克号舰的资料，没有证据证明杰克号是江洲湾方面制造的。如果真是我们造的，要当仁不让，不是我们造的，也不能强行往自己头上安。我们要对历史负责。叶老，你想想，如果这舰是美国造日本造，我们打捞上来的就是一堆废铁；如果是国民党军制造，又曾用于打击过解放军，我们打捞上来就是一堆炸弹，随时都会把市长书记炸个人仰马翻。这事政治上太敏感，这个决心我不能下。日本人愿意干，就让日本人干去。"

叶长河两眼放光："杰克号舰锚舱处明明铸着江洲湾船业制造局制造的字样，我亲眼所见，亲手所摸，错不了，绝对错不了！"

书记两手一摊："空口无凭，没有证据嘛！"

叶长河也两手一摊："打捞上来不就有证据了？"

"没有证据怎么能打捞？！"书记有了明显的不耐烦情绪。

叶长河倒背着手，几乎贴上了书记肚皮："我就是证据！你还要什么证据？！"

"我堂堂的市委，不能仅凭一人之证就做决策。况且，也不是什么了不得的证据。"这时候的书记眼里全然没有了老革命。

"不打捞，你市委书记就会犯历史性错误！让日本人打捞是政治问题！我看，改革开放，解放思想，在咱江洲湾还没有形成良好气候。都八十年代了，江洲湾怎么还被保守派把持着？这是个大问题，是对中央好政策的抵触。我要向省委反映！"叶长河也出言不善。

"打江山的人给坐江山的人乱扣帽子，我不是没见过，你就是向中央反映，也是个不打捞！叶老革命，你拿出当年打江山的能耐，想怎么折腾就怎么折腾去吧。"书记火急之下，嘴也把持不住了。

叶长河指着书记："这可是你说的！那我就打一打坐江山的江洲湾市委书记！你等着！"

书记说："本书记奉陪到底！不送！"

当天下午，叶长河就率江水星、潘水玉进了省城，住进了省委招待所。第二天上午一上班就直奔省委办公大楼。

三个老革命气呼呼地闯进了省委李书记的办公室。李书记用陌生的目光上下打量这三个并不陌生的人，显然他一眼就看出了来者不善，却说："哎呀呀，老叶，你看看，你们仨人这着装，站在一块就是江洲湾一道亮丽的风景线。老军人、老公安、'老阿庆嫂'，都是响当当的正牌儿，革命英雄气概直冲云霄嘛。"

李书记言之有理。

江水星一天到晚最喜欢穿一套藏蓝色公安服装，走到哪里穿到哪里。不过，这制式服装原本宽宽大大，却被她改剪瘦溜了，腰是腰，胸是胸的，毫不掩饰地彰显"老妖"风范。

叶长河常年着春夏上白下蓝、秋冬全蓝的海军服装，这么多年，坚持按着在部队时的换装时间换装，严格做到了一年四季不混穿。只要有海军服装在身，他就有十足的精气神儿。

潘水玉一身蓝底小白碎花上衣，头包一方蓝底白花布头巾。有人说她是在模仿样板戏中阿庆嫂的打扮，她则说："要说模仿，那是她阿庆嫂模仿我潘水玉的打扮，我在三四十年代就这一身装扮了，都多半辈子了，样板戏才几年呀？

这一点，叶长河、江水星可以证明。"

三个老革命的这身常规装扮，如果哪一个人单独出现在哪里，并不扎眼，一排一溜儿一起出现，就非常惹人眼球了。

这不，三人三色一排队出现在李书记面前，就先制造了一股咄咄逼人的气势。

叶长河先说话："报告李书记，江洲湾市委被保守派控制了，那里有人明顶暗抗中央解放思想的政策，你管不管？你不管，我等三人就直接去中央反映。"

李书记欣赏三个老革命服装的笑意还在眼里，一听这个话题，即刻神色惊恐起来："叶老革命，有这么严重吗？你把我这个省委书记的魂都吓掉了。"

叶长河不急着提打捞舰的事，却说："您说，打江山也好，坐江山也罢，是不是都是为了江山社稷？"

李书记还在愣怔之中："那当然！"

"既然都是为了一个革命目标，那为啥坐江山的就比打江山的牛气霸气蛮横不讲理？我们这些老革命不是打下江山就可以睡大觉了，江山社稷就没我们什么事了。给你们这些坐江山的出出主意，有什么错嘛。打江山的老革命想做点力所能及的事情，碍着你们这些坐江山的哪儿疼了？我们并没有要篡党夺权嘛，我们想做的都是有利于血脉传承的大事呀。"叶长河走近李书记一步，语气急切地说。

江水星往旁边一拨拉叶长河，扭一步向前，说："李书记坐江山也不容易，忙着哪，叶长河你啰唆这么多干吗？直接说事。"

潘水玉接话："李书记，你听我说。"

说话间，李书记眼睛一刻也没有离开"老阿庆嫂"那条碎花空袖子。随着她说话的情绪，那袖子一甩一拧花，一抖一散开，一扬一打卷，一顿一垂落，嘴与袖子配合默契，活灵活现，话不像是在她嘴里说出来的，倒像是从她的空袖子里一句一句抖搂出来的。

那空袖子里的每一句话，都抖落到了李书记的耳朵里。

最后一句，潘水玉说："李书记，你是打过江山现在还坐着江山的人，这两只船你可要踩好了，偏向哪边都是要翻船的，都是要落水的。你要知道，落水是要淹死人的。"

李书记思忖了一下，说："三个老革命一起找我一趟不容易，咱们别老说这些严肃的话题好不好？到晌午了，都放松一下，我给你们安排一顿好饭，吃完了再接着谈。我还有事，饭就不陪了。"

李书记让秘书安排了午饭。

"坐江山的人不陪，我们也去吃！吃他一顿饭，又吃不空他的江山，干吗不吃。"叶长河领先去了。

吃完饭回来，李书记已经在办公室里等了。这次是潘水玉先说话："李书记，上午我们三个人的态度有点过火，话说得也不太准确。你这坐着江山的，别跟我们这些闲着没事干的人一般见识。可我们也是万般无奈呀，李书记。"

"我明白。这可能又是叶老革命的一个策略，把事情说重一点，动静弄大一点，目的是要引起各方面的重视。叶老革命的策略见效了，我省市上下都要重视此事了。"李书记还是看着"老阿庆嫂"的空袖子说话。

江水星说："那不是什么策略，根本上又是叶长河的一个阴谋，可他搞阴谋的目的是要把这个大事办成。"

"李书记，你今天老盯着我的空袖子看什么？难道我这袖子里面有破解难题的好办法？"潘水玉迎着李书记的目光说。

李书记说："啊？噢！我是在想，老革命打下江山不容易，不是流血牺牲，就是光荣负伤。你看，这少胳膊断腿的，还要对打下的江山继续负责到底，难能可贵，值得尊敬。我觉得，在舆论上，应该大力提倡和支持老革命发挥余热。"

江水星说："别光说这些暖心窝子的话了，就说事怎么办吧？利索点！"

"不瞒你们说，到现在我还没有吃饭，我干什么去了？我是在和江洲湾方面及省里有关部门商讨你们的事去了。事情并不复杂，是江洲湾方面想复杂了。一些事情一想得过于复杂，就束缚住手脚了，什么也不敢干了，什么也干不下去了。这事一复杂，就把简单的办法给忘了。比如，先花点小钱，找几个潜水员下去，摸一摸、看一看舰上的字迹不就明白了吗？当然喽，泥沙淤积这么多年了，要想找到字迹也是有困难的，但总比在水上争论来争论去要强吧。如果下水看清字迹，是江洲湾造就捞，否则，就炸。就这么简单。"李书记说完，等大家说话。

没有看出叶长河脸上有多大喜色，他说："是美国造日本造就炸？是国民党军造就炸？不炸咱们捞上来行不行？我觉得，不管是哪国哪派的，只要是古船老舰，都是人类的文化遗产，捞上来都是有价值的，咱们站高一点想想好不好？眼界再放宽一点好不好？咱们跳出江洲湾这个圈子，站在大面上考虑考虑问题好不好？"

叶长河知道，自己这番话是有些搅和，因为他明知杰克号舰是江洲湾造无疑，他这么说只是觉得李书记的说法虽然达到了他的目的，但高度不够，少了点战略家风范。

"叶老革命这么想，我不会说你是得寸进尺。我一个省委书记，这个高度的问题我还是考虑到了，但是，现在，就这么个形势，就这么个环境，刚改革开放嘛，全社会的思想要得到全面解放还需要时间。能争取到这一步已经不错了，先干起来吧，摸准水下的情况再说。江洲湾市委那面，我已经批评他们了。他们也承认，对三个老革命，态度有些生硬，方法有些简单，也保守了点。我代表这些坐江山的向三个老革命道歉了。不过，有一句话需要说明，打江山、坐江山与打捞杰克号舰没有直接关系，非要拿江山社稷说事，也别把打江山的与坐江山的对立开来，两者根本没有什么区别嘛。行了，回去吧，江洲湾方面会主动找你们的。他们已经想清楚了，从弘扬优良传统的角度，深层次发掘江洲湾造船业发展的历史内涵，是进行爱国主义传统、国防和科普教育的有效方式。老革命的建议是正确的。对了，还有一个问题我也明确了态度：如果要打捞杰克号舰，必须是中国人自己干。日本的那个老板想打捞的理由太模糊，怕有猫腻，让他们靠边站去！"李书记一口气说完。

叶长河脸有了点笑意，说："很欣慰，省委有个明智的当家人。李二孬不孬，好书记一个！以后，像这种于前人后人都功德无量的事要多干点。我代表江洲湾人八辈祖宗和未来八代子孙，感谢省委，感谢李书记。"

三个老革命夸张地敬礼，告辞。

回去之后，三个老革命一直在观察江洲湾方面的动静。果然，没几天，沉舰河段就有了作业人员作业，随即传出消息，说探测定位遇到困难。

沉舰河段正是叶长河独门小院对面的左川河河面。三个老革命骑了自行车，从小院里顺坡而下，很快到了码头，发动起机动渔船，直奔勘测现场。

负责外围安保的人员不让他们的渔船靠近，江水星就冲作业区高喊："老革命叶长河解决难题来了，当年，杰克号舰就是他亲手打沉的，他知道详细位置。"作业区有人喊："有作业区的通行证吗？"江水星声音更高了："听声音，你是公安局的大胡吧？！你让我过去，我是江水星！"那边赶忙喊："哎呀呀，谁这么大胆子，敢拦着江老局长？！快快给老革命放行！"

三个老革命进入作业区。叶长河详细介绍了当年沉舰时的情况。大体在哪个位置，舰首朝哪个方向，他都一一在作业图纸上标识了出来。

"潜水员按这个位置下潜，保证没错。"叶长河把握很大。

潘水玉站在船头一直在观察思索，没有说话，见潜水员真要按叶长河的标识下潜，就说："且慢！这里面有问题。老叶你标识的是当年舰下沉的位置，可你想过没有，几十年过去了，水流会把沉船移位的。所以说，沉船位置一定不是这儿，船头船尾的方向也不一定是老叶所说的那样，它会被冲转了方向的。再说，潜水员就这样急匆匆下去，会有危险的。因为沉船表面和四周会沉积一些渔网渔具和破旧小渔船等大量杂物，潜水员下去就有可能被缠住上不来。有省委书记的指示，大家想尽快探测清楚沉船的情况，这个心情是可以理解的，但是，光有饱满的政治热情不行，还要有科学的工作态度。勘测和打捞沉船是一项科技含量较高的技术活，也就是说，它是一门科学，是科学就不能蛮干。现在，你们仅弄了几个潜水员在这儿扑腾，会发生事故的。你们得拿出详细的计划方案，经过科学论证才能行动。我打小在这片水域里沉浮，就像熟悉我家灶台一样熟悉江洲湾水性水情，我有这个发言权。大家听我的，先停止行动吧。"

看得出，对于打捞沉船，这些作业人员都是外行，听了潘水玉的这番话，大家频频点头称是。见状，江水星说："四妹这见识，没得比。"

三个老革命下了大船，上了小船，潘水玉才说："毫不夸张地说，到了江洲湾这个水面上，你就是个博士也得听当地识水专家的。我就是识水专家，谁不听，谁就会葬身河底。我们三人拿出个可行的建议方案送市里，这才是眼前最要紧的事。"

叶长河说："江水星，你不服气不行。有水的地方，四妹就是权威，四妹一沾水就是神龙一条。你不信，现在叫一个小伙子过来，在河里搞个潜水比赛，四妹虽是独臂，可她准赢。"

潘水玉一笑："知我者，长江之父长河也。长江之母，老江，你说是吧？"

江水星一撇嘴，一扭老细腰，"啧啧"一声没再说话。

既然有省委李书记特事特办的指示，既然叶长河有把握这沉船是原江洲湾船业制造局所造，这三个老革命就果敢地提出了一个彻底的计划建议：

第一步，用三天时间，以岸标法和八船拖钩法勘测出沉船具体位置。第二步，用四天时间，搭建水上浮动吊台，安装供电、供水和清淤、抽沙机械设备。第三步，用三天时间清理、扫除沉船周围的淤积杂物。第四步，用两天时间抽吸沉船周围的泥沙，让河水自然冲刷沉船，直至全部暴露。第五步，用一天时间，让潜水员下潜摸清情况。

这个计划，经有关部门略作修改，直送省委李书记。

很快，省委批复就下来了："照此办理！经费商省市交通和文物部门解决！"

十三天后，勘测任务圆满完成，杰克号舰锚舱处确实铸有"民国一十九年江洲湾船业制造局制造"的字样。

勘测报告和水下摄影资料呈送给省委李书记，批复只有两个字：捞！！快！！

叶长河说："一个'捞'字背后，是一个对历史负责的科学决策。看来，现在坐江山者，是能成大事的。"

潘水玉说："一个'快'字，说明李书记是行家。如果打捞慢了，新的淤泥积沙和杂物，又会把沉船重新围埋一截。"

江水星见李书记的两个字，都被他俩感慨完了，就说："四个感叹号，反映出了坐江山者解决问题的态度，大力度！大气魄！"

接下来，打捞杰克号舰整体出水虽然有一定的难度，但有了省委李书记的两个字、四个感叹号，就没有什么难的了。

打捞工作进展顺利。很快，就有了情况反映，舰内发现枪炮装备等残积物。

听到这一消息，江水星脑袋里有一根弦"嗡"的一声响：舰上报务室内必定也有遗物设备！于是，她直奔作业现场，急火火地说："一定要把打捞上来的所有物品完整保护，尤其是发现有密封着的器具箱包，务必进行特殊防水处置。要防止在打捞过程中损坏易损物品，切记！"

接着，打捞工作碰到了一个敏感问题：在舰舱内发现了尸骨。

大家都知道，杰克号舰是在作战时被击沉的，一般情况下，上面应该都是国民党的作战军人。这些人葬身河底，可以说是罪有应得。那么，这些尸骨怎么处理？是当即再扔回河里喂鱼，还是打捞上来找个地方埋掉？没人拿这个主意。显然，打捞者事先没有想到这个问题，现在，又不敢擅自处置。

有关部门的心情复杂而沉重，觉得这事要慎重考虑。考虑的结果是：多年来，一直有人反映，杰克号舰上的指挥官当时可能未被炸死，在江洲湾及附近地区潜伏了下来。江水星更是经常说，那个男人还活着。叶长河、潘水玉却认定，国民党指挥官葬身沉船之中无疑。到底是怎样的情况，常年争论不休，却又查无实据。现在，这些尸骨出水了，应该进行身份验查，尽可能弄清指挥官是死是活，以防他还活着逍遥法外。

这个考虑结果，呈送到了市委书记那里，又呈送到了省委书记那里。尽管在当时两岸关系背景下，这个问题特别敏感、特别棘手，但省市领导还是做出了决定：公安局协同医院采取技术手段，尽可能验明尸骨身份，然后，找个背阴处彻底埋葬。

有了明确指示，各方迅速行动。

江水星的态度却出人意料，她对舱内尸骨出水一事反而不闻不问了。她的心思转到了打捞舱内物品上。

叶长河找到她，说："这时候你最应该嘱咐要小心打捞舰内遗骨，对所有遗骨和能证明身份的遗物都仔细验拣装袋封好。对你来说，这恐怕是最重要的事。"

江水星深沉地看着叶长河，久久不语。叶长河又说："我想，那个男人的遗骨很快就打捞上来了，你多年的那个幻想将被击得粉碎。"

"叶长河，你错了。在我心里，那个男人是死是活当然很重要，但我告诉你，最重要的是，我要弄清楚那个男人在你摧毁杰克号舰之前，他有可能已经是一个投诚战士了。"江水星冷冷地盯着叶长河说。

叶长河苦笑："异想天开！一厢情愿！这只是你的臆想，这绝对不可能是事实。我太了解那个男人了，他是头号的反革命顽固派。当时，我给了他投诚的机会，可他先开炮炸了我的船，最终选择了与人民对抗到底！"

"我没有时间在这里和你探讨这个问题。你就等着吧，我会证明给你看的，尽管只有百分之一、千分之一的可能。"江水星急火火离去。

打捞工作还在继续，已经从舰舱内验拣上来的十三具遗骨，被妥善地摆放在了医院的太平间。外科医生把骨架对接好，把在遗骨身上或附近捞到的个人遗物，一一对应，放在骨架一边，以便帮助辨清遗骨身份。

叶长河、潘水玉来到太平间，逐一验查遗骨。十二具遗骨体型不够高，不可能是那个男人，只有一具大个子遗骨吸引了他俩。

叶长河急着问工作人员："这大个子遗骨身上有没有什么遗物？"被告之没有发现任何东西。

叶长河又问："这大个子遗骨附近有没有发现一把诸葛连弩？那连弩是花梨木的，又被特殊油漆过，在水中几十年都不会腐朽的。"又被告之没有发现任何东西。

潘水玉说："没有能够证明身份的遗物，仅凭这大个骨架难以断定就是那个人。"

叶长河说："说这江水星脑袋有问题，她还不认头。这么多年，她一直在苦心寻找那个人，现在，疑似那个人的人出现了，她却不来验查遗骨。真是个怪人。"

"我两次让人到作业区叫她，她就是不下来。催急了，就说，一把骨头有什么好看的？是那个男人又怎么样？你看看，喜怒无常嘛，这就是精神不正常的江水星。"潘水玉也不满地说。

叶长河问："江水星在作业区忙什么？"

潘水玉说："她在忙着看舰舱内有没有纸张文书留下来。三岁的孩子都知道，纸遇水必烂，都几十年了，更没完好的道理。江水星真是个十足的精神病。"

叶长河突然想起来，江水星曾对作业人员说，要仔细检查舰上报务室。想到这里，他沉思片刻，说："她在寻找下沉之前杰克号舰的往来电报，如果真能找到那些电报，还真能弄清当时一些情况。但，还是那句话，这是江水星的幻想。一是沉船中不可能有纸张留下来。二是即便那些电报稿奇迹般地留了下来，证明的将是那个男人根本没有投诚之意。因为他是个顽固不化的反动派、反革命。"

叶长河亲自到作业区水域，硬把江水星拉到了医院。

一进太平间，江水星风风火火的模样一下冷却了。她不禁打了个寒战。

这是她平生第一次进太平间。战争年代，不管多险恶的仗，她从没有害怕过。今天，面对一排尸骨，她不寒而栗，思想一下子又回到了那个男人身上。

这里面果真有那个男人的尸骨？难道自己多年的心灵感应是错误的？

江水星从十三具尸骨前来回踱了几遍，最终站在了那个大高个子尸骨前。

瘦长骨架，像他！

江水星有些头晕，两耳"嗡嗡"作响，似乎听到那个头骨幽深的黑洞里，发出了声音："水星，水星，是我呀，你怎么不认识我了？"

江水星不由自主地后退两步，又听到了那恐怖的声音："江水星，我就要投诚了，解放军怎么还攻击我呀？我本是投奔共军而去，也是投奔爱情而来的。水星，我一直深深地爱着你呀。"

江水星身体晃了晃，潘水玉扶住了她。

"水星，你看这个大个子是那个男人吗？我看这身架差不多。"是叶长河的声音。

片刻，江水星从恐怖中挣扎出来，瞪了叶长河一眼："满世界大个子多了去了，难道都是那个人？真是笑话！"说完，她扬长而去。

叶长河想起，这句话曾是他说给她的，就愣怔在那里不动了。

第三十八章　　神秘老农

江水星刚看到那具大个子尸骨的时候，嘴上虽还是硬硬的，心里却真的打起了鼓："这真的是他吗？难道那个男人还活着的幻想真的是幻想了？难道我的心灵感应是错觉？"

她又想："眼前，他是死是活并不是最重要的。即便他死了，我也要弄清他死的时候是个什么样子的人。"

于是，死心眼儿的江水星，又钻进了另一个死牛角，或者说又产生了另一个幻想：沉船报务室里，或许就有完好的电报箱，电报箱里或许就有能证明当时情况的电报！找，一定要找到它！

沉船作业区不断有物品和尸骨出水的消息传出来，过来看热闹的人越来越多，公安局加强了作业区的警戒。

一天，一个大个驼背一脸络腮胡子的老农出现了。他试图进入作业区，被公安局的大胡拦下了。当然，不爱多想事的大胡并没有把这个老农与前一个时期旺水浜河道出现的排雷老农联系在一起。

这个老农没话找话地和这个没心没肺的大胡闲扯起来。

老农说："要说咱这左川河呀，的确是水深流急了点，到涨潮的时候，水势更加凶猛，但也不会把几十米长的大船掀翻呀？"

大胡说："那当然，现在打捞的是一条战舰，听说是百万雄师过大江前，解放军派过人来炸沉的。"

老农说："记得当年，我在山坡上种茶，亲眼看见了百万雄师过大江的场面，那真叫壮观呀。打得那个凶哟，吓死个人。"

大胡说："解放军都不是孬种，小米加步枪，硬和武器精良的国民党兵干，靠的就是个不怕死。"

老农说："是啊，那些解放军有的还都是用的鸟枪土铳，能打败国民党正规军，不简单哩。可我想不明白，鸟枪土铳也能打沉大军舰呀？"

大胡说："鸟枪土铳哪能打沉军舰呢。"

老农说："那是用什么武器打沉的呢？"

大胡说："谁知道呢？听说是叶老革命当年下令打沉的，可他从来不说用的是什么秘密武器。"

老农说："乖乖，解放军好厉害咧，有能人哩。不过，沉船一出水就都清楚了。眼下沉船出水了吗？大概什么时候能出水？"

"这些事与你一个种地的有何相干？问这么清楚干什么？你到底是干什么的？"大胡这才警觉起来。

"我好奇，随便问问。你忙，你忙。"这个老农慌忙走开了。

大胡把这事反映给了三个老革命，叶长河心里暗暗一惊："那个神秘老农又出现在了作业区附近，说明这个人一直在密切关注着这次打捞行动。"

潘水玉也警觉起来："要重视这个神秘老农，要围绕这个人物想事，不然，就会犯错误。"

江水星这次对神秘老农出现，却表现出异常冷静和不在意，她把精力都集中在了沉船的出水物品上，一直固执地寻找她想象中的电报箱。

这天，三个老革命在河边看热闹的人群中，发现了一个疑似那老农的人。这么多天，这是三个老革命第一次捕捉住神秘老农的身影。他们悄悄靠了上去。

叶长河很快进入了战争状态。看到那老农腰间鼓鼓的，他怀疑是手枪，就来了个先下手为强，一步冲过去，一把就掏进了老农的腰。

那老农也似乎有着足够的警惕，一闪身，一出腿，就把叶长河放平在地上，然后，伸出双手一抓，竟然把叶长河提拎起来了，说："你这人，好好的，为什么突然袭击我？哼，小鸡子一只，还想给我玩动作，你不行！呵呵，还不服气？我把你扔到河里喂鱼去，信不信？"

两个老人突然玩起了年轻人的动作戏，在场的人都愣住了，连江水星、潘水玉都没想到会出现这种场面，一时呆在那里。

那老农"哈哈"一笑，张狂地说："怎么着？这老哥被擒，没人来救他？看来老哥你人缘太臭，那就别怪我了，见龙王去喽！"说着，抡圆了，一甩，叶长河就一头扎进了河里。

那老农说了句："听说眼前有个当过国民党特工，也当过共产党公安局长的人，怎么，老胳膊老腿的，也不中用了？不上来比试比试？！"见没人站出来，他转身跑了。

老农逃跑速度之快，不像个老人。

江水星这才反应过来，大喊一声："你这人，众目睽睽之下，敢把一个老人扔到河里，分明是故意杀人。给我站住！"说着，习惯性地往腰里摸枪，却抓掉了一颗扣子。

江水星冲那老农追去。

大胡也跟了上来，掏枪在手，说："江局长，那老农神速，开枪吧？"

江水星说："不许开枪，抓活的！"

大胡"咔嚓"一声推弹上膛："再不开枪，他就跑了！"

"怎么，我这个退休局长的话不好使了？大胡呀，你擅自开枪是要犯错误的，说不定枪一响，倒下的是你自己。你干了这么多年公安了，怎么连这个经验都没有？"江水星边跑边劝阻着大胡。

"这老农淹死老叶，就是罪人，我可以对他采取紧急措施。再说，有你江局长的命令，就不是擅自开枪。"大胡还挥着枪喊。

"你放心，老叶玩了一辈子水，淹不死他。再说，四妹肯定会下去救他的。"江水星说，"我现在是退休局长，我的命令能管什么用！"

大胡说："那就生擒他！"说着，抄了个近道追上去。

江水星跟在那老农后面紧追不舍。两个老人展开了马拉松赛跑。

跑出几里地，大胡突然出现在老农前面，"当当"冲天鸣枪示警。

老农急忙转身往回跑。气喘吁吁的江水星迎面顶上来，累得弯着腰，指着老农说："本人，老公安局长，江水星，这一带，无人不知，无人不晓，你是人是鬼？是惯犯还是良民？快快报上名来。"

老农急喘着粗气，不说话。

江水星喘匀了气，卡起了腰，说："这老哥，你有种就上来，咱俩较量较量，你若闯过我江老太这一关，公安局便给你自由。老哥，放马过来吧。"

老农脚下生风，迎头冲了过来。

江水星把精力集中到了眼上，真切地看清了那老农的眼神，又死死地一盯，再一盯。

这时，老农已经冲到了她跟前。老农迅速出拳攻击，待收回拳时，臂弯里却是绵软的一个身子。她躺在他臂弯里，有气无力地说："小龙，你还真活着呀！你让我找了一辈子了，你个该死不死的，潘小龙！"然后，泪水就流了下来。

老农把江水星揽在臂弯里一动不动了。

这两个人就这么待着，天地都静止了。

这时，大胡上来，手枪一指："劫持人质，罪加一等！大胆歹徒，赶快放人！"

老农一听，一激灵，立马就把江水星挡在了胸前，一下摸出一把刀子，压在了江水星脖子上，慢慢往后撤去。

大胡一步一步逼上来。

江水星醒过神来，忙摆手："大胡，别开枪！我来说服他。"

江水星被老农劫持着继续后退。她已不再惊慌，说："小龙呀，你也是有军事常识的人，怎么掏出了刀子？刀架在我脖子上，就属劫持人质的性质了，大胡开枪就有正当理由了。小龙，你怎么这么糊涂呀。"

那老农还是不说话，把持着江水星往河边撤。

"小龙呀，人家都说你是顽固不化的反动派，当年，你到底有没有投诚的心呀？这个事纠结我一辈子了。小龙呀，你个鬼影在我心里挥之不去呀，多少次想把你忘掉，可就是忘不掉呢。小龙呀，这两年我已经下定决心要把你忘掉的，可你怎么又来到了人间呀？老了老了还来搅扰我干吗？小龙呀，你是人还是鬼？放下屠刀，快投降吧，你不能再与人民为敌了。小龙呀，眼下，你跑不了了，我也不能让你再溜了。让你从我手中跑了，我这个老公安局长丢不起这个人。"江水星面朝外，看不见老农的神情变化，尽管自己没完没了地絮叨。

老农说话了："老公安局长江水星名扬江洲湾，谁都认识你、知道你，可你今天认错我了。什么小龙大龙的？投诚不投诚的？我听不明白。你再胡言乱语，不配合我逃掉，我真割了你的脖子。"

江水星挣扎了一下："老潘呀，别装了。别看多年不见了，我俩眼神一对视，我就认出是你了。别看这么多年过去了，扒了皮我也还认得你的骨头。不瞒你说，我早就怀疑左川河出水的那副骨架子不是你的哩。小龙呀，这些年你从来没有走出过我的记忆。常言道，被回忆就等于活着。所以，你潘小龙一直在我心里活着。"

这时，他俩已经退到了河边急流处。

老农说："江水星，你退休闲着没事干，想案子都想疯了吧？我哪是你的什么小龙老潘的？都这么大年纪了，还被一个情字困着，也不害个臊。我看你病得不轻哩，快到精神病医院瞧病去吧！"说完，一把把她推倒在地，纵身跳进了急流中。

大胡赶过来，要冲河里开枪。江水星爬起，抱住他一条腿："大胡，不能开枪！"然后，就昏了过去。

江水星醒来时，已经躺在了病房里。旁边床上躺着的是叶长河。

江水星说的没错，叶长河被扔到河里的一刹那，潘水玉就纵身跳进了水里，用独臂挽救了他。

叶长河支起半个身子，盯着江水星看，说："你醒了？看清那个老农是谁了没有？"

江水星却说："只要独臂四妹在人间，你叶长河是死不了的。"

"少废话，老农是不是潘小龙？"叶长河急急地问。

江水星脸露笑容，眯起眼说："这与你何干呀？我没看清！不过，我还是那句话，他潘小龙从来都没有走出过我的记忆。你要知道，被回忆就等于活着，所以，那个人一直在我心里活着。"

"精神病又犯了！"叶长河翻身朝墙，不再理她。

奇迹！钻了死牛角的江水星还真钻出了令人难以置信的奇迹。

江水星居然在沉船报务室的泥沙中，找到了一个密封的胶皮箱子。

这正是她幻想中的电报箱。

沉船出水前，要用抽沙机把各舱位中的泥沙抽出，以减轻沉船出水时的重量。当抽到通信室的泥沙时，江水星要求把大型抽沙机换成小型抽沙机，并坚持让潜水员潜入通信室同步作业。这样一来，在通信室要多费很多工时，且潜水员会增加危险度。

一根筋的江水星说："耽误的工时由我江水星个人付工钱，潜水员出了危险由我江水星负完全责任。"

施工负责人说："你一个退休局长，能负得了什么责任？"

江水星说："出了事枪毙我！按我说的办吧，不然，我就到省里市里跑一趟。"

施工方怕她到上面乱告状，就照她说的做了。

潜水员采取了特别的保护措施，近距离靠近抽沙管口作业，尽可能地防止抽沙机损坏室内物品。

潜水员在通信室一个角落里发现了一个箱子，便迅速装袋出水。

江水星早让人准备了特别器具，当场对箱子进行了防氧化处理。然后，她立即跟车去了公安局技术处密室。

技术人员按技术程序打开了那个胶皮箱子。在场的人都惊呆了，果然是多半箱子电报文稿。

这个箱子密封性很好，但文稿仍然受潮严重，都粘连在了一起。技术人员立即对文稿进行了脱水处理。

江水星焦急地等在技术室门外。叶长河、潘水玉也赶了过来。

江水星上去就抱住了叶长河，抽泣声都有了："长河，真的，真的，长河，是电报文稿，多半箱呢。"

叶长河想推开她问个仔细，她却抱得更紧了，竟"呜呜"地大哭起来。

潘水玉站在一旁，似乎眼里也有了泪水，说："居然真有电报文稿，真是见鬼了。"

"抱着自己的老公，为别的男人哭泣，也不害个臊。"叶长河好半天才劝住江水星，"水星，我要告诉你，这可能有另一个结果：电报文稿证明，那个男人压根儿就没想投诚，一直在顽固地对抗人民解放军。"

江水星一抹眼泪，脖子一梗："绝对不可能！"

脱水、防氧化、粘连剥离，都是技术活，也是慢活。这三个老革命坐在技术室外，整整等了三个半小时，还不见有人出来。

江水星说："我饿了，四妹，你去弄点吃食吧，最好熬点鱼汤。"

潘水玉说："你支使我支使惯了，这次，我四妹不干了。你老江有幻想成真的本事，你闭眼幻想一下，天上就会掉下一盆鱼汤。"

江水星说："什么叫幻想？心灵感应也是有科学根据的。你这人从不知恩图报，我幻想是为了啥？我一根筋是为了谁？还不是为了你们潘家吗？你看你这些天说的那些风凉话，好像潘小龙与你无关。"

潘水玉说："潘小龙首先是人民的敌人，然后才是潘家的儿子，不过，潘家早就声明了，潘家与这个反动派断绝了一切关系。他是死是活，是臭是香，已经与潘家无关了。再说，潘小龙早就过继给上海叶家了。谁都知道的，他是叶家的义子。"

江水星说："啧啧，亏你说得出口，小龙是反革命了，怕连累你潘家，就把他推给叶家了。真没良心，当年，还不是叶家供养潘小龙上学，送他上了从军路？！"

潘水玉自觉说话没了分寸，理亏似的："我随便说说，哪能不记得叶家的恩情呢。"

江水星说："叶家也没什么功劳，培养出了一个反革命来，长河心里内疚着呢，是不是？长河。"

叶长河说："行了，别瞎扯了，这是哪儿跟哪儿呀。潘小龙走到人民的对立面，成为顽固的反动派，是他自己选择的道路，与叶、潘两家无关。"

江水星说："长河，你下这个结论太早了点吧。直感告诉我，小龙并非顽固，他已有心投诚，归从人民。你就等着吧，一会儿电报破译了，你们就没什么可说的了。"看了一眼潘水玉又说："四妹，你真要饿死人呀？饿死我不要紧，你不心疼叶长河？"

潘水玉说："我看你又犯病了，你的男人别人犯得着心疼吗？神经病！"说完，扭头走了。

又等了两个多小时，技术室的门终于开了。潘水玉提着鱼汤也刚到，大家顾不得喝鱼汤，就冲进了技术室。

技术人员共整理出了121份电报，除少数几份注有中文译文外，多数为四位一体的阿拉伯数码，都是密码电报。

大家都傻了眼，谁也看不懂电报。

江水星虽是国民党海军特工出身，对密电码有印象，但多年不接触密码了，一时也看不明白具体内容，只看出这些电报的收发方涉及当年的海军部、海军署、巡防处、警备司令部及第一舰队、第二舰队、江防舰队等军事单位。

江水星有信心，说："当年，我经手过不少海军密码电报，给我时间，我能破译这些电报，至少能破译部分内容。"

叶长河一直在深思。他觉得这些电报极为重要，不仅仅是能证明潘小龙身份的问题，还能从中了解到解放战争时期国民党海军的一些重要军事活动，其中必定蕴含着一些鲜为人知的机密，应极具历史价值。

此事非同小可，必须尽快报告市领导。

公安局一个副局长也到了现场，叶长河说："这些电报不是一般文物，它有特别的军事历史意义，还可能有一些机密内容。因此我建议，公安局应该严密保护起来，尽快拿出处理意见。"

叶长河准备走人，江水星却坚持留下来，说："给我时间，我能破译。"

叶长河没理她，却对公安局副局长说："我认为，任何个人都无权私自接触这些电报。即便谁有能力破译，也不能独自开展这项工作。尤其是心怀个人私情的人，更不能随便接触这些电报。"说完，出了门。

江水星跟出来："叶长河，你什么意思？不相信人？怕我在破译过程中做手脚？"

叶长河说："革命与反革命只一字之差，破译时不小心少译一个字也是有可能的，那样，反革命就成了革命者了。"

"叶长河，你是个老浑蛋。我江水星是那种人吗？在那个人是革命还是反革命这个事上，你污辱我一辈子了，今天，我跟你没完。"江水星气冲冲地抓住了叶长河的胳膊不放。

叶长河一瞪眼："少译一个字多译一个字的事，你又不是没干过。当年你既然能把伤亡 1100 人译成 11000 人，那现在就有可能把'反革命'译成'革命'者。怎么？说屈你啦？！"

江水星一下就噎在了那里，眼睛红红的松开了他的胳膊。

潘水玉赶过来，劝道："又吵吵什么呀？有事回家说，别在这里丢人现眼。"

江水星一甩手，把潘水玉提的瓦罐碰在了地上，说："我们两口子的事，你少管。你掺和一辈子了，难道你不嫌烦吗？！"

瓦罐碎了一地，潘水玉咬着牙说："江水星，你听着，我潘水玉以后再管你俩的事，就不姓潘。"说完，气呼呼地甩着一只空袖子走了。

之后几天，叶长河三次跑市长书记那里建言献策。最终，市长书记觉得，此事确是件奇闻奇事，却也不是大不了的要命事。事情都过去三十多年了，就是有天大的事也过了脱密期，因此，别拿对待大案要案的态度来处理它，一般重视就行了。

书记说："一堆战争年代的密码电报在我江洲湾出水，不解开这些谜，心里还真不踏实。叶老革命的意见基本是对的，该参考的要参考，公安局全权去办吧。"

公安局采纳了叶长河的意见，首先拿下破译密码电报这个关口，然后再针对破译出来的内容，视情采取下一步的行动。

叶长河的意见是：江水星虽然懂一点国民党海军的密码，但仅她一个人确实不妥。破译结果她说一是一，说二是二，没个旁证，说不清楚。再说，她的水平也不一定就能成功破译。所以，科学的方法是向全社会征集密码电报破译者。

第三十九章　杰克舰密码

第二天，《江洲湾都市报》公布了消息：

> 121份密码电报30年前随战舰沉入左川河底，现沉舰密码征招破译者。
>
> 近日，在左川河打捞沉舰时，在其通信室泥沙中，发现百余张密码电报文稿，打捞出水后无人能破译，现向社会求助，曾从事过电报电讯行业者、院校科研院所相关专业研究者、热衷军事致力于研究电报密码的业余爱好者，均可报名参加此次破译活动，有意者请与公安局技术处联系。

此消息一出，在江洲湾引起了一阵不大不小的轰动，不断有当年的老革命军人、离退休干部、退伍军人、邮电工作者、院校师生以及相关研究院所、档案馆的专业工作人员前来应招。

"民间密码破译团"即刻组成。

公安局规定：破译团每五人一组，共分为四组，分别对电报文稿全稿进行破译，即，每组都独立对这121份电报破译一遍，其间，不得互通情况，最后再比对结果，看是否一致，以此来证真伪。这样做，谁也作不了假，搞不了鬼。

江水星明白，这是叶长河的主意，以防她徇私情，搞假结果。小心眼儿的叶长河哟，在有关那个男人的问题上，从来不相信她。

三十年前的军事密码，破译起来确实有些难度，但经过民间破译团半个月的集中攻关，最终破译了其中78份电报，另外43份都缺边少块或字迹模糊，不具备破译条件，不得不放弃了破译。

从破译电报中获取了当年国民党海军一些作战情况。

由于杰克号舰是一艘普通浅水炮舰，它在国民党海军战舰中的地位作用自然大不到哪里去，因此，它的来往电报，其内容基本没有涉及当时高层战略方面的重要情报，多是些战术动态情况和行动命令，都涉密较浅，有的早已公布于世，已无密可言。

公安局折腾了半个月，没弄出什么大的名堂，有些失望，就把这些电报底稿和破译结果转送给了军方文史管理单位。

杰克号密码电报事件到此画上了句号。

然而，在叶长河、江水星和潘水玉等三个老革命那里似乎是事情刚刚开始。

按江水星的说法，在破译的78份电报中，有三组电报完全可以证明潘小龙当年已经决定起义了。

第一组电报有两封，其中一封，是当年海军情报部门通信室发出的电报。电报显示发报人是江水星，收报人是潘小龙。电报内容是：前期所谈之事，望慎重考虑，果断决定。战争残酷，家人想你，盼君早日归来。另一封是潘小龙签发却没有发出的回电。其内容是：把诸葛连弩归还叶家，我誓当叶家义子。不忘一家亲，即日就还家。

这一组电报破译出来后，江水星的解释是：她作为潜伏在国民党海军部门的地下共产党员，一直在努力争取潘小龙弃暗投明。这一点，她是给她的上线地下组织详细报告过的。她虽没有在潘小龙面前暴露自己地下党员身份，却向他宣传了很多进步言论和当时国民党走向颓废的大势，非常明确地希望能同他一起走向光明。她还说打听清楚了解放军的政策，起义和投诚都有光明的前途。最好是起义，带着杰克号和部属秘密配合解放军的军事行动，寻机投奔解放军。如果带部队起义有困难，也可以自己过去，可这种行为属于投诚，贡献就小多了。那时候，国军中有进步思想、想另谋出路的人已不少，所以，江水星的言论并没有使潘小龙怀疑她是共产党员。江水星明显觉得，这些时日，潘小龙已经听进了她的话，只是没有明确表态什么时候用什么方式起义或者投诚。在杰克号出航执行"江猪"计划时，这一行动被江水星得知，她又发出了那封催促潘小龙起义的电报，希望他能抓住这一难得的机会起义。潘小龙那封没有发出的回电也可以清楚地证明，潘小龙已经下定了起义的决心。

叶长河却不以为然，说："那封电报并没有发出去，内容也不明确。以此为证，难以服人。"江水星说："电报没有发出去，那是你叶长河发出了炸毁杰克舰的号令，舰一爆炸，报务员急忙封闭了电报箱，这是报务员常规做法，遇到危险首先要保全密码。内容已是十分明确，'把诸葛连弩归还叶家'即是要归从的意思；'誓当叶家义子'暗指要与你共伍当兄弟。与你叶长河共伍不就是要当解放军吗？'不忘一家亲，即日就还家'就更明确了，是说他当天就要投诚。当天就是你炸毁杰克号的那一天。叶长河，是你没有给他投诚的机会和时间！你还有什么可说的。"叶长河还是那句话："不明确，难以服人。"江水星说："什么叫不明确？你让他在往来电报中直接说他要起义呀。那他活不了一时。你不会连什么叫暗语都不知道吧？我看，你是对潘小龙成见太深。"

第二组两封电报破译出来后，叶长河基本上就闭嘴了。一封电报是潘小龙发给海军司令部长官的，内容是：杰克号已被共军截获，我等官兵被俘。另一封是海军司令部长官的回电：潘部自称已被俘是谎报军情，实则要背叛党国。有证据证明其已有叛逆之心，万望潘部以党国大业为重，不可走向绝路。否则，潘部所属都将死无葬身之地。

关于这组电报，江水星问："你，还有什么可说的？！"叶长河说："可信。但是，只是有心，而无行动。"江水星气得只有两个字："你！呸！"

第三组电报，只有一封，是杰克号大副发给海军司令部长官的，但只写了一半，没有发出："杰克号已被共军渔船前后夹击，潘小龙将要背叛党国，现正同他当共军的同门兄弟喊话斗嘴，实则是在拖延时间，好让其亲信控制住舰上异己，然后再安全投诚。请明示我等下一步怎么办？我想带我的几个弟兄先干掉潘小龙，然后——"

江水星把这封电报甩给叶长河看，叶长河又甩了回来，说："那潘小龙干吗不直接喊话说要投诚？"江水星说："你是白痴呀？舰上还有和他不一心的反动顽固分子，不准备充分就喊话投诚，那能成功吗？这一点，电报中不是已经说得很明白了吗？现在看来，小龙提前已有起义计划，没想到突然被你截住，就决定立即起义，可当时得需要时间做好应变准备呀。"叶长河一拍大腿，说："江水星，你说得太对了。当时，肯定就是这么个情况。是我下手早了，但这不能怪我，是杰克号上有人先开了炮。在当时万分火急的情况下，敌舰先开火炸毁我渔船，我还击炸毁它是理所当然的。不过，现在我声明，从今日起，潘小龙在我心里是好人一个了。"江水星一瞪眼："什么东西你！总算明白了。"

这三组电报先期被破译后，叶长河另一个重大行动已经着手实施。

前几天，叶长河配合民间破译团做些服务工作。他可以进入每个破译小组的房间，因此，他对破译进展情况有所了解。

民间破译团吃住工作都在公安局招待所内，费用由公安局出一半，打捞沉船经费出一半。公安局派出部分干警协助破译团工作，实则是监管破译团成员。

公安局规定：破译团成员在完成任务之前，不得离开招待所半步，各组相互隔离独立工作，不准游走，不准串通。服务人员叶长河除外。至于什么时候解散该团、解散后还有什么长期约束，要根据破译内容的涉密深浅而定。总之，一切等破译成功后再作决断。

在这半个月中，最先破译完成78份电报的是第四小组。在其中发挥骨干作用的是一个留乌黑长发、戴眼镜的老知识分子。人们说，他在邮电局干了一辈子译电工作，现退休在家，人称高师傅。此人少言寡语，所出之言却都在关键时期发挥了关键作用，有力地推动了破译进程。大家都服他的气。

第二个破译出这些电报的是第二小组。这一组发挥关键作用的是江水星。她调动起当年在国民党海军工作时的记忆，凭着数年搞情报工作的经验，进入情况快，钻得深，和其他四个成员思路接力紧密，在第四小组破译完成后的第二天，他们也完成了任务。

两天后，第一组、第三组也先后破译完成。这四个小组破译结果一比对，71份电报结果完全一致，7份有不同误差，大概内容也没有大的出入。

鉴于密码电报内容涉密较浅，民间破译团即刻宣布解散，只提了些出去不要乱说等一般性要求，就让大家走了。

根据叶长河的建议，公安局本来是要留下那个老邮电职工高师傅的，但在公安局解除严密监管前，此人就不见了踪影。大家都不知道这个高师傅是什么时候、通过什么方式先溜了。

叶长河一拍脑袋："哎呀，又让这个老狐狸从眼皮子底下跑了。"

这期间，叶长河一直在暗处盯着那个高师傅。他一身知识分子打扮，戴了个宽边大眼镜，胡子也刮得像年轻人一样溜光，习惯动作是手握着下巴半捂着嘴，趴在桌前一坐就是半天。休息回到房间也关门就睡觉，很少出来。即便是这样，在后期，叶长河还是认出了他。他就是那个神秘老农，化装改变形象混进了民间破译团。

本来叶长河以为这老农有什么阴谋，可发现他很卖力地破译，并无可疑行为。叶长河想，无论神秘老农有什么目的，都应该在破译团解散之前抓住他。这老农毕竟把他叶长河扔到河里差点淹死。这叫杀人未遂。

公安局也认为，神秘老农是不是杀人未遂先不说，但无论从哪个角度讲，都应该把他先抓捕归案，再促使其原形毕露。

可惜的是，一大窝子人没有斗过一个老农，又让他溜之大吉了。

江水星没有想到，这半个月里，她身边居然有这么惊奇的一幕在其中。她对叶长河又动了肝火："你叶长河天生就是个大笨蛋，你没有把握抓住他，为什么不提前告诉我。我若知此情，他绝对跑不了。"

叶长河说："你一直沉浸在电报中潘小龙投诚的喜悦里，我哪好意思把这烦心事告诉你呀。"

江水星说："这纯粹是借口，你就是想自己逞能。你知道这个老农是谁吗？我早告诉过你，他就是潘小龙。"

叶长河说："这半个月，我一直观察他，发现他越来越像潘小龙。但我不明白，他若是潘小龙，他还跑什么？"

江水星说："是呀，电报已经证明他早有投诚之心了，罪不至死呀，且这么多年过去了，政府应该对他不会有过重的惩治了。"

叶长河说："估计是潘小龙忧虑较多。虽说电报内容对他有利，但他怕说不清楚杰克号先开炮的事。况且，他早年杀过红军，解放战争中也与解放军打过仗、杀过人。他拿捏不准中共对他这些历史情况的态度，是既往不咎，还是有过必究。潘小龙一向心贼，没把握的事他是不干的。所以，他不会轻易自投罗网。"

江水星说："那就再打八年游击战，就是挖地三尺，我也要把他潘小龙挖出来！"

破译出的电报里没什么要紧的内容，无需针对这些电报再做什么工作，下一步的打捞计划照常进行。杰克舰整体出水是最终目的，各部门善始善终完成任务的决心很大。

几天后，杰克号舰终于见到了天日，整体被打捞上来，暂时安放在了岸边。

出水这天，市长书记和各有关部门的头头脑脑五十多人前来参观。

公安局隔离出了警戒线，闲杂人员一律不许靠近杰克号。

市长书记由叶长河陪同在舰上舰下参观了一遭。

叶长河详细解说了杰克号相关情况，专门让领导们看了铁铸"民国一十九年江洲湾船业制造局制造"的字样。

书记握着叶长河的手说："老叶呀，有这块铁铸的牌，捞船的钱就没白花，对江洲湾有意义；你不愧是老英雄老革命，在杰克号舰上听你讲革命故事，如临其境呀。有舰有故事，对你那纪念馆有意义。总之，你们这些老革命做了一件有意义的事。"

书记来到舰体右侧，发现右后半侧几乎全被炸开，歪头问叶长河："老叶呀，杰克号到底是被什么武器炸沉的。这么多年了，你总该给我说句实话了吧？不说，打捞沉船的钱我可就不掏了。"

叶长河一副很认真的表情："不是早就公开说了吗？是被我军鱼雷炸沉的。"

书记严肃起来："公开的说法还用你说给我听吗？杰克号舰被炸沉的当天，解放军某部就高调宣布我军用鱼雷炸沉了名舰杰克号，我军拥有鱼雷装备，可以击毁国民党反动派的一切舰艇。谁都清楚，当时这么说，是战略需要，是恐吓国民党军舰艇的。但我知道，当时我军在江北水域根本就没有一枚鱼雷。"

叶长河还是很认真的表情："可我说的是实话，杰克号确实是被我特遣队用鱼雷炸沉的。不信你看船体呀，一般水雷和炸药包哪有这么大的爆炸力。"

书记一瞪眼："打死我也不信。算啦算啦，给我书记保密就保着吧，不该问的不问是纪律，这个我是知道的。"

市长笑笑说："老革命就是老革命，组织不让说，他到死都不会说。尽管这件事已经没有任何保密的价值了，可遵守组织纪律的时效性却是永久的，到什么时候也过不了脱密期。老革命你做得很对。"

叶长河降低了嗓门："今天人多耳杂，改天我到市长书记办公室汇报详细内情。"

书记本来要走了，一听这话，就站住了："我说的对吧，必有内情。老革命高看市长书记一眼，我们很荣幸喽。"

这时，又走过来一批部门领导参观舰右后侧炸口。一些处长科长们议论纷纷，猜测着杰克号当年为何物所炸。

一个穿着中山装、黑鬓短发、戴金丝眼镜的老处长模样的人一言不发，却看得极为认真，不时攀到炸口内参观，还掰下几块炸片仔细观察，然后，嘴角露出一丝不易察觉的笑意。

当这个老处长从缺口处下来时，江水星和潘水玉迎上去，扶了他一把，江水星说："小心，别栽个跟头。"

潘水玉说："哥，束手就擒吧！你这次真跑不了了。"

江水星掏出一副手铐："小龙，握紧我的手，别动呀。"

那老处长突然一反手，挣脱开了江水星。潘水玉独臂极为敏捷，抓那手腕的同时手铐"咔嚓"就给他铐上了，可另一头还没铐牢，就被他甩开，撒腿朝另一边跑了。

手铐留在了老处长的一只手上。本来江潘二人一人一副手铐，计划好了要双铐铐他的。可让他跑了，还带走了一副手铐。

这两副手铐是江水星当局长期间，自己违反规定偷偷私存下来的。这下，全暴露了。她很懊恼，抬腿追了上去。

已经走开的市长书记听到有异常动静，就朝那边张望，叶长河忙说："没事的没事的，咱们继续参观吧。"

叶长河话音刚落，那个老处长直冲过来，市长书记一闪身，那人蹿到一边，提起一个袋子，随即掏出一个物件。

叶长河见状，大叫："小心！"敏捷跨前一步，用身体挡在了市长书记前面。

"潘小龙，放下连弩，缴枪不杀！否则，你必被击毙！"叶长河大叫一声。

潘小龙双手抱紧诸葛连弩，放在胸前，用飘忽不定的眼神看着眼前的一切。

人们都愣了，不知这个手持怪异武器的人想干什么。

突然，叶长河撕心裂肺地呼喊了一声："天红了，地红了，刺刀红了，眼睛红了，杀呀！"

这时，潘水玉、江水星也一路高喊着冲了过来："天红了，地红了，刺刀红了，眼睛红了，杀呀！"

三个老革命一唱两和的呼杀喊，一下震惊了全场。瞬间，在场的人们都记牢了这句杀气腾腾的口号。

潘小龙一听到这口号，眼神惊恐，腿一哆嗦，差点坐在地上。他强打了一下精神，把连弩举过了头顶。

众人从老革命的口号声中醒过神来，目光齐刷刷地集中到了潘小龙身上。

潘小龙虽然眼露惧色，口气却硬起来："叶长河，我没把连弩当凶器。你看，这箭盒里没装箭。这是叶家的宝贝，我要完璧归赵。今天，我是来向政府自首的。这把连弩是我手中唯一能称得上是武器的东西，我缴械，我投降。"说完，把手铐"咔嚓"扣死了自己的双手。

江水星、潘水玉上去扭住了潘小龙的胳膊。大胡过来用手枪顶住了潘小龙的脑门。

叶长河拿起那把诸葛连弩，仔细辨认，然后说："没错，是叶家祖传的诸葛连弩。这把弩我用它杀过日本鬼子，它也救过我的命，是我的宝贝。不过，现在它被你潘小龙玷污了。解放战争那几年，不知你用这把连弩杀过多少解放军战士。现在，它成了罪恶的武器，已经一钱不值了。"说完，用力一甩，连弩飞落于河水中。

潘水玉见状，忙说："叶长河，你这是胡闹！诸葛连弩何罪之有？如果你这样给连弩定性，那杰克号舰怎么说？！它也是被日本人、被国民党军驾驶着干了不少坏事的。"说完，她紧跑几步，跃身扎入河中。

众人看到独臂女老英雄跃起入水的漂亮动作，先是一惊，然后就不由自主地鼓起了掌。

今天的情况一波三折，是百年不遇的好景儿，来参观战舰的人们净看新鲜事了。

在人们的掌声中，潘水玉捞回了诸葛连弩，对叶长河说："从此以后，这把连弩与叶家没关系了，本人收藏了。"

叶长河指着她："潘水玉，你给我记住。以后不要把诸葛连弩与杰克号相提并论。杰克号是明星舰，也曾经是英雄舰。杰克号舰的地位是不可替代的。"

潘小龙说："这把连弩也是神圣的，我没有用它杀过一个中国人，没有把它指向过任何一个解放军战士。在日本宣布投降后，我却用它射过一个想夺路逃跑的鬼子俘虏。那个俘虏叫吴正雄。这把连弩真是好用极了，它准确地把两支箭射进了吴正雄的腿，致使他逃跑失败。"

叶长河说："没人相信你的鬼话！"

浑身滴着水的潘水玉嘟囔道："诸葛连弩与杰克号舰只是小与大的关系，我没看出有什么本质区别。从某种意义上说，这两者是一样重要的。"

叶长河没再理会她，上去摘下潘小龙的金丝眼镜，说："潘小龙，你既然是来自首的，刚才水星水玉抓你为什么还跑？"

潘小龙镇定了许多，笑笑说："我只是不想让两个自作聪明的老女人就这么抓了。我早就发现她俩跟踪我了，还几次伺机下手抓我。长河，你说，我潘小龙若是被这两个女人三只手给抓住了，岂不让人笑掉大牙。况且，要是被她俩抓住，应算抓捕归案，就不算我自首了。所以，我自己找上门来，把自己给铐上了。我略懂你们共产党的法律，今天我做的这一切，属于毫无争议的自首行为。"

叶长河说："潘小龙，你争强好胜一辈子，大小事上都不服输。但是，你所投靠的党国输了，你也就从根本上输了。说到底，你是聪明人走了糊涂路。不像我，早早地投奔了光明。看来，还是我比你聪明。这辈子，你潘小龙输定了，认头吧。"

潘小龙又一笑："可我没输给这两个女人三只手呀。"

潘水玉一脚跺到他的脚面上，说："潘小龙，严肃点，都什么时候了还出洋相，你是死是活还不知道哩。"

潘小龙说："四妹，我知道，当年是你背后里下了黑手，用神秘武器炸了杰克号舰。今天，我看了炸口处的碎片，终于弄清楚你们还真是使用了鱼雷。四妹，你真够勇敢的，为此还献出了一条胳膊。四妹，你也真够狠心的，当时你不知道哥在杰克号舰上吗？"

潘水玉说："那时候，我心里只有敌人，没有哥！谁让你选择了与人民为敌呢？炸敌人我潘水玉从来都不会手软的。大义灭亲后，我为此痛苦过，但我从来没有后悔过。消灭人民的敌人，是我潘水玉义不容辞的责任。在我心里，责任是永远大于亲情的。"

"妹妹为信仰舍弃亲情，亲手炸死亲哥哥，你有种！我这个当哥哥的是咎由自取呀！"潘小龙对天长啸，"我自己发射的鱼雷，居然飞翔了十一年半，最终，炸沉了我自己的舰。老天哪，你信吗？哈哈！"

叶长河也"哈哈"一笑："一枚飞翔了十一年半的鱼雷炸沉了杰克号舰，神奇呀！只因为当年对组织有保密承诺，我和潘水玉俩人，把这个秘密藏在心里整整三十一年，连江水星都没有告诉过。"

江水星还在云里雾里，问："飞翔了十一年半的鱼雷是什么意思？我怎么听不明白。"她无理取闹的心性又生发出来了，"好你个叶长河，你和四妹居然背着我有一个三十一年的秘密？快告诉我，这是个什么秘密？是男女私情，还是军事机密？这还了得，我跟你俩没完。"

这时，叶长河看到惊恐中的市长书记走到近前，就故意提高了嗓门，说："潘小龙，你这种自首的方式很不礼貌呀，你看，把市长书记都吓坏了。"

书记一听，就强打了一下精神，把大胡的手枪挪开，把江水星、潘水玉的手挪开，一笑，说："放开他！我不信他潘小龙在我的地盘上还能上天入地。潘小龙哪，看了那些电报，我知道你当时已经有了弃暗投明之心，我很欣慰。可我以为你早死了，今天怎么又从河底里蹦出来了？还上演了一场精彩的武打戏，让江洲湾人民开眼喽。"

潘小龙一指江水星："她早知道我还活着，前几天还同我说过话呢。"

书记立即转向江水星："怎么回事呀，江老革命？不报案，却自己下手抓人，纯粹是想显示你这老局长的风采嘛，可惜，你没抓着，演砸了。"然后，又凑近她耳边说："传说潘小龙曾是你的情人，感情极深，看来这是假的。因为他潘小龙在我市委市府各路诸侯面前，没有给你面子，说明他对你没有感情。"

"我江水星的男女私情也是你书记要管的事吗？简直是狗拿耗子嘛。"江水星故意提高了嗓门说。

潘小龙一举手，说："报告市长书记，我是来自首的，有重要情况报告。这一情况能够充分证明当年我不仅有投诚之心，还已经有了投诚的实际行动。"

书记说："呵，说出来听听。"

潘小龙说："当年在杰克号上，我一边给叶长河喊话，一边密令我的亲信开始逐个控制舰上的反动派，我想等完全控制了舰上局势，再向叶长河宣布投诚。这一点说明，当时，我已经有了实际行动。"

书记不耐烦地说："这一点你就别啰唆了，那些电报上不是已说得很清楚了吗？"

潘小龙又一举手："报告书记，还有更重要的情况能够证明，我曾有过更重大的投诚行动。不过，这个重要情况不能当众宣布，否则必定引起全江洲湾市大乱。"

书记听罢，笑说："神乎其神嘛，我江洲湾百姓还能被你一句大话吓乱了？！"

潘小龙一脸严肃，嗓门也大了："百姓大乱，影响了生活工作秩序，你市长书记负全责！我有言在先，与我无关。"

"神乎其神嘛！"书记脸真拉下了，"走，带回去听他的故事。我就不信，还会比叶长河的故事精彩。人家叶长河真是宝刀不老，雄风犹在呀。你听听他那口号的气势，排山倒海嘛，压倒一切嘛！甭说敌人了，就我听了都胆战心惊。哈哈。"

"天红了，地红了，刺刀红了，眼睛红了，杀呀！"人群中，不知谁先喊了一句，随即就是喊声一片。

老半天，兴奋难抑、精神振奋的人们，才在口号声中渐渐散去。

不多日，江洲湾地区儿童玩打仗的游戏骤然火热，"战斗"中，孩童们千篇一律地高喊："天红了，地红了，刺刀红了，眼睛红了，杀呀！"

第四十章　逃亡之旅

杰克号舰被炸沉的第二天，是 1949 年 4 月 21 日。自前一天夜里开始，解放军百万雄师向江南国民党反动派发起了总攻，一支支部队英勇作战，陆续渡过长江。

国民党江防部队依托长江天险实施顽固抵抗，解放军一些渡江部队产生较大伤亡，但很快又有后续部队杀将过来，突破敌军防线，快速向纵深推进。

长江南岸一段滩头上，敌我尸体遍布。被炸沉的杰克号舰上的一些尸体，也冲到这里，与双方阵亡人员融为一体。

一个衣衫破烂血肉模糊的"尸体"动了一下，又动了一下，然后，开始向前爬行。他在一块礁石背后停下，扒下一个解放军尸体身上的衣服，换到自己身上，艰难地爬到一个显眼处静卧。

这个人正是杰克号舰爆炸时受伤的潘小龙。

解放军救护队赶到，收留己方伤员，送往野战医院。潘小龙被当作解放军的伤员，在医院里得到了救治。

多半个月后，惶恐不安的潘小龙偷偷溜出医院，从此走上了离奇的逃亡之旅。

潘小龙在逃亡前，首先反复思索了一个问题：不逃行不行？向解放军投降会有什么结果？近了，能否说清楚这次杰克号与叶长河部队发生冲突的情况，你说你已经开始准备投诚，可杰克号却先开了炮，现在船沉人亡了，谁来证明？江水星似乎可以说明一些情况，可解放军百万雄师横扫国军，杀敌无数，她是死是活都还不清楚。况且，你如果带着舰船和兵员起义，共军欢迎你。而现在你是个败兵之将，两手空空过去，谁还认你的账。远了，能掩盖住早年杀害十名红军战士的真相吗？对共党忠心耿耿的叶长河抓住他这个罪状是不会撒手的；在解放战争期间，他的舰队陆战部队也与共军发生过几次战斗，消灭过不少解放军战士，这笔账解放军将怎样清算，他心里没底。这些年，他对共产党内的斗争是研究过的，那是极其惨烈的，一批批的杀了不少人。共产党眼里一向是揉不进一粒沙子的，像他这个满身污点的国军军官，投诚过去也绝对难逃一劫！

潘小龙又想到了另一个层面的问题，江水星还可能有共产党人的背景。他心里说："虽然没证据证明她就是共产党在国军海军中的潜伏者，可她一再劝我起义投诚，至少说明她已有叛逆之心，甚至已经信仰了共产党。她在国军海军情报部门工作多年，说不准一直秘密给共军提供情报。这样一来，她在共产党那面就是有功之臣。再加上她的父亲江忠仁抗战结束后，坚决反对内战，受到共产党的赞赏。这一点，也会促进江水星在共产党那有个光明的前途。而这几年，我明显感到在感情上，她是对我越来越痴心了。无论遇到什么情况，她是不会放弃对我的感情的。如果我一旦投诚过去，或者叫自首，共军不认可我，旧账新账一起算，把我按死敌来处理，那岂不是既毁了自己，又连累了江水星的政治生命吗？与其如此，还不如远走高飞，给江水星一个干净的政治前程，也给她一个重新开始感情生活的空间。只要我所爱的人能够好起来，我什么都可以付出。"

纠结多时的潘小龙，最终下定了决心。

逃亡是上策。

要逃就逃得远远的，江洲湾一带显然是藏不住的，向东南沿海潜逃也不是最好的选择，因为台湾方向是共军重点防范地区，更难以容身。

逃往哪里呢？何处是我家呀？

他买了一张地图，最终画出了逃跑路线：先到成都，再直奔川南，到赤水河畔川黔交界的叙永县，去贵州毕节，然后经威宁去云南，向境外逃跑。

他一再提醒自己，一路上务必处处小心，处处有心。这个逃亡之徒，在上海登上了溯江而上的客轮。在船上，他从不敢轻易与任何人说话，有人主动搭讪，他也保持了百倍的警惕。一路上，只与一对夫妻闲聊过半天。

那是在转船的宜昌码头候船厅里。他没有带喝水的家伙什，旁边的一对夫妻热情地递给他一碗水。这对夫妻是从川黔接壤的汪河镇过来，要回山东老家的。男的叫王大林，女的叫李小琴，抗战时期，在山东老家受伪保长恶霸欺负，无法生活，就逃亡到了川内，在汪河镇生活了多年。现在全国解放了，家乡回到了人民手中，觉得还是落叶归根，回老家过活好，就变卖了那点家产，踏上了返回故里的路途。有心的潘小龙听说这对夫妻是川黔交界地过来的，就假装好奇，巧妙地打听了不少那里的风土人情和汪河镇上一些情况。

1950 年初冬的一天上午，小商人打扮的潘小龙出现在了成都的晨雾中。他化名为张建涛，到马蹄街找到一个叫刘克荣的老者，想借宿几天。这位老者是潘小龙在江防舰队时一个部下刘河光的父亲。潘小龙告诉刘老，刘河光还活着，已经随舰去了台湾。他叮嘱刘老，以后对外就说儿子死了，现在是共产党的天下，不然会有很多麻烦。

刘克荣知道来者是儿子曾经的长官，又带来了儿子的音讯，就冒着危险收留了潘小龙几天。潘小龙只求刘克荣帮他一个忙，领他到成都最大的投机市场安东寺，把他身上的银圆换成共产党的钱币，以备逃亡中使用。

刘克荣找出衣物给潘小龙装扮了一番，混进了安东寺。他俩从一个钱贩子手上兑换了 50 块银圆的人民币，正想离开，安乐寺内突然一片大乱。潘小龙迅速靠近寺门，准备寻机溜走。刘克荣悄声说："是成都解放军军管会公安团的。"潘小龙说："你离我远一点，无论发生了什么情况都说不认识我。我不能连累你，你也不能出卖我。否则，我要被抓了，供出你儿子去台湾的事就不好了。"刘克荣说了一句："我心里明白。"就溜到了一边。

公安团包围了安乐寺市场。战士们旋风般扑了进来，抬枪冲着房顶"哒哒哒"扫射，房瓦"哗哗"掉了下来。

潘小龙心里暗惊："难道是来抓我的？"

解放军逐人进行搜查，潘小龙身上仅剩的 20 块银圆被搜走。公安团负责人宣布："坚决打击扰乱金融秩序者。在场人员身上的银圆一律没收，人民币留下。所有人员都要进学习班接受教育，学好了再释放！"

潘小龙的银圆是从一个帆布袋子里搜走的，里面还有一小捆杂七杂八的木板木条。这便是被他拆散了的诸葛连弩。这把连弩和 70 块银圆，是那次登杰克号舰时就随身带上的。因为潘小龙已有心投诚，就把值钱的东西带在了身上。

这次解放军搜他身时，拿起这捆木头玩意看了看，没看出什么名堂，就还给了他。"如果解放军要知道这一小捆木板木条一组装，就是一把和手枪一样厉害的武器，那肯定要没收的。"潘小龙心想。

潘小龙和一帮人被押送上车，到了一处收容所。同车来的还有刘克荣，两人对视了一下，即刻移开眼神。

抓来的人都要求登记姓名和身份。潘小龙掏出的是化名"张建涛"的国民身份证。这是他在上海花了十块银圆办成的。他心里明白，解放军这次大抓捕行动，打击对象是金融犯罪，而不是"反特"，应该不会有什么意外情况出现。果然，最终他有惊无险地滑过去了。他立刻离开了成都："逃吧，只有走一步看一步了。"

这个时期，川内"肃特"行动已经大张旗鼓地展开。逃亡路上"清匪反霸"、"锄奸肃特"、"清理残兵"的标语随处可见，路上不时看到被枪毙的恶霸、土匪、败兵的死尸。沿途，解放军荷枪实弹查得很严，潘小龙觉得身边危机四伏，不敢继续再走，就躲藏到了川南一个叫花溪的镇子，买了些日用小百货，扮成一个货郎，找了个僻静的旅店安顿下来。

同房间的还有一个姓赵的房客。一天半夜，潘小龙起来解手，见那个赵房客正在用肥皂刻的假印章向信纸上盖。赵房客并不躲避，说："假证明、假官票，地下很畅行的。现在世道很乱，走南闯北的，需要一些护身符。既然老弟发现了，就送你一张吧。"他把一张"四川省广元县台柳镇人民政府川笺"和一张"居民外出证"送给了潘小龙。

潘小龙好像想起了什么，就说："大哥，再给我刻一套山东省武城县武官寨镇的吧。"那大哥斜看了他两眼，笑道："这兄弟是不是'国'字号落难的主儿？"潘小龙心里一惊，忙说："不是的，祖祖辈辈生意人，只是家里欠了人家的债还不起，就躲出来了。"那大哥说："一个样子的，都是躲猫猫的主儿。改朝换代了，不少人就因为身上的证明、官票不过硬，栽了。多搞套假证明备用是有必要的。不过，想再要一套，你得花点小钱。"潘小龙付了钱，这赵大哥一会便刻罢了证明。潘小龙接过一看，颇具专业水平，上面有山东省武城县军管会的印章和武官寨镇镇长的签名和私章，当然，镇长名是假的，但看不出有什么破绽。

潘小龙在"四川省广元县台柳镇人民政府川笺"和"居民外出证"填写上

了名字"李志远"。在"山东省武城县武官寨镇"信笺和证件上填写上名字"马大年"。他把这些宝贝仔细地缝进了内衣夹层。

潘小龙以小商贩的身份又游走了一个多月，发现一路上到处都是解放军盘查，不容易靠近边境地区。就想，总这样混杂在各色小商小贩中，躲躲藏藏担惊受怕的总不是个事。于是，就花了些钱，找了个商贩中的能人帮忙，在川黔交界的叙永县清河乡一个私家竹器厂当了个临时小工。这次他用的是"李志远"的证件。

他在小厂里每天话不多，却肯下力气干活，为人也诚实，厂主对他还满意。只是厂里隔三岔五地搞一些"诉苦大会"，时不时抓来一些国民党特务之类的坏分子斗一斗。还经常让他上台诉苦，可他怎么也不能像穷苦人那样绘声绘色，声泪俱下。诉苦该说什么话他能学会，可情绪是无论如何也酝酿不出来的，再加上被揪来批斗的国民党残兵败将之类的人物，个个贼眉鼠眼，盯在人脸上不错眼珠，潘小龙心里就打了鼓：诉苦哭不出来，不知哪天会被说成是缺乏无产阶级感情，也不知哪天揪来个国军中旧相识，那就麻烦大了。

在一天夜晚，潘小龙悄然远遁了。他又一次向边境靠拢，又见遍地都是解放军。前面下来的人说："边界附近几个县国民党残部土匪搞暴动，解放军实施大包围，去边界的路全被截断了。"他还不死心，又试闯了几次，险些被抓住，这才往回走。

一天，他突然想起了在汪河镇生活过的那对山东夫妻，就有了主意。

1951年春，川黔接壤的汪河镇上，出现了一个寻亲的外乡人。此人叫马大年，山东省武城县武官寨镇人，到这里投奔表姐李小琴、表姐夫王大林来了。这人用一根小扁担，挑着一个帆布袋、一个小藤箱和一只小水桶，逢人就打听李小琴的家。从他的问话中听出，他对李小琴家的情况很熟悉。汪河镇自古是多民族聚居区，民风淳朴，镇民极为善良。镇上的人告诉他，李小琴夫妇早回山东老家了。

潘小龙想起自己逃亡中的艰辛，情绪很快就酝酿出来，可怜巴巴地蹲在镇外路边，眼睛通红，声泪俱下："表姐、表姐夫啊，我在山东老家实在混不下去，沿路乞讨走了多半年，来投奔你们，你们怎么就走了呢？这下我可怎么办啊？"

潘小龙在镇外哭诉了一天一夜，一个外乡人"投亲不遇"的消息很快传遍全镇。有些好心人就找到了镇长，说："这个马大年够可怜的，既然他有政府证明，就把他留在镇上嘛。谁都有个灾有个难的，都新中国了，政府就做件善事吧。"

最终，汪河镇收留了他，安排他住在了一个孤寡老大妈家里。不久，马大年就认了老大妈当干妈，一起过起了日子。他依然当他的小商贩，靠走村串镇卖些小日用品赚点钱贴补家用。

到定成分时，汪河镇农会给他定了个贫民商贩，还给他分了田地。自此，他那颗飘浮的心才算踏实下来。

几年后，他习惯了贫瘠山村的乡镇生活，和乡亲们一样喜欢打赤足、土布缠头，连生活习性、走路姿势都和当地人无异了。这个受过高等教育、打过大仗的能人，要长年伪装成草根粗民、低俗小贩，着实难为了他，但这个很能隐忍的人做到了深藏不露，从骨子里和偏僻小镇自然而然地融为了一体。

这个憨厚本分的小商贩，在乡民们心里留下了很好的印象。这期间，有热心人帮他张罗媳妇，都被他婉言拒绝。他说："家境贫寒，娶了谁都跟着受累。再说，赚点小钱，还要孝敬干妈老娘呢，哪有闲钱娶婆姨。"难得的善心孝心，他更受乡亲们待见了。

不久全国各地改造"私营"，不准小商小贩游村串镇了。镇政府看出他还能识个文断个字，也懂些商品买卖，就让他在镇上商店代销点当了会计。他原则性强，账管得也仔细，从没有出过差错，就一直当了下来。

后来，干妈去世，他就一个人过。又有热心人给他介绍对象，他还是回绝了人家，给出的理由是："一个人过惯了，屋里冷不丁添个女人，不习惯，不自在。"其实，他心里明白，自己的感情世界里，已经容不下别的女人了。尽管多少年过去了，可他就是放不下那份固执。

之后多年的各种运动，不少人麻烦不断，可都没有找到他这个老实巴交的人头上。到了七十年代末，他身体还算硬朗，觉得国家有了好形势，自己也该落叶归根了，就变卖了家产，带着多年的一点积蓄，悄然回到了江洲湾。

他给汪河镇政府的理由是回山东老家落户。大家都理解他回归故里的心情，不少人还恋恋不舍地把他送到镇口。

潘小龙在江洲湾一处旅店住了几天，觉得突如其来的一个人，要想在这里安下身来还不是那么容易，就很快做出决断：到温州去，那里改革开放的风刮得早，经商做买卖的人多，好活人，也好藏人。

他在温州租了一处房，做起了服装生意。那里市场活泛，加之他做事老到，精于算计，小买卖做得还顺畅，收益也不错。他就这样安定下来。

平时，不管买卖有多忙，他常抽时间坐车到江洲湾跑。那里才是他心灵的去处，他的心时刻和这方土地跳在一起。

由于常来常往，潘小龙对江洲湾市面上流传的事耳熟能详。所以，旺水浜水雷事件和打捞杰克号舰的事，他都及时听说了。听说了，就难以按捺那颗永没安静过的心，遂又不由自主地采取了一系列行动。

其实，潘小龙心系江洲湾，主要是想弄清四件事：一是弄清杰克号舰是被什么武器击沉的；二是通过破开杰克舰密码，证明自己被击沉时在政治上是怎样的一个人；三是弄清共产党政治胸怀的宽广程度，能否大度地接受他这个曾经的敌人；四是弄清楚江水星当年在政治上到底是怎样的一个人。

这四件事沉甸甸地压在他心头，伴随着他走到了逃亡末路。

第四十一章　暗杀

若想弄清楚江水星解放战争时期在政治上是怎样的一个人，首先要弄清楚她的父亲江忠仁在政治上变成了怎样的一个人。

关于江忠仁反对内战、辞职去港的详细情况，潘小龙在解放战争后期才逐步搞清楚。这个时期的潘小龙，思想已有所进步，对江老爷子的所作所为虽没发表支持的言论，却在心里是佩服的。

江忠仁逐渐站在了蒋介石的对立面，很大程度上是在评价陈绍宽这个人物身上表现出来的。

那些年，江忠仁虽为军政部次长，属蒋介石的嫡系，却逐渐对闽系海军核心人物陈绍宽极为佩服。他佩服陈绍宽的为人，更佩服他在海军治军方面的卓越才能。

由于海军"四海不能一心"，各派对闽系尤其对陈绍宽的微词很多，攻击甚欢，有些是歪曲事实的。出于对陈绍宽的敬佩，也出于对事实的尊重，刚直不阿的江忠仁曾在多个场合，或公开或隐晦地替陈绍宽开脱和褒扬其进步行为。

江忠仁为陈绍宽开脱的第一桩事，便是各界对闽系海军在1932年"一·二八"事变中抗日不力的指控。

当时，各界纷纷指责闽系海军并未支持抵抗进犯日军的十九路军，陈绍宽由此落得了"妥协退让，贪生怕死"的骂名。对此，陈绍宽只说了一句"没有政府的指令，安敢擅自行动"，就沉默了。事实上，"一·二八"发生前夕，蒋介石、汪精卫在全国人民的抗日激情迫使下，不得不作出"无论如何困难，决意不丧国土，不辱主权”的表态。而蒋介石并没有抗日的决心，他的表态只不过是在全国民众面前掩人耳目而已，他一心想推行的是他的“攘外必先安内”的政策。陈绍宽对是否执行蒋介石的不抵抗政策，进行了一番激烈的思想斗争，是和十九路军一样奋起抗敌，还是遵守蒋介石的命令按兵不动？

陈绍宽思量了很久，冷静地分析了形势以及海军自身特点和参战条件。他认为，陆军和海军的军种特点、作战方式有很大不同。陆军在得不到政府支持的情况下，也可以在广大民众的支援下与敌展开战斗，而海军则不行。海军是一个特殊的军种，它技术性强，对物质的依赖性大，作战区域在江海中，如果得不到政府在物质上的有力保障，就等于陷入了孤立无援的境地，很难保住舰队生存，更不用说取得战争的胜利了。因而，海军必须随政府的政策而动，否则，其结果是不堪设想的。最终，陈绍宽决定执行蒋介石的命令，按兵不动。然而，当全国舆论对闽系海军进行猛烈抨击时，特别是当国民党内部其他海军各派想趁机铲除陈绍宽时，蒋介石没有站出来为陈绍宽进行辩解，反而也打压闽系海军，借机发展他的电雷学校。

江忠仁还对陈绍宽积极寻求改变海军现状的行为给予了公开褒扬：“一·二八”事变发生之后，国民政府为了限制海军，经常拖欠海军经费，财政部和军政部相互推诿，不解决任何问题。面对这种情况，身为海军部长的陈绍宽四处奔走，大声呼吁重视海军建设，多次写信给蒋介石历陈加强和统一全国海军的紧要。但蒋介石在控制了全国局势，可以实现海军统一的情况下而不作为，原因是蒋介石感到：“陈绍宽显现出的军事才能和他对国家的忠心，完全可以为我巩固权势所用，但此人一心为公，不谋私利，决不可成为自己的亲信。如果将全国海军进行统一，其势必要落到以陈为核心的闽系海军手中，将来更加难以驾驭。再者，海军内部派系林立，四海相争，如果实现统一，必然要拿出很大的精力来处理各派系之间的矛盾。相反，如果维护现状，既可节约精力，又可使各派系之间形成牵制，何乐而不为呢。”蒋介石这种态度导致陈绍宽力主海军统一的梦想难以实现。

再后来，江忠仁成了陈绍宽的秘密追随者。抗日战争爆发后，陈绍宽自觉以抗日大局为重，全身心投入到抗战中，率领闽系海军在长江中下游与日寇展开了殊死搏斗，尽管难以抵挡住强大的日本海军，尽管沉船封江策略不是那么高明，但也以极其英勇无畏的精神和实际行动，写下了可歌可泣的悲壮一页。

这期间，江忠仁利用职务之便，冒着激怒蒋介石的危险，以多种方式默默地支持了陈绍宽的抗日行动。

抗日战争结束后，蒋介石命令陈绍宽率舰从南京开往渤海湾，截击由烟台向辽东渡海的八路军。陈绍宽见蒋介石悍然发动内战，心燃怒火，便借口军舰需要修理而拒不奉命北上，反而率"长治号"舰南下到台湾视察。陈绍宽这一举动激怒了蒋介石，扬言要处置陈绍宽。陈绍宽遂提出辞职，蒋介石照准。陈绍宽回到了福建老家隐居。

再后来，江忠仁步陈绍宽之后尘，对蒋介石内战独裁政策的不满趋于公开化，成了反蒋阵线上的一名急先锋。一次，他参与了闽系海军部分官员开展的"翻箱倒柜"（即"反蒋倒桂"）进步活动，彻底激怒了蒋介石。从此，蒋介石对"逆贼"江忠仁恨之入骨，最终，指令特务对他实施暗杀。江忠仁闻得消息，在一天深夜慌忙躲出家中，走上了逃亡之路。

江忠仁先在南京乡下躲避一时，后又回上海一个挚友家待了数十日。之后，被追杀他的特务发现了踪迹，友人把他藏在一艘货船杂物中送出上海，辗转去了昆明。在昆明的日子开始还算安宁，后被委以捕杀重任的保密局云南站站长沈醉探得信息，布下天罗地网对他志在必杀。最终，还是闽系在昆明的几个老海军冒死把他偷送到香港。到香港后，江忠仁行动更加谨慎，平时深居简出，很少在公众场合露面，非外出不可时都要进行必要的化装。

当时，在香港执行暗杀任务的保密局行动小组有好几个，其中就有专门搜寻刺杀杨杰、龙云等著名人士的。这几个暗杀小组中，有两个小组同时接到了暗杀江忠仁的任务，却又一时难以找到江忠仁的下落，后来，还是闽系海军的一个年轻人，把江忠仁藏身地出卖给了保密局。

一天傍晚，一个陌生男子敲响了江忠仁居所的大门，要护院保镖送进一封信，说是一个叫潘小龙的人求见。潘小龙不方便上门，在九香宾馆等着拜见江老爷子，说有十万火急之事相告。

江忠仁接过那信一看，是当年由他和欧阳春联名举荐潘小龙报考电雷学校的那封信件。江忠仁知道，多年来，潘小龙视这封信为宝物，不轻易向别人示看，更不可能交给外人。因此，江忠仁见到这封信后，觉得等他的人是潘小龙无疑，加之他到香港后并不知道有两个暗杀小组一直在搜寻他，也从没有人来打扰过他。于是，他便随送信的年轻人去了九香宾馆。

走到一条街角阴暗处时，突然上来几个蒙面人扭住了江忠仁。那个送信的年轻人出手一刀就抹了江忠仁的脖子。

潘小龙在解放后逃亡的几十年里，从来都没有想到，是他那封宝贝举荐信的诱引，使江忠仁走上了不归路。

早在江忠仁被蒋介石定为"逆贼"时，江水星和潘小龙便被特务组织定为审查对象。好在没有任何证据证明这两个年轻后生，与江忠仁的叛逆行为有任何关系。但是，特务组织并没有轻易放过他俩，三番五次地对他们进行审查。

潘小龙详细交代了这些年与江家的关系，特务们认为均属正常交往。潘小龙在交出那封唯一和江忠仁有关联的信件之后，便被恢复了正常工作。潘小龙觉得那封早年的举荐信，不会对江忠仁造成任何伤害，特务组织再怎么鸡蛋里挑骨头，也从中挑不出什么敏感内容，所以他也没多想就把那信交了上去。

相比较而言，特务们对江水星的调查和考验就复杂得多了。

解放战争时期的江水星已是中共地下党员。她入党的经过，和这个时期许多地下工作者一样曲折而富有传奇色彩。其实，从根本上说，她是受到了父亲思想转变的影响。长期潜移默化的熏染，使她同样对蒋介石政府深恶痛绝。她认为，现政府已经腐化到了不可救药的地步，眼前虽有强大武力，但终不能长久存在下去。身为军人，为这样的政府而流血而去杀害自己的同胞，真是奇耻大辱，上对不起国家，下对不起百姓，也对不起自己。一旦有了这样的思想认识，她在平时一不小心就流露出一些进步言行，被潜伏在海军部的中共地下工作者悄悄盯上了，秘密将其列入了争取对象。首先，在她毫无察觉的情况下，被"好心人"经常提醒说话要注意分寸，小心惹火烧身。这个"好心人"便是地下党员，他用这种不经意的提醒方式，先使这个有进步条件的国军女军官有了自我保护意识。然后，下一步计划是，在她不知不觉之中，逐步接近她，稳妥转化她，到条件成熟时，再给她"摊牌"，彻底争取过来。然而，还未等到"好心人""摊牌"，一个意外事件使她提早加入了中共地下组织。

这个 1946 年夏天发生在江水星身上的"意外事件"，与国军第三绥靖区副司令官张克侠及周恩来副主席有关。

张克侠是中共地下党员，由党中央直接掌握着其关系，在周恩来的领导下，在国民党军队上层开展秘密工作。这个夏天，周恩来带领中共代表团进驻南京梅园新村，在那里与国民党进行针锋相对的政治斗争。此时，张克侠从徐州到南京来为即将出国考察的冯玉祥送行，有重要情况要秘密会见周恩来。但梅园新村周围国民党特务密布，要想见到周恩来非常困难。经周密计划，这二人约在远离梅园新村的一个偏僻公园外会面。届时，周恩来乘坐的一辆黑色轿车经过公园门口附近，拉上在那里等候的张克侠，谈话在车子里进行。可这一天，当轿车刚停稳，张克侠拉开车门正欲上车时，身着便装的江水星不知从哪里闪了出来，一把拉住了张克侠，说对张司令长官仰慕已久，要认识认识他。按常规，这个时候，张克侠被人认出应该当机立断退到一边，与这个热情的女青年去周旋。恰在这个时候，明晃的阳光从车门照进了车子内，周恩来的面孔清楚地映入了江水星眼里。江水星一惊，刚脱口叫道"周恩来"，便被副驾驶上下来的一个青年男子顺势推向停在旁边的黄包车。张克侠迅速上了车，车子即刻开走。江水星几乎是被那个男青年强行扭着坐到黄包车上的。车子到了一个僻静处，男青年问她看到了什么，她说看到了张克侠和周恩来一起离去，末了，又加了一句："张将军怎么会和中共领导人周恩来会面呢？"就这一句，她被秘密带走。

被带到一个黑暗的屋子里后，特工出身的江水星很快判断清了两个情况，一是抓她的这伙人是中共地下组织的人；二是张克侠与中共私通。同时，也想到了一个可怕结局：她随时有被灭口的危险。一旦意识到了危险，她就急速思考起应对之策：隐瞒自己的身份，谎说自己是一个进步学生。但很快又想到，此事关系重大，中共地下组织的人一定会通过秘密关系把她调查清楚的。到那时，自己可能就没有活路了。与其撒谎，不如实说。本来就是偶然遇见，说清楚可能还有转机。于是，她就把自己的真实身份和自己到公园的任务如实说了。

原来，由于中共代表团的进驻，国民党调集了大量特工在梅园新村周围活动，就连远离梅园新村的一些公共场所也有特工分片盯守。本来没有海军情报部的什么事，但特工部苦于人手不够，就从海军情报部抽调了部分特工，负责监视外围一些不太重要的场所。这个公园门口附近，正是江水星的责任区。她盯守几天也没发现什么异常情况，刚才正闲得不自在，突然眼前出现了她曾经远远见过几面的张克侠。早就私下听说张是国军高层中反内战、反独裁派，她对他很敬仰。今天猛然一见，也没多想，就拉了一把想认识一下。可居然在同一瞬间，又见到了更加敬仰的中共高层领导周恩来。

　　一般在这种情况下，江水星必死无疑了。因为她这个国民党特工见到了张克侠与周恩来秘密接头，这预示着她不死张克侠就得暴露。果然，黑屋的几个人在进行了几个小时的严加审问后，决定要迅速处死江水星。那个男青年却觉得这事不能这么简单处置，得去请示一下上级。这个时候，张克侠、周恩来已经在车上谈完了事情，各自秘密回到了自己的住处。那男青年先去见了张克侠。张克侠一听，说："这个江水星是江忠仁的爱女，江忠仁是反蒋派的急先锋。父女本同根，这女子大概也反动不到哪里去，先别急着取她性命。此事务必请示周副主席。"那男青年又去找了周恩来。和周恩来在一起的南京地下组织负责人立刻说明了一个情况，那就是江水星已被南京党的地下组织列为发展对象的事。周恩来当即指示，借此机会，摊牌争取。若成功，我党便在国民党海军中多了一个得力的卧底；若争取失败再另做决断。

　　江水星被中共地下组织悄然带走的当天夜里，没被放回，又一天一夜也没被放回。第三天，她出现在公园附近，进入了正常工作。由于这个片区是外围非重点场所，她有时在有时不在，是经常的事，这次消失两天两夜也没引起同事的注意。然而，这个时候的她已不是三天前的她了。她成了一个被中共地下组织教化争取过来的人了。

　　在这几天里，共产党的理想信仰、进步思想和关于加入地下组织的政策，天天在她耳边炸响。她听得既惊心动魄，又激动兴奋。她想象着，在内战气氛弥漫、特警遍地的国民党统治中心，在一辆非凡的车子里，中国共产党的伟大人物周恩来，大义凛然地稳坐在车座上，浓黑的眉宇间透着睿智和英气，炯炯的双目中闪烁着和蔼和亲切，无比信任地和国民党的一个将领，探讨着秘密工作。尤其她想到，也许会有一天，自己也成了能够坐在周恩来对面听他说话的革命同志。于是，她热血沸腾了，她热泪盈眶了。在短短的两天两夜里，她一下子心归一处了。最后，到地下组织的同志等她表态时，这个一直向往进步的国军军官，在泣不成声中表明了自己的立场和选择，下了誓死跟着共产党走的保证。

　　放回江水星后，周恩来、张克侠在安全防范上做了些应变准备。地下组织也没有就这样轻率地完全发展了她，而是又被那个她所不知真面目的"好心人"，在背后监视盯防了长达半年之久，当确认不会再有任何问题时，才正式发展她成了中共党员。之后，她在国民党海军情报部门的潜伏过程中，为党提供了大量情报，做出了积极贡献。

父亲被蒋介石明确定为"逆贼"后，江水星曾愤怒异常，一度想舍得一身剐去暗杀蒋介石。中共地下组织及时秘密地做了她大量的思想工作，使她懂得了"小不忍则乱大谋"的道理和不要暴露自己继续潜伏的重要意义。于是，她很快就表现出了对父亲反蒋的极大"愤怒"，主动在报纸上登出与江忠仁断绝父女关系的公开信，"痛斥"了江忠仁的"叛逆"行为。海军情报部门这才中断了对她的调查，但对她痛斥父亲的言行还不能完全相信，又秘密施计对她进行了考验，先后两次有意把在昆明和香港暗杀江忠仁的秘密计划方案透露给她。让她得知秘密计划内容的方式非常巧妙，使她一时难以判清是不是一个圈套。她本身在情报部门工作，平时与实施暗杀任务的特务组织关系密切，也时有不经意间得知一些特务们的行动方案。这两次，也丝毫看不出有故意让她得知内情的痕迹。她思想进行了一番激烈斗争。最终，她牙一咬，心一横，是真是假都不能采取任何行动。她强烈地压抑着父女亲情，没有把计划内容透露出去以挽救父亲的性命。这样一来，就进一步证明了她与父亲真正一刀两断了。

江水星经受住了"考验"，得以继续在海军情报部门工作，在之后一些关键时期，她又陆续为解放军送出了不少重要情报。

父亲有了一个光明的选择，江水星在心里更加敬仰父亲。虽然表面上已与父亲一刀两断，但她心却与父亲走得更近了。后来，她得到了父亲遇害的消息，自己在宿舍里，捂在被子里哭得死去活来。

父亲光明地走了。挚友潘小龙在江水星心里就逐渐成了亲人。她盼潘小龙在政治上走向光明的愿望日渐强烈起来。尽管潘小龙还从没有在她面前表现过多少进步言行，但她一直觉得，潘小龙与那些顽固的反动派是有所不同的。只要她积极争取，他一定会背离他现在的信仰的。

有了这个心思的江水星，开始绞尽脑汁地寻找使潘小龙投诚解放军的时机。

终于，机会来了。1948年底，潘小龙等几个军官被派到停泊在上海的巡洋舰重庆号上轮岗学习。时间是一个月。

这时候的重庆号，刚从东北战场归来。它在与解放军的塔山之战中，发挥了巨大的威力。国民党海军总司令桂永清认为，虽然塔山之战国军失败了，但那是败在了陆军无能上，而重庆号舰还是恪尽职守、表现出色的。当时，重庆号锚泊在塔山前的海面上，桂永清亲自坐镇指挥，舰载重炮把数千枚炮弹砸向了塔山解放军阵地，无数次摧毁其反复修筑起的工事。就是这个样，国军陆军还是没有拿下解放军阵地，所以，桂永清说，国军塔山之败败于陆军。重庆号舰是英勇无畏，尽职尽责，发挥了应有作用的。基于此，桂永清要大力宣扬重庆号在支援陆战方面的业绩和经验，组织其他一些军舰上的军官前来学习观摩，意在标榜重庆号没有辱没党国使命。同时，还有意彰显他参加内战的决心。桂永清四处吹嘘，重庆号是国军航速最快、火力最强的军舰，"陆军不打，海军打。只要重庆号舰在上海，共军就无可奈何，大上海就高枕无忧。"

此期间，江水星所在情报部门恰在上海有差事，她被派进驻上海工作一个时期。潘小龙等人不属重庆号编制，舰上对他们的管理较为松散，他有更多的机会到市区休闲活动。江水星抓住这个机会，多次与潘小龙接触。谈情说爱倒是其次，她着急的是要策反潘小龙。她的计谋是，先用塔山之战说事，要说的却不是重庆号舰如何发挥了作用，而是说明塔山之战解放军是如何取胜的。

江水星早已通过在解放军和国军中的关系，秘密地搜集清楚了塔山之战的详细战情。她向潘小龙摆出了一些公认的事实：

6天6夜的塔山战斗，国军飞机、军舰、大炮都用上了，海、空军与美式装备的陆军协同作战，强势进攻，伤亡六千五百多人，却始终未能踏上解放军塔山防地一步。大量的炮弹倾泻到塔山那块 0.74 平方公里的阵地上，把土地炸翻了好几遍，解放军在民兵和群众的冒死支援下，工事毁而复修，阵地失而复得。解放军伤亡三千七百多人，宁死坚守，寸土未失。

江水星借用国共双方公认的极具战略意义的塔山之战说事，深深触痛了潘小龙的灵魂：是啊，共军防守部队的装备十分落后，人数也远远少于国军的进攻部队，甚至共军兵士中有不少人还目不识丁，而这支队伍却有超强的战斗力和顽强的战斗精神。

这究竟是为什么呀？

潘小龙在苦思冥想，在逐渐醒悟。他在心里说，其实早在电雷学校那次到前线实习时就有了答案。当时，那个红军连队太可怕，太可敬了。国军拥有的是先进的武器装备和丰富的物资，而共产党人拥有的却是坚定的信仰。这信仰铸就了红军不可逾越的精神高地。现如今，一脉相承，多少年的精神魂血流淌到了塔山共军身上，就像一棵大树，越长越根深干壮，枝繁叶茂。共军精神，气贯长虹，历久弥新。这一点，不得了呀。

在潘小龙身上，江水星已经欣喜地看到有几缕曙光在闪现。

江水星感觉到了希望。然而，就在这个时候，上线地下组织却给了她两条明令：一是条件不成熟，绝对不能向潘小龙暴露她自己地下党员的身份。二是潘小龙本人如果没有诚意，绝对不能逼迫要挟，采取过激行为。

上线地下组织还提醒她，这和战场上两军对垒、逼敌投降还不完全是一回事。策反工作要讲求个稳中有进，水到渠成。在这方面，欲速则不达，硬来反而坏事。切记！

一心要把潘小龙掌握在手掌心中的江水星，根本没有把这两条明令当回事，继续迫不及待地频繁与潘小龙接触。

不久，上线地下组织又警告江水星说："我们要的不仅仅是潘小龙这一个，而是几百上千个潘小龙；我们要的不是潘小龙这个人，而是重庆号这艘舰，甚至是十艘舰、百艘舰。潘小龙投诚带来的影响，与重庆号起义所产生的影响相比，太微乎其微了。"

江水星似乎明白了什么，却又想到岔道上去了：好啊，潘小龙现正在重庆号舰上学习，正好利用这个机会搞起义。要先争取到潘小龙，进而通过潘小龙争取重庆号起义，其意义是多么远大呀。

这一天，上线地下组织突然给江水星下达了死命令：不允许再和潘小龙有任何形式的接触，否则，以严重违反组织纪律论处。

当时，上线并没有给江水星任何理由和解释。她带着不解和疑惑远离了潘小龙。数日后，潘小龙结束了在重庆号舰上的轮岗学习。上线给江水星的指示依然是：近期，不许和潘小龙有任何形式的接触。

江水星着实想不通：为什么有争取潘小龙走向光明的可能而不让争取？为什么眼睁睁地看着潘小龙走向深渊而不让伸手拉他一把？直到1949年2月底，重庆号舰起义奔向解放区烟台港而轰动了全中国，江水星这才似乎明白了一点什么。

正当她为重庆号舰走向光明而激动不已时，上线组织上的人找到她，给她做了一些解释："那个时候，重庆号舰上已经有地下党组织正在密谋酝酿起义。在这个节骨眼上，你策反潘小龙能否成功，并没有多少把握。即使有把握策反他，但他是个外来户，在重庆号上没有群众基础，也不可能有效组织起义，相反，如果他在重庆号上一折腾，很可能会耽误了那个地下组织准备起义的大事。

所以，组织上才及时阻止了你与他的接触。不过，以后有合适时机，你还可以策反潘小龙，但之前给你明确的那两条规定，还要认真遵守。记住，稳扎稳打是上策。"

明白了的江水星又开始着手策反潘小龙。然而，这个时候，已经到了 4 月份，策反计划还未来得及完全实施，解放军渡江战役已经呼隆隆地来到了眼前。

"稳扎稳打？等按部就班地成功策反了潘小龙，黄花菜都凉了。"江水星心里道。

第四十二章　暴露

过了不多时日，江水星在偷了那份绝密文件"江猪"计划后露了马脚，她不得不逃离了国军，回到了解放军这边。

江水星那几年窃取情报从来都是"不打无把握之仗"，总能做到万无一失。可那次获取"江猪"计划是个例外。

海军江防舰队这个"江猪计划"制定得紧急，不到三小时的会议就确定了方案，随即迅速付诸实施。

一个正向江水星求爱的作战参谋张一起，参与了"江猪计划"的制定并负责保管这份绝密文件。江水星正是从张一起口里，巧妙地探到了些许信息。

一想到离解放军渡江没有几天的时间了，江水星真有些急了，就没有再像以前一样稳扎稳打、水到渠成地窃取情报。她觉得，再按部就班地干时间就来不及了。于是，她不得不采取了一个小儿科般的笨拙做法。

这个时期，被战火硝烟蒸熏了的江水星，对"稳扎稳打""按部就班"的工作方式很不认同。她认为，战事紧急，贵在神速，非常时期需要非常手段。时间就是生命，胜算取决于战机。慢慢腾腾，磨磨叽叽，会什么事情都干不成。

这天晚上，江水星似乎多了几分柔情，在张一起宿舍里，和他火热地聊了两个多小时。脸上红晕一阵浓似一阵的她，不经意间说了一句："要是有两杯酒喝就好了，我可是有些日子不喝酒了。"这个时候的张一起也正想有什么外因再促一促俩人的绵绵情怀，于是就说："这简单，我这儿还有两瓶好酒，再去弄点花生米、豆干笋干什么的也容易。"江水星说："今晚就算了，明晚我俩一醉方休。"张一起哪肯罢休，很快搞来下酒菜，俩人便一杯一杯喝得频，一句一句情更浓。张一起发现江水星酒量了得，他哪能扫了美人的兴。最终，他却被当场喝翻，倒在床上死死地睡了过去。接下来的事情就简单了。江水星掏出了张一起的钥匙，溜进了他的办公室，打开了铁皮柜，用她美国造微型照相机全拍了"江猪"计划。第二天，便出现了凯悦饭店与叶长河、潘水玉接头传送情报的那一幕。

这件事过去了一个礼拜都平安无事。在第七天头上，江水星还同被叶长河特遣队围攻的潘小龙进行了联络。这次联络，也是她在紧急情况下而采取的一次冒险行动。她偷用了情报部门的电台，向潘小龙发了密码电报，催劝他向解放军投诚。还好，她没有被任何人发觉。然而，在当天晚上却出现了一个致命意外。

这天吃晚饭时，张一起和作战处刘参谋同桌吃饭。刘参谋无意间对张一起说："解放军渡江迫在眉睫，说不定这几天就打过来了，可你最近的工作热情蛮高嘛，生活情趣也丰富多彩呀，白天黑夜地忙活。"张一起说："此话从何说起呀？最近我还真没有夜间忙过工作。"刘参谋说："噢，你可能是偶尔一次半夜加班让我碰到了。六七天前的一个晚上，都半夜了，我从你办公室门前路过，看到里面还亮着灯。我有点急事要到我办公室处理一下，想回来时再进去和你打个招呼，因为第二天我将被派潜伏江北执行一个秘密任务。干我们这一行的，有今天没明天的，就想和你告个别，可等我回来时发现你办公室灯灭了。时间是半夜，还闻到楼道里有些酒气，所以，我印象比较深。所以，我才说你喝酒工作两不误，白天黑夜丰富多彩。兵荒马乱的，有这种心情很难得。不像我，整天提心吊胆的，哪还有心思加班喝酒呀。"张一起听到这里就没再吱声，心里却犯了嘀咕。

自从那夜喝酒后，江水星对他的热情一落千丈，不再和他有过多的亲近。被吊起胃口而又受冷落的滋味不好受。这两天，他正琢磨是哪儿发生了问题。今天听刘参谋一说，他马上警觉起来，就回到办公室细细观察文件柜。里面的文件没有被挪动的迹象，可仔细一看，似乎上面有一处脏痕，拿来放大镜一照，大吃一惊，真切地看到一个痕迹明显的手印。他一下就联想到，是不是江水星那夜掏了他的钥匙偷拍了"江猪"计划。作为特工，江水星平时不会犯下留下手印的低级错误，但那天夜里，她喝了很多酒，才灌醉了他。她是酒后失手呀。

张一起对大美人江水星垂涎已久而不能得，此时，他头脑依然被这股情欲控制着。他没有报告上峰，而是决定以此要挟江水星就范。如果她让他睡了，他再酌情看下一步怎么办，如果她不从再告发也不迟。

当晚，张一起敲开了江水星宿舍门，见面就把他的想法和盘端出。江水星听罢，连愣也没打就"哧哧"捂嘴笑了一阵，然后说："这几天战事紧，我确实没有心思照顾你这份感情，但这并不表明我以后就不接受你了。可今天，你为了达到占有我的目的，为了在我身上发泄情欲，居然想出了这么一个招法，也太小儿科了吧？你知道吗？你这样做极大地伤害了我的感情。好糊涂的张一起呀。"

张一起说："江水星你别来这一套，就是你偷拍了'江猪'计划，上面还有菜渍手印呢。现在看来，那晚你对我热情异常，并不是对我有真感情，不过是想利用我罢了。水星，这样吧，既然没有真感情，那我俩就做一笔交易。实话告诉你，不占有你这个大美人，我会生不如死。今天你若让我睡了，你偷情报的事就等于没有发生过，否则，你知道会有什么后果。"

"张一起，没想到你如此卑鄙，居然趁我那夜喝醉了酒，拿我的手指在那文件上按上了手印，然后就以此要挟我。本来，我对你张一起的印象还是不错的，现在我算彻底看透你了。"江水星打了他一个耳光，"看来，我跳到长江里也洗不净了。我问你，你就那么想要我的身子？但也不至于以毁我政治前途为手段呀？"

"我什么都想到了，就是没有想到你会倒打一耙，还打了我。也好，你打吧，打够了咱就上床。"张一起摸着火辣辣的脸说。

江水星眼里就含了眼泪。这眼泪不是装出来的。她说："你应该知道的，我的心上人是潘小龙。可他就在今天刚刚殉国了，和杰克号一起被击沉到了左川河里。你说，我此时此刻是什么心情？你现在逼我和你上床，你说你有多么残忍吧？！"

张一起没有为她的痛苦所动："是谁把你心上人送到了河底？是解放军吗？错！就是你江水星自己。是你偷了'江猪'计划，传送给了解放军，才使他们成功击沉杰克号舰。说到底是你害死了自己的心上人。"

江水星一抹眼泪，停止哭声："错！我明明知道执行'江猪'计划的是潘小龙江防舰队，这是你曾无意间透露给我的。恰恰就凭这一点，我也不会偷走这个计划去送给解放军。你知道，我江水星是重情重义之人，我绝对不会害自己心上人的。仅这一点，我也绝对不可能干偷情报的事。"

"你若是国军一员你可能不会这么做，可你如若是共产党，你就会这么干。你们共产党员信仰大于天，使命永远大于爱情。牺牲自己的情人，换来炸沉一艘敌舰，这太像共产党人干的事了。"张一起几乎是叫了起来。

江水星用手指一下一下地戳着张一起的胸脯："可惜呀，我江水星不够格，就我这德行，共产党那边是不要的。张一起，今天，你搞的这一切都是扯淡。你要知道，干我们情报这一行的，女人的贞洁之于对党国的忠贞，那真是太微不足道了。你不就是想抱得美人睡吗？干吗动这么多歪心眼儿？我也就告诉你了，反正我心上人已经去了，我的心也就死了，这身子也就不值钱了。想睡我并不难，可你用这种方式，我死也不从！我可以去和任何一个半老男人去睡，但决不许你这种小人近我身半步。"

张一起说："证据在我手里捏着呢，说破天这事也是你干的。咱们就走着瞧！"

江水星更强硬起来："不做亏心事，不怕鬼敲门。我江水星对党国的忠贞，老天可鉴！你有本事就去诬告吧，我奉陪到底。你快给我滚蛋！"

张一起见要硬达不到目的，就改变了态度，"扑通"一声跪下，眼泪也下来了："水星，我不是人，我浑蛋，我下作，但我对你是真心的。我想你想得整夜整夜地睡不着觉，你就可怜可怜我吧。我愿意一辈子给你当牛做马，你就成全了我吧。"

"你真能给我江水星做一辈子牛马？呵，傻瓜才相信你的鬼话？天下的骚情男人都一样，一旦得到了，一切承诺都是空话。"江水星愤愤地说。

张一起跪着不起来："水星，我不会的。对天发誓，我对你是真心的。"

"看你这个可怜样，我还真有点动心。想到这几天解放军可能就要打过长江了，你我是死是活还不一定呢，陪你快活快活也不是坏事。还是那句话，干我们情报这一行的，女人的贞洁之于对党国的忠贞，那真是太微不足道了。只要你不在政治上诬陷我，我可以陪你玩，多大的事呀。不过，今晚不行。潘小龙今天刚去了，我怎能就急着干这种龌龊事。你走吧。"江水星想过去开门送客。

张一起一把从身后抱住她："水星，你放心，我会闭嘴的。你说得没错，国军有一天没一天的，说不定明天你我就成了解放军的枪下鬼了，今晚你就成全了我吧。一个男人积聚了很多时日的情欲，一旦爆发了，如果求之不得，那是生不如死呀。"

"看你火急火燎的样，真恶心！哎哎，你老摸索什么，弄得我心里也痒痒的。你住手呀，你手轻点好不好？你都摸到哪里去呀？哎哟哟。"江水星半推半就之间，悄悄用脚挑一物砸响了门，却问："谁？"

两人就都住了声。一会儿，江水星说："刚才有人敲门，想做也做不痛快。行，今晚我就了了你这个心。唉，也难得你对我的这份情，尽管这情有些肮脏。可在这屋里弄也不方便呀，再有人敲门怎么办？我看不如溜出去，到外面树林里野合一番，就像乡下野男人野女人一样，可能会别有一番味道在心头。"

"今天就和你这个多情种做一回，明天老娘做鬼也风流。"江水星率先走出屋子，张一起紧跟其后往营院外走。不巧，迎面正碰上那个刘参谋。刘参谋冲他俩诡秘一笑，说："我没说错吧？你俩就白天黑夜地忙活吧。"

江水星好像犹豫了一下，接着就径直走出去。张一起在后面屁颠屁颠地跟着，简直有些心花怒放了。

俩人走到树林深处。江水星四处看看，说："这里多静呀，保证不会有人来打搅。傻愣什么，脱呀？"

张一起急急地解裤带。江水星又说："这地上的小石块也不是吃素的，总得弄把干草铺上吧？"她白牙一闪一闪的，又"嘻嘻"一阵乱笑。

张一起被撩拨得情欲更浓，心想："啧啧，刚才还假正经呢，看现在这骚情骚态，今晚老子就好好成全你一番。有了这一回，以后这个大美人就是老子的人了，想什么时候享用就什么时候享用。"

厚厚铺上一层干草。江水星往上一坐，说："挺舒服。呵呵，战乱中的国军男女，竟是这样垂死野合，有这树林一夜，也不枉来世上走一遭。"

张一起急火火地凑上来，却觉得脖子上有刀子的冷意。

江水星的声音却依然柔和："一起呀，我得让你死个明白。没错，我就是共产党员，那计划就是我偷的。而这带来的直接战果就是炸死了我的心上人潘小龙。这就是一个共产党员的无私品性。就像你所说的，共产党员信仰大于天，使命永远大于爱情。看来，你对共产党人还是略知一二的。不错呀，你就安息去吧。"一刀下去，张一起连吭也没吭一声就去见了阎王。

出屋门前，江水星本来是想把张一起引到外面树林里杀了，觉得一时也不会查到她头上，她就可以等到解放军打过长江来，然后，她或归队解放军，或继续潜伏跟着国军队伍退到哪儿去。可在出院门时，却碰上了那个刘参谋。这样一来，明天一旦发现少了人，刘参谋肯定会检举她，怀疑她。于是，江水星决定连夜走人。

回宿舍后，江水星迅速收拾了物品，随身带了要紧的，溜出营地，潜逃而去。

江水星进入树林换上便装，急奔江南。她知道，这些日子长江封锁正紧，偷渡去江北是不可能的。她要先在江南岸找个地方隐藏起来，待解放军打过长江来再去找队伍。

很快，解放军百万雄师就打过了长江，某部步兵连发现了一个可疑的年轻女子，抓住进行盘问，却遭到强硬顶撞。这女子对连长说："你官太小，没资格问话，我要见大首长。快带我走。不然，你要犯大错误，撤了你的职也是有可能的。"

这个连长被她唬得一愣一愣的，带她去了师指挥部。她一见一个人称师长的人，先大哭了一场，哭够了，才开始说话。说完话，师长赶忙带她去见了军长。

一见军长，她又大哭起来。军长大声吆喝道："江水星同志，欢迎你投诚！"

江水星哭声戛然而止，反驳道："军长同志，你这话有问题，没原则。我江水星不是敌军，何谈投诚呀？我是堂堂正正地归队了，回家来了。你不知道，我是多么想家呀。"然后，又哭起来。

军长笑笑，说："我早知道有个江水星，是从叶长河、潘水玉那里听说的。可我今天才知道你是中共地下党员。女丈夫江水星，不简单呐。我理解你此时此刻的心情，敌营多年，终于回到了组织怀抱，激动是难免的。你们这些做潜伏工作的，也真不容易。哭吧，哭出来痛快。"

江水星哭得真没完没了了。军长又说："为了杰克舰，你江水星曾和叶长河、潘水玉有过你死我活的争斗。这些事我是知道的。不过，我有一个问题一直没有搞清楚。当年，在江洲湾，叶长河是不是有意放走了你和潘小龙的小分队？这可是个政治上的敏感问题哟。今天，你得给我交个实底！"

江水星一听此话，打住哭声，斩钉截铁地说："本姑娘不属于你马军长管！恕不相告！"

马军长大喊一声："通信员，马上发给江水星一身军装。从今天起，女丈夫江水星就是我马军长的属下了。眼下，我这儿正急需通信人才，尤其报务员奇缺，一会儿就领江水星到通信营报到。"

"遵命！"江水星敬了个礼，欢喜地拉起通信员就跑。

马军长断喝一声："站住！你还没有回答我的问题哪。"

江水星并没有站住，边跑边说："那个问题属于当时的马团长管，你现在是军长了，不能再管过去的事了。恕不相告！"

"岂有此理！凡是叶长河的事，没有我军长管不了的。"马军长笑笑，喊道。

马军长收留了通信专业科班出身的江水星，并立即把她派上了用场。江水星看到通信营报务人员确实人手不够，且技术水平和效率也不是很高，她积极性一下鼓涨起来，当天就参加了译电和收发报工作。

那几天，战斗极为激烈，往来电报很多，电台组算上江水星才三个人，大家只有昼夜连轴转，才能保证通信联络畅通无阻。连续工作，困乏难忍，江水星准备了一根针，困虫一上来，就一手捏针刺两下大腿，一手照常发报。

江水星不愧为老地下工作者，一上手就显示出了老到。她译电速度快、水平高，发报手法娴熟，点划清晰，错码率极低，上级和兄弟部队报务员抄收她的电报感觉格外流畅舒服，回执电上总是多加一个"OK"。

谁都没有想到，就是这么个报务老手，在马军长所在军占领江洲湾、第一阶段战斗结束时，她一个疏忽大意酿成了大错：在处理马军长签发的该军战斗伤亡情况报告时，她把该军伤亡1100人，误译成了11000人。

马军长的这份报告送到江水星手上时，已是黎明时分。这时的她正困得难以忍受，就用针狠狠地连刺大腿五六下，强打着精神把这份报告译成了密码电报，快速发给了兵团首长电台。

她在国民党情报部门工作多年，经手处理的电报业务不计其数，很少出现问题，就连这种多译一个"0"的低级错误也从没有犯过。这次，尽管已经连续工作几天几夜没合眼了，她也还是坚信自己收发报的质量是一流的，根本没有意识到手里竟然流出了一份错报。

兵团首长收到马军长的这份电报后，很快断定：一个军伤亡了11000人，那么这个军基本上就算打光了。于是，迅速对作战部署进行了重新调整，当即命令马军长这个军在江洲湾原地休整，而另急调了一个军替补其前去参加解放大上海的战役。

一周后，兵团首长和马军长才得知真实情况，甚是遗憾：报务员多译出一个"0"，马军长及全军官兵就都失去了参加一个著名战役的良机。

马军长找出那份错报底稿，"啪"的一声摔在了正在发报的江水星面前。

江水星还不知怎么回事，见军长一脸怒色，先没理会他，胆战心惊地把手头的一份报发完了，才站起来愣愣地傻看着他，大气再不敢喘一声。

"每天'咯咯'叫的小母鸡，你勤快过头了吧？你给老子多下了一个蛋，就撤掉了咱这个军军史上本应有的光辉一页。"马军长吼叫着，"自渡江战役以来，咱军将士披荆斩棘，浴血奋战，一路冲锋在前，目的就是想夺得解放大上海的参战权，为上海人民立下头功。可你江水星多译出了一个'0'，改写了咱军的军史！"

江水星拿起电报底稿一看，一下明白了，就吓得瘫倒在了桌子底下。

同室一个男报务员见状，眼里即刻涌出了泪水，央求军长说："江水星没白天没黑夜地玩命干，实在是又累又困呀。"

马军长一瞪眼："疲劳了就应该犯错吗？这是玩忽职守！"

"江水星实在是没有玩忽职守呀。军长，您看这里。"那报务员怯怯地说着，也顾不得男女有别了，一下撕开了江水星的裤腿。

马军长看到江水星大腿两侧都被针扎烂了。片刻，他说："这也不是玩忽职守的理由。我要宰了这只多下了一个蛋的小母鸡！"说完，摔门而去。

过后，冷静下来的"马军长"自然舍不得宰了这只高产母鸡，让她写了一份深刻的检讨，就把这事放在了一边。

休整后的马家军，很快就在江洲湾人民的热烈欢送下，斗志昂扬地踏上了南下的征程。接下来，这个军并没少参加大的战斗，也没少为人民立新功。马军长的心里这才踏实了许多，再见到总是低头躲着他走路的江水星，就经常用开玩笑的方式缓解她的思想压力："小江呀，最近你总是低头走路，难道是怕踩碎了地上的鸡蛋不成？"

这段日子，一些知情人私下给江水星起了一个外号，叫"高产母鸡"。今天，江水星一听军长又提这事，脸就一下红到了脖子根，忙羞答答地躲闪开去。她身上平时那股泼辣劲多日不见了踪影。

第四十三章　仁智号

潘小龙讲述自己的故事就像讲别人的故事一样，透透亮亮，不遮不掩，该是什么就是什么。江水星也把自己解放战争时期在政治上是怎样的一个人，给潘小龙说了个清楚。潘小龙释然而笑，说："当年，水星地下党员的身份，已在我的猜想之中，可也只是一种猜想，之后几十年我一直想听到一个事实。今天，终于了了我一桩大心事，我可以睡几天安稳觉了。"

市长书记对江水星当年在政治上是怎样的一个人并不感兴趣。他们耐心地听完了潘小龙那番奇人奇事后，就把兴趣放在了一个奇怪的疑问上："潘小龙，听完你这番絮叨，也没听出有哪一件是能够导致江洲湾大乱的事？那么，你说道这些乱七八糟的经历又有什么意义呢？"

潘小龙说："我是想告诉你们，解放后这几十年，我没有再做过一件坏事。我是靠勤劳的双手养活自己的。这些都应该视为我悔过自新的表现吧。"

书记说："你战争年代的历史是不清白的，你与人民为敌，也杀过一些革命者。这些罪行，你承认吧？"

潘小龙说："的确，战争年代我曾一度成为人民的罪人。逃亡这些年，我一直在反省、在忏悔，却一直没有勇气站出来认罪。今天，我终于站出来了，是想在有生之年争取到一个重新做人的机会，完成我早年曾做出的那个政治选择，真诚地向人民投诚。应该说，1949年时我就心向共产党了，也已经有了戴罪立功的行动，并且立的还是大功。"

潘小龙讲述了他当年执行"江猪"计划的相关情况：他在领受"江猪"计

划前就有了起义的打算。在执行计划中，他带领他的亲信做了大手脚，并没有按要求把220枚水雷布设在指定水域，而是分批藏在了几个死河道和山角崖缝里。如果他不折不扣地实施了"江猪"计划，那么，限于当时解放军的排雷能力，叶长河的特遣队在解放军发起渡江总攻前，是无论如何也排除不完这些水雷的，那必将给渡江部队带来严重打击。

书记惊奇了："还有这事？空口无凭，何以为证呀？"

潘小龙说："书记不会记性不好吧？前些时候旺水浜河道里发现的水雷，以及我领人在汾河汊里找到并排除掉的那些水雷，就是那220枚水雷中的一部分，都是我当年藏在汾河汊死河道里的。"

书记"噢"了一声，又说："可水雷的数字对不上呀？远远不够220枚嘛。"

潘小龙说："这就是我所说的会导致江洲湾大乱的事。其余的100多枚水雷，现还睡在江洲湾所属的几个死河道和山角崖缝里。也就是说，这几十年，江洲湾市人民一直在和上百枚水雷同床共枕。你说，这一消息一旦传出，会不会给全市造成一阵大乱呀？"

市长书记严肃地盯着潘小龙不说话了。这时，叶长河说话了："潘小龙这话可能就是事实。他自己跟自己斗争了几十年，现在肯站出来自首，恐怕这就是他开出的减轻自己罪责的条件。"

潘水玉斩钉截铁地说："这肯定就是事实。我建议，立即制定计划，组织公安，动员军方，由我、叶长河、潘水玉和潘小龙这四个老家伙带队，找到并排除这些水雷。到时，一切情况就不言自明了。"

书记还是死死地盯着潘小龙，说："如果我兴师动众而没有找到这些水雷，那你潘小龙今后的日子可就没有阳光了，让你下地狱都是有可能的。"

这时，江水星拿出了一个老公安局长的范儿，一拍桌子站起来，说："这么多年，我之所以要坚持找到潘小龙，当然目的有多个，但其中最重要的目的之一，就是让他出来还我历史清白。今天，终于真相大白了。当年我获得的'江猪'计划情报是货真价实的，在这个问题上我没有任何过错，当年怀疑我弄了假情报是错误的。同时，潘小龙没有实施这个计划，避免了我渡江部队的重大伤亡，加快了我军渡江作战的进程，在这个问题上他也是有大功劳的。眼前，潘小龙的功过是非暂且不提，要紧的是应该立即组织排雷。时间就是生命，如果在优柔寡断中，水雷爆炸了，责任要由你们市长书记来负。我建议，马上进入战备状态！"

书记拍案而起："传我的命令，江洲湾水域立即实施大戒严。市局全体公安干警，迅速行动！"

接下来的一周，各方通力合作，一举起获了各水域角落里的水雷，并逐一销毁。最后，一对数字，还差九枚水雷。

书记又下令："提审潘小龙！"

潘小龙一周几乎没有合眼了，他和几个老革命一起，一直在找雷排雷现场，并亲手拆除了八十七枚水雷。此时，他正在牢号里呼呼大睡，谁叫都叫不起来。四个干警就把他抬出了牢号，送进了审讯室。他则歪在椅子上继续大睡，大胡把他敲醒。

潘小龙迷迷糊糊地说："就是判我死刑，也得让我睡醒这一觉再毙呀。"

大胡一拍桌子叫道："有九枚水雷找不到下落，你还能睡得着觉？快老实交代，哪里还有水雷？你藏起九枚水雷有何用心？"

潘小龙嘟囔道："噢，问这事呀？你们去找那三个老家伙，他们都清楚。"说完，又睡去。

三个老革命也在各自的家里呼呼大睡，一听说水雷不够数，头脑又立马进入了战斗状态。大家很快到了公安局。

大胡说："潘小龙说三个老革命知道那九枚水雷在哪里。"

叶长河不高兴了："他潘小龙一个反革命分子，有什么资格卖关子，不彻底交代问题就得问他的罪。水雷是他藏的，让来问我们？岂有此理嘛！"

江水星也不高兴了："潘小龙是不是反革命，那也不是你叶长河说了算的。赶快想想水雷藏在哪儿了吧，别总对潘小龙耿耿于怀的。"

潘水玉说："这大头都找到了，剩下的九枚水雷，可能是潘小龙疏忽了，不会是有意不交代。这几天大家昼夜连轴转，脑子一时想不清楚也是正常的，不要大惊小怪。"

这时，叶长河若有所思地站起来，说："我们三个老革命是了解潘小龙的，潘小龙也是了解我们三个老革命的。"

江水星接话说："长河，你这话还是在理的，不能冤枉了小龙。"

叶长河一瞪她："我不是这个意思。我是说潘小龙了解我们，他说我们知道我们就应该知道，大家好好想想吧。"

潘水玉一拍脑门："有了，大家跟我走。"

叶长河、江水星也几乎异口同声地说："想起来了，左川河溶洞！"

进了溶洞，各个角落和水里都找了个遍，却没有发现水雷。

叶长河带人出来，气势汹汹地要去找潘小龙算账。潘水玉想起了什么，又返回溶洞，在里面顺洞壁转了三圈，就出来叫人进去。

潘水玉说："记得这里面有四个洞中小洞，现在只剩下三个了。这一处以前有个小洞，不知什么时候被封死了，还封得和洞壁颜色一模一样。"

江水星说："好一个狡诈的潘小龙！挖开它！小心点！"

果然，九枚水雷安躺在洞底。

叶长河骂了一声："这个浑蛋潘小龙，弄得大家都睡不好觉。"

回去后，三个老革命睡了一天一夜。

这天一早醒来，三个老革命凑齐一起去公安局找潘小龙。值班的大胡却说："昨晚，潘小龙被省公安厅提走了。省厅直接插手，看来这事闹大了。"

三个老革命面面相觑，无言地回去了。

两个月后，潘小龙的事还没有下来结论，杰克号舰已经被安放在了江洲湾抗日纪念馆的广场上。

这艘战舰早年为江洲湾方面所造，由美国海军收购在上海服役，后被日本海军掠劫，再被新四军俘获，又落入国民党军手中，最终被解放军击沉，现由江洲湾人民政府打捞出水。由此可见，杰克号舰的身世复杂得不能再复杂了。所以，围绕它进馆的事也复杂得不能再复杂了，为此，叶长河好生费了一番周折。他自然还是故技重演，不外乎天天去泡领导办公室，堵领导家门子，说破了嘴皮子，跑破了胶鞋子，最终达到了杰克号舰进馆的目的。

至此，这艘不同凡响、命运多舛的战舰，终于结束了腥风血雨中的沉浮，有了一个说得过去的安身之处。

叶长河还提出一个建议，把杰克号舰改名叫"仁智号"。

这是叶长河早年就在心里想好了的。本来准备从国民党军手里夺回杰克号，就用"仁智号"这个名的。可无奈之下击沉了杰克号，让它在左川河底沉睡了几十年。他想，当年杰克号是他下令击沉的，现在又是他倡议打捞上来的，也算是迟到的战利品了。哎，这能叫战利品吗？那就是纪念品了？或者统称为文物？管它叫什么呢，反正是个旧东西，破玩意，老古董。然而，旧是旧了点，老是老了点，但名字还是要用个新的。

多年来，叶长河一直记着旺水浜镇"山仁水智"的镇门石刻，心里一直装着潘母的一句话："镇上先祖是一位儒家先哲，他期望子子孙孙做仁者，像山一样心胸博大，诚信重义；也希望祖祖辈辈做智者，像水一样灵动流淌，心聪善良。"不知从什么时候起，他也信奉起了儒家道德修养学说。"仁智"二字在他心里埋藏了很多年。现在，他觉得，这舰叫"仁智号"再合适不过了。

市有关部门认为，叶老革命的建议有道理，就同意在舰首漆上了三个鲜红大字："仁智号"。

叶长河心目中的明星舰有了着落，他开始兑现之前的一个承诺：向旺水浜人民谢罪，向政府自首，坦白自己因 1949 年执行排雷任务不彻底，而导致今天发生触雷亡人事故的罪责，甘愿接受法律的严惩。

叶长河写了一份认罪状，直接去找市委书记自首。

进到书记办公室，他先向书记深深鞠了一躬，然后把认罪状递了过去。书记没接，说："叶老革命，抗日纪念馆建起来了，杰克号舰打捞出水了，也进了馆，还改了名，你的事都办完了，以后你再有天大的事，本书记也概不受理了。"

叶长河说："书记，此事你接也得接，不接也得接。我要举报一个隐藏在江洲湾几十年的一个罪人。此人与前些日子的一桩人命案密切相关。"

书记一惊，忙接过状子。叶长河又说："这个罪人叫叶长河！"

书记本来有了要看状子的兴趣，听叶长河这么一说，就把状子又扔给了他，斩钉截铁地说："你又搞什么新名堂嘛？本书记，不接！"

"不接就是姑息藏奸、包庇罪犯，国法岂能容你！"叶长河口气很硬。

书记哭笑不得："叶老革命呀，你已经把江洲湾搞得沸沸扬扬了，你现在的名气比我这市委书记都大了，你还嫌不热闹呀，又来闹什么妖嘛？"

"我叶长河做的每一件事都是正经事，并非闹妖作怪，你当书记的说话要注意分寸。这份材料我郑重地递交给你，不看那是你的事。"叶长河把材料往桌子上一拍，转身走了。

书记气呼呼地喊："好你个叶长河！既然你是罪犯，我定要把你收监入狱，省得你总来闹我。"

在等待消息的日子里，叶长河天天到抗日纪念馆转。他想，如果真被收监入狱了，这里的宝贝也就看不到了，现在，多看一眼是一眼吧。

和仁智号舰同批进馆的还有一些实物，也都称得上是叶长河的宝贝。其中，有叶长河用过的冲锋号、死字旗和诸葛连弩。从杰克号舰炸口处扒拉出来的一脸盆鱼雷炸片，也放在了显眼处。本来，叶长河也想把他发明的那口汽油桶飞雷炮放入纪念馆的，被潘水玉坚决阻止了："长河呀长河，战争年代我就提醒你，要学会从政治上考虑问题，可你一辈子也没学会。你不想一想，这汽油桶飞雷炮是解放战争时期的物件，和打日本鬼子有什么关系呀？既然没关系，怎么能放进抗日纪念馆呢？这东西和仁智号舰不一样，仁智号舰是水上独立营抗日故事中的主角之一，所以它可以进馆，而这飞雷炮则不能，绝对不能！长河呀，我知道你对这飞雷炮有感情，但你也不能把你有感情的物件全都放进馆里来呀。"叶长河态度也很硬："不能就不能呗，干吗动不动就给我上纲上线？这一辈子，我叶长河最大的人生亮点，就是政治问题都考虑得清清楚楚、明明白白。"末了，又怪怪地加了一句："等哪一天，我就真不考虑政治因素一回，把你潘水玉这个物件也放进纪念馆里去。对我来说，也许那是你最好的去处。"本来潘水玉好久没有和他拌嘴了，今天想和他就斗一回气，可一听他这末了一句，就闭了嘴，沉默了。

针对仁智号舰和那些进馆实物的标识及解说词怎么写、怎么说，市有关部门最后研究的结果是：实事求是！实际情况是怎样就怎样写，只客观描述相关人、相关事，不下任何结论，一切由人民自己去理解，去感悟。比如，当年，叶长河是在什么样情形下、用什么方式下令击沉杰克号的；舰上的潘小龙当时又是一个什么样的状况，有了怎样的政治抉择，这些都要客观地写清楚。关键是要还原历史真实，让人们在这些复杂而传奇的历史事件中去深思，去警悟。

一把冲锋号、一面死字旗、一支古连弩、一艘神秘战舰的传奇故事，在江洲湾大地上迅速传扬开来。

这一天，一个日本侵华老兵忏悔谢罪团，被允许来到江洲湾抗日纪念馆参观。

一个跛腿老者进来先朝仁智号舰深深鞠躬，然后，久立不语。看着看着，就撩起隔离绳钻了进去，不管不顾地往舰上爬，被工作人员拦住。

那老者说："这仁智号舰原名叫杰克号，它可是艘好舰，速度快着呢，我开过！"

工作人员心说："呵，来了一个和仁智号舰关系密切的人！"就赶快去向馆领导报告了。

那老者来到死字旗前，鞠了三个躬，嘴里念念有词："这一躬是给祖辈叶世龙的，这一躬是给父辈叶高棠的，这一躬是给小辈叶长河的。"说完，还意犹未尽，竟然"扑通"一声跪下了，冲死字旗叩了三个响头。

来到那把诸葛连弩前时，老者上去就抓到了手里。解说员上来阻止，老者意味深长地说："神弓强弩呀。1945 年 8 月 16 日，我找准机会打算走掉，人都逃出去三十多米了，这弩居然准确地射进了我腿里。射弩者是一个叫潘小龙的人，他说他是朝天上射的，是弩箭自己追着钻进我腿里的。所以我说，这把连弩有灵性，世代的仇它都记着呢。"

解说员听罢，悄声对旁边的人说："怎么摆放的这些物件都与他有关系呀？这老人可能精神有毛病。"

旁边摆放冲锋号的展台有模拟音响效果，突然就"嘀嘀嗒嗒"地吹响了冲锋号，接着是一阵撕心裂肺的喊声："天红了，地红了，刺刀红了，眼睛红了，杀呀！"

正向冲锋号展台走来的那个老者，一听到这号声和喊声，吓得腿一软就摔倒在地。

紧接着音响里又播出了一首战争年代的歌子《冲锋号·呼杀喊》：

> 吹响冲锋号，
> 战旗心中飘，
> 一马当先挥战刀，
> 灵与魂魄听强音，
> 剑锋所指排山倒，
> 向前一步是英豪，
> 后退一步是熊妖，
> 战火丛中呼杀喊，
> 天红了，地红了，
> 刺刀红了，眼睛红了，

杀呀！

吼声咆哮，铿锵嘶叫，

战士的怒火在燃烧，

战士的斗志万丈高。

吹响冲锋号，

精忠披战袍，

绝命出击追敌逃，

生与死中展风采，

英雄气概冲云霄，

血溅七步是荣耀，

魂归八方仰天笑，

战火丛中呼杀喊，

天红了，地红了，

刺刀红了，眼睛红了，

杀呀！

号鸣狂啸，刃血撕咬，

敌人的子弹被吹跑，

敌人的脑袋被砍掉。

那老者倒在地上，浑身颤抖不止。众人上来扶他，可怎么也拉不起来。他手哆嗦着，指着冲锋号，想说什么，可就是说不出话来。

解说员赶紧喊："谁把音响突然开得这么大？快把号停了！快把歌停了！吓坏老大爷了。真是的。"

这时，一直跟在后面观察情况的叶长河上来，说："是我把声音故意弄大的，就是要让这老东西好好听听，不准停！在我江洲湾的大地上，想怎么吹就怎么吹，想怎么喊就怎么喊，想怎么唱就怎么唱。谁听了心虚，谁就是贼寇。"

那老者抬起头，瞪大眼睛看了半天，才渐渐恢复了正常。他慢慢爬起身，朝叶长河鞠了一躬，却又突然跪下了，接着就是叩头，久久不肯起来。

叶长河见状，走上前，扶起老者，长长地叹了一口气，说："哎，你这个态度就对头了嘛。起来吧，起来吧，我陪你各处走走。这几件实物你都看过了，那边还有两处，你肯定也感兴趣。"

叶长河和老者走向一条垛满芦苇的老渔船。前面牌子上写着：椅城之战。

老者冲老渔船鞠躬毕，说："椅城之战，是你叶长河的神来之笔呀。草船居然把军舰消灭了，闻所未闻呀。"

叶长河得意地说："小儿科，小儿科！借用了小时候的儿戏，玩玩闹！"

"神奇的叶长河，需要我用一生来研究。"老者苦笑道。

来到水雷壳前，老者没有鞠躬。这里摆放的已经不是三枚水雷了，叶长河把溶洞里挖出来的那九枚也放到了这里。

叶长河问："怎么，在水雷面前就不反省忏悔了？"

老者听罢，径直走到一枚水雷前，费力地爬上去，坐在了上面："当年，这些铁玩意，让日本海军闻风丧胆。今天，我不怕它了。"说着拍了拍水雷，"我还不信了，它能把我送上西天？"

叶长河说："今天，你是忏悔谢罪来了，所以，你不怕水雷了，水雷也不炸你了。如果你再以侵略者的面目出现，侵占我江海湖泊、岛屿陆地，那水雷必定还会把你送上西天的。现在的中国人民，完全有能力消灭一切来犯之敌。这一点，你们要永远记住。"说完，"啪啪"拍了拍胸脯，死盯着那老者的眼睛看。

老者一走神，从水雷上滚落下来，嗓子有些发紧，连连说："说的极是，说的极是。"

回到杰克号舰前，老者问："听说是你击沉了杰克号？这可是艘好舰呀，你为什么不擒获它？"

叶长河两手一摊："我就那几条草渔船，实在无法俘获它。在当时紧急情况下，只有干掉它了。"

老者好奇地问："你既然开的是草船，那你用什么武器击沉的杰克号？"

叶长河指了指旁边的那盆炸片，神秘一笑，说："用鱼雷！"

老者看到那盆炸片旁的木牌上写着：一枚飞翔了十一年半的鱼雷。

老者拿起几块炸片看了看，瞪大了眼睛："的确是鱼雷的炸片。你草船上怎么会装备上了鱼雷呢？还飞翔了十一年半，这是怎么回事？"

叶长河"哈哈"一笑："别人不能，我叶长河能！说不定，我还能把原子弹装备到草船上呢。你给我记住，对付人民的敌人，人民的军队是什么奇迹都能创造出来的。至于一枚鱼雷为什么飞翔了十一年半，这是秘密，天机不可泄露呀。"

老者愣了愣，似乎明白了什么，又冲叶长河鞠了一躬，转身朝大门口走去。

叶长河跟上来。老者说："本来，我公司提出要出资打捞杰克号的，可江洲湾方面不干。我想，他们不干自有不干的道理。"

"我就猜到了那公司是你的，所以不会让你打捞。否则，政治上会出问题的。"叶长河说。

老者驻足，说："我打捞并收购杰克号的目的是良好的，纯粹是为了让人们记住那段不该发生的历史，记住日军侵华给中国人民带来的深重灾难和极大伤害。总之，我的这一举动，是为了宣传世界和平，反对侵略战争。"

"在这件事上，你的动机是对头的。我建这个纪念馆也是为了这个目的。"叶长河扶了老者一把说，"以后要改口呀，不能再叫它杰克号了，叫仁智号。"

老者一脸诚恳，点点头："我理解你的良苦用心。的确，叫仁智号好，好就好在提醒人们要做仁智者，不当侵略者。"

"明白了就好。像你这种人，能多一个悔悟过来，世界就多一份和平。"叶长河意味深长地说。

老者递给叶长河一本老画报，指给他看一张图片，说："这本画报因为有这张图片，我珍藏了它几十年。这表达了我一种态度和期望。"

这是1947年上海出版的《联合画报》第203期。这张图片的题目为"日本向何处去？"图片上，日本女工正在工厂里用战后的日军钢盔改制烧水用的水壶。

"是啊，变钢盔为水壶，化战火为炊烟，以利剑作耕犁，永葆世界和平，是大家的共同心愿。"叶长河说。

老者说："说的极是，说的极是。中日永不再战，永葆世界和平。"

叶长河说："今天，我请你吃顿饭吧？让水星和水玉作陪，再开导开导你。"

老者忙摆手："使不得使不得呀。你大人大度大量，容得下我这个罪人。可那两个老女人不如你政策水平高，还不活吞了我？尤其那个潘水玉，没准还记着杀父之仇呢，她还不把我碎尸万段了？"

叶长河说："不能吧？你已经知罪认罪谢罪了，她俩不会把你怎么样的。"

说着话，俩人走出了纪念馆大门。

一抬头，前面有两个女人伸出三条胳膊挡住了去路。

老者一见，一惊，慌忙转身，又一瘸一拐地朝纪念馆走去。

潘水玉大喊一声："老鬼子，你给我站住！"就追了过去。

叶长河也想跟过去，被江水星拦住了。

江水星一脸阴云："叶长河呀叶长河，你这人真是耐不住寂寞呀，不经常折腾点事，你活不下去是不是？"

"江老婆子，难道你吃了水雷药了，火气这么大？"叶长河想躲开她。

江水星一把抓住他的衣袖子："旺水浜渔船触雷和你有什么关系呀？这水雷都三十多年了，谁还能找到你身上，就是找到你身上，谁还能判清这陈年旧事孰是孰非？你说你递的哪门子状子嘛。"

"事是旧事，可亡人是在眼前。如果当年我尽职尽责找到了这些水雷，那就不会有今天的事故。所以，我是罪责在身之人，所以，我要写认罪状。"叶长河瞪着她。

江水星也瞪他："本来潘小龙的事这两天就要有结论了，可你一纸状子上去，又把这事搞复杂了。上面说，先前疏忽了那个'江猪'计划与现在触雷亡人事件之间的内在关系，看了叶长河的状子后，仔细一分析，才觉得还真是有牵连，这案子就不得不重新审理了。你说你这不是没事找事吗？"

"一沾潘小龙的事你就来劲。自从潘小龙活着出现，你每天都像打了鸡血，妖气浓得很哪。"叶长河点着她说，"我告诉你，他潘小龙把220枚水雷扔到江洲湾几十年而不站出来告诉政府，现在发生了触雷亡人事件，仅凭这一点，他也难逃罪责。"

江水星同他脸对脸站了，瞪着他："潘小龙有起义之心在先，拒不执行国民党的'江猪'计划，为我军渡江战役做出了贡献，他不但无罪还有功。叶长河，你不要总对潘小龙有成见。"

叶长河挣脱开她，说："我看，那个潘小龙扎在你眼里、钻进你心里是出不来了。这样吧，我叶长河还你俩的美满情缘。我与你离婚，让你俩有情人终成眷属！"

"离就离，谁怕谁呀。我知道，你心里一直没我，咱俩结束同床异梦的生活也不是坏事。"江水星盯着他说。

叶长河冷笑一下："说得对，同床异梦，就像多年扔在河道里的水雷不知哪天就炸了一样可怕。离了好，大家都安全。"说完，朝纪念馆走去。

江水星也冷冷一笑："离了好去找你的四妹子，那才是你心目中最终的归宿。"

叶长河又转身回来："江水星，你拿四妹说事，糟蹋我一辈子了。今天，我第一次也是最后一次郑重地告诉你，四妹是我的亲妹妹，我是四妹的亲哥哥！老妖，你给我记住了，以后不许再开这方面的玩笑！"

江水星愣了一下，旋即就大笑起来："呵，亲哥亲妹，谁信？和我离了，你俩就不是亲哥亲妹了，就成了阿哥阿妹了。"

叶长河鼓足勇气说出了深藏多年的秘密，可江水星这个吃了几十年醋的老醋坛子居然不信，你说有多气人。

叶长河气急败坏地朝江水星冲了过去，却被一个横冲过来的公安挡住了去路。

来人是大胡，大胡说："叶长河，请你跟我去一趟公安局！"说完，就连拉带扭地带叶长河向警车走。

叶长河踉跄一步，差一点摔倒。他无言地看了一眼江水星。

江水星愣了一下，然后，突然想起什么，冲过去，抓住叶长河的胳膊："让我把刚才的话题说完。"

"长河呀，我说句掏心窝子的话吧。其实这些年，我在潘小龙身上最纠结的并不是什么感情之事，而是一心企盼他在政治上投奔光明。从根本上说，我也是想还他一个政治上的清白呀。这么多年过去了，我对他男女情爱方面还能有什么企图呢？没有了，没有了，真的什么奢望也没有了。可我也不瞒你，要想让我彻底清除那些关于潘小龙的感情记忆，也难。"她眼里不知怎的就有了泪花，"我觉得，人并不因为曾做了罪恶的事而完全成了恶魔，或被人们永远视为恶魔。人也并不因为曾爱过有罪的人而卷入所爱之人的罪恶之中去，并将由此遭到人们的谴责。那些年，这些年，我对潘小龙有过男女感情的投入和持久念怀，但在政治上，我从来没有同他潘小龙同流合污过。对此，我不接受来自任何人的谴责，包括你叶长河。"

叶长河站在那儿，静静地听她说。

"那些年，这些年，我对你叶长河在政治上是志同道合的。但在男女感情上，我对你，一直处在说不清道不明的复杂状态之中。但是，也是一句掏心窝子的话，这么多年过来了，让我弃舍下对你叶长河的那份感情，也难！我俩面上吵吵闹闹、恶言来恶语去的，其实心里一直在乎着对方，时刻抓挠着对方，生怕对方脱手而去。

"我俩几十年结下的这种越打越闹越黏糊的感情，是独具特色的，是刻骨铭心的，是谁也攻破不了的。这就是我俩多年婚姻生活的真谛，也是我俩婚姻生活的质量和意义之所在。

"但是，你要说这就是爱情，我不承认，从骨子里不愿承认。事实确是如此，相互在乎不等于爱情，谁也离不开谁也不一定就是爱情。

"长河哪，你一个洞察力和战略眼光那么强的人，怎么连这一点都没有看透呢？"

叶长河专注地看着她，眼神跳跃着，却不开口说话。

"对我的这段表白，你感到突然吗？吓着你了吧？这些年，我对你一向凶巴巴的，时常脸子冷，话也刻薄。现在，我再一次声明，这一切都是表面现象，内心深处我留给你的那团火一直在旺旺地烧着呢。但是，这不是纯粹的爱情之火。"江水星摇着他的胳膊说，"还是那句话，越打越闹越黏糊是我俩实际的感情状态，是一种独特的难以名状的感情状态。这一点，只有你我才能体验得到呢，难道不是这样吗？"

听罢这一席话，叶长河眼睛也湿润了，双手扳了她的双肩，说："我也实话告诉你，对你的表白，我一点都不感到突然。最近这些年，我也一直在品尝着这别有意味、情趣浓烈的婚姻生活。我也早感悟到，离开让我熟透了的江水星，离开我与你制造的这种独特的情感世界，我将没有任何幸福可言。我与你，看似是要互相推开对方，实则是越推抱得越紧。真的，我心里一直是这么个感觉。今天一上这警车，还不知什么时候能回到你身边，我必须把这话给你说个明明白白。但是，一如你所言，这可能不是爱情，可它比爱情还珍贵。"

江水星擦了把泪水，苦笑一下说："这些情啊爱啊的话，出自我俩这把年纪的人之口，让外人听了会起鸡皮疙瘩的。这些话本是年轻的时候要说的，可我们没说。现在才说出口，真让人难为情。"

双方对望着，一时无语。

叶长河又突然冒出一句："我俩的感情生活就像怪味豆，越吃越爱吃，越吃味道越浓烈。"

"长河，这怪味豆，我俩真的越吃越爱吃吗？"江水星一把搂住他，呜咽起来。

"是呀，这怪味豆，我俩真的越吃越爱吃吗？"满脸泪水的叶长河，突然产生了一个念头，可他没有说出口，只是在心里问自己，"我说出'越吃越爱吃'的话来，与我内心终于承认了和潘水玉的兄妹关系有没有直接关联呢？"片刻，他又劝自己，别再想这些已经扔下许久的问题了。这个年纪的人了，再探讨爱情真谛，已经晚了。

好大一会儿，江水星抽泣之中突然又说："这几天，我得跑一跑南京和北京，车票都买好了。我想去找找关系，到军方档案部门查阅一下资料。我总觉得，遗留下的国民党历史档案文件里，应该还有能证明当年潘小龙投诚的资料。找到这些，对了结潘小龙的案子有利。"

叶长河轻轻推开她，摸了一把肩头上的湿痕，说："我也有这个想法。前些天，我已经给北京的老上级马老联系过了，他答应帮助查阅潘小龙当年的相关资料。你去找找马老吧，这是他的联系地址和我的亲笔信。你最好把那把冲锋号也带上。老首长睹物思情，他会通过一些老关系，给你提供很多方便的。祝你成功！对了，这老马你也是认识的。他曾经当过你的军长。不过，他和我叶长河的感情更深一些。我拜托他的事，他会更重视的。"

江水星尴尬一笑，说："老军长一见我，会不会想起当年我多下一个蛋的事？那样的话，他就不会管我的事了。"

叶长河也一笑："老军长什么水平，哪能还计较早年那件旧事呢。再说啦，我信里面说得很诚恳，很迫切。你放心，老军长一定会把我的请求当回事的。实在不行，我再亲自进京找他也不迟。"

江水星抹一把眼泪，眼睛一亮："我说嘛，潘小龙的事你不会不往心里去的。长河，今天，我真的很高兴。"

"水星，我这是为了你才这样做的。"叶长河一笑说。

江水星却说："我知道，你这是句假话。潘小龙政治上的去从，你也一直惦记着呢。"

大胡过来拉叶长河上了警车。

"大胡呀，叶长河没有罪，你们别乱来。否则，我饶不了你们。"江水星拦着车说。

叶长河向她摆着手："我的事上面该怎么处理就怎么处理，你不要插手！我理应受到惩罚。不然，我心里这个坎一辈子也过不去。"

　　江水星又说："大胡呀，最近老叶身体不太好，你们不要折腾他。现如今，公安局也太无法无天了，随便就抓人。对了，大胡呀，潘小龙的事怎么样了呀？"

　　"老局长，省厅都直接插手了，已经不是您所能操心的事了。不过，请您老放心，现在是政治成熟、法律健全的年代了，政府不会放过一个坏人，也不会冤枉一个好人。无论是一个坏人干过的好事，还是一个好人干过的坏事，上面也都会实事求是、历史客观地处理好的，做到公平公正是没问题的。哎，我说老局长呀，您老都退下来了，就别跟着瞎搅和了行不？"大胡说完，开车走了。

　　"我瞎搅和什么了？叶长河、潘小龙的事我就是要管，要管到老，管到死。公平不公平、公正不公正，我江水星这杆秤会称得出来的。你们要是乱来，江洲湾人民不答应。"江水星望着呼啸远去的警车，愤愤地说。

　　这时，潘水玉在纪念馆门口向她招手，喊道："江水星，这里有事，你过来一趟，快点呀！"

　　江水星一拍脑袋："哎呀，我差点忘了那个老鬼子，这回非逮住他不可！"

　　"天红了，地红了，刺刀红了，眼睛红了，杀呀！"江水星喊了一声，老腰一扭，朝纪念馆跑去。

　　潘水玉忙摆手制止她："都这把年纪了还一惊一乍又跑又跳的，也不怕别人笑话。快进去吧，那个老家伙在这儿等你呢。"

　　江水星刹住了跑却没刹住心，还是急三火四大步流星地走进了纪念馆。

　　刚一进门，江水星又想起了叶长河的事，就说："四妹呀，长河告自己那一状告成了，可能还真会有大麻烦。刚才，人被公安局抓走了。"

　　潘水玉一听，转身跑出了纪念馆。她速度跑得不慢，那只空袖子一甩一甩地抽打着后背，发出"啪啪"的响声。

　　江水星望着那独臂背影，自言自语地说："在独臂女人心里，叶长河的事永远比天大。"她呆愣了好大一会儿，才歇斯底里地吼了一嗓子："老鬼子，吴正雄，你给我滚出来！"